LH

MATTHIAS ODEN

DER KRIEG DER ELEMENTE

Die Chroniken der Träume
Zweiter Roman

WILHELM HEYNE VERLAG
MÜNCHEN

Penguin Random House Verlagsgruppe FSC® N001967

Originalausgabe 05/2022
Redaktion: Catherine Beck
Copyright © 2022 by Matthias Oden
Copyright © 2022 dieser Ausgabe
by Wilhelm Heyne Verlag, München,
in der Penguin Random House Verlagsgruppe GmbH,
Neumarkter Str. 28, 81673 München
Printed in Germany
Karten und Illustrationen: Andreas Hancock
Umschlaggestaltung: DAS ILLUSTRAT, München
Satz: Leingärtner, Nabburg
Druck und Bindung: CPI books GmbH, Leck

ISBN 978-3-453-31957-8

@HeyneFantasySF
www.heyne.de

Für Tim
Ohne Dinos. Aber mit allem anderen

Inhalt

Karten

STORMDYK

DORPSIEL

Raue Küste

Die Hart

ROGGEBURG   TERNEMÜNDE   DIEKSEN

ARIKSKILDE

SALFURT

JALLBORG

herzogtum
chimrien

Tern

WESTHOLM

KAUPVYK

Iffenstein

Kjelds Bogen

Eine

Tern

Schwarztann

DUNKELHEIM

chic

GOKBJERG

EULFELDE

STREITHEIM

TERNFURT

DRAUPHALL

WARNBRÜCKEN

NEUFEHN

undgard

Tern

MALMGARD

Dahm

Leurs

KRONSBU

anwar

Di

Was bisher geschah

Auch sechs Jahre nach dem Ende der Nechbetkriege kommt die Südgrenze des Herzogtums Chimrien nicht zur Ruhe: Die ständigen Überfälle des unterlegenen Wüstenvolks der Nehebet fordern permanenten Blutzoll. Tyrja Tiwhild, die Oberbefehlshaberin des chimrischen Heeres und Vormund des jungen Herzogs, schickt den Hofsiegelbewahrer Snorri Sagard zu den Nehebet, um echten Frieden auszuhandeln. Was niemand sonst weiß: Zuvor hat sie tief im Schwarztann ein verschollen geglaubtes, halb vergessenes Artefakt gefunden: die Krone der Elemente. Mit ihr im Besitz rüstet sie sich fortan für den nächsten Krieg, den gegen das Heilige Reich Salischer Völker, das den Chimren einst den Chimmgau, den östlichsten Teil ihres Herzogtums entriss.

Das Reich der Salen mag das größte der Welt sein, aber seine Edlen haben sich zunehmend in innere Machtkämpfe verstiegen, und der hochbetagte Kaiser Childeric greift kaum noch aktiv ins Reichsgeschehen ein. Seine Tochter Istrid und der Reichsherold und Wappenkönig Ranke schirmen ihn weitgehend ab. Der Grund dafür: Childeric leidet an beginnender Altersdemenz, die, würde sie publik, die Position der Krone noch weiter schwächte. Als das Herzogtum schließlich das Kaiserreich angreift, hat es den chimrischen Scharen kaum etwas entgegenzusetzen.

Die Erfolge der Chimren sind auch dem mörderischem Vorgehen Tyrjas geschuldet, die ihre in den Nechbetkriegen erprobte

11

Vernichtungsstrategie neu aufleben lässt: Sie weist ihren Ersten Reiter Bjorn an, alle Salen im Chimmgau umzubringen, derer er habhaft werden kann. Auf diese Weise will sie Panik schüren und die Sammlung des an sich hoffnungslos überlegenen Gegners möglichst lange hinauszögern. Dabei hilft, dass sich viele der Chimren des Chimmgaus auch nach mehr als hundert Jahren eher besetzt denn als Teil eines gemeinsamen Reiches sehen. Der Einfall des Herzogtums schürt alten Hass und wird vielerorts als Befreiung begrüßt – mit entsprechend katastrophalen Folgen für die Salen des Chimmgaus.

Eine davon ist Turid, eine Hüterin des Elements der Erde, die in ihrem Heimatort zusehends angefeindet wird und schließlich beschließt, mit ihrer Tochter Asa über die Iffensteine zu ihrem Verlobten in den Teil des Chimmgaus zu fliehen, der vom Herzogtum noch nicht bedroht wird.

Auf andere, aber ähnlich folgenschwere Weise wird auch das Leben ihrer Schwägerin Atlis durch den Krieg aus den Fugen gehoben: Als reichstreue Chimre dient sie in der salischen Gauwehr; vor dem Überfall des Herzogtums ist sie aufgrund ihrer Verdienste zur Gerechten befördert worden, einem Rang, den noch nie ein Chimre innehatte. Diese in der Gauwehr durchaus umstrittene Entscheidung wird beim Angriff ihrer Landsleute jedoch zurückgenommen, und Atlis sieht ihre Loyalität zum Reich zunehmend grundlos infrage gestellt.

Im Tannhausner Tor, einem strategisch enorm wichtigen Nadelöhr in den Iffensteinen, kommt es schließlich zur ersten großen Feldschlacht des Krieges: Dort will das Kaiserreich den Siegeszug der Chimren stoppen. Doch entgegen aller Erwartungen endet die Schlacht mit einem Durchbruch der Chimren und einer vernichtenden Niederlage des kaiserlichen Heeres. Denn als plötzlich chimrische Panzerreiter von der anderen Seite des Tores angreifen, bricht die salische Schlachtordnung zusammen; Atlis selbst überlebt durch Glück das sich anschließende Massaker und flüchtet in die Iffensteine, wo sie wiederum nur knapp einem unerklärlich heftigen Unwetter entkommt. Was sie und auch sonst niemand ahnt: Die Chimren konnten nur mittels der Krone der Elemente in den Rücken der Salen gelangen. Denn Hüterseher Lyndeman Windsinger hat für Tyrja den Heiligen Juwel der Luft, die Reliquie der Chimren, mit der Krone der Elemente vereinigt. Anschließend war sie in der Lage, den Wind so zu lenken, dass er die eingeschifften Panzerreiter flussaufwärts zur anderen Seite des Tannhausners Tor trug.

In Salhall, der Hauptstadt des Reiches, kann sich Ranke angesichts dieser katastrophalen Wendung gegen Istrid durchsetzen und leitet alles in die Wege, damit der Kaiser vor die Versammlung Reichsräte tritt, um dort zur allgemeinen Heerfahrt zu rufen. Im entscheidenden Moment aber erleidet Childeric einen Umnachtungsanfall und zerbricht den rituellen Heerpfeil statt ihn den Edlen zu übergeben.

Weit entfernt von diesen Kriegswirren ist Snorri inzwischen bei den Nehebet angekommen, muss aber erkennen, dass er getäuscht wurde: Der ihn begleitende Bruder von Bjorn, Skel, wie dieser ein Erster Reiter Tyrjas, ermordet den Herrscher der Nehebet und stiehlt den Heiligen Juwel des Wassers, die Reliquie des Wüstenvolks.

Am anderen Ende der Welt erleben die Seher in ihrer Stadt Carcosa ebenfalls tiefgreifende Umwälzungen: Eines ihrer Orakel konstatiert das Ende der Zeit der toten Omen, einer Jahrhunderte währenden Epoche, in der kaum eine Prophezeiung Wirklichkeit wurde und die Zunft der Seher zunehmend an Ansehen verlor. Sie machen sich nun auf, um auf den Traumfeldern, der Welt des Unwirklichen hinter dem Schleier des Schlafs, nach den Prophezeiungen der neuen Zeit zu suchen, finden aber keine einzige. Der Grund dafür offenbart sich dem Seher-Novizen Grautwis auf denkbar ungewöhnliche Weise: In den verlassenen, traumdurchzogenen Straßen der Stadt der Seher trifft er auf eine gelb verhüllte Gestalt, die von sich behauptet, die allererste Seherin überhaupt zu sein – Carcosa, die der Stadt ihren Namen gab und vor mehr als viertausend Jahren lebte. Unter ihrer Anleitung schreibt Grautwis die Ewigen Wisper der neuen Zeit schließlich selbst. Und beschließt, die gefahrvolle Reise über die Traumfelder anzutreten, um den Kaiser des Salenreiches vor tödlichen Gefahren zu warnen, von denen seine Weissagungen künden.

DER KRIEG DER ELEMENTE

1

Amonidas

Er wachte auf. Sein Traum hatte ihn geweckt, aber er konnte sich nicht an ihn erinnern, das konnte er nie. Draußen, jenseits der offenen Kajütentür, war bereits der Morgen zu erahnen; eine feine Linie Rosa am Horizont, darüber das blasser werdende Tuch dunkelblauer Nacht. Amonidas schloss wieder die Augen. Auf dem Rücken liegend lauschte er den gleichmäßigen Ruderschlägen. Sonst war alles still. Noch war es keine Totenruhe, und doch fühlte es sich bereits so an. Er schmeckte das Salz der See auf seinen Lippen, vor allem aber die bittere Würze der Algen. So tief waren sie inzwischen in sie vorgedrungen, dass ihr Duft schwer in der Luft lag. In wenigen Stunden würden sie die Morgeninseln erreichen.

Und mit ihnen das Pesh.

Die Traurigkeit, mit der er wach geworden war, verschwand hinter Visionen aus Gold. Pesh hatte seine Familie reich gemacht, reicher als die meisten, und der Gedanke daran ließ es warm durch seinen Körper rieseln. Inzwischen füllten viele Quellen die Tiefen Kammern Pylaimons, keine aber war so wichtig und einzigartig wie die Traumalge.

Pesh ließ den Schleier zwischen den Welten durchlässig werden, ließ Seher Träume senden und finden. Die Welt brauchte Pesh, und seine Familie gehörte zu den fünf, die es ihr liefern konnten. Der Krieg im Westen, obschon nur wenige Wochen jung, hatte bereits Nachfrage und Preise erhöht. In den Häfen der

Symmachie kauften Händler aus dem Salenreich und dem Herzogtum die Lager leer, und alle anderen taten es ihnen nach. Ging es um die Traumalge, wollte niemand, durfte niemand leer ausgehen. Hielt der Krieg an, würde die diesjährige Ernte seiner Familie ein Vermögen einbringen. Selbst Mutter würde zufrieden sein, vielleicht.

Amonidas lauschte in die Stille hinein. Pesh heilte auch. Schlaflosigkeit, natürlich, ebenso Krämpfe, Trübsinn und Atembeschwerden, es bekämpfte Fieber und mancherlei mehr, vor allem aber linderte es Schmerzen. Mit diesem Gedanken kam die Traurigkeit zurück. Mehr konnte die Alge nicht mehr für Horodates tun. Und endlich, nach Stunden, hatte sie es auch geschafft. Beinahe die ganze Nacht über hatte das Wimmern des alten Mannes das Schiff umhüllt.

Amonidas öffnete die Augen wieder und setzte sich auf. Gähnend streckte er sich. Er hatte nicht viel Schlaf gefunden, und wie stets nach dem Aufwachen spürte er die Verspannungen in Nacken und Schulter, heute schlimmer als sonst. Was er auch träumen mochte, Nacht für Nacht bescherte es ihm harte, steife Muskeln, die Eoniki erst wieder weich kneten musste. Singende, bezaubernde, wonnevolle Eoniki. Er sah sich nach ihr um.

Die Sklavin schlief auf der anderen Seite des Betts, nackt, wie sie es immer tat. Gleichmäßig hob ihr Atem ihre Brüste. Im Dämmerlicht der Kajüte zeichneten sich die Höfe der Brustwarzen dunkel von ihrer Haut ab. Er nahm sie oft und gern, sie war weich und liebevoll und konnte mit ihren Händen wahre Wunder vollbringen. Aber seit Horodates gestürzt war, hatte er sie weder singen lassen noch sie angerührt. Solange sein Lehrmeister im Sterben lag, mussten sein Verlangen und sein Rücken warten.

Amonidas stand auf. Er wusste nicht, wie gut sie über Nacht durch die Algen gekommen waren, aber Pinhaan konnte nicht mehr weit sein.

Vor der Kajüte nahmen die beiden Rudergänger ihre Hände von den Pinnen und legten sie aufs Herz. Ebenso wortlos erwiderte er den Gruß und ging übers Hauptdeck zum Bug, entlang der niedergeholten Segelruten, die längs der Schiffsachse am Fuß der Masten lagen. Die meisten seiner Seesoldaten schliefen noch auf den Planken; die wenigen, die bereits wach waren, grüßten ihn ebenso stumm wie die Rudergänger. Die *Trotz* bot Platz für fünfzig Helme und wurde von einhundertzwanzig Ruderern angetrieben; die eine Hälfte saß unter Deck, die andere hier oben im Freien. Knirschend bewegten sich die Riemen in ihren Lagern, mehr war nicht zu hören; das Trommelschlagen hatte er untersagt. Auf den Bänken saßen erfahrene Männer und Frauen, sie kamen auch so zurecht.

Er hatte sie die Nacht durchrudern lassen, weil er nicht bereit war, von aller Hoffnung Abschied zu nehmen. Vielleicht konnten sie auf Pinhaan Horodates doch noch helfen. Das war sein Herz, was sprach. Sein Verstand sagte ihm anderes.

Vor drei Tagen hatte sich sein Lehrmeister und Hausseher, weit in seinen Achtzigern, bei einem Sturz die Decktreppe hinunter beide Hüften gebrochen. Trotz Pesh war er immer noch fiebrig. Als er gestern Abend nach ihm gesehen hatte, hatte Horodates ihn nicht einmal mehr erkannt. Seine Haut war blass gewesen und klamm.

An der Bugkajüte sah er fragend ins Gesicht des Sklaven, der vor der Tür wachte. Betreten schüttelte der Mann den Kopf. »Er schläft jetzt, Herr«, sagte er leise. »Aber erst seit Kurzem.«

Reglos nahm Amonidas die Worte zur Kenntnis. Er griff zum Geländer ebenjener Unglückstreppe und bestieg das flache Deck der Bugkajüte. Nur mit Bedacht trat er auf: Zwischen ihm und dem alten Mann befanden sich lediglich dünne Holzplanken. Horodates schlief den Pesh-Schlaf, aber Amonidas wollte trotzdem nicht riskieren, ihn zu wecken. Niedergeschlagen legte er die Hände auf die Reling und blickte aufs Meer.

Der rosa Streifen war breiter geworden und kräftiger, das Blau des Himmels heller. Ganz oben standen noch ein paar Sterne am Firmament, einsam und blass, als hätte die Nacht sie vergessen. Das Licht des werdenden Tages gab den Blick frei auf das Dämmermeer, das vollkommen von Algen bedeckt war. Vor der *Trotz* ruderte das kleine Sucherboot. Die Taster standen mit jeweils einem Fuß auf den Bordwänden und stießen ihre langen Stangen suchend durch die Algendecke.

So kurz vor den Morgeninseln war diese Vorsichtsmaßnahme nötig: Die Algen wuchsen hier so dicht und zäh, dass sie an vielen Stellen bereits begehbar waren. Und an nicht wenigen hatte die Sonne sie so hart gebrannt, dass sie eine ernste Gefahr für jedes Schiff darstellten, das auf sie auflief. Die Algenteppiche trieben lose auf den Wellen und verschoben die Fahrrinne hierhin und dorthin oder drückten ganze Flöze in sie hinein. Es brauchte geschulte Augen, um eine lockere Algenmatte von einem dieser steinharten Ungetüme zu unterscheiden, und jahrelange Erfahrung mit der Stange.

Noch wichtiger als die Taster aber war der Wegsucher, der in ihrer Mitte saß. Die Augen verbunden, die Ohren verstopft, damit nichts ihn ablenken konnte. Er kannte den Kurs, pesh-vernebelt *sah* er ihn, sah die Fahrrinne inmitten der Algen, und dirigierte sein Boot und damit den ganzen Konvoi mit den Händen.

Er war der wichtigste Mann auf der Fahrt zu den Morgeninseln.

Als Amonidas ihm befohlen hatte, auch die Nacht hindurch den Weg zu suchen, hatte er geflucht wie ein Schmuggler. Amonidas wusste, wie anstrengend das Wegsuchen war. Mehrmals hatte er selbst es übernommen, mit fünfzehn das erste Mal, so wie es Familienbrauch war. Es war eine schlimme Schinderei, die einem auch mit Schlafpausen alles abverlangte. Ohne diese den Weg durch die Algen finden zu müssen ... Oh, er verstand den Wegsucher, sehr gut sogar. Nachts mussten sich auch die Taster allein auf ihre

Stangen verlassen, die Gefahr eines Schiffbruchs stieg enorm. Aber falls es noch Rettung für Horodates geben sollte, dann war sie auf Pinhaan zu finden, und diese Chance, mochte sie auch noch so klein sein, war jedes Risiko wert. Und wenn der gesamte Konvoi dabei draufginge.

Er hätte Horodates den Wunsch verwehren sollen, mitzukommen. Eine Dromone war kein Platz für einen alten Mann. Horodates aber hatte unbedingt noch einmal die Morgeninseln sehen wollen, wochenlang hatte er ihm damit in den Ohren gelegen. Amonidas hatte ihm einen Wunsch erfüllen wollen; hätte er geahnt, was passieren würde … Hart schluckte er gegen den Kloß an, den er im Hals hatte.

Aber wenn er ehrlich zu sich war, hatte nicht allein Horodates' Wunsch den Ausschlag gegeben. Sein Lehrmeister war der beste Seher, den Amonidas kannte. Er war präziser in der Deutung von Omen als andere und lag öfter richtig. Er fand die Traumbotschaften, die für ihn bestimmt waren, und manchmal sogar solche, die nicht an ihn hätten gehen sollen. Als Einziger von den vielen Sehern Pylaimons hatte er kürzlich eine Veränderung auf den Traumfeldern bemerkt. Die Ewigen Wisper, darauf bestand er, seien verschwunden, und bald würde etwas geschehen, etwas Großes. Von einer neuen Zeit hatte er gesprochen …

Die anderen Seher hatten gelacht, aber Amonidas hatte keinen Moment an ihm gezweifelt. Auch er spürte es: Die Welt veränderte sich, geriet in Bewegung. Es war nicht nur der Krieg im Salenreich. Türen öffneten sich gerade, Türen voller Möglichkeiten. Amonidas musste nur entscheiden, durch welche er hindurchgehen und an welchen er vorbeilaufen sollte. Dafür hatte er seinen alten Lehrmeister an seiner Seite haben wollen. Schon jetzt war er enorme Wagnisse eingegangen, und jeden Tag wurden sie größer. Was immer Horodates ihm auch von der Zukunft zu zeigen vermochte, er würde jeden Hinweis bitter nötig haben.

An Backbord kam dunkel die Silhouette der *Schaumkrone* in Sicht, einer Dromone aus der Flotte seines Onkels. Das letzte von vielen, vielen Wracks, die die Fahrrinne nach Pinhaan säumten. Vor vier Jahren war das Schiff auf einen Algenflöz aufgelaufen und aufgegeben worden. Noch hielten die Algen es fest, aber Jahr für Jahr sank es tiefer in sie hinein; bald würde es ganz verschwunden sein. Schon jetzt lag das Oberdeck nur ein paar Handbreit über der Algendecke. Letztes Jahr hatte die *Schaumkrone* noch beide Masten besessen, jetzt ragte nur noch einer von ihnen in den Himmel. Die Winterstürme mussten sich den zweiten genommen haben. Und inzwischen war das Wrack weit von der Fahrrinne abgekommen, ein willenloses Stück Treibgut, das den ewigen Bewegungen der Algen folgte, bis es von ihnen verschluckt würde. Aber wenn Amonidas die Drift nicht vollkommen falsch einschätzte, konnte Pinhaan nicht mehr als zwei Stunden entfernt sein. Sie waren gut durchgekommen.

Langsam kam der Mast näher. Er wirkte wie ein mahnender Zeigefinger.

Als Amonidas leise Schritte auf der Decktreppe hörte, drehte er sich um. Es war Menophanes, der da hochkam, ein Frühaufsteher wie er selbst. Als der Händler seiner gewahr wurde, hielt er inne, überrascht, seinen Herrn zu sehen. Amonidas winkte ihn heran. Leise huschte er über die Planken. Auch Menophanes war alt, gerade hatte er die sechzig überschritten, aber er war immer noch drahtig und behände. Und eine Erscheinung, die man nicht so schnell vergaß: Borstiges Haar stand von seinem Eierkopf ab, sein Gesicht war sonnengegerbtes Leder, das Weiß seiner Augäpfel gelblich verfärbt, und wenn er den Mund aufmachte, sah man mehr Gold als Zähne.

Amonidas wandte sich wieder der festgefahrenen Dromone zu.

»Herr«, grüßte Menophanes flüsternd, als er ihn erreicht hatte. Amonidas nickte nur trübsinnig.

Menophanes musterte ihn und folgte dann seinem Blick hinaus zur *Schaumkrone.* »Es ist nur ein Wrack, Herr, kein Symbol«, sagte er mit ungewohntem Ernst. »Nicht für dich.«

Amonidas wandte sich ihm zu. Menophanes mochte hässlich sein wie ein Krug voll Kröten, aber er war schlau. Er wusste meistens, was seinem Herrn durch den Kopf ging. Und er wusste, was auf dem Spiel stand.

»Du wirst deinen Krieg bekommen«, sagte er.

Amonidas nickte nur.

Zu Hause hatte er vierzehntausend Kämpfer unter Waffen. Sie standen vor Cyranis und warteten, dass er sie in Marsch setzte, und während sie warteten, bluteten sie die Tiefen Kammern leer. Auch er, Amonidas, wartete auf den Moment, aber inzwischen wusste er nicht mehr, wie dieser Moment aussehen würde. Oder ob er überhaupt noch käme.

Mit seinen dreiundzwanzig Jahren war er die bislang größte Wette seines Lebens eingegangen. Derzeit sah es nicht so aus, als würde er sie gewinnen.

Mit Menophanes hatte alles begonnen. Vorigen Sommer war ein Käufer an den Händler herangetreten und hatte Waffen für eine ganze Armee bestellt. An sich nichts Ungewöhnliches: Menophanes beaufsichtigte die Geschäfte seiner Familie in Narses, alle naselang kamen Gesandte aus den Streitenden Kronen herunter und kauften dort Waffen für ihre endlosen Scharmützel. Aber dieser eine Händler ... Er hatte so viele Waffen gekauft, dass man mit ihnen die Karte der Kleinkönigreiche neu zeichnen konnte. Menophanes hatte die Gelegenheit erkannt, und Amonidas hatte sie beim Schopf ergriffen und eine eigene Armee aufgestellt, mit der er mitzeichnen würde. Mit ihr, das war der große Plan, würde er das erreichen, was seine Familie schon oft versucht, doch nie geschafft hatte: den Herrschaftsbereich der Toparchen von Pylaimon auf die athanaische Hochebene auszudehnen. Mutter würde stolz sein, zum ersten Mal.

Das war der Plan. Er hätte aufgehen müssen. Und da war das Wort, das bitterste von allen: hätte. »Es ist nichts passiert«, sagte er leise, beinahe zu sich selbst und so, als könne er es immer noch nicht glauben, was irgendwie auch stimmte. Nichts. Wirklich nichts. Die Waffen, die Menophanes verkauft hatte, waren nirgends aufgetaucht, geschweige denn hatten sie einen Krieg begonnen, und die Streitenden Kronen durchlebten eine Phase seltener Friedfertigkeit. Also standen seine Truppen weiter vor Cyranis und harrten aus, seit Monaten schon, ohne Auftrag und Ziel und ohne Sinn. Statt Reichtümer und Ehre häufte er Ausgaben an.

Er war der vielleicht reichste Dreiundzwanzigjährige der Welt. Und er war ein Getriebener.

Die *Schaumkrone* glitt an ihnen vorüber und verschwand hinter dem Heck. Vor ihnen ging die Sonne auf.

»Nichts ist verloren, Herr. Noch ist alles möglich.« In Menophanes' Stimme lag ruhige Zuversicht.

Amonidas wusste, dass sie nicht gespielt war. Hinter seiner oft albernen Affektiertheit versteckte der Händler Nerven aus Stahl, die immer dann zutage traten, wenn es heikel wurde. Für ihn war ein Spiel erst verloren, wenn der wirklich letzte Zug getan, der wirklich letzte Würfel gefallen war, niemals früher. Natürlich hatte er jeden Grund, die Hoffnung nicht fahren zu lassen: Fiel Amonidas, fiel auch er. Der Waffenhandel und alles, was daraus gefolgt war, hatte ihn aus Narses in Amonidas' engsten Kreis getragen; dort würde er mit ihm triumphieren oder mit ihm untergehen. Aber Amonidas wusste, dass der Händler nicht aus Verzweiflung guten Mutes war. Menophanes wollte gewinnen, immer und unbedingt. Darin unterschieden sie sich beide nicht. Im Gegensatz zu ihm dachte Menophanes nur weniger übers Scheitern nach.

»Herr?«

»Ich weiß«, antwortete Amonidas endlich. »Noch ist alles möglich. Auch für Horodates.«

24

Aber dieses Mal verzichtete Menophanes auf eine aufmunternde Bemerkung. Der Händler würde ihn nicht anlügen, aber sein Schweigen war schlimmer. Wenn selbst Menophanes keine Chance mehr sah ... Der Gedanke traf Amonidas wie ein Tritt in den Magen. Bitter schmeckte er die Verzweiflung im Mund. Er wandte sich ab.

Wortlos sah er auf die Algen hinaus, bis Pinhaan in Sicht kam. Die größte der Morgeninseln dampfte im Licht der aufgehenden Sonne. Dichte Schwaden stiegen von ihren grünen Vulkanhängen auf. Vogelschwärme stießen durch den Nebel, hell klangen ihre Schreie herüber. Von den tangbedeckten Stränden grüßten aufgereiht die kolossalen Basaltwürfel, in die die Faani ihre sieben heiligen Tiere gehauen hatten: Rüsselkäfer, Schlange und Schmetterling, Schildkröte, Fink, Mücke und Orang.

Als beträten sie eine andere Welt, dachte Amonidas, so wie jedes Mal.

Die Fahrrinne führte sie von Süden heran, sodass sie freien Blick hatten auf Khuld, die Hauptsiedlung Pinhaans. Die meisten Häuser Khulds standen jedoch nicht auf der Insel, sondern vor der Küste, erbaut auf einem Riff, das weit ins Dämmermeer ragte. Die flachen Einbäume der Faani glitten zwischen ihnen über die Algen. An Land hingegen stand das imposanteste Gebäude Khulds: Zu groß und massiv, um auf den Korallenbänken zu fußen, durchbrach die sechseckige Stufenpyramide das Blätterdach des Regenwalds. Vom Tempel auf ihrem Dach stieg der Qualm verbrannten Peshs auf und vermischte sich mit dem Nebel. Amonidas konnte die Priester in ihren grünen Kultgewändern sehen, wie sie ihren endlosen Kreis um die Glutschale herum beschritten, die Schläge ihrer Bauchtrommeln dröhnten dumpf in der Luft. Tagelang konnten sie das durchhalten, ohne Pause, ohne Nahrung oder Wasser.

Vor ihm im Boot nahm der Wegsucher seine Augenbinde ab

und brach zusammen. Er hatte sie sicher durch Nacht und Algen geführt, jetzt konnte er nicht mehr. Amonidas nahm sich vor, dem Mann doppelten Lohn zu zahlen. Er hatte ihn sich verdient. Das Boot fiel nach hinten weg, mit kräftigen Ruderschlägen fuhren die sechs Dromone des Konvois an ihm vorbei.

Auf den Algen waren trotz der Frühe bereits etliche Faani unterwegs. Der Teppich war hier so dicht, dass sie nur etwas über die Knöchel einsanken. Die Tupfen ihrer weinroten Haare sahen vor dem Dunkelgrün aus wie Blumen in einem Beet.

So nah an den Morgeninseln gab es keine Pesh-Blüten, für die musste man weit nach Osten wandern, dorthin, wo selbst die Einbäume nicht mehr genug Wasser unter den Rumpf bekamen. Aber die Faani bauten kein Getreide an und jagten nicht, sondern ernährten sich hauptsächlich von essbarem Tang, den sie zwischen den Algen aufsammelten. Im Rahmen der Begrüßungszeremonie aß Amonidas jedes Mal das Brot, das sie daraus buken; es schmeckte abscheulich. Aus gutem Grund führte seine kleine Flotte Korn, Pökelfleisch und Hartkäse mit sich. Im feuchten Klima der Morgeninseln ließen sich Lebensmittel nur schlecht lagern, und was sie mitbrachten, reichte nie übers Jahr. Aber zumindest in den ersten Monaten nach Abholung der Ernte konnten die Mannschaften, die zurückblieben, die Speisen ihrer Heimat essen.

Wer den Konvoi bemerkte, hielt inne. Grußlos standen die grauhäutigen Faani auf den Algen und folgten ihnen mit den Blicken. In der Fahrrinne stoppte ein Katamaran seine Fahrt und ließ sie passieren. Große, grüne Augen sahen von dem niedrigen Boot zu ihnen empor, undeutbar, teilnahmslos.

Amonidas konnte nicht von sich behaupten, dass er die Faani verstand. Nicht einmal, dass er jemanden kannte, der das tat. Was in ihren Köpfen vorging, war aller Welt ein Rätsel. Wahrscheinlich lief es andersherum genauso. Seine Gedanken kreisten beinahe ausschließlich um die Frage, was er mit seiner nutzlosen Armee anstellen sollte. Die Faani aber führten keine Kriege, Gewalt lehnten sie ab. Der Herrschaft der Symmachie über ihre Inseln hatten sie sich nie widersetzt. Nur ein einziges Mal hatte es Aufruhr gegeben, kurz nach Beginn der Besatzung vor mehr als dreihundertfünfzig Jahren, nachdem eine betrunkene Soldatin eine der heiligen Tempelschildkröten tötete. Die Unruhen forderten Dutzende Opfer auf beiden Seiten. Als die aufgebrachten Faani die Pesh-Lager stürmten und beinahe die Ernte eines ganzen Jahrs in Flammen aufging, sah die Symmachie schließlich ein, dass es sie billiger käme, Abbitte zu leisten: Jeder Soldat, jeder Beamte, jeder Athanaier auf jeder Morgeninsel beging das Sühneritual der Faani. Seitdem war auf den Morgeninseln nie wieder eine Schildkröte auch nur angerührt worden. Nicht einmal das Essen der Eier war den stationierten Truppen noch erlaubt. Der Schildkröten-Aufstand galt den Symmachen bis heute als Symbol für die Verbohrtheit der Faani: die Besetzung ihrer Inseln hinzunehmen, aber wegen einer toten Schildkröte einen Aufruhr anzuzetteln … Sie waren wie Kinder. Man hatte ihnen den Pesh-Handel geradezu aus den Händen nehmen *müssen*, zu ihrem Wohl und dem der Welt. Dass sie auch das hatten geschehen lassen, war nur ein Beweis, den es nicht mehr gebraucht hatte.

Amonidas aber fragte sich einmal mehr, ob die Faani am Ende nicht die Klügeren waren. Manchmal, wenn er nachts darauf wartete, dass endlich der Schlaf käme, konnte er den Druck auf sich beinahe körperlich spüren. Ganze Schiffsladungen von Erwartungen schnürten ihm den Atem ab.

Und was immer die Faani auch träumen mochten, er bezweifelte, dass sie mit verspanntem Rücken aufwachten.

Unter den Geruch des Algenteppichs mischte sich der des verbrannten Peshs vom Tempeldach, während sie näherkamen. Die Trommeln wurden lauter. Die *Trotz* glitt durch eine Nebelbank, und kurzzeitig verschwand Khuld aus den Augen. Ein Dämmerreiher tauchte in dem Weiß auf. Mit trägen Flügelschlägen passierte das orangerot gefiederte Tier die Dromone und tauchte wieder in den Nebel ein.

Unter Trommelschlägen legten die *Trotz* und die anderen fünf Dromonen schließlich an der Mole der Herren an. Die Luftfeuchtigkeit war erdrückend.

Amonidas ließ die Empfangszeremonie über sich ergehen, aß das Algenbrot und nahm den Lebenssegen in Empfang, der jedem Ankömmling mit grüner Farbe auf die Stirn gemalt wurde. Danach begrüßte er Anaximande, seine Statthalterin. Ihrem erschöpften Gesicht war anzusehen, dass sie bereits das dritte Jahr auf Pinhaan residierte. Horodates wurde an Land getragen. Amonidas sah der Bahre mit seinem bewusstlosen Lehrmeister nach, aber er wusste, dass es nun nicht mehr an ihm war. Die Faani hatten begnadete Heiler, entweder sie konnten Horodates helfen oder niemand mehr. Er bat die Hausgötter seiner Familie, Gnade zu haben. Horodates und er hatten noch so viel zu besprechen; er, Amonidas, hatte noch so viel zu besprechen.

Während die Truppen und schweißnassen Ruderer an Land gingen, bestieg Amonidas einen Einbaum und ließ sich durch die Kanäle der Stadt zu den Pesh-Lagern rudern. Menophanes und die anderen Händler folgten auf eigenen Nachen.

Wie so oft auf den Dämmerinseln verschwand die Sonne nach kurzem Aufstieg hinter einer dichten Wolkendecke. Mit jedem Moment wurde es schwüler; gegen Mittag würde es regnen, das tat es immer. Amonidas aber war bereits nass, der Seidenchitton klebte ihm an der Haut wie der Tang an den Fundamenten der Häuser. Durch den dumpfen Trommelschall hindurch fuhr sein Einbaum langsam an ihnen vorbei. Aus den Bergen Pinhaans hatten die Faani Tausende mitunter gigantische Basaltprismen herbeigeschafft und sie auf die Korallenbänke geschichtet. Auf den so entstandenen Plattformen hatten sie ihre Stadt erbaut. Nur gemächlich setzte die Flut wieder ein, sodass die mannshohen Unterbauten noch feucht glänzend bloß lagen. Amonidas' Blick glitt von einer dieser kantigen Sechsecksäulen zur nächsten, die wie Holzscheite versetzt übereinander lagen, und wieder einmal musste er den Kopf schütteln über den betriebenen Aufwand. Er konnte keinen Sinn darin entdecken, eine Stadt vor die Küste zu setzen, wenn man sie auch an Land hätte bauen können. Vor allem, wenn man dafür die Ausbeute mehrerer Steinbrüche Hunderte Stadien weit durch den Regenwald herbeischaffen musste.

Er atmete tief durch. Sinn, Unsinn, wo zog wer die Grenze? Die jahrhundertealten, kunstvoll mit Tiergesichtern verzierten Bauten der Faani erschienen ihm sinnlos, aber war sein Streben tatsächlich so anders?

Abgekämpft schüttelte Amonidas den Kopf. Jedes Mal, wenn er nach Pinhaan kam, überfielen ihn solcherlei Gedanken. Es war, als würde die Insel diese Zweifel in ihm wecken, mit ihrer fremden, traumartigen Atmosphäre, mit ihren Nebeln, Trommeln und den stummen Gesichtern, die nie ganz von dieser Welt zu sein schienen. Und jedes Mal, wenn er Pinhaan wieder verließ, nahm er mehr von diesen Gedanken mit.

Einer nach dem anderen stiegen sie aus den Einbäumen und die algenbewachsenen Stufen hoch, die zu den Lagerhäusern führten. Pesh-Blüten mussten, damit sie nicht verfaulten, nach der Ernte schnell weiterverarbeitet werden. Dazu wurden sie vorsichtig zwischen den Händen gerieben, um das Harz aus ihnen herauszupressen. Das Harz wurde gesammelt, in der Hand erwärmt und zu kleinen Kugeln geformt. Es war eine zeitraubende Arbeit, selbst erfahrene Pesh-Dreher konnten am Tag nur etwa sechs Schekel Pesh gewinnen, so viel, wie ein Ei wog. In den Lagerhäusern aber warteten Tausende und Abertausende Schekel darauf, von ihnen abgeholt und verschifft zu werden. Die Arbeit eines ganzen Jahres.

Bereits auf der Mole hatte ihm Anaximande mitgeteilt, dass die Ernte dieses Mal außerordentlich reichhaltig ausgefallen sei. Die Sammler hätten deutlich mehr Blüten als sonst gefunden, und das aus ihnen gewonnene Pesh habe sich als besonders potent erwiesen. »Wie die Tränen eines jungen Gottes«, sagte sie jetzt wieder, als sie die Tore des ersten Lagers öffnen ließ. »Überzeuge dich selbst, Herr, es ist das beste Pesh seit Jahren.«

Ein Faan brachte ihm eine der kleinen, in Palmblätter gewickelten Kugeln und schnitt ihm mit einem Messer ein Stückchen ab. Mit der Fingerspitze tippte Amonidas das Pesh von der Spitze der hingehaltenen Klinge. Es war klebrig, mehr als üblich, und als er es in den Mund nahm, überraschte ihn der intensive Geschmack. Nach der Bemerkung seiner Statthalterin hatte er hohe Erwartungen gehabt, aber die Intensität übertraf alles, was er jemals gekostet hatte.

»Siehst du?«, sagte Anaximande zufrieden, als sie seinen Gesichtsausdruck sah. »Ich habe nicht zu viel versprochen.«

»Ist die gesamte Ernte so?« Er bedeutete dem Faan, Menophanes und die anderen Händler ebenfalls probieren zu lassen.

»Ja, ist sie. Es gab kaum schwächere Proben.«

»Und die der anderen Inseln?«

»Nach allem, was wir wissen, leider ja, aber ...« Sie grinste.

»Aber das spielt keine Rolle«, vollendete Amonidas den Satz und schmeckte dem Pesh nach. Inzwischen hatte es sich vollkommen aufgelöst, ein weiteres Zeichen seiner hohen Qualität. Je schneller Pesh im Mund schmolz, desto wirksamer war es. Für dieses Pesh konnten sie praktisch verlangen, was sie wollten. Dass die anderen Familien ein ähnlich gutes Produkt auf den Markt bringen würden, war ein Wermutstropfen, am Ende aber unwichtig. Die Nachfrage würde für sie alle reichen. Begeistert klatschte er in die Hände.

»Götter!«, ließ sich nun auch Menophanes hören. »Was für ein Aroma!« Er grinste über die ganze Breite seiner Goldzahnreihen. »Selbst wenn wir das strecken – man wird es uns aus den Händen reißen.« Kichernd wischte er sich mit dem Handrücken über die Lippen.

Menophanes hatte recht, sie konnten damit mühelos vertrocknete Restbestände unters Volk bringen, aber das waren Überlegungen, mit denen sich Amonidas gerade nicht beschäftigen wollte. Dieses Pesh hatte es verdient, genossen zu werden. Er ließ sich von dem Faan einen weiteren Brocken herunterschneiden.

»Vorsicht, Herr«, sagte Anaximande, »du hast noch ein paar Lagerhäuser und Stichproben vor dir. Nicht, dass du bereits träumst, bevor wir durch sind.«

Es war ein Scherz, aber einer mit ernstem Kern. Obwohl er von weiteren Doppelproben absah, fühlte sich Amonidas am Ende der Verkostung merklich benommen. Zwischen seinen Schläfen drehte sich sein Hirn wie ein langsam eiernder Kreisel.

Schließlich ließ er sich auf seinem Einbaum zum Palast von Khuld fahren. Als er dort beim Aussteigen von einem Sklaven angesprochen wurde, hatte er Schwierigkeiten zu verstehen, was der Mann ihm sagen wollte.

Erst beim dritten Versuch begriff er, dass Horodates gestorben war.

In dem Gemach, in dem man seinen Lehrmeister aufgebahrt hatte, verbrannte Myrrhe auf einem Kohlenbecken. Vasen mit frischen Orchideenblüten standen um den Leichnam herum. Zum ersten Mal, seit Amonidas auf Pinhaan angekommen war, hatte er keinen Pesh-Geruch in der Nase. Erschüttert trat er an die Bahre heran. »Kyron«, flüsterte er hart schluckend, *Meister.*

Im Tod waren Horodates' Züge friedlich; er hatte gelitten, aber zumindest sein Sterben war schmerzfrei geblieben. Es gab kein

Antlitz, das Amonidas länger oder besser kannte, keines, das ihm lieber war. Horodates hatte ihm Sprechen, Lesen und Rechnen, Laufen, Schwimmen und Lieben beigebracht, und so vieles mehr. Er war klug, sogar weise gewesen, vor allem aber gütig. Keine Eigenschaft, die im Palast von Pylaimon hoch angesehen war, aber Amonidas hatte den alten Mann dafür verehrt. Nie war er von ihm geschlagen worden, nie hatte er ein hartes Wort verloren, wenn Amonidas als Kind wieder einmal nicht hatte spuren wollen. Die härteste Strafe, die Horodates gekannt hatte, war der enttäuschte Ausdruck in seinem Gesicht gewesen, und dieser Ausdruck hatte Amonidas mehr erzogen als die Stockhiebe seiner Mutter. Horodates' Ansprüchen gerecht zu werden, war seine Richtschnur gewesen, und, Götter, wie oft hatte er sie verfehlt. Horodates aber hatte nie die Geduld verloren, nie an ihm gezweifelt.

Und nun war er fort. Beinahe ein Vierteljahrhundert seines Lebens hatte Horodates für Amonidas aufgeopfert, er aber war nicht bei ihm gewesen, als er gegangen war. Nicht einmal das.

Die Wut kam plötzlich, wie sie immer kam, vertraut wie ein falscher Freund, und zusammen mit dem Schmerz war sie übermächtig. Mit einem Schrei fegte Amonidas die Vasen von der Bahre. Er schrie noch, als sie auf dem Boden platzten, und er schrie immer noch, als sich die Wasserlachen zu einer verbanden und zwischen den Scherben und Blüten ausbreiteten. Der Wut folgten die Tränen, und sie kamen mit nicht weniger Gewalt. Er vergrub das Gesicht in den Händen und weinte um den Mann, der in allem bis auf den Akt der Zeugung sein Vater gewesen war.

»Du hast ihn geliebt.«

Amonidas nahm die Hände vom Gesicht und sah auf. Im Durchgang stand eine Faan. Er nickte stumm.

»Ich will dich in deiner Trauer nicht stören«, sprach die Frau weiter. »Ich wollte dir nur sagen, dass ich an seiner Seite war, als er starb. Ich konnte nichts mehr für ihn tun. Und als er bereit war, habe ich ihn gehen lassen.«

»Du warst …« Mit einem Räuspern befreite er seine Kehle von Tränen. »Du warst bei ihm?« Er wischte sich über die Augen. Sie brannten vom Salz, und sein pesh-schwerer Kopf dröhnte im Takt der Trommeln, die von der Pyramide und durch die Stadt wummerten. »Hat er, hat er noch etwas …?« Er brach ab, er konnte nicht mehr weitersprechen.

»Nein. Er starb, ohne noch einmal das Bewusstsein zu erlangen. Es war ein sanfter Tod. Ich werde jetzt gehen.« Sie wandte sich um.

»Nein«, rief Amonidas und streckte impulsiv die Hand nach ihr aus. »Bleib. Ich bitte dich. Ich will reden.« Reden gegen das Dröhnen und die Leere und den Schmerz. Er konnte jetzt nicht mit sich allein sein.

Die Frau neigte den Kopf und trat vollends in den Raum. Sie war jung, keine zwanzig Jahre schien sie ihm. Wie alle Faani hatte sie volles, dunkelrotes Haar und sehr blasse, hellgraue Haut. Von ihren kräftigen Schultern fiel ein lockeres grünes Kleid mit roten Schmetterlingen darauf. Einen Schmetterling trug sie auch als Anhänger an einer kurzen Kette, sein Körper ein grün schimmerndes Juwel, an dem silberne Flügel befestigt waren. Dunkelgraue Sommersprossen sprenkelten ihre Wangen. Sie stellte sich nah an ihn heran und blickte zu ihm auf. Unter breit gezogenen Lidstrichen forschten grüne Augen in seinem Gesicht, die deutlich älter wirkten als ihre fast noch kindlichen Züge. Amonidas sah Neugierde in ihnen. Mitgefühl sah er nicht. »Worüber willst du reden, Herr?«, fragte sie. Ihr Athanai war beinahe akzentfrei.

»Wie … wie heißt du?«

»Raaz.«

»Und du bist eine Heilerin, Raaz?«

»Ich bin vieles. Manchmal heile ich. Wenn ich es noch kann.«

Amonidas sah auf Horodates hinunter. Wieder füllten sich seine Augen. Er zwang sich zu reden. »Wenn ihr jemanden verliert, der … euch etwas bedeutet hat – trauert ihr dann wirklich nicht?«

»Nein. Leben kommt, Leben geht. Aber immer bleibt es. Leben endet, ohne zu enden. Wieso sollten wir darüber traurig sein?«

»Ihr seid ein sonderbares Volk.« Die Faani verehrten keine Götter, nur das Leben an sich, *jindaagi*, eine ewige Schöpfungskraft, die alles zusammenhielt. Wie so vieles bei ihnen fand Amonidas auch das nur schwer bis gar nicht verständlich. Wenn es keine Götter gab, wer sollte einem sagen, was richtig war und was falsch?

»Wir sind ein zufriedenes Volk.«

Amonidas wusste darauf nichts zu antworten. Für einen Moment war es still im Raum, still bis auf die Trommelschläge. Das Pesh bearbeitete im selben Takt seinen Geist. Das war Khuld, waren die Morgeninseln, ging es ihm durch Kopf: Pesh und Trommeln, Pesh und Trommeln.

»Der Tote war dein Lehrer?«, fragte ihn Raaz nach einem Moment des Schweigens.

»Ja. Mehr als das. Er … er hat mich geformt.« Er musste wieder schlucken. Horodates sah so friedlich aus. »Jedenfalls die Teile, auf die ich stolz bin.«

»Ich verstehe.«

Amonidas sah sie an. »Tust du das?«, fragte er sie.

Raaz blickte zurück. »Lass uns über Krieg reden.«

Überrascht zuckte Amonidas zurück. »Krieg?«

»Krieg beschäftigt dich doch.«

»Was bist du? Eine Seherin?« Verstört versuchte er, in den grünen Augen Antworten zu erkennen. Wieder spürte er das Pesh in seinem Kopf wirbeln.

»Ich bin vieles. Wir Faani brauchen kein Carcosa. Aber auch wir können Gesichte haben. Manchmal sehe ich Dinge.«

Amonidas zögerte, immer noch irritiert. Die seltsam mäandernde Unterhaltung mit der jungen Frau, die so nah bei ihm stand, fing an, ihn zu überfordern. Er zog die Tränen hoch und schluckte sie. »Was wisst ihr Faani schon von Krieg?«, fragte er beinahe trotzig.

»Genug, um von ihm abzusehen.« Zum ersten Mal während ihres Gesprächs wandte sie den Blick ab und ließ ihn ins Unendliche gleiten. »Wir sehen Schlimmes vom Krieg im Westen.«

Der Krieg im Westen. Das große, mächtige Salenreich brannte, und was Horodates und die anderen Seher an Kunde von den Traumfeldern zurückgebracht hatten, überstieg die üblichen Grausamkeiten. Wenn die Träume nicht logen, verwandelten die Chimren die Länder, die sie eroberten, in einen Friedhof. »Wir auch«, antwortete er tonlos.

»Was wirst du dagegen tun?« Ihr Blick kehrte zu ihm zurück.

»Ich?« Verblüfft griff sich Amonidas an die Brust. »Was sollte ich dagegen tun können?«

»Du bist reich. Unser Pesh füllt deine Taschen. Du hast eine Armee.«

Er kniff die Augen zusammen. »Das weißt du?«

Sie hielt seinem Blick stand. Welche seiner Geheimnisse versteckten diese ruhigen, alten Augen noch?

»Manchmal sehe ich Dinge.«

»Und du willst, dass ich mit meiner Armee was mache? Den Krieg im Westen beende? Unmöglich.« Was für ein absurder Gedanke. Nur ein Faan konnte auf so eine Idee kommen. Aber wieso fühlte er sich plötzlich, als müsse er sich rechtfertigen? Es musste am Pesh liegen, sagte er sich, es machte empfänglich für die abstrusesten Überlegungen. »Der Krieg ist ganz woanders. Wir könnten nie … Und außerdem – du hast selbst gesagt, dass ihr Krieg ablehnt. Und jetzt soll ich einen führen?«

»Du wirst diese Armee nicht auflösen. Du wirst so oder so einen Krieg führen. Dann führe den, der am wenigsten falsch ist.«

Amonidas schüttelte den Kopf. Er war perplex. »Du bist eine seltsame Frau, Raaz.«

»Ich bin vieles. Eine Frau bin ich nicht.«

Im ersten Augenblick dachte Amonidas, sie würde ihr junges Alter meinen, dann begriff er. Seine Augen weiteten sich. Ihre Haartracht und die Andeutung von Brüsten unter dem weiten Kleid, die helle Stimme … dazu die fein gezupften Augenbrauen, der Lidstrich, das weiche Gesicht. Es war eine gute Maskerade. Aber jetzt, da er es besser wusste, fielen ihm die dünnen Lippen und der breite Kieferknochen auf. Die kräftigen Schultern. Und zeichnete sich nicht ein leichter Kehlkopf über der Schmetterlingskette ab? Raaz war ein Mann. Aber nein, auch das stimmte nicht ganz, jedenfalls, wenn man es wie die Faani hielt. Raaz war eine *dohru*, ein Zweigeist, der beide Geschlechter in sich vereinte und doch keines von beidem war. Als eines von beiden geboren, führten *dohru* das Leben des jeweils anderen.

»Ha«, sagte Amonidas. Auf den Morgeninseln waren *dohru* nicht einmal wirklich selten, aber er hatte – zumindest wissentlich – noch nie mit einer gesprochen. Er fühlte sich unbeholfen.

»Ha«, sagte Raaz.

Wieder war das Trommelschlagen der Tempelpyramide das einzige Geräusch im Raum.

»So«, fing sie schließlich wieder an.

»Ja, so«, erwiderte Amonidas, erleichtert, dass sie das Schweigen beendete.

»Du hast mit deinem Lehrer auch deinen Seher verloren.«

»Ja …?«

»Du brauchst einen neuen.«

Abwehrend hob er die Hände. »Götter, nein!«, rief er aus, »du wirst nicht mein Seher!«

Raaz sah ihn an, ruhig und mit ihren wissenden, grünen Augen.

36

In Amonidas' Kopf wirbelte das Pesh. Er sah zu Horodates, dann wieder zurück zu ihr. Was hätte ihm der alte Mann geraten? Er wusste es nicht, nur, dass diese Begegnung am Totenbett seines Lehrmeisters etwas bedeuten musste. Es konnte anders nicht sein. Nur was sollte sie besagen? Sollte er Raaz wirklich als Seherin annehmen? Unter allen anderen Umständen hätte er den Gedanken als vollkommen aberwitzig abgetan, aber hier und jetzt ...

Trommeln und Pesh.

Er fühlte sich wirr, traurig und aufgedreht, als wäre die ganze Welt auf den Kopf gestellt. Und hatte Horodates' Tod nicht genau das getan? Vor seinem geistigen Auge wirbelten die Waffen und seine Armee, Horodates und Raaz, die Scherben der Vasen, die Orchideen, das Pesh, die Dromonen, die Inseln. Ihm schwindelte. Raaz, Raaz, Raaz, Pesh, Pesh, Pesh.

Taumelnd griff er an die Bahre und stützte sich ab. Er spürte seine steinernen Schultern wieder, den Druck auf seinem Brustkorb. Angestrengt atmete er durch. »Du bist vieles, Raaz«, sagte er, weil er nicht anders konnte, »und ab heute auch meine Seherin.«

»Gut«, sagte Raaz.

Und Amonidas hoffte inständig, dass sie recht hatte.

2
Istrid

»Vater?«

Childeric öffnete die Augen. Langsam kehrte der Geist in seinen Blick zurück. »Istrid, mein Leben«, sagte er, als er ihrer gewahr wurde, und ein Lächeln erschien in seinen Falten. »Du kommst mich besuchen!« Er tastete nach ihrer Hand, die auf der Bettdecke lag, und tätschelte sie. »Istrid. Istrid …«

»Natürlich, Vater. Ich wollte nach dir sehen. Ich war mir nur nicht sicher, ob du schläfst …«

»Nein, nein, ich habe nur geruht.« Der Kaiser rutschte ein wenig in den Kissen nach oben, in denen er gelegen hatte. »Ich bin nur müde, und es ist Frühling.«

Er war so dünn geworden, dachte sie, und so gebrechlich. Sie saß auf der Bettkante und spürte die ausgemergelte Hand ihres Vaters auf ihrer. Die Berührung beruhigte und erschreckte sie gleichermaßen. So schwach. »Ja«, antwortete sie, »es ist Frühling. Aber es ist kein schöner Tag heute, sieh.« Mit dem Kopf lenkte Istrid den Blick ihres Vaters zu den hohen Fensterscheiben. Eingefasst in eisernes Eschenlaubwerk türmten sich hinter ihnen dunkle Wolken. Sie waren im obersten Stockwerk Noggdrarsils, hier gab es nur noch Himmel. »Es wird wohl bald regnen.«

»Ja, Regen …« Childeric blickte hinaus. Schlohweiß umrahmten Haare und Bart sein müdes Gesicht, in dem die hellen blauen Augen verloren dem Flug der Wolken folgten.

»Hast du Hunger, Vater? Oder Durst? Soll ich dir etwas kommen lassen?«

Bestimmt schüttelte er den Kopf. »Weder das eine noch das andere. Meine Blumen, die vermisse ich. Aber in Salhall gibt es keine Blumen.«

Istrid beugte sich vor und strich ihrem Vater die langen weißen Haarsträhnen glatt, auf denen er gelegen hatte. »Doch, die gibt es«, sagte sie sanft. »Ich werde dir welche bringen lassen.«

»Tu das, Istrid, bitte.«

»Ja, Vater. Aber ich werde jetzt gehen müssen.«

Unglücklich sah er sie an, plötzlich ganz wach. »Es hat mit dem Heerpfeil zu tun, nicht wahr? Weil ich ihn zerbrochen habe. Ich weiß nicht, warum … Ich weiß es nicht. Ich hätte es nicht tun dürfen, nein.«

»Es ist gut, Vater«, sagte sie und strich ihm noch einmal übers Haar. »Es wird alles in Ordnung kommen.«

»Ich weiß nicht, was gestern in mich gefahren ist. Es war alles ganz laut … und … alles ist so durcheinander.« Childeric schüttelte den Kopf. »Ich muss das wieder geradebiegen. Ich bin der Kaiser, das wird von mir erwartet. Was habe ich nur getan?«

Er wollte sich aufrichten, doch sie drückte ihn zärtlich zurück in die Kissen.

»Vater«, sagte sie, »mach dir keine Sorgen.«

Mehr sagte sie nicht, denn mehr gab es nicht zu sagen. Ihr Vater wusste offensichtlich nicht, dass sie diese Unterhaltung nicht zum ersten Mal führten, so wenig, wie er wusste, dass es nicht einen, sondern fünf Tage her war, seit er den Heerpfeil zerbrochen hatte. Die Tage verschwammen für ihn und sanken incinander, und so sank Istrids Hoffnung. Äußerlich war sie gefasst und die Tochter, die ihr Vater kannte, aber innerlich zitterte sie. Seit fünf Tagen zitterte sie, und die Angst schnitt ihr fast die Luft ab.

»Ich muss jetzt gehen«, sagte sie, die Tränen zurückhaltend. »Aber ich komme wieder.«

»Ja, Istrid, tu das. Ich freue mich so sehr, dich zu sehen.«

»Natürlich, Vater. Ich freue mich auch.« Das tat sie, aber es zerriss ihr auch das Herz.

Sie stand auf und drückte ihrem Vater einen Kuss auf die Stirn.

»Ruh dich aus. Komm zu Kräften. Das Reich braucht dich.«

»Es ist Frühling, Istrid«, rief er ihr hinterher, »bring mir bitte Blumen mit! Sie fehlen mir so sehr.«

»Das tue ich, versprochen«, antwortete sie, und dann schossen ihr doch noch die Tränen in die Augen.

Sie tat es jeden Tag.

An den Vasen vorbeigehend, verließ sie den Raum.

In ihren Gemächern ein Stockwerk darunter wartete Helgid. Wie immer wusste Helgid schon, wie es ihr ging und was sie brauchte, und nahm sie in den Arm. Istrid schloss die Augen, sog den Duft ihrer Frau ein und genoss die Berührung. Dann wischte sie sich die Tränen ab. »Danke.«

Und Helgid, klug und klein und hübsch und der beste Mensch der Welt, sagte nur: »Immer.«

»Es ist schrecklich, ihn so zu sehen.«

»Ich weiß.«

»Und ich kann mich kaum um ihn kümmern. Nicht einmal eine Stunde war ich jetzt bei ihm …«

»Du tust bereits mehr, als du solltest, Süße, das weißt du.« Wenn sie allein waren, nannten Helgid sie immer so. Istrid mochte es. Es war kindisch, aber sie fühlte sich in diesem Wort geborgen. Und noch so vieles mehr, nur nicht wie eine Prinzessin, und das war wichtig. »Du tust, was du kannst, du bist da für ihn. Aber du kannst dich nicht nur um ihn kümmern. Nicht jetzt. Du musst vor allem auch an dich denken. Wenn du nämlich schlappmachst, hilfst du keinem.«

Helgid hatte recht, wie so oft. Verzagt nickte Istrid, dann versuchte sie sich an einem Lächeln. Sie scheiterte.

»He«, sagte Helgid und nahm Istrids Kopf zwischen die Hände. Sanft zog sie sie zu sich herunter und küsste sie. »Ich will dich nicht so traurig sehen.«

Wieder kamen Istrid die Tränen, aber sie hielt ihren Blick weiter auf Helgid gerichtet. Helgid hatte braune Augen, für eine Salin edler Geburt ein Makel, aber für Istrid waren sie perfekt. Beinahe nicht von dieser Welt. »Ich wünschte«, sagte sie, »wir könnten für immer so bleiben. Und ich könnte für immer in deine Augen sehen.«

Helgid lachte. »Ich würde einen steifen Nacken bekommen. Außerdem ...«, sie gab Istrids Wangen frei, »man hat dir das Schwert gebracht.«

Das Schwert.

»Ja? Wo ist es?«, fragte sie freudlos.

»Auf dem Tisch im Speisesaal. Komm.« Helgid nahm sie an der Hand. Widerstrebend folgte sie ihr.

Das Schwert lag eingehüllt in die schwarz-gold-schwarzen Reichsfarben am unteren Ende der Tafel. Istrid schlug das Tuch zurück und besah sich die Waffe. Sie war die wertvollste ihrer Art, ein Khanwa, ein Schwert aus Vandran. Sein Name war Baqqlabang, Dunkelstern. Früher hatten die Könige von Vandran Baqqlabang geführt als Zeichen ihrer Macht, heute gehörte es zum Kronschatz des Reiches. Die breite Klinge wurde der Heilsgarde übergeben, wenn die Leibwache des Kaisers in den Krieg zog, und deswegen lag sie nun auf Istrids Tisch. Die Scheide, in der sie steckte, war schwarz; schwarz war auch die ovale Scheibe, die sie statt Parierstangen besaß, schwarz der Griff und ebenso der schmale Fingerschutz, der sich vom Heft hinunter bis zum dornenbewehrten Knauf bog. Schwarz schimmerten selbst die Opale, mit denen Scheide und Griff verziert waren. Nur das Gold der dünnen Einlegearbeiten zwischen den Steinen glänzte hell. Schwarz, so hieß es, sollte auch die Klinge selbst sein, geschmiedet aus dem seltenen Nachtstahl des Inselreichs. Istrid machte sich nichts aus Waffen, aber diese hier war schön, sehr schön sogar, und sie hatte noch nie Nachtstahl gesehen. Kurzerhand griff sie mit der Linken nach ihr, mit der anderen nahm sie das Heft.

»Nicht.« Helgid hielt ihre Hand fest. »Es wäre nicht richtig.«

Istrid zögerte, dann legte sie die Waffe wieder zurück und schlug das Tuch darüber. Für die Vandraar waren Schwerter heilig, dieses ganz besonders. Sie durften nur in ernsthafter Absicht gezogen und mussten dann auch mit Blut benetzt werden. Baqqlabang zu ziehen, nur um ihre Neugier zu befriedigen, wäre respektlos. »Du hast recht. Danke.« Sie würde die Klinge ohnehin zu Gesicht bekommen.

»Ich habe dir schon eine Eskorte bereitstellen lassen«, sagte Helgid. »Und die Heilsgarde wartet auf dich.«

Istrid seufzte. »Ich nehme an, dann habe ich keinen Grund mehr, noch länger zu warten.«

Helgid gürtete ihr Baqqlabang um und drückte ihr einen Kuss auf die Lippen. »Nein. Aber einen, wieder zurückzukommen.«

Widerwillig verabschiedete sich Istrid von ihrer Frau, fuhr mit den drei Aufzügen Noggdrarsils nach unten und verließ den Kaiserpalast, umringt von ihrer Eskorte.

Unter einem stählernen Himmel wartete die Reichshauptstadt auf sie.

Es dauerte nicht lange, da hob sich ihre Laune ein wenig. Istrid liebte Salhall. Laut und quirlig, uralt und immer wieder neu, in Stein gehauen, aber stets in Wandlung. Und sie liebte es, in diesem pulsenden Leben unterwegs zu sein. Nie nahm sie eine Sänfte, wie andere es taten, um sich von der Stadt, ihren Geräuschen und Gerüchen abzuschirmen. Vom Sattel aus einzutauchen in das Treiben der Gassen war ein Genuss, der sie jedes Mal neu überraschte. Salhall hatte viele Beinamen – die Ewige, die Holde Stadt,

Herz des Reiches, Nabel der Welt, doch keinen fand sie passender als: Stadt der Städte. Er drückte alles aus, was Salhall für sie war und bedeutete.

Manchmal zog sie sogar verkleidet durch die Viertel und dann zu Fuß und mit nur zwei Leibwachen im Hintergrund; die Anonymität erlaubte ihr eine Teilhabe an der Menge, die sie anders nicht erfahren konnte. Für Istrid waren dies die glücklichsten Ausflüge in die Stadt. Straßen voller Leben und Lärm. Und sie eins mit ihnen. Frei.

Heute allerdings verbot sich eine solche Maskierung: Der Besuch bei der Heilsgarde konnte nur im Rahmen eines offiziellen Auftritts stattfinden. Fünfzig schwarz gekleidete Vandraar begleiteten sie, den goldenen Eschenlaubkranz auf der Brust. Wo ihr Trupp auftauchte, blieben die Leute stehen, winkten und beugten die Köpfe. Wer sie nicht erkannte, erfuhr durch die »Prinzessin!«-Rufe der anderen, welches Mitglied des Kaiserhofs da an ihnen vorbeizog. Es gab auch dunklere Töne. In den Chor glücklich-aufgeregter Stimmen mischten sich solche, die nach Rache für den Chimmgau verlangten oder »Tod den Falken!« skandierten. Der ferne Krieg im Westen war längst auch in die Köpfe und Herzen der Salhaller eingezogen.

Istrid ritt durch eine Stadt, die wie immer erfüllt war von Selbstvertrauen und Stolz, aber auch zum ersten Mal seit Langem von leiser Sorge und banger Ungewissheit.

Auch weil niemand sicher sagen konnte, was mit dem Kaiser war. Keiner der Salhaller wusste zwar, was im Reichsrat genau passiert war, aber inzwischen wusste jeder, *dass* etwas passiert war. Gerüchte sprangen durch die Gassen, und jeder bekam mit, dass sich viele Edle in ihren Sippentürmen verbarrikadiert hatten, auch sie unsicher. Oder mit dunkleren Absichten. Die Feinfühligeren spürten, dass Aufruhr in der Luft lag. Mehr als einmal fühlte sich Istrid lauernd gemustert, während sie an grau verwitterten Mauern mit hohen Schießscharten vorbeiritt. Sie blickte nicht nach oben.

Stattdessen gab sie sich alle Mühe, Zuversicht zu verbreiten, winkte lächelnd in die Menge und ließ sich von den Vandraar kleine Kinder reichen, um sie zu segnen. Als Tochter des Kaisers wohnte auch ihr etwas von dem Heil inne, das von ihm ausging, und es wurde von ihr erwartet, dass sie es teilte. Sie tat es ausgiebig, sie wusste, dass es unter diesen Umständen wichtiger war als sonst. Für die kurze Strecke zu ihrem Ziel brauchte sie zwei Stunden, in denen der Himmel zunehmend düsterer wurde. Sie schmeckte Sturm auf den Lippen.

Die Heilsgarde bemannte die drei Zwingfesten der Stadt. In der westlichsten, in Jöllnir, waren die vier Tausendschaften zusammengezogen worden, die in den Krieg aufbrachen. Die Torflügel der alten Festungsanlage standen weit offen, über ihnen hing der goldene Kranz auf Schwarz neben dem schwarz-gold-schwarzen Eschenbanner des Reiches herab. Ungeduldig riss der Wind an den Stoffbahnen.

Darunter wartete die Paagh auf sie.

Die Kommandantin der Heilsgarde war eine Frau, breit wie ein Bär und untersetzt, mit Oberarmen, die kräftiger waren als Istrids Waden. Sie musste die Fünfzig überschritten haben; ihr kupferrotes Haar wurde bereits pfeffrig-grau. Wie alle Soldaten der Heilsgarde hatte sie ihren Schädel bis auf einen faustdicken Streifen in der Mitte kahl geschoren, er lief in einem grob geflochtenen Pferdeschwanz aus. Unter dem linken Auge trug sie die Tätowierung, die ihr vor vielen Jahren, noch als Kind, beim Eintritt in die Leibwache des Kaisers gestochen worden war: vier kleine Krallen, die ihr die Wildheit und Kraft der Raubkatze ihrer Heimat schenken sollten. Paagh, die Ehrenbezeichnung für den Obersten der Heilsgarde, war Vishran für Tiger. Die derzeitige Trägerin dieses Titels hieß Marshana und hatte ihr Amt seit siebzehn Jahren inne. Ihr Vorgänger war während der Rebellion der Westframen gefallen, sie selbst mit einer strichdünnen Narbe davongekommen, die schräg über Mund und rechte Wange lief. Die gefurchten Lippen hielten eine kurze, geradstielige Pfeife.

»Heil dir, Prinzessin«, grüßte sie Istrid nach einer Verbeugung und ohne die Pfeife aus dem Mund zu nehmen. Ihre Stimme hörte sich an, als käme sie aus einem Keller. »Willkommen in diesen Mauern.« Marshana sprach Vishran – den Vandraar war es verboten, Aard zu reden oder auch nur zu lernen.

»Heil auch dir, Paagh«, antwortete Istrid in derselben Sprache. »Es ist mir eine hohe Freude, die Heilsgarde zu besuchen, mögen die Zeiten auch dunkel sein.« Sie wählte ihre Worte mit Bedacht und sprach langsam. Allen Mitgliedern der Kaiserfamilie wurde Vishran schon im Kindesalter beigebracht, aber Istrid war mit der Sprache nie warm geworden. Sie fühlte sich gehemmt, wann immer sie sie sprechen musste. Hätte sie die Wahl gehabt, hätte sie Arnim den Truppenbesuch überlassen. Ihr Neffe sprach Vishran wie eine zweite Muttersprache, aber als Kronprinz und Drost von Salhall war es seine Aufgabe, sich um das Aufgebot der Reichshauptstadt zu kümmern, das gerade ausgehoben wurde. Er hatte genug mit widerstrebenden Edlen zu tun, die ihre Haustruppen nicht hergeben wollten.

Sie suchte den Blick der Paagh. Blassgrüne Augen fanden ihre.

»Ich – «, fing Istrid an, als eine Bö über den Vorhof peitschte und ihr das Schultertuch herunterriss. Bevor der Wind es forttragen konnte, sprang die Paagh vor und hielt es fest.

»Dunkel *und* stürmisch, hervorragend«, antwortete Marshana, lachte keckernd und gab Istrid das Tuch zurück. »Wir werden weniger schwitzen, wenn wir kämpfen.« Sie nahm die Zügel. »Prinzessin, komm, alle sind bereits angetreten. Es ist ein großer Moment für uns.«

Istrid nickte. Die Vandraar waren eine Kriegerkultur, die in der Vollendung der Kampfkunst den höchsten Lebenszweck sah. Nach der Unterwerfung des Inselreichs hatten sich die salischen

Kaiser dies zunutze gemacht und mit der Heilsgarde eine Haustruppe geschaffen, die keinen Anteil an den inneren Machtkämpfen des Reiches besaß. Schnell waren die rothaarigen Soldaten bei Freund und Feind gleichermaßen gefürchtet gewesen. Spätestens aber mit dem Ende der Ewigen Einigung war mehr und mehr das ausgeblieben, was den Kern des Selbstverständnisses der Vandraar ausmachte: der Kampf auf dem Schlachtfeld. Die Rebellion der Westframen war ihre letzte Möglichkeit gewesen, sich zu beweisen. Für sie bedeutete der Einfall des Herzogtums, dass siebzehn Jahre des Wartens vorbei waren.

Istrid ließ die Paagh ihr Pferd durch den Tunnel des dicken Torturms führen. Sie verstand Marshana, konnte ihr Hochgefühl jedoch nicht teilen. Sie ging davon aus, dass ein Großteil der Männer und Frauen, die sie heute verabschiedete, nicht mehr zurückkommen würde. Die Vandraar mochten an Wiedergeburt glauben und daran, dass das Leben ein Ring war ohne Anfang oder Ende; für Istrid aber hatte der Gedanke an den sicheren Tod Tausender etwas zutiefst Bedrückendes. Der Ritt durch das Dunkel des Torturms zog sich, hohl hallte das Klappern der Hufe von den Wänden, und so hart kam die Ahnung unausweichlicher Düsternis auf sie nieder, dass ihr ein zittriger Seufzer über die Lippen schlüpfte. Die Paagh wandte den Kopf und sah sie kurz an, sagte aber nichts. Dann entkamen sie dem Tunnel und ritten in den äußeren Hof der Festungsanlage.

Dumpf begrüßte sie ein Paukenschlag, dann noch einer und noch einer.

Neunmal schlug die Pauke.

Der Himmel war noch dunkler geworden, und das Tageslicht beinahe ganz vertrieben, doch schwärzer noch als die Wolken standen die Vandraar in ihren Waffenröcken. Dreireihig und dicht geschlossen waren sie entlang der Außenwand des ringförmigen Hofs angetreten. Hunderte, Tausende. Marshana führte Istrids

Pferd linksherum, vorbei an ihren regungslosen Untergebenen. Jeder von ihnen hielt mit beiden Händen den Val, den überlangen Speer mit breiter, lindenblattförmiger Spitze. Bogen und Pfeile hingen über den Rücken, an der Seite führten sie Stoßdolch und Khanwa. Unter ihrem Waffenrock trugen die Vandraar Lamellenpanzer aus Eisenblech und Leder und dazu einen mützenartigen Helm mit Nackenschutz. So fremd wie vertraut, dachte Istrid, während sie die Reihen abritt. Waffen und Rüstungen der Vandraar glichen ihren salischen Gegenstücken nur wenig, und doch war sie den Anblick tagtäglich gewohnt. Ihr Leibwächter Pranradhar folgte ihr auf Schritt und Tritt, und überall im Kaiserpalast standen dieselben stummen, schwarzen Gestalten wie hier im Hof.

Als sie einmal herum und wieder am Torturm angekommen waren, stieg Istrid ab. Die Paagh hielt ihr den Steigbügel. Istrid suchte wieder ihren Blick, die Paagh nickte, und nun zog sie Baqqlabang. Geräuschlos fuhr die nachtstählerne Klinge aus der gefütterten Scheide. Sie war tatsächlich schwarz. Dünne goldene Linien flossen über die breiter werdende Schneide bis zur stumpfen Spitze. Sie kamen Istrid überraschend verspielt vor.

Was der Klinge jetzt noch fehlte, war Blut.

Istrid wechselte das Schwert in die Linke, dann fuhr sie mit dem Daumen der Rechten über die Klinge. Sie übte nur sanften Druck aus, aber er reichte, um die Haut ihrer Fingerkuppe aufspringen zu lassen. Ohne eine Miene zu verziehen, hob sie die Hand und zeichnete der vor ihr stehenden Paagh einen Kreis mit ihrem Blut auf die Stirn.

»*Khav nan djeree, lav nan devee.*« Laut und deutlich sprach sie dabei den Wahlspruch der Kriegerkaste aus, die nun seit mehr als einem halben Jahrtausend der Holden Krone diente: Stirb heute, lebe morgen.

Das ganze Wesen der Vandraar kam in diesen Worten zusammen, ihr Sinn und Streben geschmiedet in eine Formel, die Istrid nicht einmal annähernd verstand, die aber trotzdem nicht ohne Wirkung auf sie blieb. Sie spürte, wie sie zitterte, und zog schnell die Hand zurück. Mit beiden Händen übergab sie der Paagh die Klinge, auf der ihr Blut kaum zu sehen war, und stieg aufs Pferd. Schwertgurt und Scheide behielt sie, als Zeichen dafür, dass die Waffe nur geliehen war. Sie würde sie erst wieder zurücknehmen, wenn die Heilsgarde in den Frieden zurückkehrte.

Die Paagh nahm nun erstmals die Pfeife aus dem Mund. Sie hob die Schwerthand und reckte Baqqlabang in die Höhe. »*Khav nan djeree, lav nan devee!*«, rief sie lauthals in die Stille des Hofs.

Tausendfach wurde ihr geantwortet. Mit einem Ruck setzten sich die Vandraar in Bewegung. Reihe um Reihe, Glied um Glied marschierte die Heilsgarde an Istrid und der Paagh vorbei, unter dem erhobenen Schwert hindurch.

Es dauerte lange, aber irgendwann waren auch die Letzten an ihnen vorüber und im Tunnel des Torturms verschwunden. Istrid saß im Sattel und blickte ihnen hinterher. Wieder war ihr nach weinen zumute. Der Schnitt in ihrem Daumen begann, dumpf zu pochen.

Aus dem Augenwinkel sah sie, wie die Paagh Baqqlabang herunternahm und in ihre eigene, leere Schwertscheide steckte. In all der Zeit, die der Auszug der Heilsgarde gebraucht hatte, hatte ihr Arm nicht einmal gezittert. »Prinzessin«, hörte Istrid sie nun um die Pfeife herum sagen, die sie sich wieder in den Mund gesteckt hatte, »ich ahne, was du denkst.«

Istrid wandte den Kopf. »Ja?«

»Ja. Mach dir keine Sorgen. Nicht um uns. Wir Vandraar gewinnen immer – den Kampf oder ein neues Leben. Wir ziehen das Erste vor, in der Regel jedenfalls. Aber das Zweite … Wir begrüßen es ohne Zögern.« Marshana nahm die Pfeife aus dem Mundwinkel und deutete mit dem Stiel auf ihre blasse Stirn, von der sich der verschmierte Kreis aus Istrids Blut leuchtend abhob.

»Denke immer daran, Prinzessin: Das Leben ist ein Ring. Es hat kein Ende.«

Istrid versuchte sich an einem Lächeln. »Ich bewundere deine Zuversicht – und deinen Glauben.« Das tat sie wirklich.

Auf dem Gesicht der Paagh erschien ein Grinsen. »Andererseits kommen wir Vandraar aus all dem hier einfach nicht raus. Schöner Schlamassel.« Sie steckte sich die Pfeife wieder zwischen die vernarbten Lippen.

Istrids Lächeln gewann an Breite, wurde aber hilfloser. »Wir … sind sehr unterschiedlich, Paagh.«

Marshana musterte sie auf eine Weise, von der Istrid kurz überlegte, ob sie unangemessen war. Die Pfeife wanderte in den Mundwinkel. »Sind wir. Du hast deine Weise, ich habe meine. Aber wir beide wollen diesen Krieg gewinnen, oder?«

Langsam nickte Istrid. »Natürlich.«

»Dann sind alle Unterschiede egal. Und lass dir eines sagen: Ich werde diesen Krieg auch gewinnen, für dich. Weil ich muss. Alles andere würde ich mir nämlich in meinem nächsten Leben nicht verzeihen, und ich kann ziemlich unangenehm sein, wenn ich nachtragend bin.« Sie keckerte.

Zu ihrer eigenen Überraschung spürte Istrid leise Amüsiertheit – und Scham. Sie mochte diese selbstbewusste, trockene Frau, stellte sie fest. Marshana war vollkommen anders als Pranradhar, der stets still und beinahe unsichtbar blieb, so wie die anderen Vandraar auch, mit denen sie in Berührung kam. Nur ging ihr gerade auf, dass diese Art Teil seines Diensts war, nicht das Wesen seines Volks. Dass sie das eine gedankenlos mit dem anderen gleichgesetzt hatte, war nicht nur oberflächlich, sondern geradezu kleingeistig. Schuldbewusst nahm sie sich vor, in Zukunft weniger ignorant zu sein. Sie erwiderte Marshanas Blick; ihr Lächeln verlor die Hilflosigkeit. Zum ersten Mal seit Betreten der Zwingfeste, vielleicht schon sehr viel länger, spürte sie leise Zuversicht.

Einer Eingebung folgend, streckte sie Marshana die Hand entgegen, über alle Standesgrenzen und Welten hinweg, die sie trennen mochten. »Dann lass mich dir auf meine Weise für deinen Entschluss danken.«

Verblüfft nahm die Paagh die Hand und schüttelte sie, unbeholfen, weil die Vandraar diesen Brauch nicht pflegten, aber kräftig. »Komm, Prinzessin«, sagte sie, »ich führe dich noch hinaus.«

Wieder nahm die Paagh die Zügel von Istrids Pferd und führte es durch den Tunnel zurück zum Tor. Unter seinem Bogen machte sie Halt. Einem langen schwarzen Band gleich zogen sich die vier Tausendschaften der Vandraar die Ausfallstraße hinunter nach Westen Richtung Framheimer Tor. Wegen des aufziehenden Sturms wohnten nur wenige Salhaller ihrem Auszug bei. Der Platz vor der Feste war bereits so gut wie verlassen, und wie Laub, das der Wind auseinandertrieb, huschten die Schaulustigen zurück in die Straßen und Gassen, die Kleider fest an sich gedrückt, Kopf und Oberkörper trotzig nach vorne gebeugt. Gedankenverloren sah Istrid ihnen nach, dann hob sich ihr Blick und glitt über die Sippentürme der Hauptstadt, die sich schwach gegen den dunklen Himmel abzeichneten.

»Paagh«, sagte sie, »die viertausend Helme ... können wir sie noch einmal zurückrufen?«

Die Pfeife im Mundwinkel schoss erstaunt in die Höhe. »Zurückrufen?«

Istrid nickte langsam.

»Sicher, Prinzessin.« Ein forschendes Augenpaar ruhte auf ihr. »Willst du mir sagen, was du vorhast?«

Istrid erwiderte den Blick. »Die Heilsgarde ... sie ist die Leibwache des Kaisers.«

»Das ist sie, Prinzessin. Sie schützt ihn mit Schwert und Blut.«

Istrid sah wieder hinüber zu den Sippentürmen. »Dann lass sie ihn mit Schwert und Blut dort beschützen, wo er gerade am schlimmsten bedroht ist: hier. In Salhall.«

3
Atlis

Schreiend wachte sie auf. Die Pfähle vor dem Tannhausner Tor verfolgten Atlis bei Tag und Nacht, aber nachts war es schlimmer. Nachts konnte sie ihre Gedanken nicht in andere Richtungen zwingen und sich ablenken, nachts war sie ihnen ausgeliefert. Wenn sie kamen, und sie kamen immer, ging alles ganz schnell. Egal, was sie gerade noch geträumt hatte, um sie herum wuchsen plötzlich die Pfähle empor, schossen aus dem Boden wie Spieße und schlossen sie ein. Überlebensgroß, dunkel, drohend. Atlis sah die Nägel, an denen das Blut glitzerte, und die verrenkten Glieder, und noch bevor sie in die Gesichter der Toten blickte, wusste sie, dass sie alle dasselbe sein würden: das von Wate.

Mit flatterndem Atem setzte sie sich auf. Es war jetzt die vierte Nacht, nachdem sie in dem Wald aus Pfählen nach ihrem Waffen-meister gesucht hatte. Der Baum, unter dem sie lagerte, warf sei-nen Schatten ins silbrige Mondlicht. Sie hatte es nicht gewagt, ein Feuer zu machen, immer noch nicht. Noch war sie nicht über die Elne, und alles zwischen dem Fluss und den Iffensteinen war für Atlis nun Feindesland. Das Herzogtum hatte Tannhausen einge-nommen. Damit zog die Elne eine Linie durch den Chimmgau, hinter der es für sie nur den Tod gab.

So wie für all die anderen. Sie hatte sich die Faust in den Mund gesteckt, um nicht zu schreien, während sie zwischen den Pfählen herumgeirrt war. Bis zu diesem Moment hatte sie keine Vorstellung gehabt, wie qualvoll der Tod an ihnen tatsächlich sein musste. Natürlich hatte sie gewusst, dass diese Form der Bestrafung grausam war: An einem Pfahl angenagelt zu werden, bis man vor Entkräftung und Atemnot schließlich starb, war nicht mit dem schnellen Tod durch den Strick oder das Schwert zu vergleichen. Vor der Schlacht im Tannhausner Tor war sie mit den Ohren Zeuge einer Doppelhinrichtung am Pfahl geworden, aber auch sie hatte Atlis nicht auf den Wald aus Pfählen vorbereiten können. Erst unter den vielen Hundert Geschundenen war ihr die ganze Brutalität dieses Sterbens aufgegangen. Nie würde sie die ausgestreckten, wehrlosen Körper vergessen, die sich an den Nägeln in ihrem Fleisch steif gelitten hatten, nie die gequälten Gesichter, von denen noch im Dämmerlicht die Stunden der Agonie abzulesen waren. Atlis hatte gesucht, bis sie nichts mehr hatte sehen können, dann war sie diesen Ort geflohen. Die Nacht hatte sie in den Iffensteinen verbracht, unfähig, Schlaf zu finden. Am nächsten Morgen hatte sie noch einmal in den Wald der Pfähle zurückgehen wollen, es aber nicht mehr getan. Zu gefährlich, hatte sie sich selbst gesagt, weil der Feind nahe sein musste. Aber sie wusste, dass das nur die halbe Wahrheit war. Sie hätte es nicht ertragen. Die gekrümmten Finger, die sich in die Luft krallten, der Gestank des Todeskampfs, all das Leid – es wäre einfach zu viel gewesen. Und für was? Selbst wenn sie Wate nicht unter den Toten gefunden hätte, wäre das noch immer kein Beweis dafür gewesen, dass er noch am Leben war. Die Pfähle führten die Reichsstraße entlang hoch ins Tor, mit Sicherheit bis zum Schlachtfeld am anderen Ende. Vielleicht hing Wate an einem von diesen, vielleicht lag Wate erschlagen unter den vielen Tausend anderen am nördlichen Eingang. Selbst wenn sie die Kraft dazu gehabt hätte, sie konnte nicht zurück, das wäre eine selbstmörderische Dummheit, eine, vor der Wate sie notfalls mit ein paar Ohrfeigen abgehalten hätte.

Wate.

Atlis' Augen füllten sich mit Tränen. Ja, sie hatte keinen Beweis, dass er tot war, aber sie hatte auch keinen, dass er noch lebte. Für sie grenzte es an ein Wunder, dass überhaupt irgendjemand diesem Gemetzel hatte entkommen können. Aus irgendeinem Grund gehörte sie zu diesen Glücklichen, aber würde sie so glücklich sein und Wate noch einmal wiedersehen, lebend? So viele ihrer Güte hatte sie fallen sehen, und noch viel mehr mussten umgekommen sein, wie konnte sie da hoffen, dass Wate nichts passiert wäre? Und wollten ihr die Träume nicht vielleicht genau die Sinnlosigkeit dieser Hoffnung vorführen? Sie vom Tod Wates in Kenntnis setzen, auch wenn sie seinen Leichnam nie finden würde? Warum sonst sollte sie ihn jede Nacht vor Augen geführt bekommen, hundertfach?

Sie wischte sich die Tränen ab und stand auf. Schlaf würde sie keinen mehr finden, und auch wenn die Nacht hell war, bot sie ihr mehr Sicherheit als der Tag. Sie gürtete sich ihr Schwert um und trat aus dem Baumschatten heraus ins Mondlicht. Waffenrock und Umhang hatte sie am Fuß der Iffensteine zurückgelassen und nur ihre Gütigen-Fibel behalten. Es war ihr wie ein Verrat vorgekommen, aber es gab keine andere Wahl. Kettenhemd und Klinge würden sie zwar auch so zweifelsfrei als Versprengte zu erkennen geben, aber zumindest von Weitem konnte sie ohne die weiß-rote Gewandung als Bäuerin oder Ähnliches durchgehen.

Sie ging querfeldein; Siedlungen mied sie. Im Unteren Chimmgau waren Dörfer und Städte zum Feind übergelaufen und hatten sich gegen ihre alten Herren erhoben, selbst dort, wo die Scharen des Herzogtums nie aufgetaucht waren. Dasselbe konnte auch im Oberen Chimmgau passieren. Sie musste vorsichtig sein.

Ihren Hunger hatte Atlis in den vergangenen Tagen vor allem mit Erdbeeren gestillt, die hier überall auf den Wiesen und zwischen den Bäumen wuchsen. Ihr knurrte der Magen, und bald würde sie es riskieren müssen, irgendwo Brot zu kaufen. Nicht in einem Dorf, aber von einem der vereinzelten Höfe, die immer wieder zwischen den Feldern und Weiden lagen. Dank der Münzen, die sie noch von der toten Leutprande hatte, würde sie zumindest nicht stehlen müssen. Nur wenn es irgend ginge, wollte sie damit warten, bis sie auf der anderen Seite der Elne war. Ginge alles gut, wäre das noch heute der Fall. Für den dafür notwendigen Schwenk nach Süden war sie jetzt weit genug nach Westen gewandert, Richtung Schwarztann und damit entgegengesetzt der wahrscheinlichen Stoßrichtung des Herzogtums. Entweder würde es sich ostwärts wenden, nach Klevs, um diese Flanke zu sichern, oder bei Tannhausen über die Elne setzen und auf der Reichsstraße nach Mattheim ziehen. Mattheim war auch Atlis' Ziel. Dort würde der Kampf weitergehen. Dort würde sich das nächste Aufgebot sammeln, die Gnaden der Gauwehr, die nicht im Tor aufmarschiert waren, und die Truppen, die die Edlen des Chimmgaus jetzt ausheben würden. Mattheim lag an der Kreuzung der Reichsstraße, die dort nach Südwest wie -ost führte. Wenn das Herzogtum auch den oberen Chimmgau erobern wollte, musste es Mattheim nehmen. Die Stadt aber war schwer befestigt und vor allem fest in salischer Hand. Es stand nicht zu erwarten, dass sie freiwillig das Falkenbanner hissen würde.

Die Nacht verlor ihren silbrigen-blauen Schimmer, als sie sich langsam in den Morgen wandelte; blassrosa zog die Dämmerung herauf. Es wurde schnell heller, und Atlis mied nun auch offene Wiesen und Felder. Stattdessen nahm sie Umwege in Kauf, um möglichst oft durch eines der vielen lichten Wäldchen oder zumindest entlang von Baumgruppen gehen zu können. Wo sie Bauern oder Rinderhirten sah, die auf die Felder und Weiden zur Arbeit gingen, suchte sie sich einen neuen Weg. Sie kam deshalb nur langsam voran, aber so war es ihr lieber. Und schließlich, es war inzwischen trotz flattriger Brise warm geworden und kurz nach Mittag,

sah sie vor sich die Elne, einen langsam Richtung Schwarztann flie-
ßenden, grünblauen Fluss, der auf beachtliche Breite angeschwollen war vom Schmelzwasser der Iffensteine. Atlis konnte etwas
schwimmen, ein bisschen Wassertreten und sich vorwärtsstoßen,
doch für die Überquerung eines solchen Stroms reichte es nicht. Sie
musste einen anderen Weg über die Elne finden, ein Boot stehlen
oder sich hinüberfahren lassen. Siedlungen sah sie keine, aber früher oder später würde sie entlang des Ufers Menschen finden, die
sie übersetzen konnten. Die Frage war nur, ob sie es auch würden.

Von plötzlicher Furcht erfüllt, so kurz vor ihrem Ziel doch noch
vom Feind aufgespürt zu werden, sah Atlis sich um. Halb erwartete sie, weiß berockte Häscher in der Landschaft hinter sich zu
erblicken, aber der Hang, über dem sie sich dem Fluss genähert
hatte, war leer. Nur über ihr, hoch am Himmel, kreiste ein Falke
gleitend im Wind. Atlis wandte sich ab.

Etwa zwei weitere Stunden folgte sie den Flussauen nach Westen, über feuchte Wiesen, Schilfinseln und durch kleine Bächlein.
Dann entdeckte sie ein paar Höfe vor sich in den Uferniederun-
gen. Rinder standen unweit der Häuser im nass glänzenden Gras,
aus dem nahen Auwald hallten Axtschläge. Von zweien nah am
Ufer gebauten Gebäuden führten Stege hinaus auf den Fluss. An
jedem von ihnen war ein Boot vertäut. Atlis atmete tief durch
und ging auf den Weiler zu.

Am nächstgelegenen Haus wurde gearbeitet. Drei Männer und
eine Frau waren damit beschäftigt, das mit Grassoden bepflanzte
Dach auszubessern. Vor der Scheune daneben hantierte ein kaum
dem Knabenalter entwachsener Junge mit einer Forke an einem
Misthaufen. Erleichtert nahm Atlis zur Kenntnis, dass die Höfe
nach salischer Weise errichtet waren, mit Dächern, die bis zum
Boden reichten, und dass die Bauern mit Ausnahme der Frau alle
schwarzes Haar besaßen. Trotzdem blieb sie angespannt und unsicher stehen. Jetzt galt es. Sie rief den Jungen von Weitem an, das

erste Mal zu leise, beim zweiten Mal, als sie mehr Mut gefasst hatte, laut genug, dass er aufsah und in ihre Richtung blickte. Einen Moment lang blieb er stehen, dann lief er zur Leiter, die am Haus lehnte, und rief hinauf. Die Arbeiter auf dem Dach hoben den Blick und folgten dem hektischen Deuten des Jungen. Als sie Atlis sahen, eilten sie die Leiter herunter. Einer nahm dem Jungen die Mistgabel ab, die anderen griffen zu den Hiebmessern, die in ihren Gürteln steckten. Zögerlich gingen sie auf Atlis zu.

»Heil euch.« Mit Bedacht wählte Atlis diesen eindeutig salischen Gruß und hob die Hand.

Die Gruppe blieb stehen. Der Älteste von ihnen, dem Aussehen nach der Vater des Jungen und der beiden anderen jüngeren Männer, ließ sein Messer leicht sinken. »Wer bist du?«, fragte er misstrauisch und ohne den Gruß zu erwidern.

»Ich bin Atlis, Gütige der Gauwehr. Ich bin eine Freundin.« Mit langsamer Bewegung holte sie ihre Fibel hervor und zeigte sie den Bauern in der offenen Hand.

Sie entspannten sich merklich. Die Messer verschwanden wieder in ihren Scheiden.

»Dann bist du uns willkommen, Atlis«, sagte der Alte. »Bist du hungrig? Hast du Durst? Sei unser Gast. Ich bin Engus, das sind meine Söhne Edegar, Endwald und Ingomer und meine Schwiegertochter Myrun.« Er blickte an ihr vorbei die Flussauen hinauf. »Bist du die Einzige?«

Sie wussten also Bescheid. Noch einmal flackerte Misstrauen auf, aber sie schüttelte es ab. Es gab jetzt kein Zurück mehr. »Ja, ich bin die Einzige, und ich danke dir, Engus, für deine Gastfreundschaft. Es stimmt, ich bin hungrig und durstig, aber noch mehr bin ich in Eile. Ich muss über den Fluss.«

»Natürlich.« Der Bauer nickte. »Den anderen nach.«

»Den anderen?«, fragte sie überrascht. »Vor mir waren schon welche hier? Wann? Wie viele?«

»Gestern. Sieben oder acht. Acht waren es, glaube ich. Alles Gauwehr.« Engus sah zu seinen Söhnen, die seine Antwort nickend
bestätigten. »Wir haben sie übergesetzt.«

Gauwehr, gestern erst! Atlis spürte ihr Herz klopfen. Dass sie
über die Elne gewollt hatten, hieß, dass es keine Fahnenflüchtigen
waren, die wären nach Norden über die Iffensteine gegangen. Und
wenn sie sich beeilte, konnte sie sie womöglich noch einholen.

Engus musste erraten haben, was in ihr vorging. »Ingomer«,
sagte er und wandte sich an seinen jüngsten Sohn, »lauf und
mach den Kahn fertig. Und du, Endwald, holst Bier und Brot und
packst alles ein. Und Fisch. Wir bringen die Gütige Atlis über den
Fluss, los, los!« An Atlis gewandt sagte er: »Geh mit Ingomer zum
Wasser, ich komme nach.«

Sie ging dem Bauernsohn nach auf den Steg und half ihm dort,
einen kleinen, flachen Prahm loszumachen. Ingomer sprang hinein,
griff zu einem der langen Ruder und hielt damit das Boot an seinem Platz. Atlis folgte ihm.

»Warst du im Tannhausner Tor?«, fragte er sie, nachdem er sie
erst scheu gemustert hatte.

»Ja.« Sie nickte.

»Wie … wie war es?«

Schlimm, wollte sie sagen, entsetzlich. So sehr, dass es sie immer noch ängstigte. Allein der Gedanke an die Panzerreiter, wie
sie plötzlich in ihrem Rücken erschienen waren, reichte noch immer aus, um ihr die Angst in den Bauch fahren zu lassen. Aber
dann sah sie in Ingomers aufgeregtes Kindergesicht und begriff,
dass er jede halbwegs ehrliche Antwort nicht verstehen würde.
Seine Vorstellungen von Krieg und Kampf waren gänzlich andere
als ihre Erfahrungen. Er kannte nur die Sagas, ein Bauernjunge
von vielleicht dreizehn Sommern, mit all ihren Helden, dem
Ruhm und dem Seidenglanz der Fahnen. Und was hätte er auch
sonst kennen können? Bis vor Kurzem hatte sie ja selbst noch

57

ganz ähnliche Vorstellungen gehegt. Sie mühte sich zu einem müden Lächeln. »Wir haben verloren.«

Es war eine Antwort, die jede weitere Frage hätte unterbinden sollen, aber Ingomer ließ sich nicht entmutigen. »Ja, ich weiß. Aber hast du gekämpft? Und Falken getötet?«

»Ja. Ja, ich habe gekämpft, und ja, ich habe auch Falken getötet.« Wie merkwürdig diese Worte in ihren Ohren klangen, dachte Atlis. So unzureichend für das, was sie tatsächlich getan und erlebt hatte. Als würde sie versuchen, den Geschmack einer Speise mit dem Wortschatz eines Fünfjährigen zu beschreiben. Erst danach fiel ihr auf, dass es nicht einmal stimmte, was sie gesagt hatte: Sie hatte keine »Falken« getötet, keinen einzigen. Der Panzerreiter auf dem Hang war gestürzt, und ansonsten hatte sie keinem Feind direkt gegenübergestanden. Die Einzigen, gegen die sie die Waffe erhoben hatte, waren Landsleute von ihr gewesen. Fahnenflüchtige Mörder. Und nicht einmal die hatte sie getötet.

»Wie viele?«, fragte Ingomer mit großen Augen.

»Ich weiß es nicht.«

»Dann müssen es viele gewesen sein«, erwiderte Ingomer begeistert.

Sie zuckte unbestimmt mit den Schultern.

»Wieso haben wir dann verloren?«

Bevor Atlis sich eine Antwort zurechtlegen konnte, die Ingomer verstanden hätte, tauchte Engus wieder auf, an der Hand führte er ein Pferd. »Ingomer«, rief er, »bring den Kahn ran!« Sein Sohn gehorchte und stakte mit dem Ruder geübt ans Ufer. Behutsam führte Engus das Pferd aufs Boot und band es dort fest. »Das ist für dich, Gütige, damit du die anderen noch erreichst.«

Überrascht wollte Atlis ablehnen, das Pferd war viel zu wertvoll für die Bauern, als dass sie dieses Geschenk hätte annehmen können, doch Engus wehrte ab. »Keine Widerrede. Für die acht hatte ich nicht genug, sie haben nur Essen von uns bekommen. Aber du bist allein. Es ist alt und langsam, aber es wird dir gute Dienste leisten.«

»Ich habe Geld, nicht viel, aber etwas zumindest. Bitte lass mich dir das Pferd zumindest anteilig bezahlen.«

Er musterte sie. »Nein. Ich will kein Geld von dir. Du siehst aus, als hättest du mit anderem, wertvollerem bezahlt. Ich bestehe darauf.«

Atlis sah ein, dass jede weitere Diskussion Engus wahrscheinlich beleidigt hätte. Sie nickte. »Du beschämst mich, Engus. Ich danke dir.«

Der Bauer machte eine wegwerfende Geste. »Es ist Krieg«, sagte er nur, als würde diese Antwort reichen. Atlis stellte fest, dass sie es tat.

»Da kommt Endwald mit dem Essen, es wird Zeit. He, Endwald, beeil dich, mein Junge! Und dann schnapp dir das andere Ruder, wir müssen rüber.«

Engus' Sohn kam mit einem Beutel in der Hand herbeigerannt und sprang in den Kahn. Er griff zum zweiten Ruder und bugsierte zusammen mit seinem Bruder das Boot vom Ufer weg und hinaus auf den Fluss. Engus hängte den Beutel an den Sattel. Dann ging er nach vorne zu Atlis, die sich hingesetzt hatte, und ließ sich neben ihr nieder. Er ließ den Blick über die Elne schweifen, sah kurz zurück zu seinen beiden Söhnen, die sie durch den Strom navigierten, und dann wieder hinaus auf den Fluss. »Stimmen die Geschichten?«, fragte er unvermittelt, aber mit gesenkter Stimme.

Atlis wusste sofort, welche er meinte. Geschichten von Mord und Menschenjagd, von braunhaarigen Chimren, die schwarzhaarige Salen umbrachten, von Bluttat um Bluttat. »Ja. Ja, nach allem, was ich weiß, stimmen die Geschichten.« Auch sie sprach leise.

Engus nickte nur. Sein Gesicht war düster.

»Engus, ihr müsst hier weg. Ihr seid hier nicht sicher. Packt eure Sachen und kommt mit. Wenn sie hier vorbeikommen ...«

»Warum tun sie das?«, fragte der Bauer statt einer Antwort. »Warum sollten sie das tun? Das hat doch keinen Sinn.«

»Nein, hat es nicht. Aber das ändert nichts. Und das macht es nicht weniger wahr.«

»Kannst du es bezeugen? Ich meine, hast du es selbst gesehen? Dass sie alle Salen umbringen?«

Sie schüttelte den Kopf. »Nein. Aber ich habe Berichte gehört. Zu viele, um sie abzutun. Und ich habe gesehen, was sie mit den Chimren gemacht haben, die auf unserer Seite gekämpft haben.«

Engus' Blick wanderte zu ihren Haaren. »Was?«, fragte er dann.

»Sie haben sie an Pfähle genagelt. Zu Hunderten.« Daumendicke Nägel in Füßen und Unterarmen, verkrampfte Finger, aufgerissene Münder. Tote Augen. In Atlis' Kopf blitzten die Bilder wieder auf. Sie atmete schwer. »Haben die anderen davon nicht erzählt?«

Er schüttelte den Kopf und suchte nach einer Antwort. »Das waren Kämpfer«, sagte er schließlich, aber es klang nicht gänzlich überzeugt. »Wir sind nur Bauern.«

»Das ändert nichts. Nicht für sie.«

Daraufhin schwieg Engus. Atlis sah zu, wie die andere Uferseite näherkam.

»Ich habe sie gesehen«, ergriff der Bauer plötzlich wieder das Wort. »Die Falken.«

Erstaunt sah Atlis ihn an. »Wo? Hier? Sie waren hier?«

Er nickte und deute nach Westen auf den Fluss hinaus. »Sie kamen die Elne hoch. Auf Schiffen, vielen Schiffen.«

Atlis setzte sich auf. Das war die Lösung! So waren sie in ihren Rücken gekommen! Aber sofort kamen ihr Zweifel: Mehrere Tausend Panzerreiter den Fluss hinaufzurudern, war ein mühseliges, äußerst langsames Unterfangen. Niemals wäre das unbemerkt geblieben. Man hätte sie die ganze Elne hinauf bekämpft, und was übrig geblieben wäre, beim Anlanden vernichtet. Doch Engus nickte abermals.

»Ich weiß, was du sagen willst, aber es stimmt. Sie kamen gesegelt. Und der Wind ... das war kein natürlicher Wind. Er kam aus dem Westen. Er kommt sonst nie aus Westen. Ich habe noch nie so schnelle Schiffe gesehen. Der ganze Fluss hat geschäumt, und überall hat es an den Bäumen gerissen. Du kannst es noch immer sehen.« Er deutete auf das vor ihnen liegende Ufer.

Atlis folgte seinem Finger, und jetzt, da sie darauf aufmerksam gemacht worden war, sah auch sie es: Den ganzen Fluss entlang lagen abgebrochene Äste und Zweige am Ufer oder trieben im Wasser, festgehalten vom Schilf oder herabhängendem Laubwerk. Das Ufer sah aus, als wäre ein Orkan darüber hinweggegangen. Sie wandte sich um und sah ans andere Ufer. Dasselbe Bild.

»Es war mittags, als sie vorbeikamen, wir alle haben sie gesehen. Der Wind kam ganz plötzlich und verschwand wieder mit ihnen. Er hat Grassoden von unserem Dach gerissen und von dem unserer Nachbarn. Von den Häusern weiter weg vom Ufer nicht. Verstehst du? Er war nicht natürlich. Er wehte nur über dem Fluss, nicht über dem Land. Als wäre er nur für die Schiffe da gewesen.«

Atlis wusste nicht, was sie dazu sagen sollte. Sie erinnerte sich an das heftige Unwetter, das über sie in den Iffensteinen hereingebrochen war, und daran, wie gespenstisch es gewesen war. »Nicht natürlich«, hatte Engus gesagt ... Sie spürte, wie sie Gänsehaut bekam. Aber das war nach der Schlacht gewesen, und das, wovon Engus ihr erzählte, vor ihr. Sollte das eine mit dem anderen zu tun haben?

Konnte es denn nicht?

»Seitdem ist der Wind merkwürdig.« Engus sprach weiter, beinahe zu sich selbst. »Er kommt und geht und weht aus allen Richtungen, mal so, mal so.« Er suchte ihren Blick. »Ich bin nicht abergläubisch. Aber wir opfern jetzt nicht mehr nur am Wasser- und Erdtag. Es ist der Wind, der uns jetzt Sorgen macht.«

Stumm nickte Atlis und beobachtete besorgt, wie der Wind in

den Baumkronen am gegenüberliegenden Ufer spielte. Die Konsequenz aus dem, was Engus ihr erzählte, war zu ungeheuerlich, um sie tatsächlich zu glauben, und doch … Sie hatte das Gewitter selbst erlebt, sie sah die Sturmschäden am Ufer, und dass Engus' Familie ihr Dach neu deckte. Was ging hier vor?

»Kommt mit«, sagte sie schließlich noch einmal, weil sie keine bessere Erwiderung wusste. »Kommt mit. Ihr seid hier nicht sicher.« Sie merkte erst beim Sprechen der Worte, dass sie mit ihnen nicht nur den Feind meinte.

Engus machte eine vage Geste Richtung Ufer, das nun schon ganz nah war. »Wo sollten wir denn hin? Wir haben nur unseren Hof. Und wenn wir gehen würden, wo wären wir sicher? Nein, Gütige, wir bleiben und beten, dass der Sturm an uns vorüberzieht.«

»Ich weiß nicht, wohin. Weg. Fort von hier«. Sie sah in sein Gesicht und gab auf. »Du bist dir sicher.«

»Das bin ich. Wir bleiben.«

Wenige Ruderschläge seiner Söhne später waren sie am Ufer. Nachdem sie Pferd und Atlis abgesetzt hatten, verabschiedeten sich die drei von ihr.

Ergriffen schüttelte Atlis ihnen die Hände. »Mögen euch Mutter, Vater, Sohn und Tochter beschützen. Und die Elemente«, rief sie ihnen übers Wasser hinterher, als sie bereits wieder abgelegt hatten. Engus nahm die Hände an den Mund und rief ihr eine Antwort entgegen, aber ein plötzlich aufkommender Windstoß zerriss seine Worte und trug sie mit sich fort. Unwillkürlich schlug Atlis das Zeichen der Luft. Sie sah ihnen nach, bis sie am anderen Ufer angekommen waren, und stieg dann auf. Schnell ließ sie die Elne hinter sich.

Vom Fluss kommend, ritt sie in einem weiten Bogen nach Südosten, Richtung Mattheim. Sie nutzte jetzt die Feldwege und Landstraßen und versteckte sich nicht mehr. Natürlich gab es auch auf dieser Flussseite die Möglichkeit, dass sich chimrische Untertanen der Krone erhoben hatten. Aber solange Atlis keine Rauchsäulen im Land sah, war ihr Schnelligkeit nun wichtiger als Behutsamkeit; sie wollte unbedingt die Versprengten vor ihr und damit wieder Anschluss finden. Auch deren Ziel würde Mattheim sein, und sie mussten es vor dem Feind erreichen. Die Chancen standen gut: Die Schlacht im Tannhausner Tor hatte auch dem Feind große Verluste bereitet. Jetzt, da er sich den kritischen Zugang zum Oberen Chimmgau gesichert hatte, sprach viel dafür, dass er sich eine Ruhepause gönnen und vor dem nächsten Vorstoß seine Reihen auffüllen würde.

So sehr beeilte sich Atlis, dass sie es gegen Abend sogar wagte, in einem Dorf einzukehren. Vorsichtig zwar und bereit, beim ersten Anzeichen von Feindseligkeit zu fliehen, aber nachdem sie sich als Soldatin der Gauwehr zu erkennen gegeben hatte, wurde sie freundlich aufgenommen. Andere Soldaten waren nicht durch die Ortschaft gekommen, wahrscheinlich hatten die Gesuchten einen anderen Weg genommen, aber Atlis bekam eine Bettstatt bei einer chimrischen Bauernfamilie angeboten, deren eine Tochter ebenfalls bei der Gauwehr diente. Zum allgemein großen Bedauern kannte Atlis sie nicht, konnte nicht einmal sagen, ob auch sie im Tannhausner Tor gekämpft hatte. Die Bauersleute wussten bereits, dass die Schlacht verloren war, und machten sich große Sorgen. Atlis sah die Verzweiflung und Angst in den Gesichtern, als sie den Fragen nachgab und ihre Erlebnisse schilderte. Sie verschwieg den Wald aus Pfählen, weil es keinen Sinn hatte, den Kummer der Familie noch zu vergrößern. Stattdessen sprach sie den Eltern Mut zu: Es gab Überlebende, und wenn die Götter es gewollt hatten, so war auch ihre Tochter darunter. Schließlich versiegten die Fragen, was Atlis nutzte, um sich zurückzuziehen. Zum ersten Mal seit Wochen schlief sie in einem Bett.

Über dem Kopfende hing ein Wächterauge, das ihren Schlaf

beschützen sollte, aber die Träume fanden sie trotzdem. Als sie schreiend erwachte, kam ihre Gastfamilie zu ihrer Schlafkoje geeilt, verstört und aufgeschreckt. Sie konnte sie beruhigen und schickte sie wieder in ihre Betten, stand aber selbst auf, ging in den Stall und sattelte ihr Pferd. Draußen zwitscherten Hausrotschwänze bereits ihr gepresstes *jirr-tititi*; in spätestens einer Stunde also würde die Sonne aufgehen. Länger, sagte sich Atlis, es hatte länger gedauert, bis der Alp sie eingeholt hatte. Sie nahm das als gutes Zeichen und ritt davon.

Auf die Soldaten der Gauwehr stieß sie am nächsten Tag.

Gegen Mittag erreichte sie an der Kreuzung zweier Feldwege eine Schenke, vor der die Versprengten an einem Tisch saßen. Die weiß-roten Umhänge leuchteten Atlis schon von Weitem entgegen. Bei ihrem Anblick hüpfte ihr das Herz. Bis jetzt hatte sie ihrem Pferd, einer alten Mähre, keine schnelle Gangart abverlangt, aber nun gab sie ihm die Stiefelhacken und galoppierte los. Als die Soldaten ihrer gewahr wurden, sprangen sie von den Plätzen und zogen die Waffen, abwartend und misstrauisch. Drei von ihnen trugen schmutzige Verbände, einer vierten klebte noch geronnenes Blut in den Haaren.

»Heil euch«, rief sie ihnen entgegen und zügelte ihr Pferd auf der Kreuzung, »ich bin eine Waffenschwester.«

»Du bist eine Chimre«, bellte ihr der vorderste Soldat entgegen. An seiner Schulter glänzte die Fibel eines Gütigen. Erst jetzt fiel Atlis auf, dass sie alle schwarze Haare hatten. Mit einem Mal ging ihr auf, dass die Trennlinie zwischen Freund und Feind auch von der eigenen Seite nach den simplen, falschen Kriterien gezogen werden mochte. Und sie hatte nicht einmal mehr ihren Waffenrock. Sie schalt sich selbst, daran noch nicht gedacht zu haben, und suchte nach einer Möglichkeit, die Situation nicht eskalieren zu lassen. »Ich heiße Atlis«, sagte sie mit betont ruhiger Stimme, »ich habe denselben Rang inne wie du. Hier, meine

Fibel.« Wie schon gestern zog sie das Abzeichen aus ihrer Hosentasche und zeigte es vor.

Der Trupp war nicht überzeugt. Argwöhnisch kamen sie ein paar Schritte vor und beäugten die Fibel in ihrer Hand.

»Warum trägst du sie dann nicht?«, fragte sie der Gütige. »Und wo ist dein Rock?«

»Ich habe ihn abgelegt, so wie meinen Umhang auch. Ich bin allein aus dem Tannhausner Tor gekommen, nicht wie ihr als Gruppe. Ich wollte nicht auffallen. Und am Kettenhemd kann ich die Fibel nicht befestigen. Glaubt mir, ich bin eine von euch. Ich will nach Mattheim, und ich denke, ihr wollt das auch.«

Unentschlossen musterte sie der Gütige. »Du könntest ebenso gut eine Falkin sein, die zum Spähen ausgesandt wurde und sich nur als eine von uns ausgibt.«

»Aber würde ich dann nicht mit einem Waffenrock besser fahren und hätte mir einen besorgt? Es ist kein Mangel an ihnen im Tor.« Weil Atlis sah, dass ihr Gegenüber noch immer schwankte, beeilte sie sich nachzusetzen. »Ich bin gestern durch einen Weiler gekommen, ihr habt dort auch über die Elne gesetzt. Einer der Bauern, Engus, hat mir von euch berichtet. Ich will mich euch anschließen. Von ihm habe ich auch das Pferd, um euch einzuholen. Ich habe euch gesucht.«

»Das hättest du ihm auch stehlen können. Und dass er von uns erzählt hat, ist auch kein Beweis für deine Geschichte. Vielleicht hast du ihn gefoltert, um all das zu erfahren.«

»Götter!«, entfuhr es ihr gereizt. »Glaubst du wirklich, dass eine herzogliche Kundschafterin nichts Besseres zu tun hat, als acht versprengte Kaiserliche zu suchen? Denk noch mal!« Atlis wusste, dass es nicht das Schlaueste war, ihr Gegenüber zu reizen, und sie sah es zornig in seinen Augen aufblitzen, aber ihre Geduld war zu Ende. Sie hatte sich gefreut, auf Waffenbrüder und -schwestern zu treffen, und dann begegneten sie ihr mit kaum verhohlener Feindschaft. Doch bevor der Gütige zu einer Antwort ansetzen konnte, schob sich einer seiner Leute nach vorne. »Wie heißen die Komturmeister von Ternram, Obertern, Grabarz und Snaddhamn?«

Seine Gefährten sahen ihn verwundert an, aber allen leuchtete die Frage ein. Gespannt richteten sich ihre Blicke auf sie.

»Balderic und Malagunda, und in Grabarz gibt es keinen Komturmeister, weil dort Großmeisterin Sietlind residiert. Snaddhamn ist keine Komturei, sondern nur Sitz des Komturmeisters von Snaddlain. Und der heißt Feuderic. Glaubt ihr mir jetzt, oder soll ich die anderen Komtureien auch noch durchgehen?«

Die Männer und Frauen vor ihr nickten langsam, selbst der Gütige schien nun endlich überzeugt. Alle senkten die Waffen oder steckten sie weg. Eine der Soldatinnen, sie hatte Atlis die ganze Zeit prüfend angesehen, trat einen Schritt nach vorne. »Wie war noch mal dein Name?«, fragte sie.

»Atlis«, sagte sie, und nach kurzem Zögern fügte sie ein »Erste meiner Sippe« hinzu. Es ging ihr nie leicht über die Lippen. »Edle zu Olholt.«

»Atlis«, wiederholte die Soldatin sinnend. »Ich kenne dich, ich habe von dir gehört. Du bist die Chimre, der man die Gerechtigkeit geben wollte.«

Augenblicklich brannte die Scham auf Atlis' Wangen. »Ja«, brachte sie hervor.

Die Soldatin trat vor und bot ihr die Hand an. »Das war eine große Schweinerei. Tut mir leid. Ich bin Alke.« Immer noch peinlich berührt ergriff Atlis die ausgestreckte Hand und schüttelte sie. »Danke«, sagte sie.

»Wieso?«, fragte der Gütige Alke. »Was ist denn passiert?«

»Man hat sie ihr vorenthalten, als der Krieg ausbrach. Das hast du wirklich nicht mitbekommen? Weil sie eine Chimre ist, deswegen. Mensch, Ansbert, echt jetzt?«

Ansbert schüttelte den Kopf. »Kein Chimre ist ein Gerechter«, sagte er verwundert.

»Ja, und sie wäre die Erste gewesen. Sie hat einen Vogelfreien erledigt oder so.«

Langsam wandte sich Ansbert wieder Atlis zu. Sie sah, wie das Misstrauen in seine Augen zurückkehrte. Äußerlich ruhig hielt sie seinem Blick stand, aber sie spürte, wie ihre Wut hochkam. Wenn es nach Leuten wie Ansbert gegangen wäre, wäre sie nie für den Posten vorgeschlagen worden. Und es waren Leute wie Ansbert, die ihn ihr verweigert hatten. Aber trotzdem stand er jetzt da und maß sie daran, verurteilte sie deswegen. Dass man ihr den Rang verweigert hatte, den er ihr nie verliehen hätte, war für ihn nur ein Beweis ihrer Unzuverlässigkeit. Und das alles nur, weil sie die falsche Haarfarbe hatte! Sie hätte ihn am liebsten angeschrien und wäre davongeritten. Doch sie beherrschte sich, kämpfte die Wut nieder, und als sie ihn ansprach, schwang in ihrer Stimme nur noch ein Rest Aggression mit: »Alles gut bei dir?«

Ansbert ging auf, dass er starrte, und er beeilte sich, abzuwinken. »Ja, ja, alles gut. Schließ dich uns an, wenn du magst. Aber wir gehen nicht nach Mattheim, noch nicht jedenfalls. Auf dem Weg dorthin liegt Chirmfurt, dort ist eine Gerechtigkeit stationiert. Das ist näher, dahin sind wir unterwegs. Vielleicht haben sich noch andere von uns dorthin gerettet.«

»In Ordnung, ich komme mit.« Atlis stieg vom Pferd; sie wollte nicht als Einzige reiten.

»Dann los«, sagte Ansbert, steckte das Schwert weg, das er als Letzter immer noch in der Hand gehabt hatte, und holte mit dem Arm aus. »Genug gerastet, wir brechen auf!«

Unterwegs tauschte sich Atlis mit den anderen über die Schlacht am Tannhausner Tor aus. Ihre Reisegefährten waren im dritten Treffen gewesen und daher als Erste von den Panzerreitern überrascht worden. Wie Atlis hatten sie sich seitwärts in die Iffensteine geschlagen. Ursprünglich waren sie achtzehn gewesen, aber das Unwetter hatte vielen von ihnen das Leben gekostet. Andere hatten sie im Sturm aus den Augen verloren und nicht mehr wiedergetroffen. Auch sie waren durch die Ödnis gewandert, die er hinterlassen hatte, aber viel weiter westlich als Atlis aus den Bergen herausgekommen. Die Pfähle hatten sie deshalb nie zu Gesicht bekommen. Als Atlis davon erzählte, sah sie in entsetzte Mienen. Selbst Ansbert schien betroffen.

Gegen Abend kamen sie in ein größeres Dorf, wo Ansbert Pferde requirieren ließ, um schneller fortzukommen. Mit Missfallen sah Atlis, wie er die Tiere ausschließlich von chimrischen Bauern beschlagnahmen ließ, ein Umstand, der seinen Leuten nicht weiter aufzufallen schien. Sie saß auf ihrer Mähre und schwieg, aber wieder spürte sie die Wut in ihrem Magen. Als Ansbert auch ihr ein besseres Pferd anbot, lehnte sie ab. Schulterzuckend nahm er ihre Weigerung zur Kenntnis und quartierte sie alle im Gasthaus des Orts ein.

Am nächsten Morgen ging es weiter. Es war warm, aber windig, und am Himmel sammelten sich abermals dunkle Unwetterwolken.

Bis sie Chirmfurt am frühen Nachmittag erreichten, hatte der Wind sechsmal gedreht; Atlis zählte jeden seiner Wechsel mit, und ihr Unwohlsein wuchs. Aber sie behielt ihre Beobachtungen für sich und gab vor, den Gesprächen der anderen zu folgen. Sie war froh, als sie ankamen.

Die Wehranlage der Gerechtigkeit war eine ausgebaute Motte mit einer weitläufigen Vorburg, die über die gleichnamige Siedlung und die Furt in der Chirmach wachte, einem Nebenfluss der Elne. Und sie wimmelte von Soldaten. Ansbert hatte mit seiner Vermutung richtig gelegen: Nur eine Tagesreise vom besetzten Tannhausen entfernt, war Chirmfurt der natürliche Rückzugsort für Versprengte der Schlacht. Weit über tausend mussten hier versammelt sein, und beinahe stündlich wurden es mehr. Eine Zahl, die zwar nur einen erschreckend kleinen Bruchteil derer bedeutete, die ausgezogen waren, aber Atlis wusste, dass sie die Niederlage in ihrer ganzen schrecklichen Größe überdeutlich vor Augen führte. Nur für den Moment gestattete sie ihrer Hoffnung, sich wieder zu regen. Das hier, dieser erbärmlich kleine Haufen, war das Beste, das ihr seit der Schlacht im Tannhausner Tor passiert war. Allein, dass sie und Ansberts Leute nicht die einzigen Überlebenden waren, gab ihr neuen Mut. Sie eilte durch das Feldlager auf der Suche nach bekannten Gesichtern. Alle taten das. Es war ein Durcheinander wie in einem Ameisenhaufen; es war laut und wirr, es wurde gelacht und geweint, geschrien und geflucht, es wurde sich in die Arme geschlossen, tröstend, erleichtert, und es wurde Wiedersehen gefeiert und letzte Lebewohls betrauert. Verwundete lagen in den ausgeräumten Ställen und Scheunen, Erschöpfte schlafend dort, wo die Kraft sie verlassen hatte. Trossleute gaben Mahlzeiten aus, und Wehrvögte notierten Namen auf Listen. Neben den Soldaten der Gauwehr fanden sich mindestens ebenso viele Kämpfer aus den Aufgeboten der Edlen: Atlis sah die Wappen der Barone Eusaric und Rodcaus, den Schellenbaum der Snadders', die blauen Federn von Feodotas Jägern und die Fahne der Freien Stadt Korm. Und als sie Chirmfurt bereits zum zweiten Mal durchkämmt hatte und ihre frisch keimende Hoffnung sich wieder legen wollte, fand sie in der letzten Ecke der Vorburg tatsächlich den vielleicht unwahrscheinlichsten Überlebenden ihrer Güte: Etele, den kleinen Fähnrich, den sie gefallen geglaubt hatte, als die Panzerreiter über sie gekommen waren. Aufschluchzend sprang er ihr in die Arme, als sie ihn beim Namen rief, und weinte dort und wollte nicht wieder aufhören. Sie strich ihm beruhigend über den Schopf, stumm, weil sie keine Worte hatte für das, was sie fühlte. Auch sie weinte. Um Etele, um sich selbst. Vor allem aber weinte sie um Wate.

4

Bjorn

Bjorn sah die Soldatin an. Sie war hübsch, sehr sogar. Die blass-rosa Lippen ihres kleinen Schmollmunds bildeten perfekt geschwungene Linien, und die Frühlingssonne hatte bereits einen Hauch Sommersprossen auf ihre Wangen geworfen. Dunkle, schimmernde Rehaugen erwiderten seinen Blick. Sie war nicht sehr groß, und Bjorn mochte hoch aufgeschossene Frauen, aber in diesen Augen hätte er ertrinken können. Er ertappte sich dabei, wie er seinen Gedanken gestattete abzuschweifen. Mit einem Ruck riss er sich zusammen und wandte sich an den Schönen Sral, der mit seinen Leuten wartend bereitstand. »Schlagt sie an«, sagte er.

Er blieb noch stehen und sah zu, wie die Soldatin sich dagegen sträubte, niedergerissen und auf den Schindpfahl gedrückt zu werden, dann drehte er sich um und ging. Srals Leute waren inzwischen versiert, er hatte sie gut unterrichtet, und es mangelte nicht an Übung. Die Hammerschläge und Schreie folgten schnell hintereinander, dann hörte Bjorn, wie sie den Pfahl aufrichteten. Wimmern in seinem Rücken. Er war bei Pfeifer angekommen und setzte den Fuß gerade in den Steigbügel, als das Wimmern erneut in Schreie umschlug, zweimal, schrill und spitz: Sie hatten ihr die Beine gebrochen. Er selbst hatte diese Gnade angeordnet. Dadurch würde sich die Soldatin noch schlechter am Pfahl halten können, ihr Gewicht würde ihren Körper noch schneller absacken lassen und ihr so das Atmen noch einmal erschweren. Sie würde schneller sterben. Das hatte sie verdient. Die Soldatin neben ihr würde länger leiden.

Als er im Sattel war, sah Bjorn noch einmal hinüber zu den zwei Pfählen. Die Hübsche war erwischt worden, wie sie sich in einem geräumten Haus Silbermünzen eingesteckt hatte. Plünderer wurden mit dem Tod bestraft, das hatte er wieder und wieder klargemacht, aber er gestattete ihnen, leichter aus dem Leben zu gehen. Die andere hingegen hatte sich an einem Halbwüchsigen vergangen. Bjorn hatte den Schönen Sral angewiesen, ihr einen Sitzblock an den Schindpfahl zu nageln, der sie stützen würde. Jede Stunde, die sie länger atmen würde müssen, wäre immer noch eine zu wenig.

Den Namen hatte er sich von keiner gemerkt, wozu auch? Beides waren sie Freiwillige gewesen, die sich ihnen nach der Schlacht im Tannhausner Tor angeschlossen hatten, und mit Freiwilligen gab es den meisten Ärger. Undiszipliniert, auf Abenteuer aus und nicht vorbereitet auf das, was sie tatsächlich erwartete. Es fiel ihnen schwer, sich dem straffen Regiment zu beugen, das die Armeen des Herzogtums allen anderen Elyrdans überlegen machte. Nur, was machte er? Bjorn hing seinen misslaunigen Gedanken nach. Er verwässerte die Schlagkraft seiner Truppe mit Herumtreibern und Schlachtenbummlern, die aus den völlig falschen Motiven zu ihm kamen, nicht wenige aus reiner Mordlust. Am liebsten hätte er auf sie alle verzichtet, aber seine Anweisungen waren ausdrücklich gewesen: die Chimren des Chimmgaus einzubinden; also band er sie ein. Jeder seiner zehn Weibel befehligte inzwischen eine Doppelschwinge, sechzig Helme. Für ihre erlittenen Verluste hatten sie zwar Ersatz bekommen, aber ginge das in der Geschwindigkeit so weiter, wären die echten Soldaten bald schon in der Minderheit. Kein Gedanke, der Bjorn behagte. Es gab nur eines, das er dieser Entwicklung abgewinnen konnte: Mehr

Leute hieß mehr Ortschaften am Tag, die sie säubern konnten, und je schneller er seine Aufgabe hinter sich brachte, desto besser.

Das Dorf, das vor ihm in Flammen aufging, hieß Drobersbach. Rund vier Dutzend Häuser, die sich an einen der vielen Nebenflüsse der Elne schmiegten, lose und weit verteilt in den Niederungen. Die meisten Einwohner waren Salen gewesen, wieder einmal. Es hatte den gesamten Morgen und Vormittag gedauert, aber nun hingen sie an ihren Häusern und der Dorfesche.

Dass die Siedlungen im Oberen Chimmgau oft größer waren als die nördlich der Iffensteine, war ein Ärgernis, dem nur mit mehr Leuten beizukommen war. Sechs Doppelschwingen hatten sie hier eingesetzt. Die letzten beiden, die noch im Dorf unterwegs waren, steckten die Häuser in Brand und wiesen die wenigen chimrischen Familien an, sich nach Westen zu wenden. Sie waren aus den Habseligkeiten ihrer salischen Nachbarn reich für den Verlust ihrer Heimat entschädigt worden. Entweder sollten sie sich irgendwo in der Nähe eine neue schaffen, eine mit chimrischen Namen, oder nach Tannhausen gehen, wo es nun genügend leere Häuser gab. Es spielte keine Rolle. Drobersbach jedenfalls würde verschwinden.

Regungslos sah Bjorn den Schwaden zu, die aus den Flussauen stiegen. Er fühlte nichts.

»Für heute genug?« Unnis Fistelstimme forderte seine Aufmerksamkeit.

Bjorn sah den alten Weibel an und überlegte. In der unmittelbaren Umgebung gab es noch vier kleinere Dörfer, fünf Weiler und wahrscheinlich zwei, drei Dutzend einzelne Gehöfte. Um die kümmerten sich die anderen vier Doppelschwingen. Und dann, knappe drei Wegstunden von hier, Godsfelde. Fünf-, sechshundert Seelen. Es würde eng werden, aber es war zu schaffen.

»Nein«, sagte er. »Wir reiten weiter.« Wenn es sein musste, würden sie im Dunkeln weitermachen. Oder, er warf einen Blick in den dunkel verhangenen Himmel, im Regen.

Unni nickte. Mit einem Pfiff sammelte er seine Leute. Bjorn sah zu, wie sich nach und nach die Doppelschwingen wieder gruppierten und vorschriftsmäßig von ihren Weibeln an den Schindpfählen vorbei gen Osten geführt wurden. Er fragte sich, wie viele es vor Godsfelde werden würden. Ohne ging es nie, sie hatten schon jetzt zu viel Geschmeiß in ihren Reihen, und was sie taten, ließ die Truppe ohnehin verrohen. Bjorn war nie ein Freund des Schindpfahls gewesen, aber er würde seine Leute sauber durch diesen Auftrag führen, und wenn er sie dafür selbst bis auf den letzten Mann, die letzte Frau anschlagen müsste. Der Chimmgau würde keine zweite Tekete werden, das hatte er sich geschworen.

Mit dem Zügel wies er Pfeifer an, sich in Bewegung zu setzen. Sie waren hier fertig. Hinter ihm folgte Mina wie ein Schatten.

Mina.

Sie sprachen kaum noch miteinander. Ihr ungebändigtes, fröhliches Wesen war brütender Verschlossenheit gewichen. Nur noch selten wandte sie sich an ihn, und wenn sie es doch einmal tat, stellte sie keine Fragen mehr über alles und nichts, sondern wollte wissen, ob sie ihm die Stiefel putzen oder das Lager bereiten solle. So ging das schon lange. Eigentlich schon seit Lindscheid. Beim Anblick der ersten Salen, die sie gehenkt hatten, war sie in Tränen ausgebrochen. Bjorn hatte sie gut verstanden. Auch ihm war es schwergefallen, schwerer als erwartet, schwerer als erhofft. Zwei Familien waren es gewesen, fünf Kinder. Es hatte Zeit gekostet, bis ihm die Gesichter der Jungen und Mädchen nicht mehr in den Schlaf folgten, aber das war glücklicherweise vorbei. Inzwischen war er sich sicher, sie nicht einmal mehr heraufbeschwören zu können, wenn er es versuchen würde. Was er nicht vorhatte. Mina allerdings … Sie hatte sich nie von diesem ersten Mal erholt. Bjorn hätte es sich anders gewünscht, aber er konnte es nicht leugnen: Die Lebensfreude seiner Junkerin war an jenem Frühlingsmorgen zusammen mit den Salenkindern auf Lindscheids Dorfanger gestorben.

Natürlich bemühte er sich um sie.

Er hielt sie vom Allergröbsten fern und hatte ihr die Führung der Sold- und Verlustlisten übertragen, zusammen mit dem Strafregister und dem der beschlagnahmten Vermögen. Wann immer es ging, ließ er sie im Lager, wo sie sich mit den Trossleuten ums Essen kümmern konnte. Aber oft brachen sie das Lager morgens ab und waren den ganzen Tag unterwegs, sodass diese Möglichkeit wegfiel. Und selbst wenn Mina nie mitmachen musste, war sie doch stets dabei. Jedes Essen, das sie morgens ausgab, jede Münze, die sie abends zählte, war Teil dessen, was sie machten.

Sie töteten Salen, an mindestens sechs Tagen die Woche. Es war so einfach wie unabänderlich.

Bjorn konnte noch so sehr seine schützende Hand über Mina halten, aber das eine tun, das ihr hätte helfen können, das konnte er nicht. Betrübt drehte er sich im Sattel um. Mit gesenktem Kopf ritt Mina hinter ihm, die Schultern zusammengefallen. Sie aß nur noch wenig, und langsam wurden ihre Wangen schmaler, die Nase spitzer. Graue Schlieren hatten sich unter ihren Augen eingegraben, grau war auch ihr Blick geworden, wenn sie einmal aufsah. Bjorn war versucht, sie zu fragen, was sie dachte, wusste aber, dass er nur Kopfschütteln zur Antwort bekäme und ein lebloses »Nichts, Herr«. So sehr Mina sich verändert hatte, so sehr sah ihre Kleidung immer noch aus wie am ersten Tag: makellos und rein. Sie verwendete viel Zeit darauf, sie sauber zu halten, ebenso ihre Waffen und sich selbst. Abends wusch sie sich oft stundenlang und schrubbte und bürstete Hose, Wams und Mantel auch dann noch, wenn Bjorn schon lange keinen Staub oder Schmutz mehr ausmachen konnte. Es war ihm recht, so hatte sie etwas zu tun und er zumindest die Hoffnung, dass sie das Waschen und Säubern etwas ablenkte.

»Mina?«, versuchte Bjorn sich doch noch daran, seine Junkerin aufzumuntern.

»Ja, Herr?« Sie hob den Kopf, das Gesicht regungslos.

»Wir werden vor Godsfelde das Lager aufschlagen. Du musst nicht mit. Es wird genug zu tun geben, Segni und die anderen vom Tross werden jede Hand brauchen können.«

»Ja, Herr.« Mina senkte wieder den Blick und fixierte den Sattelknauf.

Bjorn wandte sich wieder um. Er fühlte sich hilflos.

Sie erreichten Godsfelde, als die Sonne kurz durch die Wolkendecke drang. Die Ortschaft lag eingebettet in ihren Feldern, umgeben von einer Wehrhecke aus Hainbuchen und Brombeeren. Die Tore in der Hecke waren geschlossen, und die Gruppen der Feldarbeiter wurden von Bewaffneten begleitet.

Inzwischen hatte das ganze Land mitbekommen, dass Krieg herrschte, und die meisten, dass Salen sich nicht mehr sicher fühlen konnten. Bjorn zuckte innerlich mit den Achseln, die Helme auf den Äckern würden nichts nutzen. Im Gegenteil: Wer immer auch über Godsfelde gebieten mochte, würde die wenigen Kämpfer seiner Haustruppe kaum auf die Felder schicken, um Bauern zu beschützen. Er war entweder mit ihnen ausgezogen, um sich einem salischen Aufgebot anzuschließen, oder würde sie in seinem vermaledeiten Sippenturm um sich scharen. Vielleicht verrotteten sie auch bereits im Tannhausner Tor. Die Bewaffneten auf den Feldern waren nichts als eine eilig ausgehobene Miliz, Bauern, denen man Speere und Äxte in die Hände gedrückt hatte. Keiner von ihnen würde ernsthaften Widerstand leisten. Und die Hecke war zwar ein Hemmnis, aber keines, das nicht überwunden werden konnte. Auch darin hatten seine Leute inzwischen Übung.

Hektisch einsetzendes Glockengeläut unterbrach Bjorns Gedanken. Er blickte von den Feldern hinüber zum Turm des Tempels der Heiligen Familie. Man hatte sie entdeckt. Gut. Panik würde ihnen nur helfen. Auf den Feldern liefen Bauern und Bewaffnete zusammen und zeigten in ihre Richtung, ein paar von ihnen flüchteten bereits Richtung Godsfelde. Bjorn wandte sich um und gab dieselben Befehle, die er auch schon am frühen Morgen gegeben hatte.

Sie gingen immer gleich vor. Je eine Doppelschwinge umrundete die Siedlung auf jeder Seite und machte nieder, was ihnen vor Klingen und Hufe kam, eine weitere blieb als Reserve bei den Trossleuten und Packpferden zurück. Die drei verbleibenden griffen frontal an. Im vollen Galopp über die Felder.

Es waren diese kurzen Momente des Sturmritts, in denen sich sein Gemüt etwas hob. Es waren die einzigen in seinem freudlosen Alltag, die annähernd echtem Kampf glichen. Warm und vertraut waren sie wie die Lieblingsdecke aus Kindertagen. So lange, wie sie dauerten, genoss Bjorn jeden Atemzug und Pfeifers weit ausholende, muskulöse Bewegungen unter ihm, das Donnern der Hufe im Ohr. Er stellte sich in die Steigbügel, machte sich leichter und beugte sich tief hinunter, bis er Pfeifers obersten Halswirbel an seiner Wange spürte. Frei …

Viel zu schnell waren sie vorm Tor.

Mit scharfem Wiehern stoppten die Pferde, als die Zügel sie in den Stand rissen. Schreiend schleuderten seine Leute den Wachen auf den Plattformen hinter der Hecke ihre Anspannung und Speere entgegen und vertrieben sie. Wurfhaken krallten sich in die Oberkante des Tors, Seile und Pferdehälse spannten sich, und wenige Augenblicke später sprang es krachend aus den Angeln. Mit dumpfem Dröhnen schlugen die Torblätter zu Boden, noch durch den Riegel zusammengehalten. Dahinter standen zwei Handvoll Bewaffnete, Speere und rot-gelbe Rundschilde in zittrigen Händen. Sie hatten keine Chance. Der Strom der in die Ortschaft drängenden Reiter riss sie mit sich, sie verschwanden unter den Hufen.

Bjorn hatte sich zurückfallen lassen, um den Überblick zu behalten und, wenn nötig, die Reserve herbeizurufen. Jetzt, da alles seinen gewünschten Gang nahm, schloss er wieder auf, sprang in der ersten Gasse des Städtchens ab und warf seine Flügellanze weg. Er zog den schweren Dolch mit der scharf gewinkelten Schneide. In der Enge der Häuser würde ihn das Schwert mehr behindern als nutzen, und nach wie vor weigerte er sich, Hilmnar für das einzusetzen, was vor ihm lag. Ein Tritt gegen die nächstbeste Tür ließ sie splitternd aus ihrem Schloss brechen. Erschreckte Schreie aus dem Innern des Hauses antworteten ihm; ein Krug oder eine Schüssel fiel zu Boden und zerplatzte. Bjorn blendete den Lärm von der Straße und das Sturmläuten aus und kniff die Augen zusammen, um im Halbdunkel des Flurs besser sehen zu können. Kisten mit Kerzen standen an der einen Wand, viele davon mit dem Kleeblatt der Heiligen Familie verziert, daneben lehnte eine Zugwanne. Es roch nach Bienenwachs. Eine ausgetretene Stiege führte nach oben, eine Tür ihm gegenüber hinaus in den Hof, eine zweite zur Rechten wahrscheinlich in die Wachszieherei. Sie stand offen, also ignorierte er sie. Langsam setzte er einen Fuß auf die erste Stufe und ging nach oben. Hinter sich hörte er, wie Soldaten ihm ins Haus nachkamen und das Erdgeschoss durchsuchten. Es gab kein Scheppern und Bersten, kein Umschmeißen von Möbeln, keine mutwilligen Zerstörungen. Nicht einmal Krakeelen. Sie waren ruhig und schnell. Der Teil von ihm, der sich nicht auf die Treppe und die Tür an ihrem Ende konzentrierte, nahm es mit Genugtuung zur Kenntnis. So sollte es sein. Oben angekommen, blieb er stehen und lauschte. Von der anderen Seite der Tür konnte Bjorn trotz des lauten Glockengeläuts unterdrücktes Wimmern hören. Mit dem Dolch in der Hand drückte er die Klinke herunter. Das Wimmern wurde lauter. Er gab der Tür einen Schubs und sah in den Raum dahinter.

Eine junge Frau stand dort hinter einem Tisch, sie drückte einen vielleicht sechsjährigen Jungen fest an sich. Bei seinem Anblick begann der Junge zu weinen.

»Bitte«, flehte ihn die Frau an und barg das Gesicht ihres Sohns in den Falten ihrer Schürze, »bitte …«

Bjorn sah die Tonscherben, die vor ihren Füßen lagen, den Tisch mit den zwei Tellern und dem anderen Becher, sah die bebenden Schultern des Jungen und die Tränen auf den Wangen der Frau. Dann senkte er den Dolch.

Nussbraunes Haar, chimrisch geschnittene Kleidung.

»Wie heißt du, Frau?«, fragte er ruhig.

Er sah sie schlucken. »Alfny.«

Ein chimrischer Name.

»Alfny. Gut. Du bist eine Chimre?«

Sie nickte.

Auch Bjorn nickte nun. »Hör mir gut zu, Alfny. Du brauchst keine Angst zu haben. Dir wird nichts geschehen. Wir tun keinem Chimren was. Verstehst du?«

Wieder nickte die Frau, aber Bjorn war sich nicht sicher, ob sie wirklich verstand. Die Angst, die in ihren Augen flackerte, ließ wenig Platz für anderes, er kannte das.

Vorsichtig trat er in den Raum, und als Alfny zurück in die Ecke wich, steckte er den Dolch weg und hob eine Hand. »Keine Angst, Alfny. Dir geschieht nichts«, wiederholte er sich. »Wie heißt dein Sohn?«

»Ru-Rurik«, brachte sie mühsam hervor.

»Ein prächtiger Junge. Hast du auch einen Mann, Alfny?«

»Ja, Seidr. Seidr, er heißt Seidr.« Die Worte kamen stoßweise und gehetzt. Aber sie sprach ihr Aard wie eine Chimre, weich und hauchend. Immer noch drückte sie sich in die Ecke.

»Seidr«, wiederholte Bjorn sanft, »ein schöner Name, ein guter Name. Wo ist er?«

»Auf dem … auf dem Feld.«

Bjorn ließ sich nichts anmerken. Das hier waren keine Bauern. Wenn Alfnys Mann auf dem Feld war, dann nur, weil man ihn mit

Speer und Schild hinausgeschickt hatte, und in diesem Fall lag er nun wahrscheinlich tot auf dem Acker. »Gut«, gab er trotzdem zur Antwort und ging hinüber zum Tisch. Aus dem Säckchen an seinem Gürtel legte er drei salische Kronen auf einen der Teller, chimrische Skillings hatte er schon lange keine mehr. »Hier«, sagte er, »das ist für dich, deinen Mann und für Rurik. Als Entschädigung.« Er sah die Fragen in Alfnys Gesicht, aber sprach weiter, bevor sie welche stellen konnte. »Du musst mir jetzt gut zuhören, Alfny, verstehst du? Das ist wichtig.«

Wieder nickte Alfny, schon etwas weniger verängstigt. Wie so oft verfehlte das Gold seine beruhigende Wirkung nicht. »Jetzt, wenn ich gleich gegangen bin, wirst du eure Sachen packen. Alle eure Wertsachen und was euch sonst noch lieb und teuer ist. Habt ihr Pferde?«

Alfny schüttelte den Kopf.

»Dann werdet ihr welche bekommen. Genug, um euren Hausstand aufladen zu können. Ihr werdet nämlich Godsfelde verlassen. Nein, hör mir zu.« Er wehrte einen Einwand ab. »Pack jetzt eure Sachen, Alfny, und bleib im Haus. Egal, was draußen geschehen mag, du verlässt nicht das Haus, verstanden? Wir werden –«
Ein schriller Schrei draußen ließ ihn innehalten.

Alfny unterdrückte ein Japsen und biss sich in die Faust. Rurik schluchzte auf.

Schnell zwang Bjorn die Aufmerksamkeit der Frau mit einer Handbewegung wieder auf sich, weg vom Fenster. »Wir werden«, begann er erneut mit Nachdruck, »morgen wiederkommen, wenn es sicher ist. Bis dahin musst du fertig sein. Wir werden dir beim Beladen der Pferde helfen, aber wir werden nicht auf dich warten, hörst du? Was nicht fertig gepackt ist, wenn wir kommen, bleibt hier.«

Sie nickte, aber wieder loderte die Furcht in ihren Augen auf. Bjorn gab auf. Er hatte nicht die Zeit, sie vollends zu beruhigen, und deutete noch einmal auf die Goldmünzen. »Das hier ist ein Vorschuss auf das, was ihr noch bekommen werdet. Ihr werdet Godsfelde verlassen müssen, aber das soll nicht euer Schaden sein. Wir werden die Habe der Salen verteilen, und auch ihr werdet davon abbekommen, es ist genug für alle da. Ich weiß, dass es nicht danach aussieht, Alfny, aber heute ist ein Glückstag für euch. Also, geh packen und bleib im Haus, bis wir euch abholen.«

Er war schon bei der Tür, als ihn Alfnys Stimme noch einmal zurückhielt.

»Was … was ist mit Seidr?«, fragte sie, schrill vor Angst.

Er antwortete ihr, ohne sich umzudrehen, weil es das Lügen leichter machte. »Seidr wird kommen.« Dann ging er die Treppe hinunter.

Im Flur standen drei Soldaten und warteten. »Keine Salen«, sagte einer von ihnen.

»Ich weiß. Chimren. Wir sind hier fertig.« Er deutete auf die Kisten mit den Tempelkerzen. Die Heilige Familie waren die Götter der Salen; wie sie mussten sie verschwinden und mit ihnen alles, was an sie erinnerte. »Nehmt die mit.«

Gemeinsam verließen sie das Haus. Mit Kreide malte Bjorn eine große Chrin-Rune auf die Wand neben der eingetretenen Tür, einen stehenden, nach rechts offenen Winkel. Es war das Zeichen, das sie für die Häuser von Chimren benutzten. Die von Salen bekamen die gespreizte Sagwar-Rune. Auf diese Weise wurde kein Haus mehrmals durchsucht und Chimren gleichzeitig vor Übergriffen geschützt. Wer in Häuser mit der Chrin-Rune eindrang, kam an den Pfahl. Bjorn sah sich in der Gasse um: Es gab nicht viele von ihnen.

Zu beiden Seiten zerrten seine Leute die salischen Einwohner Godsfeldes aus ihren Heimen hinaus auf die Straße, wo sie in Empfang genommen wurden. Auch dafür hatten sie eine Routine entwickelt. Jede Schwinge teilte sich auf in einen Such- und einen

Wachtrupp; jeden Tag wurde gewechselt. Die Soldaten des einen durchkämmten die Häuser, die des anderen warteten draußen, nahmen die Salen in Empfang, die zu ihnen hinausgetrieben wurden, und begannen mit dem Hängen. Kragbalken, Ladenschilder, Fensterkreuze, alles, was sich dafür eignete, wurde verwendet, und wer vor seinem Haus keinen Platz mehr bekam, musste bis zum Ende warten, wenn auf dem Ortsplatz der ganze Rest gehenkt würde. Auch hier hatte es schon begonnen, die ersten hingen bereits leblos von ihren Heimen herab, ein paar andere strampelten noch, stemmten sich würgend gegen das Unvermeidliche.

Wieder einmal fiel Bjorn auf, wie verhältnismäßig ruhig alles vonstattenging. Es gab Jammern und Flehen, Schluchzen, Fluchen, Beten, auch Schreie ab und an, aber es herrschte nicht das gellende Chaos, das er anfangs erwartet hatte. Vielleicht war es das geschäftige Vorgehen seiner Leute, vielleicht waren die meisten auch zu benommen oder verängstigt, um Widerstand zu leisten. Auch hier lagen die paar erwartbaren Leichen derer auf der Straße, die sich zu sehr zur Wehr gesetzt hatten. Aber die große Menge derjenigen, die auf die Straße getrieben wurde, ließ benommen geschehen, was ihnen widerfuhr. Auch nach all den Wochen blieb es Bjorn unbegreiflich. Lämmer vor der Schlachtbank. Er verzog das Gesicht.

Nachdem er den umstehenden Soldaten einen Wink gegeben hatte, eilte er weiter. Sie mussten vorankommen.

Im nächsten Haus lebten keine Chimren. Sie trieben die siebenköpfige Familie eines Bortenmachers auf die Straße, aber zuvor mussten sie einen alten Tatter in der Wohnstube erschlagen, weil er keifend um sich schlug und biss und nicht zu besänftigen war. Die Häuser zweier Bäcker und einer Metzgerin kamen als Nächstes dran, damit war die Gasse durch. Bjorn ging zum Markt.

Der Tempel der Heiligen Familie, ein Bau mit dem typischen Kleeblattgrundriss, wurde bereits geräumt. Eines der vier Tore war aufgebrochen worden, und seine Leute holten die Salen heraus, die sich ins Innere geflüchtet hatten. Das Sturmläuten hörte endlich auf, der Tempelschatz, eine mit Beryllen verzierte Reliquie, vergoldete Kandelaber, Weihrauchgefäße und mit Kleeblättern bestickte Altartücher, wurde eingesackt und der Priester mit seiner Gemeinde unter den Toren gehenkt. Leute von Mjotte und Lodurs Doppelschwingen trieben die Salen auf den Platz, für die es in den Gassen keinen Platz mehr gegeben hatte. Bjorn warf einen prüfenden Blick hinüber zur Ortsesche, sie war weit und ausladend, aber sie würde nicht reichen. Wie so oft würden sie auch in Godsfelde Galgen errichten müssen. Eine Weile beobachtete er die Vorbereitungen, und weil er merkte, wie die Abscheu vor der jämmerlich passiven Wehrlosigkeit der Zusammengetriebenen wieder in ihm hochkam, wandte er sich ab und dem Sippenturm der ansässigen Edlenfamilie zu, dem höchsten Gebäude Godsfeldes. Knapp fünfzig Fuß ragte er empor, kleine, gedrungene Fenster und Schießscharten blickten auf sie hinab, und ganz oben, zwischen den Zinnen der Brustwehr, ließen sich die Bewegungen von Wachen ausmachen.

Sippentürmen begegneten sie nun immer häufiger. Waren sie im Unterem Chimmgau eher selten gewesen, bildeten sie im Oberen, salisch geprägten leider eher die Regel als die Ausnahme. Im Herzogtum waren hohe Türme vor allem Andachts- oder Bestattungsorte oder Stätten herzoglicher Macht. Näher am Himmel, der Erde entrückt. Kein Chimre wäre auf die unziemliche Idee gekommen, sein Heim auf solche Weise zu erhöhen. Die Salen allerdings sahen in den Türmen ein Abbild ihrer Weltesche, und je höher der Turm, desto größer das Ansehen seiner Bewohner. Auch das hätte Bjorn wenig gekümmert, wenn die Sippentürme nicht so hervorragende Wehrbauten gewesen wären. Zwar waren die wenigsten durchweg gemauert, aber auch so stellten sie seine Truppe regelmäßig vor größere Herausforderungen. Um sie einzureißen, fehlte ihnen schweres Gerät, und so blieb ihnen nur übrig, sich gewaltsam Zugang zu verschaffen. Statt sich dann Stockwerk für Stockwerk durch die Türme zu kämpfen, setzten sie meistens nur ihr Inneres in Brand und ließen das Feuer die Bewohner erledigen. Denn selbst in Orten, die nicht dem Erdboden gleichgemacht wurden, mussten die Türme als Symbole salischer Herrschaft fallen. Ihre Erstürmung aber war jedes Mal aufs Neue schwierig und verlustreich; Tote gab es immer.

Auch jetzt lagen schon sechs der ihren vor der Treppe, die hoch zur Eingangspforte im ersten Stock führte. Felsbrocken lagen zwischen ihnen, und Pfeile spickten den Boden. Die Pforte immerhin war bereits aufgebrochen, Gebrüll und Kampflärm im Innern. Hinter den Ecken der benachbarten Häuser warteten Soldaten aus Unnis Doppelschwinge kauernd mit Ballen von Stroh, die sie nun immer mit sich führten, um sie als Zunder zu benutzen.

Es dauerte nicht lange, bis die Fistelstimme des Weibels aus dem Turm kam, hoch wie klirrendes Glas, aber laut und bestimmt, und seine Leute hinüberhuschten. Wieder riss ein herabgeschleuderter Stein einen von der Treppe, und beim Rückzug aus dem Turm erwischte es noch einmal zwei von ihnen, aber das änderte nichts am Ergebnis: Der schwarze Rauch, der erst aus der Pforte und dann auch aus den Schlitzfenstern des Stockwerks darüber quoll, kündigte unmissverständlich vom baldigen Ende des Sippenturms und aller, die sich in ihm aufhielten. Einmal in Brand gesteckt, würde der Turm wie der Schlot eines Kamins das Feuer nach oben ziehen und sich selbst von innen heraus verbrennen. Irgendwann würde er zusammenfallen. Ob das Feuer dabei auf benachbarte Häuser überspränge, spielte keine Rolle. Auch Godsfelde würden sie einäschern.

Als die ersten hellen roten Zungen aus den Fenstern leckten, machte Bjorn kehrt und schloss sich einem der Suchtrupps an. So wenig er an ihrem Tun Gefallen finden konnte, so wenig würde er sich davor drücken. An der Spitze der Soldaten trat er eine Tür ein und zog abermals den Dolch.

Knapp fünf Stunden später war es vorbei.

Bjorn saß nun wieder auf Pfeifer, die Zügel locker in den Händen, die auf den Oberschenkeln ruhten. Gassen und Steige lagen bereits dunkel, über ihnen in der Gewitterluft zwitscherten aufgebracht ein paar Dohlen. Im aufgefrischten Abendwind flogen ein paar Ascheflocken vom Sippenturm herüber. Die Salen Godsfeldes schwangen sanft an Galgengerüsten und Ortsesche.

Bjorn ritt auf den Platz. Seine Leute trugen die Besitztümer aus den geräumten Häusern herbei und türmten sie auf. Eine Postenreihe bewachte die wachsenden Haufen aus Kisten, Säcken, Kleidern und Hausrat. Noch gab es nicht viel zu tun für sie. Er hatte in den Straßen ausrufen lassen, dass es jetzt erlaubt sei, wieder herauszukommen, und zumindest ein paar der übrig gebliebenen Godsfelder trieben Neugier und die Aussicht hinaus, sich bereichern zu können. Noch eingeschüchtert wagten sich die Chimren auf den Platz und wussten nicht, wie sie angesichts ihrer baumelnden Nachbarn und deren Habseligkeiten reagieren sollten. Entsetzen kämpfte mit Gier in den Gesichtern. Bjorn wusste, wie dieser Kampf ausgehen würde. Mehr von ihnen würden kommen, und spätestens morgen früh, wenn es ans Verteilen der Besitztümer ginge, würde für die allermeisten nur noch die Chance auf ein neues Wams, neues Geschirr oder ein Säckchen Silbergroschen zählen. So war es immer.

Er wies Lodur, Mutter Bo und Mjotte an, mit ihren Doppelschwingen das Zusammentragen zu übernehmen und nach versteckten Salen zu suchen; mit dem Rest der Truppe bezog er außerhalb der Wehrhecke Quartier. Im Laufe der Nacht würden Yngvild und die anderen Weibel zu ihnen stoßen, und morgen dann, wenn sie aufbrächen, bliebe von Godsfelde nur noch, was von all den anderen Salen-Orten geblieben war: ein schwelender Haufen Asche, der bereit war, vergessen zu werden.

Es wurde laut. Die Trossleute gaben das allabendliche Bier aus. Alkohol half den Leuten, das Töten für ein paar Stunden zu vergessen. Es löste die Anspannung und half ihnen in den Schlaf. Und für die Disziplin stellte es kein Problem dar, jedenfalls, solange nur in Maßen getrunken wurde. Es war schwierig, das rechte Maß zu finden. Aber Bjorn schätzte die Vorteile höher ein als die Nachteile.

Müde setzte er sich vor sein Zelt. Mina hatte ihm eine Schüssel mit Gedörrtem und ein paar kandierten Apfelscheiben neben die Feuerstelle gestellt. Hunger hatte er keinen, aber zu den Apfelstücken griff er trotzdem. Mina selbst war nirgends zu entdecken. Bjorn nahm an, dass sie Wasser holte, um sich zu waschen. Er seufzte, dann streckte er sich, legte den Kopf in den Nacken und massierte seine Schultern. In den schweren Wolken des Abendhimmels zeichnete sich der Lichtschein des brennenden Sippenturms ab. Von irgendwo aus den Gassen hinter der Hecke kam ein Krachen und Bersten von Holz, dann ein Schrei. Ein Suchtrupp, der fündig geworden war. Er gähnte.

»Erster Reiter.«

Der Schöne Sral musste nicht weitersprechen. Auch so wusste Bjorn, weshalb sein Pfahlrichter ihn aufsuchte. »Wie viele?«, wollte er wissen.

»Drei. Bis jetzt. Alles Plünderer.«

Bjorn nickte. Drei waren in Ordnung.

»Sollen wir sie heute noch anschlagen?« Der Schöne Sral strich sich eine Strähne seines langen, hellen Haars aus dem Gesicht.

Nachdenklich sah Bjorn ihn an. Er hatte den Schönen Sral in seine Truppe geholt, weil er Leute brauchte, die hart waren und diszipliniert. Der Weibel war beides, das hatte er inzwischen mehr als einmal bewiesen. Aber manchmal fragte sich Bjorn, ob der

Schöne Sral nicht ein wenig zu viel Eifer zeigte, vor allem, wenn es um das Anschlagen der eigenen Leute ging. Um seinen Hals hing noch immer der spannlange Schindnagel, ein Andenken an sein früheres Leben als Geselle eines Pfahlrichters. Er spielte oft mit ihm, auch jetzt wieder bewegte er ihn zwischen den Fingern. Was bewegte einen Menschen dazu, ein solches Handwerk zu erlernen? Bjorn dachte an das Wimmern und Stöhnen, das Schindpfähle über Stunden umwehte, und schüttelte den Kopf. »Nein«, sagte er, »morgen. Unsere Leute brauchen Schlaf. Haben wir die Hühner losgeschickt?«

»Vor einer halben Stunde etwa, ja.«

Die Hühner – irgendjemand hatte so die Handvoll Salen genannt, die sie in jedem Ort am Leben ließen und auf Pferde setzten, und die Bezeichnung war geblieben. Sie sollten verbreiten, was sie erlebt hatten. Wie aufgescheuchte Hühner eben sollten sie durchs Land fliehen und Panik unter den Salen des Chimmgaus verbreiten. Es gab zu viele, um sie alle zu töten, und wer vor ihnen das Weite suchte, war einer weniger, der ihnen Arbeit machte. Je mehr sie in die Flucht trieben, desto besser. Bislang schien diese Strategie aufzugehen: Immer öfter stießen sie nun auf verlassene Höfe und Ortschaften.

»Gut«, sagte er. »Verluste?«

»In meiner Doppelschwinge keine. Aber ich habe gerade Unni getroffen, er hat recht viele. Vierzehn Tote, sechs Verletzte. Mindestens einer davon wird es nicht bis zum Morgen machen.«

Unbewegt nahm Bjorn die Zahlen zur Kenntnis. Sie waren hoch, aber Unni hatte auch den Sippenturm gestürmt, und Bjorn erwartete keine Schwierigkeiten, sie wieder auszugleichen. Schon jetzt hatten sich ein paar Godsfelder gemeldet, dazu kämen die gefangenen sieben Chimren der Hausgarde, die die Nacht gefesselt verbringen würden. Morgen durften sie sich entscheiden, entweder ihren alten Herren in den Tod zu folgen oder für neue zu kämpfen. Und eigentlich hatten sie ihre Wahl bereits in dem Moment getroffen, in dem sie sich ergaben. Bjorn wollte gerade noch hinterherschicken, dass das alles sei, als die hoch aufgeschossene Gestalt Yngvilds am Lagerfeuer auftauchte.

»Wieder zurück«, sagte die junge Weibelin.

Bjorn entließ den Schönen Sral mit einem Wink. »Und?«, fragte er Yngvild. »Besondere Vorkommnisse?«

Sie schüttelte den Kopf. »Nein. Zwei Ortschaften, sechs einzelne Höfe. Fünf Verluste, einen davon durch den Pfahl, zwei Fahnenflüchtige, zehn Freiwillige.«

Bjorn nickte. Es war kein Versehen, dass Yngvild nichts zur Anzahl der getöteten Salen sagte. Sie zählten sie nie.

Er bedeutete ihr, sich zu setzen. Während sie sich am Feuer niederließ, beobachtete er sie. Auch Yngvild hatte keine Freude an ihrem Tun, und das war wichtig. Es bedeutete, dass er sich um sie keine Sorgen machen musste. Yngvild würde sich nie am Töten berauschen. Sie ertrug es mit der Disziplin, die ihr jahrelanger Schardienst eingepflanzt hatte. Kein Klagen, kein Sich-Drücken, kein Infragestellen. Die Weibelin blickte ins Feuer.

»Es ist schlimm, Bjorn.«

Bjorn, der seinen Blick gerade ebenfalls in die Flammen gelenkt hatte, sah sie wieder an. Sollte er sich geirrt haben?

Yngvild schaute nicht auf. Sie hatte die Knie zu sich herangezogen und die Arme um sie geschlungen. Im Feuerschein tanzten ihre Sommersprossen.

»Das ist es«, gab er zu.

»Aber es ist notwendig.«

»Ja.«

Yngvild nickte hinter ihren Knien.

Bjorn wusste, dass sie manchmal Albträume hatte, und ahnte, weswegen. »Man gewöhnt sich dran«, schob er hinterher. »Jedes Mal aufs Neue.«

Sie sah auf. »Du hast … so etwas … schon einmal gemacht?«

Bjorn blickte nicht auf, als er antwortete. Stattdessen sah er weiter den Flammen zu. »Ja. In der Nechbet.« Berge von Skalps. Verklebt vom Blut, verbrannt von der Sonne. Alles töten, alles vernichten.

»Und … hat es … hat es etwas gebracht?«

»Die Wende.«

Erst nach einer Weile setzte Yngvild wieder an. »Es war ihre Idee, oder?«

Bjorn hob den Blick.

»Tyrja Tiwhilds, meine ich.«

Er wusste, wen sie gemeint hatte. »Ja, es war ihre Idee.«

»Ich verstehe.«

Bjorn war sich nicht sicher, was es zu verstehen gab. Aber weil Yngvild nichts mehr sagte, schwieg auch er. Wieder senkte er den Blick in die Flammen.

»Du sprichst ihren Namen nie aus, oder?«, fing sie wieder an.

Langsam sah er hoch.

»Es ist mir nicht gleich aufgefallen, aber … du erwähnst sie so gut wie nie, und wenn, dann sagst du ›sie‹, aber du sprichst nie ihren Namen aus. Ist es nicht so?«

Er antwortete nicht gleich. Es stimmte. Er sprach ihren Namen nie aus. Weil es nicht nötig war. »Ist es nicht klar, wen ich meine?«

»Doch. Doch, das ist es. Es ist mir nur aufgefallen.« In ihren Augen konnte er die unausgesprochene Frage sehen. Er richtete sich auf.

»Die Nehebet haben ein Wort für Sonne, *shirf*, aber sie benutzen es nicht, niemals. Wenn sie von ihr reden, nennen sie sie stattdessen *khem-ka*, die Alte Feindin. Es ist für sie eine Frage des Respekts.«

»Und Tyr… und die Oberbefehlshaberin, meine ich …«

»Hast du sie schon einmal getroffen?«

Yngvild schüttelte den Kopf. »Nein. Nie.«

»Das wirst du noch. Und dann wirst du verstehen. Sie ist …« Er suchte nach den passenden Worten.

»Ein Vorbild?«

Natürlich war sie das, aber Bjorn war nicht zufrieden. »Sie ist …« Er brach ab, sinnend. »Sie ist der Leitstern.«

»Der Leitstern?« Yngvild sah nicht so aus, als hätte sie ihn verstanden.

Doch er nickte nur. Alles, was er war, war er durch sie geworden.

Am Lagerfeuer tauchte die schmale Gestalt des Sehers auf. »Truben«, begrüßte er ihn ohne Freude, aber erleichtert, weitere Erläuterungen schuldig bleiben zu können. »Was gibt es?«

»Ich habe eine Botschaft für dich, Erster Reiter.«

Bjorn spürte, wie ihm die Aufregung in den Magen fuhr. Gerade eben hatte er noch von ihr gesprochen, und jetzt kam Nachricht von ihr. Er hatte schon lange nichts mehr von ihr gehört. Wo würde sie jetzt wohl sein?

»Es geht um Klevs.«

Augenblicklich stürzte seine Stimmung ab. Die Botschaft war nicht von ihr. Schon einmal hatte er eine Traumnachricht in dieser Sache bekommen, und sie hatte ihm den Tag vergällt. Er wandte das Gesicht nach Osten, dorthin, wo nicht mehr weit entfernt Klevs aufs sie wartete, die größte Stadt am Fuße der Iffensteine, mehr als zwanzigtausend Einwohner. Mehr als viertausend Salen.

Klevs.

Er nahm den Blick vom Horizont und starrte düster in die Flammen.

Klevs würde schlimm werden.

5

Turid

»Klevs … bist du sicher, dass ihr da hinwollt?« Die alte Sennerin sah Turid verständnislos an. »Was wollt ihr denn in der großen Stadt? All der Lärm und der Schmutz …«

Turid musste lächeln und setzte ihren Milchkrug ab. »Wir haben Familie dort. Wir können dort unterkommen. Warten, bis der Krieg vorbei ist.« Sie strich Asa über den Kopf, die neben ihr auf der Bank saß und zufrieden Brot mit Butter und Käse mampfte. Gestern waren sie auf einer Bergweide in die alte Frau hineingelaufen. Sie hatte die beiden angesehen, zerrupft und abgekämpft, wie sie waren, und geahnt, dass sie keine Lustwanderer vor sich hatte. Ihre Einladung in die Sennerhütte war herzlich gewesen, doch Turid hatte eigentlich ablehnen und weiterziehen wollen. Erst der Blick in Asas müdes, verängstigtes Gesicht hatte sie eines Besseren belehrt. Manchmal musste man ein Risiko eingehen, und bis zu diesem Zeitpunkt hatten sie nichts von ihren Verfolgern gesehen oder gehört. Die strahlenden Augen ihrer Tochter, die sich selten so über einen Becher Milch gefreut hatte, waren es auf jeden Fall wert gewesen. »Wisch dir den Mund ab, Asa, du hast einen Milchbart.«

Asa fuhr sich mit dem Handrücken über den Mund und nahm einen weiteren Schluck Milch. Der Bart war wieder da.

Heidlaug, so hatte sich die Sennerin vorgestellt, kicherte. »So ist's recht, iss und trink, mein Kind, stopf dir den Bauch ordentlich voll. Ohne richtiges Frühstück ist auch der beste Tag nur ein schlechter.«

Asa nickte mit vollem Mund, kauend und das Brot mit beiden Händen umklammernd.

Heidlaug wandte sich Turid zu. »Den Krieg abwarten? In der Stadt? Was ist, wenn der Krieg zu euch kommt? Wartet ihn doch hier oben ab. Hier kommt nie jemand vorbei. Nur der Dünne Fasel, um den Käse abzuholen, und der ist harmlos. Ihr könntet den ganzen Sommer über hierbleiben, bis zum Viehscheid, und dann, wenn ihr wollt, noch immer nach Klevs gehen. Du wärst auch nicht auf meine Mildtätigkeit angewiesen, Hüterin, falls es das ist, was dich stört. Ich bin alt, und jeden Morgen spüre ich meine Knochen mehr. Du bist stark, du könntest mir helfen.«

Turid überlegte. So unrecht hatte die Sennerin nicht. Dass sich hierher irgendwelche Mordbanden verirrten, war in der Tat unwahrscheinlich. Aber es war auch unwahrscheinlich, dass der Krieg Klevs erreichte. Hinter den Iffensteinen war es sicher. Selbst wenn das Herzogtum durchs Tannhausner Tor wollte, müsste es dort erst mal durchkommen. Die Salen hatten bei ihrer Eroberung des Chimmgaus Jahre dafür gebraucht. Und in Klevs gab es Nefjold. Außerdem war da ja noch das Kind in ihr: Blieben sie den Sommer über in den Bergen, wäre sie beim Abtrieb entweder hochschwanger oder Wöchnerin, beides keine heimeligen Aussichten. Turid schüttelte den Kopf. »Wir würden gern bleiben, Heidlaug, wirklich. Und ich würde dir auch gern helfen. Aber … ich bin schwanger. Und hier oben …«

Asa sah mit großen Augen auf. »Ich bekomme ein Geschwisterchen?«, rief sie mit vollem Mund.

»Ja, mein Liebes. Freust du dich?«

»Ja. Ja!« Asa nickte heftig und schluckte runter. »Ein Bruder wäre toll – Mama, ich hätte gern einen Bruder!«

Turid lächelte. »Ich sehe zu, was ich machen kann.« Und an

Heidlaug gewandt sagte sie: »Ich kann hier oben kein Kind zur Welt bringen.«

Heidlaug nickte. »Nein, das kannst du nicht, das stimmt. Eine Bergweide ist kein Ort für eine werdende Mutter. Ich beglückwünsche dich. Mögest du gesegnet sein, Hüterin.«

»Ich danke dir.«

»Der Vater …?«

»Ist in Klevs, ja.«

Wieder nickte Heidlaug. »Dann musst du wirklich in die Stadt gehen.«

»Ja.« Turid sah sie an. Die Sennerin hatte schlohweißes Haar, und weder ihr Name noch ihre Kluft verrieten, ob sie Salin oder Chimre war. Nicht einmal ihr Segensspruch hatte darüber Auskunft gegeben. Wie schnell sich doch geändert hatte, worauf sie bei ihrem Gegenüber achtete. Es gefiel ihr nicht, überhaupt nicht. »Aber ich glaube«, sagte sie schnell, um den trüben Gedanken beiseitezuwischen, »ein paar Tage des Ausruhens würden uns guttun. Wenn das in Ordnung für dich wäre? Ich helfe dir natürlich, aber für Asa wäre es wirklich wunderbar, wenn sie sich hier erholen könnte.« Sie hatte sich bemüht, Asa die Flucht aus Olholt, soweit es eben ging, als Abenteuer zu verkaufen, aber es war ihr nicht gelungen, dafür war sie zu kräftezehrend gewesen. Sie waren jetzt schon mehr als eine Woche unterwegs, ohne Feuer, fernab der Wege, und mit einem Nahrungsbeutel, der nur deshalb nicht schon leer war, weil Turid sich das Essen vom Munde absparte. Immer gehetzt, immer mit dem Blick über die Schulter. Beide schliefen sie schlecht, aber Asa war es, die die Albträume hatte. Turids Vorsicht und Eile waren wahrscheinlich überflüssig gewesen, die Reiter aus Byk blieben eine gesichtslose Drohung, ein Gespenst, das hinter ihnen her sein mochte oder auch nicht. Aber sie hatte es nicht darauf ankommen lassen wollen und weder auf sich noch auf Asas Erschöpfung groß Rücksicht genommen. Und jetzt, beim Frühstück in Heidlaugs Kate nach der ersten erholsamen Nacht, merkte sie, wie sehr die Flucht sie angestrengt hatte. Es stimmte: Asa brauchte eine Pause. Aber sie selbst ebenfalls.

»Kommt nicht infrage, Hüterin«, sagte die Sennerin entschieden, »dass du mir hilfst, meine ich. Du erwartest ein Kind, du wirst mir nicht am Kessel stehen und Milch einkochen. Oder irgendetwas anderes machen. Bleiben könnt ihr natürlich so lange, wie ihr wollt. Und wenn der Dünne Fasel kommt, sage ich ihm, dass du eine Ehebrecherin aus Schwaigtal bist und dich hier vor deinem Ehemann versteckst.« Sie kicherte. »Wir aus Wartstein mögen die Schwaigtaler nicht besonders, sie sind bekloppte Leute. Jeder, der vor ihnen davongelaufen ist, hat unser Wohlwollen. Mach dir keine Sorgen, du bist hier sicher.«

Dankbar nickte Turid. Sie wollte etwas sagen, wurde aber von Asa unterbrochen, die wissen wollte, was eine Ehebrecherin sei. Turid wechselte einen Blick mit Heidlaug und hob die Brauen. »Eine Frau, die einen anderen Mann als ihren küsst.«

»Aber du küsst doch nur Nefjold«, protestierte Asa.

»Ja, mein Liebes. Aber Heidlaug sagt das ja auch nur. Damit keiner der bösen Reiter erfährt, dass wir hier sind.«

»Aber das ist gelogen. Und du sagst immer, man soll nicht lügen.«

Sie seufzte. »Du hast recht. Aber manchmal ist eine Lüge besser als die Wahrheit. Etwa, wenn man jemanden beschützen will. Verstehst du?«

Mit dem Finger an der Nase überlegte Asa, dann nickte sie. »Ich glaube schon.«

»Gut. Was hältst du dann davon, wenn du jetzt nach draußen gehst und einmal nach den Kühen schaust? Zähl doch einmal, wie viele Heidlaug hat. Und dann kommst du wieder her und sagst es mir, in Ordnung?«

»In Ordnung!« Asa hüpfte von der Bank und rannte nach draußen.

»Aber lauf nicht zu weit weg«, rief Turid ihr noch hinterher.

»Sie ist ein Goldstück«, sagte die Sennerin.

»Das ist sie. Sie ist mein Alles.«

»Ja, das haben Kinder so an sich. Ich habe elf. Sie haben inzwischen selbst Kinder, die auch schon wieder größer sind als deine Asa, ich weiß gar nicht, wie viele.«

»Elf«, sagte Turid beeindruckt. »Die Schöpfung hat es gut mit dir gemeint.«

»Das hat sie. Sie sind alle in Friedenszeiten aufgewachsen.«

Heidlaug hatte sie gestern nicht gefragt, wieso sie plötzlich auf ihrer Bergweide erschienen waren, abgerissen und furchtsam. Aber sicherlich hatte sie sich ihren Teil gedacht, und jetzt, ohne anwesende Kinderohren, lag die Sache anders. Turids trübe Gedanken waren wieder zurück. »Die Zeit kann ich für Asa nicht aussuchen. Wohl aber den Ort.«

»Böse Reiter ...«, wiederholte die Sennerin Turids Worte. »Ist es so schlimm auf der anderen Seite der Steine?«

»Wenn du Sale bist, schon. Heidlaug, was bist du?«

»Spielt es eine Rolle?«

»Nein. Nein, tut es nicht. Jedenfalls sollte es das nicht. Es ist nur so ... Ich war die Einzige in Olholt. All die Jahre hat das wirklich keine Rolle gespielt, genau wie du sagst. Es war egal. Aber plötzlich, von einem Tag auf den anderen ... Ich meine, sie haben mich nicht vertrieben. Sie haben mich nicht einmal gedrängt zu gehen. Das war meine Entscheidung. Als ich sie ihnen verkündet habe, habe ich sie zur Rede gestellt, und da waren sie plötzlich alle ganz klein und beschämt. Aber niemand ist aufgestanden und hat versucht, mich umzustimmen. Und weißt du, warum? Weil sie unter ihrer Scham erleichtert waren. Erleichtert, mich los zu sein. Weil ich eine Salin bin. Wenn du so willst, zum ersten Mal, aber ansonsten gar nichts mehr. Salin, Salin, Salin, durch und durch. Und das ist es, was mir nicht aus dem Kopf geht. Ob du willst oder nicht: Wenn du plötzlich nach nur einem Merkmal beurteilt wirst, dann teilst auch du die Welt nach genau diesem Merkmal ein. Selbst wenn es in deinem Leben noch nie eine Bedeutung gehabt hat. Denn dieses Merkmal, das bist plötzlich du. Es bestimmt dich. Und ehe du dich versiehst, hast du die Denkweise derer angenommen, die dir dieses Merkmal überhaupt erst aufgedrückt haben. Ich glaube, das ist es, was diese Denkweise so mächtig macht: Sie ist ansteckend. Deswegen sag es mir nicht, Heidlaug. Ich will es nicht wissen.«

»Ich hätte es dir auch so nicht gesagt, Hüterin, aber ich verstehe dich.« Heidlaug schüttelte den Kopf. »Salen, Chimren … Wo soll das enden?«

»Ich hoffe hier. Ich hoffe bald. Das Reich wird diese Frevel nicht unbeantwortet lassen. Es wird das Herzogtum aus dem Chimmgau vertreiben und dann Rechenschaft fordern.«

»Mehr Krieg, mehr Leid.«

»Ja. Nur, was wäre die Alternative?«

»Ich habe keine. Aber das ist nicht schlimm. Ich mache Käse. Schlimm ist, dass die keine haben, die unsere Herren sind.«

Darauf wusste Turid nichts mehr zu antworten. Nachdenklich nahm sie ihren Krug in beide Hände und trank einen Schluck Milch. Die Sennerin tat es ihr nach. Draußen läuteten sanft die Kuhglocken.

Eine Woche währte ihre Pause. Eine Woche voller Ruhe und tatsächlicher Freude, mit vielen Stunden erholsamen Schlafs und Ausruhen in der Sonne. Dann kam der Dünne Fasel mit seinen zwei Eseln, um Käse abzuholen, und brachte die Nachricht, dass das Herzogtum durchs Tannhausner Tor gebrochen sei und nun das Vorland der Iffensteine besetze. Turid, die Ehebrecherin aus Schwaigtal, nahm er kaum zur Kenntnis, so aufgeregt war er, Heidlaug die Neuigkeit zu berichten. Kaum eine Stunde blieb er, dann war er auch schon weiter zu den anderen Sennern auf seiner Route. So etwas hatte es noch nie gegeben, und er, Fasel, wäre es, von dem sie alle es erfahren würden.

Turid sah dem Simpel nach, bis er hinter dem Kamm verschwunden war, und wusste, dass ihre Zeit auf der Bergweide zu einem Ende gekommen war.

»Bist du sicher, dass du trotzdem nach Klevs gehen willst?«, fragte Heidlaug, während Turid die wenigen Sachen von sich und Asa in ihren Rucksack stopfte. »Das Herzogtum wird die Stadt haben wollen.«

»Ja, es muss sein. Wir haben keine andere Wahl. Der Vater meines Kindes lebt dort. Und das Herzogtum mag die Stadt haben wollen, aber es muss sie sich erst einmal holen. Klevs ist nicht der Untere Chimmgau. Klevs ist nicht abgeschieden. Und irgendwann wird das Reich kommen.« Sie hoffte, dass sie recht hatte, aber es stimmte: Sie hatte keine Wahl. Sie musste zu Nefjold. Alles Weitere würde sich dann finden. Sie schalt sich, dass sie so lange bei Heidlaug geblieben waren. Hätten sie nur einen Tag Rast gemacht, hätten sie schon beinahe da sein können.

»Gut«, sagte die Sennerin. »Gut. Ich habe euch Essen eingepackt. Und nehmt euch Decken mit, die Nächte sind noch immer kühl.«

Turid dankte ihr und schnürte alles zusammen. Eine halbe Stunde später waren sie und Asa auf einem Saumpfad unterwegs, hinunter ins Tal. Ihre Flucht hatte von Neuem begonnen.

Dieses Mal aber lag die Gefahr nicht hinter ihnen, sondern kam von der Seite, aus dem Westen. Turid wusste nicht, wie schnell sich ein Heer durchs Land bewegen konnte. Aber sie wusste, dass es langsam war, viel langsamer, als sie gedacht hätte, das hatte ihr Atlis einmal erzählt. Aus diesem Grund glaubte sie, Klevs noch vor dem Herzogtum erreichen zu können. Nur durften sie sich dafür keine weitere Verzögerung leisten. Gerieten sie hinter das herzogliche Heer, wäre Klevs für sie unerreichbar.

Ihr Weg führte sie jetzt beinahe ständig bergab. Das war auf seine eigene Art anstrengend, weil es in die Waden biss und man sich ständig bremsen musste, aber es war besser, als bergauf zu flüchten. Außerdem benutzten sie jetzt die Wege, und beide hatten sie sich gut bei Heidlaug erholen können. Zur Linken schmiegte sich das Silberholz wie ein dunkelgrünes Tuch an die Iffensteine, und vor ihnen lag der südlichste Gipfel des Gebirges, der Kampenkarst, vollständig vom Wald bedeckt. Dahinter wiederum, zwischen Silberholz und Elnsee, wartete Klevs auf sie. Sie konnten es schaffen. Sie würden es schaffen.

Als sie aus den Iffensteinen heraus waren, wählte Turid die Straße entlang des Silberholzes nach Süden. Es war nicht nur die schnellste Strecke, sondern auch die sicherste: Sollte das Herzogtum sie doch überraschen, würden sie in den Wald fliehen können und versuchen, Klevs von Norden aus zu erreichen. Oder, falls auch das unmöglich wäre, über das Blauzahngebirge weiter nach Osten gehen. Turid schauderte bei diesem Gedanken. Die Blauzähne waren nicht mit den Iffensteinen zu vergleichen: schroffer, unwirtlicher und höher, viel höher. Hinter ihnen lag Meuren, sie kannte dort niemanden und wusste nur, dass die Meuren als Sturköpfe verschrien waren. Ihr Schwiegervater war vor etlichen Jahren mit Kaiser Childeric einmal dort gewesen, um eine Rebellion niederzuschlagen. Nein, wenn es irgend anders ging, würde Turid ihre Schritte woanders hinlenken.

Das Reisen auf der Straße nach Süden ging schneller voran als in den Bergen, aber Asa blieb ein achtjähriges Kind und wurde schnell müde. Hin und wieder konnten sie auf Heuwagen von Bauern mitfahren, die ihnen begegneten, aber die Bauern wollten sich immer unterhalten, und sie kannten nur eine Art von Geschichten: schlimme. Das Herzogtum, hieß es in ihnen, habe Tausende Schindpfähle aufgestellt und an ihnen alle Gefangenen aus dem Tannhausner Tor hingerichtet. Tannhausen habe kapituliert,

und dem salischen Stadtdrost habe man erst die Augen ausgesto-
chen und ihn dann in Gülle ertränkt. In einer anderen Geschichte
war Tannhausen dem Erdboden gleichgemacht worden, und die
Soldaten des Herzogtums hatten in der Asche der Stadt gefangene Kinder gebacken, um sie zu verspeisen. Andere wiederum
erzählten, dass das ganze Vorland der Iffensteine durchkämmt
würde, und jeder, der sich den Herzoglichen in den Weg stellte,
würde gehenkt.

Solche und andere Geschichten hörte sie öfter, je mehr sie die
Abgeschiedenheit der Iffensteine hinter sich ließen, und nicht
immer konnte Turid verhindern, dass Asa sie mitbekam. Und
dann waren da natürlich auch die Geschichten über die Salen.
Dass sie alle umgebracht würden, dass die »Schwarzköpfe« nun
bekämen, was sie verdienten. Mehr als einmal wurden sie und
Asa davongejagt, als sie in einer Dorfschenke einkehren wollten,
und mehr als einmal schüttelte ein Karrenfahrer den Kopf oder
drohte mit der Faust, als Turid nach einer Mitfahrgelegenheit
fragte. So schlimm wurde es, dass sie schließlich ihre Haare mit
einem Tuch bedeckte. Und welche der Geschichten auch immer
wahr sein mochten, sie bekamen Nachdruck allein dadurch, dass
Turid und Asa nicht mehr die Einzigen waren, die Richtung Klevs
flüchteten. Dort, wo die Straße, auf der sie reisten, auf die aus
dem Westen traf und die letzten Meilen bis zur Stadt am Ufer des
Elnsees entlanglief, war sie regelrecht überlaufen. Leiterwagen und
Karren, Packpferde und Lastenesel, Menschen, zu Fuß oder im
Sattel, Hausstände auf Ladeflächen zu Türmen verschnürt oder
auf dem Rücken getragen. Vieh, das mit sich getrieben wurde,
Kinder, die weinend ihre Eltern suchten. Dazwischen Grüppchen
aus Soldaten der Gauwehr oder Kämpfer aus der Haustruppe
eines Edlen, teils verwundet, teils zu Fuß, immer verloren – es war
ein ungeheuerlicher Strom, der auf Klevs zufloss. Fast alle waren
Salen.

Turid reihte sich mit Asa in diesen Strom ein, überrascht und beunruhigt. So viele! Die Orte, durch die sie auf den letzten Meilen kamen, waren alle verlassen. Soldaten mit dem Klevser Wappen auf der Brust, drei goldene Zander auf blauem Grund, passten auf, dass sich niemand an Zurückgelassenem bereicherte. Auch sie wirkten angespannt, und ihre Blicke hingen mehr am westlichen Horizont als auf den Massen, die an ihnen vorbeizogen.

Turids Hüterkluft brachte ihr und Asa einen Sitz auf einem Heuwagen ein, der das Hab und Gut einer Bauernfamilie transportierte. Die Gesichter waren staubbedeckt und vom Schrecken gezeichnet. Sie waren aus einem Dorf geflohen, eine Tagesreise von hier entfernt, nachdem die Chimren des Nachbarorts alle Salen mit Gewalt vertrieben hatten. Auf die Mordbanden, die das Land unsicher machen sollten, hatten sie nicht warten wollen. Von einem Priester der Heiligen Familie, der mit einem Handkarren und zwei Ziegen neben dem Wagen herlief, bekam Turid eine Einschätzung, wie weit die Herzoglichen noch entfernt waren: »Drei Tage, höchstens.«

Sie hatten es gerade noch einmal geschafft.

Erleichtert, aber mit dem Gefühl kommenden Unheils im Nacken erreichten sie und Asa am frühen Abend Klevs. Über dem spiegelglatten Elnsee türmten sich Gewitterwolken.

Die Reichsstadt ließ sie durch eines ihrer offenen Tore ein. Wachen achteten darauf, dass keine Unruhe ausbrach, wenn sich der Flüchtlingsstrom im Torhaus einmal staute, und drängten zur Eile. Noch auf dem Torplatz bedankte sich Turid bei der Bauernfamilie und sagte dem Priester Lebewohl. Dann machte sie sich mit Asa zu Fuß auf. Sie kannte den Weg über die vielen Kanäle und Brücken der Stadt.

Nefjolds Haus lag im Seeviertel, nahe der Lagerhäuser an den Kais und unweit des Zunfthauses der Kürschner. Als Vorsteher der Klevser Buntfutterer hatte es Nefjold auf diese Weise weder weit zu den Zusammenkünften seiner Innung noch zu seiner Betriebsstätte, die bei den Docks stand. Es war ein ruhiges Viertel; die Masse der nach Klevs Geflüchteten kam nicht bis hierher, sondern verteilte sich auf die engeren, weniger wohlhabenderen Gegenden der Stadt. Doch auch hier war nicht zu übersehen, dass Klevs sich auf das Nahen einer feindlichen Streitmacht vorbereitete: Es patrouillierten mehr Wachen auf den Stadtmauern und in den Gassen, Turid sah viele Häuser mit verrammelten Fensterläden, und die Preise für Brot und andere Nahrung, die man ihr auf dem Markt zurief, lagen bereits weit über dem Üblichen. Die wenigen Fußgänger, die ihnen auf dem Weg zu Nefjold begegneten, hatten es eilig und verschlossene, besorgte Gesichter. Noch bevor auch nur ein einziger Herzoglicher vor den Toren erschienen war, hatte der Krieg bereits seine eiserne Faust um die Stadt geschlossen. In den verlassenen Straßen spielte der Wind mit dem Staub.

Auch Nefjolds Haus machte keine Ausnahme vom abweisenden Eindruck der Stadt: Nur die Läden im obersten der drei Stockwerke des schmalen, hohen Bürgerhauses und die unter dem Giebel standen noch offen. Turid musste mehrmals klopfen, bis das Guckloch in der Tür geöffnet wurde. »Ja?« hörte sie eine Stimme fragen, dann einen Schlüssel drehen und Riegel schieben, als man sie erkannte. Die Tür öffnete sich, und unter ihr erschien eine Magd mit erstauntem Gesicht. »Turid … Hüterin, du? Wie kommst du …? Ich habe gar nicht gewusst, dass du kommst.«

»Möge dich die Schöpfung segnen – Ranveig, nicht wahr?« Turid konnte sich nur dunkel an die Magd erinnern, die ihr zunickte. »Nefjold weiß nicht, dass ich komme. Wir mussten Olholt überstürzt verlassen.«

Wieder nickte Ranveig, immer noch verdutzt.

»Ist Nefjold da, Ranveig? Wir sind müde und erschöpft von der langen Reise …«

Die Magd trat einen Schritt zurück. »Ja, ja, natürlich. Kommt herein. Der Herr ist da, im Hof. Ich werde ihm Bescheid geben.«

Turid schob Asa über die Schwelle. Hinter ihr verriegelte die Magd die Tür wieder, dann wartete sie, dass Turid sie im Flur vorbeiließ. Turid aber stand da und atmete tief die Luft ein. Sie war lange nicht mehr hier gewesen; allein der Geruch nach Holz und Fellen brachte eine ganze Flut an Erinnerungen zurück. »Komm«, sagte sie zu Asa, »lass uns zu Nefjold gehen.« Ihr Puls beschleunigte sich, als sie die Worte aussprach. Sie hatte ihn vermisst.

»Ich sollte dich ankündigen, Hüterin. Ich weiß nicht, ob der Herr Zeit hat. Er ist gerade ziemlich beschäftigt.«

Turid runzelte die Stirn. »Ich bin seine Verlobte, Ranveig. Ich denke, er wird sich die Zeit nehmen. Meinst du nicht auch?«

Betreten blickte die Magd zu Boden. »Ja, Hüterin, du hast recht, verzeih. Komm.« Sie drückte sich an ihr vorbei und führte sie durchs Erdgeschoss.

»Wo ist Godegisel?«, fiel Turid ein, während sie Ranveig folgte. »Ist er krank?« Es war sonst immer der Hausmeister gewesen, der an die Tür gekommen war. Beinahe schon blind vom Alter hatte er es sich trotzdem nie nehmen lassen, Gäste und Besucher persönlich einzulassen.

»Godegisel arbeitet nicht mehr bei uns. Der Herr hat ihn gehen lassen.«

»Gehen lassen? Wohin denn?«, fragte Turid verwundert.

»Ich weiß es nicht«, antworte Ranveig und öffnete die Hoftür am anderen Ende des Flurs.

Turid wollte ihrer Überraschung Ausdruck verleihen, aber dann sah sie Nefjold, und alles andere wurde nebensächlich.

Er sah aus wie immer. Breitschultrig, mit Sommersprossen im Gesicht und hellen, grünen Augen. In sein nussbraunes Haar waren seitlich Zöpfe geflochten, den Vollbart trug er kurz rasiert. Er hatte ein dunkles Kürschnerwams an und eine ebensolche Hose.

Um ihn herum stand eine Gruppe von Männern und Frauen, alle ebenfalls in Zunftkleidung. Zusammen mit ihnen lachte er sein typisches Lachen, laut und herzlich und mit weit offenem Mund, den Kopf zurückgesteckt und die Hände auf der Brust. Dann sah er sie.

Er war der Erste, der sie entdeckte, und sofort wurde er ernst. Maßlos erstaunt blickte er zu ihr herüber, die Arme öffneten sich in einer überraschten, beinahe ratlosen Geste. Auch die anderen bemerkten sie nun, das Gelächter verstummte, und es wurde still in dem kleinen Hof. Vergeblich wartete Turid darauf, dass Nefjolds Erstaunen in Freude überging, aber in seinem Gesicht erschien schließlich ein Ausdruck, den sie dort noch nie gesehen hatte: Missfallen. Sie sah die grünen Augen, aus denen sich die gerade noch gezeigte Herzlichkeit stahl, sie sah das lange Hiebmesser an seinem Gürtel und das Kettenhemd unter seinem Wams, bemerkte, dass keiner der anderen im Hof schwarzes Haar hatte, und begriff. Ihr wurde eiskalt.

Sie hatten Klevs vor den Reitern des Herzogtums erreicht, aber der Feind war trotzdem schon hier.

6
Grautwis

Grautwis stand da, vollkommen erstarrt, jedes Härchen an seinem Körper aufgestellt, und konnte es nicht fassen.

Er war auf den Traumfeldern. Nicht im Traum, sondern wirklich. In Echt.

Auf den Traumfeldern!

In metallisch glänzenden Fehlfarben erstreckten sie sich ins Unendliche. Hohes, silbrig-rotes Gras wogte in einem Wind, den er nicht spürte. Leise klingelten die Bewegungen der Halme in seinem Kopf. Über ihm, in einem düsterorangen Himmel türmten sich Wolken, gleißend dunkel. Hart und massiv und unbeweglich sahen sie aus, als wären sie gemeißelt. Es gab keine Sterne, weder Mond noch Sonne. Diffuses Dämmerlicht lag über allem, indirekt, als würde es von einer Quelle hinter dem Horizont kommen.

Mit seinen Träumen oder den Besuchen, auf die er seinen Geist mit Pesh hinter den Schleier geschickt hatte, hatte das nichts gemein. Nichts, nichts, nichts!

Ihm fiel auf, dass er die Arme ausgebreitet hatte und dastand, als wollte er die Szenerie umarmen. Ganz langsam, wie jemand, der auf seinen Händen Stapel von Geschirr balancierte, nahm er sie herunter und atmete erst aus, dann ein und verschluckte sich fast. Die Luft, oder was auch immer er atmete, strömte wie von selbst in ihn hinein, öffnete seine Lippen und füllte seine Lunge ohne Zutun. Kurz geriet er in Panik, weil es sich so anfühlte, wie

früher, wenn er von den älteren Kindern beim Planschen im Dämmermeer untergetunkt worden war. Er keuchte und brauchte ein
paar Augenblicke, bis er merkte, dass er trotzdem normal Luft bekam und nicht ertrank, und ein paar weitere, bis er sich und seine
Atmung wieder so weit beruhigt hatte, dass er sich auf anderes
konzentrieren konnte. Er war auf den Traumfeldern.

In seinen Schuhen bewegte er die Zehen und spürte trotz der
Sohlen den feinkörnigen Boden unter sich.

Aber da war noch mehr. Der Sog.

Grautwis spürte ihn in seinem Allergeheimsten, ganz tief in
ihm drin, dort, wo es ansonsten nur ihn selbst gab, keine Welt,
keine Gedanken, und wohin selbst er nur selten Zugang fand.
Dort zerrte der Sog an ihm, wie die zurücklaufende Brandung an
seinen Knöcheln gezerrt hatte, wenn er früher von der Bucht am
Dämmermeer über den Strand zurück nach Hause gelaufen war.
Nicht übermächtig, aber auch nicht zu ignorieren. Und hier wie
da kündete der Sog von weit größeren Kräften, die früher oder
später kommen würden.

Das also war es, das Unwirkliche.

Gäbe er ihm nur einmal nach, wäre es das. Vorbei. Er würde
sich auflösen wie Gischt am Strand.

In seinem Innersten spürte er den Sog stärker werden.

Mit einer Heftigkeit, die ihn selbst überraschte, schüttelte
Grautwis das Gefühl ab und ballte die Fäuste. Er machte sich hart.
Dazu würde es nicht kommen.

Trotzig wollte er einen Schritt nach vorn machen, wurde sich
aber mit einem Mal des Großen Tors des Schlafs bewusst. Es
brummte und knisterte in seinem Kopf und gleichzeitig hinter
ihm. Er wandte sich halb um. Von dieser Seite aus war es ein frei
stehender Bogen, hoch wie ein mehrstöckiges Haus und gemauert
aus einem Material, das ebenso gut Knochen hätte sein können
wie Öl. Hindurchsehen konnte er nicht; der Schleier zwischen

den Welten hing eingespannt im Bogen, eine milchig-graue Fläche, die aus Nebel zu bestehen schien und in der ab und an Wirbel auftauchten und wieder versanken.

Sollte er wieder zurück? Die Frage war unvermittelt da, zwischen dem Klingeln und Knistern mitten in seinem Kopf, und ihr Gewicht ließ ihn ächzen. Er blickte hinaus in die Endlosigkeit; im Innern zerrte der Sog. Abermals stieg Panik in ihm auf.

Das hier war zu viel für ihn, überstieg seine Fähigkeiten und seinen Mut bei Weitem.

Noch war es möglich. Noch konnte er zurück. Nur ein Schritt, und er wäre wieder in der wachen, in der richtigen Welt. Dort, wo er hingehörte. Hierhin gehörte er nicht, gehörte niemand. Sein Atem flog jetzt, und seine Hand zitterte, als er sie ausstreckte und durch den Schleier fuhr. Grau kräuselte sich, als seine Finger verschwanden, doch er spürte nichts. Er könnte zurück in seiner Kammer sein, bevor jemand wach wurde. Niemand musste erfahren, dass er die Wanderung angetreten und wieder abgebrochen hatte. Er würde einfach zurück in sein Bett kriechen, sich auf die Seite drehen und wieder einschlafen, und bei Sonnenaufgang wäre all das hier nicht viel mehr als ein schlechter, halb vergessener Traum. Grautwis' Herz machte einen Hüpfer bei dem Gedanken. Zurück ins Bett!

Zurück zu Klemonestra.

Klemo.

Er ließ die Hand sinken. Das Gefühl der Panik ließ nach. Die Wirbel im Schleier legten sich.

Er konnte nicht zurück. Er erinnerte sich, was er ihr alles gesagt hatte, und jedes Wort davon stimmte und war richtig, auch hier auf den Traumfeldern. Außerdem … Sie würde wissen, dass er gekniffen hatte. Das ging nicht. Grautwis drehte sich um, ließ das Tor Tor sein und ging los.

Er blickte nicht mehr zurück.

Der Weg, der sich ihm auftat, war so unvermittelt da, wie sein Entschluss gekommen war. Ein breiter, metallisch leuchtender Pfad, der sich durch die Gräser wand. Im Gehen streckte Grautwis die Hand aus und strich über die hüfthohen Halme. Zu seiner Überraschung wurde ihr Klingeln in seinem Kopf leiser, nicht lauter. Dann bemerkte er zur Rechten ein Dreibein, das knapp über das Gras hinausragte, und sein Anblick ließ auch die letzten Reste Panik verfliegen. Vor ihm lag der Platz der Münze, jeder seiner Zunft wusste um ihn, und auch wenn Grautwis ihn zum ersten Mal selbst sah, war es ihm doch, als fände er mit ihm etwas vor, das er kannte und das ihm in dieser fremden Welt Halt geben mochte. Er eilte über den Weg auf den Platz zu und blieb an seinem Rand stehen. Ein Rund von abwechselnd schwarzen und weißen Feldern, die zwischen all den glänzenden Fehlfarben mit ihrer matten, wirklichen Anmutung merkwürdig unpassend erschienen.

In der Mitte stand das Dreibein. Es war ein aufwendig gearbeitetes Gestell und mit seinen schneckenartigen Schnörkeln am oberen Ende der Beine eindeutig athanaischer Machart. Ohne dass er sich bewusst war, weitergelaufen zu sein, stand Grautwis nun direkt davor. Andächtig berührte er die blank gewetzte Sitzfläche. Hier also, auf diesem Dreibein, befragten die Großpropheten das Münzorakel seit viertausend Jahren. Zu jeder Tagundnachtgleiche saßen sie hier, warteten auf die Traumbotschaften der Mitglieder ihrer Zunft und warfen die Münze. Nie hatte es auch nur einen verpassten Wurf gegeben, die längste, ununterbrochene Tradition der Welt. Auch die fruchtlosen Jahre der Zeit der toten Omen hindurch waren sie hierhergekommen, hatten das Orakel fehlen sehen und diese Aufgabe trotzdem nie infrage gestellt. Und nun hatte das Orakel nicht mehr versagt, zum ersten Mal seit sechshundert Jahren, und eine neue Zeit verkündet. Grautwis' Hand fuhr zu seiner Hosentasche und griff zum zusammengerollten Blatt in ihr. Eine Zeit voll dunkler Prophezeiungen.

Der Gedanke trieb ihn an. Schnellen Schritts ließ er den Platz der Münze hinter sich. Die wache Welt musste davon erfahren, und dafür musste er durch die Traumfelder, komme, was wolle.

Nach einer Weile konzentrierter Wegfindung fiel Grautwis auf, dass das Gras flacher geworden war und sein rotes Glänzen in langsamen, weich rollenden Intervallen an- und wieder abschwoll. Das Klingeln der Halmbewegungen folgte diesem Muster, wurde in seinem Kopf mal leiser, mal lauter. Grautwis bewegte sich durch das Gräsermeer, als liefe er auf rohen Eiern. Schweiß stand ihm auf der Stirn, obwohl es nicht warm war. Es war auch nicht kalt; leichter war die Luft stattdessen, leerer.

Und sie flimmerte. Kein Flimmern, das man sehen konnte, es ließ sich fühlen. Ganz sachte war es, als wuselten kleinste Härchen über Grautwis' Haut. Auch dieses Flimmern schwoll an und ab, folgte aber nicht dem Aufglitzern des Grases, sondern einem eigenen Rhythmus. Beide Wellenbewegungen, die federleichten Schwingungen der Luft und das träge, an Brandung erinnernde Rollen des Grases überlappten sich und fügten sich harmonisch zueinander wie verschiedene Stimmen, die versetzt, aber gemeinsam ein Lied sangen.

Grautwis versuchte, beim Gehen beiden Rhythmen zu folgen, merkte aber, dass er aus dem Tritt kam und ihm schummrig wurde. Er folgte dem Weg eine abfallende Böschung entlang, vorbei an hohen, säulenartigen Zypressen, die ihre rot-grauen Schuppenblätter in demselben unmerklichen Wind wiegten, der auch die Gräser durchblies. Auch sie klingelten leise, ein hohles Bimmeln, das aus seinem Kopf verschwand, als er an ihnen vorüber war.

Er kam gut voran. Schließlich sah er die Glocke.

Sie hing vor ihm, groß wie ein Schiff, inmitten des Grases. Auf seinem Weg nach Carcosa hatte Grautwis ein paar Tage in Drepphall zugebracht und dort in einem Tempel der Heiligen Familie um eine gute Reise gebeten. Dort hatte er zum ersten Mal eine

Glocke gesehen, die größer war als jene, die sie zu Hause den Schafen umbanden. Und in Carcosa dann, in Ulthars Glockenturm, hingen sogar acht übereinander, die größte von ihnen hatte einen Klöppel lang wie ein Mann. Aber noch nie hatte er eine Glocke gesehen, die auch nur annähernd an die Dimensionen von der vor ihm herankam. Unten schaute der Klöppel heraus, in seinem Ballen hätte seine Kammer im Novizentrakt problemlos Platz gehabt.

Grautwis legte den Kopf in den Nacken und blickte an ihr empor. Die Glocke und das Balkengerüst, in dem sie hing, waren aus derselben ölig-knöchern schimmernden Substanz, aus der auch die diesseitige Version des Großen Tors des Schlafs bestanden hatte. Über den Körper der Glocke liefen irritierend lebendig wirkende Tropfen- und Spiralmuster und verschmolzen miteinander.

Und ganz oben, an der vorderen Ecke des Gerüsts, saß ein Mund.

– Was zur … –

Es waren die ersten Worte, die er sprach, seit er durch das Tor gegangen war, und obwohl sich seine Lippen bewegten, erklangen sie nur in seinem Kopf.

Ein Mund, ein unzweifelhaft menschlicher Mund, Ober- und Unterlippe. Grautwis konnte sogar die kleine Delle in der Oberlippe sehen. Er hätte nicht gedacht, dass diese wahnwitzig große Glocke noch absurder hätte werden können, aber dieser Körperteil setzte in seiner bizarren Fleischlichkeit noch einmal buchstäblich einen drauf. Zumal er etwa die Ausmaße eines Unterarms hatte.

Oben auf dem Balken fing der Mund an zu hopsen.

– Scheiß mir ins Hemd. – Grautwis kniff die Augen zusammen. Ungläubig schüttelte er den Kopf. Eine Eikona, sagte er sich, das musste es sein. Eine jener Ausformungen des Traums, von denen seine Zunft annahm, dass sie nichts mehr als geistlose Reaktionen der Traumfelder waren auf jemanden aus der wachen Welt. Bizarr, aber harmlos.

Der Mund beugte sich nach vorne, als wollte er auf ihn herunterblicken, und fing an zu gähnen. Zwischen den Lippen war das Orange des Himmels zu sehen.

Harmlos? Grautwis war sich da nicht so sicher. Es war das eine, Traummeister Milogost von Eikonas reden zu hören. Es war etwas völlig anderes, eine Eikona mit eigenen Augen zu sehen. Ein Mund! Er glaubte nicht, dass ihn irgendetwas anderes mehr aus der Fassung hätte bringen können.

Unvermittelt setzte sich die Glocke in Bewegung. Erschrocken sprang Grautwis zurück. Wie von Geisterhand und ohne Eile schwang der gigantische Klangkörper an seinem Joch nach oben. In seinem Innern vollzog der Klöppel die genaue Gegenbewegung. Als beide ihre Endpunkte erreicht hatten und der Ballen des Klöppels auf den Mantel der Glocke traf, riss Grautwis, der rückwärts davongeeilt war, die Hände an die Ohren, um sich für den Schlag zu wappnen. Aber er kam nie.

Stattdessen hopste der Mund vom Gerüst, schwang sich hoch in die Lüfte und flog davon.

Und ohne auch nur das leiseste Geräusch hervorgebracht zu haben, fiel der Klöppel wieder zurück, während die Glocke von ihrer eigenen Masse in die andere Richtung gezogen wurde.

Verblüfft sah Grautwis dem fliegenden Mund hinterher, dann riss ihn die Druckwelle von den Beinen. Knapp konnte er sich mit den Händen abstützen, als er ins klingelnde Gras kippte, und rollte sich ab. Er wollte aufspringen, besann sich aber eines Besseren: Ein schneller Blick bestätigte ihm, dass die Glocke bereits ihren zweiten Schlag vollendet hatte. Einen Augenblick später plättete die nächste Druckwelle das Gras zwischen ihm und dem Gerüst, und dann war sie heran, fuhr über ihn hinweg, rupfte an Wams und Haaren und drang ihm bis in die Knochen. Er behielt den Kopf unten und drückte sich flach auf den Boden, als die Glocke eine dritte, vierte und schließlich auch neunte Welle durch die Luft trieb. Danach war der Spuk vorbei, und als Grautwis vorsichtig den Kopf hob, hing die Glocke so unbeweglich und massig an ihrem Joch, dass er nie geglaubt hätte, sie könne sich bewegen, hätte er es nicht selbst gesehen.

Ächzend stand er auf und klopfte sich die Kleider aus. Ein Brennen am linken Unterarm forderte seine Aufmerksamkeit: eine Schürfwunde, die er sich beim Sturz zugezogen haben musste. Sie war nicht besonders groß oder schmerzhaft, aber eine unmissverständliche Erinnerung daran, dass er die Traumfelder dieses Mal mit Haut und Haar betreten hatte.

In ihm zerrte der Sog, stärker jetzt und weniger verspielt. Fordernder.

Misstrauisch beäugte er die Glocke, während er sie umrundete, bereit, sich wieder ins Gras zu werfen, aber sie blieb stumm. Die fliegende Mund-Eikona hatte der Himmel verschluckt. Er nahm seine Wanderung wieder auf.

Der Weg verlief nun schnurgerade auf einen gleichgültigen Horizont zu. Ein gerader Strich, der Rot von Orange trennte und am Ende des Sichtfelds festgenagelt zu sein schien. Über ihm ballten sich dieselben Wolken, die ihn schon von Anfang an begleiteten, gleißend und düster, Klumpen gegossener Watte.

Das Gras wurde flacher und reichte Grautwis nun kaum mehr bis an die Waden. Leise flimmerte die Luft über seine angestrengten Wangen. Und während er ausschritt und den Blick über die metallisch glänzende Landschaft schweifen ließ, überkam ihm mit einem Mal ein Gefühl tiefer Verlassenheit. Er war hier ganz allein. Grautwis blieb stehen und griff sich an die Brust, so hart und überwältigend fuhr die Erkenntnis auf ihn nieder. Beinahe hätte er nach seiner Mutter gerufen, weil längst abgelegte Bedürfnisse aus seiner Kindheit plötzlich wieder in ihm nach oben drängten und er sich danach sehnte, sich in einen Arm zu kuscheln und dort wie früher einzuschlafen. Die Unmöglichkeit dieses Wunsches ließ ihm die Tränen in die Augen schießen. In der fremdesten aller Welten gab es nichts außer ihn selbst und die Grenzenlosigkeit des Traums. Nichts hier konnte ihm Halt geben, nichts hatte all denen Halt gegeben, die vor ihm diesen Weg gegangen waren. Er war an einem Ort, der mit nur einer einzigen Aufgabe aufwartete: ihn zu durchqueren und zu verlassen. Mehr war da nicht, trotz all der Endlosigkeit mit ihren weiten Wundern.

Grautwis wischte sich übers Gesicht und atmete tief durch. Die Einsamkeit, die sich wie ein Panzer um sein Gemüt gelegt hatte, hob sich ein wenig, aber er machte sich keine Hoffnungen. Solange er auf den Traumfeldern wandelte, solange bliebe sie da: hart und kalt und glatt und voller Traurigkeit.

Mit Wucht ohrfeigte er sich selbst. Solchen Gedanken durfte er nicht weiter nachhängen, nicht hier. Das wurde ihnen doch von Traummeister Milogost und all den anderen wieder und wieder eingebläut. Die Traumfelder reagierten auf die Gedanken und Wünsche derer, die sie durchreisten, auf eine Weise, die niemand ganz verstand oder vorhersagen konnte. Der Sog suchte nach Angriffsmöglichkeiten, ihn mitzureißen; er musste stark bleiben und aufmerksam. Er konnte es sich nicht leisten, in Selbstmitleid zu versinken und vor sich hinzujammern.

Wütend schalt er sich selbst, und die Wut half ihm, die Düsternis zurückzudrängen. Kopfschüttelnd schritt er wieder aus. Es wurde Zeit, dass er hier rauskam.

Zeit. Grautwis überlegte. Wie viel mochte schon verstrichen sein, seit er die Traumfelder betreten hatte? Er stellte fest, dass er die Antwort nicht einmal ansatzweise abschätzen konnte. Eine Stunde? Eine halbe? Ein Tag? Er drehte sich um, um zu sehen, wie viel Strecke er seit der Glocke hinter sich gebracht hatte.

Aber da war keine Glocke mehr. Hinter ihm erstreckte sich

auch nicht das Flachland, durch das er gekommen war, sondern ein Höhenzug, dessen Hügel sich staffelten wie Wellen. Der Weg schlängelte sich aus ihnen hinaus bis zu seinen Füßen. Rot metallisch glänzte das Gras auf den Hängen, sanft auf- und niederpulsierend.

Und von einem dieser Hänge, ganz nah am Weg, kam das Ding herunter.

Es lief auf allen vieren, halb staksend, halb krabbelnd, vor allem aber schnell. Sein irres Lachen hallte in Grautwis' Kopf wider. Als es den Hügel zur Hälfte herunter war, hob das Ding den Kopf und grinste ihn an.

Es war Ludva.

Zwischenspiel
Der Kuhbauer

Jeden Abend, seit der Herr im Tannhausner Tor gefallen war, kamen sie in der Schenke zusammen und redeten.

Der Lange Svyn und Onna vor allem waren es, die das Wort ergriffen, beide waren reich und klug und auch schon oft in der Stadt gewesen. Bengt redete nie, er war weder besonders reich noch klug, und auch nach Mattheim war er noch nie gekommen. Aber er hörte gern zu, vor allem, wenn über die Salen geredet wurde. Es wurde meistens über die Salen geredet. »Schwarzköpfe« nannten sie jetzt alle nur noch, wegen der Haare. Bengt bestellte sich dann ein Bier und hoffte, dass der Lange Svyn und Onna ein paar Runden schmissen, was sie oft genug taten, und lauschte. Es ergab so viel Sinn, was er an diesen Abenden hörte. Am nächsten Tag dann, wenn er seine Kühe molk oder Gras mähte, um im Winter Heu zu haben, konnte er darüber nachdenken, was er gehört und gelernt hatte, und die Welt schien ihm dann immer ein bisschen klarer und einfacher zu werden.

Bengt war inzwischen froh, dass der Herr im Tannhausner Tor gefallen war, auch wenn er nicht genau wusste, wo dieses Tor war, wieso sich plötzlich alle darum stritten und wie man in einem Tor sterben konnte. Denn wenn der Herr nicht dort gestorben wäre, hätten der Lange Svyn und Onna nie angefangen, die Wahrheit über ihn und die anderen Schwarzköpfe zu erzählen, und Bengt wäre dumm geblieben. Nie hätte er gedacht, dass er noch so viel lernen konnte, so vieles einfach nicht gewusst hatte.

Etwa, dass die Salen ihnen das Land weggenommen hatten, dass das alles früher ihnen gehört hatte. »Uns« hatte Onna gesagt, und Bengt mochte das, weil »uns« auch ihn mit einschloss. Sie und der Lange Svyn waren Chimren und alle anderen, die abends in die Schenke kamen, auch. So wie er selbst.

Bengt hätte gern mehr Land gehabt. Mehr Land bedeutete mehr Kühe, und mehr Kühe bedeuteten mehr Milch und mehr Fleisch, und das bedeutete mehr Geld. Und wenn er mehr Geld hätte, dann könnte er auch einmal in die Stadt fahren, zu Kaisers Wiegenfest vielleicht. Er hatte davon gehört, dass es in Mattheim dann einen großen Umzug gab und kostenloses Bier. Schön musste das sein.

Wenn er mehr Geld hätte, dann könnte er auch um eine Frau werben. Bislang hatte er nämlich keine. Bis vor Kurzem wäre das Agelmunde gewesen. Sie lachte immer so, dass ihm ganz flau im Magen wurde. Aber jetzt wollte er sie nicht mehr, denn Agelmunde war ein Schwarzkopf, und die waren böse und faul und stahlen. Nicht nur Land, alles.

Bengt war sich nicht ganz sicher, ob der Kaiser auch ein Schwarzkopf war. Er hoffte es nicht, denn wenn ja, dann hieße es, dass er dann doch nicht zu seinem Wiegenfest nach Mattheim fahren würde. Er würde nicht riskieren wollen, ihm dort über den Weg zu laufen, denn dann würde er ihm gratulieren müssen, und einem faulen Dieb wollte er das lieber nicht. Es war auch schon hier in Herzsprung nicht ganz leicht, den Schwarzköpfen aus dem Weg zu gehen.

Der Drost war einer, und der Bäcker, und die Müllerin war auch eine, genau wie der Käser, und dann gab es noch zwei Bauernfamilien, die alle Schwarzköpfe waren. Und natürlich Agelmunde, die Schankmagd. In der Motte des Herrn gab es auch noch ein paar Schwarzköpfe, seine Frau und seine Kinder. Und ein paar Wachen mit Speer und Schild, aber die meisten von ihnen waren mit dem Herrn fortgezogen und jetzt tot. Es geschah ihnen recht. Das jedenfalls sagten der Lange Svyn und Onna, und die mussten es wissen.

Er hielt kurz inne im Grasmähen und stützte sich auf seine Sense, um zu verschnaufen. Schon den ganzen Tag mühte er sich auf der Wiese ab, senste und senste, und jetzt schmerzte sein Kreuz. Wenn die Schwarzköpfe nicht wären, hätte er mehr Land, und wenn er mehr Land hätte, hätte er auch Knechte. Die würden dann für ihn die Arbeit machen. Das war ein schöner Gedanke, Bengt gefiel er sehr.

Aber es gab die Schwarzköpfe, und sie saßen auf dem ganzen Land, sie bekamen alle Steuern, und alle mussten tun, was sie sagten. Das war nicht gerecht.

Die Schwarzköpfe waren Schweine.

Eigentlich mochte er das Wort »Schwarzköpfe« nicht so gern, weil er selbst ganz dunkle Haare hatte. Sie waren nicht richtig schwarz, aber beinahe, und man musste schon genau hinsehen, um das zu erkennen. Bengt wollte nicht für einen Salen gehalten werden, deshalb benutzte er das Wort ganz besonders häufig. Es sollte ja niemand denken, dass er einer von denen sei! Er war froh, dass er zumindest braune Augen hatte und keine blauen.

Wie dumm er doch gewesen war! All die Jahre hatte er nichts daran gefunden, wie es gewesen war. Die Schwarzköpfe waren die Herren, und er war ein Bauer, der gehorchen musste. Er hatte immer gedacht, dass die Götter es so gewollt hätten, aber jetzt meinte der Lange Svyn, und Onna meinte das auch, dass es diese Götter gar nicht gebe. Oder zumindest nicht für Chimren, so genau konnte Bengt das nicht sagen, das war gestern dann doch ziemlich kompliziert gewesen, und weil er schon so viel getrunken hatte, hatte er nicht alles verstanden. Für die Chimren jedenfalls – »für uns Chimren«, wie Onna immer sagte – gab es nur die Elemente und die Schöpfung, und man dürfe sich nicht alles sagen lassen von den Schwarzköpfen und ihren Göttern. Bengt hoffte, dass die beiden damit auch wirklich recht hatten. Denn wenn sie nur sagten, dass es keine Götter gäbe, und sie sich irrten … das wäre schlimm. Bengt wollte da ganz sichergehen. Auch deswegen hoffte er, dass sie heute Abend wieder über diese Sachen reden würden. Vielleicht würde er dann mehr verstehen.

Und wenn es um die Elemente ginge, dann würden sie vielleicht auch über die Luft reden. Bengt fand, dass das nötig war. Er sah nach oben in den Himmel. Wolken blähten sich dort oben, ganz viele, und sie flogen alle in die Richtung von Mattheim. Hier unten am Boden aber wechselte ständig die Richtung, aus der der Wind blies. Bengt hatte so etwas noch nicht erlebt, und er fand das richtig unangenehm. Er hatte allerdings auch noch nie auf den Wind geachtet. Er war ja nur Luft, und Luft war einfach da. Jetzt aber mussten sie darüber reden. Der alten Eya und ihrer Sippe hatte es die Scheune umgelegt, ihr Sohn war kurz vorher noch drin gewesen, um Werkzeug zu holen. Es hätte wer weiß was passieren können. Vielleicht würde er die Sache selbst ansprechen. Er hatte zwar noch nie etwas gesagt in diesen Runden, aber auch er war ein Chimre. Und die hatten jetzt das Sagen. Warum also nicht auch er?

Bengt richtete sich von seiner Sense auf und drückte den Rücken durch. Er streckte sich. Das tat gut. Und ganz weit weg im Himmel, da, wo die Sonne schon unter die Wolkendecke gesunken war, schwebte ein Vogel in der Luft, bestimmt war es ein Falke. Er beschattete seine Augen, um ihn besser sehen zu können. Es musste ein Falke sein, ganz sicher. Ein Falke war ein großer Vogel, ein Raubvogel, und er nahm sich, was er wollte. Er fragte keinen, ob er das durfte, nein, er flog einfach los und stürzte sich drauf, spreizte die Krallen und zack, hatte er es sich geschnappt.

Der Falke war das Tier Chimriens, und das hier war das Land der Chimren. Sein Land. Bengt war sich nicht ganz sicher, wie es den Chimren gehören konnte, wenn doch die Schwarzköpfe alles Land gestohlen hatten, aber auch da konnte er noch einmal nachfragen. Wichtig war, dass er anfing, sich wie ein Chimre zu benehmen. Das sagte jedenfalls der Lange Svyn jetzt immer. »Wir sind Chimren, und deswegen müssen wir uns auch wie Chimren benehmen«, sagte er. Bengt leuchtete das ein. »Wir müssen Falken sein«, sagte der Lange Svyn dann noch immer. Auch das verstand Bengt.

Bären hingegen waren faul, sie schliefen das halbe Jahr, und wenn sie wach waren, stahlen und fraßen sie, was sie wollten, und manchmal töteten sie auch einen. So wie die Schwarzköpfe. Die Schwarzköpfe waren Bären. Und Schweine. Schweinebären.

Es war wirklich Zeit, dass sich was änderte.

Bengt streckte sich noch einmal und mähte dann weiter. *Sish, sish* machte die Sense im Gras.

Hinter dem Tor brachten sie jetzt die Schwarzköpfe um.

Er mähte noch die ganze Wiese und dann noch eine, und dann war es Zeit, die Kühe zu melken. Es war viel Arbeit, und er wünschte sich wirklich Knechte. Vielleicht musste man nicht alle Schwarzköpfe umbringen, dachte Bengt. Vielleicht konnten sie ihm auch helfen. Dann wären das Schwarzkopfknechte, sagte er sich, und es freute ihn. Schwarzkopfknechte, Schwarzkopfknechte. Das hörte sich lustig an.

Nach dem Melken musste er die Milch zum Käser bringen, was Bengt nicht so recht war. Zum einen, weil die Milchzuber schwer waren und sein Rücken schmerzte, wenn er sie auf den Karren hievte. Zum anderen, weil der Käser ein Schwarzkopf war. Ein diebischer, fauler Schwarzkopf mit vielleicht falschen Göttern. Mürrisch machte er sich auf den Weg. Während er den Karren schob,

117

dachte er über die Schwarzköpfe nach, die ihn die ganze Arbeit machen ließen. Es machte ihn wütend. Er sah auch die Motte des Herrn, und er hatte den Herrn noch nie arbeiten sehen. Auch die Wache auf dem Turm stand nur dumm rum.

Als er bei Albrant mit dem Handkarren ankam, goss der gerade Milch in einen der großen Käsekessel. Er schwitzte. Aber ganz sicher nicht, weil er schwer arbeitete, dachte sich Bengt. Es war nur heiß in seinem Laden wegen der Feuer, die unter den Kesseln brannten. Milch umgießen und ein bisschen umrühren, das war keine Arbeit. Wahrscheinlich tat Albrant auch nur so, weil er ihn hatte kommen sehen. Bengt blickte sich um. Albrants Sohn, auch so ein Schwarzkopf, war nirgends zu sehen. Wahrscheinlich hatte er sich irgendwo verkrochen und schlief. Den ganzen Tag.

Albrant sah vom Gießen auf. »Bin gleich bei dir, Bengt«, sagte er.

Bengt gefiel nicht, was er hörte. Albrant ließ ihn warten. Er stahl ihm die Zeit. Wahrscheinlich goss er absichtlich langsam. Bengt zog scharf die Luft ein.

Als Albrant endlich den leeren Zuber abstellte und rüberkam, war Bengt so richtig wütend geworden. »Saat und Ernte, Bengt«, grüßte Albrant ihn, aber Bengt schüttelte den Kopf. »Nee«, rief er, »so läuft das nicht!«

»Was?« Albrant guckte ihn komisch an, aber Bengt fiel nicht darauf rein. »Nee, nee, nicht mit mir! Du kannst mich nicht einfach mehr so warten lassen. Das muss aufhören.«

»Besoffen oder was?«

»Du stiehlst mir die Zeit, Albrant.« Bengt schüttelte streng den Kopf.

»Du bist gerade erst angekommen. Und jetzt bin ich hier. Also, was willst du?«

»Nein. Trotzdem.«

»Bengt, echt jetzt, ich hab keine Zeit für so was. Gib mir deine Milch, und dann mach dich vom Acker.«

»Du kannst so nicht mit mir reden, Albrant.«

Albrants Miene verfinsterte sich. »Willst du nun Milch verkaufen oder nicht? Mir egal, hau ab, wenn's dir nicht passt. Wär aber schade, wenn du die umsonst hergekarrt hättest.« Er deutete auf die Zuber auf Bengts Handkarren.

Bengt zog eine Schnute. Verdammt. Albrant hatte recht, er musste ihm die Milch verkaufen, bevor sie sauer wurde. »Wie viel?«, fragte er.

Albrant lachte kurz auf. »Du bist mir einer. So viel wie immer, das weißt du doch. Was ist denn los mit dir heute?«

Bengt überlegte, wütend. Ungeduldig wippte er auf den Füßen. Albrant zog ihn über den Tisch, hatte er schon immer. Darüber mussten sie heute Abend sprechen, das ging so nicht mehr weiter. Jetzt bestimmten die Chimren. Also er auch. Aber gerade hatte er keine andere Wahl. »Na gut«, sagte er, »gib her.«

»Bei dir piept's wohl, was? Bisschen zu viel Wind abbekommen, mehr als sonst, oder?« Albrant sah ihn mit seinen blöden blauen Augen an. »Ts«, machte er, »echt jetzt.«

»Mach dich nicht lustig über mich«, sagte Bengt. »Das wird dir sonst noch leidtun.«

»Ja, ja, red du mal schön. Am besten gehst du gleich zu Onna und der ganzen Bande und heulst dich aus. Aber bevor du Geld siehst, kannst du erst mal deine Milch abliefern. Na los!«

Bengt wollte darauf etwas erwidern, aber er wusste nicht, was. Also gehorchte er Albrant und lud die Zuber vom Karren. Einen nach dem anderen. Albrant half ihm nicht ein bisschen. Das faule Schwein.

»Also, geht doch«, sagte Albrant, als Bengt fertig war. »Und jetzt schnapp dir ein paar leere Zuber oder lass es bleiben, mir egal.«

Bengt schwitzte, aber wieder hatte er keine Wahl. Er musste auch noch die leeren Zuber von der Wand des Ladens holen und aufladen, sonst hätte er für morgen keine. Albrant half ihm wieder nicht.

»Ich bin fertig«, sagte Bengt, als er fertig war.

»Kaum zu glauben. Hier ist dein Geld.« Albrant holte einen Beutel aus seiner Schürze hervor und zählte die Groschen ab, die er Bengt geben würde.

Bengt sah ihm zu und musste an den Falken denken. Der nahm sich, was er wollte, einfach so. Bengt griff zu.

»He!«, rief Albrant empört und riss den Arm hoch. Der Geldbeutel fiel auf den Boden, und die Groschen kullerten heraus. »Was soll der Scheiß, Bengt?«, schrie er jetzt. »Bist du jetzt völlig übergeschnappt?«

»Ich bin ein Falke«, rief Bengt, »ich darf das!«

»Einen Scheiß darfst du«, ächzte Albrant, während er Beutel und Münzen auflas. Als er sich wieder aufrichtete, blitzte er Bengt wütend an. Dann holte er aus und warf ein paar der Groschen über Bengts Schulter. Sie landeten auf und unter dem Karren. Bengt schrie auf und drehte sich um, das war sein Geld! Dann spürte er einen harten Schlag gegen seinen Hintern – Albrant hatte ihn getreten! »Trottel«, hörte er ihn schimpfen, während er zurück zum Kessel ging, »hau bloß ab.«

»Das wird dir leidtun!«, schrie Bengt und rieb sich den Hintern. »Das wird dir leidtun! Schweinebär!«

Ohne aufzugucken, winkte Albrant ab.

»Das wird ihm leidtun«, sagte Bengt sich immer wieder, während er unter seinen Wagen kroch, um die Groschen aufzusammeln. »Das wird ihm leidtun.«

Als er alle Groschen beisammen hatte, fasst er die Griffe seines Handkarrens und schob ihn vom Hof. »Das wird dir leidtun!«, brüllte er dabei noch einmal.

Auf dem Turm der Motte des Herrn stand noch immer die Wache, als er auf seinem Rückweg wieder dran vorbeimusste. Faul blickte sie in die Landschaft.

»Das wird dir leidtun!«, schrie Bengt zu ihr hinüber, aber sie reagierte nicht. Er war sich sicher, dass sie ihn gehört hatte und nur einfach nicht beachtete. Bengt war ihr egal, aber er war jetzt wer. »Wir Chimren«, sagte Onna immer, »wir sind jetzt die Herren.« Die Wache würde schon sehen.

Als er zu Hause war, war Bengt immer noch wütend. Sogar noch wütender als vorher. Er wusste gar nicht, woher diese Wut auf einmal kam, aber vielleicht waren Falken einfach wütender als andere. Das war alles so ungerecht. Er rackerte jeden Tag, und die Schwarzköpfe nahmen ihm alles weg. Und sie hatten auch keine Achtung vor ihm. Achtung, das war es. Sie hatten keine, nicht vor ihm, nicht den anderen, vor niemanden. Albrant hatte ihn getreten, dazu hatte er kein Recht. Aber das war den Schwarzköpfen egal. Er würde sich nicht mehr treten lassen, kein echter Chimre ließ das zu. Und die Wache hatte nicht einmal gegrüßt. Sein ganzes Leben lang hatten ihn die Schwarzköpfe so behandelt, aber jetzt nicht mehr. »Jetzt nicht mehr!«, rief er so laut, dass die Kühe auf der Wiese die Köpfe hoben. Er war etwas wert, ganz viel, und die Schwarzköpfe nicht. Oh, war er wütend!

»Denk wie ein Chimre, du bist ein Falke«, sagte er sich, während er vor dem Stall auf und ab ging, »denk wie ein Chimre, du bist ein Falke.« Nur was würde ein Falke tun? Albrant abstechen, kam ihm ein Gedanke. Das war es. Da, wo die Chimren jetzt das Sagen hatten, töteten sie die Schwarzköpfe, das hatte der Lange Svyn erzählt. *Das machten Falken, und er war einer.*

Bengt hatte ein Hiebmesser, damit würde es gehen. Er zog es aus der Scheide und sah es an. Oder mit der Sense, überlegte er, das wäre noch besser. Er steckte das Messer weg und rannte zur Hauswand, an der er die Sense abgestellt hatte. Sie war scharf, er hatte sie nach dem Mähen noch geschliffen. Für morgen eigentlich. Und sie war lang, was gut war, weil Albrant groß war und kräftige Arme hatte und er so nicht in seine Nähe kommen musste.

Er griff zur Sense, schulterte sie und rannte los, an der Motte vorbei, und dann den Rest des Wegs zu Albrant.

Der stand vor dem Laden und blickte in den Sonnenuntergang, als Bengt bei ihm ankam. Als er ihn sah, runzelte er die Stirn. »Was willst du jetzt noch?«, fragte er mürrisch.

Bengt blieb stehen und nahm die Sense von der Schulter. »Sei ein Falke«, sagte er sich, »sei ein Falke.«

Albrant sah erst ihn und dann die Sense an. »Das glaub ich jetzt nicht«, sagte er.

Bengt wusste, dass jetzt der Moment gekommen war, und wollte losstürmen und Albrant eins mit der Sense überziehen, aber er konnte nicht. Er stand wie festgewurzelt, ganz fest umklammerte er die Griffe.

Albrant hob langsam seinen großen Holzlöffel, mit dem er die Milch in den Kesseln umrührte. »Halbert«, rief er in den Laden rein, »komm mal her.«

Das feige Schwein hatte seinen Sohn gerufen. Bengt zitterte jetzt. Aber er hob die Sense ein bisschen.

Langsam ging Albrant auf ihn zu, den Löffel in der Hand, und er sah auf einmal ziemlich bedrohlich aus. »Dein Vater hat wirklich nicht die klügste Kuh im Stall gefickt, als er dich gezeugt hat, Bengt, bist du jetzt völlig übergeschnappt?«

Hinter ihm erschien Halbert in der Ladentür. »Was ist, Vater?«

»Unser Freund Bengt hier«, erwiderte Albrant, ohne Bengt aus den Augen zu lassen, »hat ein bisschen zu viel Kuhfladen geschnuppert, würde ich sagen. Kommt hier mit der Sense auf den Hof und spielt den starken Mann.«

Halbert kam jetzt auch auf Bengt zu. »Bengt, du Trottel, du willst wohl Prügel, oder was?«

Bengt wich einen Schritt zurück. Jetzt waren sie schon zu zweit, das war nicht gut, das war nicht gerecht. So konnten sie nicht mit ihm umgehen! Und jetzt zog Halbert auch noch das lange Käsemesser, das er im Gürtel hatte. Wieder wich Bengt einen Schritt zurück.

Plötzlich sprang Halbert einen Schritt nach vorne, das Messer ausgestreckt, und schrie »Ha!«

Bengt ließ die Sense fallen und rannte.

Hinter ihm hörte er das Lachen von Albrant und seinem Sohn. Sie lachten ihn aus. Ihn, einen Chimren!

Er kochte.

An der Motte des Herrn schrie er seine Wut der Wache entgegen. Dieses Mal reagierte sie. Bengt sah, wie sie sich auf dem Turm zu ihm umdrehte und etwas zu ihm rüberrief. Er verstand nicht, was.

Wütend rannte er nach Hause und trat ein paar Eimer um. So konnte es nicht weitergehen! Er würde sich nicht mehr so behandeln lassen. Und was sie über seinen Vater gesagt hatten … Das war nicht nett gewesen. Er würde solche Witze nicht mehr hinnehmen. Nein. Nie wieder.

Er rannte zur Schenke. Der Lange Svyn und Onna würden wissen, was zu tun sei. Oh, war er wütend!

Vor der Schenke saß niemand, es war zu kalt und zu windig. Aber Agelmunde stand an einem der Tische. Sie ging oft nach draußen, wenn sie nichts zu tun hatte, und schnappte ein bisschen Luft. Früher war er dann oft mit rausgegangen, aber jetzt nicht mehr. Agelmunde war immer nett zu ihm gewesen, aber er wusste jetzt, dass sie immer nur so getan hatte.

»Bengt«, rief sie und lächelte. »Du hast es aber heute eilig! Brennt's irgendwo?«

Bengt verstand den Witz nicht, aber das war egal. Kein Schwarzkopf würde mehr Witze über ihn machen. Er stürmte auf sie zu, zog sein Messer und rammte es ihr in den Bauch.

Agelmunde schrie auf, und ihr Schreien machte ihn noch wütender, und er stach noch mal zu und noch mal und noch mal. Dann rutschte sie zu Boden und war still.

Außer Atem stand er über ihr und sah sie an. Jetzt lächelte sie nicht mehr, und ihm war ganz schummerig. Sein Messer war ganz blutig, und seine Hände auch.

Die Tür der Schenke flog auf, und Hühner-Bjarne kam raus. Abrupt blieb er stehen. Er sah erst zu Bengt, dann zu Agelmunde und wieder zu Bengt und dann zu Bengts Messer. Dann schrie er.

Dann kamen alle. Der ganze Stammtisch und die anderen auch. Sie umringten Bengt und riefen und schrien durcheinander, und Bengt wusste gar nicht, wie ihm geschah. Ihm war ganz heiß vor Augen. »Ich … sie …«, stammelte er. »Sie hat sich lustig gemacht …«, brachte er schließlich heraus. »Ich bin ein Falke.« Aber irgendwie hörte ihm keiner richtig zu.

Selbst der Lange Svyn und Onna wirkten durcheinander, aber dann fragte der Lange Svyn Onna etwas, und sie nickte, und dann nickte auch der Lange Svyn und rief: »Ruhe!«

Alle wurden still.

»Das hier«, sagte der Lange Svyn, und seine Stimme hüpfte dabei, als ob er aufgeregt wäre, »das hier ist der Anfang.« Er deutete auf Agelmunde. »Eine Schwarzkopfmetze weniger.« Onna nickte, aber die anderen blickten alle noch erschrocken. Bengt war immer noch schummerig, es rauschte in seinen Ohren. Er sah zu Agelmunde, ihre blauen Augen schienen ihn anzusehen, und nur ihn. Bengt wollte das nicht. Er blickte den Langen Svyn an.

Der machte einen Schritt auf ihn zu. »Unser guter Freund Bengt hier hat das Signal gegeben.« Er klang jetzt schon weniger aufgeregt. Und dann legte er Bengt den Arm um die Schulter, das hatte er noch nie gemacht. »Wir haben darauf gewartet, dass die Freien Banner zu uns kommen«, sagte der Lange Svyn weiter.

»Aber wieso warten? Bengt hat es uns vorgemacht – wir können unsere Befreiung selbst in die Hand nehmen! Überall im Land spreizen die Chimren ihre Flügel und fliegen in den Sturm, und wir sind Chimren! Das Heer des Herzogtums ist nicht mehr weit von Mattheim entfernt, die Tage der Schwarzköpfe sind gezählt! Kommt, lasst uns ihnen zeigen, wer die neuen Herren sind! Heute wird abgerechnet! Nieder mit den Schwarzköpfen! Es lebe Chimrien! Es lebe Herzsprung!«

Alle schrien ihm nach, auch Bengt tat es schließlich, und obwohl er ziemlich verwirrt war, fühlte er sich gut. Der Lange Svyn hatte ihn seinen guten Freund genannt! »Albrant hat mich getreten«, sagte er.

Der Lange Svyn griff ihn beim Schopf. »Dann wirst du Albrant auch treten. Wir alle werden Albrant treten, heute noch, in Ordnung?«

»Ja«, erwiderte Bengt aufgeregt, »ja!« Sie würden Falken sein!

Der Lange Svyn tat einen Schritt vor und spuckte auf Agelmunde. Dann trat er sie. »Wir lassen uns nicht mehr treten von den Schwarzköpfen!«

»Schwarzköpfe!«, schrien jetzt auch die anderen und drängten nach vorne, um Agelmunde auch zu treten. Bengt beeilte sich, dabei zu sein. Er trat ihr ins Gesicht, zwei-, dreimal. Jetzt guckten die blauen Augen nicht mehr so blöd.

Wieder wurde ihm ganz schummerig. Er war jetzt richtig stark.

»Kommt«, rief Onna, als von Agelmunde nicht mehr viel zu erkennen war. »Und jetzt die anderen!«

»Zu Albrant!«, rief Bengt und strahlte. So fühlten sich also Falken, so war es, Chimre zu sein!

»Zu Albrant«, nahmen andere seinen Ruf auf und zogen ihre Messer. »Zu Albrant!«

Gemeinsam stürmten sie los. Irgendjemand fing an, »Chimmgau, meine Liebe« zu singen, und die anderen stimmten mit ein.

Bengt kannte nur den Kehrvers, und bei den Strophen tat er nur so, als würde er mitsingen, aber es war trotzdem großartig.

Als sie bei Albrant auf den Hof kamen, war niemand zu sehen. Die faulen Schweine schliefen wahrscheinlich schon. Bengts Sense lehnte an der Ladenwand.

Er war der Erste am Haus.

7

Snorri

Kapuze und Augenbinde wurden ihm abgenommen; Snorri öffnete die Augen. Gleißendes Sonnenlicht blendete ihn, und er musste blinzeln. Der Knebel in seinem Mund machte es schwer zu schlucken und verursachte ständig Würgereiz. Er bekam jetzt mehr Luft als unter dem stickigen Tuch, aber er keuchte trotzdem. Durst klebte in seiner Kehle, es musste Stunden, vielleicht einen ganzen Tag her sein, dass sie ihm etwas zu trinken gegeben hatten. Er war nackt. Heiß spürte er die Sonne auf der Haut, und die Riemen, mit denen er auf dem Stuhl gefesselt war, schnitten ihm ins Fleisch. Nachdem sich seine Augen an die Helligkeit gewöhnt hatten, konnte er mehr von seiner Umgebung wahrnehmen. Sein Stuhl stand auf einem halbrunden Vorsprung, gemauert und tiefblau angemalt, der in eine weite Grube hineinragte. Er endete wenige Fuß vor seinen Zehen, ohne eine Brüstung zu besitzen. Und dahinter, unten auf dem Grund der Grube, sah Snorri die Krokodile. Zu Dutzenden lagen sie dort.

Instinktiv riss Snorri an seinen Fesseln. Er sah die überlangen, zahnbewehrten Schnauzen, die dicken Knorpelschuppen mit ihren dunklen Tigerstreifen und diesen toten, starren Augen. Sie würden ihn diesen Kreaturen zum Fraß vorwerfen. Panik schwemmte seinen Körper.

Jemand legte ihm eine Hand von hinten auf die Schulter.

Eine harte, eiskalte Stimme sprach seinen Namen. »Snorri Sagard.«

Narmersechem. Das Krokodil. Snorri war nicht überrascht.

»Sieh dich um.«

Er wollte der Aufforderung nicht Folge leisten, aber nackt und gefesselt würde ihm kein Trotz der Welt etwas nutzen. Snorri hob den Blick.

Der Vorsprung, auf dem er an den Stuhl gefesselt war, mochte an die sieben Fuß hoch sein, aber erst jetzt nahm er wahr, dass der gegenüberliegende Rand der Krokodilsgrube höher reichte und mit einer Brüstung versehen war, hinter der sich stufenweise Ränge nach oben zogen. Auf ihnen, dicht gedrängt: kobaltblaue Shufs. Hunderte. Snorri wandte den Kopf. Die Ränge beschrieben einen Halbkreis von seiner Linken zur Rechten. Es war kein einziger Platz auf ihnen frei.

»Sie sind alle deinetwegen gekommen.« Narmersechem legte ihm auch die zweite Hand auf die Schulter. Er trug Handschuhe. Snorri hörte ihn durchatmen.

»Die Rolle«, setzte er dann wieder an, »die das Leben für einen vorsieht, sucht sich niemand aus. Du nicht, ich nicht, die nicht. Niemand.« Der Ananchtetep machte eine Pause. »Aber wir müssen sie erfüllen, ob wir wollen oder nicht. Meine Rolle ist es, darauf zu achten, dass unser Volk der seinen gerecht wird.«

Wieder verfiel er in Schweigen, länger diesmal. Schweiß lief Snorri aus den Augenbrauen in die Augen; er versuchte, ihn wegzublinzeln. Aufgedunsen und trocken lag seine Zunge hinter dem Knebel in seinem Mund. Über ihm hing die Sonne im Himmel, unbeweglich wie die Krokodile unter ihm. Schließlich sprach Narmersechem weiter.

»Seit einer deiner Männer unseren Herrscher ermordet hat, ist meine Rolle unendlich schwerer geworden. Unserem Volk fehlt nun der Vater, es ist in tiefer Verzweiflung. Und nicht allein den

Vater hat uns der Mörder genommen. Auch den Bruder des Kronprinzen hat er umgebracht, einen Knaben von nur fünf Jahren. Sein Lachen wird nun nie wieder durch die Welt schallen, nie wird er die Nechbet queren und zum Mann werden. Sein Leben endete, bevor es anfing. Der Mörder aus deinen Reihen nahm uns auch unseren Segenspriester, einen Mann von tiefer Weisheit und großem Herzen. Er war Trost und Beistand für alle. Versiegt ist nun die Quelle seiner Gelehrsamkeit ... Doch selbst das war dem Mörder nicht genug, er nahm uns noch mehr, so viel mehr. Etwas, gegen das all diese Leben Tropfen sind auf heißem Stein: Er hat das Allerheiligste mit sich genommen, das Juwel der Ewigen Wasser. Es ist fort, zum ersten Mal in den vielen Tausend Jahren, die wir auf dem Weg sind, Nehebet zu sein und bleiben. Es ist unsere Seele.«

Wieder atmete Narmersechem tief durch. »Was aber, Snorri Sagard, passiert mit einem Volk, dessen Seele geraubt wurde?« Sanft begann er, mit den Daumen über Snorris Nacken zu streichen.

»Deine Männer, die nicht in der Chun-Ehem getötet wurden, haben uns den Namen des Seelendiebs genannt. Skel.«

Narmersechems Stimme war wie das Knirschen zweier Steine aufeinander; Snorri konnte die Abscheu, die er in den Namen von Tyrja Tiwhilds Ersten Reiter legte, beinahe körperlich spüren. Es war kein Name, den er aussprach, sondern ein Fluch.

»Der Einsilbige sollte uns nicht nur unserer Führung berauben, er sollte uns vernichten. Doch seine Auftraggeber haben nichts verstanden.« Für einen kurzen Moment unterbrach der Ananchtetep die kreisenden Bewegungen seiner Daumen.

»Nichts geht verloren, alles fließt zurück, erinnerst du dich, Snorri Sagard? Nichts, auch nicht das Juwel der Ewigen Wasser. Wir werden es wiedererlangen, und es wird zurückkehren an seinen angestammten Platz in der Chun-Ehem von Pta-Anchem, das ist eine Gewissheit. Es ist die Rolle unseres Volks, sein Hüter zu sein, und diese Rolle werden wir erfüllen. Aber unser Volk ist verzweifelt, es fürchtet sich, und es rast vor Zorn und Hilflosigkeit. Es ist in Gefahr, vom Weg abzukommen und seine Rolle zu vergessen. Und darum ist die meine so sehr viel schwerer geworden. Jetzt, während wir sprechen, kämpfen die Halbbrüder unseres toten Herrschers und sein Heerführer um die Nachfolge. Auch hier, in Pta-Anchem. Dutzende sind bereits gestorben. Blut fließt in den Neheb. Der Kampf der drei ist kein Frevel. Ihn zu kämpfen ist ihr Recht, denn er ist Teil unseres Wegs. Aber dieser Kampf ist gefährlich, weil er unachtsam macht und Unachtsamkeit den Weg vergessen lässt. Ich nun muss das verhindern, ich muss unserem Volk helfen. Dafür muss ich es erreichen können. Und wie erreicht man einen Mann, der außer sich ist in seinem Schmerz? Nur, indem man ihm Linderung verschafft. Und wie lässt sich dies bewirken? Nur, indem man das Unrecht, das diesem Mann widerfahren ist, zu sühnen beginnt. Das macht das Unrecht nicht ungeschehen, aber es zeigt dem Mann, dass es noch eine Ordnung gibt, die erlittenes Unheil wiedergutmachen kann. Und so lässt er sich auf dem Weg weiterführen. Er mag nun länger geworden sein und sandiger, aber er ist noch immer der eine Weg, den er zu beschreiten hat. Der einzige, den es gibt.«

Narmersechem hatte mit den streichenden Bewegungen aufgehört. Seine Hände lagen nun wieder ganz still auf Snorris Schultern. »In der Chun-Ehem habe ich dich gehasst, Snorri Sagard, ich war wie alle anderen, rasend. Jetzt nicht mehr. In der Chun-Ehem wollte ich dir den schlimmsten aller Tode bereiten, die wir Nehebet ersonnen haben. Jetzt nicht mehr.« Er machte eine kurze Pause, und als er weitersprach, schien es Snorri, als habe seine Stimme ein Quäntchen ihrer Kälte verloren. »Und doch muss ich es tun. Die Krokodile sind nicht für dich, ich bin es. Ich werde dich zerschneiden.«

Die Panik, die während Narmersechems Rede etwas abgeflaut

war, kam wieder zurück. Sie überwältigte ihn. Snorri kannte Angst vor dem Tod als abstrakte Furcht wie jeder andere, und mehr als einmal war er in Situationen geraten, in denen er mit dem Leben abgeschlossen hatte – im Kampf, bei der Jagd, zuletzt bei der Hinrichtungswelle Tyrja Tiwhilds während der Festigung ihrer Position am Hohen Hof. Aber dieses rasende Grauen war neu für ihn, es war ein brüllendes Tier, nackt wie er selbst, und es erstickte jede andere Regung. Er wollte nicht sterben, nicht heute, nicht hier, nicht so – *nicht so!* Wieder riss er an seinen Fesseln, und da ging ihm auf, dass jede seiner Gliedmaßen einzeln gefesselt war: Waden, Schenkel, Ober- und Unterarme, Brustkorb, selbst die Hände. Er war verschnürt wie ein Ballen Stoff. Sie hatten ihn komplett bewegungsunfähig gemacht, und jetzt wusste er auch, wieso. Ihm wurde schwindelig.

»Ruhig, Snorri Sagard, ruhig.«

Narmersechems Worte drangen durch die kreischende Furcht, und zu Snorris Überraschung taten sie ihre Wirkung. Zumindest so weit, dass er verstand, was der Ananchtetep ihm sagte.

»Ich weiß, dass du nichts mit den Untaten zu tun hast, die der Einsilbige an unserem Volk begangen hat. Weder du noch deine Männer. In gewisser Weise seid ihr ebenso seine Opfer wie wir. Mir ist das klar und jedem anderen, der klar denken kann, auch. Aber nicht denen da auf den Rängen, dem Volk. Das Volk denkt nicht, es fühlt, und derzeit fühlt es nur Schmerz. Schmerzen aber lindert man mit Schmerzen. Deinen.«

Snorri hörte sein Herz klopfen, schnell, laut. Er spürte Narmersechems Hände, wie sie ihn festhielten, er blickte auf die blauen Gestalten vor ihm, und er wusste, dass Narmersechem recht hatte. Nach Taten, wie Skel sie verübt hatte, musste Blut fließen. Es ging nicht anders, zu groß war der Frevel, zu unerträglich der Verlust. Und deswegen war seine Rolle klar: die des Sündenbocks, den man schlachtete, um den Volkszorn nicht überkochen zu lassen.

Snorri war immer noch voller Angst, aber er verstand. Beinahe unmerklich nickte er.

Narmersechem war die winzige Regung nicht entgangen; zur Antwort drückte er Snorri kurz die Schultern. »Es wird dich nicht überraschen, dass deine Männer bereits tot sind. Wer von ihnen die Chun-Ehem überlebt hat, ist gestern gestorben. Wir haben sie den Krokodilen übergeben.«

Noch während Narmersechem sprach, schossen Snorri Tränen in die Augen. Ja, er hatte angenommen, dass er der Letzte war, aber es änderte nichts am Schmerz, den die Gewissheit brachte. Afnir, Lute, Mads, Hjalmrand und all die anderen – tot, seinetwegen. Gute Männer, alle, ja, selbst Hjalmrand, der alte Traumbeutel, zu dem er immer viel zu streng gewesen war. Seine Männer. Er hatte sie ins Verderben geführt. Er hatte versagt. Der Knebel erstickte einen gequälten Laut in seiner Kehle, er verschluckte sich und versuchte zu husten.

Die Stimme Narmersechems schnitt durch seinen Kummer. »Alle bis auf einen. Ich dachte, du würdest dich von ihm verabschieden wollen.«

Snorri hörte Schritte hinter sich. Zwei blau verhüllte Nehebet brachten einen Mann in einem roten Shuf vor ihn. Afnir.

Wieder füllten sich Snorris Augen. Freude, Schmerz, Trauer – er fühlte alles zugleich und noch viel mehr, und er wusste nicht, wie er es überstehen sollte, seinen Gefährten hier noch einmal zu sehen, schon ganz in die Farbe des nahen Todes gehüllt. Er schüttelte den Kopf, weil er es nicht anders aushalten konnte, und würgte seinen Kummer in sich hinein. Als er sich seinen Blick wieder klargeblinzelt hatte, sah er, dass auch sein Erster Reiter mit den Tränen kämpfte. Im Gegensatz zu ihm trug Afnir weder Fesseln noch Knebel. »Herr«, brachte er mühsam heraus, dann brach ihm die Stimme. Die beiden Nehebet hielten ihn an den Oberarmen, sodass er sich mit den Händen übers Gesicht wischen konnte. »Herr«, setzte er noch einmal an. »Ich … es tut mir leid. Ich hätte dich besser beschützen müssen, verzeih mir.«

Snorri schüttelte wieder den Kopf, mehr war ihm nicht möglich. Er hörte die Verzweiflung in Afnirs Stimme, und sie brach ihm das Herz. Nein, wollte er ihm zurufen, und dass es nichts zu verzeihen gab, dass er es war, der gefehlt hatte und um Verzeihung bitten musste, aber der Knebel ließ ihm keine Chance. Snorri weinte jetzt hemmungslos, und Afnir tat es ihm nach. Schließlich erschien unter den Tränen ein trauriges Lächeln auf dem Gesicht seines Ersten Reiters. »Weißt du noch? Am Lagerfeuer im Steppenmund? Ich hätte nicht auf dich hören sollen, zum ersten Mal. Ich … ich hätte Skel aus dem Sattel stoßen sollen. Ich liebe dich, Snorri … Ich liebe dich.«

Ich liebe dich auch, schrie Snorri gegen den Knebel an, aber es war Narmersechem, der zu hören war. Ein kurzes, trockenes Wort von ihm, und die beiden Nehebet stießen Afnir über den Rand des Vorsprungs.

Afnir fiel lautlos.

Verzweifelt bäumte sich Snorri gegen seine Fesseln auf und riss und kämpfte und würgte an seinen Schreien. Er sah nicht, was sich unter ihm abspielte, aber er konnte es hören, und vielleicht war das schlimmer. Es brauchte einen entsetzlich langen Moment, bis Afnir gepresst aufstöhnte, wahrscheinlich verletzt durch den Sturz. Dann schnelle, harte Bewegungen; vielfüßiges Rennen im Sand. Wie viele Krokodile bereits unter ihm im toten Winkel seiner Perspektive gelegen hatten, wusste Snorri nicht, aber es mussten etliche gewesen sein. Er hörte, wie die gepanzerten Leiber versuchten, aneinander vorbeizukommen und nacheinander schnappten, er hörte blubberndes Röhren und Fauchen und dann Afnir aufschreien.

Bevor der Schmerz Snorri die Augen schloss, sah er noch, wie die Krokodile am anderen Rand der Grube zum Leben erwachten und mit einer Geschwindigkeit vorschnellten, die er ihnen nie zu-getraut hatte. Noch einmal hörte er Afnir schreien, schrill und in höchster Not, dann nichts mehr; nichts außer mehr Röhren und Fauchen und dem Geräusch massiger Körper, die sich um die bes-ten Stücke stritten.

Von den Nehebet auf den Rängen kam kein Laut.

Aber dann, wie von ganz weit weg: Narmersechem.

»Snorri Sagard. Es ist gekommen, wie es kommen musste. Und nun ist es vorbei. Sei seinetwegen froh. Dein Freund hat es leich-ter gehabt, als du es haben wirst.«

Über die kehligen Streitereien aus der Grube hinweg hörte Snorri Geräusche direkt an seiner Seite und öffnete die Augen. Der eine der beiden Nehebet, die Afnir hinabgestoßen hatten, platzierte einen kleinen Tisch neben ihm, der andere stellte einen Kasten auf ihm ab, öffnete ihn und legte seinen Inhalt heraus. Sorgsam, mit rituell anmutenden Bewegungen, richteten seine be-handschuhten Finger Lederschlingen auf der Tischplatte aus, ein Fläschchen und zwei gebogene Messer, ein kleines und ein großes. Beide Nehebet deuteten eine Verbeugung an, die Narmersechem in Snorris Rücken gelten musste, und verschwanden.

In den wenigen Momenten, seit er Afnir hatten sterben hören, hatte Snorri nichts mehr gefühlt außer einer dumpfen Taubheit. Doch nun, beim Anblick der Messer, kam die Angst zurück. Wie eine kalte Nadel stach sie durch die Watteschicht hindurch, die sich um ihn gelegt hatte. Dann hörte er wieder die Stimme des Ananchtetep.

»Ich habe schon viele Männer zerschnitten, Snorri Sagard. Ich tat es nie mit Freude, manchmal mit Genugtuung, oft mit Eifer und immer in der Gewissheit, einer höheren Gerechtigkeit zu die-nen. Ich kann mich an jeden erinnern, siebenundvierzig sind es bislang gewesen, ich weiß ihre Namen, und ich weiß ihre Verbre-chen.« Er schwieg für einen Moment.

Snorris Blick hing an den Messern. Unter ihm schlugen sich die Krokodile.

»Ich diene auch dieses Mal einer höheren Gerechtigkeit, daran ist kein Zweifel, und ich werde tun, was man von mir erwartet. Aber ich muss zugeben, dass es mir schwerfällt, zum ersten Mal. Weil du der Erste bist, der mir nahe ist. Der Erste aus achtundvierzig und all den anderen, denen ich das Leben nahm. Wir sind einander ähnlich, Snorri Sagard, und in einer besseren Welt ... vielleicht hätten wir so etwas wie Freunde werden können. Ich habe nicht viele Freunde, keinen womöglich, der diese Bezeichnung wahrhaftig verdient. Erinnerst du dich daran, wie wir uns begegnet sind? Wie du zornbebend vor mir im Sand der Nechbet standest, mit gezogenem Schwert, und gefordert hast, dass ich dich nach Pta-Anchem bringe? Du hättest mich wirklich getötet, wenn du nicht deinen Willen bekommen hättest, daran hatte und habe ich keinen Zweifel, die Konsequenzen waren dir völlig gleich. Ich habe dich in diesem Moment bewundert, ich bewundere dich noch immer. Weil du den Mut zum Frieden hast. Du weißt, ich schätze Frieden nicht mehr als Krieg; für beide gibt es ebenso Zeiten wie Unzeiten, und wehe dem Volk, das das eine wählt, wenn es Zeit für das andere ist. Aber wo Krieg nichts mehr braucht als Beharrlichkeit, braucht Frieden Mut. Es gibt nicht viele mutige Männer auf dieser Welt, Snorri Sagard. Und für den nächsten Abschnitt des Wegs hätte ich gern einen an meiner Seite.« Narmersechems Stimme war während des Redens immer weicher geworden, bis sie am Schluss beinahe ihre ganze Härte verloren hatte. Snorri war erstaunt über das Maß an Bedauern, das in ihr mitschwang.

Hinter ihm räusperte sich der Ananchtetep. »Ich werde dir kurz erklären, was vor dir liegt. Nicht, um dir Angst zu machen, sondern damit du dich wappnen kannst und weißt, wann es in etwa vorbei sein wird.« In seine Stimme kehrte die alte Kälte zurück.

Um sich zu schützen, dachte Snorri und ertappte sich, wie er trotz seiner Angst so etwas wie Mitgefühl für den Ananchtetep verspürte.

»Was vor dir liegt, nennen wir die Strafe der sechsundzwanzig Schnitte. Ich werde dir erst die Finger nehmen, jeden einzeln, dann die Hände, Wangen und Ohren. Danach kommen deine Füße an die Reihe, dann die Waden, deine Unterarme, deine Schenkel und zum Schluss die Oberarme. Du wirst leiden, Snorri Sagard, lange, ich würde lügen, erzählte ich dir anderes. Nur die wenigsten sterben bereits vor den Oberschenkeln. Du hast seit einem Tag nichts mehr zu trinken bekommen, dein Blut ist dick, die Fesseln schneiden dir ins Fleisch, und jedes Glied wird vor dem nächsten Schnitt noch einmal eigens abgebunden. Wenn du ohnmächtig wirst, wirst du wieder zurückgeholt. Wir haben Mittel dafür, und sie wirken.« Ein Finger löste sich von seiner Schulter und deutete auf das Fläschchen neben den Messern.

Dann ließ Narmersechem Snorri los und trat um ihn herum.

Vor ihm ging er in die Hocke und nahm mit blau behandschuhter Hand einen der Riemen vom Tischchen. Kurz über dem Knöchel band er Snorris kleinen Finger der linken Hand ab und richtete sich wieder auf. Noch im Aufstehen griff er zum kleinen Messer. »Erinnerst du dich daran, dass ich dir in der Chun-Ehem sagte, du würdest deinen Mund erst wieder zum Schreien öffnen dürfen?« Er beugte sich über Snorri und band das Tuch los, das den Knebel im Mund hielt. Mit einer schnellen Bewegung griff er ihm in den Mund, holte den Klumpen heraus und warf ihn in die Grube. Danach ging er wieder in die Hocke. Ihre Blicke trafen sich. Diese Augen. In dem kalten Türkis schimmerte noch kurz etwas von dem Bedauern, das Snorri bislang nur hatte hören können, ein letzter Gruß des Mannes, der im nächsten Augenblick ganz hinter der kalten Pflicht verschwunden war. Snorri wusste, dass es das letzte bisschen Menschlichkeit gewesen war, das er in seinem Leben sehen würde.

»Erfülle deine Rolle, Snorri Sagard.« Narmersechem legte das Messer an.

Snorri wandte sich ab von der Klinge und der blauen Gestalt, die vielleicht einmal tatsächlich ein Freund hätte werden können, ab von den noch immer streitenden Krokodilen in der Grube, ab von der stummen blauen Wand, die auf ihn niederstarrte. Stattdessen blickte er in den weiten, weiten Himmel, in dem er seine Freiheit finden würde. Er war so gefasst, wie er nur sein konnte. Die Angst war da, aber sie beherrschte ihn nicht mehr.

Als er den ersten Schnitt spürte, mischte sich das Gleißen der Sonne mit dem Gleißen des Schmerzes. Er dachte an seine Frau und seine Kinder, an Afnir und Garngr, seinen Lichtfuchs, und daran, dass sie alle ihm fehlen würden. Kein Schrei entrang sich seiner Kehle. Seine Nasenflügel bebten, und er zog scharf die Luft ein, aber er blieb stumm. Auch beim zweiten und dritten Schnitt hielt er an sich, und beim vierten und fünften stöhnte er nur hinter zugebissenen Lippen auf.

Es war erst, als Narmersechem ihm die Hand nahm, dass Snorri Sagard nicht mehr konnte. Er öffnete den Mund und erfüllte seine Rolle.

8

Istrid

»Der Heerpfeil wird nicht noch einmal geschnitten.« Istrid schüttelte den Kopf. »Kommt nicht infrage.«

Ranke sah unglücklich drein. Er saß am Tisch, die Unterarme ausgestreckt auf der Platte, und runzelte die Stirn. Auch Arnim zögerte. Er hatte neben dem Wappenkönig Platz genommen, sich aber bislang kaum in die Unterhaltung eingemischt. Wahrscheinlich hegte er ähnliche Gedanken wie Ranke, wagte es aber nicht, sich offen gegen sie zu stellen. Gut für ihn. Er mochte der Kronprinz sein, aber das hier war ihr Gespräch, ihr Kampf, und sie hatte in der kurzen Zeit ihrer Unterhaltung bereits sehr deutlich gemacht, dass sie bereit war, ihn mit größter Vehemenz zu führen.

Sobald sie Ranke sah, kam die Wut hoch.

Sie konnte nicht vergessen, dass er es gewesen war, der ihren Vater der Lächerlichkeit preisgegeben hatte. Sein Verschulden war es, dass sie sich alle in einer höchst gefährlichen Situation befanden. Und jetzt wagte er es tatsächlich, dafür einzutreten, denselben Fehler zu wiederholen und ihren Vater den Heerpfeil ein zweites Mal schneiden zu lassen. Istrid hätte ihn am liebsten angeschrien. Mit verschränkten Armen stand sie an der offenen Tür des Balkons und kämpfte den Impuls nieder. Sie sah nach draußen. Unter ihr lag Salhall, eine Stadt, so weit das Auge reichte. Das Herz des Reiches. Im Moment kam es Istrid vor, als wäre sie seine einzige Verteidigerin.

»Prinzessin.«

Ranke hatte also noch nicht genug. Sie wandte den Kopf.

»Noch einmal: Wenn wir den Heerpfeil nicht schneiden, werden etliche sich darauf berufen und die Heerfolge verweigern. Wir tun uns damit keinen Gefallen. Wir werden wieder und wieder fruchtlose Diskussionen führen müssen, ob sich das Reich nun im Krieg befindet oder nicht.«

»Ich habe dich auch schon beim ersten Mal verstanden, Wappenkönig«, antwortete sie kühl. »Ich teile nur deine Einschätzung nicht. Jeder, der meint, dass wir uns nicht im Krieg befinden, darf sich gern mit unseren Sehern unterhalten und sie nach dem Tannhausner Tor fragen.« Oder nach einem anderen beliebigen Ort im Chimmgau, durch den das Herzogtum gezogen war. Die Geschichten, die ihnen auf den Traumfeldern gepflanzt wurden, ließen ihr das Blut in den Adern gefrieren.

»Es geht nicht darum, dass das jemand wirklich bezweifelt. Es gibt aber einen Unterschied zwischen der Wirklichkeit eines feindlichen Einfalls und dem Rechtszustand des Reiches. Ja, das ist eine Spitzfindigkeit. Aber auf genau diese Spitzfindigkeit berufen sich jene, die sich weigern, der Krone Helme zu stellen. Auch unter denen, die gleich kommen, wird es solche geben. Wiederholen wir das Schneiden des Heerpfeils, ist das vorbei. Wir ersticken damit eine Debatte, die uns teuer zu stehen kommt. Calders Truppen? Haben an seiner Gaugrenze Halt gemacht. Aus Sorpoten ist noch nicht einmal eine Antwort erfolgt. Und Arnim muss jeden Tag mit Edlen streiten, die genau dieses Argument führen. Dreißigtausend Helme sollte das Aufgebot des Stadtdrosts von Salhall zählen. Und wie viele stehen bislang auf den Fahnenfeldern vor der Stadt?«

»Viertausend«, sagte Arnim leise. »Knapp.«

»Knappe Viertausend. Prinzessin, es ist höchste Zeit.«

Istrid warf ihrem Neffen einen Blick zu, der betrübt auf die

Tischplatte starrte. Der Gedanke, dass der schüchterne Kronprinz störrischen Edlen die Truppen abverlangte, die diese nicht hergeben wollten, war fast noch überzeugender als die erschreckend niedrige Zahl der Helme. Sie straffte ihre Schultern, bevor sie dem Wappenkönig antwortete.

»Weder ist mir das alles entgangen, noch bestreite ich es. Aber wir würden ein Problem lösen, indem wir ein anderes vergrößern, das schwerwiegendere. Wir würden die Position des Kaisers schwächen. Noch mehr. Wir gäben denen recht, die behaupten, dass das Schneiden gar nicht erfolgt ist.«

»Prinzessin ... Ist es das denn nicht?«

Und wessen Schuld war das? Beinahe hätte Istrid Ranke die Frage entgegengeschleudert, aber sie beherrschte sich. »Spitzfindigkeiten, du hast es selbst gesagt. Es spielt keine Rolle, ob der Kaiser den Pfeil geschnitten hat oder nicht. Er hat den Reichsrat einberufen, um den Heerbann zu sprechen. Das ist das Entscheidende, daran hat sich nichts geändert. Wir können nicht, nein, wir werden nicht die Geschicke des Reiches an einem leeren Ritual festmachen.«

Sie sah, wie sich Ranke bei ihren letzten Worten versteifte. »Es ist so Sitte ...«, wandte er mit mühsam aufrechterhaltener Ruhe ein.

»Es ist der Wille des Kaisers, der über Krieg und Frieden entscheidet. Nicht die Sitte.«

»Das eine muss in das andere übersetzt werden, damit es seine ganze Kraft entfalten kann. Prinzessin, ich bitte dich: Unterschätze nicht die Macht der Sitte. Sie hält das Reich zusammen.«

»Das tut sie. Doch sich aus seinem Eid zu stehlen, wenn die Straße dunkel wird, kann niemals Sitte sein. Unsitte ist es und wird es immer bleiben. Treulos.«

Bevor Ranke etwas erwidern konnte, räusperte sich Arnim. Seine Ohren glühten, wie immer, wenn er sich der Aufmerksamkeit anderer bewusst war. »Beide wollt ihr doch dasselbe. Wenn man dir, Tante, und dir, Wappenkönig, zuhört, könnte man meinen, ihr stündet auf verschiedenen Seiten. Sollten wir nicht überlegen, wie wir die Situation lösen können, anstatt Argumente auszutauschen?« Während er sprach, hatte er sich aufgeregt nach vorne gebeugt, jetzt lehnte er sich wieder zurück, hochrot im Gesicht.

Istrid war überrascht. Ihr Neffe würde im Herbst dreißig werden, er war ein kluger junger Mann und nach allem, was sie hörte, wohl auch bewandert mit dem Schwert. Aber er hatte wenig Sinn für die Gepflogenheiten der Hinterzimmer und sich bis heute nicht daran gewöhnen können, vor Publikum zu sprechen. Dass seine Eltern ihn nach Kaiser Arnim dem Redner benannt hatten, war beinahe schon komisch. Eigentlich hatte sie den beiden gerade ihren Plan unterbreiten wollen, aber sie würde Arnim nicht aufhalten, wenn er aus sich herauskam. Sie machte eine auffordernde Geste. »Du hast recht, Neffe, das sollten wir. Hast du einen Vorschlag?«

Unbeholfen sah Arnim von ihr zu Ranke und wieder zurück. »Es stimmt, ich höre jeden Tag, dass der Heerpfeil noch nicht geschnitten sei. Die Zahl der Helme, die man der Krone überlässt, spricht für sich. Aber ich glaube ebenfalls, der Kaiser sollte ihn nicht noch einmal schneiden.« Wieder räusperte er sich. »Aber wenn ich ihn schnitte – könnte das nicht ein Ausweg sein?«

»Nein«, sagte Istrid zeitgleich mit Ranke. Ihre Blicke trafen sich. Mit einem angedeuteten Nicken überließ ihr der Wappenkönig den Vortritt. »Das würde zwar jeden rechtlichen Zweifel ausräumen, aber den Kaiser noch weiter schwächen. Trätest du an seine Stelle, würde das den Edlen nur signalisieren, dass er nicht einmal mehr für sich selbst handeln kann.« Aus dem Augenwinkel sah sie Ranke erneut nicken.

»Die Prinzessin hat recht«, sagte der Wappenkönig nach einem Moment der Stille.

Arnims Gesicht war noch röter geworden. Er zuckte mit den Schultern. »Es war nur eine Idee.«

Keine besonders gute, wie Istrid fand, aber sie behielt den Gedanken für sich. »Immerhin war es eine. Und wenn du, Ranke, keine weitere hast, würde ich euch nun eine Lösung vorschlagen.«

Kopfschüttelnd überließ ihr der Wappenkönig das Wort. »Bitte.«

»Das eigentliche Problem ist nicht der Heerpfeil, geschnitten oder nicht, das eigentliche Problem sind die Edlen, die glauben, sich mit einer lächerlichen Ausrede aus einer teuren Pflicht herauswinden zu können. Und warum geht ihr Vorhaben bislang auf? Weil wir uns auf ihr Argument einlassen. Wir bitten sie zu uns, lassen sie ihr Sprüchlein aufsagen und dann wieder in ihre Sippentürme zurückkehren, statt sie dazu zu zwingen, ihrem Eid Folge zu leisten. Wir sind selbst schuld daran, dass sie uns auf der Nase herumtanzen.«

»Was hast du vor, Tante? Du kannst ihnen doch nicht das Schwert auf die Brust setzen.«

»Doch, Arnim, genau das will ich, und genau das kann ich. Ich habe die vier Tausendschaften der Heilsgarde zurückgehalten, die wir in den Chimmgau schicken wollten. Du wirst sie unter deinen Befehl nehmen und mit ihnen an jedem Sippenturm anklopfen, den wir in Salhall stehen haben. Und jeder Edle wird auf seiner Schwelle dem Heerbann Folge leisten und uns seine Haustruppen überlassen oder auf dieser Schwelle sterben. Ich habe die Paagh bereits darüber unterrichtet.«

Während Istrid gesprochen hatte, waren Arnims und Rankes Blicke instinktiv zu Marshana hinübergewandert, die stumm mit der Pfeife im Mund und der Hand auf Baqqlabangs Knauf an der Wand stand. Die Oberste der Heilsgarde wohnte selten Besprechungen bei, und zweifelsohne hatten sich beide Männer bereits gefragt, was der Grund ihrer Anwesenheit sei. Jetzt wussten sie es.

»Das … werden die Edlen kaum mit sich machen lassen …«, wagte sich Arnim an einen Einwand.

»Sie haben keine Wahl. Wer sich weigert, stirbt. Wer seine Tür nicht öffnet, stirbt. Und haben sie ihre Truppen erst einmal überstellt, gehören sie für die Dauer des Kriegs der Krone. Kein Edler wird daran etwas ändern können. Paagh? Bitte erklär dem Kronprinzen, wie wir vorgehen werden.«

Die letzten Worte hatte Istrid auf Vishran gesprochen, damit Marshana sie verstand. Die Pfeife wanderte in den Mundwinkel, und ohne sich von der Wand zu lösen, wandte sich die Paagh an Arnim. »Bis auf die Palastwachen setzen wir die ganze Heilsgarde ein, also fast achttausend von uns. Wir fangen im Südwesten an, in Eschgrund und Drifasfurt, und arbeiten uns von dort nach Nordosten durch alle Viertel der Stadt. Wir wissen in etwa, wie viele Helme jeder Edle in der Hauptstadt hat, und werden immer mit mindestens sechsfacher Übermacht vor seiner Tür erscheinen. Wir fordern die Helme, die der Krone geschuldet sind, und geleiten sie auf die Fahnenfelder, wo jeder Einzelne dem Kaiser den Treueid schwören wird. Alles, was wir brauchen, sind dein Brief und Siegel, Kronprinz, dass wir in deinem Namen handeln.« Marshana blickte zu Ranke. »Und genügend Herolde, um an zwanzig Türmen gleichzeitig anzuklopfen.«

Fragend sah Ranke zu Istrid. »Was sagt sie?«

»Sie braucht zwanzig Herolde. Für Arnims Bullen.«

Ranke nickte langsam, während er sich den Rest zusammenreimte. »Sie wird sie bekommen.«

»Das wird in einem Blutbad enden.« Arnim sprach auf Aard. Aufgeregtes Rot war ihm auf die Wangen geflogen.

Istrid schüttelte den Kopf. »Nein. Die Edlen mögen große Reden schwingen und sich hinter all den anderen verstecken, die sich derzeit noch weigern. Aber jeder für sich allein vor die Wahl gestellt, umringt von den blanken Waffen der Heilsgarde ... sie werden einknicken, alle.« Innerlich seufzte sie. Natürlich war es ein Wagnis, das Blut fordern mochte. Aber ihr Neffe unterschätzte offenbar die Wirkung, die von der Heilsgarde ausging ebenso, wie er die Tatkraft der Edlen überschätzte. Die Gewaltprobe durch die Leibwache des Kaisers war ihre beste Chance, jeden Keim der Rebellion zu ersticken. Sie warf Marshana einen Blick zu, und die Paagh verstand. »Kronprinz«, begann die Oberste der Heilsgarde, »mach dir keine Sorgen. Wir werden dir deine Helme beschaffen. Und im schlimmsten Fall ... In den fünfhundert Jahren unseres Diensts haben uns die Edlen des Reiches mehr als eine Gelegenheit gegeben zu lernen, wie man Sippentürme knackt.« Sie nahm die Rechte von Baqqlabang und schlug sie klatschend in die flache Linke. Dazu lachte sie ein rauchiges Lachen um die Pfeife herum.

Arnim mühte sich zu einem Lächeln und nickte schließlich. In akzentfreiem Vishran antwortete er: »Gut, ich danke dir für deinen Einsatz, Paagh. Deine Hilfe ist hochwillkommen. Die Bullen stelle ich dir aus. Lass uns Helme für den Kaiser sammeln!«

»Das oder Köpfe.« Marshana grinste.

Arnim grinste zurück. »Helme wären mir lieber.«

Marshana neigte den Kopf. »Wie du wünschst, Kronprinz. Gib uns eine Woche, und du wirst sie bekommen. Stirb heute, lebe morgen.«

»Stirb heute, lebe morgen«, gab Arnim den Gruß zurück.

Istrid war erstaunt. So gelöst hatte sie ihren Neffen selten mit Mitgliedern des Hofstaats sprechen sehen. Es war beinahe, als hätte er mit seiner Muttersprache auch seine Zurückgezogenheit abgelegt. Die Worte, die ihr so hart über die Lippen gekommen waren, klangen bei Arnim so natürlich, als hätte er ihre Botschaft wahrhaftig verinnerlicht. »Wappenkönig«, sagte sie dann, vor allem, um sich zu fangen. »Einwände?«

Ranke besah sich erst Wegfinder, der neben ihm am Tisch lehnte, dann seine Hände, die er auf die Platte gelegt hatte. Bedächtig, als müsse er die Antwort von ihnen erst ablesen, sah er auf. »Nein. Der Plan ist drastisch und nicht ohne Risiko, und das Vorhaben zweifelsfrei ... ungewöhnlich. Ich wüsste keinen Fall, in dem Ähnliches versucht worden ist. Aber es spricht auch nichts dagegen, dass ein Drost das Aufgebot seiner Domäne auf diese Weise sammelt. Im Prinzip ist das die vorweggenommene Androhung der Reichsacht. Harsch und rüde, und sicherlich werden wir uns damit keine neuen Freunde machen, aber nicht im Widerspruch zu Sitte und Gesetz.«

»Harsch und rüde ist, wer sich hinter Worten versteckt, wenn Eisen gefordert wird«, erwiderte Istrid, war aber zufrieden. Sie hätte keine Lust auf eine neuerliche Diskussion mit dem Wappenkönig gehabt. »Dann sind wir uns also einig. Die Heilsgarde holt die Helme aus der Stadt. Gut.« Sie gab Pranradhar, der an der Tür stand, ein Zeichen.

»Lasst uns nach den Gaugrafen sehen, sie werden bereits hier sein und warten.« Der Vandraar öffnete die Tür und verließ den Raum.

Istrid ging von ihrem Platz an der Balkontür und setzte sich ans obere Tischende, an den Platz der Gastgeberin. Ranke wiederum rückte einen Platz weiter und machte so den neben Arnim frei. Beide saßen sie nun wie in Girdammnum: mit dem leeren Platz für den Kaiser zwischen sich. Vor ihnen auf der anderen Seite würden die Gaugrafen Platz nehmen. »Und jetzt«, sagte Istrid, nachdem sie noch einmal tief durchgeatmet hatte, »wollen wir gute Miene zum bösen Spiel machen.«

Wenige Augenblicke später erschienen die, nach denen sie gesandt hatte: Den Anfang machten Audun, Gaugräfin von Meuren, und Thietmar, Gaugraf von Westwegen.

Die beiden waren die Einzigen, die bereits Truppen vor Salhall liegen hatten. Würden sie ihren Eintritt in die Heerfolge erklären, hätten alle anderen Gaugrafen kaum eine Wahl. Aber beide herrschten über Volksstämme, die vor nicht allzu langer Zeit schon einmal gegen die Krone rebelliert hatten; die Meuren vor dreißig Jahren, die Westframen vor knapp zwanzig. Jedes Mal war die Schwäche der Krone der Auslöser der Aufstände gewesen, jedes Mal hatte das Reich in die Schlacht gegen die eigenen Untertanen ziehen müssen. Um die Rebellion in Meuren niederzuschlagen, hatte es sogar eines zweijährigen Kriegs bedurft. Trotz Entwurzelung der damaligen Rädelsführer war in beiden Gauen die Erinnerung an die Erhebungen noch immer lebendig und die momentane Schwäche der Krone eklatant. Würde sich die Geschichte wiederholen? Istrid folgte beiden mit angespanntem Blick zu ihren Plätzen.

Audun und Thietmar gingen nebeneinander; obwohl sie beide etwa gleich groß waren, bildeten sie ein höchst ungleiches Paar: Audun war spindeldürr und in ihren frühen Fünfzigern. Thietmar hingegen trug zwar den Beinamen der Eiserne, aber der knapp Dreißigjährige hatte ihn nicht seiner Erscheinung wegen bekommen – sein Bauch war ein Kessel, und er selbst mehr als doppelt so breit wie seine Standesgenossin. Audun trug ihr wallendes, drahtiges Haar offen, Thietmar besaß trotz seines jungen Alters nur noch einen Kranz kurzer Locken, dafür wild sprießende Augenbrauen. Und wenn die Gaugräfin durch ihr spitzes, verkniffenes Gesicht aussah wie eine mürrische Maus, dann glich Thietmar mit wässrigen Augen und hängenden Backen einer übergewichtigen Dogge. Beide kamen mit undeutbarem Blick ins Zimmer.

Ihnen folgte Haro, Gaugraf von Nordheim. Haro, die Distel, Ränkeschmied und Spötter, jung und ähnlich wie Arnim der Traum etlicher Edelfrauen der Reichshauptstadt, nur deutlich weniger unschuldig. Am liebsten hätte Istrid auf ihn verzichtet, aber er hatte seinen Eintritt in die Heerfolge bereits kundgetan, und sein versprochenes erstes Aufgebot war tatsächlich in Kershorn gelandet.

Viertausend Helme mochten das Herzogtum nicht aufhalten, aber sie waren ein Anfang. Die ersten Truppen aus den Gauen, die der Krone zugeführt worden waren, und ein Beweis dafür, dass der Kaiser zur Heerfolge aufgerufen hatte. Haro hatte sich unverzichtbar gemacht. Er würde es wissen, und es war ein Sieg, den Istrid ihm lassen musste. Wie immer ging er wippend, und seine Lippen umspielte das gewohnte leise Grinsen, halb sarkastisch, halb selbstvergnügt. Als er Marshana an der Wand stehen sah, hielt er kurz inne. »Ah, welch liebliche Blume in diesem Saale wächst! Ich bin entzückt!« Er nickte der Paagh zu, die seine Worte regungslos über sich ergehen ließ, und ging dann weiter zu seinem Platz.

Als Letzter, wenige Schritte hinter Haro, kam Golo, der gerade erst vereidigte neue Markgraf des Chimmgaus. Seine Anwesenheit sollte den Druck auf Audun und Thietmar erhöhen: Es war sein Land, das brannte, er war es gewesen, der den Kaiser um Beistand gebeten hatte. Die anderen würden ihm mit ihren Ausflüchten ins Gesicht sehen müssen. Als ihn Istrid aber eintreten sah, war sie sich nicht mehr sicher, ob dieser Plan aufginge: Golos Gesicht war verschattet wie am Tag seines Lehnseids, der Blick stumpf. Er ging wie ein Halbtoter.

Sie begrüßte die vier und kam gleich zur Sache. »Gaugrafen, ihr wisst, wieso ich euch hergebeten habe. Das Reich befindet sich im Krieg, ihr steht in der Pflicht der Heerfolge. Die Krone wartet auf eure Erklärungen.«

»Dann muss es ein Versehen sein, dass ich geladen wurde«, ergriff Haro sofort das Wort. »Ich habe mich bereits erklärt, und Truppen meiner Heimat stehen bereits am Feind. So sind wir Kythen: Am weitesten entfernt von allem, als Erste dort, wohin die Pflicht uns ruft.« Er neigte den Kopf und lächelte huldvoll.

»Ja, du hast dich bereits erklärt, Haro, die Krone dankt dir dafür. Aber auch dein Aufgebot ist noch nicht vollzählig, und am Feind steht noch kein einziger deiner Helme.«

»Nun, wenn der Chimmgau sich weiterhin so kraftvoll zu verteidigen weiß wie bislang, dann glaube mir, Prinzessin, können meine Helme bleiben, wo sie sind, und trotzdem bald den Feind küssen.« Haro warf Golo einen Blick zu, den dieser aber nicht erwiderte. »Und«, schloss er an, »die Helme werden kommen, die ich noch schuldig bin. Ich glaube aber, wir haben Leute hier am Tisch, die selbst einen ersten Beitrag noch leisten müssen. Oder sollte ich mich täuschen?«

»Das tust du nicht«, antwortete Ranke; bevor er aber weitersprechen konnte, hob Thietmar die Hand. »Prinzessin, erlaube mir, hier einzuhaken. Ich will die Sache abkürzen: Mein Eid stellt mich an die Seite meines Kaisers. Ich erkläre hiermit meine Heerfolge. Ich werde sie auch vor dem Rat erklären und vor jedem Edlen, der sie hören will. Westwegen wird jeden Helm stellen, der in den Reichsmatrikeln festgelegt ist. Mehr, sollte es nötig sein. Sechstausend liegen schon vor Salhall, sie gehören der Krone. Die Westframen ziehen in den Krieg. Der Tag, an dem ich mir von einem Kythen Pflichtvergessenheit vorwerfen lasse, muss noch geboren werden.« Abschätzig sah Thietmar zu Haro hinüber. »Grund und Boden, so weit kommt es noch.«

»Kein Vorwurf, Thietmar, eine Darlegung von Fakten, mehr nicht«, erwiderte Haro. »Aber in Sachen Pflicht und wie man sie vergisst, da hast du recht: Vor siebzehn Jahren waren es die Kythen, die rebellierten, als der Kaiser krank in Salhall lag – Moment, ach nein, das wart ja ihr!« Er lachte leise vor sich hin.

»Genug!« Rankes Tonfall verbot jedes weitere Geplänkel, Haros Lachen verstummte. Deutlich ruhiger wandte sich Ranke schließlich Thietmar zu. »Gaugraf, die Holde Krone dankt auch dir für deine Treue. Es wird nicht vergessen werden, dass du in dunkler Stunde zu den Ersten zähltest, die sich um das Eschenbanner scharten.«

Istrid vernahm Rankes Worte, aber sie hörte kaum hin. Ihre

Gedanken überschlugen sich. Thietmar hatte die Heerfolge erklärt. Ohne Geschacher, ohne eine Gegenleistung ertrotzt zu haben. Das war von unschätzbarem Wert. Zu einem Zeitpunkt, als die Niederlagen im Chimmgau und die Verwirrung ihres Vaters die Reichsedlen zutiefst verunsichert hatten, war das ein bitter nötiges Zeichen. Und es war mehr als das. Wenn die Westframen ihre Heerfolge erklärten, würden auch die Ostframen folgen. Nach den Salen waren die Framen das zahlenmäßig größte Volk des Reiches, was immer sie taten, hatte Gewicht. Vielleicht, so hoffte sie, war der halbe Acker schon bestellt.

Die Salen unter Wichmann würden sowieso folgen, er war ein Großvetter des Kaisers. Die Südmark auch, und sei es nur, weil sie die Grenzgnaden des Reiches auf der Chulmauer brauchte. Dann Calder, der Gaugraf von Valand. Wie Ranke gesagt hatte, hatte er sein Aufgebot an der Gaugrenze Halt machen lassen, womöglich würde er Gegenleistungen erwarten, doch am Ende würde er es wieder in Marsch setzen, er war ein Taktierer, kein Aufrührer. Die Dagomanen hingegen standen eigentlich treu zur Krone, aber Gaugräfin Vigane hatte in der jüngsten Vergangenheit mehr als sonst auf ihre Eigenständigkeit gepocht. Wie sie sich verhalten würde, wenn es einen offenen Streit über die Heerfolge gäbe, bliebe abzuwarten. Auf jeden Fall würde ihre Unterstützung teuer werden. Nordheim unter Haro wiederum war bereits in ihrem Lager, zumindest für den Moment. Blieben noch die Sorpoten und die Meuren, zwei eng verbandelte Völker, von denen die Letzteren die Tonangebenden waren. Und deren Oberhaupt an ihrem Tisch saß.

Audun, Nachfahrin Erbels.

Als die Gaugräfin merkte, dass sich alle Blicke auf sie richteten, zupfte sie an einem ihrer Ärmel und sah dann mit harten Augen in die Runde: »Kein Heerpfeil, keine Heerfolge.«

Es wurde totenstill im Raum.

Istrid hatte mit Ranke und Arnim darüber gesprochen, sie hatten es alle erwartet, es befürchtet. Aus diesem Grund allein gab es dieses Treffen. Und da war sie nun, die Verweigerung der Heerfolge. Offen ausgesprochen, ohne Ausflüchte, ohne Versteckspiele. Nicht einmal ummantelt von Verhandlungsbereitschaft war sie. Istrid musste schlucken. Auduns kalte Deutlichkeit erschreckte sie dann doch.

Ranke warf ihr und Arnim einen Blick zu, Thietmar sah Audun an, erbost war er von ihr abgerückt. Haro zog eine Braue hoch. Auch er wirkte überrascht, vor allem aber fasziniert.

»Ich habe dich womöglich falsch verstanden, Gaugräfin«, fand Ranke schließlich seine Sprache wieder. »Was hast du gesagt?«

Audun kniff einen Mundwinkel zusammen. »Deine Ohren sind einwandfrei, Wappenkönig. Ich sagte: kein Heerpfeil, keine Heerfolge.«

»Das ist Verrat«, presste Arnim durch die Lippen. Entgegen seiner Natur war er bleich.

»Das ist es nicht, mein Kronprinz, ich weise das zurück«, erwiderte die Gaugräfin mit Nachdruck, aber ohne Gefühlsregung. »Ich bin meinem Eid verpflichtet. Sobald der Kaiser den Heerpfeil schneidet, eilen die Meuren an seine Seite, ich allen voran. Vorher allerdings sehe ich dazu keine Verpflichtung.«

Arnim wollte etwas erwidern, aber eine Geste Rankes hielt ihn zurück. »Der Kaiser hat den Heerpfeil geschnitten, Audun«, sagte er sehr langsam. »Wir alle haben es gesehen.«

»Ich weiß nicht, was du gesehen hast. Aber was ich gesehen habe, war, dass der Kaiser den Heerpfeil zerbrochen hat.«

Ranke blickte auf seine Hände, die er noch immer auf dem Tisch gelegt hatte. Es sah aus, als würde er sich besinnen. Schließlich sah er auf. »Er hat ihn zerbrochen, sagst du, den Heerpfeil?«

»Du solltest deinen Ohren wirklich mehr vertrauen, Wappenkönig, sie sind besser als deine Augen. Das habe ich gesagt, ja.«

»Gut. Dann sage mir bitte auch, wie der Kaiser einen Heerpfeil zerbrechen kann, der nicht vorher geschnitten worden ist.«

Wieder wurde es still im Raum, aber dieses Mal ruhten alle Augen auf Ranke. Trotz ihrer Wut musste Istrid ihm Respekt zollen. Es war eine Spitzfindigkeit, der er sich da bediente, aber es war auch eine, auf die Audun sich stützte. Arnim und Thietmar sahen den Wappenkönig gleichsam anerkennend an, und während Haros Augen feixend leuchteten, schien die Gaugräfin aus dem Tritt gekommen zu sein.

»Das kann jetzt nicht dein Ernst sein«, versuchte sie, Zeit zu gewinnen, als die Stille länger und länger geworden war.

»So sehr, wie es der deine ist, deinen Eid an ein Stück Holz zu heften.«

»Der Heerpfeil war nicht fertig, und durch die Reihen der Edlen ist er auch nicht gegangen.«

»Dann ist es das also, was dich stört? Gerade eben noch hast du behauptet, es habe gar keinen gegeben.«

»Das habe ich nicht, Wappenkönig.«

»›Kein Heerpfeil, keine Heerfolge‹ – wie du sagst: Meine Ohren sind einwandfrei.«

»Das ist doch lächerlich.« Audun hatte sich wieder gefangen und wurde wütend. »Der Kaiser ruft zum Heerbann aus, indem er den Heerpfeil schneidet und ...«

Hart fuhr ihr Ranke über den Mund. »Das hat er getan!«

Sie wollte etwas erwidern, aber Ranke war schneller. »Und nichts«, setzte er nach, »aber auch gar nichts daran ist lächerlich. Wenn es dir wichtig ist, dich in aller Länge darüber auszutauschen, ob diese oder jene Einzelheit seines Aufrufs deine Erwartungen vielleicht nicht ganz getroffen hat, such dir ein Wirtshaus und setz dich an die Theke. An diesem Tisch aber haben wir Wichtigeres zu besprechen. Das Reich befindet sich im Krieg – und ich beginne daran zu zweifeln, dass du die Tragweite dessen verstehst, was passiert.«

Audun blickte hinunter auf ihren Ärmel, zupfte ihn mehrmals, überlegt und ruhig, schließlich sah sie Ranke ins Gesicht. »Die Tragweite dessen, was passiert … Weise Worte. Versteht ihr es denn? Das Reich wird angegriffen, und der Kaiser ist nicht einmal imstande, einen Span von einem Pfeil zu lösen. Ich folge. Doch nur dem, der führen kann.« Sie stand auf. »Wer die Tragweite von Ereignissen verstehen will, muss vor allem eines sein: ehrlich. Zu sich selbst. Ich schlage vor, dass ihr damit beginnt, einer wie die andere. Und wenn ihr damit fertig seid: Ihr findet mich in einem Wirtshaus.«

Die Graugräfin neigte den Kopf vor dem Wappenkönig und Arnim und nickte Istrid zu. Sie ging zur Tür. Pranradhar öffnete ihr und ließ sie hindurch.

Dann war sie verschwunden.

Istrid bebte. Am liebsten hätte sie die Gaugräfin auf der Stelle in Ketten schlagen lassen. Was sie gesagt hatte, grenzte an Verrat, auch wenn sie sich wohlweislich gehütet hatte, die allerletzte Schwelle zu überschreiten. Istrid zwang sich zur Ruhe. Mit Audun würde sie fertig. Aber alles zu seiner Zeit. Anders als den Edlen in der Reichshauptstadt konnte sie Audun die Truppen nicht vor ihrer Haustür abtrotzen. Und sie jetzt festzuhalten, würde offene Rebellion der Meuren bedeuten, das Letzte, was sie gebrauchen konnten. Ein Krieg reichte. Und genau das musste der Gaugräfin bewusst gewesen sein. Sie trieb den Preis hoch, den man ihr für die Heerfolge würde zahlen müssen, und sie hatte unmissverständlich klargemacht, dass ihre Treue teuer war. Aber Istrid würde nicht vergessen, wie sie über ihren Vater gesprochen hatte, und sie schwor sich, dass es am Ende Audun wäre, die den höheren Preis zahlen müsste. Dafür würde sie sorgen.

Schließlich war es Thietmar, der das Schweigen brach. »Was machen wir mit ihr?«, fragte der Gaugraf, rollende Wut in der Stimme.

»Wir lassen sie ziehen, Thietmar«, antwortete Istrid. »Auch wenn es schwerfällt. Wir lassen sie ziehen und kümmern uns um weitere Zusagen. Die von Calder und die von Diezmann sollten am leichtesten zu bekommen sein. Wenn dein Halbvetter uns das Aufgebot der Ostframen zuführt, haben wir weitere neunzehntausend Helme gewonnen. Das wird Beispiel machen. Und ich nehme an, Diezmann wird kommen?«

Thietmar nickte. »Ich kann nicht für ihn sprechen, aber ich habe keinen Grund, an ihm zu zweifeln. Er wird kommen.«

»Gut. Ich persönlich kümmere mich um Calder. Er ist in der Stadt. Und die anderen Gaugrafen … Wappenkönig, da sehe ich dich in der Verantwortung.« Sollte Ranke zeigen, dass er nicht nur Probleme schaffen, sondern sie auch lösen konnte.

Der Wappenkönig nickte. »Selbstverständlich.«

»Prinzessin«, ließ sich Haro warm und dunkel vernehmen, »du hast zu diesem Gespräch geladen, du kümmerst dich um Calder, der Wappenkönig um die anderen Gaugrafen … Das ist sehr nützlich, und doch … Darf ich fragen, was der Kaiser macht? Ich gehe davon aus, er hat Wichtiges zu tun, ich bin mir nur nicht sicher, was.«

Istrids Augen verengten sich, als sie Nordheims Gaugrafen maß. Er sah sie mit weiten Augen an, sein Gesicht eine mild lächelnde Maske der Unschuld. Dass Haro die Gelegenheit nicht verstreichen ließ, sie vor den Augen anderer zu untergraben, kam nicht überraschend, und doch war sie perplex. Es war seine freundlich verpackte Dreistigkeit, mit der sie ihre Schwierigkeiten hatte. Noch immer. Sie suchte nach einer Erwiderung.

Ranke fand sie.

»Während wir hier sitzen und deine Fragen beantworten müssen, Haro, berät sich der Kaiser mit dem Heermeister. Er und Hildigis planen den Feldzug gegen das Herzogtum. Nur Helme zu sammeln, wird für einen Sieg nicht reichen, wie du vielleicht wissen wirst.«

Die Replik war perfekt. Sie hatte das richtige Maß an genervter Indignation, nicht zu viel, nicht zu wenig, und – noch viel wichtiger – sie gab Haros Frage eine tatsächlich sinnhafte Antwort. Aber Ranke hatte verhindert, dass sie selbst eine gab. Wieder spürte Istrid ihre Wut auf den Wappenkönig hochkommen.

»Ich danke dir für deine Auffrischung in Strategie, Wappenkönig«, antwortete Haro. »Zu gegebener Zeit werde ich sicher von ihr profitieren. Ich gehe davon aus, auch der Prinzessin wird es so gehen. Ist es nicht so?«

Natürlich war ihm nicht entgangen, dass Ranke an ihrer statt geantwortet hatte, und die Bemerkung war ein wenig subtiler Hinweis darauf. Einer, der darauf abzielte, Unfrieden zu säen. Istrid durchschaute sein Spiel, aber das Ärgerliche daran war, dass es trotzdem wirkte. Haro wäre entzückt, dachte sie, wenn er wüsste, wie es zwischen ihr und Ranke tatsächlich stand. »Vollkommen, ich bin mir mehr als sicher, dass du davon profitieren wirst, Haro«, erwiderte sie möglichst unbeteiligt. »Und nun, nachdem dies geklärt ist, können wir uns ja wieder wichtigen Dingen zuwenden. Etwa der Frage, wann wir mit dem Rest deines Aufgebots rechnen können.«

»Natürlich. In vier Wochen, spätestens sechs. Nordheim ist weit.«

Vier bis sechs Wochen. Das war nicht einmal übermäßig lang, aber trotzdem eine Zeitspanne, die Istrid vorkam wie eine Ewigkeit. Haros Helme kamen mit dem Schiff über die Salische Bucht und die Brega hinauf, den meisten anderen Aufgeboten blieb über weite Strecken nur der Landweg nach Kershorn. Das Reich verfügte über gut ausgebaute Straßen, sie durchzogen es bis in die letzten Winkel, aber bis der Heerbann vollständig war, würde es dauern. Währenddessen konnte das Herzogtum im Chimmgau beinahe nach Belieben walten. Zeit. Wieder einmal ging ihr auf, wie wenig sie davon hatten.

»Aber gestatte, dass ich die Frage zurückgebe, Prinzessin. Wie sieht es mit den Kronlanden aus – wann sind deren Helme an der Brega? Und wie viele werden es sein?«

Das ging gegen sie, abermals. Sie war die Drostin der Kronlande, jener Gebiete, die direkt und unmittelbar der Krone untergeben waren. Die Reichsstädte gehörten dazu, aber auch die vielen Sprengel, die wie Flicken über das gesamte Reich verteilt waren. Jeder von ihnen war ein eigenes kleines Verwaltungsgebilde. Sie konnten die Größe von wenigen Morgen haben oder weitläufig sein wie eine Grafschaft. Traditionell kam dem ältesten Kind des Kaisers das Amt des Drosts der Kronlande zu, aber es war ein rein formelles. Es gab keine einfache Antwort auf Haros Frage, sie diente nur dazu, sie verlegen zu machen. Die Zahl der Helme, die schließlich kommen würden, war ohnehin nicht eindrucksvoll: Ein Großteil der Grenzgnaden an der Chulmauer rekrutierte sich aus den Kronlanden, ein Umstand, der in den Reichsmatrikeln berücksichtigt worden war.

»Du weißt ebenso gut wie jeder andere hier am Tisch, dass diese Fragen nicht mit Sicherheit zu beantworten sind«, sagte Istrid mit kaum verhohlener Ungeduld. »Aber natürlich stehe ich mit den Kronlanden im Austausch. Und natürlich werden sie ihre Pflicht tun. Die Traumbotschaften, die wir empfangen, lassen vermuten, dass wir die ersten zweihundert, dreihundert Helme im Laufe der nächsten Woche in Salhall begrüßen werden. Aber mehr als die festgelegten zweitausendzweihundertundneunundsiebzig Helme insgesamt werden es kaum werden.«

»Zweitausendzweihundertundneunundsiebzig Helme?« Haro grinste. »Eine stolze Zahl. Ich hatte vergessen, mit welch kraftvollem Einsatz die Krone sich selbst zu Hilfe eilt, aber ...«

»Dreißigtausend.« Die Ohren des Kronprinzen fingen wieder an zu glühen. Er räusperte sich. »Die Helme Salhalls werden bereits nächste Woche vollständig versammelt sein. Dreißigtausend an der Zahl. Die Krone leistet ihren Anteil.«

Istrid lächelte in sich hinein. Dass der bislang stumme Kronprinz ihm das Wort abschneiden würde, hatte Haro nicht kommen sehen, verdutzt sah er Arnim an.

»Binnen einer Woche?«, fand er schließlich eine Erwiderung, die seiner Natur entsprach. »Dann müssen in Salhall Wunder geschehen. Bisher, so höre ich, ist kaum ein Zehntel davon auf den Fahnenfeldern ...«

»Binnen einer Woche.« Arnim verschluckte sich beinahe. »Verlasse dich darauf, Gaugraf.«

Die Zahl war gewaltig genug, um jede Diskussion zu beenden. Thietmar mischte sich ein. Unruhig kratzte er sich den Bauch. »Die Heilsgarde steht marschbereit vor der Stadt. Viertausend Helme, hörte ich. Kommen noch mehr? Sechstausend wären besser.«

»Für den Moment nicht, nein«, antwortete Arnim. »Die Heilsgarde schützt den Kaiser, und sie wird hier gebraucht.«

»Ei, ei, ist deswegen diese Blume der Vandraar anwesend?«, fragte Haro und deutete mit dem Daumen hinter sich Richtung Marshana. »Weil der Kaiser Böses fürchtet? Das mag ja sein Recht sein, vor allem, wenn man die Auduns dieser Welt um sich hat, aber ich würde es begrüßen, wenn Fräulein Pfeife zusammen mit dem Rest ihrer Sippschaft stramm gen Westen marschieren würde.«

»Haro hat recht«, gab nun auch Thietmar zu bedenken. »Wir brauchen erfahrene Soldaten. Je mehr, desto besser. Es geht nicht um Quoten oder guten Willen, Kronprinz, sondern um Masse. Masse gewinnt Kriege. Masse und Erfahrung. Die Vandraar haben beides.«

Arnim nickte, noch röter geworden. »Ich werde das mit dem Kaiser besprechen.«

Theatralisch breitete Haro die Arme aus. »Ich danke dir, Kronprinz. Ich bin sicher, er wird unsere Nöte verstehen. Vor allem aber dürfte Thietmars Wort in dieser Sache deutlich mehr Gewicht haben als meines: Die Westframen haben sicherlich noch gute Erinnerungen daran, wie es ist, von den Kupferköpfen zu Klump gehauen zu werden.« Er lachte wieder auf.

»Genug jetzt«, sagte Istrid unwirsch und noch bevor Thietmar zu einer erbosten Antwort ausholen konnte. »Gaugraf, wenn du nichts Konstruktives mehr beizutragen hast, empfehle ich zu schweigen.«

»Nur eines noch.« Haro wischte sich mit der Hand über die Augen, während er sein Lachen hinunterschluckte. Seine Züge nahmen wieder ihre spöttische Unschuld an. »Was macht in all dem eigentlich der Chimmgau?«

Wie alle anderen wandte sich auch Istrid instinktiv Golo zu. Während ihrer ganzen Unterredung hatte er kein einziges Mal das Wort ergriffen, nicht einmal den Blick von der Tischplatte gehoben. Nun, da es abermals still im Zimmer wurde und alle ihn ansahen, blickte er auf. Er wirkte, als würde er gerade aufwachen.

»Markgraf …«, begann Ranke und versuchte, ihm eine Brücke zu bauen. »Würdest du uns einen Überblick geben? Wo sammeln sich deine Truppen? Was sind deine Pläne?«

Ohne eine Reaktion, die darauf schließen ließ, dass er den Reichsherold gehört hatte, sah Golo von einem zum anderen. Die Leere in seinen Augen erschreckte Istrid regelrecht. Sie hatte noch nie einen derart trostlosen Blick gesehen. »Der Chimmgau …«, begann er schließlich. »Ich lausche den Traumbotschaften, und sie … lähmen mich. Von meinem Bruder keine Nachricht. Auch er ist wohl gefallen.« Er schwieg kurz und sah hinunter auf seinen Schoß. »In Mattheim sammeln sich die Helme aus dem Tor, es sind nur wenige. Zu Hilfe kommen die verbleibenden Gnaden der Gauwehr, die neuen Aufgebote unserer Edlen. Der Untere Chimmgau … verloren; ich habe keine Kunde.«

Istrid wusste nicht recht, ob sie erschüttert sein sollte oder zornig. Entweder war Golo betrunken oder umnachtet. Für Erstes res sprach seine langsame Redeweise und der merkwürdige Satzbau, dagegen die klare Aussprache und der Sinn, den seine Worte trotz allem besaßen. Er wirkte noch abwesender als bei seinem Lehnseid. An jenem Tag hatte er zwar wenig, aber geradeheraus gesprochen. Sie musste an die Worte ihres Vaters denken: Auf Golos Seele läge ein Schatten, hatte er gesagt. Sie wechselte einen Blick mit Ranke. Dann, wider Willen, mit Haro. Die Augen des Gaugrafen waren Spiegel aus blauem Eis.

»Markgraf«, war Ranke wieder zu hören, »ich danke dir für deinen Bericht. Ich bin sicher, die Deinen setzen alles Menschenmögliche daran, das Herzogtum aufzuhalten. Aber du sagst es selbst: Wir müssen davon ausgehen, dass dein Bruder gefallen ist. Es fehlt an Führung. Wer ist dein Statthalter, wenn Volkwin es nicht ist? Deine Mutter?«

Golo nickte.

»Du stehst mit ihr in Kontakt, nehme ich an?«

Wieder nickte Golo.

»Markgraf, ich bitte dich: ein wenig mehr Entgegenkommen.«

Mit beiden Händen, als würde er sich waschen, fuhr sich Golo übers Gesicht. Er sah aus, als würde er körperliche Schmerzen leiden. »Ja. Wir schicken uns Traumbotschaften. Sie … ist in Streitheim. Ihr geht es gut.«

Istrid kannte Swenja verhältnismäßig gut, sie war im Laufe der Jahre mehrere Male für ein paar Monate nach Salhall gekommen, um hier die Geschäfte ihrer Familie wahrzunehmen. Marwults zweite Ehefrau und Witwe hatte ein warmes Herz und einen hellen Verstand und ihren Mann während seiner Sommerfahrten auf dem Grafenthron vertreten, zumindest so lange, wie seine Söhne zu jung dafür gewesen waren. Und als reichstreue Chimre mochte sie gerade in der jetzigen Zeit Vorbild sein für ihre Untertanen. Aber reichte das aus? Mit dem Heranwachsen ihrer Söhne hatte sie sich mehr und mehr von den Regierungsgeschäften verabschiedet und sich vor allem um ihre Pferdezucht gekümmert. Außerdem war es eine Sache, in Friedenszeiten anstelle des Ehemanns Hof zu halten, aber eine andere, im Krieg der verlängerte Arm des Sohns zu sein, der tatsächliche Entscheidungen treffen musste.

Offenbar war Ranke Ähnliches durch den Kopf gegangen. »Markgraf«, fing er wieder an, »meinst du nicht, dein Volk wäre mit dir bessergestellt? Du trägst die Krone deiner Mark; begib dich in dein Land und sammle seine Edlen um dich. Dein Erscheinen wird jenen neuen Mut schenken, die jetzt verzagen. Wir eilen zu deiner Hilfe, aber ich bitte dich, hilf dir auch selbst.«

Den Blick wieder auf seine Schenkel gerichtet, nickte Golo lediglich.

»Junge!« Thietmar ließ seine Faust auf den Tisch krachen. »Reiß dich zusammen! Du kannst nicht erwarten, dass meine Framen ihr Leben für dich opfern, wenn du selbst nur Trübsal bläst. Wach auf und kämpfe!«

Golo sagte nichts.

Erbost sprang Thietmar auf. »Donnerwetter, was ist mit dir? Reiz mich nicht, das sage ich dir!«

Istrid schoss gleichzeitig mit Ranke in die Höhe. »Gaugraf!«, rief sie, »beruhige dich wieder!«

Thietmar sah erst zu ihr, dann zu Ranke, dann wieder zu ihr, schließlich nickte er und setzte sich grummelnd. »Unglaublich. Was ist denn los mit dem?« Er fuhr sich über den Bauch und warf Golo böse Blicke zu, sagte aber nichts mehr.

Laut durchatmend ließ sich Istrid ebenfalls wieder nieder. Ranke tat es ihr nach. »Ich hoffe«, setzte sie nach, »allen ist klar, dass das Herzogtum nicht Krieg gegen den Chimmgau führt, sondern gegen das Reich.« Sie sah nun Thietmar an, und als der lediglich Golo weiterhin grollend anblickte, schickte sie ein scharfes

»Gaugraf« hinterher. Das zumindest brachte ihr die Aufmerksamkeit des Westframen zurück.

»Ja«, sagte er. »Ja, ja. Das ist mir klar. Es bleibt dabei. Die Westframen ziehen in den Krieg. Ohne Wenn, ohne Aber. Die Holde Krone kann allerdings froh sein, dass ich ihr den Eid geschworen habe, nicht diesem Burschen da.«

»Das war, streng genommen, ein Aber«, feixte Haro.

Thietmar fuhr herum, die Augen unter den buschigen Brauen funkelten.

»Es reicht, alle miteinander, Schluss jetzt!«, rief Istrid, abermals von ihrem Sitz auffahrend. Sie hatte genug. Wütend stützte sie sich auf dem Tisch ab. Wie sollten sie zusammen Krieg führen, wenn sie sich nicht einmal miteinander reden konnten, ohne sich anzufeinden? »Was glaubt ihr eigentlich, wer ihr seid? Und was glaubt ihr eigentlich, wer wir sind? Ist das eures Standes angemessen, was ihr hier an den Tag legt? Ist das das Verhalten, das Kronprinz, Wappenkönig oder mir gebührt? Ihr wisst es besser. Schämen solltet ihr euch, und zwar durch die Bank. Ich erwarte von euch Benehmen, Anstand und Eintracht. Wenn ihr das nicht könnt oder wollt – hinaus!« Sie deutete mit dem Arm auf die Tür. Niemand entgegnete etwas, niemand stand auf.

»Also gut«, fing sie wieder an, ruhiger, aber nicht weniger bestimmt. »Golo, *Golo*, sieh mich an!« Der Angesprochene hob den Kopf. »Du wirst zeigen, dass du die Krone verdienst, die du trägst. Das Schicksal deiner Familie und deines Landes hat dich nicht zu lähmen, es muss dir Ansporn sein. Packe deine Sachen und brich dorthin auf, wo du hingehörst: in den Chimmgau. Ich will dich erst wieder siegreich auf dem Schlachtfeld sehen. Und du, Thietmar, ich hatte mehr Gelassenheit und Ruhe erwartet von jemanden, den sie den Eisernen nennen. Zeige mir künftig, dass du sie hast. Und was dich betrifft, Haro: Werd erwachsen.« Der Reihe nach blitzte Istrid die Grafen an, aber immer noch wagte niemand, ihr zu antworten. Nicht einmal Haro. Mit Absicht hatte sie ihm die kürzeste, abschätzigste Mahnung von allen entgegengeschleudert, und sie sah, dass sie ihn damit getroffen hatte.

»Gut«, sagte sie langsam und blickte in die Runde. »Ich denke, wir haben uns verstanden. Dann können wir diese Tafel jetzt aufheben, ihr Zweck ist erfüllt. Ich danke euch für eure Zeit und euer Kommen. Ihr wisst, was ihr zu tun habt. Ranke, du bleibst noch hier.«

Stumm erhoben sich nun die Anwesenden, bedankten sich ebenfalls und wandten sich zur Tür. Pranradhar öffnete sie ihnen. Marshana verließ als Erste den Saal. »Kronprinz, auf ein Wort?«, hörte Istrid Haro beim Hinausgehen sagen und wäre am liebsten dazwischengegangen, aber sie wollte weder Arnim bloßstellen noch sich selbst lächerlich machen. Außerdem hatte sie noch ein Gespräch mit Ranke vor sich.

Der Wappenkönig war sitzen geblieben und den anderen mit den Augen zur Tür gefolgt. Nachdem Pranradhar sie wieder geschlossen hatte und sie allein waren, atmete er scharf aus. »Das nenne ich mal ein Gespräch. Aber ich möchte dir meine Hochachtung ausdrücken: Wie du die drei zusammengestaucht hast; ich ...«

»Wappenkönig«, unterbrach sie ihn.

»Ja?« Verwundert blickte sie Ranke an.

»Du hast meine Autorität untergraben. Tu das nicht noch einmal.«

Sie sah an seinem Gesichtsausdruck, dass er sofort wusste, wovon sie sprach. »Prinzessin«, fing er an, »ich hatte nie vor ... ich wollte dir helfen.«

»Ich habe dich nicht um deine Hilfe gebeten.«

Für einen Moment schwieg er, forschte in ihrem Gesicht. »Es tut mir leid, aufrichtig«, sagte er dann. »Es war nicht meine Absicht, dir in den Rücken zu fallen. Es wird nicht wieder vorkommen.«

»Gut.«

Er räusperte sich. »Aber kann es sein, dass es dir womöglich noch um etwas anderes geht?«

Istrid spürte, wie ihr gerade besänftigter Zorn wieder hochköchelte. Sie versteifte sich. »Was meinst du?«

»Das frage ich dich. Du verhältst dich mir gegenüber ... anders. Kühler. Und gereizter. Als würde ich nicht auf deiner Seite stehen, als wäre ich einer von denen.« Er deutete zur Tür. »Selbst Arnim ist das aufgefallen. Prinzessin, was ist es, dass du mir grollst? Ich bitte dich, sprich.«

Er wusste es wirklich nicht. Istrid sah es an seinen Augen. Er war sich keiner Schuld bewusst. Und das machte alles noch viel schlimmer. »Du hast ...«, fing sie an, brach aber wieder ab. Sie konnte es nicht. Sie konnte nicht darüber sprechen. Ranke zu erklären, was er getan hatte, kam ihr vor, als würde sie sich mitschuldig machen. Sie ging hinüber zur Balkontür und sah hinaus. »Du kannst jetzt gehen, Wappenkönig.«

Nach einem Augenblick der Stille hörte sie ihn aufstehen und Wegfinder nehmen. Pranradhar öffnete die Tür, und Rankes Schritte entfernten sich auf dem Steinboden. Als sie wieder ins Schloss fiel, schloss Istrid die Augen.

Sie hatte sich noch nie so allein gefühlt.

9

Ranke

Mit steinernem Gesicht blieb Ranke im Vorzimmer stehen. Hinter ihm schloss der Leibwächter der Prinzessin die Tür. Er war überrumpelt, vor allem aber beunruhigt. Sein Verhältnis zur Kaisertochter war nie ganz frei von Spannungen gewesen, aber bislang hatten sie immer zueinandergefunden. Dass sie ihn in solchen Zeiten aus dem Zimmer warf, alarmierte ihn ohnegleichen. Er wusste nicht einmal, warum. Noch nie war etwas auch nur annähernd Vergleichbares passiert. Istrid war wichtig, wichtiger noch als Arnim, wichtiger, als sie selbst wahrscheinlich wusste oder wahrhaben wollte. Gerade jetzt. Und wenn sie beide nicht mehr miteinander sprachen, wenn sie ihn nicht einmal mehr anhörte, dann war das ein Problem, ein großes. Er schloss die Finger um Wegfinder, weil er merkte, wie sie zitterten. Hastig machte er sich auf den Weg. Er musste an die frische Luft.

Vor dem Aufzug wartete er auf die nächste abwärts fahrende Kabine und trat ein. Während er nach unten fuhr, hing er weiter seinen Gedanken nach. Seit der Kaiser den Heerpfeil zerbrochen hatte, hatte er die Prinzessin täglich getroffen, jedes Mal war sie ihm so reizbar erschienen wie gerade eben. Er verstand, dass sie sich Sorgen machte, das tat er auch. Der Kaiser war jetzt zwar wieder ansprechbar, aber schnell erschöpft, unsicher und oft verwirrt. Zweimal hatte er ihn sprechen können. Jedes Mal hatte ihn sein Zustand erschüttert.

Sie verloren ihn. Stück für Stück.

Helgid hatte daran keinen Zweifel gelassen. Die Krankheit des Kaisers kam so unaufhaltsam und unheilbar wie das Alter selbst. Die wirren Momente würden mehr werden und die lichten weniger, der Verstand würde sich mehr und mehr verdunkeln, das Bewusstsein nach und nach schwinden.

Am Ende, und Ranke fand es einen fürchterlichen Gedanken, bliebe nichts mehr von dem großen Mann übrig, nur noch eine Hülle, die aussah wie der Kaiser, aber in der es keinen Childeric mehr geben würde. Ja, er konnte verstehen, wie schwer das auf der Prinzessin lastete. Es brach ihm ja selbst das Herz. Und die Erinnerung an jenen Augenblick, da der Kaiser den Heerpfeil zerbrach, gehörte zu den schlimmsten seines Lebens. Aber Istrids Kummer durfte nicht dazu führen, dass die Geschicke des Reiches litten. Würden sie das, bliebe ihm nichts anderes, als sie zur Rede zu stellen. Die Prinzessin hatte Golo zurechtgewiesen, seine Pflichten nicht wegen Schicksalsschlägen zu vergessen, und sie hatte gut daran getan. Notfalls würde er dasselbe tun müssen.

Langsam sank die Kabine durch ihren Schacht, Stockwerk um Stockwerk erschien im offenen Eingang und verschwand wieder. Ranke blieb allein mit seinen Gedanken.

Golo. Er schnitt eine Grimasse. Der Gedanke an den jungen Markgrafen war nur unwesentlich weniger beunruhigend als sein Rauswurf aus Istrids Gemächern. Er hatte noch erschöpfter und trübsinniger gewirkt als während seines Lehnseids, und seine Sprechweise war geradezu erschreckend gewesen. Ein Landesherr in dieser Verfassung wäre immer schlimm, in Kriegszeiten war er eine Katastrophe. Und nicht einmal damit hörten ihre Probleme auf, da war immer noch Meuren.

Der Gau stand an der Schwelle zur offenen Rebellion. Er hoffte, dass Auduns Auftreten und Argumente taktisch bestimmt waren, denn sollte die Gaugräfin wirklich die Heerfolge verweigern, musste der Kaiser die Reichsacht über sie verhängen. Was dann passieren würde, war leider weniger klar, als sie alle sich wünschten.

Dem Gesetz nach mussten sich alle Vasallen Auduns von ihr lossagen. Blieben sie an ihrer Seite, würden auch sie der Acht verfallen. Schon einmal hatten die Meuren diesen Weg gewählt und Volksstamm über Reich und Recht gestellt. Beschritten sie ihn noch einmal, konnte das nur heißen: noch mehr Blutvergießen, noch mehr Krieg.

Es gab keine gute Lösung für diese Situation. Verhängte der Kaiser keine Acht, bewahrte er das Reich vor einem inneren Kampf, den es jetzt noch weniger geben durfte als sonst. Aber er schuf einen Präzedenzfall, der ihn und das Reich weiter schwächen und andere ermutigen würde, dem Beispiel der Meuren zu folgen.

Alles kam darauf an, was Audun wollte. Audun. Die Gaugräfin war gerissen wie ihr Wappentier, der meurische Fuchs, stets auf den eigenen Vorteil bedacht. Ranke hoffte nur, dass ihr Preis bezahlbar wäre.

Ranke erreichte das unterste Stockwerk, das der Aufzug anfuhr, und wechselte zum Aufzug gegenüber, der hier seinen Anfang hatte. Weiter ging es abwärts. Über sich im Schacht hörte Ranke die Ketten knarzen.

Den Eisernen Thietmar hingegen hatten Ard und Urd geschickt. Womöglich sah er eine Gelegenheit, den Makel früherer Rebellion durch unverbrüchliche Treue wettzumachen, womöglich hielt er seinen Eid auch einfach für so heilig, wie er tatsächlich war. Am Ende spielte es keine Rolle, wieso er kam und folgte, entscheidend war nur, dass er es tat.

Und Haro? Die Sticheleien des Gaugrafen zerrten an seinen Nerven, aber Haro war Haro, und zumindest für den Moment war Ranke damit zufrieden, dass er die versprochenen Truppen auch wirklich geschickt hatte. Alles Weitere musste die Zukunft zeigen.

Was Ranke allerdings noch immer Kopfzerbrechen bereitete, war die Wanze. Nur durch einen Eingeweihten im engen Kreis der Vertrauten hatte Haro im Winter von Childerics Sturz erfahren haben können. Sie hatten das Dienstpersonal ausgewechselt, seitdem hatte es keine Indiskretionen mehr gegeben. Möglicherweise war die undichte Stelle damit bereits gestopft, aber Ranke mochte nicht recht daran glauben. Und wenn Haro weiter eine Wanze im Umfeld des Kaisers hatte, dann würden sie davon bei ungünstigster Gelegenheit erfahren. Ihm schwante, dass sie nicht mehr lange darauf würden warten müssen.

Im Eingang der Kabine erschien das Stockwerk, auf das Ranke gewartet hatte. Er stieg aus. Zur Linken lagen seine eigenen Gemächer, aber er wollte raus. Er wandte sich nach rechts, wo der Übergang zum Jarlbjerg auf ihn wartete.

Draußen auf der Bogenbrücke schlug ihm der Wind entgegen, der hier, zwischen Berg und Turm, fortwährend wehte. Nach ein paar Schritten jedoch blieb Ranke verwundert stehen.

Irgendwas stimmte nicht.

Er brauchte einen Moment, bis ihm aufging, was es war: Der Wind kam nicht wie sonst von Norden, von der Salischen Bucht, sondern von Süden. Kräftig wie immer, aber aus der falschen Richtung. Ranke ging aufs südliche Geländer zu und legte seine Hand auf die Brüstung, als der Wind abrupt umschlug. Ohne an Stärke zu verlieren, wehte er nun wieder aus der gewohnten Richtung.

Ranke drehte sich um, sah an Berg und Turm empor, sah hinaus nach Norden in den Gewitterhimmel, dann wieder nach Süden, und schüttelte verwundert den Kopf. Es war die erste Windbö, die er in all den Jahren auf der Brücke erlebt hatte. Für eine kurze Zeit wartete er darauf, ob der Wind sich noch einmal drehte, aber schließlich ging er weiter und betrat den Jarlbjerg.

Stille empfing ihn.

Der heilige Berg der Salen wartete, wie er es immer tat, dunkel und kühl. Ranke schmeckte den Fels auf den Lippen. Andächtig streckte er die Finger seiner Hand aus, um im Gehen die Wände zu berühren – Ewigkeit, nichts weniger versprachen sie. Zur Linken kam Girdammnums vorderer Eingang entgegen, der am Boden der Halle, in der Nähe der Thronempore. Licht, das durch die Wolkendecke und die Säulenfenster in die Grotte schien, leuchtete ihm schwach entgegen; feiner Staub tanzte in der Luft. Als Ranke vorbeiging, warf er einen Blick hinein und beugte sein Haupt vor dem Eschenkranz, der dort auf dem Sitz des Kaisers lag. Er ging weiter, folgte dem gewundenen, ausgetretenen Felsenpfad nach oben, zum Gipfelplateau. Noch bevor er hinaustrat, hörte er den Wind in den Ästen und Zweigen Tjarlafnirms rauschen.

Sogleich hob sich seine Stimmung. So dunkel konnte ein Tag gar nicht sein, dass der Anblick Tjarlafnirms nicht Zuspruch und Aufmunterung schenkte. Die Weltenesche trotzte seit Jahrtausenden Wetter, Sturm und Hitze gleichermaßen, und ungezählte Male war der Blitz in sie gefahren. Aber da stand sie noch immer, ungebeugt, ungebrochen, voller Kraft. Jede Unbill, die ihr widerfahren war, hatte sie überstanden, und so würde es auch dem Reich ergehen. Alles, widerspenstige treulose Gaugrafen, eine zürnende Prinzessin, selbst der Krieg im Chimmgau, alles würde vorübergehen und im ewigen Lauf des Reiches kaum eine Rolle spielen.

Ranke trat hinaus ins Licht und sah Tjarlafnirm.

Er war nicht allein.

Unter der gewaltigen Krone des Baums stand Haro, eine schwarze Silhouette vor dem Himmel dahinter. Er hatte den Kopf in den Nacken gelegt und blickte hoch ins Astwerk.

Rankes Blick und Laune verfinsterten sich. Von allen Edlen des Reiches musste ausgerechnet Nordheims Gaugraf hier oben sein. Keinen Moment glaubte er an Zufall: Haro musste damit gerechnet haben, dass er nach ihrem Treffen seinen Lieblingsplatz aufsuchen würde. Kurz überlegte er kehrtzumachen. Haro hatte ihn noch nicht gesehen, ihm war wirklich nicht danach, sich einen weiteren Schlagabtausch mit ihm zu liefern. Allerdings wollte er sich weder von Haro vertreiben lassen, noch gebührte es seinem Amt, einem Edlen auszuweichen, der ihn offenkundig sprechen wollte. Seufzend ging er weiter.

Er war noch nicht weit gekommen, als Haro ihn bemerkte. Ohne den Kopf aus dem Nacken zu nehmen, winkte der Gaugraf ihm zu. »Was für ein Baum«, sagte er, als Ranke heran war. Auf seinem Gesicht lag ein ungewohnt ernster Ausdruck. Ranke folgte seinem Blick. Über ihnen flüsterten die Blätter der Weltenesche.

Ja, was für ein Baum, wiederholte er stumm Haros Worte. »Ich könnte ewig hier stehen«, hörte er die dunkle, weiche Stimme des Gaugrafen, »und in seine Zweige schauen.« Haro nahm den Kopf aus dem Nacken. »Wie ist es, zu jeder Zeit ein Stück von ihm mit sich zu führen?«

Rankes Blick wanderte zu Wegfinder, den er in der Rechten hielt. Der Heroldsstab war aus dem Leib Tjarlafnirms geschnitten, und es stimmte, er hatte ihn immer bei sich, jeden Tag, jede Nacht. Selbst im Tod würde Wegfinder bei ihm bleiben: Jeder Reichsherold wurde mit seinem Stab beerdigt, der Nachfolger erhielt bei seiner Weihe einen neuen, eigens für ihn geschnitzten. Runen zogen sich über das hell gemaserte Holz, uralte Heilssprüche, älter noch als Reichsidee und Kaiserkrone, Zurufe ihrer aller Ahnen vom Anbeginn der Zeit.

»Es ist … beschützend«, antwortete Ranke nachdenklich. Was hatte er gezittert, als er Wegfinder empfangen und ihn das erste Mal berührt hatte. Hier war es gewesen, unter Tjarlafnirm, kniend. Die Ehrfurcht war nie ganz vergangen. »Ja«, schob er hinterher, »ich denke, das trifft es: beschützend. Und eine ständige Erinnerung.« An die Aufgabe und Ehre, die sein Amt bedeutete.

Aber was sollte er Haro davon erzählen? Zwar wirkte der Gaugraf nicht, als spielte er eines seiner Spiele. Aber wie sollte er ihm bewusst machen, was er selbst kaum fassen konnte?

Zu seiner Überraschung nickte Haro. »Ich glaube, ich verstehe.« Auch er hatte Wegfinder betrachtet, fromm beinahe. Nun blickte er auf, und Ranke sah, wie sich sein Gesichtsausdruck änderte. Der andere Haro kehrte zurück, ein falsches Lächeln auf den Lippen. »Ich hatte gehofft, dich hier anzutreffen, Wappenkönig«, sagte er. »Da es selbst für den Kronprinzen eine Neuigkeit war, gehe ich davon aus, dass auch du es noch nicht weißt.«

»Dass ich was noch nicht weiß?« Ranke ahnte Ungutes.

»Rudebald. Er hat Urfehde gebrochen.«

Die Erwähnung des Namens erhärtete seine Ahnung zur Gewissheit. Als Haro erstmals in dieser Sache zu ihm gekommen war, hatte noch Schnee gelegen. Rudebald klagte vor dem Reichsgericht gegen Gräfin Arvildis: Er bezichtigte sie des Holzschlags in einem Wald, auf den er Ansprüche erhob. Haro hatte Ranke dazu gedrängt, eine Vertagung der Klage zu bewirken, und im Gegenzug sein Stillschweigen darüber zugesichert, dass sich der Kaiser bei einem Sturz den Arm gebrochen hatte. Widerwillig war Ranke auf den Handel eingegangen, weil er ihm als kleineres Übel erschien. Über den Kriegsausbruch hatte er die Angelegenheit komplett vergessen. Aber deutete er nun das Leuchten in Haros Augen richtig, würde ihm das so bald nicht noch einmal passieren. »Er zieht gegen Arvildis?«, fragte er und wusste schon die Antwort.

»Eine betrübliche Entwicklung der Dinge, in der Tat. Er hat wohl vor dem Reichsgericht nicht die Gerechtigkeit gefunden, die er sich erhoffte. Nun nimmt er sie selbst in die Hand.« Bedauern erschien auf Haros Miene, falsch wie sein Lächeln. »Ein Dorf und zwei Mühlen soll er bereits niedergebrannt haben. Ich fürchte, das wird kein gutes Ende nehmen ...«

»Haro«, stieß Ranke zwischen den Zähnen hervor, »das ist dein Werk.«

»Meines?« Der Gaugraf tat erstaunt. »Ei, wie kommst du darauf, Wappenkönig? Ich war es nicht, der Rudebald allein ließ, als er sein Recht suchte. Ich habe ihm auch nicht dazu geraten, loszuschlagen, im Gegenteil, ich riet ihm ab davon – die Götter seien meine Zeugen. Doch so gesehen hast du recht: Mich trifft die Schuld, versagt zu haben.«

»Still!« Ranke zischte erbost. »Ich sollte Rudebalds Klage doch nur begraben, weil du wusstest, was passieren würde.«

»Wenn ich mich recht erinnere, ließ ich dir die Wahl. Die Wahrung eines kleinen Geheimnisses war dir wichtiger als die Nöte eines kleinen Edlen. Ich mache dir keinen Vorwurf deswegen, nur suche die Schuld für Rudebalds Friedensbruch nicht bei mir, du wirst sie dort nicht finden. Ich wusste auch nicht, was er tun würde, ich bin kein Seher. Meine Träume sind fad wie das Tagwerk eines Bauern. Was ich allerdings sehe, ist unser Glück im Unglück.«

Ranke kniff die Augen zusammen. »Was soll das heißen?«

»Der Reichsfrieden, den Rudebald gebrochen hat, kann wiederhergestellt werden, sehr schnell sogar. Und das haben wir tatsächlich dem Kaiser zu verdanken.«

Ranke ahnte, dass er nun endlich zum Grund dieser unglückseligen Angelegenheit vorstoßen und erfahren würde, welchen Nutzen Haro aus all dem zog. Er ging nicht davon aus, dass es ihm gefallen würde. »Was meinst du damit?«, fragte er widerwillig.

Haros Lächeln wurde wölfisch. »Erinnerst du dich an meine Truppen, die ich in Steern sammelte? Wegen der Invasionsgefahr für Vandran? Es ist ein großes Glück, dass der Kaiser es abgelehnt hat, sie einzuschiffen.«

Und da endlich begriff Ranke.

Die Distel hatte sie alle an der Nase herumgeführt.

Die zweitausend Helme in Steern waren nie für das Inselreich gedacht gewesen. Ob die Bedrohung durch die Symmachie nun echt war oder nicht, spielte keine Rolle; Haro hatte gewusst, dass seine Truppen nie übersetzen dürften. Aber sein Angebot hatte ihm einen Vorwand gegeben, sie in Steern zu sammeln. Und von dort aus konnte er sie den Sander hochbringen, sie über den Kriesch-See fahren und in Rudebalds Ländereien anlanden. In einem Lehen, dass zur Dagomark gehörte. Das war von Anfang an sein Plan gewesen. Wurde ein Edler im Zustand der Reichsacht getötet, dann fiel an seinen Richter alles Hab und Gut, das zu diesem Zeitpunkt bereits in seinem Besitz war. Und mit zweitausend Helmen konnte Haro Rudebalds Lehen mühelos besetzen. Er musste dann nur noch Rudebald finden und töten, und das Lehen würde an ihn fallen.

Haro hatte einen Konflikt kreiert, um sich Zugriff auf Ländereien zu verschaffen, die er sonst nie hätte erlangen können.

»Schande über dich, Haro, Schande. Du solltest dich schämen.«

»Dafür, dass ich der Krone helfe, den Reichsfrieden wiederherzustellen? Ich denke nicht.« Treuherzig sah Haro ihn an.

»Du kannst dich in Pflicht und Tugend kleiden, so viel du willst. Es ändert nichts an der Wirklichkeit. Dein Handeln wird nicht besser, weil du es anständig nennst. Der Winkelzug war schlau, so viel lasse ich dir, die Scharade, mit der du ihn verbrämen willst, ist es nicht. Jeder Halbtrottel wird sie durchschauen.«

»Dann wird mindestens die Hälfte des Reichsrats sie mir abkaufen, das reicht mir.« Haro lachte auf. »Hand aufs Herz, Wappenkönig«, sagte er und wurde wieder ernst, »was ist so schändlich daran? Rudebald ist nicht nur ein halber, sondern ein ganzer Trottel. Es war seine Entscheidung, Urfehde zu brechen und zum Geächteten zu werden. Dass er nun verschwinden wird und sein Land an jemanden fällt, der es besser zu regieren weiß – was kümmert es dich?«

»Dass du die Notlage des Reiches schamlos ausnutzt.«

Abwehrend hob Haro den Zeigefinger. »O nein, das tue ich nicht. Du erinnerst dich: Das Spiel mit Rudebald begann im Winter, vom Krieg im Chimmgau war da noch nichts zu ahnen. Und erfülle ich nicht meine Pflicht? Die Krone bekommt jeden Helm von mir, den ich ihr schuldig bin. Das ist es, was du nicht verstehst: Ich kann dem Reich treu dienen und gleichzeitig mir selbst.«

»Du beugst unsere heiligen Gesetze und Sitten nach deinem Geschmack. Du handelst aus Selbstsucht, nicht aus Gemeinsinn.«

»Ah, die Selbstsucht … das ewige Argument der Verlierer. Sag mir, Wappenkönig, bereitet nicht auch dein Tun dir Freude? Hast nicht auch du das Amt des Wappenkönigs dem eines, sagen wir, Dorfdrosts vorgezogen? Ansonsten hätte ich da eine Hallig vor Frostholm, die eines neuen Amtswalters bedarf. Ein wenig einsam ist sie, zugegeben, und bei Sturmflut auch recht nass, aber sie ist dein, wenn dir der Sinn danach steht.«

»Ich bereichere mich nicht, wie du es tust.«

»Nicht an Land und nicht an Gold. Stattdessen häufst du dein Vermögen in einer sehr viel härteren Währung an. Einfluss lässt dein Herz höher schlagen, nicht blanke Münze, so ist es doch? Und sieh dich an, du hast es weit gebracht, weiter als die meisten: eine Waise aus der Dagomark, ein Knabe ohne Ahnen oder Titel, und doch wachst du auf der Schwelle des Kaisers, kannst die Größten des Reiches einlassen oder fortschicken, wie es dir beliebt. Du bist der einzige Mensch im ganzen Reich, der sich noch König nennen darf; die anderen sind so lange schon Gaugrafen, dass sie das vergessen haben. Ich erkenne einen reichen Mann, wenn ich ihn sehe, und einer der reichsten, die ich kenne, steht gerade vor mir. Und weißt du was? Dieser Reichtum ist dir nicht gegeben worden, du hast ihn dir genommen. Weil du es wolltest. Also spare dir deine Worte der Selbstlosigkeit, sie klingen hohl.«

Widerwillig musste Ranke lächeln. Haro war ein Meister des Worte- und Sinnverdrehens, und mit welcher Mühelosigkeit er die Rolle des Anklägers zwischen ihnen beiden gedreht hatte, war in gewisser Weise sogar erheiternd. »Genug, Haro«, sagte er deshalb eine Spur milder, als er es vorgehabt hatte. »Wir reden nicht über mich.«

»Dann also über mich – welch große Freude!« Der Gaugraf breitete die Arme aus. »O ja, lass uns das tun! Ich rede viel zu selten über mich; die meisten Menschen, denen ich begegne, wollen vor allem über sich selbst sprechen. Sie sind nur leider ziemlich langweilig.« Er lachte, dann nahm er die Arme wieder herunter, verschränkte sie und beugte sich geheimniskrämerisch nach vorn. »Also, was willst du wissen?«

Ranke maß den Gaugrafen mit nachdenklichem Blick. Sein Ränkespiel würde Folgen haben: Die Dagomark würde es kaum hinnehmen, dass sich Haro eines ihrer Lehen einverleibte. Im Prinzip war er dazu im Recht, vorausgesetzt, er schaffte es, Rudebald zur Strecke zu bringen. Aber es gab nur sehr wenige Beispiele in der Geschichte des Reiches, in denen Grenzen zwischen Gauen auf diese Weise neu gezogen worden waren. Und alle hatten sie zu Streit geführt. Die Verfolgung Geächteter wurde aus gutem Grund als innere Angelegenheit eines Gaus betrachtet. Haro setzte sich darüber einfach hinweg, obwohl er zweifelsohne wusste, wie gefährlich Zwist zwischen zwei Gauen gerade jetzt wäre. Nur, überlegte Ranke, was für einen Zweck hatte es, ihm all das vorzuhalten? Gespräche mit Haro waren Spiegelfechtereien, die Ranke nicht und auch dem Reich nicht weiterhalfen. Mit einem Mal ekelte der Gaugraf ihn an. »Nichts«, sagte er deshalb ernst, »wenn ich ehrlich bin, möchte ich nichts von dir wissen.«

»Wappenkönig! Das kannst du doch nicht machen«, rief Haro bestürzt aus und schlug sich die Hände auf die Wangen. »Meine Amme ist weit, bei wem soll ich weinen?«

Er grinste, doch trotz der übertriebenen Reaktion konnte Ranke erkennen, dass seine Worte den Gaugrafen ärgerten. Manchmal, dachte Ranke, war es ganz einfach. Wie die meisten Machtmenschen war Haro eitel, und Eitelkeit war nichts anderes als die Bereitschaft, sich kränken zu lassen. Kein Fehler, den Ranke je machen würde.

Der Gaugraf wollte weitersprechen, hielt aber inne. Verwundert wanderte sein Blick nach oben. Ranke folgte seinem Beispiel, er hatte es auch gemerkt.

Über ihnen hing das Blätterwerk Tjarlafnirms, und es war still.

Nichts rührte sich. Kein Ast, kein Zweig, kein einziges Blatt. Die Weltesche stand wie eingefroren. Es war vollkommen windstill.

Augenblicklich musste Ranke an die Bö auf der Brücke denken. Erst dieser seltsame Richtungswechsel, jetzt dies. Konnte das Zufall sein? Mit einem klammen Gefühl im Magen begann er, die Herzschläge zu zählen, die die Stille andauerte.

»Das ist … das ist unerwartet«, sagte Haro, den Blick noch immer in den Ästen.

Sieben, acht, neun.

»Unheimlich ließe sich fast sagen«, sagte Haro, klang allerdings eher neugierig-ratlos als verängstigt. Er sah Ranke an. »Was passiert hier, Wappenkönig?«

Stumm schüttelte Ranke den Kopf. Zwölf, dreizehn, vierzehn.

Haro nahm den Kopf wieder in den Nacken, und gemeinsam blickten sie hoch in die Krone. Ranke war bei einundzwanzig angelangt, als der Wind wieder einsetzte. Unvermittelt kam das Rauschen der Blätter zurück und schwoll an, und einen Moment danach war es, als hätte es nie ausgesetzt.

Wieder war es Haro, der sprach. »Wir sind uns beide einig, dass das gerade höchst merkwürdig war, oder?«

Ranke nickte. »Das war es.«

Erneut blickte der Gaugraf nach oben. »Du bist öfter hier als ich, Wappenkönig. Hast du dergleichen schon einmal erlebt?«

»Das war das erste Mal.«

»Merkwürdig«, wiederholte Haro. »Und diese Gewitterdecke ist es auch.« Mit dem Arm deutete er auf den dunklen Himmel über der Reichshauptstadt. »Seit wie vielen Tagen ist das nun schon so? Fünf? Sieben?«

Ranke wusste es nicht. Er verbrachte die meiste Zeit hinter Mauern; in den letzten Tagen hatte er kaum aufs Wetter geachtet.

»Ich höre, dass es nicht nur über Salhall so aussehen soll«, sagte Haro weiter. »Aus Westwegen erreicht mich ähnliche Kunde, aus der Salischen Bucht, selbst in der sonnigen Südmark soll es dräuen. Als zöge Sturm auf über dem ganzen Reich, ohne jemals loszubrechen. Merkwürdig, merkwürdig. Und so unpassend.« Haro richtete seine dunkelblauen Augen auf Ranke. »Der Krieg kommt ins Reich, die Meuren kehren zurück in ihre Vergangenheit, und der Wind vergisst seine Pflicht – wir leben in einer wundersamen Zeit, wundersam und schrecklich, fürchte ich.« Er seufzte.

Ranke war nicht sicher, ob dieser Seufzer gespielt oder tatsächlich echt war.

»Ich werde mich jetzt entfernen, Wappenkönig, denn dies sind die Tage. Tun oder vertun, das gilt. Das ist ja das Wundersame und das Schreckliche an solchen Zeiten: dass sie voller Möglichkeiten sind. Heil und Segen, Wappenkönig, wir alle werden es brauchen.«

Ranke sah dem Gaugrafen nach, bis dieser im Gang nach unten verschwunden war.

Einen Moment noch blieben seine Gedanken bei ihm, dann blickte er sorgenvoll hinauf in die Äste der Weltesche.

Das Omen war zu dunkel. »Merkwürdig« war das Wort gewesen, das Haro benutzt hatte, aber je mehr Ranke darüber nachdachte, desto falscher schien es ihm. Es war zu harmlos. Diese vollkommene Abwesenheit von Bewegung in der Luft, hier, wo das Rauschen Tjarlafnirms ewige Melodie war, bedeutete mehr, musste mehr bedeuten. Ranke blickte ins Wechselspiel von hellen Blattunter- und dunklen Blattoberseiten, folgte ihrem Tanz im Wind und lauschte ihrem Rascheln, in das sich das Knarren des Holzes mischte. So sollte es sein. Diese Stille aber ... Als wäre etwas Fremdes in die Welt gekommen.

»Unnatürlich.«

Ranke sprach das Wort so leise, dass er es im Blätterrauschen kaum selbst vernehmen konnte. »Unnatürlich«, sagte er noch einmal, lauter, und dann noch einmal: »Unnatürlich.« Das war es. Er spürte, wie sich die Härchen in seinem Nacken aufstellten, als ihm die ganze Bedeutung dessen aufging, was er da sagte. Er sah hinaus in die dunklen Türme der Sturmwolken und schüttelte sich. Unruhig fuhr er mit dem Daumen über die Runen in Wegfinders Holz. Neun Heilssprüche waren es, die in den Heroldsstab geschnitzt waren, neun Sprüche, die Träger und Reich durch jede Unbill leiten sollten. Zum ersten Mal in seinem Leben kam ihm der Gedanke, dass sie vielleicht nicht reichen würden.

10

Grautwis

Das Ding war schon beinahe den Hügel ganz heruntergekrabbelt, und Grautwis hatte es noch immer nicht geschafft, sich vom Fleck zu rühren.

Voller Entsetzen starrte er das an, was irgendwie Ludva war, aber nicht sein durfte.

Ihr Körper war ein groteskes Etwas aus Fleisch und Knochen, verdreht und missgestaltet. Länger und dünner waren ihre Gliedmaßen geworden; metallisch leuchtende Haut spannte sich über Sehnen und fingerdicken Adern. Die Beine waren seltsam in die Hüfte gedreht, sodass die Knie über den Körper hinausstaken wie die eines Grashüpfers. Der Rücken, ins Hohlkreuz durchgedrückt, fiel flach Richtung Schultern ab, zwischen ihren Hinterbacken wuchs ein handbreiter Streifen Fell empor, der über den Nacken bis zur Stirn des ansonsten kahlen Kopfs reichte. Die Arme spreizte sie weit ab vom Körper, als wolle sie Liegestütze machen. Auch sie waren so verwachsen, dass sich ihre Ellenbogen über den Schultern befanden, zwischen denen Ludvas Kopf herabhing, baumelnd, mit dem, was von ihrem Gesicht noch übrig war.

Und sie lachte.

Grautwis hätte schreien können, aber er stand nur da, stumm, unfähig, irgendetwas zu unternehmen. Ein Teil von ihm wollte sich umdrehen und rennen, aber er wusste, dass das keinen Erfolg haben würde: Ludvas Bewegungen mochten ungelenk aussehen und völlig unmöglich sein, aber ihr spinnengleicher Gang war viel zu schnell. Er hatte keine Chance.

Trippelnd und staksend ließ sie den Hang hinter sich. Ab und an hüpfte sie sogar in die Luft. Ihr Kopf schlenkerte hin und her, als hätte sie keine Wirbel im Hals, und ihre Zunge hing ihr überlang aus dem Mund. Dann war sie heran.

Mit einem Satz sprang sie Grautwis an und riss ihn zu Boden. Sterne tauchten in seinem Blickfeld auf, als er mit dem Kopf auf dem Weg aufschlug. Er versuchte, Ludva von sich abzuwälzen, aber sie krallte sich in seinem Haar und seinem Hemd fest und drückte ihn mit ihrem Körpergewicht nach unten. Als er vor Schmerzen aufstöhnte, warf sie ihren Kopf nach hinten und belferte ihr irres Lachen hinaus. Verzweifelt schlug Grautwis um sich, aber mit ihren überlangen Armen hielt sie ihn so weit von sich weg, dass er sie kaum erwischte. Und die Schläge, die saßen, schien sie nicht zu bemerken. Über ihm stieß ihr Kopf auf ihn herab wie eine Schlange. Aus den metallisch glänzenden Lippen glitt ihre Zunge heraus und über sein Gesicht. Grautwis würgte und keuchte, ihr Speichel war kalt und zäh und schmeckte übersüß nach Himbeere, einer Frucht, die er noch nie gemocht hatte.

– Fick mich, Grautwis. –

Er erkannte ihre Stimme. Und es war ihr Satz. Sie hatte ihn oft benutzt, mal, um ihn zu foppen, meistens aber mit erregtem Ernst. Mehr als einmal hatte es nur diese Worte gebraucht, im Dunkeln in sein Ohr gehaucht, um ihn hart werden zu lassen. Jetzt steigerte der klirrende Wahnsinn in ihnen Grautwis' Schrecken ins Unermessliche. Panisch fing er an zu strampeln und zu bocken, konnte sich aber nicht befreien. Überschwer saß Ludva auf ihm und begann, sich an ihm zu reiben. Die eine Hand presste sie auf sein Gesicht und überstreckte seinen Nacken, die andere zerrte an seiner Hose.

– Nein! –

Das Grauen ließ ihn seine Sprache wiederfinden, und er schrie so laut, dass er sogar ihr Lachen übertönte. Überrascht hielt Ludva inne, die irren Augen glotzten auf ihn herab, dann grinste sie wieder.

– Fick mich, Grautwis, fick mich. –

Sie drückte sich ins Hohlkreuz und präsentierte ihm stolz ihre Brüste. Wenn Grautwis irgendetwas an Ludva wirklich geliebt hatte, dann waren das ihre Brüste gewesen. Voll, rund und groß waren sie gewesen, so wie er es mochte. Zwei perfekte Exemplare ihrer Art mit rosigen Nippeln, die ihn schier verrückt gemacht hatten. Früher, als es noch nicht kompliziert zwischen ihnen gewesen war, hatte Ludva in den Unterrichtsstunden oft betont enge Hemden angezogen, um ihn abzulenken, und mehr als einmal hatte ihn Traummeister Milogost deswegen unvorbereitet mit einer Frage erwischt. Ludvas jetzige Brüste dagegen waren ein Albtraum. Schlaff hingen ihr zitzenartige Lappen vom Schlüsselbein herunter, leer wie die Brüste einer alten Amme.

Aber das Schlimmste war, dass sie keine Brustwarzen hatten. Sie hatten Münder. Und sie lachten zusammen mit Ludva.

Immer noch krallten sich Ludvas Finger in sein Gesicht und hielten ihn am Boden, aber der Anblick der offenen, bebenden Lippen dort, wo Nippel hätten sein sollen, war zu viel für Grautwis. Mit einer Kraft, von der er nicht wusste, dass er sie besaß, bäumte er sich auf und wand sich unter ihr hervor, wild um sich schlagend. Ludva kippte von ihm herunter und kreischte. Grautwis rollte sich zur Seite. Noch im Drehen stützte er sich auf seine Unterarme und wandte sich gehetzt nach ihr um. Auch Ludva hatte sich wieder auf alle viere gestellt, der Fellstreifen auf ihrem Rücken stand nun aufrecht ab wie eine Borste und zitterte leicht. Unter ihrem abgespreizten Arm erschien kopfüber ihr Gesicht, als sie sich nach ihm umsah. Ihre Blicke hakten sich ineinander; Ludvas Lippen verzogen sich zu einem Grinsen.

– Fick mich, Grautwis! – Sie schrie den Satz in seinem Kopf, gut gelaunt und voller Aggression, dann drückte sie sich vom Boden ab und machte einen Satz auf ihn zu.

Wieder riss sie ihn mit sich, aber dieses Mal erwischte er sie mit der Faust unter dem Kinn. Lachend flog ihr Kopf nach hinten, ihre Krallenhände fuhren ins Leere. Als sie sich wieder gefangen hatte, hielt sie kurz inne, um sich mit der Zunge das Blut wegzulecken, das ihr aus der geplatzten Unterlippe übers Kinn lief. Es war dunkelgrün. Verträumt schloss sie kurz die Augen; über ihren gekrümmten Rücken lief ein langsamer Schauer. Grautwis nutzte den Moment, um rückwärts auf dem Hosenboden von ihr wegzurobben, aber es nützte ihm nichts. Ludva richtete schon wieder ihren flackernden Blick auf ihn und stürzte nach vorne. Dieses Mal ignorierte sie den Schlag, den er ihr verpasste. Sie begrub ihn unter sich und schlang ihre Schenkel um ihn. Grautwis strampelte und versuchte fuchtelnd, ihre Hände abzuwehren, die an seinem Gesicht krallten. Es half nichts. Ludva schlug seine Arme erst weg und riss sie dann herunter. Mit Griffen, die Schraubstöcken glichen, hielt sie ihn an den Handgelenken fest. Lachend führte sie erst Grautwis' einen Arm nach unten, um ihn zwischen ihr Bein und seine Hüfte einzuklemmen, dann den anderen. Als sie ihn so bewegungsunfähig gemacht hatte, leuchteten ihre Augen auf, und ihre Pupillen verengten sich zu senkrechten Schlitzen.

– Fick mich, Grautwis. –

Langsam begann Ludva, sich an ihm zu reiben; widerlich süßer Himbeergeruch stieg zwischen ihren Beinen auf. Die Münder auf ihren Brüsten fingen an, sich ekstatisch zu öffnen und zu schließen. Schmatzlaute explodierten in Grautwis' Kopf. Er schrie nun die ganze Zeit. Mit Entsetzen stellte er fest, dass sein Körper auf Ludvas Bewegungen reagierte und dass etwas, von dem er nicht wissen wollte, was es war, durch seine Hose hindurch anfing, an ihm zu saugen.

Hilflos, panisch versuchte er, die Arme freizubekommen. Seine Hände krallten sich in den Stoff seiner Hose, und da war es: Lang, hart und spitz lag der Splitter aus Oneiras Bibliothek in seiner rechten Hand.

Und mit einer durch schiere Willenskraft ausgeführten Drehung seines Handgelenks stieß er Ludva den Splitter in den Schenkel.

Kreischend fuhr sie auf und machte einen Satz von ihm herunter. Sofort mühte sich Grautwis auf die Beine. Der Splitter war viel größer, als er ihn in Erinnerung gehabt hatte. Lang wie ein Dolch ragte er aus seiner Faust. Überrascht, aber mit neuem Mut erfüllt, hob er ihn schützend vor sich und nahm eine geduckte Haltung ein.

Mit flackerndem Blick sah Ludva von ihrer Wunde am Schenkel auf und folgte den Bewegungen des Splitters. Unschlüssig setzte sie ein paar Mal zu einem Angriff an, um bei Grautwis' zustechender Armbewegung augenblicklich innezuhalten. Ihr Lachen geriet ins Stocken, um sich wenig später bellend erneut Bahn zu brechen. Schließlich begann sie, um ihn herumzustreichen, außerhalb der Reichweite des Splitters, wie ein Raubtier, lauernd, keckernd. Grautwis drehte sich mit ihr mit, bemüht, sich keine Blöße zu geben. Voller Genugtuung bemerkte er, dass sie mit dem verletzten Bein hinkte. Doch mit jeder Umkreisung, die Ludva vollendete, schwand ihre Unsicherheit. Das Lachen riss nun auch nicht mehr ab, belfernd und selbstbewusst erklang es wieder in seinem Kopf, ein steter Strom des Wahnsinns. Grautwis wusste, dass der nächste Angriff nur eine Frage der Zeit sein konnte.

Ohne Vorwarnung sprang Ludva auf ihn zu. Gerade rechtzeitig wich Grautwis aus, drehte sich zur Seite und stach zu. Der metallisch glänzende Körper sauste an ihm vorbei. Er hatte nicht getroffen.

Hinter ihm landete Ludva auf allen vieren, drehte sich um und setzte sofort zum nächsten Sprung an. Dieses Mal war Grautwis nicht schnell genug: Wieder drehte er sich weg, aber sie erwischte ihn noch an der Schulter, und der Aufprall reichte aus, um ihn von den Beinen zu holen. Noch im Sturz war sie über ihm.

– Fick mich, Grautwis! –

Ihr Schrei gellte durch seinen Kopf, als sie am Boden aufschlugen. Ineinander verschlungen wälzten sie sich über den Weg. Grautwis' einziger Gedanke war, den Splitter nicht zu verlieren. Ludvas lachende Brüste baumelten vor seinen Augen. Er wollte sie wegschlagen, aber wieder war sie schneller und stieß ihm die flache Hand ins Gesicht. Blut schoss ihm aus der Nase. Sterne tanzten in seinem Blickfeld, und er glaubte, sich übergeben zu müssen. Ludva zwängte ihm drei Finger in den Mund, verstärkte so seinen Brechreiz und riss seinen Kopf nach hinten. Dann beugte sie sich über ihn, ihre Zunge mit ihrem Himbeerspeichel schleckte ihm über Wangen und Kehle. Ihre Linke hielt seinen Arm mit dem Splitter auf Abstand, und unerbittlich drückte sie ihn mit der Last ihres Körpers zu Boden. Mit seiner freien Hand versuchte er, sie wegzustoßen, krallte sich in ihre Brust – und schrie trotz der Finger in seinem Rachen schrill auf, als Schmerz ihn durchzuckte, gleißender und spitzer als alles, was er jemals an Schmerzen gespürt hatte. Grautwis wusste es, auch ohne es zu sehen: Ludvas Brust hatte ihm den Zeigefinger abgebissen.

Es war der Schmerz, der seine letzten Reserven mobilisierte. Während er sich selbst in seinem Kopf schreien hörte, wand er die rechte Hand aus Ludvas Griff und stieß ihr den Splitter mit aller Kraft unter die Rippen. Ruckartig richtete sie sich auf, hielt überrascht inne und stieß etwas aus, das eine Mischung aus Kreischen und Lachen war.

Außer sich vor Schmerz und Entsetzen stieß Grautwis wieder und wieder zu, und mit jedem Stoß, der Ludva in den Körper fuhr, steigerte sich ihr Lachen. Ihr Körper fing an zu zittern, die Adern und Muskeln unter der metallischen Haut zuckten, und als ihr Lachen schließlich brach, war es, als würde die Luft aus einem Blasebalg entweichen. Ludva fiel in sich zusammen, eine leere Hülle, die von Grautwis herabglitt und neben ihm liegen blieb. Die Münder ihrer Brüste öffneten und schlossen sich ein letztes Mal und verstummten. Die glänzende Haut wurde stumpf und dunkel.

Der Splitter rutschte aus seiner schlaffen Rechten. Wimmernd drückte Grautwis seine blutende, verstümmelte Linke an seine Brust. Mit schmerzverschleiertem Blick sah er auf das Ding hinunter, das einmal Ludva gewesen war, und kam mühsam auf die Beine. Seine Zähne klapperten.

Er versuchte zu sprechen, aber erst beim dritten Anlauf formten sich die richtigen Worte. – Fick dich selbst, Ludva. –

11

Amonidas

Augen in der Dunkelheit.

Grüne Augen.

Raaz' Augen.

Abrupt richtete sich Amonidas auf. »Raaz, was machst du hier?«, zischte er ungehalten. »Wie bist du hier reingekommen?« Sie saß neben ihm auf der Bettkante, und wer weiß wie lange.

»Durch die Tür.«

»An der Wache vorbei, meine ich. Wie bist du an der Wache vorbeigekommen?«

»Ich habe ihr gesagt, dass sie mich reinlassen soll.«

»Und das – das hat sie getan? Einfach so?« Er würde mit der Wache reden müssen. Mit allen. Dann fiel ihm ein, dass er nackt war. Hektisch raffte er seine Decke an sich. Er war nicht prüde, aber Raaz … Raaz war merkwürdig. Und außerdem eine Frau mit einem Penis, was es irgendwie komplizierter machte.

»Die Wache kann nichts dafür.«

»Das sehe ich anders …«

»Ich bin vieles. Auch sehr überzeugend.«

»Raaz …« Er schüttelte den Kopf. Er war immer noch irritiert, aber der erste Schreck war verflogen. Vor allem war er ratlos. Wie sollte er Raaz klarmachen, dass sie nicht einfach nachts in sein Schlafgemach kommen konnte? Er seufzte. Eine Aufgabe für den morgigen Tag. »Was gibt es?«

»Wir müssen reden.«

»Jetzt?« Im Fenster stand noch der Mond. Mit der Rechten begann er, seine steife Schulter zu massieren.

»Ja.«

Sein Blick glitt zu Eoniki. Das Sklavenmädchen lag neben ihm auf einem Kissen. Das Haar war ihr über das Gesicht gerutscht. Die nackte Schulter glänzte im Mondlicht.

»Sie schläft«, sagte Raaz.

Wieder seufzte er. Gestern waren sie auf den Seliden angekommen, es war die erste Nacht nach einer langen Überfahrt. Und er hatte gehofft, sie ungestört verbringen zu können. Keine Ruderschläge, kein schaukelndes Schiff, vor allem aber keine Raaz. Er machte eine resignierte Handbewegung. »Also gut. Was ist es, das wir mitten in der Nacht besprechen müssen?«

»Krieg.«

»Raaz. Das kann ganz sicher bis morgen warten.«

»Nein.«

»Und warum nicht?«

»Morgen fahren wir weiter. Du wirst viel zu tun haben. Es wird keine ruhigen Momente auf dem Schiff geben.«

Das stimmte. Und sie würde ohnehin nicht lockerlassen. Er holte tief Luft. »In Ordnung.«

»Ich habe nachgedacht.«

»Natürlich hast du das.«

Raaz sah ihn an. »Soll ich nun beginnen oder nicht?«

»Bitte.«

»Ich habe über den Krieg nachgedacht. Was du von ihm willst.«

»Was ich von ihm will?« Er hielt mit dem Kneten seiner Schulter inne.

»Ja. Du willst etwas. Du willst immer etwas. Du bist so erzogen worden. Nicht von deinem Lehrmeister, es ist das Erbe deiner Familie.«

»Alle Menschen wollen immer etwas.«

»Du mehr als andere.«

Es war kein Vorwurf, es war die Wahrheit. Es hörte sich klein an, aber es war die Wahrheit. Sein erstes Wort, so erzählten sie im Palast, sei »mehr« gewesen. Raaz vereinfachte, aber er verzichtete auf weitere Einwände.

»Du willst etwas vom Krieg, aber ich habe Fragen. Krieg ist fremd für mich, und vieles verstehe ich nicht.«

Es war das erste Mal, dass Raaz zugab, etwas nicht zu verstehen. In ihren Gesprächen auf der Reise hatte sie ihm eher das Gefühl gegeben, es sei andersherum. »Frag.«

»Du hast eine Armee. Du willst sie gegen die streitenden Könige einsetzen. Die hinter den Bergen. Warum tust du es nicht?«

»Das Gesetz. Es ist gegen das Gesetz.«

»Was meinst du damit?«

Amonidas holte Luft. Das konnte jetzt länger dauern. »Wir Athanaier sind stolz auf unsere Gesetze. Wir haben schon länger welche als die meisten anderen. In Mylos stehen die ältesten Gesetzestafeln der Welt. Sieben Stück. Sie sind über achttausend Jahre alt, aus Blei und so hoch wie Bäume. Verstehst du? Wir halten uns an unsere Gesetze. Sie sind uns heilig.« Er nahm die Hand von der Schulter, sein Kneten brachte ohnehin nichts. Wenn sie wach war, würde sich Eoniki darum kümmern müssen.

»Ich verstehe, was heilig ist, ja. Aber diese Gesetze in Mylos verbieten dir, deine Armee einzusetzen? Warum hast du sie dann?«

»Nein, so einfach ist es nicht. Es sind auch nicht die Gesetze aus Mylos, die mir das verbieten, das war nur ein Beispiel, um – egal. Jedenfalls, die Symmachie, das ist der Zusammenschluss mehrerer Städte zu …«

»Ich weiß, was die Symmachie ist. Sie hat unsere Inseln besetzt.«

»Das hat sie, richtig. Was ich sagen wollte: Die Symmachie ist ein Verteidigungsbündnis. Wird eine Stadt angegriffen, kommen ihr alle anderen zu Hilfe. Als die Symmachie entstand, waren die Bündnisstädte wenige und klein und ständig von ihren Nachbarn bedroht. Das war der Grund, weshalb sie sich überhaupt zusammentaten. Aber das Bündnis wurde so erfolgreich, dass sich ihm immer mehr Städte anschlossen, bis heute fünfzehn. Und sie wurden so mächtig, dass die anderen Athanaier es mit der Angst zu tun bekamen. Sie hatten so viel Angst, dass sie ihre Streitigkeiten untereinander vergaßen und alle gemeinsam gegen die Städte der Symmachie zogen. Na ja, es gab ein paar Schlachten, ich überspringe jetzt einiges; aber was du wissen musst, ist: Zum ersten Mal in ihrer Geschichte sah sich das Bündnis von einer umfassenden Niederlage bedroht. Also gaben die Symmachen klein bei, und damit ihre Gegner künftig keine Angst mehr vor ihnen haben mussten, versprachen sie im Vertrag von Kelenais hoch und heilig, niemals wieder einen Krieg gegen eine andere athanaische Stadt zu führen. Und bis heute haben sie sich daran gehalten. Weil es eben Gesetz ist. Verstehst du jetzt?«

»Nein.«

Amonidas seufzte. »Was verstehst du denn daran nicht?«

»Dieses Gesetz gilt auch für dich?«

»Ja. Ich bin der Toparch von Pylaimon, und Pylaimon ist Mitglied der Symmachie. Das Gesetz gilt auch für mich.«

»Warum hast du dann diese Armee, mit der du die streitenden Könige schlagen willst? Wenn du sie doch sowieso nicht angreifen darfst.«

»Stimmt. Aber wenn die Streitenden Kronen sich untereinander bekämpfen, dann kann ich dem einen oder anderen König beistehen. Das verbietet mir das Gesetz nicht. Und das ist der springende Punkt.« Er grinste.

Raaz sah ihn an. »Was ist daran komisch? Das ist eine ernste Sache.«

»Du hast recht, das ist es.«

»Aber?«

»Na ja ... der Beistand ist nur ein Vorwand.«

»Ich verstehe nicht.«

»Hör zu. Angenommen, Dymonea und Byros bekämpfen sich. Und angenommen, ich eile Dymonea zu Hilfe. Dann kann ich gegen Byros kämpfen, ohne den Vertrag von Kelenais zu brechen – ich greife ja Byros nicht an, ich verteidige nur Dymonea. Verstehst du?«

Raaz kniff die Augen zusammen. »Du meinst, du kannst Byros besetzen, so, wie ihr unsere Inseln besetzt habt?«

»Genau. Und nach außen geschieht es nur zur Verteidigung von Dymonea.«

»Aber es geht dir gar nicht darum, Dymonea zu helfen.«

»Korrekt.«

»Aber dann brichst du doch das Gesetz.«

»Nein. Ich umgehe es. Es ist eine List. Ich handle den Worten, die im Vertrag stehen, nicht zuwider.«

»Aber seiner Idee.«

»Das spielt keine Rolle. Jedenfalls nicht vor dem Gesetz. Hauptsache, der Anschein wird gewahrt. Und die Verhältnismäßigkeit. Ich könnte Byros nicht besetzen, wenn Dymonea nicht wirklich bedroht wäre.« Ein paar Scharmützel, wie sie sich die Streitenden Kronen ständig lieferten, reichten nicht für eine Besetzung. Deswegen war die Waffenlieferung im letzten Jahr ja so wichtig gewesen. Mit ihr hätte jede Stadt bedroht werden können.

»Und das sehen alle Athanaier so?«

»Ich denke nicht, dass jemand auf die Idee käme, das als Vertragsbruch zu sehen. Wie gesagt, es ist eine List. Wir Athanaier mögen Listen. Wir haben sogar eine Göttin der List, sie heißt Dyme. Dymonea ist nach ihr benannt worden.«

»Ihr habt für alles Götter.«

»Das stimmt. Aber Dyme ist eine unserer mächtigsten. Sie ist auch die Göttin der Magie.«

Es dauerte eine Weile, bis Amonidas im Dunkel des Schlafzimmers Raaz' Stimme wieder hörte. »Ihr seid ein merkwürdiges Volk«, sagte sie.

»Wir sind ein umtriebiges Volk.«

»Du willst eine Stadt.«

»Korrekt.«

»Warum?«

»Weil das noch niemand in meiner Familie geschafft hat. Uns eine neue Stadt zu erobern. Wenn ich das schaffe, dann ...« Er hob die Arme und strahlte im Dunkeln. »Alles, Raaz. Alles!« Und Mutter müsste stolz sein. Sie hätte keine andere Wahl. »Aber weißt du was? Das ist noch nicht alles.«

»Nein?«

»Nein. In dem Beispiel gerade eben würde ich dann nämlich auch noch Dymonea besetzen, und auch das wäre kein Angriff. Weil ich lediglich meinen Tribut einforderte für den Beistand gegen Byros.«

»Um den du nicht gebeten wurdest und den du auch nicht geleistet hast.«

»Streng genommen, ja. Aber ich habe ihnen geholfen. Und Hilfe muss entlohnt werden. Und Dymonea wird das kaum freiwillig tun wollen.«

»Warum?«

»*Warum?*«

»Ja. Wenn Hilfe entlohnt wird, ist sie keine Hilfe, sondern ein Geschäft.«

»Und das ist schlimm, weil ...«

»Es ist etwas anderes.«

»Es ist vor allem egal.«

»Findest du das richtig?«

»Richtig? Was richtig?«

»Tausende würden sterben, damit du bekommst, was du willst.«

»Sie würden ohnehin sterben.«

»Mehr, wenn du eingreifst.«

»Raaz ...« Sie gab ihm Rätsel auf. Wenn Amonidas es nicht besser gewusst hätte, hätte er sie für dumm, zumindest aber für schlicht gehalten. Doch sie war weder das eine noch das andere. Sie hatte nur diese Art, Sachen zu hinterfragen, bei der er nicht mehr weiterkam. Mehrmals hatte sie ihn auf der Fahrt zu den Seliden mit entwaffnender Naivität in die Sprach- und Ratlosigkeit getrieben, und das hier war wieder so ein Moment. Aber ihre Fragerei spielte ohnehin keine Rolle. Nichts von all dem würde eintreten. Die Streitenden Kronen stritten nicht. Mit diesem Gedanken verflog sein Hochgefühl, das er gerade noch verspürt hatte, und der Druck kam zurück. »Es ist sowieso alles umsonst«, sagte er unwirsch. »Dazu wird es nicht kommen.«

»Weil die Könige nicht kämpfen.«

»Weil die Könige nicht kämpfen, genau.« Zwischen Byros und Dymonea, den alten Erzfeinden, hatte es letzten Monat sogar eine Heirat gegeben. Er hatte hoch gewettet, und er würde verlieren.

»Aber wenn sie kämpften, würdest du deinen Plan verwirklichen. Tausende würden sterben, damit du deine Städte bekommst.«

»Wer den Stock hält, teilt die Schläge aus.«

»Was?«

»Das ist ein Sprichwort, das wir Athanaier haben.«

»Und es bedeutet, dass du Tausende töten kannst, um zu bekommen, was du willst?«

»Nein, es bedeutet, dass ... Mann, Raaz, das ist ... das ist nun mal der Lauf der Welt.«

»Hat dir das dein Lehrmeister beigebracht?«

»Vorsicht«, sagte er, heißkalt war die Wut da. Bei Horodates hörte es auf. »Vorsicht«, sagte er noch einmal, aber es klang mehr wie ein Zischen. »Ich erkläre dir gern die Welt, meinetwegen auch nachts und in meinem Bett, aber urteile nicht über Dinge, von denen du nichts verstehst. Oder über Leute, die du nicht kennst. Und lass Horodates aus dem Spiel. Er ist dir über.«

Im Mondschein glänzten Raaz' Augen dunkelgrün auf. »War.«

Er hob die Hand, um sie zu schlagen, zornig, aber mitten in der Bewegung hielt er inne. Horodates hatte ihn Besseres gelehrt. Und Raaz hatte keine Ahnung, was Trauer war, wie sehr ihm sein Lehrmeister fehlte. Er nahm die Hand wieder herunter. Die Wut verschwand.

»Das hast du seinetwegen gemacht. Mich nicht geschlagen.«

»Ja.«

Raaz sah ihn nur an.

Amonidas' Nackenhaare stellten sich auf. Konnte sie das mit Absicht gemacht haben? Wenn ja, was wollte sie damit bezwecken? Und wie sehr musste sie ihn inzwischen durchschaut haben, wie sehr kennen, um diese Reaktion auszulösen?

»Was ist?«, fragte Raaz.

»Pinkelst du manchmal im Stehen?« Er hatte sich die Frage schon öfter gestellt, und jetzt kam sie gerade recht, um dieses merkwürdige, klamme Gefühl abzuschütteln, das ihn beschlichen hatte.

»Nein.«

»Nicht? Aber es ist doch viel leichter.«

»Nein.«

»Ist dir meine Frage unangenehm?«

»Nein.«

»Und wie ist das, im falschen Körper zu stecken?«

»Ich stecke nicht im falschen Körper.«

»Tust du nicht? Aber du bist ein Mann und willst eine Frau sein.«

»Nein.«

»Nein?«

»Nein. Ich bin eine *dohru*. Ich lebe das Leben einer Frau im Körper eines Mannes. Aber deshalb ist es nicht der falsche Körper. Es ist meiner.«

»Das ist … kompliziert.«

»Nein.«

Amonidas verlor die Lust an diesem Spiel. Er musste gähnen. Der Mond war weitergewandert und nun fast aus dem Fenster verschwanden. Neidisch blickte er auf Eoniki. Sie schlief jede Nacht durch. Und sie hatte die buntesten Träume.

»Ich bin müde, Raaz. Vielleicht schlafe ich noch einmal ein.«

»Nein.«

Wenn er dieses Wort noch einmal aus ihrem Mund hören würde … »Weil du mich nicht lässt, oder weil ich wirklich nicht mehr einschlafen werde?«

Grüne Splitter in der Dunkelheit.

»Also gut. Dann eben nicht.«

»Wie gesagt: Ich habe nachgedacht.«

Richtig, ging es Amonidas durch den Kopf. Das war der Grund gewesen, weshalb Raaz ihn geweckt hatte. »Also?« Die Müdigkeit biss ihm in die Augen, aber er merkte, dass er tatsächlich wissen wollte, was sie zu sagen hatte.

»Du willst von einem Krieg eine Stadt.«

»Sehr vereinfacht, Raaz, aber: Ja.«

»Und du hast diese Armee. Du musst sie einsetzen. Aber du kannst nicht. Und du kannst sie nicht auflösen, weil du immer gewinnen musst. Und wegen deiner Mutter.«

Sie wusste von Mutter. Natürlich. Es überraschte Amonidas nicht mehr, aber es gefiel ihm nicht. Überhaupt nicht. Unbehaglich rutschte er auf dem Laken herum. »Weiter.«

»Ich sehe eine Möglichkeit für dich, all das zu bekommen – und das Richtige zu tun.«

Sofort war er wieder ungehalten. Er hätte es wissen müssen.
»Mit dem Richtigen meinst du, den Krieg im Salenreich zu beenden?«

»Ja.«

»Raaz, noch mal: Sag mir nicht, was ich zu tun habe. Lass es.«

»Das tue ich nicht.«

»Du stellst dir das ...«

Raaz' Hand war nach oben geschnellt.

Er gab auf. »Also gut. Bitte.« Entnervt lehnte er sich zurück.

»Du lädst deine Armee auf Schiffe und fährst sie ins Salenreich. Du hilfst den Salen, den Krieg zu beenden. Und du bekommst dafür von ihnen eine Stadt.«

»Ach ja, und welche?«

»Die, die einmal deinem Volk gehört hat.«

Teramnassa. Die Verlorene. Der Gedanke durchzuckte ihn. Als die Salen sie eroberten, hatten sie ihr einen neuen Namen gegeben. Er schluckte.

»Woher weißt du von Drepphall?«

Raaz sah ihn an.

»Natürlich.«

Teramnassa. Die einzige Stadt, die die Athanaier jemals nördlich von Carcosa gegründet hatten. Vor zweihundert Jahren waren die Salen gekommen mit ihrer Ewigen Expansion und hatten sie sich genommen. Noch immer sah man ihr ihre Vergangenheit an, Amonidas war einmal dort gewesen. Viele Tempel, viele Säulen. Es lebten viele Athanaier dort.

»Auf so eine Idee kannst auch nur du kommen.«

»Ich denke nach.«

»Das tue ich auch.« Das tat er wirklich. Und ergab es tatsächlich Sinn, was Raaz ihm gerade vorschlug? Soldaten gegen Stadt. Es klang wahnwitzig, aber ... Der Krieg verlief schlecht für das

193

Salenreich, nach allem, was er hörte. Sein Kaiser war alt und seine Edlen zerstritten. Sie brauchten Truppen. Womöglich ließen sie sich sogar darauf ein. Nein. Unmöglich. Er schüttelte den Kopf.

»Denk mehr.«

Teramnassa. Die Athanaier hatten andere Städte verloren, in der Glutsteppe, von den Chul geplündert und verbrannt. Und es gab Nyctalos, in der nur noch die Schatten wandelten. Aber Teramnassa war geblieben. Die einzige Stadt, in der man Stiere und Tauben auf weißen Altären opfern konnte und die doch keinen Toparchen besaß. Unvergessen. Unerreichbar.

War sie das, unerreichbar?

Er blickte Raaz an.

Raaz blickte zurück.

»Das muss ich dir lassen. Du verstehst es, einem Flausen in den Kopf zu setzen.«

»Ich sehe Dinge.«

Amonidas beugte sich vor, mit einem Mal angespannt. »Tust du das, Raaz? Tust du das wirklich?«

»Ja.«

»Was, Raaz? Was siehst du?« Er konnte ihren Pesh-Atem riechen.

»Dich. In Teramnassa. In deiner Stadt.«

»In meiner Stadt?«, wiederholte er tonlos.

»Ja.«

»In meiner Stadt. In meiner Stadt!«

Raaz sah ihn an.

»Bist du dir sicher?«, fragte er, halb hoffend, halb fürchtend, dass Raaz Nein sagte.

»Ja.«

Aufgewühlt setzte er sich auf. Seine Stadt. Er, Amonidas, Toparch von Pylaimon und Teramnassa. Toparch Ompator, Allherrscher. Amonidas der Große. Götter!

»Warum hast du mir das nicht gleich gesagt?« Er fuhr sich durch die Haare. »Dass du mich gesehen hast? Warum hast du mich erst all diese Fragen gefragt? Raaz! Das ändert alles!«

»Es ging nicht. Ich konnte dir nicht gleich von Teramnassa erzählen.«

»Warum nicht?«

»Weil du sie erst wollen musstest.«

Er schnaubte, hilflos. Sie manipulierte ihn, aber er verstand. Er verstand nur zu gut.

»Siehst du: Und jetzt willst du sie.«

Langsam nickte er. »Ja. Jetzt will ich sie.«

Raaz stand auf. »Dann kannst du jetzt versuchen, wieder zu schlafen.«

Im nächsten Moment war sie aus der Tür verschwunden.

Amonidas aber merkte, dass sie auch damit recht gehabt hatte: Er würde nicht mehr schlafen, er war nicht mehr müde.

Er war hellwach.

12

Turid

»Turid«, sagte Nefjold mit harter Stimme, als er heran war und vor ihr stand, »du hättest nicht herkommen sollen.«

»Nefjold«, sagte sie mit plötzlicher Beklemmung, dann stockten ihr die Worte. Ein harter Kloß drückte plötzlich auf ihre Kehle. Ihr war eiskalt.

»Was tust du hier? Warum bist du hergekommen? Warum bist du nicht in Olholt geblieben?«

Er war wütend, wütend auf sie, Turid konnte es ihm deutlich ansehen.

»Was geht hier vor, Nefjold?«, brachte sie stocksteif hervor. »Was hast du vor?« Sie wusste es, aber sie musste es von ihm selbst hören, weil sie es nicht glauben konnte. Nicht Nefjold, nicht er.

»Du hättest nicht herkommen sollen«, sagte er nur noch ein weiteres Mal, als ob das alles erklärte.

»Aber ich *bin* hier!«, schrie sie ihn an, endlich ihre Starre überwindend. Mit den Fäusten schlug sie gegen seine Brust, verzweifelt, wütend. »Ich bin hier! Ich bin deine Verlobte, weißt du das noch? Ich bin hier, deinetwegen!« Hinter Turid brach Asa in Tränen aus, und auch sie schluchzte nun. Nefjold aber riss ihr die Arme weg und hielt sie an den Handgelenken fest. »Hör auf«, zischte er. »Hör sofort auf damit, Turid! Ich habe dich nicht gebeten, herzukommen – das ist alles deine Schuld! Warum musstest du herkommen?«

»Du tust mir weh!« Sie versuchte, sich aus seinem Griff zu befreien, aber es gelang ihr nicht. Nefjold hielt sie fest, die Lippen wütend aufeinandergepresst, die Augen so kalt und fremd, als gehörten sie einem anderen Menschen. »Lass mich los!« Sie trat ihm gegen das Knie. Daraufhin ließ er sie tatsächlich los, aber nur, um ihr mit der Faust ins Gesicht zu schlagen. Turid ging zu Boden. Asa brüllte jetzt.

»Packt sie und bringt sie nach oben«, hörte sie ihren Verlobten sagen, während sie sich vom Boden hochstemmte. »Und nehmt das Kind mit.«

Sie hörte Schritte auf dem Hofpflaster und beeilte sich aufzustehen, aber die anderen waren schneller. Hände griffen sie, packten sie an den Armen, und als sie anfing, mit den Beinen um sich zu strampeln, wurden ihr auch die Füße weggerissen. Sie wurde hochgehoben und ins Haus gebracht. Turid wehrte sich nach Kräften, aber es half nichts, zu viele Hände hielten sie fest. Hinter sich hörte sie Asa schreien, sie hob den Kopf, um nach ihrer Tochter zu schauen, sah aber nur Stoff, Körper und fremde Gesichter. Sie brüllte sie an. Auf der Treppe gelang es ihr, ein Bein freizubekommen. Sofort zog sie es an und trat in den nächsten Bauch, aber auch das nützte nichts. Jemand schlug ihr auf die Nase, Blut schoss ihr über die Lippen, und kräftige Arme fingen ihr Bein wieder ein. Sie bekam einen weiteren Schlag auf den Oberschenkel, aber sie spürte keinen Schmerz, weil sie nach ihrer Tochter schrie, so lange, bis sie sich an ihrem eigenen Blut verschluckte.

Dann waren sie im dritten Stock des Hauses angekommen. Man schleppte sie in ein Zimmer und warf sie dort aufs Bett. Augenblicklich raffte Turid sich auf und sah noch, wie man Asa durch die Tür schubste. Aufgelöst flog sie ihr in die Arme. Nefjold erschien in der Tür. Ihr Anblick, blutig und zerrupft, schien etwas in ihm auszulösen, durch all die Wut hindurch. Er zögerte.

»Nefjold, bitte«, setzte sie an, flehend, während sie Asa an sich

schmiegte, »das bist doch nicht du.« Mit der einen Hand strei-
chelte sie Asa über den Kopf, mit der anderen wischte sie sich das
Blut aus dem Gesicht. »Wirfst du uns wirklich weg? Einfach so?«
Gegen ihren Willen fing sie an zu weinen.

»Turid …« Nefjold suchte nach Worten.

Sie hob ihre blutverschmierte Hand hoch und zeigte sie ihm.
»Sieh mich an.« Und dann, aus einem Impuls heraus: »Ich bin
schwanger.«

Nefjolds Augen wurden groß, Turid sah ihn mit sich kämpfen.
Dann verschlossen sich seine Züge, und sein Blick wurde wieder
hart. »Lügnerin«, sagte er.

Als sie den Hass in seiner Stimme hörte, schloss sie die Augen
und gab auf. Sie hörte, wie die Tür sich schloss und der Schlüssel
herumgedreht wurde, aber sie achtete nicht darauf, es war nicht
mehr wichtig. Sie weinte mit ihrer Tochter, weil nur das noch einen
Sinn ergab.

Als sie aufhörte, sie wusste nicht, wie lange sie geweint hatte,
war sie ganz ruhig.

»Mama?«, fragte Asa an ihrer Brust.

»Ja?«

»Ist Nefjold jetzt böse?«

»Nefjold ist … er hat sich verändert. Ich kenne ihn nicht
mehr.« Sie wunderte sich, dass sie ihn immer noch verteidigte.

»Warum ist er denn jetzt so?«

»Ich weiß es nicht. Ich denke …« Turid überlegte. Sie suchte
nach einem Grund, fand aber keinen. Nefjold. Ihr Nefjold. Sie
wusste es wirklich nicht.

»Ist es, weil du schwarze Haare hast?«

»Vielleicht ist es das, ja. Manchmal reicht das aus.« Es kam ihr
vor, als spräche sie zu sich selbst, um sich das Unerklärliche zu erklären.

»Das ist gemein.«

»Ja, Liebes, das ist es.«

Eine Weile schwiegen sie zusammen. Turid hielt ihre Tochter umschlungen.

»Mama«, sagte Asa dann wieder, »es tut mir leid für mein Geschwisterchen.«

Instinktiv fuhr Turids Hand zu ihrem Bauch. Sie war jetzt etwa im vierten Monat. Bald würde sie spüren, wie sich das Kind in ihr bewegte. Wenn sie noch so lange am Leben bliebe.

»Was meinst du?«, fragte sie Asa.

»Nefjold ist doch der Papa, oder?«

»Ja, das ist er.«

»Und jetzt, wo Nefjold so gemein ist … jetzt hat mein Geschwisterchen auch keinen Papa mehr. So wie ich. Das tut mir leid.«

Turid streichelte Asa den Kopf, unfähig zu sprechen. Die Tränen im Hals schnürten ihr die Stimme ab. Schließlich räusperte sie sich und schluckte und rang sich zu einer Antwort durch. »Das tut mir auch leid. Aber weißt du was? Du bist ohne Papa aufgewachsen, und du bist ganz, ganz wundervoll geworden. Dein Geschwisterchen wird das auch schaffen.«

Asa nickte. »Dann müssen wir nicht sterben?«

Entschlossen nahm Turid Asa an den Schultern und richtete sie auf. Sie sah ihr ernst in die Augen. »Nein, Asa, das müssen wir nicht. Hörst du? Ganz bestimmt nicht.«

Asa schniefte. »Und das ist auch keine Lüge? Um mich zu beschützen?«

»Nein.« Sie schüttelte entschieden den Kopf. »Das ist keine Lüge.«

»In Ordnung. Dann glaube ich dir. Ich will nicht sterben.«

»Ich weiß. Ich will das auch nicht. Werden wir auch nicht.«

»Gut. Und was machen wir jetzt?«

Turid sah sich in dem Zimmer um, in das man sie gesperrt hatte. Es war eines der Gästezimmer unter dem Dachstuhl. Klein, mit einem Bett, Tisch und Stuhl und Kleidertruhe. An der Wand ein Andachtsbildchen der Heiligen Familie. Offensichtlich hatte noch niemand daran gedacht, es abzunehmen. Sie sah zur Tür hinüber: Sie ließ sich nicht verriegeln. Dann fiel ihr auf, dass sie Asa auch mit der blutigen Hand gestreichelt hatte, ihr Haar war ganz verschmiert. »Als Erstes machen wir dich sauber«, sagte sie. Auf dem Tisch stand neben Schüsseln und Bechern auch ein Wasserkrug. »Komm.«

Sie standen beide auf. Turid goss Wasser in eine der Schüssel und versuchte, ihrer Tochter das Blut aus den Haaren zu waschen.

»Du bist auch noch ganz voll, Mama«, sagte Asa und zeigte ihr ins Gesicht.

»Ich weiß«, antwortete sie, »aber zuerst bist du dran, und dann kümmere —« Lärm auf der Straße ließ sie innehalten. Sie stürzte ans Fenster und sah hinaus.

Durch die Gewitterwolken war die Abendsonne für einen Moment durchgebrochen, und unter Turid leuchtete das Kopfsteinpflaster golden in der Dämmerung. Ein paar Häuser die Straße weiter runter hatte sich eine Menschenmenge versammelt. Turid sah Spieße, Beile und Hiebmesser und wusste Bescheid. Es hatte begonnen. Tatsächlich hatte die Menge die Tür schon aufgebrochen und drang ins Haus ein. Gedämpfte Schreie drangen herüber; schließlich kamen ein paar Bewaffnete wieder heraus und zogen oder schleppten die Hausbewohner mit sich, die von den Wartenden johlend empfangen wurden. Sechs waren es, mit ihrem schwarzen Haar offenkundig Salen. Die Menge schubste sie herum und schlug sie, während sie versuchten, aus dem Kreis, der sich gebildet hatte, auszubrechen. Dann trat eine aus der Meute heraus und stieß einem der Salen, einem Burschen von vielleicht zwanzig Jahren, ihren Spieß von hinten durch den Leib. Der junge Mann ging zu Boden, Turid sah ihn würgen und nach dem Spieß greifen, der aus seinem Bauch ragte. Als wäre diese erste Bluttat das Signal gewesen, auf das alle gewartet hatten, stachen und hieben nun auch die anderen auf die restlichen Salen ein. Im nächsten Augenblick lagen sie in der Gosse, aber die Menge ließ nicht von ihnen ab und traktierte sie weiter, immer weiter ...

»Mama, was passiert da draußen?«, fragte Asa furchtsam, doch Turid konnte ihr nicht antworten. Ihre Kehle war wie abgeschnürt.

Mit lautem Knall flogen die Läden des Giebelfensters auf; zuvor nur halblautes Geschrei drang nun ungedämpft durch die Abendluft. Turid sah Bewegungen am Fenster, dann, wie eine Frau hinausgedrückt wurde. Sie klammerte sich am Rahmen fest und schrie. Ihre Angreifer schlugen ihr auf die Hände und stießen sie immer weiter nach draußen. Schließlich fiel sie. Der Schweif ihres langen, schwarzen Haares zog sich hinter ihr her, alle vier Stockwerke. Turid wandte sich ab, der Schrei der Frau hörte abrupt auf, und es war nur noch Grölen zu hören. Turid schämte sich dafür, aber sie konnte nicht anders und sah wieder hin. Vor dem Haus, mitten unter den anderen Toten, lag die Frau, ein Bein und Arm unter ihrem Körper, die anderen verdreht, der Kopf parallel zur Schulter. Eine Blutlache breitete sich langsam von ihr aus.

»Mama«, fragte Asa wieder, »was passiert da?«

»Nichts, Kind«, sagte Turid hastig und merkte noch im selben Moment, wie unglaubwürdig sie klang. »Komm nicht her, hörst du? Komm nicht her!«

Aus dem Fenster flatterten Kleiderstücke. Langsam drehten sie sich in der Luft.

Zitternd trat Turid ins Zimmer zurück und lehnte sich an die Wand. Ihr Atem ging stoßweise.

»Mama? Geht es dir gut?«

Stumm schüttelte sie den Kopf. Nein, es ging ihr nicht gut, ihr war schlecht, und sie hatte furchtbare Angst. Wo hatte sie sich und Asa da nur hineinmanövriert? Wie konnten Menschen, Nachbarn, das einander antun? Das da in der Straße waren keine Soldaten gewesen, keine Kämpfer wie die aus Byk, die auf Rache aus waren. Es waren Handwerker, unbescholtene Leute, die bis heute noch Gebäck verkauft hatten, Schuhe oder Töpfe.

Leute wie Nefjold.

Von draußen drang Lachen und Krakeelen hinauf. Dann, von weiter weg, neue Schreie.

Was war in diese Stadt gefahren? Was in die Welt?

Turid stieß sich von der Wand ab und ging zurück zum Fenster. Darauf bedacht, keinen Blick mehr auf die Straße zu werfen, streckte sie die Arme nach den Läden aus und schloss sie. Das Johlen wurde leiser. Durch die ins Holz geschnitzten Hermelinschwänze drang noch ein Rest an Abendlicht ins Zimmer, sodass sie ihre Tochter noch sehen konnte, die verängstigt am Tisch stand. Sie streckte ihr die Hand entgegen. »Komm, Asa.«

Gemeinsam mit ihr legte sich Turid aufs Bett, kuschelte Asa an sich und zog die Decke über sie beide. Leise fing sie an zu singen und strich dabei Asa über die Wange. Unten auf der Straße entfernte sich die Meute, aber nun konnten sie hören, wie es anderswo in der Stadt laut wurde. Lärm und Schreie, und einmal das angsterfüllte Kreischen einer sehr großen Menschenmenge wehten über die Dächer Klevs' in ihr Zimmer hinein. Mehrmals rannten Gruppen durch ihre Straße, und jedes Mal machte Turids Herz einen Satz, weil sie glaubte, sie kämen ihretwegen, aber jedes Mal entfernten sich die Schritte auf dem Pflaster wieder. Es wurde noch dunkler im Zimmer, und die Nacht kam, und irgendwann döste Asa weg. Turid aber kam nicht zur Ruhe. Sie lauschte auf eine Stadt, die nicht schlief, sondern mordete. Die ganze Nacht über hörte sie die Tumulte. Erst in den frühen Morgenstunden flauten sie ab, hörten aber nie ganz auf. Und als der Morgen grau ins Zimmer drang, stand für Turid fest, was sie tun würden: gehen.

Für den Moment mochten sie hier drinnen sicherer sein als

draußen, aber irgendwann würde das Wüten zu einem Ende kommen und Nefjold nach Hause. Vielleicht würde er sie ziehen lassen, vielleicht würde er ihr sogar helfen, aus der Stadt zu fliehen, aber sie wollte es darauf nicht ankommen lassen. Selbst wenn ihr Verlobter keinerlei Mordgedanken ihr und Asa gegenüber hegte, bei dem Rest konnte sie nicht darauf hoffen. Nein, sie würde hier nicht eingesperrt im Zimmer bleiben und darauf warten, dass andere über ihre Schicksale entschieden.

Niemandem war gestern eingefallen, sie zu durchsuchen; in ihrem rechten Stiefel verwahrte sie seit ihrer Flucht aus Olholt einen Dolch, und dort war er noch immer. Er würde sie hier rausbringen. Und dann würden sie hinunter zum Hafen eilen und dort versuchen, mit einem Boot über den Elnsee zu entkommen. Es war ein riskanter Plan, fast wahnwitzig, aber Turid sah keine andere Möglichkeit. Sie konnten auch nicht länger warten. Das Toben mochte abgeflaut sein, aber das konnte sich jederzeit wieder ändern. Die salische Gemeinde in Klevs war zu groß, um sie binnen einer einzigen Nacht auszulöschen, dazu kamen die vielen Flüchtlinge, die sich in die Stadt gerettet hatten. Die Ruhe da draußen war nur ein Durchatmen, weil auch Mörder müde wurden, ein Ende war sie nicht. Und wenn erst einmal das Herzogtum vor den Toren stand, war es für eine Flucht aus der Stadt zu spät. Sie musste jetzt handeln.

Sachte weckte sie Asa. »Mama, was ist?« Ihre Tochter gähnte verschlafen, dann erinnerte sie sich daran, wo sie waren und was passiert war, und ihre Augen weiteten sich vor Schreck.

»Es ist nichts«, beeilte sich Turid zu sagen. »Wir werden jetzt aber gehen.«

»Gehen?«

»Ja, oder willst du hierbleiben? Hier in der Stadt?«

Asa schüttelte den Kopf. »Aber wohin gehen wir denn?«

Auch das hatte sich Turid überlegt. »Nach Korm. Das ist die

Stadt, in der ich Hüterin geworden bin. Es ist die schönste Stadt, die es gibt. Man nennt sie auch die Stadt der Elemente, weil sie eine heilige Stadt ist. Es gibt dort den größten Tempel der Welt. Den willst du doch bestimmt einmal sehen, oder? Mama hat dort ihren Hütersegen bekommen.« Asa nickte. »Gut.« Turid rang sich zu einem Lächeln durch. »Dann ist es beschlossen: Wir gehen nach Korm.«

»Und wie lange dauert das?«

»Wir werden eine Weile unterwegs sein, leider.« Korm war weit, es würde eine lange Reise werden. Aber eine, die sie mit jeder zurückgelegten Meile weiter wegbringen würde vom Krieg im Chimmgau. Sie konnten in Kershorn sogar ein Schiff die Brega hochnehmen und müssten nicht mehr über Land reisen. Es war die erste Etappe, die die schwerste und gefährlichste war – aus Klevs zu entkommen. Alles andere danach wäre verhältnismäßig einfach, selbst für eine Schwangere und ein kleines Kind. »Aber wir werden mit einem Schiff fahren können. Dann musst du nicht mehr laufen. Gefällt dir das?«

Ihre Tochter nickte wieder.

»Gut. Dann musst du mir jetzt zuhören, Asa, das ist wichtig. Hörst du? Wir werden jetzt von hier verschwinden. Dafür werde ich vielleicht Dinge machen müssen, die ich nicht machen will und die dich erschrecken können. Das tut mir leid. Aber denk daran: Die Leute, die uns hier eingesperrt haben, wollen uns Böses. Deswegen ist es in Ordnung, wenn wir uns dagegen wehren. Und wenn wir aus dem Haus raus sind, müssen wir schnell sein und zum Hafen runterlaufen, du kennst ja noch den Weg, oder? Ich nehme an, du wirst draußen Dinge sehen, die du nicht sehen solltest, Asa. Schlimme Dinge. Tote Menschen. Ich würde dich gern davor beschützen, aber wir müssen Klevs verlassen, so schnell es geht. Verstehst du das?«

Asa nickte zum dritten Mal, furchtsam nun. Es tat Turid in der

Seele weh, dass sie ihre Tochter dem aussetzen musste, aber es ging nicht anders. »Wenn du kannst, sieh nicht hin.«

Sie nahm Asa in den Arm und küsste sie auf die Stirn, dann stand sie auf und ging zur Tür. Sie klopfte, und als niemand kam, hämmerte sie gegen das Türblatt. Schließlich hörte sie Schritte auf der Treppe. »Was?«, fragte eine Frauenstimme. Es war Ranveigs.

»Meine Tochter hat Hunger. Gebt uns wenigstens etwas zu essen. Bitte. Nefjold will uns hier bestimmt nicht verhungern lassen.«

Es war kurz still hinter der Tür, als würde Ranveig überlegen, dann sagte sie: »Moment, warte.« Die Schritte gingen die Treppe wieder hinunter.

Als ob sie eine Wahl hätten, dachte Turid, und zog den Dolch aus ihrem Stiefel.

»Mama!«, rief Asa vom Bett aus, flüsternd.

»Keine Angst, Liebes, ich werde ihr nichts tun. Nicht, wenn ich nicht muss. Nimm das Kissen vors Gesicht, wenn es dir so leichter fällt.«

Stumm schüttelte Asa den Kopf.

Turid blieb an der Tür stehen und wartete darauf, dass die Magd wieder hochkäme. Als sie Ranveig wieder auf der Treppe hörte, wandte sie sich zu Asa und legte den Finger an die Lippen, dann drückte sie sich an die Wand neben der Tür, den Dolch in der Hand. Der Schlüssel wurde ins Loch gesteckt und umgedreht, die Tür ging auf. Noch bevor Ranveig eingetreten war, wirbelte Turid herum und riss die vollkommen überraschte Magd hinein. Das Tablett, das sie getragen hatte, stürzte samt Bechern und Schüsseln zu Boden. Turid hielt ihr den Dolch vors Gesicht. »Still, kein Wort!«, zischte sie ihr entgegen.

Mit einer Gefasstheit, die Turid selbst überraschte, drehte sie der Magd den Arm auf den Rücken und legte ihr die Klinge an den Hals. »Wir werden jetzt die Treppe runtergehen, ganz langsam.

Du wirst keinen Lärm machen, wenn ich dir nicht die Kehle aufschlitzen soll. Und unten lässt du uns dann raus, verstanden?«

Die Magd war steif vor Angst, nickte aber.

»Gut«, sagte Turid, »dann los. Asa, komm, bleib immer hinter mir.«

Zu dritt stiegen sie die Treppe hinunter in den zweiten Stock. Niemand kam ihnen entgegen. Turid wusste nicht genau, wie viel Gesinde Nefjold hatte, zumal er die salischen Bediensteten wie Godegisel fortgeschickt zu haben schien. Aber sie ging davon aus, dass zumindest eine Handvoll Wachen im Haus wären: Nefjold hatte gewusst, was in Klevs passieren würde, ganz sicher hatte er sich vor Plünderern schützen wollen. Und denen wollte sie nicht über den Weg laufen. Ranveig war eine Magd, keine sehr wertvolle Geisel.

Auch im ersten Stockwerk war niemand im Treppenhaus, aber im Erdgeschoss, aus Richtung der Küche, hörte sie Stimmen. Turid verstärkte den Druck auf Ranveigs Kehle. »Keinen Mucks«, flüsterte sie ihr ins Ohr, dann schob sie die Magd weiter zur Haustür und drängte sie, aufzuschließen und zu öffnen. Sie ließ die Magd los, die sich an ihre Kehle fasste und wimmernd in den Flur zurückwich.

Dann waren sie und Asa draußen.

»Lauf, Asa«, sagte Turid, steckte den Dolch wieder in den Stiefel und nahm ihre Tochter bei der Hand. Erst einmal fort von Nefjolds Haus und dann weitersehen. Zum Hafen ging es nach links. An der Straßenecke angekommen, hielt sie Ausschau.

Es war noch immer sehr früh am Tag. Über Klevs wanden sich Rauchwolken in den dunkelgrauen Himmel, Brandgeruch lag in der kühlen Luft. In einer der Nebenstraßen wurde wohl ein Haus ausgeräumt, ab und an krachten Möbel aufs Pflaster und jemand rief oder lachte. Noch weiter weg schrie ein Mann, anhaltend und schrill.

Die Kreuzung vor Turid war leer, aber in der Gasse rechts von ihr lagen Leichen. Sie hatten einen ganzen Hausstand massakriert; es mussten mehr als ein Dutzend sein. Männer, Frauen, Kinder lagen aufgetürmt zu einem Haufen, selbst einen toten Hund sah Turid unter den Gliedmaßen hervorragen. Die Tür des Hauses lag daneben, die Glasfenster des Erdgeschosses hatte man zerschlagen.

Turid schirmte Asas Blick mit der Hand ab und huschte mit ihr auf die Kreuzung. Auch drüben begegnete ihnen niemand, und die Straße war nur kurz. Um zum Hafen zu kommen, mussten sie sich nun nach rechts wenden, aber alles, was sie bis jetzt gesehen und gehört hatte, hatte Turid nicht auf das vorbereiten können, was Klevs nun für sie bereithielt: In der Gasse mussten beinahe ausschließlich Salen gewohnt haben; sie war voller Toter. Sie hingen aus den Fenstern, ein paar von ihnen hatte man auch an die Nasenschilder der Läden gehängt, aber die meisten lagen einfach auf der Straße, wo sie erschlagen worden waren, durch- und übereinander. Ihr Blut hatte sich in Pfützen auf dem Kopfsteinpflaster gesammelt, an einer von ihnen saßen zwei Katzen und labten sich. Jedes Haus der Gasse war aufgebrochen worden, Hausrat lag, zertrümmert und zerbrochen, zwischen und auf den Toten. Das einzige Geräusch, das aus der Gasse kam, war das Gackern einer Handvoll Hühner, die zwischen all dem pickend umherliefen.

Turid schnappte nach Luft und drückte Asa mit dem Gesicht an sich. Sie verwarf den aufkommenden Gedanken, einen anderen Weg zu suchen, weil sie sich in den Straßen nicht verirren wollte, und hob Asa hoch. »Mach die Augen zu, Mama trägt dich.«

Mit ihrer Tochter auf den Armen setzte sie langsam einen Fuß vor den anderen. Starr blickte sie geradeaus.

Turid war noch nicht weit gekommen, als jemand in einem der Häuser hinter ihr merklich betrunken den Kehrvers eines alten

Volkslieds anstimmte: »Oh Chimmgau, meine Liebe, du wunderschönes Land, du bist meine Heimat, dein sind mein Herz und Hand.«

Die Männerstimme verstummte, dann splitterte Keramik, und sie hörte ein schweres Möbelstück, einen Schrank oder eine Kommode vielleicht, krachend umstürzen. Turid beschleunigte ihre Schritte, mehr Scheppern und Klirren, schließlich hielt sie es nicht mehr aus und sprang in eine der aufgebrochenen Türen hinein, um sich zu verstecken. Asa wimmerte leise an ihrer Schulter.

Im Innern des Hauses war es dunkel, und es roch nach Holz. Als sich ihre Augen an das wenige Licht gewöhnt hatten, sah sie, dass sie in einer Böttcherei standen. Die Werkstatt war verwüstet, die bereits fertiggestellten Fässer waren umgeworfen und zerschmettert worden, auf dem Boden lagen lose Dauben, Bandreifen und Werkzeug. In der einzigen Hobelbank, die noch aufrecht stand, hatte man einen Mann mit seinem Kopf eingeklemmt. Turid unterdrückte einen Aufschrei.

Die Spannzangen hatten ihm den Schädel zerquetscht, geronnenes Blut verklebte Augen, Nase und Mund. Der Mann war nackt, seine Beinkleider hingen ihm um die Knöchel. Man hatte ihn mit seinen eigenen Werkzeugen malträtiert, sein Körper war übersät mit Blutergüssen und offenen Wunden.

Sie hockte sich unter eines der Fenster, streichelte Asa den Kopf und versuchte, sich zu beruhigen. Von draußen hörte sie wieder das Lied, dieses Mal klang ein Stück aus einer der Strophen herüber: »Die Wiege meiner Kindheit, die stand in deinen Wäldern, die stand an deinen Seen, die stand auf deinen Feldern, ich werd' nie von dir geh'n.« Bevor der Sänger in den Kehrvers überleitete, schmiss er abermals etwas um. Turid hörte es dumpf am Boden aufschlagen. Instinktiv hielt sie ihre freie Hand schützend vor den Bauch.

Als sie ihre Fassung wieder etwas zurückgewonnen hatte, drehte sie sich mit Asa im Arm zum Fenster, streckte sich und spähte hinaus. Aus ihrer Position konnte sie die beiden Katzen sehen, die an einer der Blutpfützen leckten, aber mehr auch nicht. Die Straße schien weiterhin verlassen zu sein. Wer hinter ihr auch randalierte, hatte offenbar noch immer nicht das Haus verlassen. Turid wägte ab. Sie konnte warten, bis der singende Trunkenbold die Lust verlor und verschwand, was dauern konnte. Oder aber sie wagte sich wieder hinaus auf die Straße und riskierte, dass auch er dann nach draußen trat und sie sah. Sie konnten aber auch ebenso gut von jemand anderem entdeckt werden – oder der Sänger konnte sich als nächstes Haus die Böttcherei aussuchen. So oder so schien sie die Gefahr nicht zu vergrößern, wenn sie beim ursprünglichen Plan blieb und versuchte, schnellstmöglich zum Hafen zu gelangen. Turid atmete tief durch, schickte ein Stoßgebet an die Schöpfung, und trat wieder hinaus.

Rosaschnäuzig blickten die Katzen kurz auf, bevor sie sich wieder der Pfütze zuwandten, die Hühner kollerten meckernd weiter.

Vorsichtig bahnte sich Turid den Weg durch die zerstörte Gasse. »Lass die Augen zu. Wir sind hier bald raus, Liebes, wir sind hier bald raus«, redete sie ihrer schluchzenden Tochter gut zu.

Wieder ließ sich der unsichtbare Sänger vernehmen. »Die Sehnsucht meiner Jugend, das waren deine Flüsse, das war dein goldnes Korn. Dir galten meine Küsse, hab mich an dich verlor'n.« Grölend schlug der Betrunkene auf etwas ein, das scheppernd zersprang. »Oh Chimmgau, meine Liebe, du wunderschönes Land, du bist meine Heimat, dein sind mein Herz u… He da!«

Der Gesang war erst lauter geworden und dann abgebrochen. Er hatte sie gesehen.

Turid fing an zu rennen. »He!«, rief ihr der Mann hinterher. »He! Du da, bleib stehen!«

Sie war am Ende der Gasse angekommen, als sie einen Blick

zurück warf. Am anderen Ende stand ein untersetzter Mann vor einem Hauseingang. Mit der einen Hand hielt er sich am Türrahmen fest, die andere umfasste eine Keule. »He! He!«, rief er, als er merkte, dass sie ihn ansah. Er schlug seine Keule gegen die Hauswand.

Turid drehte sich um und rannte weiter. Sie war schon abgebogen und über eine schmale Kanalbrücke in der nächsten Straße verschwunden, als sie ihn wieder den Kehrvers anstimmen hörte. Auch in dieser Gasse hatten sie gewütet, auch hier lagen Leichen zwischen zertrümmertem Hausstand. Eine hatte man sogar mit einem Wagenrad regelrecht zerstampft. Zur Rechten ertönte plötzlich Lärm, Worte wurden laut, und Turid hörte Pferde wiehern und Waffen aufeinanderprallen. Leute brüllten. Sie hetzte durch die Gasse, die sich abwärts neigte und praktisch ein Steig mit hausbreiten Stufen war. Als sie eine der unteren erreicht hatte, wurde der Lärm lauter, und ein gesatteltes, aber reiterloses Pferd hetzte über die Kreuzung vor ihr, gefolgt von mehreren Stadtwachen mit den drei goldenen Zandern Klevs' auf den blauen Waffenröcken. Ihnen dicht auf den Fersen kam mit wüstem Geschrei eine bewaffnete Meute, Knüppel und Spieße in den Händen. Sie schenkten Turid keinerlei Beachtung und waren so schnell von der Kreuzung verschwunden, wie sie aufgetaucht waren.

Schreckstarr war Turid stehen geblieben und wollte gerade wieder loslaufen, als das Umschlagen des Lärms sie abermals zurückriss. Aus dem wütenden Gebrüll wurde triumphierendes Heulen, untermischt mit Schmerzensschreien. Auch das Pferd mussten sie erwischt haben: Sein angstvolles Wiehern endete in einem lauten Röcheln. Turid spürte, wie ihr die Angst in den Magen fuhr. Unmöglich konnte sie da vorbei, die Meute musste direkt hinter der Ecke sein. Sie hörte, wie sie auf die Leiber einschlugen, selbst das Reißen von Stoff konnte sie vernehmen.

Panisch drehte sie sich um und rannte zurück.

»He, du!«

Für einen Moment glaubte sie, der Betrunkene würde ihr wieder nachrufen, aber die Stimme kam aus einem der Häuser und gehörte einer Frau. Schlimmes argwöhnend, drehte sie sich um, lief aber weiter.

»Komm her! Schnell!« Hinter ihr war die Tür eines Fachwerkhauses einen Spalt aufgegangen. Im Schatten dahinter konnte Turid das Gesicht einer jungen Frau erkennen. Sie zögerte.

»Na los, komm! Oder willst du, dass sie dich erwischen?« Die Stimme klang gepresst; über dem Lärm aus der Seitengasse war sie kaum zu hören. Das gab den Ausschlag. Wieder machte Turid kehrt und eilte auf die Tür zu. Sie schlüpfte durch den Spalt und an der Frau vorbei, die die Tür hinter ihr verriegelte.

»Ich bin Birt«, sagte sie, »und das sind mein Mann Toki und unsere beiden Zwillinge Vileif und Vidfinn.« Sie deutete auf einen ähnlich jungen Mann, der zwei Kleinkinder von vielleicht anderthalb Jahren auf den Armen hielt. Er lächelte ihr freundlich zu. Turid aber hörte nur die chimrischen Namen und sah die nussbraunen Haare und machte erschrocken einen Satz zurück.

»Alles gut«, rief Birt, die ihren Blick richtig deutete, »alles gut. Es sind nicht alle so. Wir haben keinen Anteil an dem da draußen.« Sie legte ihr beruhigend die Hand auf die Schulter.

Langsam, als Turid sah, dass ihr keine unmittelbare Gefahr drohte, beruhigte sie sich. Sie nickte. Dann setzte sie Asa ab. Sie hatte sie die ganze Zeit getragen, jetzt zitterten ihr die Arme. »Danke«, sagte sie schließlich. »Danke. Ich bin Turid, und das ist Asa.«

»Hallo, Asa. Freut uns sehr. Kommt, wir gehen nach oben. Ihr werdet euch sicher ausruhen wollen.«

Immer noch etwas neben sich, folgte Turid den beiden die schmale Stiege hinauf und schob Asa vor sich her. Im ersten Stock angekommen, bat das Ehepaar sie in die Stube. Dort saßen auf einer Bank zwei Greise, ein Mann und eine Frau, Salen, den wenigen schwarzen Strähnen im weißen Haar nach zu urteilen.

»Unsere Nachbarn«, sagte Birt.

Grüßend setzte sich Turid ebenfalls an den Tisch, auf die Bank gegenüber. Asa kletterte ihr auf den Schoß. Die Alten nickten, blieben ansonsten aber stumm. Sie machten einen verschreckten Eindruck. Draußen feierte die Meute ihren Sieg.

»Ihr seid nicht von hier«, stellte Birt fest, während sie Brot und eingelegten Fisch auf den Tisch stellte.

»Nein«, antwortete Turid. Sie gab Asa einen der Fische in die Hand.

»Ihr habt euch einen schlechten Zeitpunkt ausgesucht, um nach Klevs zu kommen. Den schlechtesten.«

»Ich weiß. Dabei dachte ich, dass wir hier sicher wären.«

Birt schnaubte. »Es gärt hier schon länger. Die Stadtedlen und die Handwerksfamilien, das war immer schon schwierig. Die einen sind ausschließlich Salen, die anderen vorwiegend chimrisch, man hat sich arrangiert. Aber seit die Drostin vor drei Jahren beschlossen hat, einen der beiden Stellvertreter eines Zunftmeisters selbst aussuchen zu dürfen, ist das Verhältnis völlig zerrüttet. Eine Klage der Zünfte dagegen liegt beim Reichsgericht, aber mehr als ein paar Anhörungen gab es wohl noch nicht.«

Turid nickte. Sie erinnerte sich dunkel. Nefjold hatte ihr ein paarmal etwas darüber erzählt, dass es Probleme mit der Stadtdrostin gebe, die sich überall einmischen wolle, aber sie hatte dem keine besondere Beachtung geschenkt.

»Nachdem das Herzogtum über den Tern kam, wurde es schlimmer«, erzählte Birt weiter. »Diese ganzen Geschichten von den Morden im Land, das Überlaufen von chimrischen Edlen – das alles haben ein paar hier sehr genau verfolgt. Der Krieg hat alte Wunden aufgebrochen, auf beiden Seiten. Und als dann die

Schlacht im Tannhausner Tor verloren ging … Es ist zu offenen Anfeindungen gekommen. Vorige Woche wurde das Feoderic-Denkmal geschändet. Sie haben ihm dem Kopf abgeschlagen und durch den eines Schweins ersetzt. Das gab einen Riesenaufschrei unter den Salen, die die Zünfte dafür verantwortlich machten. Dutzende sind in die Kerker geworfen worden und zwei der vermeintlichen Rädelsführer an den Galgen gekommen, aber das hat die Stimmung nur noch weiter angeheizt. Und bei der letzten Sitzung des Stadtrats vor vier Tagen hat die Drostin mit der Stadtwache für Ordnung sorgen müssen, so soll es zugegangen sein. Sie ist nicht sehr beliebt, jedenfalls nicht bei den einflussreichen Chimren. Aber dass es zu so etwas kommen würde … Es ist schrecklich, ich weiß nicht, was daraus werden soll.«

Turid saß da und hörte zu. Das alles hatte sie nicht gewusst, nicht wissen können, aber trotzdem machte sie sich Vorwürfe. Sie hatte sich und Asa direkt in eine Natterngrube geführt. »Wir müssen hier weg«, sagte sie. »Raus aus der Stadt. Wir wollen zum Hafen.«

»Zum Hafen? Für ein Boot?« Birt schüttelte den Kopf, und auch ihr Mann, der sich im Hintergrund um die Zwillinge kümmerte, brummte ablehnend. »Das ist keine gute Idee. Dafür müsst ihr vorbei an den Zolltürmen, und in den Zolltürmen haben sich Salen verschanzt. Da wimmelt es von wütenden Chimren. Ihr kämet nicht einmal in die Nähe der Kais. Hörst du das?« Birt machte eine Kopfbewegung Richtung Fenster.

Turid wandte den Kopf. Entferntes Johlen und Kreischen. Sie konnte sich irren, aber es schien wieder heftiger zu werden. Die Mörder wurden wieder wach.

»Das kommt von den Docks.«

»Aber …« Turid spürte, wie sie der Mut verließ. Ihr Plan war alles andere als perfekt gewesen, aber ihre einzige Idee, wie sie aus diesem Albtraum hätten fliehen können. »Wir müssen fort von hier.« Ihre Stimme war ein Flüstern.

»Klevs ist eine schöne Stadt«, sagte der Alte ihr gegenüber. Seine Frau, offensichtlich weniger verwirrt, bat Turid mit den Augen um Nachsicht.

Turid nickte. »Ja, das ist sie«, sagte sie.

Toki, der sich mit den Zwillingen auf den Fußboden gesetzt hatte, stand auf, den einen Jungen auf dem Arm, der andere hing an seinem Bein. »Der Kanal.«

Seine Frau sah ihn an. »Viel zu riskant.«

»Was ist mit dem Kanal?«, fragte Turid schnell.

Birt schüttelte den Kopf und verzog vorwurfsvoll das Gesicht. »Bitte. Du hast es vorgeschlagen, du erklärst es.«

Toki räusperte sich. »Ein paar der Kanäle führen nicht in den Zollhafen. Sie werden von uns Fischern benutzt, um hoch zum Markt zu kommen. Wir müssen unseren Fang nicht verzollen, altes Zunftrecht. Einer davon führt hinter unserer Gasse vorbei, direkt in den Elnsee.«

»Aber das ist doch großartig«, entfuhr es Turid. »Wo ist da der Haken?«

»Der Haken ist, dass dieser Kanal direkt am Zunfthaus der Fischer vorbeiführt. Oder eher: durch den Hof. Und das ist nicht gut. Unsere Zunft ist die größte in Klevs. Und die älteste und einflussreichste. Verstehst du? Niemand hat mehr vom Umsturz zu gewinnen als wir Fischer. Und unser Zunfthaus …«

»… wird entsprechend eines der Zentren des Aufruhrs sein«, vollendete Turid seinen Satz. »Voller Fischer, die Salen töten wollen.«

Toki nickte grimmig.

»Vielleicht sollten wir warten, bis sich die Lage beruhigt hat«, wandte Birt ein. »Dann können wir immer noch versuchen, euch rauszuschmuggeln. Das kann ja nicht ewig so weitergehen.«

Nur bis alle von uns tot sind, dachte Turid. Laut aber sagte sie: »Ja, vielleicht. Vielleicht ist das eine Lösung.« Sie sah Birt zu, die ihrem Mann das zweite Kind abnahm und hochhob. »Birt, warum … warum tut ihr das? Uns helfen, meine ich. Ihr habt zwei Kinder, ihr bringt euch und sie in Gefahr.«

Birt sah auf. »Das fragst du uns wirklich? Gerade du müsstest es verstehen, Hüterin. Wir sind gläubige Menschen. Und das da draußen mehrt nicht die Schönheit der Schöpfung.«

Turid lachte hilflos auf. »Das hört sich so einfach an, wenn du es sagst.«

»Das ist es. Die wichtigen Dinge sind immer einfach. Und was hier passiert, ist falsch; es ist schlecht.«

»Ja, das ist es. Aber ich nehme an, die meisten da draußen würden von sich sagen, dass sie gläubige Menschen sind.«

»Das können sie auch ruhig. Nur macht es das nicht wahrer.«

»Du hast recht, Birt, mit dem einem wie mit dem anderen.« Die simple, beinahe schon naive Argumentation der Fischerin rührte sie. Bewegt atmete sie durch. »Ich wollte dir nur sagen, dass ich nicht weiß, wie ich dir, wie ich euch danken kann. Ihr habt uns beiden das Leben gerettet.«

»Wir haben getan, was richtig ist. Und jetzt zeige ich euch eure Kammer. Kommt.«

Mit ihrem Jungen auf dem Arm führte Birt Turid und Asa bis ganz nach oben unter den Dachstuhl. Sie mussten die Köpfe einziehen, und viel Platz gab es nicht, aber es war sauber und trocken, und je weiter sie von der Straße entfernt waren, desto sicherer fühlte sich Turid. Nachdem sie sich bei ihrer Helferin nochmals bedankt hatte, legte sie sich auf die Bettstatt, schlang die Arme um ihre Tochter und schlief sofort ein.

Als sie aufwachte, war es dunkel in der Kammer. Asa stand am Fenster. Ihr kleines Mädchengesicht wurde von Feuerschein erhellt. »Asa?«, fragte Turid verschlafen.

»Mama«, flüsterte Asa gebannt zurück, »schau.«

Turid stand auf, ging zu ihrer Tochter und sah hinaus. Das

Fenster öffnete sich zur Stadtseite. Es gab mehrere Feuer in den Straßen, Turid spürte ihre Hitze auf dem Gesicht. Weiter weg stand einer der Sippentürme in Flammen. Und laut war es, so laut, als wäre die ganze Stadt auf den Beinen. Das Morden ging in seine zweite Nacht.

Sie wollte Asa vom Fenster zurückziehen, hielt aber inne. Unten in der Straße war ein Trupp Bewaffneter erschienen.

Weiße Waffenröcke.

»Sie sind hier«, entfuhr es Turid erschrocken.

»Wer denn, Mama?«, fragte Asa, die zu klein war, um bis auf die Straße hinuntersehen zu können.

Doch Turid starrte zu gebannt auf die Soldaten, um zu reagieren. Angeführt wurden sie von mehreren Klevsern mit Spießen in den Händen. Die Soldaten teilten sich auf und drangen in die geplünderten Häuser ein, wahrscheinlich suchten sie nach Salen, die sich versteckt hatten. Nach Salen wie ihnen.

Als sie sah, wie einer der Klevser auf ihr Haus zeigte, schnappte sie nach Luft. Sie riss sich und Asa vom Fenster weg und schob sie zur Leiter. »Komm! Komm, wir müssen uns beeilen!«

»Aber Mama, was soll das?«, maulte Asa. »Warum müssen wir denn jetzt schon wieder weg?«

»Keine Widerrede jetzt, los.« Turid sah sich um, ob sie irgendetwas in der Kammer liegen gelassen hatten, aber sie besaßen nichts mehr außer dem, was sie bei sich trugen. Sie kletterte hinter Asa die Leiter hinunter.

Unten wummerte es gegen die Tür. Nach einer kurzen, starren Schrecksekunde eilte sie noch schneller die Leiter hinunter. Auch ihre Tochter schien jetzt begriffen zu haben, dass sie in Gefahr schwebten: Sie stand bereits am Fuß der Treppe und wippte ungeduldig auf und ab. Noch einmal Hämmern, dann splitterte Holz. Aufgeregte Schreie, schwere Stiefel auf den Dielen. Rufen. Turid hörte die Zwillinge, wie sie anfingen zu weinen. Hektisch blickte sie sich um. Toki hatte gesagt, dass der Kanal hinter dem Haus verlief, also öffnete sie eines der rückwärtigen Zimmer. »Schnell, Asa!«, rief sie. Sie hoffte, dass hinter dem Haus ein Boot lag, aber notfalls würden sie schwimmen müssen.

Schritte auf der Treppe.

Sie huschten ins Zimmer.

Turid schloss die Tür hinter ihnen, aber es war zu spät: Der erste der Soldaten, die die Treppe hochkamen, hatte sie bereits gesehen, einen Dolch in der Hand. Brüllend kam er angerannt und warf sich gegen die Tür. Turid flog zurück und stürzte zu Boden, dann war er über ihr, trat ihr auf den Oberarm und griff nach Asa.

Asa schrie.

13

Bjorn

Klevs hieß sie mit offenen Toren willkommen. Die Reichsstadt, die keine Reichsstadt mehr war, hatte auf ihren Türmen bereits das Falkenbanner gehisst, als Bjorn mit seinen Leuten vor den Toren erschien, aber er wusste, dass die eigentliche Arbeit noch vor ihnen lag. Der Abfall der Stadt vom Salenreich war über die Zünfte eingefädelt worden, und eine Gruppe Handwerksgrößen hatte sie am Westufer des Elnsees empfangen. Gemeinsam warteten sie, bis das Gros der Flüchtenden auf den Straßen vor ihnen Klevs erreicht hatte. Dann setzten auch sie sich in Bewegung.

Die Stadt, die sie betraten, glich einem Albtraum. Überall lagen Tote in den Straßen. Hunde zerrten und rissen an den Leichen, Kindern traktierten sie mit Stöcken. In manchen Straßen war so viel Blut geflossen, dass es aussah, als wäre es vom Himmel geregnet. Aber es war noch nicht vorbei, es war weit davon entfernt. Überall in der Stadt wurde gejagt und aus den Häusern gezerrt. Läden wurden geplündert und die Auslagen auf die Straße gekippt, johlende Meuten zogen Leichen und Lebende gleichermaßen an Stricken durch die Gassen. Es splitterte, krachte und schrie aus allen Richtungen. In der Luft hing ein schwerer Gestank nach Asche, Unrat und Tod.

Auf dem Weg zum Rathaus kamen sie an ausgebrannten Wagenkolonnen vorbei, die Reste des Flüchtlingsstroms, zwischen denen Leute mit Säcken und Handkarren die Leichen fledderten.

Kleinvieh lag totgetrampelt auf dem Pflaster. Danach zogen sie über eine Brücke, deren Geländer mit Armen, Beinen und Köpfen geschmückt war. Unter ihr stauten die aufgetürmten Leiber den Kanal. Selbst Mutter Bo, die neben Bjorn ritt, sah betroffen aus. Klevs schockierte offenbar auch sie.

Am Galgen der Stadt hing eine kopflose, nackte Frauenleiche an den Füßen. Unter ihr hatte man ein Feuer angezündet, Schultern und Brust waren schwarz versengt. Bjorn ahnte, dass es die Drostin war.

Gut siebenhundert Helme brachte er in die Stadt. Noch einmal hatte er Verstärkung bekommen, Leute aus der Sechzehnten Schar. Sechs Schwingen hatte man ihm geschickt, sie verbesserten das Verhältnis in seiner Truppe zugunsten echter Soldaten wieder spürbar. Er hatte ihnen befohlen, die Waffenröcke und Umhänge anzubehalten – für den Einzug in Klevs wollte er deutlich machen, wer in die Stadt kam. Entsprechend frenetisch wurden sie empfangen. Aus vormals verrammelten Fenstern wurden sie freudig begrüßt, Leute auf der Straße ließen ab vom Plündern oder Morden und schlossen sich ihnen an. Von einem Dach herab winkte ihnen ein vielleicht fünfzehnjähriges Mädchen mit etwas zu, das Bjorn zuerst für ein schwarzes Tuch hielt. Dann sah er, dass es ein Skalp war.

Er hasste diese Stadt und alle ihre Einwohner.

Am Rathaus ließ er Halt machen und seine Leute Posten beziehen. Zusammen mit den Abgesandten der Zünfte, vier seiner Weibeln und einem Dutzend Wachen betrat er das Gebäude. Mina ließ er bei Truben. Im Ratssaal wurde er schon erwartet.

Bjorn ließ den Blick über die an der langen Tafel versammelten Männer und Frauen schweifen und spürte, wie es in ihm brodelte. Vierundzwanzig feiste, bequeme Säcke, die keine Ahnung vom Krieg hatten und denen es einzig um ihren eigenen Vorteil ging. Sie hatten ihre Bluthunde losgelassen, weil sie die Gunst der

Stunde rochen, und erwarteten jetzt auch noch Dankbarkeit. Er hätte sie alle in der Gülle ihrer Stadt ersaufen können. Als er sich am Kopfende der Tafel mit den Weibeln aufgebaut hatte, legte ihm Yngvild kurz die Hand auf die Schulter. Sie musste ahnen, was er dachte, das tat sie oft. Er nickte kurz und wandte sich dann dem Tisch zu.

Die Räte waren alle aufgestanden, jeder von ihnen trug eine weiße Windröschenblüte am Kragen, der Weste oder dem Hut, das verabredete Erkennungszeichen der Verschwörer, das auch seine Leute angesteckt hatten, die ohne Waffenrock unterwegs waren. Der Rat zu Bjorns Linken räusperte sich und fing an zu sprechen: »Edler Bjorn, Erster Reiter Tyrja Tiwhilds und Abgesandter Herzog Runolfs des Jungen, wir, die Zunftoberen und Räte der Stadt Klevs, heißen dich und deine Leute willkommen. Erlaube uns, als Zeichen unserer Dankbarkeit und Freude dir dieses Falkenbanner zu überreichen und den Schlüssel zur Stadt. Es lebe das Herzogtum Chimrien!« Während er sprach, breiteten zwei Räte ein aufwendig besticktes Banner mit dem Falken des Herzogtums quer über der Tafel aus, und eine dritte, eine Frau in teuer aussehender Zimmermannskluft, legte einen goldbesetzten, spannlangen Schlüssel auf einem Kissen vor ihm ab.

Bjorn sah in die gespannten, neugierigen Gesichter. Bedächtig nahm er den Schlüssel vom Kissen und wog ihn in der Hand. »Den Schlüssel zur Stadt?«, fragte er dann. »Wohl eher den eines Saustalls.«

Die Räte zuckten zusammen, als hätte er sie geschlagen. Wütend pfefferte er den Schlüssel zurück auf den Tisch. Vom Schwung getragen, glitt er über das Holz, bis er vom Stoff des Banners abgebremst wurde. »Wer hat dieses Schlachthaus da draußen zu verantworten? Wer?« Er blickte in die Runde.

»Erster Reiter«, wagte sich der Ratsherr vor, der auch eben schon gesprochen hatte, »was ... Ich verstehe nicht.«

Bjorn musterte ihn. Der Mann war jenseits der fünfzig, schmerbäuchig und hatte einen weichen Hals, der ihm über den Kragen seiner Weste hing. An den Fingern trug er Ringe, die meisten davon in Form eines Fischs. »Bist du das gewesen?«, herrschte er ihn an. Er wusste, dass die Zunft der Fischer die mächtigste der Stadt war. Er deutete zu einem der Fenster. »Ist das da draußen dein Werk?«

»Ich … also, wenn du … Ich weiß nicht, was du …«

Bjorn packte ihn am Schopf, stieß ihn auf die Tischplatte, riss ihn wieder nach oben und ließ ihn fallen. Der oberste Fischer der Stadt jaulte auf, Blut aus der gebrochenen Nase lief ihm übers Kinn. Er versuchte, sich zuerst an seinem Stuhl wieder hochzuziehen, stürzte ihn aber dabei um. Dann griff er zur Tischkante. Bjorn beachtete ihn nicht mehr. »Der Nächste, der den Mund aufmacht, um mir zu antworten, sollte auch etwas zu sagen haben«, sagte er in die erstarrte Runde.

Einer der beiden Räte, die das Banner ausgebreitet hatten, räusperte sich schließlich. Er trug eine mit Hermelinmuster bestickte Weste über seinem Wams und einen Pelzumhang. Er hatte einen kurz geschorenen Bart, der Bjorn an den von Lyndeman Windsinger erinnerte. Keine gute Voraussetzung.

»Erster Reiter«, fing er an, sichtlich nervös, »verzeih, wenn wir nicht deine Erwartungen erfüllt haben. Wir hatten ausgemacht, dass wir mit dem Aufstand beginnen, bevor du kommst … Das haben wir gemacht.«

»Das ist kein Aufstand. Das ist eine Schande. Mir hat ein Mädchen mit einem Skalp zugewinkt, *einem Skalp*! Sag mir, Buntfutterer, welcher Aufstand wurde jemals gewonnen, indem man sich schlimmer aufführte als ein Tier?«

»Herr … Ich verstehe, wenn es zu Dingen gekommen ist, die dein Auge beleidigen. Aber niemand hat derlei geplant. Es ist einfach so passiert. Was hätten wir nun sollen?«

Was hätten sie tun sollen? Bjorn hielt den Mann mit seinem Blick fest. Die Wahrheit war, dass auch er es nicht wusste. Ihm war klar, dass die Befreiung einer Stadt nie ohne unschöne Szenen verlief, vor allem, wenn dabei ein Gutteil ihrer Bevölkerung verschwinden sollte. Aber das Ausmaß an Rohheit hatte seine schlimmsten Befürchtungen übertroffen. Er war angewidert von dem, was er auf dem kurzen Weg ins Rathaus bereits hatte mit ansehen müssen, und das sollten die dafür Verantwortlichen spüren. Er wusste, dass er es nicht zu weit treiben durfte: Das Herzogtum brauchte diese Stadt. Klevs sicherte das Tannhausner Tor nach Osten hin ab und würde mit seinem unendlichen Strom an eingelegtem Fisch eine wichtige Rolle für die Versorgung der Truppen übernehmen. Aber das würde ihn nicht daran hindern, diesen Räten zu zeigen, was er von ihnen hielt. »Was ihr hättet tun sollen? Die Kontrolle behalten. Die Meute, die ihr losgelassen habt, muss jetzt erst wieder eingefangen werden. Ordnung muss jetzt erst wieder hergestellt werden. Damit das allen klar ist: Ihr mögt euch vom Reich losgesagt haben, aber dem Herzogtum habt ihr einen Bärendienst erwiesen.«

Betretenes Schweigen antwortete ihm. Neben Bjorn hatte der Fischer seinen Stuhl wieder aufgestellt und sich hingesetzt. Er hielt sich ein Tuch unter die blutende Nase und wimmerte leise.

»Setzen«, setzte Bjorn wieder an, dumpf grollend.

Wie ein Mann gehorchten die Räte.

»Ihr habt jetzt die Gelegenheit, euren Wert unter Beweis zu stellen und diesen Schlamassel aufzuräumen, den ihr angerichtet habt. Als Erstes brauche ich von euch Auskunft: Wo stehen wir?«

»Wir haben das See-, das Markt- und das Westviertel unter Kontrolle«, beeilte sich der Kürschner zu antworten. »Ebenso wie die Stadtwache, die Tore und Mauern. Die Kasse der Stadt haben wir beschlagnahmt. Die Drostin und die salischen Stadträte sind tot. Und die übrigen Salen ... Wir haben nicht gezählt, wie viele wir erschlagen haben.«

»Die Viertel, die du da gerade aufgezählt hast – sind wir auf unserem Weg durch eines davon gekommen?«

»Ja, durch das Westviertel.«

Bjorns mühsam unterdrückter Zorn kam wieder hoch. »Das nennst du ›unter Kontrolle‹? Nachdem ich euch gerade gesagt habe, dass ihr die Kontrolle aus der Hand gegeben habt? Willst du mich für dumm verkaufen? Und wie viele Viertel gibt es, die ihr eurer Meinung nach noch nicht ›unter Kontrolle‹ habt?«

»Zwei«, antwortete der Rat kleinlaut. »Die Altstadt und Eschengrund. Dort stehen die Türme der Stadtedlen. Es gibt Straßenbarrikaden dort und viel Widerstand. Wir hatten gehofft, dass ihr ...«

»O nein«, schnitt Bjorn ihm das Wort ab. »Ich soll meine Leute opfern, um eure Versäumnisse gutzumachen? Das war euer Auftrag – ihr solltet den Widerstand der Salen ausschalten. Und was habt ihr stattdessen gemacht? Ihr habt die Stadt in ein Tollhaus verwandelt. Das werdet ihr allein erledigen, meine Leute werden sich inzwischen um die Viertel kümmern, die bereits ›unter eurer Kontrolle‹ sind.« Er schnaubte. »Über wie viele Helme gebietet eure Miliz?«

Unsicher sah der Kürschner zu den anderen Räten. »Vier- oder fünfhundert vielleicht«, schätzte er dann.

Nicken am Tisch.

»Dazu noch einmal etwa dreihundert Helme an Stadtwachen.«

Nicht einmal die Anzahl ihrer Bewaffneten konnten diese Stümper eindeutig angeben. Bjorn hätte am liebsten mit der Faust zugeschlagen. Stattdessen fragte er: »Und wie viele Helme haben die Stadtedlen noch?«

»Ich nehme an, nicht mehr als einhundert, einhundertfünfzig. Wir konnten ziemlich viele ...«

»Gut, dann ist das geklärt. Es gibt neun Zünfte in Klevs, richtig? Und alle haben sie stellvertretende Zunftmeister?«

»Ja, das ist richtig. Wenn du auf die salischen Stellvertreter anspielst, die die Drostin ...«

Abermals unterbrach ihn Bjorn. »Darum geht es mir nicht, Buntfutterer, ich bin sicher, ihr habt zugesehen, dass sie ihr Ende gefunden haben. Mir geht es um die anderen Stellvertreter. Die, die noch am Leben sind.«

»Sie sitzen hier am Tisch. Darf ich fragen ...?«

»Du darfst. Ihr habt bis morgen früh Zeit, Altstadt und Eschengrund unter eure Kontrolle zu bringen, und damit meine ich echte Kontrolle. Um sicherzugehen, dass ihr ab sofort besser spurt, nehme ich eure Stellvertreter als Geiseln. Habe ich bis zur vierten Stunde keine dementsprechende Nachricht von euch, wird jede volle Stunde einer von ihnen gehenkt. Habt ihr nach den neun Stunden immer noch nichts vorzuweisen, kommt ihr selbst an die Reihe.«

»Erster Reiter!«, rief jemand empört vom anderen Ende der Tafel. »Das kannst du doch nicht machen!«

Bjorn zeigte auf den Fischer an seiner Seite, der sich noch immer die Nase hielt. »Frag ihn, ob ich das nicht machen kann.«

»Wir haben Familien ...«, traute sich eine Rätin einzuwenden.

»Die da draußen auch«, kanzelte Bjorn sie ab. »Gibt es sonst noch irgendwelche Misserfolge oder Patzer, von denen ich wissen müsste?«

Betretenes Schweigen.

»Jetzt ist die Zeit, damit herauszurücken. Jetzt, nicht später.«

»Also ...«

Bjorn wollte es nicht glauben. Der Kürschner hatte innegehalten, als er Bjorns Blick sah; entnervt forderte er ihn mit einer Handbewegung zum Weitersprechen auf.

»Unten am Zollhafen haben sich ein paar salische Stadtwachen verschanzt ...«

»Wie viele?«

»Ein Dutzend? Zwei vielleicht?«, mutmaßte der Mann.

»Das übernehmen wir.« Bjorn hatte genug. »Wir rücken sowieso ins Seeviertel ein. Sonst noch etwas?«

Der Kürschner schüttelte den Kopf.

»Die Salen, die nach Klevs geflüchtet sind – gibt es Anhaltspunkte, wo sie jetzt sein könnten?«

»Etwa achthundert von ihnen dürften wir in den Kron-Tempel der Heiligen Familie getrieben haben. Dann haben wir ihn angezündet. Die anderen werden sich vor allem noch im Westviertel verstecken. Dort sind die meisten Gasthäuser, und dort wohnen viele Salen. Wir durchkämmen das Viertel gerade.«

»Nicht mehr. Das machen wir jetzt. Holt eure Leute da raus, ihr werdet sie für Eschengrund brauchen. Ich nehme an, es gibt Steuerkataster in dieser Stadt?«

»Ja, die gibt es, Edler Bjorn«, sagte eine Frau in der Mitte der Tafel und beugte sich vor. »Mein Name ist Irme Ibsr, ich bin die neue Kämmerin der …«

»Gut, wir brauchen sie. Wir werden jedes Haus überprüfen. Dazu stellt uns jede Zunft sechs Ortskundige. Sofort.« Bjorn griff über den Tisch und zog sich das Banner samt Schlüssel heran. »Wir schlagen hier Quartier auf. Morgen früh erwarte ich alle Anwesenden wieder hier in diesem Saal, um mir Bericht zu erstatten. Vierte Stunde. Wer fehlt, wird aufgespürt und gehenkt. Über ganz Klevs wird eine Ausgangssperre verhängt, gültig ab sofort. Die Stellvertreter da rüber in die Ecke, wir werden sie die Nacht über in den Amtsstuben unterbringen.« Die mitgebrachten Soldaten der Sechzehnten hatten sich entlang der Wände aufgestellt, nun gab er ihnen einen Wink, sich der widerstrebenden und jammernden Zunftleute anzunehmen. Er steckte den Schlüssel in den Gürtel und reichte das Banner an Mutter Bo weiter. »Danke für den Empfang.«

Ohne noch ein Wort zu verlieren, verließ er den Saal. Auf dem Platz vor dem Rathaus blieb er stehen. Er brauchte frische Luft.

»Was war das denn, Bjorn?« Yngvild war neben ihn getreten und sah ihn perplex an. »Was ist da bitte gerade passiert?«

Er atmete tief durch. Richtig erklären konnte er es selbst nicht. »Diese Stümper«, versuchte er sich an einer Antwort. »Wie sollen wir das wieder einfangen?«

Yngvild schüttelte den Kopf. »Gar nicht, denke ich. Das muss ausbrennen, von allein wieder runterkochen. Wie sollen wir auch nur die Ausgangssperre durchsetzen? Du erreichst diese Leute ja gar nicht mehr.«

Bjorn zog eine Grimasse. Wahrscheinlich hatte sie recht. »Egal. Wir müssen es versuchen. Und diese Stadt unter Kontrolle bringen. Mit dem Seeviertel fangen wir an. Komm.«

Gemeinsam gingen sie zu den Pferden. Bjorn gab den Befehl zum Sammeln und ließ nur drei Schwingen am Rathaus zurück. Auch Mina ließ er wieder aufsteigen, er wollte sie in dieser Stadt nicht allein lassen, nicht bei diesen Ratten von Zunftleuten. Als sich die ersten Ortskundigen der Zünfte meldeten, wies er sie an, ihm und seiner Truppe den Weg ins Seeviertel zu weisen. Auf dem Weg dorthin kamen sie an der Ruine des Kron-Tempels der Heiligen Familie vorbei, einem noch immer schwelenden Trümmerfeld aus verkohlten Bohlen und schwarz gerußten Mauersteinen. Die Salen, die man dort eingesperrt hatte, waren verbackene, aschene Klumpen. Es roch nach verbranntem Fleisch und Fett, und die Hitze, die von den Überresten ausging, war immer noch beachtlich. Bjorn kommandierte eine Schwinge zur Bewachung ab: Sobald die Temperatur sinken würde, würden sich Plünderer daran machen, den Tempelschatz in den Trümmern zu suchen. Er würde ihnen einen Strich durch die Rechnung machen.

Im Westviertel angekommen, ließ er einen Teil seiner Leute die Zugangsstraßen blockieren und den Rest ausschwärmen. Sie sollten jeden Straßenzug nach versteckten Salen absuchen und bereits kontrollierte Häuser mit den bewährten Kreiderunen kennzeichnen. Auf diese Weise würden sie sich langsam bis zum Hafen vorarbeiten und sich dann dort der verschanzten Stadtwachen annehmen. Es würde dauern, aber sie würden Erfolg haben. Klevs würde unter Kontrolle kommen. Das Wüten würde ein Ende haben.

An einem Brunnenplatz richtete er seinen Posten ein. Der Einsatz war zu groß, um selbst aktiv an ihm teilzunehmen. Er musste den Überblick behalten; das konnte er nicht, wenn er selbst Häuser durchsuchte. Dort am Brunnen ließ er auch die Galgen errichten. Seine Leute räumten dazu das Lagerhaus einer Werft aus, die unweit des Platzes an einem Kanal lag. In der Straße von dort bis zum Brunnen trieben sie Querbalken zwischen die beiden Häuserzeilen, und auf dem Platz errichteten sie grobe Balkengerüste. Mutter Bo, deren Doppelschwinge den Platz und seine Umgebung sicherte, beobachtete mit ihm den Fortschritt der Arbeiten. »Ich weiß, warum du das machst, Erster Reiter«, sagte sie. »Die Galgen und das alles.«

»So?« Er maß die stämmige Weibelin mit einem Seitenblick. Auch Yngvild, die auf ihrem abgeschnallten Sattel saß und ein Brot aß, hob den Kopf. Mutter Bo war Bjorn noch immer ein Rätsel. Zu Beginn ihres Auftrags hatte sie seine Art der Durchführung ihm gegenüber sehr deutlich infrage gestellt, sich danach aber strikt an seine Weisungen gehalten. Ihre Doppelschwinge gehörte zu den mit den wenigsten Verfehlungen. Sie hatte ihre Zweifel nie wieder angesprochen, umso überraschter war Bjorn, dass sie es jetzt tat. »Und warum tue ich das?«, fragte er sie.

»Weil es leichter ist.«

»Leichter?«

»Ja. Leichter, als Tag für Tag so etwas zu sehen.« Sie deutete unbestimmt in die Gegend. Auch hier am Platz hatte die Meute getobt. An den Häuserwänden klebte Blut, und aus dem Brunnen hatten sie ertränkte Salen fischen müssen. »Macht es einfacher, das auszuhalten.«

Bjorn wusste nicht, ob das als Tadel oder Anerkennung gemeint war. »Und?«, fragte er deshalb nur unverbindlich.

»Ich verstehe es. Ich verstehe es wirklich, Erster Reiter. Aber es wird keinen Erfolg haben. Sich einzureden, dass es etwas anderes ist. Ist es nämlich nicht. Es ist dasselbe, das eine wie das andere.«

»Was willst du damit sagen?«, fragte er, langsam gereizter werdend und immer noch nicht sicher, worauf sie hinauswollte.

»Dass du nicht massenhaft Leute umbringen kannst, ohne eine Tekete zu erschaffen. Sie sieht nur anders aus. Manchmal schlimmer, manchmal besser. Aber es bleibt eine Tekete.« Sie zuckte mit den Achseln. »Wie auch immer. Ich bin unten am Kanal, wenn was sein sollte, scheißen.«

Ohne auf eine Erwiderung zu warten, ging sie durch die hämmernden Soldaten hindurch und die Straße hinunter zum Kanal. Bjorn blickte ihr nach. Was war das gewesen? Er sah hinüber zu Mina, die am Brunnen saß und ihre Jacke bürstete. Sie blickte nicht auf. Bjorn suchte Yngvilds Blick, die mit dem Essen innegehalten hatte. Einen Moment lang verharrten sie so, jeder in seinen Gedanken verfangen, dann fragte Bjorn: »Hat sie recht?«

Auch Yngvild führte ihre Doppelschwinge makellos. Jetzt seufzte sie und biss sich nachdenklich auf die Lippe. »Ja«, sagte sie schließlich, »wahrscheinlich schon. Aber solltest du an all dem etwas ändern?« Sie schüttelte ihre kurzen Locken. »Nein, wahrscheinlich nicht.«

Nachdenklich nickte Bjorn. Dann kam ein Bote vom Schönen Sral und forderte seine Aufmerksamkeit. Sie hatten die Zolltürme bei den Docks gestürmt. Es hatte harten Widerstand gegeben und auch Tote auf ihrer Seite, aber sie hatten nun Zugang zum Hafen. Bjorn ließ Yngvild die Stellung halten und schwang sich auf sein Pferd, um sich ein Bild von der Lage zu machen. In einem der Lagerhäuser stießen sie noch einmal auf Gegenwehr von ein paar verschanzten Stadtwachen und salischen Fischern, und als sie zweimal am Eindringen gescheitert waren und Leute verloren hatten, brannten sie das Gebäude schließlich ab. Wer sich drinnen aufhielt, starb schreiend, aber niemand kam herausgerannt. Danach war Ruhe.

Zurück am Brunnenplatz sah er, dass die Hinrichtungen aufgestöberter Salen begonnen hatten – die Straße zum Kanal hing bereits voller Leichen. Erwartungsgemäß war die Meute nicht gründlich gewesen, als sie ihrer Mordlust freie Bahn ließ. Müde setzte Bjorn sich noch kurz zu Mina an den Brunnen, die immer noch bürstete und stumm blieb, dann, es war inzwischen Nacht geworden, ging er schlafen.

Am nächsten Morgen weckte man ihn noch in der Dämmerung, weil die Galgen voll waren. »Wir haben keinen Platz mehr«, sagte der Soldat, der ihm die Kunde brachte.

Bjorn setzte sich auf seiner Schlafmatte auf, die er an der Tür einer ausgeräumten Töpferei ausgerollt hatte. Um die anderen Leute nicht zu wecken, die ebenfalls dort schliefen, stand er auf und ging hinaus zum Brunnen. Es war so, wie der Soldat gesagt hatte. Dicht an dicht hingen die Salen an den Balken.

»Dann schneidet sie eben ab«, sagte er, während er in den Tag fand. Aus seiner Feldflasche kippte er sich Wasser ins Gesicht. Danach sah er seinen Leuten zu, wie sie die Leichen herunterschnitten und am Rand des Platzes stapelten. Ihm gingen die Worte von Mutter Bo durch den Kopf. »Leichter«, sagte er sich selbst und schüttelte den Kopf. Er merkte, dass er wütend wurde. Nichts an dem hier war leicht, nichts. Und nein, es war keine Tekete. Das da draußen, sagte er sich, Klevs, das war eine Tekete. Dieser Platz hier war es nicht. Dieser Platz war Ordnung.

Soldaten aus Mutter Bos Doppelschwinge brachten Karren heran, auf die die Leichen verladen wurden. Der Tag zog weiter herauf, und Mina kam aus der Töpferei, um Pfeifer zu satteln. Sie würden bald zurück zum Rathaus müssen. Jetzt, da die Galgen in der Kanalstraße und auf dem Brunnenplatz wieder leer waren, konnte es weitergehen mit den Hinrichtungen. Yngvilds Leute brachten die ersten Salen, die sie die Nacht über in eines der Häuser gesperrt hatten.

Die Weibelin, die sich zu Bjorn gesellt hatte, stöhnte auf, als sie die Menge sah. »Wie viele sind es denn noch?«, fragte sie beinahe hilflos.

Bjorn warf ihr einen Blick zu. Er sah die roten Augenlider. *Leichter*, dachte er.

Die erste Gruppe, die auf den Platz geführt wurde, weckte seine Aufmerksamkeit; etliche Gefangene mit nussbraunem Haar waren darunter. Bjorn stieß sich vom Brunnen ab und ging hinüber. »Sind das wirklich alles Salen?«, fragte er einen der Soldaten.

»Nicht nur. Sind auch welche bei, die welche versteckt haben.«

Bjorn nickte. Wer Salen versteckte, war des Todes, das war eine einfache Regel. Wer den alten Herren des Chimmgaus half, ging mit ihnen unter. Er wollte sich schon wieder abwenden, als er das Mädchen sah.

Neun Jahre vielleicht, braune, dunkle Locken. Es trug chimrisch geschnittene Kleidung, war aber in Begleitung einer Salin. Sie hielt das Mädchen an den Schultern vor sich, ihr Blick starr und nach innen gerichtet. Bjorn kannte diesen Blick, er hatte ihn schon Hunderte Male gesehen. Die Frau wusste, was geschehen würde, und hatte mit dem Leben abgeschlossen. Aber das Mädchen … Er machte ein paar Schritte zu den beiden hinüber und ging vor ihr in die Hocke. »Wie heißt du?«, fragte er.

Das Mädchen blickte ihn mit großen, dunklen Augen an. Er sah die Furcht darin, aber auch den Trotz. »Asa«, sagte sie.

»Asa«, wiederholte er. Ein chimrischer Name. Oder ein salischer. Er hob den Kopf, um die Frau zu mustern. Sie war aschfahl. »Und du? Wie heißt du?«

Wie von weit weg kam die Frau zu sich und richtete den Blick auf ihn. Es war kein Trotz in ihm, keine Angst. Nur Leere. »Turid«, antwortete sie.

Wieder ein Name, der beides sein konnte. Die Frau trug das Gewand einer Erdhüterin und die passende Haartracht dazu. Auch so würde er nicht weiterkommen. Und wie sie die zwei Silben ihres Namens betont hatte, machte ihn auch nicht schlauer. Eine Priesterin der Heiligen Familie war sie nicht, aber sie diente der Erde, dem salischen Element. Dann das schwarze Haar ... Aber sie hatte keine blauen Augen, und es gab auch Chimren mit schwarzem Haar.

»Meine Mama ist keine Salin«, sagte da plötzlich das Mädchen. »Wir sind Chimren. Mein Papa heißt Nefjold.« Bestimmt presste sie die Lippen aufeinander und reckte das Kinn vor.

Bjorn musste lächeln. Sie sprach wie eine Chimre, weich und schnell, nicht behäbig und knorrig wie die Salen. Und Nefjold war ein chimrischer Name, das war gut, das machte es leichter. Bjorn richtete sich wieder auf. »Die nicht«, sagte er.

»Das sind Schwarzköpfe«, sagte der Soldat, »ich hab sie selbst aufgespürt. Hatten sich versteckt. Bei denen da.« Er deutete auf ein chimrisches Paar, das bleich weiter hinten in der Gruppe stand.

»Stimmt das?«, fragte Bjorn das Mädchen.

Das Mädchen schüttelte den Kopf. »Nein, der Mann lügt. Wir haben uns nicht versteckt. Ich kenne die da hinten nicht.«

Der Soldat hob die Hand, um das Mädchen zu schlagen, doch Bjorn hielt sie ihm fest. »Es spielt keine Rolle«, sagte er. »Wir brauchen ohnehin noch Hühner.«

Der Soldat nickte widerwillig und ließ die Hand sinken. »Von mir aus. Sind ohnehin genug da.«

Bjorn schob die Mutter und das Mädchen aus der Gruppe hinaus und winkte zwei andere Soldaten herbei. »Ihr da. Ihr stellt die Hühner zusammen, ein Dutzend oder so. Das hier sind die Ersten. Gebt ihnen Pferde und Proviant, und dann bringt ihr sie alle zusammen aus der Stadt. Am besten durchs Osttor.« Dann wandte er sich wieder dem Mädchen zu. »Dir und deiner Mutter wird nichts geschehen, du brauchst keine Angst zu haben. Das verspreche ich dir. Meine Soldaten bringen euch aus der Stadt.«

Das Mädchen nickte.

»Gut.« Bjorn wollte ihr über den Kopf streicheln, aber da erwachte die Mutter zum Leben. »Fass sie nicht an«, zischte sie.

Bjorn zog seine Hand zurück, mehr erstaunt als erschrocken. Er sah die Frau an. Ihr Blick bohrte sich in seinen. Die Leere war steinernem Ernst gewichen.

»Du wirst dafür bezahlen«, sagte sie und machte eine Geste in Richtung der Galgen.

Bjorn sah hinüber, sah zurück zu der Frau, die wie eine Salin sprach, und dann zu seinen Leuten. Er brauchte lange für seine Antwort. »Ich fürchte nicht«, sagte er, plötzlich müde.

Dann war der Moment vorbei, und er gab den beiden Soldaten einen Wink. Sie nahmen Mutter und Tochter bei den Schultern und führten sie in die Seitenstraßen, in der sie die Pferde untergebracht hatten. Bjorn sah ihnen nach. Er spürte die Blicke seiner Leute, aber es kümmerte ihn nicht. Schließlich fing er sich wieder. »Los, an die Arbeit«, rief er den Soldaten zu. Er ging zu Pfeifer und prüfte den Sattel.

Yngvild kam ihm nach. »Bjorn, alles in Ordnung? Du sahst aus, als hättest du ein Gespenst gesehen.«

»Es war nichts«, sagte er, während er Mina die Zügel aus der Hand nahm. »Wir brauchen Hühner, und die beiden sind wahrscheinlich ohnehin keine Salen.«

Yngvild wirkte nicht überzeugt.

Er atmete tief durch. Genervt, vor allem aber getrieben. »Ist doch egal.«

»Was ist los? Sag es mir, bitte.«

Bjorn schüttelte den Kopf. Dann zuckte er mit den Achseln. »Das Mädchen … Es … es hat mich an meine Schwester erinnert.«

»Du hast eine Schwester?«, fragte Yngvild erstaunt. »Das wusste ich nicht.«

Düster erwiderte er ihren Blick. »Hatte. Sie lebt nicht mehr. Sie war etwa in demselben Alter wie das Mädchen, als sie …« Er sah Yngvilds Betroffenheit und bereute es, überhaupt damit angefangen zu haben. Enttäuscht von sich selbst, setzte er einen Fuß in den Steigbügel. Es war keine Geschichte, die er oft erzählte, und sie endete immer an dieser Stelle.

Dann fiel sein Blick auf Mina, und er hielt inne. Zum ersten Mal seit Tagen sah sie ihn an. Und zum ersten Mal seit Wochen, nein, zum ersten Mal seit Lindscheid war der alte, wache Mina-Blick zurück. Er wusste, was käme, und er fürchtete sich davor, wie er schon lange nichts mehr gefürchtet hatte.

»Was ist passiert?«, fragte Mina.

Da war sie. Die unmögliche Frage.

Den Fuß immer noch im Steigbügel, wandte er sich ab von diesen Augen. Dann schloss er seine. Wieder holte er tief Luft. Er zog es vor, nie daran zu denken, weil es, egal, wie viele Jahre vergehen mochten, nie in Ordnung kommen würde. Sein Herz raste, er sah wieder die Bilder, die Bilder, aber schließlich gewann er die Oberhand, wie er es immer tat. Er öffnete die Augen. Mina war noch da. Mina, die ihn ansah und wieder am Leben war und wartete. Er hatte nie darüber gesprochen, würde es nie, aber diesem Mädchen hier vor sich wollte er zumindest eine Antwort geben. Nach allem, was er ihr angetan hatte, schuldete er ihr so viel.

»Skel«, sagte er, als er sich in den Sattel schwang. Skel war passiert.

Zwischenspiel
Der Brunnenwärter

Sechmenhatep stand auf der Düne hinter seinem Haus und hörte dem Sand beim Singen zu. Er tat das jeden Tag, immer nach dem Tee, dann, wenn der Abend kam. Alles war zu dieser Zeit bereits erledigt, was erledigt hatte werden müssen, und er hatte ein paar Momente für sich, bevor er zurückgehen würde in sein Haus, um das Nachtmahl zu essen und einer seiner Frauen ein Kind zu machen.

Er war ein zufriedener Mann, das Leben hatte ihm viel geschenkt: viele Söhne und Kamele und ein Amt, das ihn über die meisten erhob. Er war Brunnenwärter, Wächter über die Wasser von Bint-Tafet. Mit Stolz tastete er nach der Amtskette um seinen Hals. Es war nur ein kleiner Brunnen, der kleinste seines Stamms, der Heset Kenwer, aber er gebot über ihn, und für die meiste Zeit des Tages war das genug.

Nur wenn der Himmel dunkler und die Luft kühler wurde und er dastand und dem Sand lauschte, dann schlich sich die Sehnsucht in sein Herz und machte es weit. Denn in seinem Knarzen und Röhren erzählte ihm der Sand von der großen Welt da draußen und von Dingen, die er nur erahnen konnte, von der Unendlichkeit des Lebens und großer Liebe und von Träumen, die nie Wirklichkeit wurden. Er nahm sie mit sich in den Schlaf und träumte sie dort weiter.

Manchmal waren es gute Träume, die ihm der Sand brachte,

manchmal schlechte, aber Sechmenhatep nahm sie alle, ohne zu klagen. Er wusste, dass es nicht an den Menschen war, über die Welt jenseits des Schleiers zu verfügen. So stand er da, frei von Eifer oder Furcht, und lauschte.

Der Fremde tauchte ganz unvermittelt auf, allein, mit langem Schatten und nur einem Packtier.

Sechmenhatep wusste, dass es ein Fremder war, denn er kam aus dem Süden, und niemand von seinem Stamm kam aus dieser Richtung zu seinem Brunnen: Die Heset Kenwer siedelten im Westen. In der Richtung, aus der der Reiter kam, gab es nichts, nur Sand und Tod.

Mit gemischten Gefühlen beobachtete Sechmenhatep, wie der Fremde herankam, zielsicher und ohne Eile, als habe er schon immer gewusst, dass er hier auf Wasser stoßen würde.

Genau das aber konnte nicht sein: Nur die Heset Kenwer kannten diesen Brunnen. Das war auch der Grund, weshalb er den Fremden würde töten müssen – niemand durfte von Bint-Tafet erfahren, weder die Heset Bachmet noch die Heset Kermfu. Es waren vierfach unwürdige Asseln, die nicht die Pisse ihrer Kamele verdienten.

Sechmenhatep seufzte in seinen Shuf. Er würde dem Fremden mit seinen Söhnen nacheilen müssen, sobald dieser sich aus seiner Gastfreundschaft verabschiedet hatte, und das bedeutete Unannehmlichkeiten, Ritte in der kalten Nacht und schales Wasser aus geminzten Schläuchen. Sechmenhatep war jetzt alt, beinahe siebzig Sternenläufe, und er hatte genug Blut in seinem Leben gesehen; der Krieg gegen die Khem-ru hatte davon mehr als genug gebracht. Die Aussicht, den Fremden töten zu müssen, erfüllte ihn mit Verdruss. Aber sicher würde der Fremde Geschichten mitbringen, und er freute sich, sie zu hören.

Noch eine Weile blieb Sechmenhatep stehen, Gedanken hin- und herschiebend. Schließlich, als der Fremde nicht mehr weit entfernt war, stieg er die Düne hinab und rief seine drei ältesten Söhne zu sich. Für die Kamele holten sie Eimer voll Wasser aus dem Brunnen hoch und warteten.

Der Fremde brachte sein Kamel kurz vor ihnen zum Stehen und ließ es niederknien. Er glitt aus dem Sattel. Sechmenhatep trat vor, in der Hand hielt er den traditionellen Becher Wasser. Er reichte ihn dem Fremden. »Trink mein Wasser des Lebens und lass meinen Schutz dir Schatten spenden.«

Der Fremde nahm den Becher, schob den Schleier seines Shufs unter den Mund und trank. »Möge dir selbes zuteilwerden, wenn du in der Hitze des Tages weilst«, antwortete er, als er ihn wieder zurückgab. Er hatte nur an ihm genippt.

Sechmenhatep war irritiert. Das Erste, was Reisende taten, die aus dem Roten Meer kamen, war trinken. Seine Kamele stürzten sich auf die Eimer und leerten sie binnen weniger Augenblicke. Sie hatten offenkundig Durst. So, wie es sein sollte, und auch die Schläuche am Sattel des Lastenkamels waren alle leer. Nur wie konnte jemand aus der Nechbet kommen und nicht durstig sein?

Dazu kam der Akzent, mit dem der Fremde sprach und den er noch nie gehört hatte. Er war weich und murmelnd, beinahe fließend; mit Sicherheit war der Fremde weder ein Heset Bachmet noch ein Heset Kermfu. Und dann seine Augen: Sie waren grün.

Sechmenhatep schüttelte das ungute Gefühl ab, das ihn beschlich. »Ich bin Sechmenhatep von den Heset Kenwer«, hob er an und berührte seine Amtskette, »Wärter von Bint-Tafet, und dies sind meine Söhne. Willkommen, mögen die Ewigen Wasser dich vierfach segnen. Wie ist dein Name, Reisender, und wo kommst du her?« Es war ihm ein Rätsel, wie der Fremde den Brunnen hatte finden können. Sicher, Kamele rochen Wasser, aber um bis hierher zu gelangen, hatte er eine der einsamsten Gegenden des Roten Meeres durchquert.

»Koremsechep. Ich komme vom Karchadast.«

Mit vielem hatte Sechmenhatep gerechnet, damit nicht. Das Karchadast lag am anderen Ende des Roten Meeres, noch viele, viele Tagesreisen hinter Pta-Anchem. Er hatte noch nie jemanden von so weit weg gesehen. Ob sie dort alle grüne Augen hatten? Und was wollte wohl jemand vom Ende der Welt hier auf dem Gebiet der Heset Kenwer? Es musste etwas Wichtiges sein. Vielleicht sollte er den Fremden gefangen nehmen, statt ihn zu töten, und ihn dem Me'eph-Ma'et bringen. Sein Stammesvater würde ihn reich beschenken, sollte sich der Fremde als wertvoll herausstellen. Vielleicht würde er ihn sogar zum Brunnenwärter von Bint-Norfer machen. Dann würde er sich noch eine weitere Frau nehmen können. Sechmenhatep verbeugte sich, damit seine Augen nicht seine Gedanken verrieten. »Lass deine Reise für heute ein Ende haben«, sagte er, »und mich dich in mein Heim führen. Bald wird es Nacht, du wirst Durst und Hunger haben.«

»Hunger«, sagte der Fremde und stiefelte durch den Sand Richtung Haus.

Sechmenhatep wechselte einen Blick mit seinen Söhnen. Auch ihnen war das merkwürdige Gebaren des Fremden nicht entgangen. Er gab zweien von ihnen ein Zeichen, sich um die Kamele zu kümmern, und folgte mit dem anderen dem Fremden nach. Auf dem kurzen Weg zum Haus musterte er ihn aufmerksam. Sein Shuf war von dunklem Kobalt und er damit von edler Geburt, aber seine Waffen waren nicht die eines reichen Mannes, nicht einmal einen Bogen führte er mit sich.

Im Raum der Reinigung klopfte der Fremde sein Shuf nur ab, statt ihn auszuziehen. Er legte auch seinen Schleier nicht ab.

»Ich bin ein Scheuer«, sagte er lediglich, als er Sechmenhateps Blick sah, und wartete dann darauf, dass er und seine Söhne ihre rituelle Reinigung zu Ende brächten. Sechmenhateps Befremden aber wuchs. Er hatte noch nie einen Scheuen getroffen. Die Angehörigen dieser Sekte entblößten sich nie vor anderen, weil sie glaubten, dass Augen wie die Alte Feindin Lichtstrahlen aussandten, um zu sehen, und ihrer Haut Schaden zufügten. Sein Gast wurde immer verwunderlicher. Sechmenhatep sagte nichts, achtete aber darauf, dass der Fremde die Falten seines Shufs auch wirklich gründlich vom Sand befreite. Niemand brachte Sand in sein Haus.

Dann geleitete er ihn in den Speiseraum auf der anderen Seite des Hofs. Seine Söhne ließen sie allein, wie es Sitte war, und seine zwei jüngeren Frauen brachten das Nachtmahl herein.

»Iss, Gast«, forderte er ihn auf, während er ihn über die Glut der Grillstelle hinweg abermals musterte. Wie ein Krieger wirkte er nicht; er war weder besonders groß noch muskulös, hatte eingesunkene Schultern und machte einen krummen Rücken. Und doch musste er einer sein, denn nur ein Krieger würde es wagen, allein durchs Rote Meer zu reisen.

Sie schwiegen eine Weile. Sechmenhatep hatte gehofft, dass der Fremde anfangen würde zu erzählen, wie es sich für einen Nehebet geziemte, der von weit her angereist war und die Gastfreundschaft anderer in Anspruch nahm. Aber sein Gegenüber saß nur auf seinem Teppich, den Kopf halb gesenkt und den Blick leer. Sobald Sechmenhateps Frauen die Speisen drapiert hatten, zog er sich den Schleier bis unter die Lippen herab und begann zu essen – kein Segensspruch, kein Wort der Dankbarkeit, keine Geschichte.

»Du bist in der Tat hungrig«, baute er dem Fremden eine Treppe. Vielleicht musste er ihn nur sanft daran erinnern, was sich gehörte; das Rote Meer konnte einen Mann vieles vergessen lassen, auch die guten Sitten. Als Reaktion bekam er einen kurzen, schläfrigen Blick aus den grünen Augen geschenkt, aber keine Antwort.

Ärger stieg in Sechmenhatep hoch. »Sag, Koremsechep«, fing er nun mit hörbarer Missbilligung in der Stimme nochmals an,

»was führt dich hierher? Allein und fernab aller Wege? Es ist noch nie ein Fremder nach Bint-Tafet gekommen, du bist der Erste.«

Der Fremde ließ mit keiner Reaktion erkennen, dass er den Unmut seines Gastgebers zur Kenntnis genommen hatte. »Ein Auftrag des Menenutet. Ich muss ins Rosenland.« Er griff zum Brot, tunkte es in die Buttermilch und biss ab.

»Ins Rosenland?« Bestürzt war Sechmenhatep von seinem Sitz aufgefahren. Um Fassung ringend, ließ er sich wieder auf dem Teppich nieder. Niemand ging ins Rosenland. Seine Krieger waren schon vor Generationen ins Rote Meer eingefallen, sie hatten den Nahref austrocknen und die östlichen Weidegründe verdorren lassen. Auch sie verehrten das Wasser, aber sie waren ein Übel, schlimmer noch als die Heset Bachmet und Heset Kermfu, schlimmer vielleicht noch als die Khem-ru. »Was ... was will der Menenutet von den Rosenkriegern?«, fragte er zitternd.

Teilnahmslos saß der Fremde zwischen den Speisen und aß. Er kaute kaum und schlang das Essen herunter, als hätte er seit Tagen nichts zu sich genommen. Ohne Genuss. In Sechmenhateps Bestürzung mischte sich abermals Unruhe. Er hätte auch mit einem Stein sprechen können und mehr Beachtung gefunden. Wieder bereute er, den Fremden zu sich eingeladen zu haben. Als er schon Atem holte für eine scharfe Bemerkung, antwortete der Fremde.

»Er will mit ihnen Krieg führen, gegen die Khem-ru«, gab der Fremde kauend zur Antwort und schlang einen weiteren Bissen herunter.

»Mit ihnen Krieg führen?« Sechmenhatep schlug die Hände über dem Kopf zusammen. »Ewige Wasser, was soll nur aus uns werden?« Ein Vorhaben wie dieses konnte nicht Nehebet sein. Der Menenutet musste verwirrt, das Ewige Zelt vom rechten Weg abgekommen sein, anders war solch ein tolldreister Gedanke nicht zu erklären. Sich mit den Rosenkriegern zu verbünden ... Er schüttelte sich.

Abermals schien der Fremde seine Bestürzung nicht wahrzunehmen. Er nahm sich einen der Spieße vom Grill und zog sich ein Fleischstück nach dem anderen ab, aß es und schluckte es herunter. Als der Spieß leer war, legte er ihn beiseite und nahm sich den nächsten. »Dein Stamm, die Heset Kenwer, hat er Feinde?«, fragte er.

»Natürlich. Die Heset Bachmet und die Heset Kermfu. Sie sind Räuber und Nichtsnutze. Sie stehlen unsere Frauen. Brennendes Gift sollen sie essen.«

Zum ersten Mal sah ihn der Fremde an. Er hatte den Kopf schief gelegt und musterte ihn mit plötzlicher Neugier. Seine grünen Augen glommen im Schein der Feuerstelle. »Wenn ihr euch nun mit den Heset Bachmet gegen die Heset Kermfu verbünden würdet, was würde passieren?«

»Wir würden die Heset Kermfu zerschmettern. Aber nie würden wir das tun – die Heset Bachmet sind Staubfresser. Sie beschmutzen ihre Beinkleider.«

»Ihr würdet nie mit den Heset Bachmet zusammen kämpfen? Und nie mit den Heset Kermfu?«

»Nie.«

»Es sei denn, der Menenutet würde Bener Enwechem verkünden.«

Das stimmte. Die Große Eintracht beendete alle Stammesstreitigkeiten. Sechmenhatep nickte. »Dann ja. Aber nur dann.«

Träge blinzelte der Fremde und widmete sich dann seinem zweiten Spieß. Anschließend nahm er sich eine Bulgurschüssel. Mit den Fingern griff er hinein und formte sich ein Bällchen aus der Weizengrütze. Er steckte es sich in den Mund. Wieder dachte Sechmenhatep, dass ihre Unterhaltung gestorben wäre, als der Fremde weitersprach. »Du sagst es selbst. Der Menenutet kann anordnen, sich mit seinen Feinden zu verbünden. Das macht man nur, wenn man einen anderen Feind besiegen will. Deshalb schickt er mich ins Rosenland.«

Sechmenhatep spielte mit seiner Amtskette, während er überlegte. Die Rosenkrieger mit den Heset Kermfu zu vergleichen, war absurd. Das eine waren Nehebet, das andere Wilde, die ihre Haut der Alten Feindin aussetzten. Aber ganz gleich, was er davon hielt, ergab sich noch etwas anderes aus dem, was der Fremde sagte. Wenn er wirklich ein Bote des Menenutet war, durfte er ihn dann töten? War das noch Nehebet, oder wich er damit vom Weg ab? Er wusste es nicht, und der Stille seines Stamms war weit weg, ihn konnte er nicht fragen. Er würde also heute bei Seremnebti liegen. Seine älteste Frau war nicht mehr so weich wie die anderen, und ihre Hüften waren eingesunken. Sie würde ihm auch keine Söhne mehr gebären können, aber sie war klug und hatte ihn schon oft mit gutem Rat versorgt, wenn er welchen brauchte. Die meiste Zeit las sie im Meophis-Kun, dem Buch der Langen Reise, statt seinen jüngeren Frauen im Haushalt zu helfen. Beide lagen ihm deswegen regelmäßig in den Ohren und beschwerten sich, aber er ließ Seremnebti gewähren. Er wusste, wieso.

Während er nachdachte, fiel ihm eine weitere Merkwürdigkeit an seinem Gast auf: die Art, wie er kaute. Immer nur auf der einen Seite, der linken, nie auf der rechten. »Hast du Zahnschmerzen?«, fragte er den Fremden.

»Nein«, antwortete der nur, ohne von der Bulgurschüssel aufzusehen.

Wieder fing Sechmenhatep an zu grübeln. Was stimmte mit seinem Gegenüber nicht? Aus einer Eingebung heraus sah er zum Becher des Fremden hinüber: Er hatte ihn nicht angerührt. Sechmenhatep bekam Gänsehaut. Sein Gast trank nicht. Bis auf den rituellen Begrüßungsbecher hatte er noch keinen Tropfen zu sich genommen, und dabei war er gerade aus dem Roten Meer gekommen. Hatte er sich womöglich ein Sandkind ins Haus geladen? Der Gedanke durchzuckte ihn siedend heiß. Was, wenn es so wäre? Eines dieser scheußlichen Geschöpfe, die nichts tranken außer Blut und deren Berührungen alles verdorren ließen. Konnte das sein? Die Ewigen Wasser mochten ihn davor behüten! Er kniff die Augen zusammen, um im Halbdunkel besser sehen zu können. Verstohlen suchte er nach Sand, der seinem Gegenüber aus den Falten rieselte, aber er sah keinen. Sechmenhatep hatte auch noch nie gehört, dass Sandkinder auf Kamelen ritten; man erkannte sie am leichtesten daran, dass sie zu Fuß unterwegs waren. Und sein Gast hatte die Handschuhe ausgezogen, die Speisen, die er anfasste, zerbröselten aber nicht in seinen Fingern. Aßen Sandkinder überhaupt? Er wusste es nicht. Auch dazu würde er Seremnebti fragen.

Er gab sich Mühe, dem Fremden seine Unruhe nicht spüren zu lassen. Der aber aß weiter, teilnahmslos auf seine schiefe Weise kauend wie ein Kamel, und beachtete ihn nicht. Sechmenhatep wog ab, ob es noch gerade so Nehebet sei, einen Gast wie diesen allein essen zu lassen, als seine Kinder hereinkamen, um ihm gute Nacht zu sagen. Eines nach dem anderen traten sie durch den Perlenvorhang ins Zimmer, die Ältesten zuerst, die Jüngsten noch von ihren beiden Müttern auf dem Arm getragen. Vierzehn waren es, die er noch um sich hatte; sieben waren im Gewitterkrieg gestorben, und die vier nun Ältesten dienten zu seiner großen Freude alle in der Leibwache des Me'eph-Ma'et. Er war ein glücklicher und ein stolzer Mann, und er sah, wie der Fremde ihn und seine Familie beobachtete. Es erfüllte ihn mit einem gewissen Hochgefühl, denn er bezweifelte, dass sein Gast eine größere hatte.

Aber er sah auch, wie dieser abrupt aufhörte zu kauen, als Chenmenpatra das Zimmer betrat, um ihrem Vater einen kindlich-scheuen Gutenachtkuss auf die Wange zu drücken. Er sah, wie die Augen des Fremden sich verengten wie die einer Katze, und es gefiel ihm ganz und gar nicht. Der Fremde folgte seiner Tochter mit dem Blick, bis sie wieder aus der Tür war. Dann aß er weiter, ohne seiner Familie noch einen weiteren Blick zu schenken. Zum ersten Mal aß er langsam.

Es reichte Sechmenhatep. Als seine jüngste Frau mit ihrem Säugling das Zimmer verlassen hatte, sprach er den Fremden darauf an, scharf und missbilligend. »Sie ist zu jung. Du kannst sie nicht zur Frau nehmen.«

Nicht, dass er sie dem Fremden zur Heirat überlassen hätte, wenn sie denn älter gewesen wäre. Die Ewigen Wasser hatten es gegeben, dass Chenmenpatra seine einzige Tochter war. Und so sehr seine vielen Söhne ihn auch mit Stolz erfüllten – Chenmenpatra war sein Augenstern. Er verwöhnte sie, wo er nur konnte, sehr zum Missfallen ihrer Mutter. Wenn die Zeit käme, würde er sie gegen ein gutes Brautgeld an einen der einflussreicheren Krieger seines Stamms geben. Man konnte seine Bande zu den Vertrauten des Me'eph-Ma'et nie zu eng knüpfen. Da mochte ein dahergelaufener Fremder viermal der Bote des Menenutet sein. Aber das sagte Sechmenhatep ihm natürlich nicht.

»Ich weiß«, antwortete der Fremde nur und wischte die Bulgurschüssel mit den Fingern aus. Dann sah er auf und suchte Sechmenhateps Blick. »Ich will deine Tochter ganz sicher nicht heiraten«, sagte er mit Nachdruck. Zum ersten Mal erkannte Sechmenhatep eine Gemütsregung in den sonst leeren Augen: kalte Wut.

Nur für einen Moment blitzte sie auf, dann zog sich der Fremde wieder in sich selbst zurück. Er stellte die Schüssel beiseite und nahm sich noch einen Fleischspieß. Einzeln zog er die Stücke ab, tunkte sie in den Kichererbsenbrei und aß sie, auf seine eigentümliche, halbseitige Art kauend. Er wirkte nun wieder so teilnahmslos wie zuvor.

Sechmenhatep war verwirrt. Was hatte seinen Gast so erzürnt? Seine Worte? Chenmenpatra? War er vielleicht nicht nur ein Scheuer, sondern womöglich auch ein Strenger? Die Mitglieder dieser Sekte empfanden es als beleidigend, einen Raum mit einer Frau teilen zu müssen, aber Chenmenpatra war noch ein Mädchen, und die Gegenwart von Sechmenhateps Ehefrauen schien den Fremden nicht gestört zu haben.

»Wie alt ist denn deine Tochter?«

Überrascht sah Sechmenhatep aus seinen Gedanken auf. »Was?«

»Du hast gesagt, deine Tochter sei zu jung zum Heiraten. Wie alt ist sie?« Der Fremde legte den leeren Spieß zu den anderen, nahm sich eines der in Zuckersirup eingelegten Pistazienküchlein und biss hinein.

Sechmenhatep spürte, wie ihm heiß wurde. Ihm kam ein Gedanke, der ihn mindestens ebenso beunruhigte wie die Möglichkeit, dass der Fremde ein Sandkind sein könnte. Vielleicht war er noch auf eine ganz andere Weise ausgehungert, vielleicht gelüstete es ihm nach Süßem, das er nicht unter den Gaben eines Nachtmahls finden konnte. Er war wochenlang durch das Rote Meer geritten, er musste Nöte haben. Aber hätte er dann nicht ähnlich auf seine jüngste Frau reagieren müssen? Ihr Wuchs war palmenhoch, sie hatte ausladende Hüften und die Augen einer Antilope. In Sechmenhatep wuchs die Wut. Sollte der Fremde seine Kamele besteigen, wenn sein Saft ihn quälte, aber er würde weder seine Frauen noch seine Tochter auch nur berühren. Dafür würde er sorgen. Sicherheitshalber machte er Chenmenpatra zwei Jahre jünger, als sie tatsächlich war. »Acht«, antwortete er. »Sie ist acht. Sie hat noch nicht geblutet.«

Der Fremde nickte und schluckte den Bissen im Mund. Dann deutete er auf den Rest des Küchleins, den er noch immer in der Hand hielt. »Meinem Bruder würden die gefallen.«

»Du hast einen Bruder?«, fragte Sechmenhatep, überrascht und froh, dass der Fremde von selbst das Thema wechselte. In gewisser

Weise fand er es beruhigend, dass sein Gast einen Bruder hatte. Vielleicht weil es ihn menschlicher machte, überlegte er.

»Zwei.«

»Brüder sind ein Segen. Sie sind wie Wolken am Himmel: Man kann nie genug von ihnen haben.«

»Ich habe zwei.« Desinteressiert wischte sich der Fremde seine Hände am Tuch ab, das für diesen Zweck bereitlag, und beendete damit das Nachtmahl. Sechmenhatep fiel auf, dass er selbst gar nichts gegessen hatte, aber er war ohne Appetit oder Hunger. Der Fremde hatte ihn zu sehr angestrengt, er fühlte sich unwohl und überspannt. Froh, nicht noch mehr Zeit mit ihm verbringen zu müssen, zeigte er ihm seine Schlafkammer und wünschte ihm eine gute Nacht.

Er trat noch einmal vors Haus, um durchzuatmen. Es war kalt geworden, hell warf der Mond sein Licht auf den Sand. Noch immer dröhnten und murmelten die Dünen. Nachdenklich blickte Sechmenhatep in die Nacht hinaus. Was hatte ihm der Sand da nur geschickt? Morgen würde hoffentlich wieder anderes kommen, Besseres, aber heute Nacht, das wusste er, würde er schlecht schlafen.

Fröstelnd und mit unruhigem Herzen kehrte er zurück ins Haus. Als Erstes sah er nach seinen beiden Ältesten im Männertrakt vorbei. Ernst trug er ihnen auf, diese Nacht vor dem Trakt der beiden jüngeren Frauen und der Kinder zu wachen. Sie murrten, aber Sechmenhatep würde dem Fremden keine Gelegenheit bieten, sich an seiner Familie zu vergreifen. Nachdem dafür gesorgt war, ging er sich Rat holen.

Als Hauptfrau stand Seremnebti ein eigener Trakt seines Hauses zu. Sie erwartete ihn bereits an der Tür. »Ich wusste, dass du heute Nacht kommen würdest«, begrüßte sie ihn leise lächelnd und bat ihn herein. »Ein Fremder an deinem Brunnen? Ich bin seit beinahe fünfzig Jahren deine Frau, Sechmenhatep, natürlich würdest du wissen wollen, was ich darüber denke. Die beiden jungen Wachteln, die du dir ins Haus geholt hast, mögen deine Lenden erfreuen, deinem Kopf aber haben sie nichts zu bieten.«

»Du magst recht haben, mein Täubchen«, sagte er und setzte sich auf eines der Kissen, dankbar, sich austauschen zu können. »Aber dass der Fremde hier ist, das allein ist es nicht. Es ist viel schlimmer.«

»Schlimmer?« Sie hatte die Tür geschlossen und kam nun zu ihm herüber. Anteilnehmend sah sie ihn an. »Was verdorrt dir das Herz?«

Er erzählte es ihr. Von den grünen Augen des Fremden und dem Wasser, das er nicht trank, bis zu seinem grollenden Interesse an Chenmenpatra. Als er geendet hatte, blickte seine Frau ebenso sorgenvoll drein wie er. »Das ist nicht gut, Sechmenhatep«, sagte sie, »das ist viermal nicht gut.«

»Ich weiß. Ich sage dir, wir haben ein Sandkind unter unserem Dach.«

»Nein.« Sie schüttelte den Kopf. »Das ist es nicht.«

»Nicht? Bist du dir sicher?«

»Du hast es doch selbst gesagt: Er berührt Speisen, ohne dass sie zu Sand werden. Und er verliert auch keinen aus seinen Kleidern, oder?«

Nachdenklich wickelte er sich seine Amtskette um den Zeigefinger. »Nein, das stimmt. Aber was ist dann mit ihm?«

Seremnebti deutete auf den Traumfänger, der über ihrer Bettstatt hing. »Ich denke, er kommt aus der Glanzwelt«, sagte sie dann. »Von drüben. Das muss es sein, ein Gleißender. Ein Hautschleicher vielleicht oder ein Rotflüsterer.«

Sechmenhateps Puls beschleunigte sich. »Wirklich? Ewige Wasser!« Daran hatte er noch gar nicht gedacht. Manchmal, wenn die Nacht dünn wurde und der Schleier zwischen der wachen Welt und der des Traums riss, kamen die Gleißenden zu ihnen herüber, um Schrecken zu verbreiten. Von all den Träumen, die der Sand ihm brachte, musste es ausgerechnet ein Albtraum sein, der mehr war als nur ein Murmeln über den Dünen. Er spürte die Angst als kalten Klumpen im Magen.

»Was sollen wir bloß tun? Wie werden wir ihn wieder los?«, fragte er flüsternd. Gut, dass Seremnebti in diesen Dingen so viel bewanderter war als er. Sie würde ihm helfen. Und tatsächlich nahm seine Frau seine Hände in die ihren und blickte ihn fest an. »Du musst handeln, Sechmenhatep, sofort«, sagte sie, ebenfalls mit gesenkter Stimme.

Eifrig nickte er.

»Du könntest versuchen, das Wesen zu töten – es ist in unserer Welt, es ist ihren Gesetzen unterworfen, zumindest teilweise. Erschlägst du es, stirbt es. Aber das ist schwer, denn es ist immer noch ein Wesen aus der Glanzwelt, und je nachdem, wie viel es von dort noch in sich trägt, müsstest du ihm viermal so oft den Kopf einschlagen wie einem Menschen.«

Sechmenhatep runzelte die Stirn. Für ihn hörte sich das nicht besonders aussichtsreich an. »Gibt es noch einen anderen Weg?«

»Ja. Die Gleißenden sind nicht wirklich. Aber die Elemente sind es. Und keines ist so wirklich und machtvoll wie Wasser. Das ist ihre Schwäche. Wasser vertreibt sie.«

»Soll ich es in den Brunnen werfen? Das wird es kaum mit sich machen lassen.«

»Das musst du auch nicht. Es reicht, wenn du es mit Wasser übergießt.«

»Wirklich?« Sechmenhatep war unsicher. Das erschien beinahe etwas zu leicht.

»Ja, bestimmt. Du hast doch selbst gesagt, dass das Wesen nichts getrunken hat. Welchen Beweis willst du noch?«

»Den Willkommenstrunk schon …«

»Nur einen Schluck, hast du gesagt. Das reicht nicht. Das ist zu wenig.«

247

Er zögerte. Wenn sich Seremnebti irrte …

»Sechmenhatep. Sieh mich an«, forderte seine Frau ihn auf. Widerwillig gehorchte er.

»Das ist deine einzige Chance. Nimm dir einen Eimer, überrasch das Wesen, und schütte das Wasser über ihm aus. Ich beschwöre dich. Tu es, bevor es deiner Familie etwas antun kann. Denk daran, wie es sich nach Chenmenpatra erkundigt hat. Wahrscheinlich will es sie auf die andere Seite entführen. Willst du das?«

Das gab den Ausschlag. Entschlossen stand er auf und schüttelte den Kopf. »So weit wird es nicht kommen.«

»Gut, dann beeil dich. Ich werde für dich beten.«

Er beugte sich zu ihr nieder und drückte ihr einen Kuss auf die Stirn. Danach verließ er Seremnebti und schlich durch sein Haus nach draußen zum Brunnen. Die Eimer, die die Kamele ausgetrunken hatten, standen noch neben der Wasserstelle. Er würde zwei nehmen, sicher war sicher. Leise ließ er erst einen am Brunnenseil hinunter, füllte ihn und holte ihn hoch, dann wiederholte er die Prozedur mit einem zweiten. Während er am Seil zog, sah er sich um. Der Wind hatte aufgefrischt und sprühte feinen, im Mondlicht grauen Sand über den Vorplatz seines Hauses. Von den Dünen kam dunkles Röhren.

Kurz überlegte Sechmenhatep, ob er seine ältesten Söhne holen sollte, damit sie ihm halfen. Aber ihnen alles zu erklären, würde zu lange dauern. Seremnebti hatte gesagt, dass er sich beeilen musste. Und einer war außerdem immer leiser als drei. Er prüfte, ob sein Dolch fest im Gürtel hing, für den Fall, dass er ihn doch brauchen sollte, dann hob er die Eimer an und schlich zurück ins Haus.

Er bewegte sich vorsichtig und nur auf Zehenspitzen. Leise, leise, sagte er sich immer wieder, leise, leise. Er schlich durch den Speiseraum und an der Küche vorbei, dann bog er in den Gang ein, an dessen Ende die Gästekammern lagen. Mondlicht fiel durch die schmalen Fenster unter der Decke, sodass Sechmenhatep augenblicklich sah, was nicht sein sollte: Die Tür zur Kammer des Wesens stand offen.

Wieder spürte er die Angst sich kalt in seinem Magen ausbreiten. Er ahnte, dass er zu spät war, aber er eilte trotzdem hinein, so schnell es mit den Eimern ging. Die Bettstatt war unberührt. Auf dem Boden davor lag der Shuf des Fremden.

Sechmenhatep hatte keinen Zweifel, wo er das Wesen finden würde.

Alle Vorsicht vergessend, rannte er zum Frauen- und Kindertrakt. Wasser schwappte aus den Eimern. Er keuchte vor Anstrengung und weil die Angst ihm die Luft abschnürte.

Seine beiden Ältesten lagen neben der halb offenen Eingangstür, tot, die Kehlen aufgeschlitzt. Auf dem blauen Putz von Wand und Boden bildete ihr Blut dunkle Flecken. Sechmenhatep entfuhr ein Gurgeln. Er stürmte zur Tür, aus dem Spalt fiel Licht in den Gang, und trat sie auf.

Schreiend rannte er durch den Tagesraum zu den Schlafstätten.

Aber er kam zu spät.

Seine beiden jüngeren Frauen lagen auf ihrer Bettstatt, klaffende rote Schlitze in den Hälsen. Ihr Blut hatte Kissen und Decken beinahe schwarz gefärbt. Daneben lagen die beiden Säuglinge in ihren Wiegen, schlafend oder tot, Sechmenhatep wusste es nicht. In der Bettstatt gegenüber dasselbe Bild des Grauens: Seine sechs Söhne, die noch nicht das Mannesalter erreicht hatten, lagen zwischen den Kissen, ausgeblutet wie Schlachtvieh. Zwei von ihnen mussten wach geworden sein, der eine hing halb und mit dem Kopf voran auf dem Boden, der andere lag auf seinen Brüdern, die Augen weit vor Schrecken. Sechmenhatep hatte noch nie so viel Blut gesehen.

In der Mitte zwischen den Lagern aber hatte das Wesen Chenmenpatra auf eigens hingelegte Kissen gebettet.

Sie lag kerzengerade. In den gefalteten Händen hielt sie eine Puppe, die Sechmenhatep noch nie gesehen hatte, sie war alt und grau und hatte hellbraunes, struppiges Haar. Das Blut aus ihrer offenen Kehle klebte seiner Tochter im Haar und im Gesicht.

Sechmenhatep schrie. Er schrie, wie er noch nie geschrien hatte. Die Eimer waren ihm aus den Fingern geglitten. Er sah Sterne in seinem Blickfeld kreisen; vor allem aber sah er das Wesen, das sich hockend über seine Tochter gebeugt hatte. Es sah aus wie ein Khem-ru, und seine grünen Augen blickten ihn an.

»Sie ... wird uns jetzt nicht mehr stören«, sagte das Wesen in einem seltsamen, beinahe entschuldigend klingenden Ton. »Sie wird niemanden mehr auseinanderbringen.«

Sechmenhatep schrie immer noch, aber er bückte sich und hob einen der Eimer auf. Viel Wasser war nicht mehr in ihm, das meiste war ausgelaufen, aber er warf es dem Wesen entgegen.

Das Wesen hielt inne, merklich irritiert. Aber es verschwand nicht. Panisch griff er zum nächsten Eimer und schleuderte ihm auch dessen Rest Wasser entgegen. Klatschnass war das Wesen nun, aber immer noch so wahrhaftig wie zuvor, und jetzt hatte es seine Starre überwunden. Schnell wie ein Mungo fuhr es hoch und sprang ihn an.

Sechmenhatep sah den Dolch erst in dem Augenblick, in dem er ihm in den Leib fuhr. Er war ganz kalt.

Von allen Seiten kam nun die Dämmerung heran. Er spürte keinen Schmerz, er sah nur das Gesicht seiner Tochter. Während er zu Boden glitt und die Welt langsamer wurde, fragte er sich noch – und er fühlte diese Frage mehr, als dass er sie dachte –, ob der Sand wohl morgen bessere Träumen brächte.

14
Atlis

»So«, sagte der Gnädige sehr, sehr ruhig, »Aufständische waren das?« Er besah sich die Wunden der Meldereiterin. Sie hatte ein geschwollenes Auge, Schmisse und Kratzer im Gesicht. Blut klebte ihr im Haar, Blut tränkte auch den Verband, den sie um ihren linken Oberschenkel trug. Um das Bein zu entlasten, stützte sie sich auf einen Stock. »Ja, Herr, vor Kalbbach. Sie haben unserer Güte aufgelauert, sechs sind entkommen, den Göttern sei Dank.«

»Den Göttern sei Dank, fürwahr«, wiederholte der Gnädige. Er war hochgewachsen und sehr massig, mit einem Nacken wie ein Stier, und statt des üblichen weiß-roten Umhangs trug er einen goldenen um seine Schultern. Demonstrativ ging er um die Soldatin herum und besah sich ihre abgerissene Erscheinung von allen Seiten. Dann streckte er die Hand aus und griff nach ihrer Schulter, wo den Waffenrock nur noch ein dünnes Stück Stoff zusammen- und am Platz hielt. Mit einem kurzen Ruck, erkennbar ohne Kraftaufwand, riss er daran und hielt einen roten Fetzen hoch. Der Rest des Rocks fiel und hing nun schief von der anderen, weißen Schulter herab. »Sechs sind entkommen! Von einer ganzen Güte – sechs!«

Der Gnädige erhob seine Stimme und rief in die Halle hinein: »Aufständische waren das! Seht, was sie mit einer Soldatin der Gauwehr gemacht haben!« Er knüllte den Stofffetzen in seiner

Hand zusammen und warf ihn unter die versammelten Offiziere. Unweit von Atlis landete er auf der Brust eines Barmherzigen, der ihn betreten abwischte.

Doch der Gnädige war noch nicht zu Ende. »Vor Kalbbach«, rief er weiter, und seine Stimme überschlug sich, »*vor Kalbbach!* Das ist keine zwei Rittstunden von hier entfernt. Dreitausend Helme des Reiches sind hier versammelt, doch der Feind tanzt vor unserer Haustür. Genug! Wir werden uns das nicht länger mehr bieten lassen! Wir werden diesen Aufständischen zeigen, was es heißt, sich mit der Wacht am Tern anzulegen.«

Zustimmendes Gemurmel war in der Halle zu hören.

»Ich weiß, was manche von euch jetzt dagegen einwenden wollen: Radegar, mögen sie denken, wie soll das gehen? Die Aufständischen verstecken sich in den Wäldern, sie verstecken sich in den Dörfern. Wie sollen wir sie finden?« Mit großen Augen blickte der Gnädige in die Runde, Wut hatte seine Wangen rot eingefärbt. »Das ist richtig, das tun sie, aber fürwahr, das sage ich euch: Wenn sich die Falkenbrut in den Wäldern und Dörfern versteckt, dann gibt es eine einfache Lösung dagegen, dann wird es im Chimmgau keine Wälder und Dörfer mehr geben!«

Beifall wurde laut, erst vereinzelt, dann mehr, schließlich klatschte etwa die Hälfte der Halle.

Mit den Händen bedeutete der Gnädige, dass er weiterzusprechen wünsche. Der Applaus verstummte.

»Radegar, mögen jetzt manche wieder sagen, das ist grausam, das kannst du nicht machen. Doch, sage ich ihnen. Ich kann, ich muss. Fürwahr, das ist grausam. Aber haben wir eine andere Wahl? Zwingt uns der Feind diese Grausamkeit denn nicht erst auf? Wir haben sein Land nicht überfallen, wir haben seine Leute nicht an den Pfahl geschlagen. Wir verstecken uns nicht unter Bauern, um aus dem Hinterhalt zuzustoßen.« Er legte die Hand auf die Schulter der Soldatin, die noch immer neben ihm stand und gleichermaßen verlegen wie verloren dreinblickte. »Nein, nein, nein, all das tun wir nicht. Aber wir müssen den Feind bekämpfen, darauf haben wir einen Eid geleistet, und nichts wird mich abhalten, ihn zu erfüllen!«

Er ließ von der Soldatin ab und trat einen Schritt nach vorne, die Faust geballt. »Der Feind hat zum Schwert gegriffen, er wird durch das Schwert umkommen. Durch das Schwert, durch Feuer, Strick und Pfahl, ganz gleich, aber umkommen wird er. Und mit ihm, wer ihn versteckt, unterstützt und hilft oder sonst wie gemeinsame Sache mit ihm macht. Das sage ich euch: Ich mache keinen Unterschied zwischen ihm und seinen Helfershelfern, sie alle müssen untergehen. Das Land dort draußen, dem das Reich Frieden, Heil und Wohlstand brachte, hat sich nun gegen das Reich verschworen. Es beherbergt den Feind, es nährt die Falkenbrut. So lasst uns also reiten und diesem Land das Urteil bringen.« Der Gnädige schlug seinen goldenen Umhang zurück und zog sein Schwert. »Für Kaiser, Krone, Salenblut!«

»Für Kaiser, Krone, Salenblut!« Schwerter wurden in die Höhe gestreckt, wieder kam Beifall auf, mehr dieses Mal. Nachdem er abgeebbt war, entließ der Gnädige die Menge. Die Soldaten strömten nach draußen.

Atlis ließ die Rede des obersten Offiziers der Gauwehr in Chirmfurt verstört zurück. Was sollte das jetzt heißen? Dass sie das Land verwüsten sollten, dessen Schutz sie gelobt hatten? Und Salenblut? Wo war dieser Begriff plötzlich aufgetaucht, und wieso war er für die Gauwehr von Bedeutung? Ratlos blickte sie sich um. Neben ihr standen zwei Gütige, beides Salinnen, die Arme vor der Brust verschränkt und merklich unbeeindruckt. Eine von ihnen schüttelte mit skeptischer Miene den Kopf. »Der Goldene Radegar scheint vergessen zu haben, dass das Herzogtum gerade die Reichsstraße herunterkommt. *Fürwahr.*«

»Im Gegenteil«, antwortete die andere und schnaubte. »Nachdem er vom Tannhausner Tor gehört hat, traut er sich einfach nicht mehr an die Weißröcke. Hol deine Heugabel, Eschlinde, wir bekämpfen jetzt Bauern.« Spöttisch lachte sie auf.

»Darf ich stören?«

Zwei Köpfe wandten sich Atlis zu.

»Ich bin Atlis, ich … Was war das gerade?«

»Das, Schwester«, sagte die, die von der anderen mit Eschlinde angesprochen worden war, »war die Rede eines verängstigten Idioten.«

Die andere Gütige nickte.

»Das heißt … Was machen wir jetzt?«, fragte Atlis mit einer Mischung aus Aufregung und Hoffnung. Offensichtlich gab es noch andere, die an der Sicht des Gnädigen Anstoß nahmen.

Doch Eschlinde runzelte die Stirn. »Was soll das heißen: Was machen wir jetzt?«

»Na ja, ihr habt Radegar doch auch gehört. Das ist Wahnsinn!«

Beide Gütige wechselten einen Blick. Eschlinde seufzte, aber es war die andere, die sprach. »Hör zu … Atlis, oder?«

Atlis nickte.

»Wir machen das, was Radegar gesagt hat, Atlis: Wir bekämpfen die Aufständischen. Wo immer sie sich auch verstecken mögen.«

»Wo immer sie sich auch verstecken mögen«, echote Eschlinde. »Bis hier mal ein Komtur oder ein anderer Gnädiger aufkreuzt, ist Radegar der ranghöchste Bruder, und Befehl ist Befehl. Und außerdem ist er der Schwager von Baron Rodcaus, mit dem würde ich es mir nicht verscherzen. Wenn ich also du wäre«, setzte sie in einem wackeligen Versuch hinterher, chimrische Sprechweise zu imitieren, »würde ich ganz vorne mit dabei sein.«

Fassungslos blickte Atlis sie an. »Und wieso?«

»Ach, Schwesterherz«, mischte sich die andere wieder ein, »ist das wirklich so schwer? Du bist eine Chimre, und wer hat uns überfallen? Wer sind wohl die Aufständischen, von denen Radegar

Pickel bekommt? Meine oder deine Landsleute?« Abermals lachte sie auf, dieses Mal aber schien sie wirklich belustigt.

Eschlinde seufzte abermals. »Hör zu, Atlis«, sagte sie schließlich, ernster als ihre Begleiterin. »Du und alle anderen Chimren in der Gauwehr, ihr werdet euch beweisen müssen. Und wenn das heißt, dass du Scheunen niederbrennst, statt Weißröcke zu jagen, dann brennst du eben Scheunen nieder. Und zwar mehr, freudiger und eifriger als alle anderen, verstehst du?«

»Aber …« Atlis wollte nicht glauben, was ihr da gerade geraten wurde.

»Jetzt vergiss mal dein Aber! Vergiss die Scheunen. Die sind bereits Asche. Denn wenn du es nicht tust, tun es andere. Ja ja, ich weiß. Mir gefällt das auch nicht. Aber tu ich, was man mir sagt? Ard und Urd, darauf kannst du dich verlassen. Denk mal nach. Goldmantel hier mag kein besonders guter Soldat sein, aber er hat nun mal gerade das Sagen, und er scheint mir nicht in der Stimmung für ausgefeilte Argumentation. Willst du etwa, dass er oder jemand anderes deine Loyalität infrage stellt? Nicht einmal ich würde das wollen, und ich …« Sie tippte sich an ihren schwarzen Seitenzopf. »Also, sei schlau, Schwester, denk an dich«, setzte sie hinterher. Und an ihre Begleiterin gewandt: »Komm.«

Die nickte, dann schlossen sich beide den Hinausgehenden an.

Atlis stand in der nun beinahe leeren Halle und wusste nicht, wie ihr geschah.

Zwei Tage später rückte die Gauwehr aus.

Drei Barmherzigkeiten, jede in voller Sollstärke von einhundert Helmen, neu ausgerüstet, verproviantiert und unter Führung des Gnädigen Radegar persönlich. Atlis war mitten unter ihnen. Etele ritt an ihrer Seite. Sie hatte den Befehl über eine neue Güte bekommen und sich den Jungen als Fähnrich ausbedungen. Ihr Auftrag war denkbar einfach: die Gegend westlich von Chirmfurt nach Anzeichen von Aufständischen abzusuchen und jeden Widerstand zu brechen. »Ohne Rücksicht«, hatte Radegar mehrfach betont.

Atlis nahm sich vor, diesem Befehl gewissenhaft zu folgen, aber sie würde keine Scheune niederbrennen, nur weil in ihr womöglich irgendwann irgendwelche Aufrührer geschlafen hatten. Und da sie Güte für Güte das Land durchkämmen sollten, würde sie ihren Auftrag so auslegen können, wie sie es für richtig hielt. Trotzig grübelnd trennte sie sich vom Haupttrupp und ritt der ihr zugewiesenen Gegend entgegen. Es war unangenehm schwül. Gewitterwolken bedeckten den Himmel beinahe lückenlos, aber sie lagen matt über dem Land und wollten nicht abregnen. Kein Lüftchen wehte. Seit sie in Chirmfurt eingetroffen war, war das jetzt so. Atlis schenkte dem Wetter nach wie vor und mit wachsender Sorge große Aufmerksamkeit.

Die ersten drei Dörfer, die sie durchsuchten, brachten ihnen keinerlei neue Erkenntnisse. Niemand hatte Aufständische gesehen, die Drosten, alles Salen, wussten auch von keinen, die sich in der Nähe aufhalten sollten. Aber sie waren angespannt und ängstlich; auch sie hatten Geschichten von nächtlichen Racheakten und Überfällen chimrischer Banden gehört. Im vierten Ort allerdings bot sich ein anderes Bild: Die verkohlten Trümmer eines abgebrannten Hauses standen zwischen ein paar Beeten, und an der Dorfesche hingen zwei Chimren, beides Frauen in wehrfähigem Alter. Atlis ließ den Drost des Dorfs auf den Platz bringen. Auch er ein Sale. Blaue Augen sahen sie missmutig an. Finster deutete sie auf die Gehenkten. »Was haben die beiden verbrochen?«

»Haben schlimme Reden übers Tannhausner Tor in der Schenke geführt und den Kaiser verspottet. Und dann die Falkenhymne gesungen.«

»Und?«

»Und? Reicht das nicht?« Der Drost klang empört. »Alle wollten das. Mit dem Hängen, mein ich. Haben sie gebunden und zu mir gebracht und …«

»Und du hast sie aufknüpfen lassen. Und dann ihr Haus niedergebrannt.«

»Nein, das waren wir nicht«, protestierte der Drost. »Das war der Blitz, kam letzte Woche aus dem Himmel, einfach so.« Er schlug das Zeichen der Luft. »Und das Haus gehört auch Waganda, nicht den beiden da.«

Atlis wechselte einen Blick mit einem ihrer Leute. Der zuckte mit den Achseln. Instinktiv sah sie in den Himmel. Irgendwie glaubte sie dem Drost die Sache mit dem Blitz. Warum sollte er auch beim Haus lügen, wenn er bei den Gehenkten alles freimütig zugab? Sie zwang sich, ihm wieder ihre Aufmerksamkeit zuzuwenden. »Und weil sie die Falkenhymne gesungen haben, habt ihr sie dann aufgeknüpft. Einfach so.«

Nun zuckte der Drost mit den Schultern.

»Einfach so! Recht so«, rief jemand aus der inzwischen zusammengelaufenen Menge.

Mit mühsam unterdrückter Wut sah Atlis sich um. Es waren vielleicht fünfzig Dörfler, die um sie herumstanden. Manche trugen Dreschflegel und Beile. Sie glaubte nicht, dass es zum Äußersten kommen würde, aber sie musste sich vorsehen. Vor allem jedoch hoffte sie, dass Recht und Ordnung noch nicht vollends zusammengebrochen waren und die Waffenröcke der Gauwehr noch etwas galten. »Wo ist der Blutschild?«, fragte sie den Drost.

»Haben keinen«, antwortete er trotzig.

»Keinen Blutschild, ganz richtig. Kein Dorfdrost hat einen. Und trotzdem entscheidest du über Leben und Tod? Du weißt schon, dass nur Richter der Krone, die vom Kaiser den Blutbann übertragen bekommen haben, Todesurteile sprechen und vollstrecken lassen dürfen?«

Wieder zuckte der Drost die Schultern. »Ist doch Krieg.«

»Ja, und die Gauwehr ist dafür da, euch zu beschützen. Wer das Recht in eigene Hände nimmt, bricht es. Du bist hiermit festgenommen wegen Falschbanns und des Mordes an zweien deiner Schutzbefohlenen, Drost«, antwortete ihm Atlis. Die nächsten Worte sprach sie zu ihren Leuten: »Bindet ihn, wir nehmen ihn mit.«

Unter Protesten wurde der Drost verhaftet, aber niemand wagte einzuschreiten. Befriedigt und beruhigt nahm es Atlis zur Kenntnis, aber sie schwitzte nicht nur wegen der Schwüle. »Wir bringen euren Drost nach Chirmfurt«, rief sie lauthals über die Menge hinweg. »Dort wird über ihn Gericht gehalten. Er wird bekommen, was er verdient. Und ihr schneidet jetzt die Toten ab und begrabt sie ordentlich. Sie sind eure Nachbarn gewesen, Schande über euch. Wir werden wiederkommen, und dann herrscht hier hoffentlich wieder Ordnung.«

»Verschwindet«, schrie ihr eine Frau entgegen.

Ein älterer Mann, ruhiger als die meisten anderen, trat vor. »Gütige«, fing er an, »mach, was du meinst, machen zu müssen. Aber wenn du Ordnung haben willst, reitet zum Lahmen Godas. Er lebt südlich von hier, keine halbe Stunde zu Pferd. Wir haben vor zwei Tagen Hunde aus dieser Richtung anschlagen hören. Das kann nur vom Godas-Hof gekommen sein.«

»Und du glaubst, dass Aufständische der Grund dafür waren?«

»Ich weiß es nicht. Aber Godas ist ein Sale und reich dazu.«

»Und niemand hat nachgesehen?«

Mit großen Augen schüttelte der Alte den Kopf. »Nicht doch. Damit wir auch erschlagen werden? Niemand wagt sich noch aus dem Dorf. Da draußen kreist die Falkenbrut.«

Prüfend sah ihn Atlis an. Wollte er sie in eine Falle locken? Versteckten sich dort etwa Aufrührer? Wenn der Alte etwas im Schilde führte, konnte sie es ihm jedenfalls nicht von der Miene ablesen. In seinen blauen Augen war keine Arglist zu erkennen, und hinter ihm nickten ein paar andere Dörfler. »Ja, seht nach dem Lahmen Godas!«

Schließlich nickte auch Atlis. »Gut, wir werden nachsehen.« Wenn sie die Leute durch die Festnahme ihres Drosts erzürnt hatte, konnte sie sie vielleicht dadurch etwas besänftigen. Und in ihren Auftrag passte es allemal. Sie ließ sich den Weg beschreiben, den Drost auf ein Pferd setzen und gab das Zeichen zum Aufbruch.

Der Godas-Hof war leicht zu finden. Er stand am Ende einer Senke voller Apfelbäume, der Weg zu ihm führte sie durch weiße Blütenpracht und summende Bienen. Und die Toten vor dem Haus kündeten unmissverständlich davon, dass die Sorge des alten Mannes berechtigt gewesen war.

Augenblicklich kämpfte Atlis mit Brechreiz. Man hatte die Höfler regelrecht zerhackt und die Teile zu einem Haufen aufgeworfen. Sicher mehr als ein Dutzend, buken sie in der heißen Luft. Das Fleisch hatte bereits eine blauschwarze Farbe angenommen, auch Hunde konnte Atlis ausmachen. Hilflos schnappte sie nach Luft, Anblick und Geruch ließen sie würgen. Sie schmeckte den scharfen Geschmack ihres Magensafts im Mund.

Um sie herum erging es ihren Leuten ähnlich. Jemand übergab sich. Etele fing an zu schreien. Sie drehte sich zu ihm um, sah aber, dass sich bereits ein Soldat um ihn kümmerte.

Zitternd stieg sie vom Pferd. Sie wusste nicht, wie sie es schaffte, aber die Soldatin in ihr übernahm die Führung. Atlis zog das Schwert. Bei diesem Gestank war es unwahrscheinlich, aber noch konnte sich der Feind in der Nähe befinden. Der Weg, der sie hergeführt hatte, endete hier. Es war ein idealer Ort für einen Hinterhalt.

Mit dem Blick suchte sie die Umgebung ab. Unter den Apfelbäumen zur Linken sah sie noch einen Toten. Bäuchlings und Richtung Hof lag er da, der Speer, der ihn gefällt hatte, steckte noch in seinem Rücken, sein Hinterkopf war blutiger Matsch. Dort hatte es angefangen.

Vor ihrem geistigen Auge sah sie, wie sich die Angreifer durch die Bäume hindurch an den Hof anschlichen und dabei von dem Mann überrascht wurden. Der erkannte sie als das, was sie waren, machte auf der Stelle kehrt und rannte zurück zum Hof. Wahrscheinlich schrie er aus Leibeskräften, um die anderen zu warnen. Dann kam der Speer geflogen, der Mann fiel hin, schon war der Schnellste bei ihm und schlug ihm den Schädel ein. Und dann … Schaudernd versuchte sie, die Gedanken abzuwehren, die sie zu dem Haufen vor dem Haus führten. Sie sprang ab.

»Ausschwärmen!«, rief sie ihrer Güte zu. Für Heimlichkeit gab es keinen Grund. Wenn dies eine Falle war, hatte man sie längst kommen sehen. »Fünf bleiben hier, die anderen durchsuchen die nähere Umgebung.« Nur wenn sie sich sehr auf ihre unmittelbare Aufgabe konzentrierte, würde sie das hier durchstehen, das war Atlis klar. Wie ein Tier spürte sie das Entsetzen in ihren Eingeweiden wühlen, und sie fürchtete, die Kontrolle zu verlieren, wenn sie sich auch nur einen winzigen Moment ablenken ließ. Sie drehte sich wieder dem Haus zu.

Der Godas-Hof war ein langgezogenes Wohnstallhaus, ein typisches salisches Einzelgehöft, einen halben Schritt in die Erde hineingebaut, das Dach heruntergezogen bis zum Boden und mit Grassoden bepflanzt. Groß genug für mehrere Generationen, mühelos konnten in ihm dreißig, vierzig Menschen leben. Zu viel, dass sie alle … Atlis brach den Gedanken ab. Es fehlten Einwohner, das musste reichen. Mit vorgehaltenem Schild umrundete sie das, was sie sich aus nächster Nähe anzusehen weigerte, die Augen fest auf die Vorderfront des Hofs gerichtet. Als der Gestank nach Fäule und Tod zu mächtig wurde, zog sie sich mit dem Schwert in der Hand den Waffenrock über die Nase und atmete durch den Mund weiter.

Dem Haus sah man die Gewalt nicht an, der seine Bewohner zum Opfer gefallen waren. Keine Scheibe war zerschlagen, die Tür heil. Selbst die Blumenkübel vor dem Haus waren unversehrt. Lediglich das Heiligenbild, das neben der Eingangstür gehangen hatte, war abgeschlagen worden und lag auf dem Boden.

Nachdem sie das Haus noch einmal misstrauisch beäugt hatte, wandte sie sich um. Der Haufen blieb hinter dem erhobenen Schild verborgen. Ihre Leute hatten ihre Anweisungen befolgt, den Zurückgebliebenen rief sie nun zu: »Zwei gehen ums Haus herum, einer zu mir, der Letzte bleibt mit Etele zurück und bindet den Drost an einen Baum!« Dann ging sie zur Tür.

Langsam drückte sie die Klinke herunter. Als sie merkte, dass nicht abgeschlossen war, stieß sie die Tür mit Wucht auf. Vor ihr lag der Hausflur.

Blut an den Wänden. Wandschmuck, Teller und Trockenblumen zertreten auf dem Boden, dazwischen Küchenvorräte, Äpfel, Zwiebeln. In einer offenen Tür lag eine umgekippte Kleidertruhe, der Inhalt vor ihr verteilt.

Stille.

Atlis steckte ihr Schwert weg und zog den Dolch. Vorsichtig trat sie ein. Augenblicklich nahm der Gestank ab. Unter ihren Stiefeln knirschte der Schutt. Ein erster Schritt weiter in den Flur hinein, dann noch einer. Zu beiden Seiten standen Türen offen. Zerstörte Räume links wie rechts. Gesindekammern, die Küche, die Andachtsstube. Zerstört und besudelt. Als sie auf etwas Weiches trat, sah sie nach unten. Es war eine Hand.

Sie war sauber abgetrennt worden, kurz unter dem Ansatz. Nicht hier, dafür war zu wenig Blut am Boden. Hier hatte man sie nur weggeworfen. Achtlos, wie ein Stück Müll zu all dem anderen, das hier lag. Dieses Mal schaffte sie es nicht: Ihr Magen krampfte, sie musste sich mit dem Schild an der Wand abstützen, um nicht zu taumeln, und übergab sich.

Als es vorbei war, richtete sie sich wieder auf. Das Entsetzen in ihrer Bauchhöhle war noch immer da, krallend und kämpfend, aber für den Moment hatte sie es wieder unter Kontrolle. Erschöpft brachte sie ein »Götter!« über die Lippen, nachdem sie sie sich abgewischt hatte. Hinter sich hörte sie den herbeibeorderten Soldaten eintreten. »Such die Räume ab«, sagte sie, ohne sich umzudrehen. »Wenn was ist, ruf. Ich komme sofort.« Aber sie machte sich keine Sorgen mehr, angegriffen zu werden. Im Godas-Hof würden sie nur noch Tod finden. Stinkenden, erbärmlichen, kaum zu ertragenden Tod.

Sie erreichte das Ende des Wohntrakts und schob die halb offene Stalltür mit der Dolchspitze ganz auf.

Abermals bestialischer Gestank. Summen.

Das Vieh des Lahmen Godas' lag abgestochen in den Koben. Rinder und Schweine, bedeckt mit Trauben von Fliegen.

Wieder musste Atlis würgen, aber ihr Magen war bereits leer. So schnell, wie sie es sich gestattete, schritt sie durch die Stallgasse, fassungslos.

Vor ihr öffnete sich die hintere Tür des Hauses. Im Rahmen erschien einer ihrer neuen Leute, Ansprand, ein junger Sale. »Atlis …«, sagte er blass. »Hier lebt noch einer. Komm schnell!«

Mit flauem Magen eilte sie Ansprand entgegen. Sein Tonfall ließ keine Hoffnungen zu. Wenn es an diesem Ort einen Überlebenden geben sollte, würde das kein Grund zur Freude sein.

Draußen erkannte sie mit einem Blick, wie recht sie gehabt hatte. Hinter dem Haus war ein zweiter Haufen aus zerhackten Menschenleibern aufgeschichtet, und davor saß in einem gepolsterten Schaukelstuhl ein alter Mann, eingehüllt in eine Decke. Er wimmerte leise. Sie hatten ihm die Hände abgeschlagen und die Wunden abgebunden. Eine lag noch in seinem Schoß.

»Was …?« Atlis' Verstand weigerte sich, das Bild zusammenzusetzen. Vor dem Alten kniete Dore, die Zweite, die ums Haus gelaufen war, und spuckte.

»Was …?«, setzte Atlis noch einmal an, aber wieder stockte sie.

»Verstehst du nicht, Atlis?«, drängte Ansprand, Panik in der Stimme. Er zitterte. »Das ist Godas. Sie haben ihn am Leben gelassen. Das da ist seine Familie. Vorne liegt nur das Gesinde. Sie haben ihn rausgetragen und gezwungen zuzusehen. Und dann haben sie ihn zum Sterben hiergelassen.«

Atlis konnte nicht mehr atmen. Furcht und Ekel schnürten ihr die Kehle zu. Was sie hier sah, was hier passiert war, überstieg ihre Kräfte. Sie wollte schreien, doch auch das ging nicht mehr. Sie öffnete den Mund, bekam aber keinen Ton heraus. Um sie herum begann sich die Welt zu drehen, und Atlis war, als würde sie enden, als wäre hier, hinter dem Godas-Hof, etwas passiert, das selbst für sie zu viel wäre. Dann packte sie eine Hand am Arm. »Atlis!«

Die Welt kam wieder zum Stehen. Ansprand sah sie an. »Atlis?«, fragte er noch einmal.

»Ja. Ja, ich bin da. Ich bin da«, sagte sie mühsam und schüttelte ihre Benommenheit ab. »Es tut mir leid.«

Sie musste sich mehr zusammenreißen, schalt sie sich. Sie war die Gütige, sie hatte die Verantwortung für ihre Leute. Ansprand war selbst völlig fertig. Ein Junge beinahe noch, ein, zwei Jahre von seinem Zwanzigsten entfernt, mit dunklem Flaum auf den Wangen und erst vor einem Monat zur Gauwehr gestoßen. Sie musste ihn führen, nicht andersherum. Sie würde ihn nicht noch einmal im Stich lassen.

»Was machen wir mit ihm?«, fragte er gehetzt und der Verzweiflung nahe.

Atlis musste all ihre Kraft aufbieten, um sich zu überwinden und auf den alten Godas zuzugehen. Er stank nach seiner Notdurft, und direkt vor ihm konnte sie seine bereits eiternden

Stümpfe noch über den Gestank des Leichenhaufens hinweg riechen. Wie er die zwei Tage überlebt hatte, war ihr ein Rätsel. Und warum. Der Tod hatte ihn bereits eingeholt, und er ließ ihn zappeln. Seine Augen rollten in den Schädelhöhlen, in seinem zahnlosen Mund krochen Fliegen ein und aus, und die Stümpfe ... Wieder spürte Atlis Brechreiz im Gaumen. »Godas ...«, sprach sie ihn an.

Keine Reaktion, nur das ständige, entwürdigte Winseln einer über alle Maße gepeinigten Seele.

»Godas«, versuchte sie es noch einmal, lauter, aber sie steckte bereits den Dolch weg und zog wieder das Schwert. »Mögen dich Mutter, Vater, Sohn und Tochter in die Arme schließen, Godas. Und mögen sie gutmachen, was an dir und den deinen verbrochen wurde.« Sie sprach den zweiten Satz, während sie zustach, doch sie wusste nicht, wie das jemals geschehen mochte.

Es war ein sauberer Stich. Augenblicklich hörte das Wimmern auf. Godas zuckte nicht einmal.

Atlis ließ die Klinge fallen und sackte auf die Knie.

Und dann endlich konnte sie schreien.

Sie schrie, bis sie glaubte, dass ihr die Lunge platzte. Sie schrie, bis ihre gesamte Güte hinter dem Haus zusammengerannt kam, und dann schrie sie immer weiter. Als sie fertig war, griff sie nach dem Schwert und stand wieder auf. Sie war nicht mehr schwach. Sie blickte zu Godas und dann zu dem Haufen seiner zerhackten Kinder, Enkel und Großenkel, und sie zuckte nicht mehr zurück. Sie prägte sich jede Gliedmaße ein, jedes stumm schreiende Gesicht, schwarzgebacken und faulig. Beherrscht atmete sie die Luft. Nie wollte, nie würde sie ihren Geruch vergessen.

Dann wandte sie sich mit steinernem Gesicht ihrer Güte zu. »Brennt alles nieder. Die Toten, den Hof, alles.«

Ihre Leute sahen sie an, verwundert, eingeschüchtert und unsicher, was in sie gefahren war, aber alle beeilten sich, ihrem Befehl Folge zu leisten.

Dann ritten sie den Weg zurück, den sie gekommen waren.

Im nächsten Ort, einer hauptsächlich chimrischen Siedlung mit Namen Fjyrdebakken, stießen sie auf eine der anderen Güten. Direkt befehligt von der Barmherzigen Rechila, pausierte sie auf dem Dorfplatz und ertrug die Nachmittagsschwüle abgekämpft vor der Schenke. Vor einem brennenden Hof am Ortsrand stand ein neu errichteter zweischläfriger Galgen, an dem elf Gehenkte hingen, drei davon Salen. Vier tote Chimren lagen vor dem Gerüst. »Aufrührer«, meinte eine der Wachen auf einem Brötchen kauend. »Falkenbrut allesamt.«

»Die Salen? Falkenbrut?«, fragte Atlis.

»Weiß nicht.« Gleichgültiges Schulterzucken. »Haben wohl irgendwie aufgemuckt. Frag die Barmherzige.«

Die Barmherzige, eine Enddreißigerin mit einem nicht mehr ganz frischen Augenverband, bat Atlis samt Güte in die besetzte Dorfschenke und maß sie mit neugierigem, einäugigem Blick. »Den Salen gehörte der Hof, den wir niedergebrannt haben«, sagte sie. »Wir haben die Aufständischen in ihrer Scheune entdeckt. Und bevor du fragst, Gütige: Ja, es waren Aufständische. Sie hatten Waffen bei sich und das hier.« Sie entrollte ein grünes Stück Tuch, das neben ihr auf dem Tisch lag. Ein weißer Falke war darauf gestickt, das verbotene Banner Ostchimriens. »Wir können von Glück sagen, dass wir sie überrascht haben. Sonst hätte es auch auf unserer Seite Tote gegeben.« Sie rollte das Banner wieder ein und legte es zurück auf den Tisch. »Bier?«

»Danke«, sagte Atlis und ergriff den Krug, den Rechila ihr hinschob. Sie prosteten sich zu.

»Tannhausner Tor?«, fragte Atlis, nachdem sie getrunken hatte, und blickte Rechilas verbundenes Auge an.

»Ja. Tut scheiße weh. Warst du auch da?«

»Zweites Treffen. Etele da drüben ist der Einzige, der es von meiner Güte auch geschafft hat. Jedenfalls der Einzige, von dem ich weiß.«

Rechila nickte. »Verdammtes Chaos, keiner weiß irgendwas. Habe auch fast nur Neue in der Güte. Verstehe noch immer nicht, wie wir verlieren konnten …«

»Ich auch nicht«, sagte Atlis und dachte an die Erzählung des Bauern. Schiffe, die die Elne hochsegelten … Und an das Wetter: windstill unter einem ewigen Sturmhimmel.

»Schlimme Sache«, sprach Rechila weiter, »träume heute noch davon. Bist du auch verletzt worden?«

»Hatte Glück.«

»Kann man wohl sagen. Gut für dich.«

»Ja.«

Beide tranken sie gedankenverloren, jede für sich und doch zusammen.

»Sag mal, die Salen …«, fing Atlis noch einmal an, weil sie etwas an Rechilas Schilderung nicht ganz verstand. »Die Chimren waren einfach nur in ihrer Scheune? Wenn sie davon nun keine Ahnung hatten?«

Rechila setzte ihren Krug ab. »Warum das Risiko eingehen?«

Atlis sah sie entgeistert an.

Rechila wischte sich über den Mund und winkte ab. »Nein, nein, nicht mit mir. Und wenn sie es wirklich nicht wussten, dann sind die Bauerntölpel dumm genug gewesen, um den Strick trotzdem verdient zu haben. Die anderen werden jetzt wachsamer sein, ganz sicher.« Sie nahm einen weiteren Schluck. »Aber was kümmert's dich, was mit den verdammten Salen ist? Du bist doch eine Chimre.«

Mit voller Wucht knallte Atlis ihren Krug auf die Tischplatte. Augenblicklich wurde es still in der Schenke. Die Soldaten an den Nachbartischen blickten verdutzt zu ihnen hinüber. »Bist du jetzt auch noch verrückt geworden, Barmherzige?«, herrschte sie Rechila an. »Reicht es denn nicht, wenn der Feind so denkt? Wir sind alle Untertanen des Kaisers, wir sind alle Gauwehr, alle mit demselben Rock. Mich kümmert es weder, was mit Salen noch mit Chimren ist, sondern mit Kaisertreuen und Verrätern.«

Atlis wusste, dass sie sich im Ton gegenüber einer Ranghöheren verging, aber es war ihr egal. Sie hatte es satt. Das war die Einstellung, die direkt zum Godas-Hof führte, und sie würde sie nicht mehr tolerieren, komme, was da wolle.

Die Barmherzige maß sie mit ihrem einen Auge. Immer noch wagte niemand in der Schenke, etwas zu sagen. Ruhig griff Rechila zu ihrem Krug und trank. Dann setzte sie ihn ab. »Du hast recht, Gütige. Sale oder Chimre ist die falsche Frage. Wir sollten das nicht vergessen. Gerade weil es in diesem Krieg so verdammt leicht ist.«

»Danke«, erwiderte Atlis, überrascht und noch immer mit flattriger Wut im Bauch.

»Du hast mir nicht dafür zu danken, dass du mir die Wahrheit sagst«, antwortete die Barmherzige. Dann hielt sie inne. »Warte mal … Atlis heißt du? Du bist aber nicht die Atlis, der man die Gerechtigkeit nicht gegeben hat, oder?«

Atlis spürte, wie sie puterrot anlief. »Doch«, erwiderte sie und verschluckte sich beinahe an der Antwort, »das bin ich.« Kannte denn wirklich jeder diese Geschichte?

Wieder maß Rechila sie mit langem Blick. »Sie haben der Falschen das Kommando verweigert«, sagte sie dann beinahe zu sich selbst. »Was für eine Dummheit.« Als sie weitersprach, schlug ihr Ton abrupt um. »Aber herrsch mich noch einmal vor meinen Leuten an, und ich lasse dich in Ketten schlagen.« Sie stand auf, und abermals wechselte ihre Stimmlage. »Komm. Lass uns aufbrechen. Fjyrdebakken ist sauber, und bis abends müssen wir in Kalbbach sein.« An ihre Leute gewandt rief sie in die Schenke: »Auf geht's, Kinder! Ausgetrunken und aufgesessen!«

Zusammen mit den anderen folgte Atlis ihr nach draußen. Während die beiden Güten sich reisefertig machten, sah sie hinüber zu den Toten am Galgen. Waren das dieselben, die im Godas-Hof gewütet hatten? Sie würde es nie erfahren, doch selbst wenn nicht, fiel es ihr schwer, Mitleid mit ihnen zu empfinden. Nie hätte sie geglaubt, dass Menschen zu etwas Derartigem fähig gewesen wären. Und doch ... Welche Sache konnte so etwas rechtfertigen? Welcher Kampf solche Mittel heiligen? Vielleicht, dachte sie, hatte Radegar gar nicht so unrecht. Sie wollte den Gedanken zuerst zurückweisen, aber so leicht erlaubte sie es sich nicht zu machen. Wer immer solche Verbrechen begann, hatte sein Leben verwirkt und musste bekämpft werden, mit aller Macht und Härte. Und was hätten sie mit ihren dreitausend Helmen in Chirmfurt schon gegen das herzogliche Heer ausrichten können, das runter nach Mattheim zog? Hier konnten sie tatsächlich etwas bewirken, und wenn es nur die Verhinderung weiterer Leichenhaufen war. Bevor man ihnen nicht zur Hilfe kam und mehr Truppen schickte, war das der einzige Kampf, der einen Sinn besaß. Schon ein Godas war einer zu viel. Und sie würde alles tun, um einen zweiten zu verhindern.

Sie sah die starren Gesichter der Gehenkten, sah ihr nussbraunes Haar und die chimrischen Zopfmuster. Und zu ihrer eigenen Verwunderung fühlte sie etwas, das sie absolut nicht erwartet hatte: Scham. Scham darüber, dass es ihre Landsleute gewesen waren, ob diese oder andere spielte keine Rolle, die Godas und seiner Familie so etwas angetan hatten. Es waren Chimren gewesen, die diesen Krieg vom Zaun gebrochen hatten, und es waren Chimren, die sich schlimmer aufführten als tolle Hunde. Gerade eben noch hatte sie Rechila angefahren, in Salen und in Chimren zu trennen, und jetzt, den Galgen mit ihren Landsleuten vor Augen, erwischte sie sich selbst bei genau dieser Unterscheidung. Aber, auch das musste sie sich eingestehen, es hatte seine Berechtigung. Sie, Atlis, war eine Untertanin der Krone und eine Soldatin der Gauwehr, und sie war eine Chimre, würde es immer sein. Und aus jeder dieser Rollen ergaben sich Verantwortungen. Sie konnte nicht so tun, als würde sie nicht angehen, was im Chimmgau geschah, als hätte Godas nichts mit ihr zu tun. Man hatte seine Familie zerhackt, ihn gezwungen zuzusehen und ihn dann mit abgeschlagenen Händen zum Sterben zurückgelassen, weil er Sale war, und es waren Chimren gewesen, die das getan hatten. Nur aus diesem Unterschied hatten sie ihr Recht zu morden abgeleitet, und weil sie eine der ihren war, hatten sie es damit auch in ihrem Namen getan. Sie konnte sich dagegen wehren, aber sie konnte nicht verhindern, dass diese Bluttat auch sie beschmutzte. Sie fühlte sich elendig.

»Ihr werdet dafür bezahlen«, sagte sie leise in Richtung der Toten am Galgen. »Alle.«

Aber würde es etwas ändern können?

Wieder musste sie an Wate denken. Er fehlte ihr jeden Tag. Sie bezweifelte, dass er sich ähnliche Gedanken gemacht hätte, dass er aus den Untaten seiner Landsleute eine Verpflichtung für sich selbst abgeleitet hätte. Dafür war er zu geradlinig, und die Gedanken drückten ihn nie so schwer wie sie. Aber er hatte immer instinktiv gewusst, was richtig war und was falsch, und er hätte ihr gesagt, was sie tun könnte. Sie fühlte sich verloren ohne ihn; Scham und Wut und Entschlossenheit und Zweifel, sie konnte das alles nicht zusammenbringen. Wate hätte es gekonnt.

Wate.

Atlis spürte den Kloß im Hals, und ihr wurde klar, dass sie diesen Weg ohne ihn gehen musste. Das hier war der Moment, auf den er sie ein Leben lang vorbereitet hatte. Nun war er da, und er war furchtbar. »Leb wohl«, flüsterte sie und schluckte die Tränen hinunter.

Der Weg nach Kalbbach war schwül und einsam.

Und Kalbbach existierte nicht mehr.

Der Goldene Radegar hatte seinen Worten Taten folgen lassen. Kalbbach war ein großes Dorf gewesen, eine Kleinstadt beinahe, jetzt gab es nur noch Rauch und Trümmer. Alles war niedergebrannt, jedes Haus, jeder Schuppen. Jedes Beet war verwüstet, jeder Obstbaum gefällt. Es gab keine Einzäunung, keine Tränke, die nicht umgeworfen worden war. Die Weihestätte der Luft hatte man niedergerissen und in Brand gesteckt, dem Marktbrunnen war dasselbe widerfahren. Nicht einmal den Tempel der Heiligen Familie hatten Radegars Leute verschont: Das einzige steinerne Gebäude des Orts brannte noch immer, das Dach war bereits eingestürzt. Nur Tote waren keine zu sehen, auch keine Galgen.

Mit dem Geschmack von Asche auf den Lippen stieg Atlis aus dem Sattel und meldete die Ankunft ihrer Güte. Ihre und Rechilas Einheit gehörten zu den Ersten, die eintrafen, sodass Radegar es selbst war, der sich ihre Berichte anhörte. Golden glänzte sein Umhang, als er zwischen den Rauchschwaden erschien und mit großen Schritten auf sie zukam. Schwarzer Ruß klebte ihm im Gesicht, verschwitztes Haar an der Stirn. Mit dem Blick immer wieder durch den Rauch schweifend, hörte er Rechila nickend, aber halb abwesend zu. Nachdem sie geendet hatte, wandte er sich an Atlis. »Und du, Gütige?«, fragte er, seine breite Gestalt ragte vor ihr auf wie ein Schrank, »wie viele Aufständische hast du zur Strecke gebracht?«

»Keinen, Herr«, fing sie an und musste husten. Der Rauch der brennenden Häuser kitzelte sie im Rachen. »Wir sind auf keine gestoßen. Aber ich habe einen gefangenen Drost mitgebracht, damit ihm der Prozess gemacht werden kann.«

»Prozess?« Radegar schien belustigt. »Du weißt schon, dass du das selbst in die Hand nehmen kannst? Aber gut, hier wird sich schon ein Richter finden. Wo ist er?«

Atlis deutete zu ihrer Güte. »Dort, bei meinen Leuten. Er sitzt neben dem Rappen.«

»Der?« Mit der Hand beschirmte er die Augen, um besser sehen zu können. »Das ist doch ein Sale?«

»Ja«, sagte Atlis und holte tief Luft. »Er hat Falschbann begangen und zwei Chimren gehenkt, die ›Land unterm Flügelschlag‹ gesungen haben sollen.«

Langsam drehte Radegar sich wieder zu ihr um. »Bist du toll, Gütige?«, fragte er sie in demselben ruhigen Ton, den er auch schon in der Halle in Chirmfurt an den Tag gelegt hatte, kurz bevor er ausgerastet war. »Du hast einen Salen festgenommen, weil er zwei Verräter aufgeknüpft hat?«

»Herr, ich habe einen Drost verhaftet, der sich den Blutbann des Kaisers angemaßt hat. Seine Herkunft spielte dabei keine Rolle.«

»So, spielte sie nicht …« Immer noch sprach Radegar langsam, aber Atlis sah, dass es in seinen Augen glitzerte.

»Nein, Herr«, antwortete sie und hielt seinem Blick stand. Sie würde sich nicht einschüchtern lassen.

Radegar beugte sich vor, die Muskeln seines Stiernackens spannten sich an. »Sag, Gütige, was glaubst du, ist es, das wir hier machen? Spielen wir vielleicht ein bisschen Hasch-mich? Oder sind wir womöglich gar auf einem Krontagsnachmittagsspaziergang? Schnell noch eine Runde, bevor es losgeht mit dem Gewitter?«

»Nein. Wir jagen Aufständische.«

»Wir jagen Aufständische, fürwahr.«

»Ja, Herr.«

»Und du hast wie viele erwischt?«

»Keinen.«

»Keinen, so, so. Und der Drost, den du gefangen genommen hast, wie viele hat der erwischt?«

»Auch keinen, Herr. Es waren nur zwei …«

»Grund und Boden!«, unterbrach sie Radegar brüllend, und kleine Speicheltröpfchen trafen Atlis' Wangen und Nase, »was fällt dir eigentlich ein, Gütige? Willst du den Feind begünstigen? Ist es das? Bist du eine von ihnen?«

Atlis fletschte die Zähne. Ruhig, aber hart hielt sie Radegars Wutausbruch entgegen. »Nein, Herr, das bin ich nicht.«

»Bist du nicht, sagst du?«, schnappte Radegar. »Du hältst dich wohl für besonders schlau, was? Kommst hierher, mit nichts vorzuweisen, und das Einzige, was dir einfällt, ist, den Mann vor Gericht zu stellen, der wirklich etwas fürs Reich getan hat. Schatten, ich glaube es nicht!«

»Herr, der Drost hat sich den Blutbann angemaßt …«

Radegar machte eine wegwerfende Geste. »Blutbann, Blutbann! Willst du mich jetzt auch noch in Recht unterweisen?«

»Nein, Herr, verzeih. Ich …«

»Ich weiß schon«, schnitt ihr Radegar wieder das Wort ab, dieses Mal voller Verachtung. »Du bist eine Chimre, die Falkenbrut sind Chimren, und als du deinesgleichen am Galgen baumeln sahst, bist du einfach schwach geworden. Ich sag's ja immer wieder, in jeder Chimrenbrust schlägt ein Falkenherz. Wir sollten euch alle an den nächsten Baum hängen, und gut ist.«

Atlis wurde klar, dass sie zunehmend auf verlorenem Boden stand. Aber sie würde nicht klein beigeben, nicht vor diesem borniertem Schrank. »Ich bin heute zu einem Hof gekommen, einem salischen Hof. Alle seine Einwohner waren tot, in Stücke gehauen und aufgeschichtet wie Brennholz. Den Hofherrn, einen lahmen Alten, hatten die Mörder nach draußen gebracht, mitsamt seinem Schaukelstuhl, damit er mit ansehen konnte, wie sie seine Familie abschlachteten. Dann haben sie ihm die Hände abgeschlagen und einfach sitzen lassen. Ich weiß, wer diese Mörder waren: Chimren wie ich. Aber nur, weil dasselbe Blut in meinen

Adern fließt, heißt das nicht, dass ich sie nicht zur Strecke bringen will. Ich habe dem Kaiser einen Eid geleistet, und es ist derselbe wie deiner.«

Funkelnd hatte ihr Radegar zugehört, sie aber nicht mehr
unterbrochen. Als er jetzt etwas sagen wollte, war er es, der nicht
zu Wort kam: Rechila, die bislang stumm neben ihnen gestanden
hatte, ging dazwischen. »Die Gütige hat recht, Herr«, sagte sie.
Sie sprach schnell, als wollte sie Radegar keine Gelegenheit zum
Lospoltern geben. »Sie hat im Tannhausner Tor gekämpft, sie ist
diejenige, der sie die Gerechtigkeit verweigert haben, ich bin
sicher, du hast von der Geschichte gehört. Sie hatte mehr als eine
Gelegenheit, die Seite zu wechseln, und sie ist noch immer hier.
Bei uns, und sie kämpft unseren Kampf. Aber der besteht nicht im
Henken von Unschuldigen.«

Während Rechila sprach, hatte Radegar von Atlis abgelassen
und sich der Barmherzigen zugewandt. Das Gesicht noch immer
fleckig von wütender Röte, sprach er jetzt wieder ruhiger. »Unschuldige. Unschuldige. Ich will euch beiden mal was sagen. Ich
bin nach Kalbbach gekommen, und das Erste, was ich gemacht
habe, war: Ich habe alle Einwohner in den Tempel getrieben.« Er
deutete auf die brennende Ruine. »Da sind sie jetzt noch immer.
Waren da Unschuldige dabei? Mit Sicherheit, fürwahr. Und ja, ich
weiß, was ihr jetzt denkt, ihr Schwächlinge. Radegar, das ist nicht
recht, das kannst du nicht machen. Wisst ihr was? Ich kann, ich
muss. Ein Feldscher schneidet ein brandiges Bein auch nicht unterhalb der Fäulnis ab. Er schneidet durch gesundes Fleisch, weil
nur so der Brand gestoppt werden kann. Er opfert ein wenig davon, um den ganzen Rest zu retten. Das sind die Unschuldigen
von Kalbbach: gesundes Fleisch, das weggeschnitten werden muss.«
Mit hartem Blick sah er zwischen Atlis und Rechila hin und her.
»Ich werde euch morgen Gelegenheit geben zu zeigen, dass ihr
den Chimmgau retten wollt. Vor allem dir, Gütige.« Seine Augen

bohrten sich in Atlis'. »Und jetzt lass den Drost frei.« Er wandte sich zum Gehen, drehte sich aber noch einmal halb um.

»Der Alte, von diesem Hof – hat er noch gelebt?«

Atlis schlug das Herz bis zum Hals. Aber sie würde nicht lügen. »Ja. Ich habe ihn erlöst.«

Radegar nickte langsam. »So, so. Hast du.«

Wieder kam ihr Rechila zu Hilfe. »Herr, das war ein Akt der Gnade. Atlis ist auf unserer Seite.«

»Fürwahr«, sagte Radegar und schenkte Atlis einen letzten Blick aus seinen blauen Augen. »Sie ist auf unserer Seite.«

Aber zum ersten Mal in ihrem Leben war sich Atlis da gar nicht mehr so sicher.

15

Grautwis

Er war schon lange nicht mehr auf dem Weg.

Grautwis hatte Ludvas leere Hülle hinter sich gelassen und war von ihr fortgestolpert, mitten ins Gras hinein, halb besinnungslos vor Schmerz. Die verletzte Linke fest an der Brust geborgen, fegte er mit der Rechten die beinahe mannshohen Halme beiseite, und als er merkte, dass er ohne Richtung und Verstand über die Traumfelder lief, war es zu spät gewesen: Vom Pfad war nichts mehr zu sehen, und er kam auch nicht wieder.

Grautwis wusste, dass er in ernsthaften Schwierigkeiten steckte.

Den Stumpen seines abgebissenen Zeigefingers hatte er notdürftig mit einem Fetzen seines Hemds verbunden, aber er schmerzte heftig, und der Stoff war dunkel und nass von seinem Blut. Dass er nun aufs Geratewohl durchs Gras irrte, machte seine Lage nicht besser.

Und dann war da der Sog. Wieder und wieder rollten die Wogen des Unwirklichen an ihn heran. Jedes Mal kamen sie ein wenig höher, jedes Mal ließen sie ihn ein wenig schwächer zurück. Die Begegnung mit Ludva hatte ihm zugesetzt und verwundbar zurückgelassen. Der Schmerz kostete ihn Kraft und Konzentration. Aber viel gefährlicher noch war das Grauen, das Ludva in ihm geweckt hatte.

Grautwis hatte geahnt, dass Ludva nicht durchkommen würde, von dem Moment an, als ihm Pridbor morgens im Speisesaal gesagt hatte, dass sie durchs Tor gegangen sei. Er hatte es *gewusst*. Ludva war eine gute Träumerin gewesen, alle hatten das gesagt, selbst Traummeister Milogost. Nur hatte das nichts an seiner Überzeugung geändert, woher sie auch gekommen sein mochte. Die Sorgen, die er sich gemacht hatte, waren letztlich Ausreden gewesen, nicht trauern zu müssen, hilflose Lügen, die das Unvermeidliche nur etwas hinausschieben sollten. Und jetzt hatte er Ludva wiedergesehen, auf eine Weise, wie sie entsetzlicher nicht hätte sein können. Und dieses namenlose Entsetzen war es, das ihn so schwächte und anfällig machte für das Zerren des Unwirklichen. Nur ein wacher, unbeugsamer Wille konnte ihm etwas entgegensetzen, und Angst war das Gegenteil von Wille, war nackter, roher Trieb. Unbeherrschtes Rasen, wo er klare Standfestigkeit gebraucht hätte. Ludvas letzte Rache.

Grautwis verfluchte sich und Ludva, und weil er merkte, wie ihm das Fluchen dabei half, seine schreienden Gedanken etwas zu zügeln, machte er weiter. Er verfluchte Traummeister Milogost, weil er ihn nicht besser vorbereitet hatte auf das, was ihn hier erwartete, er verfluchte die Traumfelder, die ihn seinen Finger gekostet hatten und womöglich noch viel mehr von ihm fordern würden, er verfluchte die gelbe Gestalt, die …

Abrupt blieb Grautwis stehen. Die gelbe Gestalt. Carcosa. Es überraschte ihn selbst, aber seit er auf den Traumfeldern war, hatte er noch kein einziges Mal an sie gedacht. Er hatte ihr nichts von seinen Plänen erzählt, durchs Tor zu gehen, weil er ihr immer noch nicht restlos traute und weil er hatte wissen wollen, ob sie wirklich so viel sehen konnte, wie sie behauptete. Jetzt wünschte er sich, er hätte es getan. Mit Sicherheit hätte ihm Carcosa helfen können. Womöglich aber war sie ja trotzdem hier und wachte über ihn, weil sie seinen Entschluss tatsächlich vorhergesehen hatte. Grautwis blickte sich um, konnte aber im hohen Gras nicht besonders weit sehen. Unweit vor ihm jedoch entdeckte er eine

Anhöhe mit ein paar Zypressen und hielt darauf zu. Unter den Bäumen angekommen, wiederholte er seinen Rundumblick.

Von Carcosa war nichts zu sehen. Grautwis stand inmitten eines Meers aus metallisch-rotem Gras, durch das sanft rollende Wellen liefen. Kein Gelb, nirgends. Seine eben noch neu geschöpfte Hoffnung zerstob. Dafür aber stieg seine Wut.

– Wo bist du, wenn man dich braucht? Wo? – Er schrie seine Enttäuschung und Frustration hinaus auf die Traumfelder, doch sie hallten nur in seinem Kopf wider.

Er wartete, umrundete ein paarmal die Zypressen und suchte die Landschaft vor ihm ab, ob Carcosa nicht doch irgendwo zwischen den Halmen erschien. Nichts. Wieder wurde er wütend, und noch einmal sammelte er sich und versuchte, sie durch schieren Trotz herbeizuschreien. – Du mieses Stück gelbe Scheiße, du verfickte, kuttentragende Trockenfotze, komm raus und hilf mir! – Er winkte mit seiner verbundenen Hand. – Siehst du nicht, dass ich verletzt bin? Ich brauche Hilfe! Zu was bist du zu gebrauchen, wenn du nicht einmal das schaffst? Was kannst du eigentlich? Schlaue Sprüche und sonst? Viertausend Jahre und nichts drauf! Nichts! Du Narrenschlampe, Seherbalg! Ich hasse dich! –

Grautwis hielt inne, weil er sich verausgabt hatte und weil er einsah, dass seine Tiraden keinen Erfolg zeitigen würden. Seine Hand pochte, und er spürte, wie kalter Schweiß auf seine Schläfen trat. Er hätte nicht mit ihr wedeln sollen. Jetzt war ihm übel. Abgekämpft stützte er sich mit der unverletzten Hand am nächsten Zypressenstamm ab. Tief atmete er durch. Er würde sich hier einen Moment ausruhen und dann weitergehen, um einen Ausweg aus den Traumfeldern zu suchen. Mit neuen Kräften würde er schneller vorankommen als so erschöpft, wie er gerade war.

Eine Bewegung am Himmel riss ihn aus seinen Gedanken. Unter den gleißenden Marmorwolken kam etwas in seine Richtung geflogen, ein Schwarm, träge und ohne Eile, und als er näher heran war, sah Grautwis, dass es ein Schwarm Augen war.

Die Angst, die sein Wutanfall beinahe vollständig zurückgedrängt hatte, kam mit neuer Macht zurück. Er zog sich zwischen die Zypressen zurück und beobachtete furchtsam, wie die Augen herankamen. Waren auch das nur Eikonas, oder waren das Kreaturen des Dunkelvolks? Es gab so viele von ihnen …

Die Augen flogen in einem wilden Pulk, nicht in geordneten Keilen wie die Graugänse der Südmark, wenn sie nach der Erntezeit übers Dämmermeer in ihre Winterquartiere auf den Morgeninseln zogen. Es mochten ein paar Hundert sein. Sie waren vollständige, leicht elliptische Augen, nicht nur Augäpfel. Grautwis erkannte Lider und Wimpern, und sie hatten sogar die kleine runde, rosafarbene Einbuchtung im Lidwinkel. Als sie die Anhöhe beinahe erreicht hatten, wechselten sie mit einem plötzlichen Ruck die Richtung, der durch den ganzen Schwarm ging und Grautwis in seiner synchronen Plötzlichkeit eher an Fische als an Vögel erinnerte. Gemächlich gingen sie in einen Sinkflug über und umrundeten dann die Zypressen. Grautwis drückte sich hinter einen der Stämme, aber ihm war klar, dass sie ihn gesehen hatten. Der gesamte Schwarm glotzte ihn an. Die Augen waren riesig. Dunkle, tellergroße Pupillen musterten ihn mit labyrinthischem Blick. Nachdem sie einmal um die Anhöhe herum waren, wechselten sie mit einem erneuten Ruck den Kurs und flogen denselben Weg wieder zurück.

Sie kamen nicht näher und schienen auch sonst nichts zu unternehmen, was ihm gefährlich werden mochte, aber Grautwis' Furcht legte sich nur teilweise. Hatte er sie womöglich erst mit seinem Geschrei auf sich aufmerksam gemacht – oder sogar erst erschaffen? Er folgte den Augen mit seinen eigenen, unruhig und bereit, beim ersten Anzeichen davonzustürmen. Und wenn sie ihn gehört hatten, wer – oder was – mochte es dann noch haben?

Auf keinen Fall wollte Grautwis die Antwort auf diese Frage herausfinden. Er musste hier weg, sofort, das Kräftesammeln musste warten. Auf der Anhöhe kam er sich nun vor wie auf einem Präsentierteller.

Inzwischen hatten die Augen auch ihre zweite Umrundung abgeschlossen und stiegen wieder höher. Mit einem letzten Ruck schwenkten sie in eine neue Richtung ein. Sie blickten ihm nach, bis sie in der Entfernung verschwunden waren.

Grautwis kam aus den Zypressen hervor, und in Ermangelung einer besseren Alternative verließ er die Anhöhe in dieselbe Richtung, die auch die Augen genommen hatten.

Der Sog war sein Begleiter, fordernd und zunehmend ungeduldig.

Grautwis nahm seine Fluchtirade wieder auf, sie half ihm, sich zu konzentrieren und den Zerrkräften etwas entgegenzusetzen. Er baute einen Damm aus Schimpfwörtern gegen die Wucht, die ihn wegzuspülen drohte. Für eine Weile funktionierte das ausgesprochen gut. Er setzte einen Fuß vor den anderen, und jeder Schritt war ein Kraftausdruck oder eine Beschimpfung. Aber irgendwann fielen ihm keine neuen Schimpfwörter mehr ein, und die alten schmeckten schal. Die Methode hatte sich verbraucht. Er merkte jetzt, wie müde und erschöpft er war. Das Pochen in seinem Fingerstumpf hatte sich zu einem dumpfen Wummern gesteigert, das bei jedem Auftreten an Intensität gewann. Inzwischen krampfte auch der gesamte Arm, weil er ihn so lange und heftig gegen seine Brust gedrückt hatte. Er kam nun nur noch langsam voran. Alles, jede Bewegung, war mühsam und schmerzhaft. Wieder und wieder erwischte er sich, wie seine Gedanken abdrifteten. Das half jedes Mal für einen kurzen Moment, weil es ihn alarmierte und so half, seine Kräfte zu sammeln. Grautwis wusste, dass er es sich nicht leisten konnte, in den Dämmerzustand zwischen Wachen und Schlafen hinüberzugleiten. Sobald er einmal losließ ...

Unablässig riss der Sog an ihm, zerrte und zog, und mit jedem Mal nahm er sich ein weiteres bisschen seiner Entschlossenheit, seines Selbsts, nahm ein Stück Grautwis und trug es mit sich fort. Er stemmte sich dagegen, natürlich, aber er wusste, wenn er nicht bald einen Übergang in die wache Welt fand …

Das Problem war, dass er nicht einmal wusste, wonach er Ausschau halten sollte. Nach einem ähnlichen Torbogen wie den, durch den er gekommen war? Oder nach etwas völlig anderem? Kein Traummeister oder Seher sprach jemals davon, wie er aus den Traumfeldern wieder herausgefunden hatte; das war etwas, das jeder Novize für sich selbst herausfinden musste. Je mehr Grautwis darüber nachdachte, desto lächerlicher fand er diese Geheimnistuerei. Als wäre der Marsch über die Traumfelder an sich nicht schon schwer genug, was brauchte es da noch zusätzliche Hürden? Er würde zusehen, dass sich das änderte. Wenn er von hier herausfinden würde, würde er … Er würde …

Er ohrfeigte sich. Wach bleiben. Wach bleiben war oberstes Gebot. Wach bleiben, wach bleiben, wach bleiben. Grautwis fiel ein, dass es keine gute Idee war, was er gerade machte: Es war ein recht wirksames Schlafmittel, sich einzureden, dass man wach bleiben musste. Wer hatte ihm das beigebracht? Traummeister Milogost? Oder war es jemand anderes gewesen …? Es spielte keine Rolle, wichtig war nur, dass er …

Er schreckte wieder auf. Was war wichtig? War etwas wichtig? Zum Kaiser, er musste zum Kaiser. Das war wichtig. Zum Kaiser mit seiner Krone. Weil er ihm etwas sagen musste. Etwas, das er gesehen hatte. Etwas, das …

Die nächste Ohrfeige zerplatzte auf seiner Wange, und Grautwis merkte erst beim Augenaufreißen, dass er sie geschlossen hatte. Erleichtert atmete er aus. Das war gerade noch einmal gut gegangen. Aber schon wieder spürte er die Müdigkeit heranrollen.

Wenn er sich doch nur hinlegen und ausruhen könnte. Nicht lange, nur kurz. Nur ganz kurz … Er gähnte. Vorsorglich verpasste er sich zwei weitere Ohrfeigen, merkte aber, dass ihre Wirkung nun ebenso schnell nachließ wie das Brennen auf der Haut. Er musste einen anderen Weg finden, um wach zu bleiben.

Seine Hand.

Er zuckte vor dem Gedanken zurück, wusste aber, dass es sein musste.

Er atmete tief durch, dann ballte er die verbliebenen Finger seiner Linken zur Faust und schlug den Stumpf mit aller Macht in die Handfläche seiner Rechten.

Grautwis schrie, wie er selten geschrien hatte. Der Schmerz schickte Schockwellen durch seinen Körper und ließ ihn auf die Knie fallen. Er übergab sich. Zitternd und mithilfe seiner gesunden Hand richtete er sich schließlich wieder auf. Sein Atem ging stoßweise, flatternd, sein Herz raste. Aber er war wieder wach. Zumindest für diesen Augenblick hatte er die Zerrkräfte des Unwirklichen zurückgeschlagen. Wieder klar im Kopf, schritt Grautwis aus; er machte große und weite Schritte und ließ den Blick immer wieder über den Horizont schweifen auf der Suche nach einer Wegmarke, nach einem Halt für Auge und Seele, auf den er zuhalten konnte.

Nichts.

Stattdessen kam mit Macht der Sog wieder zurück und rollte derart über ihn hinweg, dass Grautwis beinahe wieder auf die Knie gegangen wäre. Gerade noch konnte er an sich halten, denn er ahnte, dass er sich davon nicht mehr erholen würde. Sein Selbst war eine Klippe, die von der Brandung unterspült worden war und nun jederzeit ins Meer stürzen könnte. Eine Welle noch, vielleicht zwei oder drei, und dann wäre es so weit. Kurz überlegte er, noch einmal seinen Fingerstumpf zu benutzen, wagte es aber nicht aus Angst, dabei ohnmächtig zu werden. Raus, sagte er sich, es war jetzt wirklich höchste Zeit, dass er hier rausfand. Mit wachsender Verzweiflung suchte er wieder die Landschaft vor ihm ab: Irgendwo musste es doch einen Ausweg geben.

– Bitte –

Er flüsterte nur, und im Rauschen des Sogs, das seinen Kopf füllte, konnte er sich kaum noch selbst hören. Müde und ohne jede Hoffnung suchte er weiter.

Als sein Blick an etwas hängenblieb, das kein rotes Gras war, wusste Grautwis, dass er verloren war.

Er sah eine Bank. Eine weiße, einladende Bank mit breiter Sitzfläche, und sie wartete auf ihn.

Sie stand unter ein paar Zypressen, vor ihr ein leerer Zierteich. Die Bank war nicht weit entfernt, nur ein paar Dutzend Schritt vielleicht. Grautwis wusste, dass er sich auf sie setzen würde und dass das dann das Ende wäre.

Es war ihm egal.

Bei der Bank angekommen, lächelte er, dankbar für die Sitzgelegenheit. Er wollte sich jetzt endlich ausruhen, er hatte schon so viel durchgemacht. Das Unwirkliche rauschte und floss durch seinen Kopf. Er wusste, was mit ihm geschah, aber was änderte das jetzt noch? Es gab jemanden, der etwas dagegen gehabt hätte, er hatte ihn sein ganzes Leben lang gekannt, aber dieser Jemand war so klein und blass und franste aus, und seine Konturen begannen sich aufzulösen. Er war dieser Jemand, ging ihm auf, er, Grautwis, aber er wurde weniger und weniger.

Schicht um Schicht verlor er sich.

Es war nicht schmerzhaft, im Gegenteil. Je mehr die Zerrkräfte des Unwirklichen sich nahmen, desto weniger blieb ihm, was Schmerzen bereiten konnte. Aus irgendeinem Grund brachte ihn dieser Gedanke dazu, seinen linken Arm zu heben und zu betrachten. Er starrte seinen Arm an, aber wäre es ein Stock gewesen, den er gefunden und aufgehoben hätte, wäre es genauso egal gewesen. Ohne dass er etwas dafür tun musste, sank sein Arm wieder zurück in den Nebel.

Nebel?

Nebel.

Überall war Nebel, er konnte gerade noch den Zierteich durch ihn hindurch sehen, aber die Bäume auf der anderen Seite waren bereits …

Egal.

Friedlich war es hier.

Und so wunderbar still-rauschend.

Mit der Hand streichelte er die Sitzfläche der Bank.

Es war ein guter Platz zum Gehen, fand Grautwis, konnte aber nicht sagen, warum das eine Rolle spielen sollte.

Aus dem Nebel tauchte Klemonestra auf, die dunklen Locken umspielten ihr Gesicht. – Grautwis! – Sie rüttelte an seinem Arm.

Müde, aber glücklich winkte er ab. – Lass gut sein, Klemo, ich bin nur … – Ich? War er noch ich? Und wenn ja, wer war »ich«? Er konnte es nicht sagen, aber es war auch nicht wichtig. Klemonestra glitt zurück in den Nebel, und an ihre Stelle trat Menasthenes, massig wie ein Berg. – Grautwis, alte Pisslippe, komm, los, mach schon. –

– Menas … – Grautwis brach seinen Satz ab. Er wusste nicht mehr, wie er ihn hatte beenden wollen. Komm, los, mach schon? Was sollte das bedeuten?

Auch Menasthenes verschwand, und vor Grautwis erschienen die Dächer Gauzlins, seiner Heimat. – Zuhause. – Seine Stimme war ein zufriedenes Murmeln. Behaglich legte er sich seitlich hin, kuschelte sich an die Bank und den Kopf in die Armbeuge. Im Nebel konnte er die reetgedeckten Giebel sehen. Unter einem von ihnen war er aufgewachsen. Und seine Mutter war unter einem von ihnen gestorben. Ein milder Anflug von Traurigkeit überkam ihn bei diesem Gedanken, aber er wusste nicht, warum. Er starb auch gerade oder so ähnlich, und alles war in Ordnung. Bei Mutter allerdings war nicht alles in Ordnung gewesen, glaubte er sich zu erinnern. Schemenhaft kamen die Bilder zurück oder aus dem Nebel, es war nicht mehr ganz leicht, das zu unterscheiden. Mutter war ... Mutter war krank gewesen, und als sie starb, hatte sie sich eingenässt. Da war der Fleck auf ihrem Hemd, er konnte ihn jetzt ganz deutlich sehen. Er sah sich auch selbst, wie er als kleiner Junge neben ihrem Bett stand. Wie hatte er das ekelhaft gefunden, auch das war ganz deutlich in seinem Kopf. Kind-Grautwis rümpfte die Nase, und er tat es auch. Wenn er jetzt auch starb, bedeutete das, dass er auch ...? Abrupt setzte sich Grautwis auf. Er wollte sich mit Sicherheit nicht einpinkeln, ganz bestimmt nicht. Er glaubte sich zu erinnern, dass ihn jemand vor Kurzem Pisslippe genannt hatte, aber er war keine. Oder? Die Möglichkeit beunruhigte ihn. Er war sich nicht mehr ganz sicher, wer er war, aber das wollte er nicht sein. Nie, nie, nie. Er würde nicht zulassen, dass er sich einnässte, wenn er starb. Müde stand er auf und tappte durch den Nebel zum Zierteich. Irgendetwas kam ihm bekannt vor an der Szenerie, aber er wusste nicht mehr, was. Er nestelte an seiner Hose, holte seinen Schwanz heraus und ließ laufen. Es war ein unglaublich befreiendes Gefühl, seine Blase zu leeren, und er pisste und pisste und sah schlaftrunken zu, wie er den Teich füllte. Er hatte nicht gewusst, dass er so viel hatte pissen müssen, und er war froh, das noch vor dem Ende erledigt zu haben. Als er fertig war, zog er die Hose wieder hoch und knöpfte sie zu. Er wollte sich umdrehen und nun endlich wieder zum Sterben auf die Bank legen, als sein Blick in den jetzt vollen Teich fiel.

In ihm sah er einen jungen Mann, gerade einmal dem Knabenalter entwachsen, mit wirrem Haar, der ihn mit entsetzlich müden Augen ansah. Irgendwas an diesem Gesicht kam ihm bekannt vor, aber er konnte sich nicht erinnern. – Wer bist du denn? – Er blickte den Mann im Teich an.

– Grautwis. – Die Antwort des Burschen überraschte ihn. Grautwis. Er kannte diesen Namen.

– Grautwis. – Der Mann wiederholte seine Antwort. – Und jetzt komm. –

– Komm? – Verwundert runzelte er die Stirn. – Wohin? –

– Raus. –

Wieder so ein Wort, das etwas in ihm auslöste. Raus. Für irgendjemanden war das einmal wichtig gewesen. Sehr wichtig.

– Und … wie? – Er wusste selbst nicht, wieso er fragte, es interessierte ihn auch nur am Rande. Aber wenn es einmal wichtig gewesen war, konnte es nicht schaden, es zu wissen.

Der junge Mann im Teich sah ihn an. – Spring. –

Spring. Er war sich nicht ganz klar darüber, was er davon halten sollte. Spring. Irgendwie schien ihm das nicht angemessen zu sein. Nicht in diesen Teich. Argwöhnisch äugte er in ihn hinunter. Dann blickte er zurück zur Bank, die hinter ihm im Nebel auf ihn wartete. Dort könnte er endlich schlafen.

– Spring. – Der Mann im Teich hörte sich jetzt fordernder an. Er sah wirklich sehr müde aus.

– Spring schon. –

Er seufzte. Eigentlich hatte er keine Entscheidungen mehr treffen, sondern nur noch seine Ruhe haben wollen. Und jetzt das. Springen oder sterben. Das Springen reizte ihn gar nicht. Er würde sich ziemlich nass dabei machen. Aber andererseits: Sterben konnte er später immer noch. Springen und sterben, das ging. Sterben und springen, das ging nicht. Er wusste nicht mehr viel, aber das dann doch noch.

– Scheiße, Mann, was soll's. – Er seufzte noch einmal. Und sprang.

16

Bjorn

Als alles vorbei war, verließen sie Klevs und ritten am südlichen Ufer des Elnsees entlang nach Westen.

Bjorn blickte nicht zurück. Die letzten Salen hatten sie auf Schiffe getrieben und im See versenkt, das war einfacher und ging schneller, vor allem hatte es seine Leute geschont. Sie brauchten eine Pause, eine Auszeit vom Töten, das sie fertigmachte und bis auf die Traumfelder verfolgte, Gewöhnung, Arbeitsteilung und dem Abendbier zum Trotz. Seine Truppe war ausgelaugt und zunehmend schwer im Zaum zu halten. Klevs war zu viel gewesen, in jeder Hinsicht. Im Strafregister der Soldrolle standen achtundzwanzig neue Namen von Männern und Frauen, die an den Pfahl gekommen waren, ein absoluter Höchststand. Bis zum Ende ihrer Woche in Klevs hatten gut einhundert Einwohner der Stadt dieses Schicksal geteilt, alles solche, die sich entweder an salischem Eigentum bereichern oder nicht hatten einsehen wollen, dass der Blutrausch vorbei war. Sein Verhältnis zu den Stadtoberen war darüber nicht besser geworden. Dass er zwei der Räte ebenfalls hatte hinrichten lassen, weil sie seine Weisungen hintertrieben, hatte die Lage nochmals verschlechtert. Bjorn war es egal, aber als Truben ihm schließlich die Traumbotschaft brachte, die ihn abberief, war sie ihm hochwillkommen gewesen. Ohnehin gab es für sie nichts mehr zu tun: Es gab keine Salen mehr in Klevs. Also rief er seine Leute zusammen, stellte vier Doppelschwingen ab, die als Garnison in der Stadt bleiben würden, schickte fünf weitere unter der verlässlichen Mjotte ins Klevser Umland auf Salenjagd und machte mit den restlichen, dass er wegkam.

Tagelang ritten sie nach Südwesten. Sie schlugen einen Bogen um Mattheim, dort stand inzwischen der Großteil ihres Heers, das die Versprengten aus dem Tannhausner Tor samt der aus dem Süden herbeigeeilten Verstärkung in der Stadt eingeschlossen hatte. Aber die Dritte und die Achte, beides reine Reiterscharen, waren weitergezogen; ihnen folgten sie nun nach. Immer weiter ging es, querfeldein durch ein Land, in dem die Saat aufging, die sie nun schon so lange säten.

Alles um sie herum sank ins Zwielicht des Kriegs. In der Luft lag der Geruch von Feuer und Tod. Kein Tag verging, an dem sie nicht an eingeäscherten Gehöften vorbeikamen oder zumindest Säulen schwarzen Rauchs in der Landschaft stehen sahen. Ihr Sieg im Tannhausner Tor hatte wie ein Fanal gewirkt. Mehr und mehr Reichs-Chimren schlossen sich ihnen an, während Salen ostwärts flohen. Und während sein Trupp das Tötungshandwerk für den Moment eingestellt hatte, gab es inzwischen in der Weite des Oberen Chimmgaus etliche, die ihnen nacheiferten.

Mehr als einmal ritten sie an Ortschaften vorbei, die sich gegen ihre alten Herren erhoben hatten; halb verrottet hingen sie von den Umfriedungen. Mehr als einmal stießen sie auf Überreste von Flüchtlingszügen, die Karren verbrannt, die Besitzer und das Vieh niedergemacht. Und mehr als einmal kreuzten sie Wege mit Bewaffneten, die improvisierte, hastig zusammengenähte Falkenbanner führten. Bjorn brachte diesen blutseligen Mordreitern wenig Sympathien entgegen, sie waren Geschmeiß wie die Meuten von Klevs. Aber sie konnten bei der Orientierung in der Fremde helfen und gaben ihnen in der Regel nützliche Auskunft: welchen Weg die Dritte und Achte Schar genommen hatten, wo Brücken zerstört waren, wo die Gauwehr stand und welche Orte noch treu zum Salenreich hielten. Ihrer gab es etliche, und sie zwangen Bjorn dazu, mit seiner Truppe Haken hierhin und dorthin zu schlagen, um sie zu umgehen. Im Tannhausner Tor mochten die Salen geschlagen und in Mattheim eingeschlossen sein, sie mochten von ihren Äckern fliehen oder sich in ihren Sippentürmen verschanzen, aber all das hieß nicht, dass ihre Herrschaft über das Land schon beendet war. Noch gab es im unsteten Wind flatternde schwarz-gold-schwarze Eschenbanner über argwöhnisch bemannten Toren, und noch gab es im Oberen Chimmgau Salen, die sich zur Wehr setzten. Beinahe täglich fanden sich ihre Zeugnisse.

Dutzendfach an Alleenbäume angenagelte Chimren ließen keinen Zweifel übrig, dass die andere Seite nun Gleiches mit Gleichem vergalt. Nicht alle verkohlten Trümmer, die in der Landschaft vor sich hinschwelten, waren salische Höfe gewesen; oft genug ließ sich von ihnen noch jene Bauweise ablesen, die für chimrische Dörfer so typisch war. Und auf manchen kalten Kampfstätten faulten nur gefallene Chimren, während die Sieger ihre Toten unter Eschenkränzen bestattet hatten.

Einmal erblickten sie einen Spähtrupp der Gauwehr auf einem Hügelkamm, weiß-rot leuchteten die Waffenröcke, und Bjorn ließ seine Leute den restlichen Tag über in einem Wald liegen bleiben. Sie waren knapp zweihundert Reiter, von einzelnen Güten hatten sie wenig zu befürchten, aber wer konnte schon sagen, wie viele Helme der Feind gerade auf ihrem Weg hoch ins Kampfgebiet führte. Sie ritten durch ein Land, das sich wehrte, hart und mit Eifer. Jeder Tag, sofern er denn nur genügend Salen brachte, konnte ihr letzter sein. Bjorn genoss jeden einzelnen.

Die Wochen ewiger Henkersarbeit hatten ihn grau werden lassen, grau und stumpf. Aber nun … Alles war wieder jung. Hinter jeder Hecke konnte der Tod lauern, jede Begegnung am Wegesrand das Ende bringen. Jede Silhouette am Horizont flüsterte das verheißungsvolle, flüchtige Versprechen von Gewalt, von Alles-oder-Nichts. Und mit ihm von Leben.

Als hinter Dunkelheim der Spähtrupp nicht zurückkehrte, als die zwölf Reiter, die er ihm nachschickte, ebenfalls ausblieben, und er den altvertrauten Kitzel unmittelbarer Gefahr durch seinen Magen rieseln spürte, fing er an zu hoffen.

Der Himmel war ein graues Einerlei, der Tag darunter ein freudloses Stück Frühsommer ohne Wärme und Licht. Seit Wochen schon drohten die Wolken mit Regen und Sturm und beließen es doch immer bei einzelnen, trockenen Blitzen. Passendes Wetter. Bjorn ließ seine Leute näher zusammenrücken. Wer auch immer da vor ihnen auf sie wartete, würde sie nur zu einem hohen Preis bekommen, und Bjorn war begierig, ihm ein Angebot zu machen. Wieder und wieder ließ seine Rechte die Zügel los und griff nach Hilmnars Knauf. Vielleicht würde er die Klinge nun endlich einmal gebrauchen können. Zum ersten Mal in diesem Krieg.

Gegen Abend fanden sie ihre Toten in einem ausgebrannten Dorf.

Der Ort lag unterhalb eines bewaldeten Hügelsaums; klein war er, nicht einmal auf ein Dutzend Höfe hatte er es gebracht, die sich einen Bachlauf entlang aneinanderreihten: salische Pfostenhäuser, von denen nur noch verkohlte Reste übrig waren. In der Asche lagen die Leichen der Ortsbewohner, schon etliche Tage kalt, klumpiges Futter für die Raben. Bjorns Leute hingegen hatte man an die unteren Äste der Dorfesche gehängt, nackt, die Hände hinter den Rücken gefesselt. Auch die Esche hatte man anzuzünden versucht. Aber der Baum hatte dem Feuer widerstanden und wirkte nun, schwarz gesengt und seines Blattwerks beraubt, wie ein finsterer Schrein der Vergeltung. Die Körper, die von ihm herabhingen, drehten sich langsam im Abendwind.

»Wer auch immer das war«, sagte Yngvild schließlich, die neben

Bjorn im Sattel saß und lange schweigend die Leichen betrachtet hatte, »ihm ist es um die Wirkung gegangen.«

Bjorn nickte. Nur drei ihrer Leute waren tatsächlich durch den Strang gestorben, wenn er die Wunden der anderen richtig deutete. Wahrscheinlich hatte man sie hier in den Trümmern hinterrücks niedergemacht und danach in den Baum gehängt. Um eine Botschaft zu senden.

»Ja. Sie wussten, dass wir nach ihnen suchen würden. Und wer auch immer das war, er hat es nicht zum ersten Mal gemacht.« Er deutete auf die stilisierten roten Holzgänse, die den Toten um den Hals hingen. »Die sind für genau so etwas geschnitzt worden. Und zwar im Vorhinein.«

Er ließ die Toten abschneiden und sich eine der Figuren bringen. Neugierig drehte er sie in der Hand. Ein fingerlanger geschnitzter Anhänger, den man in rote Farbe getunkt und mit Loch am Halsansatz versehen hatte, durch das ein Stück Schnur gezogen worden war. Er überlegte. Die Gans war das Wappentier der Markgrafen des Chimmgaus. Der Alte, Marwult, war durch welche Irrungen auch immer auf der Skjorborg gefangen gehalten und im Winter vor Kriegsausbruch dort hingerichtet worden. Er hatte zwei Söhne hinterlassen, von denen einer im Tannhausner Tor gefallen war, nach allem, was Bjorn gehört hatte. Der Ältere sollte in Salhall sein, weshalb auch immer. Aber die Gans im Wappen der Markgrafenfamilie war weiß, nicht rot. Eine Botschaft der Gauwehr? Oder irgendeines Edlen, der ebenfalls den Wappenvogel der Mark führte? Es spielte keine Rolle. Er warf die Holzgans zu Boden. »Wir schlagen hier das Lager auf.«

Yngvild sah ihn erstaunt an. »Hier?«

»Genau hier.«

Er schätzte die Angreifer auf dreißig, vierzig Helme. Sicher waren es nicht mehr als fünfzig. Sie hatten erst ihre Späher und dann ihren Suchtrupp aus dem Hinterhalt niedergemacht, die Toten in die Äste gehängt und sich danach zurückgezogen.

Bjorn sah hinauf zum Wald. Weißtannen vor allem, zwischen denen Buchen und Eschen für dichtes Unterholz sorgten. Er war sicher, dass sie von dort aus beobachtet wurden und man drüben gerade abwog, ob man in der Nacht noch ein paar rote Gänse verteilen wollte.

Er hoffte es. Selbst ein deutlich kleinerer Trupp konnte davon ausgehen, dem Gegner mit einem nächtlichen Überfall erhebliche Verluste zufügen zu können. Die entscheidenden Faktoren dafür waren Überraschung, Koordination und Schnelligkeit. Und genau das musste der Feind nun überlegen: War er gut genug?

Komm schon, rief er stumm dem Waldrand entgegen, komm und hol dir noch ein paar mehr von uns, versuch es. Er atmete tief ein. Seinen Leuten würde ein Gefecht guttun. Es würde sie daran erinnern, was sie wirklich waren – Soldaten nämlich. Eisen schärfte man mit Eisen, und sie hatten lange genug darauf warten müssen. Er hatte es. Langsam atmete er wieder aus. Die Toten im Baum, die Luft, die noch immer nach Asche stank, die Anspannung seiner Leute, die Ungewissheit der fallenden Dämmerung – das alles hatte ihn in Hochstimmung versetzt. Das hier war Krieg, harter, ehrlicher Krieg, endlich. Er begrüßte ihn wie einen alten Freund.

Yngvild sah ihn mit zusammengekniffenen Augen an, überrascht und forschend. »Bjorn? Was ist? Ist alles in Ordnung?«

Bjorn nickte. Zum ersten Mal seit langer Zeit lächelten seine Augen. »Lass die Leute absitzen. Doppelte Postenreihe heute Nacht, aber die zweite versteckt sich zwischen den Trümmern und wird erst nach Einbruch der Dunkelheit bezogen. Niemand legt heute seine Rüstung ab, niemand seine Waffen. Sollten wir Besuch bekommen, will ich, dass wir ihn gebührend empfangen.«

Er sprang ab und klopfte Pfeifer beschwingt den Hals.

Aus Balken, die die Feuer weitgehend verschont hatten, ließ

Bjorn ein Hochgestell für ihre Toten zimmern, auch wenn er wenig Hoffnung hatte, dass es ihre Anwesenheit hier lange überdauern würde. Er entließ die Gefallenen mit den üblichen Worten aus dem Dienst und empfahl sie der Freiheit des Himmels. Yngvild sprach eine Luftweihe; sie hatte sich in den vergangenen Wochen als ernsthafte Anhängerin der Elementaren Gemeinschaft gezeigt. Da er keine Lufthüter hatte mitnehmen wollen, hatte sie deren Aufgaben kurzerhand übernommen. Danach ließ er die Dorfesche fällen und ihren verkohlten Stamm klein hacken. Der symbolische Racheakt tat seinen Leuten gut und würde vielleicht sogar die Chance auf einen Angriff des Feinds erhöhen. Die Klumpen des Baums wurden in die Feuer geworfen, die sie fürs Nachtlager anzündeten. Als sie an ihnen zusammenkamen, war es bereits dunkel. Ab und an zuckte ein Blitz am Horizont, lautlos und beinahe träge.

»Bjorn?« Yngvild saß nach Chimrenart seitlich auf ihrem Sattel und hatte ihr Schwert auf den Knien liegen. Er und sie putzten gemeinsam ihre Waffen, eine Angewohnheit, der sie inzwischen beinahe täglich zusammen nachgingen. Ohne mit dem Ölen der Klinge aufzuhören, sprach sie weiter: »Wohin reiten wir eigentlich?«

Er hatte die Frage erwartet, tatsächlich schon viel eher. Wahrscheinlich hatte Yngvild warten wollen, bis sie sicher war, eine Antwort auf sie zu erhalten, und entschieden, seine offenkundig gute Laune dafür zu nutzen.

»Nach Südwesten.« Beinahe war er von sich selbst überrascht. Hatte er gerade einen Witz gerissen?

Auch Yngvild sah auf, ihre rechte Braue zuckte nach oben. »Bjorn?«

Schon vor Klevs hatte Bjorn in der schlaksigen jungen Frau so etwas wie eine Vertraute gesehen, und nachdem Mina ihm die Geschichte von seiner toten Schwester entlockt hatte, war Yngvild noch näher an ihn herangerückt, hatte versucht, mehr über ihn zu erfahren. Sie war wenig erfolgreich dabei gewesen, aber zu seiner eigenen Verwunderung empfand er ihre Versuche nicht als zudringlich. Im Gegenteil: Auf eine erwachsenere Art erinnerten sie ihn an Minas Fragen. Er warf einen Blick zu seiner Junkerin hinüber. Mina saß mit am Feuer, hatte ihren abendlichen Waschgang beendet und rieb ihre Hände in einem Tuch, obwohl sie lange schon trocken waren. Stumm sah sie in die Flammen.

»Wohin wir reiten?«, wiederholte Bjorn Yngvilds Frage, um Zeit zu gewinnen. Er war sich unschlüssig, was er antworten sollte. Die Traumbotschaft hatte den Ort genannt, zu dem er reisen sollte, sich aber über die Gründe ausgeschwiegen. Er hatte nichts anderes erwartet. Aber er ahnte, weshalb die beiden Reiterscharen zum oberen Tern aufgebrochen waren, und wieso sie sich nach Westen begab, während der Krieg doch im Osten geführt wurde. Sie hatte ihn nicht weiter in ihre Pläne eingeweiht, aber er hatte nicht vergessen, was Lyndeman Windsinger an jenem Spätwinterabend am Tern mit dem Juwel der Luft gemacht hatte. Auch nicht, wie sie im Kriegsrat angekündigt hatte, ein Naturgesetz auszuheben, um die Elne hochzusegeln. Für ihn war es kein Rätsel, wie die Achte in den Rücken der Kaiserlichen gekommen war. Die Antwort musste in der Krone liegen, und wenn dem so war, dann waren ihre nächsten Schritte nicht schwer zu erraten, dann würde noch mehr von dem folgen, was ihre Scharbefehlshaber damals für unmöglich gehalten hatten. *Die Welt aus den Angeln heben* – das waren ihre Worte gewesen auf seine Frage, was die Krone vermochte. Und noch, bei allen Kriegswirren um ihn herum, war die Welt in ihren Angeln.

»Wir reiten nach Neufehn«, war seine Antwort.

»Neufehn?«, wiederholte Yngvild und hielt mit dem Polieren inne. »Was wollen wir denn da?«

»Den Tern überqueren.«

»Den Tern …? Aber wozu? Auf der anderen Seite sind Und-gard und Anwar …«

»Ich weiß.«

Yngvild sah ihn an. In ihrem Gesicht arbeitete es. »Willst du damit sagen, dass wir … dass wir denen auch noch den Krieg er-klären? Wie sollen wir das denn schaffen?« Hilflos breitete sie die Arme aus.

»Nur Anwar, erst mal. Jedenfalls gehe ich davon aus. Ich weiß es nicht.«

»Wenn wir gegen die Anwaren ziehen, haben wir die Hardalen auch am Hals. Das weißt du.«

Er zuckte mit den Achseln. »Hardal ist weit weg.«

»Aber – wieso?«

Bjorn schüttelte den Kopf. Er hatte schon zu viel gesagt.

»Bjorn …« Über die Flammen hinweg sah Yngvild ihn an. In ihrem Blick lagen nicht nur Neugierde und Drängen, da war die-ses Mehr, das er schon seit einiger Zeit beobachtete. Er vermutete, dass Yngvild in ihm nicht nur ihren Truppbefehlshaber sah, und er wusste nicht, wie er das fand. Im Feuerschein leuchtete das dunkle Firmament ihrer Sommersprossen. Als er nicht gleich ant-wortete, zog sie eine Schnute. »Bitte …«

Unerwartet rettete ihn Mina. »Wann hört es auf?«, fragte sie, ohne aufzusehen. Ihr Ton war monoton und unbeteiligt, ihre Stimme leise.

Bjorn blickte zu ihr hinüber, überrascht.

»Der Krieg, wann hört er auf?«, fragte Mina noch einmal.

Er wechselte einen schnellen Blick mit Yngvild. Ihr koketter Gesichtsausdruck war verschwunden.

Bjorn überlegte, was er Mina antworten sollte. Sie hatte die Wahrheit verdient. Nur, wie viel von ihr mochte sie vertragen? Wie viel von ihr wusste er selbst? Doch Mina war seine Junkerin, er war für ihre Ausbildung verantwortlich, und die bestand aus mehr als Fechtunterricht. Und wo ließ sich besser über gewisse Dinge reden als an einem Feuer in Feindesland, während man darauf wartete, angegriffen zu werden?

»Der Krieg«, setzte er schließlich an, »wird in wenigen Monaten vorbei sein. Noch vor dem Winter. Aber um diesen Krieg geht es nicht. Oder um einen gegen Anwar. Oder wen auch immer. Nicht grundsätzlich jedenfalls.«

Langsam sah Mina auf. Ihre Augen wirkten, als sei sie gerade aufgewacht. Sie hörte auf, ihre Hände im Tuch zu reiben. »Was meinst du, Herr?«

Bjorn wappnete sich. Er hoffte, dass er sich ihr verständlich machen konnte. »Kriege enden. Jeder Krieg hört auf, irgendwann. Aber der Kampf ist ewig. Darum geht es.«

»Das verstehe ich nicht.«

Er seufzte. Schließlich steckte er Hilmnar zurück in die Schwertscheide und setzte sich auf. »Wenn du einen Krieg gewonnen hast, was tust du?«

Unsicher erwiderte Mina seinen Blick. »Ich weiß nicht … Ich kehre nach Hause zurück und freue mich?«

Er schüttelte den Kopf. »Nein. Du bereitest den nächsten vor.«

»Den nächsten? Aber … wieso?«

Bjorn sah sie an. Er wollte, dass sie verstand, weil dann alles leichter würde. »Was sonst gäbe es zu tun?«, fragte er sie. Was sonst wäre wert, getan zu werden?

Draußen, jenseits des Feuerscheins, knackte Holz. Zu dritt blickten sie hoch, alarmiert, wartend. Als sich nichts mehr rührte und auch kein Posten Alarm schlug, richteten Mina und Yngvild ihre Aufmerksamkeit wieder auf ihn. Bjorn bereute seinen Entschluss schon jetzt. Wieder seufzte er.

»Du wolltest etwas übers Kämpfen erzählen«, hakte Yngvild nach. »Und über Krieg.«

Krieg, ja. Gedankenverloren sah er in die Flammen. Er dachte zurück an die endlosen Jahre im Sand der Nechbet. Er und seine Brüder waren kaum mehr als Jungen gewesen, als der Mahlstrom sie aufgesogen hatte, Hallodris auf der Suche nach Abenteuer. Und dann ...

Ganze Ordnungen des Lebens hatte der Krieg in der Wüste verbrannt, bis keine Gewissheit, kein Ideal und auch kein Glaube mehr übriggeblieben waren. Aber aus dieser Seelenschlacke war ein anderer, neuer Geist entstiegen: ein Wille aus Eisen, der nur die Schar als geltendes Prinzip erkannte und nur den Kampf als einziges Gesetz. Eine ganze Generation war so geläutert worden, geschmiedet und gebrannt. Bjorn hatte den Tod Tausender erleben müssen, von Freund wie Feind, um zu begreifen, dass Leben, echtes Leben, das es wert zu leben war, nur dort gedieh, wo es jederzeit erlöschen konnte. Nur wie sollte er das jemanden nahebringen, der nicht dabei gewesen war?

Sand und Blut, Sand und Blut.

Groß war es gewesen, groß und fürchterlich. Vor allem aber ...

»Menschlich«, sprach er den Gedanken aus, langsam und sich vortastend. »Ich glaube, das ist es. Kampf ist menschlich. Nur wir kämpfen. Nur das unterscheidet uns von Tieren.«

»Aber ... Tiere bekämpfen sich auch«, wandte Mina ein.

»Ja. Sie bekämpfen sich. Aber kämpfen? Nein. Nur Menschen kämpfen. Geben wir den Kampf auf, geben wir uns ...« Ein Ruf von der Postenkette ließ Bjorn innehalten. Seine Hand fuhr zum Schwert. Vorfreude, warm wie ein Sommertag, machte sich in ihm breit. Er stand auf, Yngvild und Mina ebenso.

Aus dem Dunkel schälte sich ein Soldat, sein Waffenrock glänzte golden im Feuerschein. »Alles ruhig. Falscher Alarm – überspannte Nerven.«

Bjorn nickte, ohne sich seine Enttäuschung anmerken zu lassen, und entließ den Soldaten wieder. Eine Weile blieb er noch stehen und lauschte in die Nacht, dann setzte er sich wieder. Wieder taten es ihm Yngvild und Mina nach.

Er sah beiden an, dass sie darüber nachdachten, was er gesagt hatte. »Bjorn?«, fragte Yngvild schließlich, »was ist für dich der Sinn des Ganzen? Was ist das Ziel?«

»Der Sinn?« Er überlegte. »Vielleicht ...« Wieder sah er ins Feuer, als könne er dort die Antwort finden. Warum war das nur so schwer? Natürlich wusste er, was der Sinn war, er konnte ihn fühlen, rein und klar. Aber ihn in Worte kleiden? Wie sollte er das schaffen? »Vielleicht das: zu wissen, dass du nicht gewinnen wirst, und trotzdem Ja zu sagen. Als Wissender durchs Leben zu gehen und dieses Wissen anzunehmen.« Er blickte zu den beiden hinüber. Hatte er sich verständlich machen können?

Nein. Mina wirkte eher verstört, Yngvilds Gesicht war undeutbar.

»Dass du nicht gewinnen wirst?«, fragte Mina. »Aber was ist, wenn du doch gewinnst? Wir haben doch bislang immer gewonnen.«

»Haben wir. Und? Spielt es eine Rolle? Nein. Den letzten Kampf verlierst du, immer. Es ist unausweichlich, Mina. Verlierst du ihn nicht, war es nicht der letzte. Du siegst so lange, bis du es nicht mehr tust. Entweder oder.« Lebendig oder tot.

Die beiden sahen ihn an, als würden sie einen Fremden sehen. Bjorn fuhr sich durchs Gesicht. Himmel! Warum ließ sich das alles nur so schwer in verständliche Worte fassen?

»Du ziehst so lange Hölzer, bis du das kürzeste hast«, sagte Mina nach einer Weile. Sie wirkte, als spräche sie zu sich selbst. »Ich ... weiß nicht, wie ich das finde, Herr.«

»Ach ja? Du stirbst doch sowieso, Mina«, antwortete er eine Spur härter, als er vorgehabt hatte. »Du ziehst sowieso Hölzer, jeden Tag. Warum dann also nicht ehrlich zu dir selbst sein?«

»Ich ... ich weiß wirklich nicht, Herr.«

Bjorn sah sie an. Er war froh, dass sie redete, aber er sah auch, dass ihr Weg noch weit war. Er verstand, dass sie nicht verstand, und wie sollte sie auch? Sie war noch ein halbes Kind. Aber eines Tages würde sie verstehen. Er würde ihr helfen, so gut er es vermochte.

»Was du brauchst, Mina, ist Härte. Vor allem Härte gegen dich selbst. Sie beschützt dich. Verstehst du? In einer Welt, in der alles Kampf ist, ist Härte Milde dir selbst gegenüber. Das ist nicht leicht, schon gar nicht am Anfang. Aber das ist bereits Teil des Kampfs. Und dass du ihn führst, mit offenen Augen, das ist alles, worauf es ankommt.«

Mina schwieg. Bjorn blickte zu Yngvild hinüber, aber auch sie blieb stumm. Bjorn atmete durch, er fühlte sich erschöpft. Schließlich sagte Mina: »Taube oder Falke.«

»Was meinst du?«, fragte er, gespannt, worauf sie hinauswollte.

»Herr … Wenn ich dich richtig verstanden habe, sterben wir sowieso, und alles, was wir tun können, ist, uns auszusuchen, wie wir es tun? Ist das richtig?«

Kurz überlegte er. Sie war noch nicht am Ziel, natürlich nicht. Den Waffengang als einzig gültiges Prinzip des Lebens zu begreifen, war keine Angelegenheit, die sich an einem Abend, in einer Nacht abschließen ließ. »Es ist ein Anfang«, sagte er. Das war es wirklich. Der Krieg zog sich seine Jünger selbst, und was für ihn die Nechbet gewesen war, würde für Mina der Chimmgau werden.

»Gut. Danke. Ich werde darüber nachdenken. Wenn ich darf, würde ich jetzt gern schlafen gehen, Herr.«

»Sicher. Gute Nacht, Mina.«

Bjorn beobachtete seine Junkerin, wie sie grüblerisch aufstand und ihr Tuch in der Tasche ihres Mantels verstaute. Als sie gegangen war, rutschte Yngvild ums Feuer herum und setzte sich neben ihn. Er ahnte, dass er noch nicht entlassen war.

»Bjorn …«, fing sie an. »Was du da gerade gesagt hast … Du glaubst das wirklich, oder?«

»Natürlich.« Er sah sie verwundert an. »Glaubst du, ich würde ihr Unfug erzählen?«

»Nein. Nein, natürlich nicht. Aber siehst du das wirklich so ... so total?«

Kurz dachte er über Frage nach. »Das tue ich, ja.«

Sie nickte und sah in die Flammen. »Kampf ist also der einzige Sinn des Lebens?«

»Nicht der Sinn. Kampf ist alles, was ist. Nur in und durch und mit ihm sind wir wir selbst, verstehst du? Nur wenn wir kämpfen, sind wir ...«

»... sind wir Menschen.«

»Ja.«

»In Ordnung. Aber ... wenn dem wirklich so ist, dann ...« Yngvild suchte nach Worten. »Dann braucht es keine Gründe. Dann ist es egal, warum wir kämpfen.«

Bjorn nickte langsam. »Korrekt.«

Ebenso langsam schüttelte Yngvild den Kopf. »Ich weiß nicht, Bjorn ... Ich habe darüber noch nie nachgedacht, aber ... In den letzten Monaten habe ich Dinge getan, von denen ich nie gedacht hätte, dass ich sie könnte. Aber ich habe sie getan. Nicht nur, weil man sie mir befohlen hatte, sondern weil sie mir notwendig erschienen. Wenn wir Ostchimrien befreien wollen, müssen die Salen sterben, das ist einfach, das kann ich verstehen. Aber was du gerade erzählt hast ... Wenn das alles stimmt, dann ... stimmt das alles nicht mehr. Es ist, als hättest du mir die Rechtfertigung für unser Tun genommen.«

Bjorn wusste nicht, was er sagen sollte. So hatte er die Sache noch nicht betrachtet. Er wusste, dass sich in Yngvilds Argumentation ein Denkfehler verbarg, aber er wusste nicht, wo.

»Verdammt, Bjorn, sag etwas.« Yngvild sah ihn an, ihre Augen schimmerten feucht. »Wenn du das alles wegnimmst, dann sind wir nichts weiter als ein Haufen Mörder, die andere Menschen voll-

kommen ohne Grund umbringen. Ohne Befreiung, ohne nichts …
Da bleibt nichts. Nichts! Nicht einmal Hass auf die Salen.«

Es war ihr Ernst, Bjorn hatte daran keinen Zweifel, und sie
dauerte ihn. Aber wo sollte er beginnen? »Hass …«, suchte er
schließlich einen Anfang. »Hasst du denn die Salen, Yngvild?« Er
fragte so sanft, wie er vermochte.

»Natürlich«, sagte sie, aber ihre Stimme klang zögerlich.

»Ja? Warum?«

»Weil … sie uns unsere Heimat gestohlen haben.«

Er ließ ihre Antwort so stehen. Nach einem Moment schüttelte
sie den Kopf. »Warum kommt mir das falsch vor?«, fragte sie.

»Weil es falsch ist. Heimat …« Er schüttelte ebenfalls den Kopf.
»Haben wir nicht auch anderen die Heimat genommen? Sind wir
also besser? Und wann hört Heimat auf, Heimat zu sein, wenn sie
dir nicht gehört? Nach zehn Jahren? Hundert? Nie? Nein, Yngvild.
Heimat gibt es nicht. Heimat ist eine Lüge, die sich erzählt, wer
nicht einsam sterben will. Ostchimrien ist eine Lüge. Noch einmal: Hasst du die Salen?«

Yngvild zog die Nase hoch. »Nein«, sagte sie dann. »Eigentlich
nicht. Streich das ›eigentlich‹. Ich hasse sie nicht.«

Er nickte.

»Du wusstest das bereits.«

»Ja.«

»Woher?«

»Zum einen, weil du sie immer noch Salen nennst. Nicht Schwarzköpfe oder Salenschweine oder Ähnliches. Kein einziges Mal.«

Yngvild nickte stumm, unsicher.

»Zum anderen, weil Hass ein Gefühl für Schwächlinge ist, und
du bist keiner. Hass erleichtert den Schwachen den Kampf, den
das Leben uns aufzwingt.« Er machte eine kurze Pause. »Aber,
Yngvild, hör mir zu«, sagte er dann mit Nachdruck, um ihrer vollen Aufmerksamkeit gewiss zu sein. Ihr Blick nahm das Angebot

an. »Aber wenn du den Hass und alles andere hinter dir lässt und trotz allem nicht nur den Kampf aufnimmst, sondern ihn bejahst, dann bis du wirklich, wirklich frei. Dann erst lebst du.«

»Du sagst das so, als wäre es ganz leicht«, gab Yngvild zurück.

Er brauchte kurz, um sicherzugehen, was sie meinte. »Nein«, antwortete er dann und setzte sich, »das ist es nicht. Wird es nie. Aber sobald du es verinnerlicht hast, wird es einfacher.«

Stumm nickte sie.

Als Yngvild wenig später aufstand, um nach ihren Leuten zu sehen, sah er ihr an, dass sie noch brauchen würde, so, wie Mina noch brauchen würde. Aber auch Yngvild würde verstehen.

Er blieb am Feuer sitzen, halb darauf hoffend, dass sich der Feind doch noch zeigen würde. Aber der Rest der Nacht verging ohne Vorkommnisse, und als der Morgen graute, ließ Bjorn milde enttäuscht wecken. Nicht einmal eine Stunde später waren sie in den Sätteln und auf dem Weg.

Als sie am Ende ihrer Reise das Heerlager vor Neufehn erreichten, hatten sie Hunderte Meilen ohne Feindberührung zurückgelegt. Es war, als hätte sich der Krieg vor ihnen zurückgezogen, als würde es ihm reichen, ihnen seine Herrschaft über das Land zu zeigen und sie dann allein zu lassen, wohl wissend, dass sie ihn am Ziel in all seiner Pracht, in all seinem Schrecken zu Gesicht bekämen. Bjorn ritt an der Spitze seines Trupps durch die Zeltreihen, die auf den Ternwiesen am Ufer standen, aber bereits abgebaut wurden, und sein Herz schlug schneller. In der Mitte schließlich, unter der Fahne, die als Allerletztes niedergeholt würde, stand: sie. Ihr dunkelrotes Haar Glut in all dem Weiß der Waffenröcke.

Bjorn stieg ab, bebend. Sie unterhielt sich, mit wem, nahm er nicht wahr. Dann bemerkte sie ihn. »Bjorn«, sagte sie, »du bist gerade rechtzeitig gekommen.«

Und er wusste, dass sich das Warten gelohnt hatte.

17

Istrid

»Sie nennen es die Blutvesper von Klevs.« Kromgerst Schattenmann beendete seinen Bericht und schwieg.

Dankend nickte Istrid dem Seher zu. Niemand in der Runde
sprach. Es war schwer zu ertragen gewesen, was Kromgerst an
Kunde von den Traumfeldern mitgebracht hatte. Inzwischen waren die Berichte vom Morden im Chimmgau nichts Neues mehr,
jeden Tag fanden die Seher des Reiches neue Traumbotschaften
mit stets ähnlicher Kunde. Was sie aus Klevs allerdings zu hören
bekamen, hatte eine neue Dimension erreicht. Wenn auch nur
die Hälfte von dem stimmte, was Kromgerst berichtet hatte, dann
musste dort ein Gemetzel stattgefunden haben, das seinesgleichen
suchte. Sie hatten die Kinder eines Tischlers zersägt, hatten Familien in Höfe gesperrt und sie von Hunden zerfleischen lassen und
Hunderte im Kron-Tempel der Heiligen Familie verbrannt. So
verstopft waren Klevs' Kanäle mit Leichen, dass die Ratten auf
ihnen von einer Seite zur anderen wechseln konnten, ohne nasse
Füße zu bekommen. Als hätten sich Tore nach Dunkelwelten geöffnet und die Albträume die Stadt verschlungen.

Blutvesper. Weil das Grauen am Abend losgebrochen war. In
Istrids Ohren klang der Name beinahe harmlos und gerade deswegen umso fürchterlicher. Woher kam dieser Hass? Die Chimren
waren eines ihrer Brudervölker, salischer Abstammung wie die
anderen des Reiches auch. Sie alle teilten dasselbe Erbe. Und nun

schlachteten die Chimren ihre Geschwister ab, in einer Grausamkeit, die sie nicht für möglich gehalten hatte. Es kostete Istrid Mühe, ihre Gedanken von den Einzelheiten zu lösen, die Kromgerst ihnen geschildert hatte, und auf die vor ihnen liegenden Aufgaben zu lenken.

Sie waren wieder in dem Zimmer im Kaiserpalast, in dem Istrid vor ein paar Tagen erst mit den Gaugrafen über die Heerfolge gesprochen hatte, dieses Mal in erweiterter Zusammensetzung.

Arnim war wieder mit dabei, und Ranke, weil es ohne ihn nicht ging, dann der Eiserne Thietmar, Haro und Audun, die demonstrativ zu spät erschienen war. Vor allem ihretwegen hatte Istrid Kromgerst hinzugebeten, um durch seine Schilderungen Druck auf sie aufzubauen, war sich allerdings nicht sicher, ob sie Erfolg damit gehabt hatte: Die Gaugräfin, gehüllt ins Orange und Gelb der Meuren, saß mit verkniffener Miene am Tisch und starrte in Richtung Fenster, als würde sie keinen Anteil am Gespräch nehmen. Im Gegensatz zu Golo aber war sie immerhin gekommen.

Auch den Markgrafen des Chimmgaus hatte Istrid hergebeten, aber bislang war er nicht erschienen und würde es wohl auch nicht mehr. Er hatte ebenso wenig auf ihre Botschaft reagiert, wie er sich auf eine Abreise in seine Mark vorbereitete. Sie würde sich um ihn kümmern müssen, so viel war sicher. Aber nicht jetzt. Jetzt galt es, diesem Gespräch eine bessere Wendung zu geben als dem letzten.

»Ich danke dir, Seher«, ergriff Istrid das Wort und blickte in die Runde. »Wenn uns das Grauen, von dem du uns berichtet hast, eines zeigt, dann, dass wir handeln müssen, schnell. Heermeister, wo stehen wir mit unseren Vorbereitungen?«

Hildigis, Nachfahre Fasolds, Graf von Leegland und Herr vom Weißen Stein, war der Letzte in der Runde. Der Heermeister saß mit durchgedrücktem Rücken auf seinem Platz, direkt neben Arnim, Audun gegenüber. Unter dicken, weißen Augenbrauen blickten harte, stahlblaue Augen von einem zum anderen, als er antwortete. »Das Reichsheer sammelt sich. Thietmars Westframen sind der Holden Krone unterstellt und bereits auf dem Weg zur Brega. Vor Kershorn werden sich die Heere mit Haros Kythen vereinigen, die dort warten. Das Aufgebot Salwalds kommt ihnen nach. Die ersten Zehntausend von Calders Valändern sind in Svankyst eingeschifft, umrunden Nordheim und kommen die Salische Bucht hinab. Sie alle folgen dem Ruf des Kaisers.«

Während der letzten Worte bedachte Hildigis Audun mit einem kalten Blick. Die Gaugräfin starrte weiter über die Schulter des Heermeisters nach draußen ins Grau des Himmels.

»Danke, Heermeister«, sagte Istrid. Dass Calder gekommen war, war eine der wenigen guten Nachrichten dieser Tage. Istrid hatte die Heerfolge von Valands Gaugrafen gesichert, indem sie ihm das lang gewünschte Amt des Reichsflottenmeisters angeboten hatte. Der Plan war eigentlich gewesen, im Gegenzug dafür Calders Zustimmung zur Heeresreform zu gewinnen, aber der Krieg hatte diesen Plan geändert. Wahrscheinlich wäre er auch für weniger gekommen, aber sie hatten keine Zeit, sich in langwierigen Verhandlungen zu verlieren.

»Kronprinz«, sprach sie ihren Neffen mit seinem Titel an, »was macht Salhalls Aufgebot?«

»Es ist zur Hälfte unter Waffen«, antwortete Arnim. »Am Ende der Woche wird es auch die andere sein.«

Das war die nächste gute Nachricht: Ihr Plan war aufgegangen. Die Heilsgarde hatte in den vergangenen Tagen unablässig die Reichshauptstadt durchkämmt, an jedem Sippenturm angeklopft und war erst weitergezogen, nachdem man ihr die schuldigen Helme übergeben hatte. Wie erhofft gab es keinen einzigen Edlen, dem es einfiel, mit den schwer gerüsteten Vandraar über Heerpfeile zu diskutieren. Einen Verletzten hatte es bislang gegeben, wie Marshana ihr gestern berichtet hatte: Eine Magd hatte sich beim überhasteten Öffnen der Tür die Hand gequetscht. Inzwischen schickten die Edlen ihre Truppen auch freiwillig auf die Fahnenfelder. Sie hatten eingesehen, dass sie keine Wahl hatten. Einen blutigen Machtkampf hatten sie also verhindern können.

»Das freut mich sehr. Danke, Kronprinz.«

Arnim nickte mit stolz geröteten Wangen.

»Wie viele Helme haben wir also für einen ersten Gegenschlag vor Kershorn zusammen?«, fragte Istrid Hildigis.

»Warten wir nicht auf Salwalds Aufgebot, haben wir an die sechzigtausend Helme, mit denen wir auf Klevs und dann weiter aufs Tannhausner Tor vorstoßen können. Mehr, rechnen wir die Aufgebote reichsunmittelbarer Grafschaften und Städte hinzu, die bis zu diesem Zeitpunkt eingetroffen sind.«

»Und das Herzogtum?«

»Soweit wir wissen, ist es mit elf Scharen in den Chimmgau eingefallen und hat drei weitere nachgezogen. Das sind zweiundvierzigtausend Helme. Abzüglich bislang erlittener und nicht ersetzter Verluste, zuzüglich einer nicht bekannten Zahl von Reichs-Chimren, die sich ihnen angeschlossen haben. Möglich, dass sich beides ausgleicht.«

Istrid ahnte, was in den Köpfen der Anwesenden vor sich ging. Bereits jetzt war das Reich dem Herzogtum deutlich überlegen. Und dabei fehlten in Hildigis' Rechnung die Aufgebote von sechs Gauen. Ihre Zahl mochte noch zu wenig sein, um das Tannhausner Tor mit einiger Sicherheit zurückzugewinnen. Aber genug, um das Herzogtum aus dem Oberen Chimmgau zu vertreiben. Und auf Audun Eindruck zu machen.

Zum ersten Mal während ihres Treffens sah man der dürren Gaugräfin an, dass sie dem Gespräch tatsächlich folgte. Auf ihrer Stirn war eine Falte erschienen, und ihre Schultern hatten sich gestrafft. Anders als die Herren der weiter entfernten Gaue konnte Audun das Ausbleiben ihrer Hilfe nicht einmal mit langen

Anmarschwegen beschönigen: Wie Westwegen grenzte Meuren direkt an den Chimmgau. Kershorn, der Ausgangspunkt der Gegenoffensive, war eine meurische Stadt. Sechzigtausend reichstreue Helme würden dort über kurz oder lang eintreffen. Und sie ließen sich notfalls auch zuerst gegen Meuren ins Feld führen. Es war ein riskantes Spiel, für das sich Audun entschieden hatte, der Heermeister hatte ihr das gerade noch einmal vor Augen geführt. Hart lächelte Istrid in sich hinein.

»Ich schließe mich dir an, Prinzessin«, sprach Hildigis weiter, »wenn du sagst, dass wir schnell handeln müssen. Jeder Tag, den das Herzogtum ungestraft auf unseren Böden Blut vergießt, ist einer zu viel. Ich schlage vor, mit den vorhandenen Helmen loszuschlagen und nicht noch länger zu warten. Weitere Aufgebote bräuchten uns keinen Vorteil. Es würde schwieriger, sie zu versorgen, und ihrem gleichzeitigen Einsatz im Feld sind Grenzen gesetzt. Ein schneller Schlag auf Klevs hingegen nimmt dem Feind die Initiative ab und setzt ihn unter Zugzwang. Noch einmal: Jeder Tag ist einer zu viel.«

»Danke, Heermeister«, sagte Istrid. »Ich bin froh, dass du meine Meinung teilst.« Das allerdings war nicht überraschend. Als ein unerbittlicher Verfechter der Reichsidee musste es ihm beinahe körperliche Schmerzen bereiten, dass das Herzogtum im Chimmgau stand.

Istrid ließ den Blick durch die Runde streifen. »Es sieht aus, als könnten wir langsam Zuversicht schöpfen. Die Zahlenverhältnisse werden sich weiter zu unseren Gunsten verbessern. Dessen ungeachtet aber muss ich eines betonen: Wir kämpfen nicht einfach gegen einen Feind, der in unser Land eingefallen ist. Wir kämpfen gegen Mörder. Lasst uns alle das immer und immer wieder ins Gedächtnis rufen: Wir kämpfen gegen Mörder. Das Herzogtum will sich nicht einfach nur den Chimmgau einverleiben, es will alles salische Leben dort auslöschen und mit ihm alles, was uns heilig ist. Einem Feind bieten wir unser Schwert. Einen Mörder aber strafen wir mit dem Strick.«

»Was genau soll das heißen, Prinzessin?« Haro beugte sich vor und sah sie an. Seine warme Stimme klang ehrlich neugierig.

»Zum einen, dass wir ein Kopfgeld auf Tyrja Tiwhild aussetzen und auf ihren Ersten Reiter Bjorn, den Schlächter von Klevs.«

»Soweit ich weiß, besitzt Tyrja Tiwhild drei Erste Reiter«, unterbrach Haro sie sanft.

Istrid schenkte ihm einen Seitenblick und sprach weiter. »Dann auf alle drei. Und auf jeden Befehlshaber ihrer Scharen. Das mag symbolisch sein, doch das ganze Reich soll wissen, dass wir es mit Verbrechern zu tun haben. Vor allem aber werden wir jeden Herzoglichen hängen, dessen wir habhaft werden. Gleiches gilt für jeden Reichs-Chimren, der sich ihrer Sache anschließt. Es kann für Mörder keine Gnade geben.«

»Prinzessin«, sagte Haro mit einer hochgezogenen Braue, »ich verstehe deinen Zorn. Aber stellen wir uns damit nicht selbst ein Bein? Ein Soldat, der keine Gnade zu erwarten hat, kämpft umso tapferer, denn was hat er zu verlieren? Die Aufgaben, die vor uns liegen, sind schwer genug, wir sollten sie nicht noch härter machen.«

Natürlich, dachte Istrid, die Distel. Widerspruch als Lebenszweck. Doch sie behielt den Gedanken für sich. »Nicht wir haben uns dies ausgesucht«, antwortete sie stattdessen, »das Herzogtum war es. Hast du das Tannhausner Tor vergessen, Haro? Mehr als Zweitausend haben sie dort an den Pfahl geschlagen. Chimren, die treu zu uns standen. Wo war die Gnade für sie?«

»Ich habe sie nicht vergessen. Aber wir sollten zusehen, dass wir nicht die Falschen bestrafen. Ein Soldat handelt auf Befehl. Er ist nur ein Werkzeug.«

»Sie zersägen Kinder, Gaugraf«, erwiderte sie, schärfer nun. »Warst du nicht im Raum, als Kromgerst gerade eben von Klevs

307

berichtete? Es gibt jenseits von Befehlen eine höhere Gerechtigkeit, vor der wir uns zu verantworten haben. Und wer glaubt, frei von Schuld zu sein, weil er einer Weisung folgt, der wird erkennen müssen, dass er sich geirrt hat. Mörder sind übers Reich gekommen, also lasst uns zu Gericht sitzen.«

Haro neigte den Kopf und lächelte huldvoll. »Ich bin nur ein Reichsrat und tue meine Pflicht: Ich gebe Rat. Ob man ihn hört, ist eine andere Sache.« Er lehnte sich wieder zurück und sah, immer noch lächelnd, Ranke und dann Arnim an. »Nämlich die der Krone. Wappenkönig? Kronprinz?«

Istrid spürte, wie ihr das Blut in den Kopf schoss. Aber noch bevor sie etwas erwidern konnte, antwortete Ranke bereits. »Die Prinzessin spricht für die Krone, Gaugraf, das tut sie immer.«

»Dann bin ich aufrichtig beruhigt. Nichts wäre in solchen Zeiten schlimmer als Uneinigkeit.«

Istrid beschloss, das Brennen auf ihren Wangen und Haro zu ignorieren und dem Gaugrafen nicht noch mehr Aufmerksamkeit zu schenken. »Audun, wann werden sich deine Helme auf den Weg begeben?«

Die plötzliche Ansprache traf die Gaugräfin unvorbereitet, sie brauchte einen Moment, um sich sammeln. Mit der Hand strich sie sich einen Ärmel glatt. Dann kniff sie den Mundwinkel zusammen, sah sich mit ihren Mäuseaugen am Tisch um und räusperte sich. »Mir ist nicht bewusst, dass der Kaiser inzwischen den Heerpfeil geschnitten hätte.«

»Das haben wir bereits geklärt. Die anderen Gaugrafen erklären nicht die Heerfolge, weil sie es einfach wollen, sondern weil der Kaiser sie dazu aufgefordert hat.«

»Aufgefordert? Sicher. Den Heerpfeil geschnitten?« Audun wog den Kopf. »Ich höre darüber geteilte Ansichten. Gleichwohl sehe ich, dass der Krieg im Chimmgau wütet, und Meuren wird sich aus freien Stücken am Kampf beteiligen.«

Istrid hob eine Braue. Sie hatte mit einer anderen Antwort gerechnet, die Einschränkung allerdings war ihr nicht entgangen. »Aus freien Stücken?«

»Aus freien Stücken.« Audun faltete die Hände im Schoß.

Istrid schüttelte den Kopf. »Das ist nicht möglich.«

»Dann bleiben die Meuren zu Hause.«

»Blaufeuer!«, schoss es aus Hildigis heraus. Den Stuhl umschmeißend, fuhr der Heermeister in die Höhe. Wut dröhnte in seiner Stimme. »Die Heerfolge ist keine Wahl! Die Krone ruft, das Reich folgt. Alles andere ist Verrat.«

»Die Meuren kommen aus freien Stücken oder gar nicht. Und nur zur Befreiung des Oberen Chimmgaus.«

»Gaugräfin, bist du toll?« Mit beiden Händen stützte sich Hildigis auf der Tischplatte ab. Drohend lehnte er sich zu Audun hinüber. Er wirkte riesig. Eine dicke Zornesvene war auf seiner Stirn hervorgetreten, Gesicht und Hals glühten. Er sah aus, als würde er Audun schlagen wollen.

Unbeeindruckt sah sie zu ihm auf. »Im Gegenteil, Heermeister. Ich bin bei allen Sinnen. Wir müssen durchs Tannhausner Tor, wollen wir nach Ternemünde. Zehntausende werden dafür sterben. Und für was? Für Lande, die dem Reich nichts eingebracht haben außer Aufstand und Rebellion und eine unsichere Westgrenze.«

Hildigis' Kopf wurde noch röter. »Wie kannst du es wagen, an den Reichsgrenzen zu zweifeln! Nie werden wir heiligen Boden aufgeben, nie!«

»Hildigis«, schaltete sich Istrid ein, »Heermeister, setz dich. Audun weiß, dass ihr Anliegen unsinnig ist. Was sie will, ist völlig ausgeschlossen.«

»Sie will die Mark.«

Es war Ranke, der gesprochen hatte. Bislang stummer Zeuge des Wortwechsels, hatte er mit seinem Satz die Aufmerksamkeit aller auf sich gezogen. Er warf der Gaugräfin einen scharfen Blick zu. »Geht der Untere Chimmgau ans Herzogtum, wacht Meuren über eine feindliche Reichsgrenze in den Blauzahnbergen. Die Krone müsste den Gau zur Mark erheben. Und Audun zur Markgräfin. Ist es nicht so, Audun?«

In Auduns Gesicht zuckte es. »Was Sitte ist, muss Sitte bleiben.«

Hildigis schnaubte, griff dann aber hinter sich und stellte seinen Stuhl wieder auf. Mit finsterem Blick setzte er sich. Istrid dankte es ihm mit einem Nicken. »Es wird keine Wacht am Berg geben«, sagte sie dann. »Was unsere Ahnen geeint haben, werden wir nicht auflösen. Nicht jetzt, nicht morgen. Das Reich ist ewig, und so sind seine Grenzen. Ist dir das klar, Audun?«

»Ich bedaure deine Antwort, Prinzessin.«

Istrid atmete tief durch. Ihr graute vor dem nächsten Moment, aber sie sah keine andere Möglichkeit. Schweren Herzens blickte sie zu Ranke und nickte ihm zu. Es musste sein. Ranke war dagegen gewesen, war es immer noch, das konnte sie ihm ansehen. Aber im Gegensatz zu ihm sah sie keinen Spielraum mehr für Verhandlungen. Er erwiderte ihr Nicken und stand auf. Er griff nach Wegfinder, der am Tisch lehnte, und zog eine Urkunde mit dem Reichssiegel hervor. Bedächtig legte er sie vor Audun auf den Tisch. »Audun, Nachfahrin Erbels und Gaugräfin von Meuren, Tochter des Reiches, die Holde Krone fordert dich hiermit und unter Androhung der Reichsacht auf, deinen Beitrag zu leisten.«

Niemand sprach. Wahrscheinlich hatte keiner der Anwesenden eine so frühe Eskalation erwartet, aber die Zeit spielte in dieser Sache gegen sie, und Istrid war es leid, die Autorität der Krone infrage gestellt zu sehen. Sie hörte die Gerüchte, sie kannte den Tratsch. Ja, es war ein riskanter Schritt. Wollte Audun den Bruch, würde er folgen. Aber noch hatten sie ein Heer auf meurischem Boden. Stünde es erst mal tief im Chimmgau, verloren sie dieses

Druckmittel. Und wenn Audun verhandeln wollte, konnte es nicht schaden, ihr vorher das Schwert auf die Brust zu setzen.

Ringsum waren alle Augen auf die Gaugräfin gerichtet. Langsam streckte Audun eine Hand nach der Urkunde aus. Mit spitzem Mund und spitzen Fingern, als wäre das Papier heiß oder schmutzig, nahm sie es auf, brach das Siegel und las. »Ich vernehme die Worte der Holden Krone«, sagte sie die rituellen Worte, die die Sitte bei Empfang eines kaiserlichen Schreibens verlangte.

Aber der zweite Teil der Formel, das »und gehorche«, kam ihr nicht über die Lippen. Zumindest hier und jetzt würde Audun ihren Starrsinn nicht aufgeben. Istrid stand auf, kühl und gefasst. »Dieses Treffen ist beendet.«

Auch alle anderen erhoben sich, und einer nach dem anderen verabschiedete sich, gedämpft und mitgenommen von der Schwere der Ereignisse.

Mit einem Wink deutete Istrid Hildigis an, ihn noch allein sprechen zu wollen. Sie bemerkte, wie Arnim fragend ihren Blick suchte. Sie nickte ihm zu, und ihr Neffe blieb sitzen. Zusammen mit dem Heermeister trat sie an eines der Fenster. »Prinzessin?«, fragte Hildigis. »Was kann ich für dich tun?«

»Tyrja Tiwhild – wer ist diese Frau? Kennst du sie?«

Langsam schüttelte Hildigis den Kopf. »Nein, Prinzessin, ich habe sie nie getroffen. Und ich kenne sie nur aus ihren Werken. Sie hat dem Herzogtum den Sieg in den Nechbet-Kriegen geschenkt. Ohne sie … Wahrscheinlich würde es noch immer gegen die Kinder des Wassers kämpfen. Sie hat das chimrische Heer vollkommen umgeformt, man muss ihr für diese Leistung Achtung zollen. Chimren, du weißt es selbst, sie sind ein flatterhaftes Volk, ungestüm wie der Wind und ebenso unstet. Sie hat ihren Scharen das gegeben, was ihnen immer gefehlt hat: eiserne Regeln. Die Kriegszucht, die sie ihnen eingebläut hat, ist beachtlich.

Unsere Edlen könnten sich daran ein Beispiel nehmen. Unsere geplante Heeresreform hat sich in vielem ein Beispiel an dem nehmen wollen, was sie eingeführt hat.« Hildigis blickte sie an. »Das ist nicht die Antwort, die du gesucht hast.«

»Nicht unbedingt, das stimmt. Mich interessiert, was sie für ein Mensch ist. Salfurt, das Tannhausner Tor, Klevs – was für ein Mensch kann solche Taten anordnen?« Es war vielleicht eine naive Frage, die sie da stellte, sagte sich Istrid. Aber seit Wochen hörte sie Schreckensnachricht um Schreckensnachricht, und mit jedem neuen Gemetzel wuchs ihr Unvermögen, den Feind zu verstehen. Und jetzt Klevs … Sie wollte einfach einen Einblick bekommen in das, was die Frau hinter all dem antreiben mochte.

Der Reichsheermeister schnitt eine hilflose Grimasse. »Ich fürchte, ich kann dir nicht ernsthaft behilflich sein. Sie ist noch recht jung, wohl nur achtunddreißig Jahre. Rote Haare soll sie haben und nur neun Finger. Den Nehebtu, der ihr den zehnten abgehauen hat, soll sie eigenhändig mit Pferd und Wasser ausgestattet und zurück zu den Seinen geschickt haben. Das hat mir jedenfalls vor Jahren der chimrische Gesandte erzählt, der Vorgänger von Asgar Ardalf. Ob es stimmt? Ich vermag es nicht zu sagen. Sie ist eine Edelfreie vom Salz, aus der hintersten Provinz. Sie hat es von dort an den Hohen Hof geschafft, auch das sagt einiges. Nach dem Ende der Nechbet-Kriegen hat sie die Vormundschaft über Runolf den Jungen an sich gerissen. Wer etwas dagegen hatte, kam ins Würgeeisen. Erklärt das, was du wissen willst? Nein. Wie könnte es das auch?«

»Ich danke dir, Hildigis, trotzdem«, erwiderte Istrid. »Es war nur ein Gedanke. Und du hast recht: Wie sollen wir Taten ohne Beispiel verstehen?«

»Vielleicht«, hob der noch einmal an, »vielleicht ist das die Antwort: Wenn die Taten uns fremd sind, so ist es ihre Mutter auch. Und Tyrja ist uns Salen eine Fremde. Sie wird es immer bleiben.«

Istrids Blick wanderte zu Pranradhar an der Tür. »Uns Menschen, denke ich, uns Menschen. Ich danke dir, Reichsheermeister.«

Mit einem Beugen seines Kopfs verabschiedete sich Hildigis und verließ den Saal. Arnim stand auf und kam zu ihr herüber.

Er würde wieder auf die Fahnenfelder reiten, um das Sammeln des Aufgebots zu beaufsichtigen. Dafür hatte er sich bereits in Kettenhemd und Waffenrock gekleidet. Lang fielen ihm die schwarzen Locken über die Schultern. Ihr Neffe war auch ohne Krone eine stattliche Erscheinung. Kein Wunder, dass sich die jungen Edelfrauen um ihn rissen, dachte Istrid. Und dass er immer noch unverheiratet war, machte auch deren Eltern verrückt. Arnim würde der nächste Kaiser werden, und das war für die meisten Familien sehr viel wichtiger als sein Aussehen. Istrid hingegen konnte noch immer den kleinen Jungen sehen, dem sie Kinderlieder beigebracht hatte. Obwohl erschöpft, musste sie lächeln. »Arnim, was gibt es?«

»Ich ...« Er druckste nervös herum und schluckte. »Ich würde es gutheißen, wenn ich in diesen Treffen eine größere Rolle hätte ... Ich sollte diese Treffen leiten. Weißt du, was ich meine?«

Sie wusste sehr gut, was er meinte. Und sie begrüßte es, dass er zu ihr kam und es ansprach. Aber wie er das tat, zeigte mehr als deutlich, dass er noch nicht so weit war. Nicht nur Haro würde ihn mit Haut und Haaren fressen. Sie nickte. »Ja, Arnim, du hast recht. Du solltest diese Rolle einnehmen. Aber wenn du sie hast, musst du sie auch ausfüllen. Haro, Audun, selbst Hildigis und Ranke – du musst sie im Zaum halten können. Auch mir gelingt das nicht immer. Aber du bist der Kronprinz, bei dir wäre es etwas anderes. Schaffst du das?«

Arnim runzelte die Stirn. »Hildigis? Ranke? Wieso Ranke? Er ist auf unserer Seite ... und Hildigis auch.«

»Und deshalb muss man sie nicht im Zaum halten? Ein Wachhund ist auch auf deiner Seite. Aber trotzdem musst du ihn an die

Leine nehmen können. Oder gerade deshalb.« Sie seufzte milde und strich ihm über die Wange. »Schau, wenn du diese Treffen leiten möchtest, musst du sie auch einberufen. Ergreife die Initiative. Du willst eines Tages die Krone deines Großonkels tragen, also musst du schon heute anfangen zu regieren. Gerade jetzt, wo er mehr und mehr auf uns angewiesen ist.«

Ihr Neffe nickte nachdenklich. »Das mit den Treffen verstehe ich, du hast recht, Tante. Danke. Und mit dem Rest auch. Darf ich dir etwas sagen?«

Wieder lächelte sie. »Sicher. Was ist es?«

»Du wärst eine gute Kaiserin geworden.«

Istrids Lächeln wurde noch ein wenig breiter, dann schüttelte sie den Kopf. »Keine Krone der Welt könnte mir Helgid ersetzen.«

»Du weißt, dass du deinen Vater damit sehr glücklich gemacht hättest …«

»Nur für den ersten Moment. Denn ich wäre es nicht geworden. Und darüber wäre auch er unglücklich geworden. Und er ist nicht weniger selig, dass er so einen prachtvollen Großneffen wie dich hat. Auch du wirst ein guter Kaiser werden«, antwortete sie. Du musst nur noch in diese Rolle hineinwachsen, fügte sie in Gedanken hinzu. Vielleicht würde der Krieg ihm dabei helfen.

Arnim küsste sie auf die Wange. »Danke, Tante. Ich weiß, dass ich noch viel lernen muss. Auf bald. Grüß mir deinen Vater, ich hoffe, es geht ihm bald wieder besser.«

»Das wird es.«

»Gut. Heil und Segen, Tante.«

Nachdem Arnim gegangen war, verließ auch Istrid ihre Gemächer und machte sich auf den Weg ins Stockwerk über ihr. Ihr Vater saß auf einem Stuhl am Fenster seines Schlafzimmers, eine Decke über den Knien.

»Istrid, mein Leben«, begrüßte er sie freudig.

»Vater.« Sie gab ihm einen Kuss auf die Wange und schob sich einen Stuhl zu ihm. »Wie geht es dir?«

»Gut. Gut. Schon sehr viel besser. Hildigis war hier und Helgid und Ranke. Und der Schattenmann. Ich habe mit allen gesprochen, es tat gut. Und jetzt kommst auch du.«

Istrid runzelte die Stirn. Das waren mehr Besuche, als sie für gut gefunden hätte. »Du weißt, du sollst dich nicht überanstrengen, Vater. Du bist noch immer sehr schwach.«

»Alt bin ich, Istrid, vor allem alt. Wir haben über den Krieg gesprochen.«

Sie musterte ihn. Er wirkte wacher als die Tage zuvor. »Deswegen bin ich auch gekommen«, sagte sie.

Ihr Vater zog die Augenbrauen hoch. »So?«

»Ja, Vater. Ich muss, und die Zeit drängt.«

»Zeit, ja … Zeit drängt immer. So lange, bis man sie nicht mehr hat. Dann spielt sie keine Rolle mehr. Viel Zeit bleibt auch mir nicht. Manchmal spüre ich … spüre ich, wie sie mir entrinnt. Wie Wasser durch die Ritzen eines undichten Eimers. Aber ich schweife ab, Istrid. Krieg, das war dein Anliegen.«

»Ja. Wir brauchen mehr Helme, Vater.«

»Mehr? Das Reich hat Tausende. Und Tausende sind bereits auf dem Weg. Hildigis hat es mir versichert. Nach Kershorn eilen sie. Nach Kershorn …«

»Das stimmt. Aber sie werden nicht reichen. Wir müssen durchs Tannhausner Tor. Du weißt, wie es Feoderic ergangen ist.«

»O ja, Feoderic. Er hat es geschafft. Nicht gleich. Zehntausende starben. So viele …« Er schüttelte den Kopf.

»Genau das meine ich.«

Aufmerksam sah er sie an. »Du möchtest auf etwas hinaus, Istrid. Was ist es?«

»Auf die Grenzgnaden. Wir könnten …«

»Nein!« Ruckartig setzte sich ihr Vater im Stuhl auf.

Verwundert hielt Istrid inne.

»Versteh doch, mein Leben«, sprach Childeric weiter, milder nun. »Die Grenzgnaden müssen an der Chulmauer bleiben. Sie schützen das Reich.«

»Ich weiß«, erwiderte sie, noch immer überrascht von diesem plötzlichen Ausbruch. »Aber die Chul haben sich seit Jahrzehnten nicht mehr ins Reich gewagt. Die Mauer hält sie fern.«

»Die Mauer und die Männer und Frauen, die sie bewachen. Die Mauer ist nichts ohne die Grenzgnaden.«

»Ja, aber es gibt zwanzig von ihnen. Zögen wir nur die Hälfte ab, könnten wir dem Herzogtum weitere sechzehntausend Helme entgegenwerfen. Das ist eine ganze Armee.«

Ihr Vater schüttelte den Kopf. »Mauer und Grenzgnaden haben dem Reich vierzig Jahre Ruhe vor den Chul geschenkt. Die Südmark kennt keine Verwüstung mehr, ihre Kinder lauschen den Schauergeschichten von den Mordbrennerinnen, aber sie kennen sie nicht, sie haben noch nie welche gesehen. Das muss so bleiben, Istrid. Die Kinder müssen ruhig schlafen können.«

Istrid unterdrückte ein angestrengtes Ausatmen. »Und das sollen sie auch. Wie gesagt, ich will die Mauer nicht räumen. Das nicht. Aber … Vater, bedenke doch, was uns die Grenzgnaden im Chimmgau helfen könnten! Du hast recht, wir müssen den Süden vor dem Feuersturm schützen, aber wir können auch nicht zusehen, wie der Westen brennt. Auch dort müssen die Kinder des Reiches in Ruhe schlafen können.«

Für einen Moment blieb ihr Vater still; sinnend sah er hinunter auf die Decke über den Knien und fuhr mit den Fingern über die Eschenblattstickereien. »Die Mauer«, sagte er schließlich. »Ich habe sie vollendet, du warst noch nicht geboren. Sie war nicht meines Geistes Kind, etliche vor mir haben an ihr gebaut. Etliche. Doch meine Vorgänger … Sie haben sie verfallen lassen und ihre Lücken nie geschlossen. Was nützt eine Mauer mit Lücken?« Er schüttelte den Kopf. »Nichts. Sie nützt niemanden. Sie ist unnütz, unnütz. Ich weiß noch, wie viele Meilen es waren, die gefehlt haben: dreihundertundsiebzehn. Ich habe selbst angepackt, Stein auf Stein gesetzt. Es war Sommer, und es war heiß. Dreihundertundsiebzehn Meilen. Es gab Bier für die Bauarbeiter. Nun sind alle Lücken geschlossen.«

Istrid wollte etwas erwidern, bevor ihr Vater weiter abschweifte, doch er hob kurz die Hand an, plötzlich wieder ganz da, sah sie an und blickte dann hinaus aus dem Fenster. »Wäre ich schon damals gestorben oder kurz danach, hätten sie mich den Maurer genannt. Childeric der Maurer. Ein guter Name. Aber es ist zu lange her. Niemand erinnert sich noch, und heute ist die Mauer eine … Selbstverständlichkeit. Und ich, ich werde als Childeric der Gärtner gehen.« Ein schmerzliches Lächeln erschien in seinem Gesicht. »Auch das ist … ein guter Name. Ich mag Blumen, sie bedeuten mir viel. Aber … ich habe dem Reich mehr gegeben als meinen Garten. So viel mehr.« Die Stimme ihres Vaters war nur noch ein Flüstern. »Es ist wahr: Der größte Schmerz der Eltern liegt in der Achtlosigkeit der Kinder, mit der sie sie verletzen.«

»Vater …«, fing Istrid an, gerührt von der Traurigkeit, die in seinen Worten mitschwang, doch wieder schüttelte er den Kopf.

»Istrid, mein Leben«, sagte er, »es ist alles gut. Niemand meint es böse, ich … verstehe es. Selbst die Mächtigsten haben nicht genug Macht, um sich die Spitznamen auszusuchen, mit denen das Volk sie ruft. Und der Gärtner … Es hätte mich schlimmer treffen können. Ich möchte weder mit Alburgis der Kleinlichen tauschen noch mit Irmhardt dem Üblen oder einem anderen. Nein, nein. Der Schinder, Geile, Ungerechte, Säufer, Feigling, Faule – der Gärtner, ich kann damit leben. Denn auch das ist wahr: Es ist das Vorrecht der Kinder, achtlos zu sein, und das Vorrecht der Eltern, in dieser Achtlosigkeit das Wirken ihrer eigenen Liebe zu erkennen. Denn achtlos sein kann nur der Unbekümmerte. Und was können sich Eltern mehr wünschen als unbekümmerte Kinder?« Er blickte sie an, und Istrid glaubte, Tränen in seinen hellblauen Augen schimmern sehen zu können. »Es ist gut, wenn meine Kinder unbekümmert sind«, sprach er leise weiter. »Ich wünschte, sie alle könnten es sein. Doch ich helfe denen im Chimmgau nicht, wenn ich die in der Südmark Furcht und Sorgen ausliefere. Istrid, die Grenzgnaden bleiben.«

Istrid sah ein, dass es zwecklos war, ihr Ansinnen weiter zu verfolgen. Sie würde an einem anderen Tag, zu einer anderen Zeit einen neuen Versuch starten müssen. »Ich verstehe dich, Vater«, sagte sie und schluckte alle Einwände herunter, die ihr auf der Zunge lagen. »Wenn es dein Wille ist, werden die Grenzgnaden an der Mauer bleiben.«

»Ich wusste, du würdest meine Gründe verstehen. Das Reich wird dem Herzogtum auch so die Stirn bieten können. Es ist ein schlimmes Unglück, das über uns gekommen ist, aber unsere Wurzeln reichen zu tief, als dass man uns mit Stumpf und Stiel ausreißen könnte. Der Sturm mag uns schütteln, doch wir bleiben.« Müde schloss Childeric die Augen.

Nachdenklich musterte Istrid ihren Vater. Sie überlegte, was sie ihm zumuten konnte, ob sie ihm erzählen sollte, dass in Klevs und anderswo Stumpf und Stiel sehr wohl ausgerissen waren. Aber wieder entschied sie, ihre Gedanken für sich zu behalten. »Ich bete zur Familie, dass du recht behältst, Vater«, sagte sie stattdessen.

»Ja«, erwiderte er mit weiterhin geschlossenen Lidern. »Ja, bete. Ich tue es auch. Wir alle tun es.« Und nach einer Pause fügte er hinzu: »Was noch? Was noch kannst du mir erzählen?«

»Salhalls Aufgebot steht beinah gänzlich unter Waffen. Am nächsten Krontag zieht es los.«

»Sehr gut. Es sind die Fahnenfelder, die die Stolzesten der Stadt sammeln.« Ihr Vater öffnete die Augen. Plötzlich wirkte er be-

318

unruhigt. »Die Edlen Salhalls – sie kommen reichlich? Der Heerpfeil, er … er …?«

»Nein, Vater. Mach dir keine Sorgen. Es ist alles in bester Ordnung.«

»Gut, das ist gut. Was noch, mein Leben? Was gibt es Neues?«

»Ich treffe mich morgen noch einmal mit der Paagh, um …«

»Die Paagh! Eine großartige Frau, findest du nicht?«

»Sie ist ohne Zweifel jemand, den man nicht so schnell vergisst, ja.«

»Tiger – sie hat diesen Namen verdient.« Aufgeregt beugte sich ihr Vater vor. »Damals vor Framheim … Marshana kam vom Schlachtfeld, die Lippen zerschnitten, Blut im Gesicht und an den Händen, Blut von oben bis unten, und sie lachte. Und ich sah sie kämpfen, am Tag darauf, dem dritten der Schlacht gegen die Rebellen. Es war fürchterlich, und sie war es auch. Und wieder hat sie gelacht. Man konnte ihr Lachen über den Kampflärm hören. Aber nach der Schlacht, als wir gewonnen hatten und ich sie zur neuen Paagh machte, lachte sie nicht mehr. Ich habe sie gefragt, warum, und sie … Sie sah mich an und fragte: ›Ist das das Ende der Rebellion?‹ Ich antwortete ihr: ›Ja, das ist es.‹ Und sie sagte: ›Dann kennst du den Grund, mein Kaiser. Das war der letzte Kampf.‹ Das war der letzte Kampf, Istrid! Marshana ist wirklich eine Tigerin, eine Tigerin.«

Zögerlich nickte Istrid. Es fiel ihr schwer, sich die Paagh lachend vorzustellen, aber sie kannte die Anekdote, und sie passte zu der Frau, der sie Baqqlabang überreicht hatte. Ihr Vater lehnte sich wieder zurück, nun sichtlich ermattet. »Ich muss nun schlafen, Istrid. Ich bin müde.«

Sie nickte und stand auf. »Tu das, Vater«, sagte sie und küsste ihn zum Abschied. Erschöpft griff seine Hand nach der ihren und drückte sie sanft. Sie spürte die Berührung noch, als sie im Aufzug stand und dem metallischen Scharren der Kabinen im Schacht lauschte.

Sie stieg erst im Kellergeschoss aus.

Mit Pranradhar im Gefolge ging sie an der Brunnenhalle vorbei, aus der Noggdrarsil mit Trinkwasser versorgt wurde, und passierte dann den kleinen Hafen, von dem ein unterirdischer Kanal in den Sälir führte. Dahinter lag der Tiefe Stall. Sie ließ sich und Pranradhar zwei Pferde satteln, griff zu einer Stangenlaterne und machte sich auf den Weg.

Die erste Generation der hardalischen Baumeister, die Noggdrarsil gebaut hatten, hatte nicht nur die Fundamente des Kaiserpalasts gelegt, sondern ihn auch mit der anderen Uferseite des Sälirs verbunden. Unter dem Fluss hindurch führte ein langer Tunnel, der sich erst in der Osthälfte der Stadt verzweigte. Ein Ende fand sich unter der Halle der Salen, das zweite in den Gewölben unter dem Bärengarten. Dorthin war Istrid unterwegs. Sie nutzte den Tunnel nur selten, lieber wählte sie den oberirdischen Ritt durch die Stadt zu ihren Lieblingen, aber heute stand ihr nicht der Sinn nach einem Ritt durch die Stadt, die Vorbereitungen dafür und die Aufmerksamkeit. Der Tunnel war schneller.

Abwärts neigte sich der Tunnel, um auf genügend Tiefe für die Flussquerung zu kommen. Die Baumeister hatten ihn den Langen Strich genannt, weil er schnurgerade ausgerichtet verlief und nicht einmal drei Schritt breit war. Istrid lauschte dem Widerhall der Pferdehufe und hielt den Blick auf die Grenze des Lichtscheins ihrer Laterne gerichtet, die sich im Rhythmus des langsamen Schritts ihres Reittiers in die Dunkelheit vor ihr fraß. Der beinahe einschläfernde Takt half ihr dabei, zur Ruhe zu kommen.

Sie fühlte sich angespannt und reizbar. Die letzten Tage und Wochen waren unglaublich anstrengend gewesen, nicht nur für sie, das war ihr klar, aber das nahm nichts von dem Druck, den sie auf ihren Schultern spürte. Der Krieg, der Zustand ihres Vaters, die Edlen mit ihren Ränkespielen, der eskalierte Streit mit Ranke. Und sie mittendrin. Nichts von alldem hatte sie gewollt, und doch liefen bei ihr mehr Pflichten auf, als sie jemals für möglich gehalten hatte. Zwischen einem kranken Kaiser und einem unreifen Kronprinzen, zwischen einem rücksichtslosen Wappenkönig und nicht weniger rücksichtslosen Gaugrafen war es plötzlich an ihr, eine Rolle zu spielen, der sie vor Jahren schon entsagt hatte. Und dann die Wanze. Wie Ranke glaubte auch sie nicht daran, dass der Wechsel des Personals das Problem bereits erledigt hatte. Was würde Haro noch alles erfahren? Wer war der Spitzel? Müde wischte sie sich über die Augen.

Helgid sagte immer, sie solle an sich denken und das tun, was ihr guttäte, und genau das würde sie jetzt machen. Sie würde ihre Bären besuchen.

Langsam führte der Lange Strich wieder bergan. Die Abzweigung zur Halle kam in Sicht, sie ritt an ihr vorbei, und schließlich sah sie den Fleck trüben Fackellichts vor sich, der das Ende des Gangs bedeutete. Als sie heran war, eilten die Soldaten der Heilsgarde herbei, die das diesseitige Ende des Tunnels bewachten, und schlossen die Gittertür auf, um sie hindurchzulassen. In dem kleinen Gewölbe hinter dem Durchgang stieg Istrid ab, winkte eine Zwingermagd herbei und betrat schließlich die Gewölbe mit den Bärengruben.

Der Geruch der Bären stach ihr scharf in die Nase. Vierzehn von ihnen hielten die Gruben derzeit; Istrid besuchte sie mindestens einmal im Monat, wenn es ging, öfter. Kaiserin Widigoia hatte den Bärengarten vor mehr als sechshundert Jahren errichten lassen, inzwischen waren viele der Gewölbe baufällig und manche sogar einsturzgefährdet und abgesperrt. Es änderte nichts an Istrids Dankbarkeit über diesen Ort. Sie hatte keine Kinder und würde nie welche bekommen, aber ihre erste Tochter hätte sie Widigoia genannt.

In der ersten Grube, an der sie vorbeikam, balgten zwei Jungtiere miteinander. Istrid widerstand dem Impuls, den beiden

Fleisch aus dem Korb der Zwingermagd zuzuwerfen, sah ihnen vom Balkon der Grube nur beim Spiel zu und freute sich an ihrer Wildheit.

Wild, das waren ihre Lieblinge, wild und stark und vollkommen unbeschwert von Sorgen oder Zweifeln. Sie waren das Gegenteil von ihr, so kam es Istrid vor, nur die Unfreiheit hatten sie mit ihr gemein, und sie fragte sich, welche der beiden, die der Grube oder die des Palasts, wohl drückender sei. Sie verscheuchte den trüben Gedanken, überließ die beiden Bären ihrem Raufen und ging weiter. Noch ein paar anderen Bären stattete sie einen Besuch ab, warf hier und da Fleischstücken hinab und rief ein paar kosende Worte hinterher. Schließlich betrat sie den Balkon, der an der Grube ihres Lieblingsbären entlanglief. Rangmar war nicht da. Es war keine Überraschung – sobald im Frühjahr die Grubenpforten geöffnet wurden, war der gewaltige Schwarzbär beinahe ausschließlich draußen zu finden. Über eine Pforte ging auch sie hinaus.

Der Wind zerrte an ihrem Schultertuch, das sie wohlweislich festhielt und enger um sich schlang. Es war kühl, aschgraue Wolken flohen über den Himmel. Unter ihr erstreckte sich Rangmars Außengehege, ein weites Areal mit ein paar Felsbrocken und toten Baumstümpfen, das im hinteren Teil einen kleinen Forst besaß. Der Bär war auch hier nirgends zu sehen.

»Rangmar!«, rief Istrid gegen den Wind an. »Komm her! Rangmar!«

Es dauerte nicht lange, bis sie eine Bewegung unter den Bäumen ausmachen konnte. Witternd streckte ihr Liebling die Schnauze aus dem Gesträuch.

»Rangmar«, rief Istrid noch einmal, Freude in der Stimme. »Komm her!«

Langsam tappte Rangmar zwischen den Bäumen hervor und über das freie Gelände. Gewaltige Muskelpakete bewegten sich unter pechschwarzem Fell. Unter ihr angekommen, stellte er sich auf die Hinterbeine und stützte sich mit den vorderen an der Wand seines Geheges ab.

»Du bist ein Guter, das bist du wirklich«, sagte Istrid und warf ihm ein Fleischstück zu, das ihr die Zwingermagd reichte. Der Bär schnappte es aus der Luft und schluckte es hinunter.

»Das gefällt dir, nicht wahr? Willst du noch eines?« Istrid nahm die Kopfbewegung des Bären als Ja und warf ihm ein zweites Stück zu, das dieser ebenso mühelos schluckte wie das erste. Es folgten noch ein drittes, viertes, fünftes, dann riss sich Istrid zusammen. Die Bären wurden alle regelmäßig gefüttert. »Nicht, dass du mir noch verfettest, mein Liebling«, sagte sie mahnend. Langsam streckte sie die Hand aus, um dem Bären Gelegenheit zu geben zu erkennen, dass sie leer war. Witternd streckte sich ihr die kahle Schnauze entgegen.

»Brav«, sagte sie beruhigend, »braver Rangmar.« Sie streichelte ihn. Die Haut der Schnauze war warm und weich. »Das magst du, nicht wahr? Ja, das magst du.« Kleine dunkle Knopfaugen blickten sie an. Langsam wandte der Bär den Kopf von einer Seite zur anderen, sodass Istrid ihn nicht nur an einer Stelle streicheln konnte. Aus seiner Kehle löste sich ein tiefes Blubbern, das Istrid mit einem freudigen Glucksen beantwortete. Sie wünschte, sie könnte den ganzen Tag bei ihrem Bären sein und ihn kraulen. Einmal mit Rangmar durch den Wald laufen!

Seufzend zog Istrid ihre Hand zurück und warf ihm ein letztes Fleischstück zu. »Auf bald, mein Liebling! Ich komme wieder, sobald ich kann, versprochen.«

Der Bär ließ sich auf alle viere nieder, sah sie aber weiter an. Istrid winkte ihm. Der Bär wandte sich ab, hieb ein paar Mal lustlos auf einen der Baumstümpfe ein und trottete auf seinen Wald zu. Vor der Baumgrenze drehte er sich noch einmal um. Istrid winkte wieder. Rangmar verschwand.

Für einen Moment blieb sie noch auf dem Außengang stehen, dann ging auch sie wieder zurück. Sie lächelte. Rangmar hatte ihr gegeben, was sie gebraucht hatte. Wieder einmal.

Auf dem Weg zur nächsten Bärengrube kam ihr eine Wache der Heilsgarde entgegen. »Prinzessin«, sprach die Vandraar sie an, »an der Außenpforte gibt es einen Besucher. Sollen wir ihn wegschicken? Es ist Gaugraf Haro.«

Haro. Ausgerechnet. Jeder Edle hatte das Recht, die Bärengruben zu besuchen, aber kaum einer tat es. Dass es gerade Haro war, der jetzt auftauchte, war Istrid alles andere als recht. Sie überlegte. Die Gewölbe wurden gesperrt, wenn ein Mitglied der kaiserlichen Familie bei den Bären war, und da bekanntermaßen nur sie die Gruben besuchte, würde Haro bereits wissen, dass sie hier war. Sie hatte keine Lust, ihn zu sehen, aber sie würde sich auch nicht vor ihm verstecken. »Lasst ihn ein«, sagte sie, die Worte sorgsam auf Vishran sprechend. Die Wache wandte sich um, doch Istrid rief sie zurück. »Warte«, sagte sie aus einer plötzlichen Laune heraus, »ich komme mit.«

Die Wache überließ ihr und Pranradhar den Vortritt und überholte sie erst wieder in der Eingangshalle der Gewölbe, wo sie den anderen Vandraar bedeutete, das Tor zu öffnen.

Hinter den aufgehenden Flügeln stand der Gaugraf von Nordheim.

Schwarz fielen seine Locken über die Schultern, nach Art der Kythen hatte er nur zwei dünne Zöpfe in sie hineingeflochten, die sich vom Haaransatz nach hinten zogen, sein ebenso schwarzer Bart war kurz, der Blick stechend blau. Von dunklerem, nächtlichem Blau, der Wappenfarbe Nordheims, waren seine Kleider, ein Hemd und eine weite Hose aus Samt, darüber ein Wams. Silbrige Stranddisteln waren in das Wams gestickt, und eine Silberdistel lag an feingliederiger Kette auf seiner Brust. Gürtel und Stulpenstiefel waren aus hell gegerbten Robbenleder, das weiße Fell junger Heuler besäumte den dunkelblauen Umhang, den zwei Distelfibeln aus Silber an seinem Platz hielten. Haro achtete auf sein Äußeres und was es aussagte, und wo andere Edle damit nur satten Wohlstand hätten zeigen wollen, schrie seines Ambition. Haro war kein Reichsrat von vielen, würde es nie werden, und sie war gut beraten, sagte sich Istrid bei seinem Anblick, das nie zu vergessen. Nicht dass es schwer war: Ihn und ihren Neffen trennten nur wenige Jahre, aber in Haltung und Auftritt hätte Haro Arnims Großvater sein können.

Als er ihrer gewahr wurde, schien es Istrid, als leuchte kurz ehrliche Freude in seinem Gesicht, doch was immer es war, binnen eines Wimpernschlags war es von Haros spöttischem Grinsen verdrängt. »Prinzessin!« Er neigte den Kopf und trat ein. »Ich danke für die unerwartete Ehre deiner Gegenwart.«

Hinter ihm schlossen die Vandraar wieder das Tor.

»Es gehört zu den Pflichten der kaiserlichen Familie, die Untertanen der Krone zu sehen«, erwiderte sie kühl.

»Ah! Pflicht und Krone«, erwiderte er, »ich bin sicher, die beiden liebsten deiner Ideale.«

Augenblicklich brannten Istrids Wangen. »Hüte dich, Distel«, zischte sie. »Mein Vater hat mich früh gelehrt, Unkraut auszureißen.«

»Daran habe ich kein Zweifel.« Überraschend nachdenklich sah er sie an. »Umso bedauerlicher, dass nach ihm ein anderer die Felder des Reiches bestellen wird.«

Voller Zorn musterte sie ihn. Haro war unverschämt, wie er es immer war, aber sie ärgerte sich auch über sich selbst. Sie hatte es ihm leicht gemacht. Dass sie Helgid zuliebe auf die Kronfolge verzichtet hatte, hatte sie in den Augen etlicher Traditionalisten zur Ausgeburt an Pflichtvergessenheit und Selbstsucht gemacht. Im Gegensatz zu Ranke war Haro keiner von ihnen, aber er bediente sich nun einmal jeden Arguments, um zu sticheln. Nur was sollte seine letzte Bemerkung? Sie suchte den Spott in ihr, die Spitze, die sie reizen sollte, und konnte keine finden.

»Prinzessin?«

Istrid schob Zorn und Fragen beiseite. »Haro, warum bist du hier?«, zwang sie sich zu einer Erwiderung.

»Um die Bären zu sehen. In Nordheim gibt es keine, nur Seebären, und die mögen einen edleren Pelz haben als ihre Namensvetter, aber sind, nun ja, dafür weniger eindrucksvoll.« Er setzte das Lächeln eines kleinen Jungen auf, dann wurde er ernst. »Ich habe nicht erwartet, dich hier anzutreffen, Prinzessin, aber es ist eine glückliche Fügung. Ich habe Kunde. Nach unserer trauten Runde am Vormittag kam einer meiner Seher zu mir. Eigentlich hatte ich vor, sie mit dem Wappenkönig zu teilen, aber ich habe ihn in letzter Zeit allzu oft gesehen, und er kann ein wenig … anstrengend sein, wenn du weißt, was ich meine.« Wieder flackerte sein Grinsen auf, aber Istrid sah trotzdem den lauernden Ausdruck, den seine Augen angenommen hatten. Er hatte eine Leine ausgeworfen und wollte sehen, ob sie anbiss. Sie fragte sich, ob und wie viel Haro von ihrem Streit mit Ranke wusste. Sie hoffte, sich nichts anzumerken zu lassen, als sie ihm antwortete. »Ich kenne Menschen, die anstrengender sind, Haro …«

»Golo«, seufzte der Gaugraf augenblicklich und ließ ihre Spitze abgleiten, »ich weiß. Eine Schande, dass Marwult nicht mehr unter uns weilt. Und dass sein Jüngster gefallen ist … Ach, was soll ich sagen? Nun bleibt uns nur noch dieser komische Mensch. Ein windiger Tag muss es gewesen sein, als dieser Apfel vom Stamm fiel.« Er schüttelte langsam den Kopf. »Oder Audun, die meurische Maus, die noch nicht weiß, ob sie eine Ratte wird. Welchen von beiden meinst du?«

Istrid hatte nicht vor, auf Haros Spitzen einzugehen. »Welche Kunde hast du?«, fragte sie lediglich.

»Richtig, beinahe hätte ich es vergessen! Es geht um Rudebald. Ich nehme an, der Name sagt dir etwas?«

Voll unguter Vorahnung nickte Istrid. Rudebald war der Edle, den Haro dazu verleitet hatte, Urfehde zu brechen. Ranke hatte ihr darüber berichtet, dass sein Angebot, Truppen nach Vandran einzuschiffen, nur ein Vorwand gewesen war, um sie für den Schlag gegen ein dagomanisches Lehen zu sammeln. »Was ist mit ihm?«

»Nichts mehr. Das ist die Kunde. Er ist tot. Den Fehdebrecher hat sein gerechtes Schicksal ereilt, juchhe! Zumindest von seinem Flecken Erde muss die Krone kein Ungemach mehr befürchten. Doch was ist mit dir, Prinzessin? Du freust dich nicht?«

Sie verschränkte die Arme unter der Brust. »Ich nehme an, es waren deine Leute, die ihn erschlagen haben?«

»Es war ein kythisches Schwert, das ihn gerichtet hat, ja.«

»Dann ist dein Spiel also aufgegangen, Haro.«

»Spiele sind für Kinder. Ich habe Schlimmes verhindert.«

»Das wird die Zeit zeigen. Ich nehme an, du wirst sein Lehen für dich beanspruchen?«

»So ist es Brauch und Sitte.«

»Du verschiebst damit die Grenzen zweier Gaue. Du weißt, dass das Unfrieden geben wird.«

»Ich weiß nur, was mein Recht ist. Wenn die Dagomanen nicht willens sind, in ihrem eigenen Garten nach dem Rechten zu sehen, dann greift ein anderer nach der Harke.«

»Haro«, herrschte sie ihn an. »Reicht es nicht, dass der Chimmgau brennt? Musst du nun auch im Norden zündeln?«

»O nein, Prinzessin, wenn einer zündelt, dann die Dagomanen. Jedenfalls, wenn sie mir mein Recht streitig machen sollten. Und wenn ich mich nicht irre, lässt ihre Gaugräfin mit der Erklärung der Heerfolge auf sich warten. Vigane war immer schon etwas nachlässig, wenn ich mir das zu sagen erlauben darf. Nur deshalb konnte Rudebald derart außer Reihe tanzen. Wir Kythen hingegen stehen an der Seite des Reiches. Und sollte es zum Äußersten kommen, nehme ich an, dass das Reich auch an unserer steht. Treue gegen Schutz, und Schutz gegen Treue, so ist es doch.«

Es gefiel Istrid überhaupt nicht, aber Haro hatte sie dort, wo er sie haben wollte. Ohne seine Ränke hätte Rudebald nie den Reichsfrieden gebrochen, aber das spielte keine Rolle. Er war im Recht, Rudebalds Lehen zu fordern, und sollte Vigane daran Anstoß nehmen, konnte das Reich ihr kaum zur Seite stehen, schon gar nicht, wenn sie die Heerfolge noch nicht erklärt hatte. Die Dagomark aber konnte gute dreißigtausend Helme mustern, Helme, die sie brauchten. Und das war nicht einmal der schlimmste Fall, ging Istrid auf. Der Gedanke trieb ihr die kalte Angst in den Magen. Im schlimmsten Fall schlössen sich die Dagomanen einer Rebellion der Meuren an. Würden sich aber die Meuren auflehnen, würden die Sorpoten wahrscheinlich folgen, beide Gaue waren zu eng miteinander verbandelt und verschwägert, als dass etwas anderes zu erwarten wäre. Kämen dann noch die Dagomanen hinzu, stünden drei von zehn Gauen gegen die Krone. Das war eine Möglichkeit, die trotz all des Grauens schlimmer war als der Krieg im Chimmgau: Sie würde das Reich zerreißen. Und alles nur, weil Haro sich ein paar Äcker unter den Nagel reißen wollte. Sie hätte schreien können.

»Haro«, sagte sie stattdessen so ruhig, wie es ihr möglich war. »Es ist an der Zeit: Was willst du?«

»Die schönste aller Fragen, ich höre sie viel zu selten.« Lächelnd neigte Haro wieder den Kopf. »Aber lass mich dir dieselbe stellen, und dann sehen wir, ob wir zusammenkommen. Was willst du?«

»Ich? Frieden. Ich will das Reich nicht brennen sehen.«

Schallend lachte Haro auf.

Istrid drückte ihre Arme enger an sich. Die Distel wollte sie verunsichern, das war ihr klar. Aber sie merkte, dass auch dieser Plan aufging.

»Das Reich ist eine Notwendigkeit, ich stimme zu«, sagte Haro, während er tat, als wische er sich eine Träne aus dem Augenwinkel. »Auch ich will es nicht brennen sehen. Aber Frieden? Der Mensch liebt den Frieden nicht. Der Mensch braucht den Frieden nicht. Er ist für ihn nicht gemacht, er kann nichts mit ihm anfangen. Der Mensch geht ein im Frieden; er wird ruhe- und rastlos, fühlt sich verloren und erschlägt seinen Nachbarn. Krieg hingegen? Krieg ist eine vollkommen andere Sache. Alles Große, beinahe jedenfalls, geschieht im Krieg.«

»Was willst du mir damit sagen?«

»Prinzessin, du erstaunst mich. Wirklich. Ich zähle dich zu den klügsten Menschen, die die Äcker der Macht pflügen, und doch … Wenn Frieden wirklich dein oberstes Ziel ist, wirst du scheitern, das will ich dir damit sagen. Der Mensch neigt zum Krieg, und alles Hoffen, Zureden, Zwingen wird nichts daran ändern. Völker sind wie Hecken: Von Zeit zu Zeit müssen sie beschnitten werden, damit sie nicht verwildern. Such dir ein anderes Ziel, eines, das erreichbar ist.«

»Eines wie deines?«

»Ich fürchte, Prinzessin, meine Ziele sind für jemand deiner Linie zu bescheiden, aber im Grunde: ja, eines wie meines.«

»Und welches wäre das nun?«, fragte sie, noch immer mit verschränkten Armen.

Haro blickte sie an, und wieder glaubte sie, hinter dem Spott und der Arroganz etwas zu sehen, das sich ihrer Deutung entzog. »Komm«, sagte er schließlich, »ich zeige es dir.« Er drehte sich halb um und zeigte zum Tor.

»Wohin, Haro?«, fragte sie und lehnte sich argwöhnisch zurück.

»Nur nach draußen. Auf den Platz. Komm, Prinzessin.« Mit der Hand wedelte er den Vandraar zu, dass sie das Tor wieder öffnen sollten. Die Wachen blickten zu ihr. Seufzend nickte sie, und die Torflügel schwangen auf.

Mit seinem wiegenden Schritt ging Haro hindurch, ohne sich noch einmal umzudrehen. Pranradhar huschte an Istrid vorbei, um vor ihr einen Blick nach draußen zu werfen.

Für einen Moment blieb Istrid stehen und atmete tief durch. Dann folgte sie ihm widerwillig.

Haro war vor dem Standbild Kaiserin Widigoias' in der Mitte des Vorplatzes stehen geblieben, das dort die Besucher der Bärengruben begrüßte. Unweit davon warteten die Wachen, mit denen er unterwegs war.

»Hier«, sagte er und legte seine Hand auf den Sockel, als Istrid zu ihm aufgeschlossen hatte, »das ist es.«

Istrid sah an dem Standbild nach oben. Zu den Füßen der Kaiserin ruhten zwei Bären, die beide zahm und ehrerbietig zu ihr aufblickten. Mit der rechten Hand berührte sie einen der Bären am Kopf, im anderen Arm trug sie ein Bärenjunges. Das Standbild war aus einem grünlich-grauen, von den Jahrzehnten nachgedunkeltem Sandstein. Nur das Blattgold von Widigoias Holder Krone glänzte vor dem düsteren Himmel.

»Du willst ein Denkmal?« Istrids Augenbraue schnellte nach oben. Was sollte das? »Ich denke, das lässt sich einrichten«, wagte sie sich an eine spöttische Bemerkung.

»Weit gefehlt, Prinzessin. Weit gefehlt.« Haro nahm die Hand vom Sockel, trat einen Schritt zurück und blickte nun ebenfalls zur Kaiserin hoch. »Wusstest du«, sagte er, »dass vor Widigoia an eben dieser Stelle Segeric der Stolze auf den Platz herabblickte? Deines Vaters Urahn hat ihn vor etwa zweihundert Jahren von hier zum Eingang des Bärengartens schaffen lassen, wo er noch immer steht. Ich bin gerade erst an ihm vorbeigeritten. Ein paar Spatzen hatten es sich auf ihm gemütlich gemacht. Aber auch Segeric war nicht der Erste, der hier stand, o nein. Vor ihm gab es noch zwei andere: Kaiser Mirgo und Königin Albofledis. Mirgo war nur kurze Zeit gegönnt, ein paar Jahre, die er sich selbst hier hatte aufstellen lassen. Nach seinem Tod entschied Barsane die Kühne, dass ihr Vater ein saufender Idiot gewesen sei und eher kein Denkmal verdient habe, und ließ die Bronzeskulptur einschmelzen. Sie hat daraus die Wildsauen ihres eigenen Jägerdenkmals drüben vor dem Framheimer Tor gießen lassen. Die Wildsauen!« Haro lachte in sich hinein. »Was Kinder ihren Eltern antun … Diese Geschichte lässt einen beinahe den Göttern danken, keine eigenen zu haben, nicht wahr? Die Wildsauen … Meine Güte.« Noch immer amüsiert schüttelte er den Kopf. »Nun, und Königin Albofledis stand tatsächlich am längsten von allen hier. Sie war schon da, als es noch gar keinen Bärengarten gab. Kaiserin Widigoia hat ihn um diesen Platz hier herum anlegen lassen. Wusstest du das, Prinzessin?«

Istrid schüttelte den Kopf. Das hatte sie nicht gewusst. »Was willst du mir sagen, Haro?«

»Was aus Albofledis' Standbild geworden ist, weiß ich nicht«, sprach er weiter, als hätte er ihre Frage nicht gehört. »Niemand weiß es. Nicht einmal der Wappenkönig, und der kennt die Geschichte unseres Reiches wie kein Zweiter, ich habe ihn gefragt. Ein halbes Jahrtausend ist es her, dass Mirgo Albofledis durch sich selbst ersetzen ließ. Wahrscheinlich ist ihr Standbild zerstört worden, auf jeden Fall aber verschollen in der Zeit. Fort, verschwunden für immer. Doch weißt du, Prinzessin, wer durch all die Jahrhunderte hindurch nie ausgetauscht wurde? Wer immer noch derselbe ist? Es ist der Sockel.« Er sah sie an, aller Spott war aus seinem Blick gewichen, ernst und tiefblau suchten seine Augen die ihren.

»Du hast mich gefragt, was ich will«, sprach Haro weiter, die Stimme warm und dunkel. Er trat an den Stein heran und berührte ihn abermals. »Das ist es. Du kannst nicht vom Sockel gestoßen werden, wenn du der Sockel bist. Standbilder kommen und gehen, Prinzessin. Es sind die Sockel, die bleiben.«

331

Mit diesen Worten neigte er den Kopf, ging hinüber zu seinen Wachen und stieg auf sein Pferd. Istrid sah Nordheims Gaugrafen nach, bis er hinter einer baumbestandenen Biegung des Parkwegs verschwunden war, nachdenklich und verwundert.

Schließlich ging sie mit Pranradhar zurück zu den Bärengruben und ritt durch den Langen Strich unter dem Sälir hindurch und nach Hause.

Helgid war schon da.

Eingewickelt in eine Decke saß ihre Frau in der offenen Balkontür ihres Schlafzimmers und blickte hinaus auf die dunkel dahinfliegenden Wolken, aus denen ab und an ein Grollen zu vernehmen war. Neben ihr auf dem Boden standen eine Korbflasche Wein und ein Krug. Als sie Istrid hereinkommen hörte, wandte sie den Kopf. »Süße«, grüßte Helgid sie, »komm her, setz dich zu mir. Ich hab dich vermisst.«

Istrid gab ihr einen Kuss und lächelte. »Gleich.« Sie schlüpfte aus den Stiefeln und hing ihr Schultertuch über den Rahmen des Standspiegels, der in der Ecke stand, und setzte sich dann neben Helgid auf den Boden. Mit dem Finger fuhr sie die Konturen ihres Gesichts nach und tippte ihr dann zärtlich auf die Lippen. »Ist da noch Platz unter deiner Decke?«

Statt einer Antwort hob Helgid den Arm und ließ Istrid zu sich. »Puh, Süße«, rief sie mit gespielter Empörung und rümpfte die Nase, als Istrid sich an sie schmiegte, »du warst bei den Bären.«

Istrid grinste entschuldigend. »So schlimm?«

»Ach, ich bin es inzwischen ja gewohnt. Komm her. Wie war dein sonstiger Tag?«

»Lang«, antwortete Istrid. »Dicht. Anstrengend.« Doch während sie sprach, merkte sie, wie die Anspannung bereits von ihr abfiel. Helgid war das, ihr Arm um ihre Schulter. Sie hatte diese Wirkung auf sie. Immer. Bei ihr musste Istrid weder Prinzessin sein noch Drostin der Kronlande oder irgendeine andere Rolle spielen. Bei Helgid konnte sie Istrid sein.

»Ich nehme an, Audun hat nicht nachgegeben?«

»Nein. Wir müssen jetzt abwarten, ob die Androhung der Reichsacht etwas bewirkt.«

»Glaubst du das?«

Istrid zuckte mit den Schultern. »Ich weiß nicht. Ich hoffe es. Aber sie ist auch nicht die Einzige, die Probleme bereitet. Haro habe ich heute sogar zweimal gesprochen.«

»So, so. Zweimal. Muss ich mir Sorgen machen?« Helgid nahm ihre Hand und ließ die Finger zwischen Istrids gleiten.

Lächelnd schmiegte sich Istrid noch enger in Helgids Armkuhle. »Solltest du. Er hat mir ganz schön den Kopf verdreht.«

»Haro? Wirklich?«, neckte Helgid weiter. »Gut sieht er ja aus, aber … So weit ist es also schon gekommen …«

Spielerisch entzog Istrid ihr ihre Finger und gab ihr einen Klaps auf die Hand. »Ärger mich nicht, sei lieb zu mir. Oder erzähl du mir von deinem Tag. Ich nehme an, er war nicht der beste.« Sie warf der Weinflasche neben Helgid einen vielsagenden Blick zu. Für gewöhnlich trank ihre Frau nur, wenn sie aufgewühlt war.

»Nein.« Helgid schüttelte den Kopf und blickte hinaus in die dahinfliegenden Wolken. »Nicht der Beste. Ich habe ein Kind abgetrieben.«

Istrid blickte sie an. Helgid übersah die heilkundliche Versorgung der kaiserlichen Waisenheime, aber es kamen auch viele der Salhaller Edelfrauen zu ihr, wenn sie Rat oder Hilfe brauchten. Etlichen Kindern hatte sie auf die Welt geholfen, nur manchmal waren die gewünschten Dienste eben auch gegenteiliger Natur. Helgid mochte diese Gesuche ebenso wenig wie die Priesterschaft der Heiligen Familie, aber im Gegensatz zu ihr kam sie ihnen trotzdem nach. Mitfühlend strich Istrid ihr über die Wangen. »Es tut mir leid.«

»Alles gut. Sie kam bereits vor einer Woche zu mir und hat gefragt. Ich habe sie mit Bedenkzeit weggeschickt, und gestern fragte sie noch einmal. Sie wollte es. Sie war noch nicht zu weit. Es war ihre Entscheidung.«

»Hat sie einen Grund genannt?«

Helgid schenkte ihr einen Blick. »Nicht dass sie müsste. Aber ja, hat sie. Sie wollte in den Krieg ziehen.«

Istrid richtete sich unter der Decke auf. Eine Ahnung überkam sie. »War das Arechis? Golos Frau?«

Überrascht sah Helgid sie an. »Woher weißt du …?«

»Ich wusste es nicht. Nur, dass sie schwanger ist … war. Und dass Golo immer noch nicht in den Chimmgau aufgebrochen ist, obwohl er schon längst fort sein sollte.«

»Nun, ab morgen ist es zumindest seine Frau«, sagte Helgid und zog die Decke wieder hoch, die ihnen von den Schultern gerutscht war. »Sie wollte eigentlich noch heute los, aber das habe ich ihr verboten. Ich hätte sie noch länger ins Bett gesteckt, aber mehr konnte ich ihr nicht abringen. Und auch das war schon schwer genug.«

Golos Frau. Istrid hatte sie nur einmal gesehen, beim Empfang des Paars in der Hauptstadt. Arechis hatte damals wenig Eindruck bei ihr hinterlassen, eine üppige Fünfundzwanzigjährige mit Haaren bis zur Hüfte. An jenem Abend hatten sie kaum mehr als die pflichtschuldigen Worte miteinander gewechselt. Istrid hatte sie später noch zweimal eingeladen, wie es von ihr erwartet wurde. Aber Arechis hatte beide Male wegen Unpässlichkeit abgesagt. Zu einer dritten Einladung hatte Istrid sich bislang nicht überwinden können, aber jetzt bedauerte sie, die junge Frau nicht näher kennengelernt zu haben. Dass sie an ihres Mannes statt zum Schwert griff und in die Heimat reiste, dass sie dafür sogar ihr ungeborenes Kind opferte, das hatte sie ihr nicht zugetraut. Wahrscheinlich, überlegte Istrid, hätte sie das niemanden zugetraut.

»Was denkst du?«, fragte Helgid.

»Ich bin überrascht. Ich denke … ich weiß es nicht. Dass Golo sein Kind auf dem Gewissen hat. Seinen Stammhalter.«

»Davon weiß ich nichts. Aber so viel kann ich sagen: Arechis hat es sich nicht leicht gemacht. Sie war tief unglücklich. Aber sie hat gesagt, sie habe keine andere Wahl. Und dass sie das für den Chimmgau tue.«

»Für den Chimmgau.« Istrid überlegte. Arechis' Anwesenheit in der Mark würde nicht dieselbe Wirkung haben wie die Golos, war aber besser, als bliebe die Verteidigung in den Händen seiner Mutter. Was eine persönliche Tragödie und ein Verlust für die Linie Drittbalds war, mochte sich am Ende zumindest für den Chimmgau als positive Wendung erweisen. Sie hoffte es jedenfalls. »Ich sollte zu ihr gehen.« Istrid wollte aufstehen.

»Nein«, sagte Helgid und hielt sie sanft am Arm fest. »Solltest du nicht. Sie braucht jetzt Ruhe, nicht einen Besuch der Kaisertochter. Du kannst sie morgen früh aufsuchen, gleich nach Sonnenaufgang, bevor sie aufbricht.«

Istrid hielt in der Bewegung inne, zögernd.

»Gleich morgen früh, Istrid. Versprochen. Aber jetzt gehörst du mir.« Mit Schalk in den Augen grinste Helgid sie an, zog sie zu sich heran und küsste sie. Immer noch widerstrebend erwiderte sie den Kuss, sog den Geruch ihrer Frau ein und gab nach. Helgid war auf und über ihr, küsste ihren Hals, bis sie aufstöhnte, und fand schließlich Wege unter ihr Hemd. Als sie sich an ihre Hose machte, hob Istrid das Becken, um es ihr leichter zu machen, und suchte ihren Blick. Helgids Wangen und Hals waren gerötet, ihr Atem ging stoßweise. »Ich liebe dich, Süße«, sagte sie.

»Und ich dich erst.« Istrid legte ihr die Hand auf die Wange. »Und ich dich erst.«

Jetzt war es Helgid, die aufstand. »Warte.« Sie ging zu dem Kerzenständer, der neben der Balkontür stand, und steckte die Kerzen an. »Ich will dich sehen. Ich will, dass du mich siehst«, sagte sie, während sie aus ihrem Kleid schlüpfte. Im warmen Licht der Kerzen schien es, als würde ihre Haut leuchten. Istrid spürte, wie sich die Hitze in ihr ausbreitete. Als Helgid wieder bei ihr war, fing sie an, sanft, beinahe neckisch, die Innenseite ihrer Schenkel zu streicheln, in langsam kreisenden, aufwärtsführenden Tänzen ihrer Fingerspitzen. Istrid genoss die Berührungen ihrer Frau, und sie merkte, wie Helgid es genoss, sie zu berühren. Helgid kannte ihren Körper so gut wie sie selbst, besser vielleicht sogar, und sie nahm ihn sich fordernd wie am ersten Tag, aber mit der Kenntnis jahrelanger Vertrautheit. Schließlich, endlich ersetzte sie Finger erst durch Atem, dann durch Lippen. Sich aufbäumend, schloss Istrid die Augen. Sie verging nach wenigen Augenblicken.

Später, als sie beide nackt und verschwitzt auf der Decke lagen, kuschelte sie sich an Helgid und summte ihr mit geschlossenen Augen eine unbestimmte Melodie ins Ohr. Helgid, die seit ihrer Kindheit Schwierigkeiten hatte, einzuschlafen, liebte das, weil es ihr half wegzudämmern. »Weißt du was?«, hörte Istrid sie leise murmeln.

»Was denn, mein Leben?«, antwortete sie sanft.

»Es ist komisch, dass es gar nicht windig ist.«

Istrid hob den Kopf und öffnete die Augen. Sie wusste sofort, was Helgid meinte. Das Grollen hatte aufgehört, wieder einmal, ohne dass es geregnet hätte, aber noch immer flogen dunkle Wolken über den Himmel. Gedämpft drang das Mondlicht an den dünneren Stellen der Decke hindurch, aber es kam kein Wind bei ihnen an. Die Flammen des Kerzenständers standen ruhig und gerade in die Höhe.

Istrid spürte, wie sich ihre Nackenhaare aufstellten. Sie stand auf.

»He!«, protestierte Helgid schläfrig, »was soll das?«

Istrid aber hörte nicht. Abwechselnd sah sie hinaus in den

Himmel und zu den Kerzen. »Wie kann das sein?«, murmelte sie. Im Bärengarten war es windig, beinahe stürmisch gewesen, und stürmisch war auch der Himmel. Aber hier bei ihnen, zwischen Himmel und Erde ... Istrid schlug das Zeichen der Luft, schloss und verriegelte die Türen und zog die Vorhänge zu. »Komm«, sagte sie zu Helgid und schüttelte ihre Beklommenheit ab. Sie zog ihre murrende Frau in die Höhe. »Komm, lass uns schlafen gehen.«

Wieder protestierte Helgid, gab ihren Widerstand aber auf. Istrid nahm sie bei der Hand und führte sie die paar Schritte zu ihrem Bett. Sanft ließ sie ihre Frau aufs Bett gleiten und gähnte dabei.

Das war der Moment, in dem sie den Mann in der Ecke sah.

18
Atlis

Das erste Mal, dass Atlis etwas vom Roten Ganter hörte, war in einem Dorf namens Tannengrund, etwa zehn Meilen nordöstlich von Dunkelheim. Die Salen der Ortschaft deuteten auf die drei Soldaten der Gauwehr, die seine Leute in die Dorfesche gehängt hatten, »Strafe fürs Mordbrennen«, sagten sie. Und sie zeigten das Gold und das Essen, das sie bekommen hatten, »Entschädigung fürs Unrecht«. Sie reichten ihr auch eine der roten Holzgänse, die die Leute des Roten Ganters im Dorf gelassen hatten. »Als Gruß und Warnung«, sagten die Salen. Atlis war verwirrt. Der Rote Ganter henkte Soldaten der Gauwehr, und er verteilte Gaben an Salen? Ergab das einen Sinn?

»Er henkt auch Falkenbrut«, sagte Ansprand aus ihrer Güte.

»Du hast von ihm gehört?«

»Nicht viel. Nur, dass er die Leute im Chimmgau beschützt.«

Es war die erste gute Nachricht seit Wochen, die Atlis hörte, und sie wollte sie kaum glauben.

Mattheim war eingeschlossen. Alle dort gesammelten Truppen des Reiches wurden von der Hauptstreitmacht des Herzogtums belagert.

Drei Reiterscharen des Feinds zogen quer durch den Chimmgau nach Süden, sengend und plündernd. Nichts konnte sie aufhalten.

Klevs war übergelaufen. Zehntausend Salen, geflüchtet vor

chimrischen Mordreitern, waren in der Stadt abgeschlachtet und in den Elnsee geworfen worden.

Die Freien Banner der Aufständischen hatten einen Anführer, einen gewissen Bjorn, den man den Schlächter des Chimmgaus nannte. Er tötete jeden Salen, dem er begegnete.

Vor Partstedt sammelte sich ein neues Aufgebot der Edlen. Es fehlte an allem, vor allem aber an wehrfähigen Frauen und Männern.

Golo, ihr aller neuer Markgraf, war immer noch nicht aus Salhall aufgebrochen. Er soff sich in der Reichshauptstadt zu Tode.

Meuren und Sorpoten verweigerten der Krone die Gefolgschaft. Die beiden Gaue rüsteten sich zum Krieg gegen das Reich.

In der Dagomark kämpften Edle um ein nutzloses Stück Land. Oder um eine nutzlose Frau, je nachdem, welcher Variante der Kunde man Glauben schenken mochte.

Das Reich stellte ein riesiges Heer auf, aber Kronprinz und Heermeister stritten sich, weil es beide in die Schlacht führen wollten. Hunderttausend Helme warteten darauf, aufzubrechen, doch der Befehl dazu kam nicht.

Und sie, Atlis, sie brannte Höfe nieder und jagte Aufständische, die kaum zu fassen waren. Und es brach ihr das Herz.

Sie nahm die rote Holzgans mit, als sie Tannengrund verließen. Am Abend warf sie sie sinnend ins Feuer. Sie wollte nicht mit dem Symbol eines Aufständischen erwischt werden. Fortan aber hörte Atlis öfter vom Roten Ganter. Vielleicht auch, weil sie fragte.

In Daggenhuff hieß es, er sei ein Waldgeist aus dem Schwarztann. Sie hielt das für dummes Gerede.

In Geisericsbuch war man sich sicher, dass Allvater Urd ihn ausgesandt hatte. Auch daran wollte sie nicht glauben.

In Galgenstein war es Allmutter Ard, und Atlis hielt diese Version nicht für wahrscheinlicher. Weil es drei Tage lang blitzte, blieb sie in dem Ort und quartierte ihre Leute in Scheunen ein.

Drei Tage lang dachte sie über das Wetter nach. Danach spürte sie wieder dem Roten Ganter hinterher.

In Herzsprung allerdings konnte sie niemanden fragen: Der Ort hatte sich erhoben, und die Gauwehr ihn eingeäschert.

Dasselbe war mit Tjorkholt geschehen. Der Goldene Radegar selbst, fand sie später heraus, hatte den Befehl dazu gegeben.

In Lammblot zeigte man ihr wieder rote Holzgänse. Die tote Falkenbrut, der sie um den Hals gehangen hatte, habe man eines Morgens an der Dorfesche gefunden und sie im Wald verscharrt. Der Rote Ganter, war man sich hier sicher, war der Geist von Prinz Volkwin, dem das Leid im Chimmgau keine Ruhe finden ließ. Atlis hätte gern daran geglaubt, konnte aber nicht.

In Meisenau hielt man den Roten Ganter für einen Holzfäller aus Dunkelheim. Das war die erste Variante, die Atlis tatsächlich für möglich hielt. Einfach, weil sie so banal war.

In Kuchenhof, nur zwei Tagesritte vom belagerten Mattheim entfernt, gab es keinen Kuchen, dafür aber eine Zusammenkunft der Gauwehr. Der Goldene Radegar war auch da, schwadronierte abermals vom »Salenblut«, das zu schützen sei, und war vor allem schlecht gelaunt. Der Rote Ganter, teilte er auf großer Bühne mit, sei ein Problem, womöglich ein größeres noch als die Falkenbrut. Seine Gnade habe in zwei Wochen mehr als einhundert Überläufer an ihn verloren. Deswegen würde sich die Gauwehr nun auf seine Bekämpfung konzentrieren. Sie würden weitermachen wie bisher, sich dabei aber auf den Rand des Schwarztanns konzentrieren. Dort irgendwo müsse der Rote Ganter sein Versteck haben.

Also zog die Gauwehr mit ihren paar Tausend Helmen, die ihr noch geblieben waren, nach Westen, weg von Mattheim und dem eingeschlossenen Aufgebot des Chimmgaus.

Atlis zog mit, Grauen im Herzen. Und es war wieder zurück in Tannengrund, als sie die Nachricht hörte: Der Rote Ganter hatte zum ersten Mal der Gauwehr die Schlacht geboten. Eine ganze Gerechtigkeit, vierhundert Helme, war aufgerieben worden, als sie sich in Daggenhuff am Wald einquartieren wollte. Das ganze Heerlager glich einem Bienenstock, in den man hart und fest hineingetreten hatte: Zorn, Verwirrung, überraschte Verwundbarkeit.

»Es hat wirklich keine Überlebenden gegeben?«, fragte Atlis Rechila, die mit den Neuigkeiten ins Zelt gekommen war.

»Nein. Jedenfalls nicht, wenn man den Boten aus Daggenhuff am Wald glauben kann.« Rechila sah so verstört aus, wie Atlis sich fühlte. Bisher hatte der Rote Ganter nur kleine Trupps oder ihre Versorgungskarren angegriffen. Aber vierhundert Helme … Das war keine Nadelstichtaktik mehr. »Was werden wir jetzt tun?«

»Was wohl?« Unglücklich verzog Rechila den Mund. Den Augenverband hatte die Gütige durch eine weiß-rote Augenklappe ersetzt. Sie trug die Farben der Gauwehr im Gesicht, aber das änderte nichts daran, dass sie Radegars ausgegebene Strategie ablehnte. Inzwischen diente Atlis mit ihrer Güte in Rechilas Barmherzigkeit. Rechila war härter und kompromissloser als Atlis, aber sie henkte niemanden nur wegen seiner Haarfarbe. Und Rechila ließ Atlis so umsichtig gewähren, wie Atlis selbst es wollte. Wie bei ihrer ersten Begegnung wollte Rechila nichts von Dank wissen, aber Atlis zollte ihn ihr trotzdem. In einer Landschaft aus Vorurteilen, Misstrauen und brennenden Dörfern war die Barmherzige ein Hoffnungsstrahl. Zu oft der einzige. »Komm«, sagte sie, »lass uns zum Gnadenzelt gehen. Vielleicht bekommen wir dann mehr raus.«

Das Stabszelt von Radegars Gnade war umlagert von Soldaten, die alle wissen wollten, was passiert war. Atlis und Rechila drängelten sich ins Innere vor, das völlig überfüllt war. In dem großen Rund wartete eine Überraschung auf Atlis: Neben dem Gnädigen in seinem goldenen Umhang stand dort auf dem Besprechungstisch Balderic, der Komtur der Gauwehr in Ternram, glatzköpfig und mit durchgedrücktem Kreuz wie immer. Balderic, der ihr die Beförderung zur Gerechten verweigert hatte. Er hatte sie mit zum Tannhausner Tor genommen, und seit der Schlacht hatte Atlis nichts mehr von ihm gehört. Sie hatte angenommen, dass er gefallen sei. Eine ganze Woge widersprüchlicher Gefühle drang auf sie ein. Sie kämpfte sich weiter nach vorne, um besser hören zu können. Schließlich stand sie in der zweiten Reihe.

»… ist die Botschaft des Roten Ganters«, hörte sie Balderic gerade sagen, als sie dort ankam. Der Komtur ließ sich von Radegar einen Sack reichen und kippte ihn aus. Rote Holzgänse purzelten auf die Tischplatte, und sie nahmen kein Ende. Atlis nahm an, dass es genau vierhundert waren.

Balderic ließ den leeren Sack auf den Haufen Gänse fallen und hob die Hände, um dem Raunen im Zelt Einhalt zu gebieten. »Und er hat uns in Daggenhuff am Wald noch eine weitere Botschaft zukommen lassen, einen Brief. Hier ist er.«

Wieder streckte er die Rechte aus, und Radegar reichte ihm ein gefaltetes Stück Papier. Balderic öffnete es und las: »›An die Befehlshaber der Gauwehr! Kehrt um, nehmt Eure Helme und wendet Euch, so Ihr denn Herz genug und Mut aufbringt, gen Mattheim, wo der Feind des Landes Euresgleichen eingeschlossen und umzingelt hat. Lasst diese roten Gänse, vierhundert an der Zahl, Euch Mahnung sein, Euch nicht länger mehr zu wenden gegen jene, die Ihr zu schützen heilige Eide geschworen habt. Schmählich habt Ihr sie gebrochen, schmählich Euch herabgesetzt, und Mörder sind es, die Euch nun Ihresgleichen heißen. Unseren Hass habt reich Ihr Euch verdient, denn Hass erntet, wer Hass sät, und reife Frucht trägt unsres lieben Landes Boden. Lasst Sengen und Schatzen, lasst Schwert und Strick, auf dass er Euch nicht selbst geflochten werde. Denn höret: Wir wissen wohl, dass Ihr uns sucht, doch gibt es zwischen Tern und Grabarz für Euch nichts zu finden denn den Tod.‹ Gezeichnet: ›Der Rote Ganter und die Streiter des Freien Chimmgaus‹.«

Balderic faltete das Papier wieder zusammen. »Wir haben uns entschlossen, sein Angebot nicht anzunehmen.«

Unter dem Beifall der Menge öffnete er die Arme und neigte dankend den glatt rasierten Kopf. Atlis schlug das Herz bis zum Hals. Da war etwas in den Worten, das sie erkannte, doch bevor sie weiter darüber nachdenken konnte, bat Balderic um Ruhe, und als er sie hatte, sprach er weiter.

»In dieser schweren Stunde wird das Reich von vielen Feinden bedrängt: Das Herzogtum steht vor Mattheim, die Freien Banner, wie sich die Verräter unter unseren Landsleuten nennen, plündern und überfallen all jene, die treu zur Krone stehen, und nun gibt es mit diesem Roten Ganter eine Figur, die sich zwar als Landeskind des Chimmgaus ausgibt, am Ende aber nichts mehr ist als ein weiterer Aufrührer und Mordbrenner. Der Chimmgau ist eine Mark des Reiches und wird es immer bleiben. Er ist uns …« Balderic stockte. Sein Blick war beim Reden durch die Menge geglitten und an Atlis hängengeblieben. Er hatte sich wieder in der Gewalt, bevor jemand seinem Aussetzer Bedeutung beimessen konnte, aber Atlis sah ihm an, dass ihr Anblick ihn aus dem Konzept gebracht hatte.

»Er ist uns ebenso teuer wie heilig«, setzte er wieder an. »Wir werden nicht weichen. Wir können nicht allein gegen das Herzogtum bestehen, aber das heißt nicht, dass wir untätig die Hände in den Schoß legen und auf das Reichsheer warten. Wir sind die Wacht am Tern, und wir werden unseren Beitrag in dieser Stunde leisten, und wenn es das Letzte ist, was wir tun.« Erneut ließ er den Beifall gewähren. »Brüder, Schwestern«, rief er dann in die Menge hinein, »noch eines! Eines noch!«

Es wurde wieder still im Zelt.

»Uns, der Führung der Gauwehr, ist klar, dass die Zerrissenheit unseres Landes auch eine Zerrissenheit unserer eigenen Reihen bedeutet. Wir kommen aus allen Ständen dieses Landes, aus allen seinen Teilen, wir *sind* dieses Land. Dort draußen aber kämpfen Chimren gegen Salen, und ja, auch Salen gegen Chimren. Ja, Salen haben sich gegen Chimren gewandt, die unschuldig und ihre Nachbarn waren. Wir wissen das, und wir können diesen Schandfleck nicht ungeschehen machen, indem wir ihn ignorieren. Unsere Brudervölker liegen in blutiger Fehde. Doch dass diese Fehde innerhalb der Gauwehr keine Rolle spielt, ist ein Beispiel unserer tadellosen Zucht und Tradition des Dienstes an einer größeren Sache. Dies muss uns Richtschnur für die Zukunft sein. Mit Sorge nehmen wir daher zur Kenntnis, dass die Zahl derer steigt, die unsere Fahne fliehen und sich dem Feind anschließen. Der Feind aber ist chimrischen Bluts, das ist eine Tatsache, wir haben sie uns nicht ausgesucht, und wir weisen jede Regung von uns, nach der alle Chimren unsere Feinde sind. Das sind sie nicht, im Gegenteil. Viele Chimren stehen treu zu unserer Sache. Das soll und muss so bleiben. Wir wollen daher den Chimren unter uns ihr schweres Los erleichtern und ihre Zerrissenheit, die sie zweifelsohne fühlen, mindern. Um also weiterer Fahnenflucht einen Riegel vorzuschieben, haben wir uns entschlossen, allen Führern der Gauwehr, die chimrischer Abstammung sind, bis auf Weiteres die Bürde ihres Kommandos von den Schultern zu nehmen. Sie bleiben in Rang und Achtung, aber geben mit dem morgigen Tag ihre Einheiten ab an salische Brüder und Schwestern. Die Verantwortung weiterer Fahnenfluchten liegt damit bei Führern, die ihre Pflicht ohne Gewissensbisse ausüben können. Mögen ihnen allen und uns die Götter beistehen. Für Kaiser, Reich und Krone!«

Das Zelt nahm Balderics Ruf auf, und er und Radegar stiegen vom Tisch; die Versammlung war beendet. Atlis aber brauchte einen Moment, um zu verstehen. Und einen zweiten, um sicher zu sein, dass das, was sie hörte, auch tatsächlich so gemeint gewesen war. Dann traf sie es wie ein Keulenschlag, und sie keuchte. Zum zweiten Mal stand sie vor Balderic, und zum zweiten Mal nahm er ihr etwas, das ihr gehörte. Und er tat es mit der Weise eines besorgten Vaters, der seine Kinder erzog. Scham brannte auf ihren Wangen und Wut. Mit geballten Fäusten wollte sie durch die Menge hinausstürmen, aber Balderic rief sie zurück. »Atlis!«

Sich mühsam beherrschend, hielt sie inne. Um sie herum liefen sie vorbei, niemand achtete auf sie und den Kampf, den sie ausfocht.

»Atlis!«

Sie drehte sich um. Balderic winkte sie zu sich. Langsam ging sie zu ihm. »Komtur Balderic«, sagte sie. Auf das »Heil dir«, verzichtete sie.

»Gütige Atlis, ich glaubte dich gefallen. Ich freue mich sehr, dich hier zu sehen.«

»Ist das so, Komtur?« Sie wusste, dass sie wieder eine Rüge riskierte, aber sie konnte nicht anders.

Balderic allerdings schien keinen Anstoß an ihrer Antwort zu nehmen. »Ja, das ist es. Wie ist es dir ergangen?«

»Ich kann nicht klagen. Ich wollte schon immer Höfe niederbrennen. Und ich tue das reichlich.«

»Ich bin sicher, deine Tage bestehen aus mehr als das.«

»Nein, eigentlich nicht. Ab und an ist auch eine Schenke darunter oder eine Weihestätte. Aber im Großen und Ganzen brenne ich Höfe nieder. Oder hänge ein paar Aufrührer.« Sie verschränkte die Arme.

Nun konnte Balderic ihren Ton und ihre Worte nicht mehr ignorieren. Mahnend zog er die Brauen hoch. »Schwester Atlis, reiß dich zusammen, du vergisst, mit wem du sprichst.«

»Nein, Komtur, das vergesse ich nicht.«

»Ich verstehe, dass du keine Freude an deinem Tun hast, aber es ist nicht an dir, dich zu beklagen. Du bist Soldatin und hast einen Auftrag auszuführen, auch wenn er dir schwerfällt. Gerechtigkeit ist dann am schwersten, wenn sie scharf ist.«

»Gerechtigkeit, Komtur?«

»Natürlich. Du willst doch nicht ernsthaft behaupten, dass der Kampf gegen Aufständische ungerecht sei.«

»›Wer rennt, ist schuldig. Wer stehen bleibt, verdächtig.‹«
Balderic runzelte die Stirn. »Wie bitte? Was ist das?«

»Das, Komtur, ist die Weisung des Gnädigen Radegars, nach der wir uns einem Dorf im vollen Galopp über die Felder zu nähern haben, um dort nach Aufständischen zu suchen. Und suchen heißt übrigens: Höfe abbrennen.«

»Das glaube ich nicht.«

»Frag ihn. Frag Radegar!« Atlis merkte, dass sie laut wurde.
Radegar, der sich auf der anderen Seite des Tischs unterhalten hatte, merkte, dass von ihm die Rede war, und kam herüber.

»Ich hörte meinen Namen. Komtur, Gütige.«

»Ja«, sagte Balderic, »Schwester Atlis hier berichtete mir von einer Weisung, die ich doch recht bedenklich finde. Vorausgesetzt, sie ist tatsächlich so ausgegeben worden?«

Radegar streifte Atlis mit abschätzigem Blick. »Schwester Atlis ist eine Falkenfreundin. Sie nimmt an allem Anstoß, das gegen die Aufständischen wirkt.«

Empört wollte Atlis etwas erwidern, doch Balderic kam ihr zuvor. »Das beantwortet nicht meine Frage, Bruder Radegar«, sagte er. Die Strenge in seiner Stimme war nur leise, aber hörbar.

Atlis sah, wie sich Radegars Nackenmuskeln anspannten. »Man muss das Korn dreschen, um die Spreu vom Weizen zu trennen. Ich bekämpfe Aufständische, Komtur, das geht nicht ohne Härte. Ich habe nicht die Muße eines Gerichtssaals, ich muss in Feindesgebiet und mit dem Schwert im Nacken entscheiden. Ich kann, ich muss. Und ich finde Aufständische. Etwas, das nicht jeder in diesem Kreis von sich behaupten kann.«

»Du findest sie nicht, du erschaffst sie!«, platzte es aus Atlis heraus. »Mit jedem Dorf, das du niederbrennst, treibst du die Leute den Aufständischen in die Arme!«

»Ein Falkenherz, ich sagte es ja.« Radegar wandte sich an Balderic. »Meine Vorgehensweise ist hart, fürwahr, aber sie ist gerecht. Und vor allem schützt sie unsere Truppe.«

»Sie gefährdet sie!« Atlis' Stimme überschlug sich beinahe. »Sie gefährdet sie! Wir haben gerade erst vierhundert Helme verloren! Weil du nur noch von Salenblut faselst! Mit deinem Zerstörungsfeldzug hast du den Roten Ganter doch erst so groß gemacht, dass er uns jetzt angreifen kann!«

Nun hielt auch Radegar nicht mehr an sich. »Du miese Chimrenmetze, ich ...«

»Genug jetzt! Still! Alle beide!« Balderics Ton unterband jeden weiteren Schlagabtausch. »Ich werde es nicht dulden, dass Gauwehr sich bekriegt. Gerade rede ich noch von unserer tadellosen Zucht, und dann muss ich mir so etwas anhören. Dass ihr euch nicht schämt! Radegar, ich bin noch keine Woche von Mattheim fort, und ich höre bereits zum dritten Mal eine Beschwerde über deinen Kampf gegen die Aufständischen. Ich werde mir in den kommenden Tagen mein eigenes Bild davon machen. Und ich hoffe sehr, dass die Klagen unberechtigt sind. Und Worte wie Chimrenmetze will ich nie wieder hören – wir schützen das Heilige Reich salischer Völker, vergiss das nicht. Die Chimren sind eines davon, auch wenn sie sich Mühe geben, dass wir das vergessen.« Er funkelte den Gnädigen an, als warte er auf Widerworte, und als sie nicht kamen, wandte er sich schwer atmend an Atlis. »Und jetzt zu dir. Wenn du wirklich Milde gegenüber der Falkenbrut gezeigt haben solltest, dann ...«

»Niemals! Ich ...«

»*Atlis!*« Balderics Nasenflügel bebten vor Zorn. »Unterbrich mich noch einmal, Gütige, und ich schwöre dir, es wird dir leidtun.«

Betreten senkte Atlis die Augen.

»Es geht also doch, gut. Radegar, das wäre alles. Morgen leitest du unseren Vorstoß auf Daggenhuff. Nimm dir zwei deiner Gerechtigkeiten und durchkämm die Gegend nach dem Roten Ganter. Und wenn du zurück bist, werden wir uns unterhalten. Du bleibst noch, Atlis.«

Radegar beugte den Kopf. Atlis sah ihm an, wie sehr er sich beherrschen musste. »Sehr wohl, Komtur.« Er verschwand mit steinernem Gesicht.

»Atlis …« Balderic ließ ihren Namen im nun gänzlich leeren Zelt ausklingen. Atlis war sich nicht sicher, ob er noch immer wütend war. Sie jedenfalls war es, und das bedeutete, dass sie sich vorsehen musste.

»Ich bin müde, Atlis«, sagte der Komtur zu ihrer Überraschung.

»Herr?«

»Wann ist dieser Krieg so kompliziert geworden? Reich gegen Herzogtum, das war einfach. Und jetzt? Freie Banner, Rote Ganter … Schwarz, Weiß, Rot, Grün …« Er fuhr sich über die Glatze.

»War es das wirklich jemals? Einfach?«, wagte Atlis etwas zu sagen, weil Balderic nicht innegehalten hatte. Erschöpft sah er sie an. »Dass du mir einmal keine Widerworte geben wirst, werde ich wohl nicht mehr erleben, oder? Doch nein; sprich weiter, bitte.«

Atlis zuckte mit den Achseln. Ihre Wut war verflogen. »Ich weiß nicht, was ich sagen soll, Komtur. Für mich war es das nie – einfach.«

»Vielleicht war es das wirklich nicht, für keinen von uns. Und ja, für dich ganz besonders.« Er sah sie an, als würde er sie gerade zum ersten Mal erblicken. »Ich nehme an, ich habe einen nicht geringen Anteil daran …«

Sie musste schlucken. »Den hast du, Komtur.«

Balderic nickte. »Und trotzdem. Was ich tat, tat ich für die Gauwehr, und würde es wieder tun.«

»So, wie du es heute wieder getan hast.« Sie spürte, wie sie sich abermals versteifte.

»Ich tat es, um dich und deinesgleichen zu schützen. Das Murren über unzuverlässige Chimren-Führer ließ sich nicht mehr ignorieren. Jetzt kann zumindest niemand mehr behaupten, dass ihr eure Leute zum Überlaufen ermuntert.«

»Meinesgleichen. Wir. Unsere Leute. Wenn du so denkst, dann kann ich das tatsächlich verstehen.«

»Du weißt, was ich meine, Schwester Atlis.«

»Ja, und indem du mir und *meinesgleichen* unsere Güten weggenommen·hast, hast du all jenen recht gegeben, die uns sowieso nicht trauen. Du hättest es anders haben können. Aber du bist den leichten Weg gegangen.« Sie wunderte sich, dass sie nicht wütend wurde. Aber sie war nur bitter.

Doch nun war es Balderic, der auffuhr. »Den leichten Weg? Du glaubst, ich mache es mir leicht? Ich weiß, es gibt hervorragende Soldaten unter den Chimren der Gauwehr, und ich weiß, wie sie sich fühlen müssen, und ...«

»Nichts weißt du, Balderic.«

Sie sprach die Worte mit kalter Härte, und sie verfehlten ihre Wirkung nicht: Balderic prallte zurück, als hätte sie ihn geschlagen. Zum ersten Mal sah Atlis ihn nach Worten suchen. Selbst seine Glatze lief rot an, und er bleckte die Zähne. Sie ahnte, dass sie zu weit gegangen war, und verfluchte sich im Stillen. Konnte sie nicht einmal aufpassen, was sie sagte?

Doch bevor Balderic sich wieder fangen konnte, gab es am Eingang des Zelts Bewegung. Unter den Planen erschien die massige Gestalt Radegars, der zurück ins Zelt kam. »Komtur!«, rief er lauthals und eilte zu ihnen herüber, der goldene Umhang rauschte hinter ihm her. »Komtur«, rief er noch einmal, »ich klage an!«

Bei ihnen angekommen, stach er mit dem Zeigefinger in Atlis' Richtung. »Ich klage die Gütige Atlis an. Wegen Befehls- und

Gehorsamsverweigerung. Und wegen Feindesliebe, fürwahr. Ich verlange einen Prozess.«

»Radegar ...« Balderic sah nun gleichermaßen zornig wie überrumpelt aus. »Wir können nicht ...«

»Ich verlange einen Prozess«, insistierte Radegar. Er blickte zu Atlis hinüber, und sie sah den Hass in seinen Augen funkeln.

»Einen Prozess«, wiederholte Balderic. »Einen Prozess.«

»Das ist mein Recht.«

»Ja, das ist richtig.« Der Komtur schien sich zumindest halbwegs wieder gefangen zu haben. »Du bestehst wirklich darauf?«

»Komtur, und wenn ich bis zu Großmeisterin Sietlind gehen müsste. Ich bin der Schwager von Baron Rodcaus, sie wird mich anhören. Die Gütige ist ein Schandfleck auf dem makellosen Schild unserer Truppe.«

Balderic sah vom Gnädigen zu Atlis und wieder zurück. Schließlich nickte er. »Also gut, Radegar, was Recht ist, muss Recht bleiben; du sollst deinen Prozess bekommen.« Dann blickte er wieder Atlis an. Kühl maß er sie mit seinen hellblauen Augen. Als er sprach, konnte sie keinerlei Regung in seiner Stimme mehr ausmachen. »Gütige Atlis«, hob er an, »die Gauwehr klagt dich an wegen Ungehorsam und Feindesliebe. Du bist hiermit festgenommen.«

19

Amonidas

Mutter kam. Das *Tap-tap* ihres Stocks auf dem Marmorboden war unmissverständlich. Es war schnell, bestimmt und hart, so wie sie selbst. Und obwohl sie fast blind war, ging sie allein. Der Palast war ihr Zuhause, sie kannte ihn in- und auswendig. Der Milchfraß mochte ihre Augen zerstören, aber sie ließ sich von ihm nicht ihre Eigenständigkeit nehmen. Sophomere von Pylaimon war eine Frau, die sich von niemandem etwas nehmen ließ.

Amonidas merkte, wie sich sein Puls beschleunigte. Er saß zwischen den Säulen, die die Außenseite seines Thronsaals bildeten, und blickte hinaus auf die Bucht von Pylaimon; auf türkisem Wasser glitzerte golden die Nachmittagssonne. Am Eingang der Bucht erhob sich das Gute Licht über die Klippen, der Leuchtturm, den seine Ahnen errichtet hatten. Dahinter kamen Stadt und Hafen, weiß gekalkt in die Felsenküste gebaut, Tempel, Treppen, verschachtelte Höfe. All dies war ihm untertänig und noch viel mehr, und doch … Die Herrschaft über den mächtigsten Stadtstaat der Phrygäis half ihm wenig, wenn es darum ging, sich gegen seine Mutter zu behaupten.

Er atmete tief durch, wandte den Kopf und wechselte einen Blick mit seinem Onkel, der auf einer Bank auf der geschlossenen Längsseite des Saals saß. Beim ersten Tappen hatte er sein Lyraspiel unterbrochen. Ihr jüngerer Bruder Kynos, so dürr wie dumm, war deutlich weniger ihren Anwürfen ausgesetzt als Amonidas.

Aber auch er vermied es mit seinen überschaubaren Fähigkeiten tunlichst, Ziel eines ihrer Wutausbrüche zu werden. Heute Abend musste er sich wenig sorgen, heute Abend würde sie es auf ihren Sohn abgesehen haben. Sein Onkel zog die Brauen nach oben. Viel Glück, schien er zu sagen.

Amonidas stand auf und ging zum Thron. Er setzte sich. Das schwarze Stierfell, das über seiner gebogenen Rückenlehne hing, war warm und weich. Mutter würde es nicht vermisst haben, als sie den Platz für ihn hatte räumen müssen. Er merkte, wie er allein durch den Gedanken gereizt wurde, sich ihrer schlechten Laune aussetzen zu müssen. Und die würde sie haben. Mutter war immer schlecht gelaunt. Er fragte sich nur, was diesmal der Vorwand war.

Er holte noch einmal tief Luft.

Tap-tap. Sie betrat den Saal.

Diener eilten herbei, um ihr einen Stuhl anzutragen, noch bevor Amonidas den Wink dazu gegeben hatte. Sie setzte sich nie; mit einem Zischlaut, als wollte sie Tauben vertreiben, stoppte sie die Diener. Aber wehe, der Stuhl kam nicht. Amonidas hatte es einmal unterlassen, die Diener zu schicken. Ein zweites Mal würde ihm dieser Fehler nicht passieren.

»Guten Abend, Mutter«, grüßte er, während sie durch den Saal schritt. Vor den flachen Thronstufen blieb sie stehen.

»Fünf Dromonen. Fünf.« Sie klopfte mit dem Stock auf den Boden. »Wo ist die sechste?«

Er hätte es kommen sehen müssen. »Die sechste ist verbrannt«, sagte er langsam und beherrscht. »Ich habe Horodates auf ihr bestattet.«

»Einen Lehrer!« Klagend hob sie Hände und Gesicht in die Höhe. »Einen Freigelassenen! *Götter!*« Sie ließ die Hände wieder sinken und blickte in seine Richtung. »Weißt du, was eine Dromone kostet?«

Auf den letzten Obolos wusste er es. Erst einen Moment war sie hier, und er kochte bereits. Die Art, wie sie über Horodates sprach … Sie wusste, was er ihr bedeutet hatte. Das allein war der Grund, weshalb sie ihn so herabsetzte. Aber er würde nicht darauf hereinfallen. Ruhig bleiben. Die Wut ignorieren. »Die Ausbildung deines Sohns sollte es dir wert sein«, sagte er beherrscht. »Die Tiefen Kammern werden diese Ausgabe verkraften.«

»Die Tiefen Kammern wären nie tief geworden, wären die vor dir ähnlich freizügig mit ihren Inhalten umgegangen. Konnte ich dir nichts beibringen? Gold kommt zu Gold. Es verlässt es nicht.«

»Mutter.« Er atmete tief durch. »Und wenn ich alle Dromonen verbrennen würde – sie sind mein, es ist meine Entscheidung.«

Sie ließ einen klagenden Laut hören. Amonidas maß sie mit hartem Blick. Noch immer hätte seine Mutter eine schöne Frau sein können, sechsundvierzig war sie erst, und die Jahre hatten sie bislang nur mit Wohlwollen berührt. Ihr Gesicht kannte weder Falten noch Flecken und war voller Ebenmaß. Aber es hatte auch nie ein Lächeln gekannt; Strenge, Missgunst und Missbilligung wohnten in ihm. Unwirsch flohen die Mundwinkel erdwärts; die Lippen, ließen sie keiner Klage freien Weg wie jetzt, presste Verachtung allem und jedem gegenüber dünn zusammen. Und ihre Augen. Wo sie früher stechend gewesen waren und giftig, starrten sie heute nur noch steinern, weiß durchwölkt vom Milchfraß. Amonidas war nicht sicher, ob es eine Verbesserung war.

»Mutter«, sagte er warnend.

»In Lumpen werden wir noch alle gehen! Arm wie die Muschelfischer!« Sie fing wieder an zu jammern.

»Mutter!«

Seine Geduld war zu Ende. Aus dem Augenwinkel nahm Amonidas wahr, wie sein Onkel angespannt die Zähne bleckte, aber er achtete nicht darauf. Dieses ewige Klagen … Er konnte es einfach nicht mehr ertragen. »Ich erwarte, dass du dich zusammenreißt! Du vergisst dich.«

Abrupt verstummte sie.

Immer noch gereizt, aber erleichtert atmete er abermals durch. Am liebsten hätte er sie aus dem Saal werfen lassen.

»Amonidas, mein Sohn«, fing sie bereits wieder an, weinerlich nun und auf ihren Stock gestützt, »ich bitte dich, es sind doch nur die Sorgen, die deine Mutter umtreiben. Ich habe doch nur noch dich. Dein Vater, dein ...«

»Genug«, fuhr er ihr über den Mund. Er war es wirklich leid. »Ich bin zurück von Pinhaan, und die Ernte war gut und reichlich. Das ist es doch, was du eigentlich wissen wolltest. Oder? Sie war sogar mehr als das. Die Händler sagen, es ist das beste Pesh, an das sie sich erinnern können. Alle, auch Menophanes. Und der ist alt.«

Schlagartig verschwand der jammernde Ausdruck auf dem Gesicht seiner Mutter; ihr Körper straffte sich. »Wie viel?«

»So viel, dass wir Amphoren auf Deck lagern mussten. Aber beruhige dich: Keine ist über Bord gegangen. Wir hatten nur gutes Wetter.«

Die weißen Augen verengten sich. »Hättest du die sechste Dromone nicht vergeudet, hättest du das nicht riskieren müssen.«

»Normalerweise füllen wir vier Dromonen«, erwiderte Amonidas und spürte seine Gereiztheit deutlicher als zuvor. »Dieses Mal haben wir fünf übervolle. Ich ziehe es vor, mich darüber zu freuen. Nicht über Verluste zu klagen, die wir nicht hatten.«

»Du warst trotzdem verschwenderisch und gedankenlos«, keifte sie bereits wieder. »So bist du nicht erzogen worden. Bestimmt bist du auch wieder an erster Position durch die Algen gefahren, nicht wahr? Sag es, und wage nicht, deine Mutter anzulügen!«

Trotzig breitete Amonidas die Arme aus. »Ja, das bin ich. Und? Ich wollte es so. Und siehst du, das ist genau das, was ich meine: Wir werden ein Vermögen machen, und du beklagst dich über so was. Kannst du dich nicht einmal freuen, Mutter? Einmal richtig freuen? Kannst du das?« Er wusste, dass er eine überflüssige Diskussion führte. Aber er konnte einfach nicht anders. Seine Mutter schaffte es immer wieder, ihn in ihren Strudel aus Klagen und Jammereien hineinzuziehen.

»Ich könnte es, wenn du nicht gleichzeitig ein viel größeres Vermögen in die Gosse spülen würdest. Was ist mit dem versprochenen Krieg? Jetzt bist du von den Inseln zurück, und noch immer ist nichts passiert. Die Söldner fressen unser Gold, und du verlangst, dass ich mich freuen soll. O Götter, wenn doch nur dein Vater noch unter uns weilen würde!« Jammernd warf sie wieder die Arme in die Höhe. »Er ist viel zu früh gestorben!«

Amonidas krallte sich in die Lehnen des Throns und beugte den Oberkörper zu ihr hinab. Von innen drückte die Wut gegen seine Schläfen. Heiß war ihm, furchtbar heiß. »Vater?«, schrie er seine Mutter an. »Wirklich? Das wünschst du dir? Du wünschst dir doch etwas ganz anderes! Du bist viel zu früh blind geworden, das ist es doch, was du eigentlich sagen wolltest. Sonst würdest du nämlich hier sitzen, und das ist es doch, was du willst. Oder? *Oder?* Aber weißt du was? Finde dich damit ab, dass es nicht so ist. Du sitzt nicht auf dem Thron! Du stehst davor!«

Von der Seite des Saals war erst ein dumpfer Ton zu hören und dann das ungezupfte Vibrieren einer Lyra. Sein Onkel hatte sein Instrument fallen gelassen. Verschreckt bückte er sich von seiner Bank und hob es wieder auf.

Seine Mutter schenkte dem keine Beachtung. Mit ihren milchigen Augen starrte sie Amonidas an, ihr Unterkiefer mahlte. Wutzitternd umklammerte ihre Hand den Knauf ihres Stocks, aber sie blieb stumm.

Erschöpft lehnte sich Amonidas zurück. Er fühlte sich leer. Er hatte versagt, wieder einmal. Hatte seiner Wut und seinem Frust freien Lauf gelassen und nichts damit gewonnen. Nur Enttäuschung über sich selbst. Er war beinahe froh, dass Horodates ihn so nicht gesehen hatte. Sein alter Lehrmeister hätte ihm sein mildes, trauriges Lächeln geschenkt und ihm aufmunternd zugesprochen, dass er es beim nächsten Mal besser machen würde. Das war die eine Prophezeiung, bei der Horodates meist falschgelegen hatte.

Als seine Mutter in die Stille des Thronsaals hineinsprach, war in ihrer Stimme nichts mehr von den Gefühlen, mit denen sie gerade gerungen hatte. Nur Kälte. »Du kannst so viel wüten, wie du willst, mein Sohn, aber du wirst kein einziges der Probleme unserer Familie damit lösen.«

»Unserer Familie?« Matt hatte Amonidas die Stirn in seine Rechte gelegt, jetzt sah er auf. Er schnaubte freudlos. »Die von dir und Onkel Kynos etwa? Ich sage dir was: Wenn ihm nicht gerade eine Seite seiner Lyra reißt, hat dein Bruder keine Probleme. Und sonst ist da niemand mehr.«

»Ja? Und wessen Schuld ist das?«, keifte seine Mutter. »Hätte ich gewusst, dass du Nacht für Nacht deinen Samen an diesem Sklavenmädchen verschwendest, statt dir eine Frau zu suchen, hätte ich sie dir nie geschenkt.«

»Gut«, ätzte er, »dann wäre diese Schuldfrage also schon mal geklärt.«

»Ich sollte sie erwürgen lassen. Vielleicht kommst du dann zur Besinnung.«

»Rühr sie nicht an!« Amonidas war vom Thron aufgesprungen. Heftig atmend stand er über seiner Mutter.

Wieder mahlte sie mit den Kiefern. Wieder sagte sie nichts.

Langsam sank er zurück auf seinen Thron. »Gibt es sonst noch etwas, Mutter?«, fragte er kalt.

»Sonst noch?«, fragte sie schrill. »Sonst noch? Außer den vierzehntausend Problemen, die du vor Cyranis zusammengezogen hast? Reichen die nicht?«

»Zwanzigtausend.« Er wusste, dass es unklug war, sie so zu provozieren, aber sie hatte es verdient.

Seine Mutter brauchte einen Moment, um zu begreifen, was er meinte, dann brach sie in lautes Wehklagen aus. Und dieses Mal nahm Amonidas es ihr sogar ab.

»Was hast du getan? Das Messer fällt, und du greifst auch noch hinein! O Götter, Götter, Götter! Sag, dass es nicht wahr ist, sag, dass du deiner armen, blinden Mutter einen Streich spielst.«

»Es ist wahr. Auf den Seliden habe ich die Traumbotschaft nach Cyranis geschickt. Die Armee ist inzwischen aufgestockt.«

»Du wirst uns ruinieren!«, schrie sie. »Cherson und Ephyra, ihr habt euch abgewendet, was haben wir getan?«

Mit heimlicher Genugtuung beobachtete Amonidas seine Mutter. Wenn sie die Hausgötter ins Spiel brachte, war sie wirklich betroffen. Ihre halb blinden Augen rollten in den Höhlen, ihr Mund glich einer heulenden Theatermaske. Sie hatte es verdient. Mutter hatte es verdient.

Doch schneller, als er erwartet hatte, fing sie sich wieder. »Du wirst dieses Trauerstück beenden«, sagte sie und stach den Stock drohend in seine Richtung. »Du wirst die Söldner entlassen und sie nach Hause schicken. Keinen einzigen Obolos wirst du noch in dieses missglückte Abenteuer stecken. Du magst es sein, der auf dem Thron von Pylaimon sitzt, aber du stehst in einer Linie vieler großer Männern und Frauen – ich werde nicht zulassen, dass du ihr Vermächtnis schmälerst. Wir werden Jahre brauchen, bis wir uns davon erholt haben!«

Amonidas hatte während ihres Monologs einem imaginären Essensrest zwischen den Zähnen mit der Zunge nachgespürt, jetzt setzte er sich langsam auf. »Mutter«, sagte er nun betont unbeteiligt, »darf ich dir meine neue Seherin vorstellen? Raaz, komm her!« Den letzten Satz rief er, damit Raaz ihn auch in dem Nebenraum des Saals hören konnte, in dem sie hatte warten sollen.

Überrascht wandte sich seine Mutter dem Geräusch von Raaz' Sandalen auf dem Marmor zu. Raaz sah aus wie immer: Sie trug das grüne Kleid mit den roten Schmetterlingen und ihre Schmetterlingskette. Sie ging tatsächlich wie eine Frau, dachte Amonidas, während er ihr mit den Blicken folgte. Wie eine echte Frau. Er würde sie bei nächster Gelegenheit fragen müssen, wie lange sie dafür gebraucht hatte. An der Treppe zum Thron blieb Raaz stehen. »Das, Mutter«, sagte Amonidas, »ist Raaz.«

Er wusste, dass seine Mutter kaum mehr als Umrisse und Schemen sehen konnte, aber das hielt sie nicht davon ab, das Mädchen unwirsch zu mustern. »Raaz«, sagte sie schließlich, »das ist ein Faani-Name.«

»Ja. Raaz kommt aus Khuld.«

»Was soll das? Wieso nimmst du dir eine Faan zur Seherin? Carcosa erkennt sie nicht an. Wir haben immer Seher aus Carcosa.«

»Ich erkenne sie an.«

»Ist das wieder eines deiner Spielchen, mit denen du deine Mutter ärgern willst?«, fragte sie ihn, dann wandte sie sich an Raaz. »Und du? Was hast du gemacht, dass dich mein Sohn von deiner stinkenden Insel geholt hat?« Sie stieß den Stock gegen Raaz' Schulter. »Lässt du dich auch von ihm bespringen? Sag! Mein Sohn scheint eine Schwäche für Niedergeborene zu entwickeln.«

Raaz trat einen Schritt zurück, um sich dem Stock zu entziehen. »Ich bin vieles«, sagte sie ruhig, wie sie es immer tat. »Eine Gespielin bin ich nicht.«

»Raaz ist nicht einmal eine Frau«, sagte Amonidas.

Seine Mutter kniff die Augen zusammen, als könne sie dadurch besser sehen. Schließlich ließ sie von Raaz ab und bohrte ihre weißen Augen wieder in ihren Sohn. »Warum zeigst du sie mir? Willst du damit von Cyranis und deinen Söldnern ablenken? Glaubst du, ich bin blöd? Dass ich das vergessen könnte, nur weil du mir einen grauhäutigen Zwitter von den Morgeninseln vorführst? Ich bin blind, aber nicht beschränkt.«

»Raaz ist kein Zwitter«, erwiderte Amonidas betont langsam. »Sie ist eine *dohru*, ein Zweigeist. Ich habe sie dir vorgestellt, weil sie mir geholfen hat, ›das Problem meiner Söldner‹, wie du es so schön nennst, zu lösen.«

Wenn seine Mutter von dieser Wendung überrascht war, ließ sie es sich nicht anmerken. »Du hast es gelöst?«, fragte sie mit drohendem Unterton. »Indem du weitere sechstausend von ihnen angeheuert hast?«

»Ja. Und weißt du, wieso? Teramnassa.«

»Teramnassa?« Die Stimme seiner Mutter wurde wieder schrill.

»Ja. Raaz hat vorgeschlagen, dem Salenreich die Söldner für ihren Krieg zur Verfügung zu stellen – im Tausch gegen Teramnassa.«

Seine Mutter stand wie erstarrt.

Amonidas wartete. Raaz auch.

»Sag. Dass das. Nicht wahr ist«, brachte seine Mutter schließlich mühsam heraus.

»Es ist wahr.«

»Du bietest den Salen Söldner an, im Tausch gegen eine Stadt? Bist du wirklich so dumm zu glauben, sie ließen sich darauf ein? Dass sie Land im Osten aufgeben, um Land im Westen zu retten? Dass sie die heilige Unteilbarkeit ihres Reiches aufgeben für was? Für ein paar Handvoll stinkende Mietlinge, die sie selbst werben könnten, wenn sie denn wollten? *Götter!* Warum straft ihr mich mit diesem Sohn!« Sie ließ den Stock fallen und krallte ihre Hände gen Himmel. »Warum?«

Amonidas spürte wieder die Wut. Er schluckte schwer. Doch er beherrschte sich und ließ seine Mutter noch eine Weile wehklagen, dann sagte er: »Nein.«

Sophomere von Pylaimon nahm ihre Hände herunter. »Nein?«

Zum ersten Mal in dieser Unterhaltung, zum ersten Mal seit langer Zeit, vielleicht zum ersten Mal überhaupt, sah Amonidas echte Verwirrung im Gesicht seiner Mutter.

»Nein«, wiederholte er. »Ich habe gesagt, dass das Raaz' Vorschlag war. Ich habe nicht gesagt, dass ich ihn annehme.«

Beinahe unmerklich wandte Raaz den Kopf.

»Was dann?«, wollte seine Mutter wissen. Sie hatte sich bereits wieder gefangen und war hart wie eh und je. »Du hast gesagt, du hättest das Problem gelöst.« Sie bückte sich, tastete kurz nach ihrem Stock und richtete sich mit ihm wieder auf.

Amonidas atmete durch. Jetzt galt es. Jetzt würde er Mutter zeigen, dass er seinen Ahnen nicht nur ebenbürtig, sondern über war. Und Raaz, dass er sich nicht manipulieren ließ. Seine Schultern waren steinhart. Er straffte sich. »Ich werde Teramnassa nicht eintauschen. Ich werde es mir nehmen. Mit Gewalt. Mit meinen zwanzigtausend Söldnern. Ich werde ins Salenreich einfallen.«

Er hielt den Blick starr auf seine Mutter gerichtet, sah aber trotzdem, dass Raaz' grüne Augen schreckensgroß wurden. Die seiner Mutter hingegen blickten weiter starr geradeaus, weiße Murmeln, die ins Unendliche gerichtet waren. Sie überschlug Risiken und Chancen, das wusste er, und sie würde zum selben Ergebnis kommen wie er.

»Das Salenreich wird diesen Angriff nie erwarten, all seine Aufmerksamkeit ist gen Westen gerichtet. Ich werde mit meinen Truppen in Teramnassa landen und die Stadt im Handstreich nehmen. Und dann werde ich weiterziehen durch ein Land, dass seine Armeen bereits gegen einen anderen Feind geschickt hat, plündern und brandschatzen und Beute machen, wie sie kein Feldherr Athanais' je gemacht hat. Die Salen werden um Frieden bitten, weil sie es müssen, und der Preis wird Teramnassa sein und alles Land bis hinunter nach Carcosa.«

Seine Mutter sagte nichts. Immer noch stand sie starr da, den Stock umklammert, die Kiefer mahlend. Dann, nach einer Ewigkeit: ein Nicken. Wortlos drehte sie sich um und verließ den Thronsaal. Das Tappen erstarb in der Ferne.

Amonidas aber wusste, dass es das größte Lob war, die größte Anerkennung, zu der seine Mutter in der Lage war. Mutter hieß gut, was er erdacht hatte! Mutter hieß *ihn* gut. Endlich. Zu seiner Überraschung spürte er einen Kloß im Hals.

Aber da war noch Raaz, grünäugige, wundersame Raaz. Der Blick immer noch groß, Schrecken im Gesicht, Kummer. Und Enttäuschung.

Und Raaz sah ihn an.

Zwischenspiel
Die Kornwalterin

Der Hüter der Erde öffnete die Hände zum Schlusssegen: »Mögen der Himmel und die Erde, mögen Feuer, Wasser, Metall und Stein, mögen alle Elemente stets und ewig bei euch sein.« Die Gemeinde antwortete ihm, wie sie es immer tat: »Dank sei dir und ihnen.«

Während des Aufbruchs, der sich dem Ende der Erdweihe anschloss, blieb Amelgunde still an ihrem Platz. Sie setzte sich wieder auf die Kapellenbank, um die anderen in ihrer Reihe vorbeizulassen. Sie würde warten. Aufmerksam betrachtete sie die Leute, die im Mittelgang nach hinten zum Ausgang strebten. Seit Ausbruch des Kriegs waren es mehr als früher, und nach der verlorenen Schlacht im Tannhausner Tor war ihre Zahl nochmals gewachsen. Selbst der Kornvogt war nun bei den meisten Morgenandachten dabei, obwohl er eigentlich ein frommes Mitglied der Heiligen Familie war. Gerade gingen er und seine älteste Tochter an ihr vorbei. Beide grüßten sie auf ihr Kopfnicken freundlich zurück. Amelgunde hatte sich mit ihm nie darüber unterhalten, aber es war nicht schwer, den Grund für sein Auftauchen in der Heilig-Erd-Kapelle von Burg Salenstein zu erraten: Er wollte Verbundenheit mit dem Volk zeigen und Mut und Zuversicht spenden. Alle seine Untertanen waren wie er von Rechts wegen Mitglieder der Heiligen Familie. Pünktlich zahlten sie den Neunten, aber die Herzen der meisten schlugen für die Elementare Gemeinschaft. In den Städten mochte das anders sein, hier draußen auf dem Land war es, wie es schon immer gewesen war, ob Sale oder Chimre. Der Boden, den sie alle tagein, tagaus beackerten, war ihnen näher als der Glauben ihres Herrn. Die Götter waren für die Edlen, für alle anderen sorgten die Elemente, sorgte die reiche, schwarze, fette, köstlich duftende Erde, die ihnen das Korn schenkte. Darauf kam es an. Auf einer Kornburg mehr als alle andere.

Als auch der Erdhüter an ihr vorbeigegangen war, stand Amelgunde auf. Draußen, vor den Toren der Kapelle, würde er auf sie warten. Sie ging langsam, ihr steifes Bein zwang sie dazu. Im Vorraum gab sie einem der Weihediener einen Groschen und drückte dafür ein Wunschkorn ins Beet der Fürbitten. Sie tat das jeden Morgen, und stets bat sie um dasselbe: um Regen und ein Ende des Kriegs. Noch war er weit weg, aber die Auswirkungen spürten sie schon jetzt. Sie trat hinaus in die Morgendämmerung. Oben auf den Stufen wandte sich der Erdhüter ihr zu.

»Guten Morgen, Amelgunde.«

»Ich hoffe, er ist es, Eike. Ich habe meine Zweifel.« Sie seufzte, während sie sich die kurze Treppe hochmühte.

»Immer noch kein Regen?«

Oben angekommen, schüttelte sie den Kopf und klopfte auf den Schenkel des rechten Beins. »In siebzehn Jahren hat es noch keinen Wetterumschwung verpasst.« Es war ein gerissenes Seil eines der Turmkräne gewesen, das ihr das Knie zerstört hatte: Der herabfallende Kornsack hatte nur ihr Bein unter sich begraben. Sie hatte Glück gehabt, aber es war das letzte Mal gewesen, dass sie in ihrem Leben gerannt war. »Kein Regen. Nicht heute, nicht morgen.«

Der Erdhüter blickte in den Morgenhimmel. Blasses Grau. So war es schon seit Wochen. »Dann übermorgen vielleicht.« Er wirkte nicht sonderlich überzeugt.

Amelgunde verzichtete auf eine Antwort. »Eine schöne Andacht war das heute, danke.«

Er lächelte kurz. »Sie war nichts Außergewöhnliches.«

»Die Leute wollen nichts Außergewöhnliches. Die Zeiten sind außergewöhnlich genug. Sie wollen Halt. Sie wollen jemanden, der ihnen sagt, dass alles gut wird. Und das hast du gemacht.«

»Das stimmt. Das wird es auch. Die Schönheit der Schöpfung lässt daran keinen Zweifel.«

»Es ist schwer, die Schönheit der Schöpfung zu sehen, wenn das Korn auf den Feldern verdorrt ...«

»Noch ist es nicht so weit.«

»Aber bald.«

»Ich weiß. Auch, dass es schwerfällt. Aber die Schöpfung ... sie folgt ihrem eigenen Lauf. Und auch wenn sie Schmerzen für uns bereithält, sie ist immer schön. Schmerzen, Amelgunde, gehören zum Leben.«

Wieder klopfte sie auf ihr Bein. »Oh, das kann ich bestätigen.« Sie war selbst überrascht, wie bitter sie klang.

»Es wird regnen. Früher oder später. Noch kann und will ich nicht glauben, dass wir eine Missernte haben werden. Die letzte war vor wie vielen Jahren? Ich weiß es nicht, vor meiner Zeit jedenfalls. Aber selbst wenn: Unsere Kammern sind voll, übervoll.«

Wortlos deutete Amelgunde auf die Kornwagen, von denen die ersten bereits aus dem Tor der Inneren Burg herausgefahren waren. Sie waren nachts beladen worden, um den gesamten Tag auf der Reichsstraße unterwegs sein zu können. Stumpf trotteten die vorgespannten Ochsen auf die Vorburg zu, eine lange Reihe rumpelnder Gefährte.

»Amelgunde ... Die fahren jeden Tag hier raus. Das weiß keine so gut wie du.«

Sie schnaubte. »Zweiunddreißig Wagen, Eike. Zweiunddreißig.« So viele Ochsengespanne waren vor dem Krieg Richtung Telgg aufgebrochen, um die Stadt mit dem nötigen Getreide zu versorgen.

An sechs Tagen die Woche, zweiundfünfzig Wochen im Jahr. Knapp zehntausend Wagenladungen mit sechzigtausend Maltern. Einhundertvierzigtausend Zentner für die vierzigtausend Seelen der Hauptstadt ihrer Baronie. Sie kannte die Zahlen auswendig, sie kannte alle Zahlen auswendig, und die neuen gefielen ihr überhaupt nicht. »Und wie viele sind es jetzt?«

»Mehr«, gab der Erdhüter betreten zur Antwort.

»Mehr? Vierundfünfzig sind es inzwischen! Zweiundzwanzig mehr. Und sie gehen auch nicht nach Telgg. Sie gehen nach Partstedt. Zweiundzwanzig Wagen mehr pro Tag!« Sie atmete durch, plötzliche Wut im Bauch. Salenstein musste das Korn für zehntausend Pferde für das Heer stellen, das sich vor Partstedt sammelte. Ein Pferd von zwölf Zentnern Gewicht verschlang pro Tag vierundzwanzig Pfund Futter. Davon musste die Hälfte Getreide sein, so hatte es der Herold des Reiches bestimmt, als er hier aufgekreuzt war. Keine Gerste, kein Dinkel, Hafer hatte es sein müssen. Zwölf Pfund Hafer pro Tag für zehntausend Pferde waren zwölftausend Pfund am Tag, waren einhundertzwanzig Zentner, waren, weil Hafer zwar leichter war als Weizen, aber trotzdem dasselbe Volumen besaß, achtzig Malter am Tag, waren vierzehn Wagen. Dazu kam der Weizen für zehntausend Helme, der ebenfalls abgegeben werden musste. Machte weitere acht Wagen. O ja, sie kannte ihre Zahlen.

Aufmerksam blickte sie der Erdhüter an. »Was macht dich daran so wütend?«

Amelgunde wollte zu einer Antwort ansetzen, aber die Frage hatte sie überrascht. Eike setzte nach. »Wir helfen, Amelgunde. Unser Korn wird gebraucht. Wozu ist es gut, wenn nicht genau dafür?«

Griesgrämig starrte ihn Amelgunde an, wusste aber nichts zu erwidern.

»Ist es, weil es in eine andere Baronie geht?«

»Nein. Ach, ich weiß nicht.« Ihre Wut war schon wieder verraucht, so schnell gegangen, wie sie gekommen war. »Der Krieg, das Wetter. Es … Das macht mir einfach alles Sorgen.«

Der Erdhüter legte ihr kurz die Hand auf den Arm. »Das verstehe ich, auch ich mache mir Sorgen. Aber unser Korn … wie viele Tausend Zentner haben wir eingelagert?«

Sie musste nicht einmal nachdenken. »Dreihundertvierundneunzig Weizen, hundertvierzig Roggen, hundertvierzehn Gerste, hundertzwölf Hafer, achtundachtzig Dinkel. Stand gestern Abend.«

»Siehst du? Selbst wenn wir dieses Jahr keinen einzigen Zentner reinbekommen würden – wie lange könnten wir Telgg *und* das Heer vor Partstedt mit Weizen versorgen?«

Sie war es gewohnt, große Zahlen im Kopf hin- und herzuschieben, schnell hatte sie die Antwort. »Siebenundzwanzig Monate.«

»Also über zwei Jahre. Und das, obwohl wir letztes Jahr fünfzigtausend Zentner nach Anwar verkauft haben, du erinnerst dich?«

Grimmig nickte sie. Wie hätte sie das vergessen können? Die Baronin hatte sich einen neuen Sippenturm in Salhall bauen wollen, und das Geld dafür hatten natürlich sie ihr beschaffen müssen. Was für eine Verschwendung!

»Und wie lange würde unser Hafer reichen?«

Sie schenkte dem Erdhüter einen schiefen Blick, rechnete aber trotzdem nach. »Zweieinhalb Jahre.«

»Also sogar noch länger. Siehst du? Ich weiß, als Kornwalterin ist es deine Aufgabe, das Korn zu mehren, nicht, seine Menge schwinden zu lassen. Aber wie du gerade eben selbst gesagt hast: Es sind außergewöhnliche Zeiten.«

Unbestimmt nickte Amelgunde. Sie sah hinüber zu den Karren. Die ersten von ihnen waren schon aus der Vorburg hinaus. Draußen wartete die Eskorte aus Gauwehr und Truppen der Baronin auf sie. Eike hatte mit allem recht, was er sagte, aber ihr ungutes Gefühl blieb. »Ja, das stimmt«, erwiderte sie gedankenverloren.

»Trotzdem wäre es mir lieber, mein Bein würde demnächst einfach mal wieder zwicken.«

Der Erdhüter lächelte. »Ich weiß. Darauf warten wir alle.«

»Du bist nach dem Herrn der Erste, der es erfährt, Eike. Versprochen.«

Dankend beugte der Erdhüter den Kopf. »Dann will ich dich nicht länger aufhalten. Geh hin und mehre die Schönheit der Schöpfung.«

Ihr lag eine zynische Bemerkung auf der Zunge, aber sie verbiss sie sich. Irgendwann würde es ja regnen müssen. Und es war unnötig, ihren Unmut an Eike auszulassen. Er versuchte nur zu helfen.

»Danke, Erdhüter. Ich freue mich auf heute Abend.« Natürlich würde sie auch wieder zur Spätweihe kommen.

»Und ich freue mich, dass ich eine Gemeinde mit so frommen Mitgliedern besitze, wie du eines bist. Sei gesegnet, Kornwalterin.« Er schlug das Erdzeichen und ging danach die Treppe hinunter zurück in die Kapelle.

»Zweiunddreißig«, sagte sie leise und blickte ihm nach. »Die letzte Missernte ist zweiunddreißig Jahre her.« Einhundertvierzehn die davor. Sie kannte ihre Zahlen.

Glockenschläge erschollen, die Morgenandacht im Tempel der Heiligen Familie begann. Der Kornvogt hatte die zwei Weihen hintereinanderlegen lassen, damit er an beiden teilnehmen konnte. Amelgunde machte sich an ihr Tagwerk. Sie hinkte über den Burgplatz. Heute war Feuertag, also wurde in dieser Woche das Korn im ersten der Nordspeicher gewälzt. Vor dem Gebäude saß die alte Gausela auf einer Bank und besserte einen Reisigbesen aus. »Zwickt's Bein, Herrin?«, rief sie ihr schon von Weitem zu.

Amelgunde schüttelte den Kopf.

»Ach, was soll das nur werden?«, jammerte die Magd und schlug das Zeichen der Luft, »was wird bloß aus der Ernte?«

»Es wird schon noch regnen«, erwiderte Amelgunde, als sie heran war.

Gausela winkte ab. »Ach, ach, ach. Es ist zu trocken, viel zu trocken. Gestern war Flochilde hier, nicht einmal mehr Tau gibt es im Wald, sagt sie. Und Vögel sieht sie auch kaum noch. Nicht einmal mehr Tau, ach, ach, ach. Und Sonne haben wir auch keine mehr, nur noch Grau, nur noch Grau.«

Amelgunde seufzte wieder. Das mit dem Tau war ihr neu, aber es überraschte sie nicht. Auch ihr war bereits aufgefallen, dass abends die Bodennebel ausblieben, nicht einmal mehr in der Nähe des Brosbachs gab es jetzt noch welche. Aber kaum noch Vögel? Man musste wohl Waldmeisterin wie Flochilde sein, um auf so etwas zu achten.

»Gausela, sag mal, du kannst dich doch noch an die letzte Miss-ernte erinnern, oder? Wie war das? Ich war noch zu klein, ich habe keine Erinnerungen.«

»O ja, o ja.« Die alte Magd nickte eifrig. »Schlimm war das. Das dürre Jahr. Gab keinen Regen nicht, den ganzen Frühling über, nichts wollte wachsen. Nichts, die Felder blieben tot, die ganze Aussaat ging verloren. Und so trocken war's, dass die Lippen platzten. Und so fängt's auch jetzt wieder an, schau!« Sie hob einen runzeligen Finger an ihren Mund. »Ganz spröde sind sie schon, ganz spröde.« Sie schüttelte den Kopf. »Der Herr Baron ist dann nach Korm gereist und hat dort Fürbitte gemacht, und alle feinen Leute hat er mitgenommen. Schön war das anzusehen, der ganze Zug – so viele bunte Kleider. Ich sage dir, das muss seine Enkelin jetzt auch tun. Und der Herr Kornvogt muss auch mit.«

»Die Baronin ist im Heerlager vor Partstedt …«

»Ach, der Krieg, was soll denn das?«, erwiderte Gausela un-wirsch. »Wenn es nicht regnet, um was wollen sich die feinen Herrschaften denn die Köpfe einschlagen? Um den Staub?« Sie zupfte hektisch an dem Besen, der über ihren Knien lag.

»Ich würde gern einmal nach Korm«, sagte Amelgunde gedankenverloren. Eine Wallfahrt in die Heilige Stadt der Elemente war ihr großer Traum, aber sie scheute die lange Reise wegen ihres Beins.

»Ja, Kornwalterin!«, rief die Magd freudig aus. »Geh nach Korm! Geh und mach Fürbitte. Das ist eine gute Idee! Die Elemente werden ein Einsehen haben.«

»Ich bezweifle, dass es so einfach ist«, sagte sie mehr zu sich selbst. »Aber ja, vielleicht hast du recht. Es wird nicht schaden. Aber jetzt werde ich nach dem Korn sehen.«

»Nein, schaden wird es nicht. Ach, ach, was soll nur daraus werden?«

Amelgunde ließ die Magd weiterjammern und betrat den Kornspeicher.

Selbst mit geschlossenen Augen hätte sie gewusst, wo sie war: Der Weizen in den Nordspeichern duftete leicht nach Honig. Seine süßlich-dämpfige Note stieg ihr sofort in die Nase. Der Weizen in den Westspeichern hingegen, er kam von Feldern Richtung Telgg, war herber und voller. Wie immer ging ihr das Herz auf, als sie auf den hölzernen Laufsteg hinaustrat, der durch die Umwälzhalle führte. Zwei Dutzend ihrer Leute waren bereits an der Arbeit. Sie hatten die Luken der Kammern geöffnet, und das Korn war hinaus auf die Fläche geflossen. Goldene Berge schichteten sie mit Holzschaufeln um, schoben sie auseinander und wieder zusammen.

»Was macht das Bein?«, rief es ihr von der Arbeitsfläche entgegen.

Sie winkte ab. In der Mitte der Halle blieb sie stehen und winkte einen der Knechte heran. In einem Eimer brachte er ihr den Weizen zur Probe. Sie griff hinein. Trocken wie die Nechbet, aber sie hatte nichts anderes erwartet. Wo sollte die Feuchtigkeit auch herkommen? In der Luft fehlte jede Spur davon. Sie bedankte sich und ging weiter. Am Ende der Halle trat sie vom Laufsteg und mühte sich die steile Holztreppe zum Zwischengeschoss hoch. Von dort hatte sie einen besseren Überblick. Mit schmerzverzerrtem Gesicht massierte sie ihr Bein, während sie sich aufs Geländer stützte.

Was waren sie doch gesegnet, ging es ihr beim Anblick des Gesindes in all dem Weizen durch den Kopf. Trotz allem. Millionen goldener Körner, ein ganzes Meer davon, der Reichtum, mit dem sie der Boden über alle Maßen beschenkte, Jahr für Jahr. Auf jedes Korn, das sie hier im östlichen Oberen Chimmgau aussäten, bekamen sie elf zurück, eines mehr als im Rest des Reiches. Nur die Baronien Westwegens, auf der anderen Seite der Brega, konnten mit dieser Ertragsquote mithalten. Die Kythen im Norden brachten es nur auf acht. Beinahe ein Drittel weniger! Verglichen mit den anderen Völkern war aber selbst das noch immer enorm: Die Anwaren und Hardalen kamen auf nicht mehr als vier Körner pro ausgesätem, und sie hatte gehört, dass das Herzogtum in schlechten Lagen nur zwei Körner für jedes ausgebrachte erntete. Sie konnte sich das kaum vorstellen. Zwei zu eins, was für ein lächerliches, mickriges Ergebnis. Kein Wunder, dass die Chimren ihre Böden den Schafen überließen und diese hier für sich haben wollten.

Das hier, das Gold unter ihr, das war die Schönheit der Schöpfung. Rein und voller Lebenskraft, Brot für das Volk, Brot für das Reich. Tief sog sie den Duft ein. Aus der Eimerprobe hatte sie sich eine Handvoll Weizen mitgenommen, die sie sich nun in den Mund schüttete und langsam zu einer breiigen Masse zerkaute. Das war ihr Frühstück, und Amelgunde kannte kein besseres. Hier oben war sie glücklich.

Nach etwa einer Stunde erschien der Kornvogt unter dem Tor, frisch aus der Frühandacht. Er winkte ihr kurz zu. Auch er trat auf den Laufsteg; die Mägde und Knechte neigten die Köpfe. Der Herr ging schnell, und an der Art, wie er zurückgrüßte, erkannte Amelgunde, dass er guter Dinge war. Sie merkte auf: Das war dieser Tage selten; ihn quälten dieselben Sorgen wie sie selbst. Beschwingt kam er die Treppe herauf. »Amelgunde«, rief er sie an, »schön, dich zu sehen!«

»Die Freude ist ganz meinerseits«, sagte sie, überrascht von seiner Leutseligkeit, und neigte ebenfalls den Kopf.

»Dreizehn mal achtundvierzig?«

»Sechshundertvierundzwanzig, Herr.«

»Sehr gut, sehr gut.« Er lachte.

»Ich sehe, dass du frohen Mutes bist, ich freue mich für dich.«

»Amelgunde, das bin ich! Und wie!« Er stellte sich neben sie und rüttelte voller Eifer am Geländer. »O ja. Alles wird gut, glaube mir.« Er sah hinunter in die Halle.

Ein Lächeln flog über ihr Gesicht, es tat gut, den Herrn in heiterer Laune zu sehen. Still nickte sie und tat es ihm nach. Irgendetwas musste zwischen der Frühweihe in der Kapelle und jetzt geschehen sein. Vielleicht hatte ihm die Herrin mitgeteilt, dass sie ihm noch ein Kind gebären würde.

»Was macht dein Bein?«, fragte er merkwürdig beiläufig.

»Es schmerzt, Herr. Aber es zwickt nicht.«

»Aha, aha. Tut es nicht?«

»Nein. Es tut mir leid, Herr.«

»Amelgunde, vergiss dein Bein. Es wird regnen. Heute noch.«

Überrascht blickte sie ihn an. Auch er hatte sich ihr zugewandt, er strahlte übers ganze Gesicht.

»Herr?«

»Ja, ganz sicher. Sigebart Morgenrufer hat es mir gerade erzählt. Er hat es gesehen!«

»Sigebart? Ich wusste gar nicht, dass er heute hier ist ...« Der Seher der Komturei der Gauwehr kam einmal alle zwei Wochen nach Salenstein. Immer steintags.

»Er hat es gestern Nacht gesehen und ist sofort aufgebrochen. Er ist die Nacht durchgeritten. Aber hörst du, was ich sage,

Amelgunde? Es wird regnen!« Er packte sie an den Schultern und schüttelte sie überglücklich, wie er das Geländer geschüttelt hatte. »Es wird *regnen*!«

Amelgunde war sich nicht sicher, wie sie auf diese Kunde reagieren sollte. Sie schätzte Sigebart sehr, wahrscheinlich ebenso sehr wie der Herr. Oft genug lag er bei seinen Weissagungen richtig. Jedenfalls oft genug, um ihn ernst zu nehmen. Aber diese Weissagung schien ihr sehr weit hergeholt. »Heute?«, fragte sie. »Er hat gesagt, dass es heute regnen wird?«

»Ja, am frühen Abend! Einen richtigen Sturzregen wird es geben. Er ist sich ganz sicher. Er sagt, er war sich noch nie so sicher wie bei diesem Gesicht. Er hat es *gesehen*.«

»Am frühen Abend?« Das wurde ja immer verrückter. Sigebarts Weissagungen waren gewundene Mehrdeutigkeiten, voller Aussagen, die man so oder so drehen konnte. Manchmal erkannte man ihren eigentlichen Sinn auch erst, nachdem die Dinge passiert waren, die er prophezeit hatte. So eine klare Aussage war ungewöhnlich, mehr als das. Ihre Zweifel mussten ihr im Gesicht stehen, denn der Herr redete schon wieder auf sie ein. »Ja, ich weiß. Er sagt es ja selbst. Aber gerade deshalb ist er sich so sicher. Er meinte, irgendetwas auf den Traumfeldern sei anders als sonst.«

»Anders …?« Mehr fiel ihr dazu nicht ein.

Der Herr zuckte mit den Schultern. »Ja, irgendetwas. Seher-Zeugs.« Er wurde wieder euphorisch. »Ist das nicht großartig? Sind das nicht wundervolle Nachrichten?«

Sie musste grinsen. »Ja, das wäre in der Tat wundervoll.« Vielleicht stimmte es ja wirklich.

»Das ist es, Amelgunde, das ist es.« Er schlug ihr auf die Schulter. »Und dann kommt hier dieses Jahr doch noch Korn rein, ha! Zeit wird es.«

»Ja, Herr, das wird es.«

»Korn, wundervolles Korn!«, rief er aus und lachte schallend.

Unten in der Halle hoben sie verwundert die Köpfe. »Korn!«, rief er dann noch einmal und rüttelte wieder ungeduldig am Geländer. »Ich werde ausreiten«, wandte er sich an Amelgunde. »Sonst berste ich. Du, Amelgunde, hältst hier die Stellung und passt auf. Und sag allen Bescheid.«

»Sehr wohl, Herr, aber … glaubst du nicht, es wäre besser, den anderen noch nichts zu sagen?«

»Aber wieso? Es wird regnen, Amelgunde.«

»Ja. Aber … So ganz genau wissen wir das ja noch nicht. Ich weiß, Sigebart ist sich sicher, aber trotzdem. Und sollte er sich doch irren … Die Leute sind so schon besorgt genug. Ich möchte ihnen ungern falsche Hoffnungen machen. Erspare ihnen die Enttäuschung. Umso größer wird die Freude sein.«

Kurz legte sich die Stirn des Herrn in Falten, dann nickte er. »In Ordnung, Amelgunde. Du hast recht. Wieder einmal. Mach es, wie du meinst, und wir sehen uns dann am frühen Abend.«

»Danke, Herr.«

»Einhundertdreiundfünfzig durch siebzehn?«

»Neun, Herr.«

Wieder lachte er auf. »Du bist einfach die Beste.« Kopfschüttelnd wie über einen guten Witz eilte er die Treppe hinunter und über den Laufsteg. »Korn«, brüllte er noch einmal durch die Halle, dann war er lachend verschwunden.

Amelgunde beantwortete die fragenden Blicke, die ihr hochgeschickt wurden, mit einem Schulterzucken. Sie hatte den Herrn noch nie so ausgelassen gesehen.

Wahrscheinlich, überlegte sie, drückten ihn die Sorgen noch schwerer als sie selbst. Sie war nur die Kornwalterin, ihr oblag der reibungslose Ablauf des Tagwerks von Burg Salenstein. Der Herr aber trug die Verantwortung. Und was war eine Kornburg, der das Korn ausging? Sollte Sigebart wirklich recht behalten … Sie schickte ein Stoßgebet an die Schöpfung.

Der Tag kroch dahin. Ungeduldig beaufsichtigte sie die Arbeiten. Gegen Nachmittag war das Gesinde mit dem Umwälzen fertig und schaufelte das Korn in große Körbe, die sie über die Treppen nach oben tragen und dann zurück in die Kammern kippen würden. Die Arbeit war mühsam, musste aber nicht kontrolliert werden. Amelgunde verließ den Kornspeicher. Blassgrau wie ein Leichentuch hing die Wolkendecke über ihnen. Unbewegt, drückend. Und aus diesem Himmel sollte es regnen? Das waren keine Regenwolken, dünn und faserig wirkten sie, wie Schichten ausgefranster Wolle. Sie zweifelte nicht daran, dass Sigebart es gesehen hatte, aber warum zwickte dann ihr steifes Bein nicht? Es hatte sie noch nie im Stich gelassen, in siebzehn Jahren nicht einmal. Wie also standen die Chancen, dass es das diesmal tat? Amelgunde überlegte, aber sie gab es schließlich auf: zu viele Unbekannte. Sie mussten unwahrscheinlich gering sein.

Die nächste Stunde kontrollierte sie die Ochsengespanne, die für die morgigen Konvois bereitgestellt wurden, dienstbeflissen zuerst den Richtung Telgg, dann, nicht weniger dienstbeflissen, aber mit grimmiger Miene, den nach Partstedt. Alles war so, wie es sein sollte.

Ihr Bein schmerzte, während sie aus der letzten der Ladescheunen trat. Den ganzen Tag über war sie auf den Beinen gewesen, es wurde Zeit, dass sie sich hinsetzen konnte. Sie blickte über den Hof zum ersten der Nordspeicher: Gausela war schon lange verschwunden; sie würde sich auf ihre Bank setzen und dort abwarten, wenn es sein musste, den ganzen Abend. Sie war jetzt aufgeregt, hin- und hergerissen zwischen Zweifeln und Hoffen, und ihr Herz klopfte spürbar, als sie auf den Hof hinaustrat. Der Himmel war immer noch von diesen schwächlichen Wolkenschleiern überspannt, und ihr Bein wollte und wollte einfach nicht zwicken. Und trotzdem wollte sie nicht ausschließen, dass Sigebart nicht doch recht haben könnte, ja, sie wollte sogar, dass er recht hatte.

Sie war halb über den Hof, als der Herr unter dem Tor der Vorburg erschien. Er saß auf seinem Braunen, das Gesicht gerötet
vom Reitwind, offensichtlich immer noch guter Dinge, aber auch
angespannt. Sie grüßte ihn, und er grüßte zurück.

Der Vogel klatschte direkt neben ihr aufs Pflaster. Erschrocken
machte Amelgunde einen Satz zur Seite, bis heute versetzte sie
Herabfallendes in helle Angst. Aber sie fasste sich und betrachtete verwundert den kleinen Körper. Es war ein Turmfink, und er
sah aus, als wäre er schon vor dem Absturz tot gewesen. Irritiert
sah sie auf und suchte die nächsten Mauern und Türme ab – von
wo war der Fink heruntergefallen?

Der nächste Vogel war wieder ein Turmfink, und auch der
danach. Sie schlugen auf dem Hof auf, kleine, satte, hässliche
Geräusche. Dann kam eine Schwalbe, dann ein paar Amseln,
eine Rotdrossel, ein Habicht schließlich, und dann kamen sie so
schnell und so dicht, dass Amelgunde sie nicht mehr unterscheiden konnte. Einer der Vögel traf sie schmerzhaft an der Schulter,
eine große Krähe, und das war der Moment, in dem sie anfing zu
schreien und zu rennen. Mit dem Armen über den Kopf hinkte sie
zurück zur Ladescheune, so schnell ihr steifes Bein konnte. Vier
weitere Vögel bekam sie noch ab, und vor ihr sah sie eine Gans
auf den Steinen zerplatzen, dann war sie endlich in Sicherheit.
Noch immer schluchzend wandte sie sich um und sah hinaus auf
den Hof, auf den es Vögel prasselte. Sie fielen herab, schnell und
dumpf, wie gefiederte Geschosse. Große Vögel, kleine Vögel, Vögel des Feldes, Vögel des Waldes. Greifvögel, Friedvögel. Vögel,
die Amelgunde schon ihr ganzes Leben lang kannte, und solche,
die sie noch nie gesehen hatte. Es waren Hunderte.

Sigebart, dachte sie mit tränenverschleiertem Blick, Sigebart
hatte recht behalten. Es regnete tatsächlich. Es regnete tote Vögel.

20

Neferenpet

Schnell und heiß ging die Alte Feindin auf. Neferenpets Ankleide-
zimmer lag auf der Nordseite, aber selbst hier spürte sie, wie sie die
Frische der Nacht verdrängte und ihre Hitze in die Welt schickte.
Die Morgendämmerung fiel über das Dach des Palasts und änderte die Farbe der Wasserfläche vor den Fenstern von Nacht-
blau zu dunklem Saphir. Bald würde es Tag sein. Helllicht und
gnadenlos.

»Ein letztes Mal«, sagte sie.

»Ein letztes Mal«, wiederholte Meremnoru mit derselben kühlen Gefasstheit. Neferenpet war ihrer Zofe dankbar dafür. Es gab
keinen Grund für Aufregung oder gar Panik, aber Meremnoru
war eine Rotgeborene, und oftmals konnten Angehörige des ein-
fachen Volks den Lauf der Dinge weniger klar sehen als die von
blauer Geburt. Doch ohne eine Regung in ihrem jungen Gesicht
hielt sie ihr fragend den Tiegel mit der Indigopaste hin. Neferenpet
nickte. Meremnoru tunkte den Pinsel hinein und begann, ihre
Lippen einzufärben. Neferenpet sah stumm aus dem Fenster. Sie
hatte gesagt, was es zu sagen gab.

Auf der anderen Seite des Platzes, dunkel vor dem blasser werdenden Himmel, lag das Ewige Zelt, der Palast des Menenutet.
Erst vor etwa einer Stunde waren die Kämpfe dort verstummt,
was nur eines heißen konnte: Der Kampf um die Nachfolge ihres
Vaters war vorbei, denn wer das Ewige Zelt hielt, hielt die Macht.

Für Neferenpet war es egal, wer sich durchgesetzt haben mochte. Ob der Sieger nun einer ihrer beiden Onkel oder das Erste Schwert wäre, er würde sie so oder so töten. Sie mochte eine Frau sein, aber in ihren blauen Adern floss trotzdem das Blut Neferperets des Löwen. Ihr Schoß konnte rechtmäßige Erben hervorbringen, Enkelkinder des großen, geliebten Kriegsherrn. Sie stellte eine Gefahr für jeden dar, der nach ihm Menenutet werden wollte, eine Unsicherheit, einen Zweifel an der Rechtmäßigkeit seiner neuen Herrschaft, und für Zweifel hatte ihr Volk kein Verständnis. Zweifel waren nicht Nehebet.

Meremnoru war mit ihren Lippen fertig und begann nun, das Geflecht ihrer Adern vom Hals an abwärts nachzuzeichnen. Neferenpet wandte ihre Aufmerksamkeit vom Palast ihres Vaters ab und sah dabei zu, wie die Zofe den Pinsel über ihre Haut führte. Meremnoru kannte ihre Adern, sie war schnell und sicher. Als sie allerdings die Wunde auf ihrer linken Brust erreichte, zögerte sie. Sofort legte Neferenpet ihre Rechte auf das Handgelenk der Zofe.

»Was ist?«

»Nichts.«

Prüfend sah sie Meremnoru an. In den hellblauen Augen der Zofe versteckte sich die Angst, aber Neferenpet sah sie trotzdem. »Ah-ah«, sagte sie sanft und kopfschüttelnd. »Dafür gibt es kein Grund, Meremnoru, gar keinen.«

Meremnoru nickte. »Verzeih«, erwiderte sie beschämt. »Ich war dumm.«

»Nein«, sagte Neferenpet und lächelte. Auch sie kannte Angst, vor vielem. Aber nicht vor dem Tod. »Warst du nicht. Menschlich vielleicht.«

Nun lächelte auch Meremnoru. Ihr Blick wanderte zurück zum Pinsel in ihrer Hand, der immer noch vor den Windrädern innehielt. »Tut es weh?«

»Nein. Jedenfalls kaum noch.«

Der Einsilbige hatte ihr im Tempel der Ewigen Wasser den Dolch in die Brust gestoßen, war aber an einer Rippe abgeglitten. Die Wunde war sauber vernäht worden, der Schmerz der ersten Tage schneller vergangen als der Schock über das, was passiert war. Der Schnitt würde ein roter Makel auf ihrer weißen Haut bleiben. Es gab keine Zeit mehr fürs Vernarben.

Nach einem letzten forschenden Blick ins Gesicht ihrer Zofe ließ Neferenpet ihr Handgelenk wieder los. Der Pinsel setzte seinen Weg über ihre Haut fort und glitt an der Wunde vorbei. Ohne weiteres Stoppen machte sich Meremnoru daran, die Adern die Hüfte hinunter über die Beine und bis zu den Füßen nachzuzeichnen. Danach war die rechte Seite dran. An normalen Tagen waren die Adern auf den Armen ausreichend und das Große Kostüm nur für Feierlichkeiten üblich. Aber heute war kein normaler Tag, und wenn Neferenpet schon sterben musste, dann würde sie es wie die Prinzessin tun, die sie war.

Meremnoru wollte schon Pinsel und Tiegel wegstellen, doch sie hielt sie davon ab. Sie deutete auf ihre Augen. »Wir sind noch nicht fertig.«

»Du willst also wirklich nach draußen?«

Neferenpet nickte. »Ja. Ich werde hinausgehen. Wer mich auch töten möchte, soll dies nicht in der Kühle meines Palasts tun, sondern im Licht, das brennt. Warum sollte ich es ihm angenehmer machen als nötig?« Sie schüttelte den Kopf. Dann sah sie sich im Zimmer um. Über die Wände ihrer Ankleide flogen Pelikanschwärme, schwammen Äschen aus dem Neheb-Delta, tollten Hunde. Neferenpet hatte ihren ganzen Palast derart verschönern lassen. Sie würde ihn nicht mit ihrem Blut besudeln. Plötzlich regte sich leise Wehmut in ihr.

Sie schloss die Augen und ließ Meremnoru ihre Augenpartie blau schminken, die einzige Hautstelle, die direktem Sonnenlicht ausgesetzt wäre. »Und jetzt der Shuf«, sagte sie, als die Zofe damit fertig war, und sie die Augen wieder öffnete. Sie zog sich selbst die blauen Handschuhe über und wartete, bis Meremnoru ihren besten Shuf herausgesucht hatte. Andächtig legte sie sich das nachtblaue Gewand um ihren blassen Körper und band sich den Schleier um Kopf und Gesicht. Ein Blick zu Meremnoru, die nickte, wieder vollkommen gefasst. »Du bist so weit.«

Das war sie tatsächlich.

Neferenpet atmete durch. »Ich werde jetzt gehen. Danke, dass du so lange bei mir geblieben bist und mir geholfen hast.« Sie hätte ihre Zofe gern umarmt, aber das wäre unschicklich gewesen. Körper waren warm und Berührungen deshalb der Kühle der Nacht vorbehalten. »Wasser und Schatten«, sagte sie daher lediglich.

Doch Meremnoru schüttelte den Kopf. »Ich gehe mit dir.«

»Das wirst du nicht tun.«

»Doch.« Meremnoru griff zu einem der schmuckloseren, helleren Shufs, die Dienern vorbehalten waren. »Das werde ich.«

»Meremnoru!«

»Was willst du tun, Prinzessin?« Meremnoru lächelte tapfer und traurig zugleich, während sie anfing, sich hastig die Augenpartie zu schminken. »Mich aufhalten? Mich in Ketten schlagen lassen? Du hast alle weggeschickt.«

Sie hatte recht. Als die Kämpfe ausgebrochen waren, war Neferenpet klar gewesen, dass sie früher oder später auch das Ewige Zelt erreichen würden. Und der Tod hatte sie allein vorfinden sollen. Es gab keinen Grund, ihren Haushalt ihren Mördern auszuliefern. Sie hatte allen Dienern und Wachen befohlen, den Palast zu verlassen. Allen bis Meremnoru. Dankbar blickte sie ihre Zofe an. »Was täte ich ohne dich?«, sagte sie.

»Allein sterben«, war die Antwort, die Meremnoru ihr bereits hinter dem Schleier des Shuf gab. Wider Willen musste Neferenpet lachen. »Ja, da dürfte etwas dran sein. Komm.«

Gemeinsam gingen sie durch den leeren Palast. Kühl spürte Neferenpet den Steinboden unter ihren nackten Sohlen. Sie war ohne Eile unterwegs und erlaubte sich, Lebewohl zu sagen. Zwanzig Jahre hatte sie in ihrem Palast gelebt. In der Totenwelt würde ein neuer auf sie warten, aber sie würde ihn trotzdem vermissen.

Auf den Fliesen der Eingangshalle des Westtors blieb sie stehen. Das Tor stand weit offen und gab den Blick frei auf die Wasserfläche der Prozessionsstraße, die zum Ewigen Zelt führte. Inzwischen stand die Alte Feindin schon hoch am Himmel und ließ das Wasser spiegelnd leuchten. Die Hitze des Tages hatte sich in der Halle breitgemacht.

»Du bist dir sicher?«, fragte Neferenpet Meremnoru mit Blick auf die Luft, die über dem Wasser flirrte.

»Ich bin Nehebet«, sagte Meremnoru lediglich.

Zu der Dankbarkeit, die sie empfand, gesellte sich Stolz. Ihre Zofe hatte mehr Mut als die meisten Männer, die sie im Laufe ihres Lebens kennengelernt hatte. Sie lächelte unter ihrem Shuf.

»Dann komm.« Sie schritt durchs Tor.

Die Hitze war überwältigend. Sie verschlug ihr den Atem, und als sie nicht mehr konnte und doch weiteratmen musste, war die Luft scharf und heiß. Das zehenhohe Wasser, das auf der Straße stand, war bereits lauwarm. Vor der Schattengrenze, die der Palast aufs Wasser warf, hielt sie kurz inne, wappnete sich abermals und ging mit schnellen Schritten hinaus in das gleißende, gleißende Licht.

Kurz geriet sie in Panik. Es war so unvorstellbar heiß, viel heißer noch als im Schatten, viel heißer, als sie angenommen hatte. Sie glaubte, unter ihrem Shuf zu verbrennen. Wieder schnappte sie nach Atem und bereute es sofort. Glühende Luft füllte ihre Lunge. Ihr Leben lang hatte sie in gemauerter Kühle verbracht; sie war für das Draußen nicht geschaffen.

Nur einmal hatte sie im letzten Jahr den Schutz ihrer Gemächer verlassen, und das war erst eine Woche her. Als sie hinüber zum Großen Tempel gefahren war, um an der Wasserweihe mit den Gesandten der Khem-ru teilzunehmen. Sie war bereits vor Aufgang der Alten Feindin ins Freie getreten und hatte sich so zumindest langsam an die steigende Hitze gewöhnen können. Der plötzliche Wechsel jedoch überforderte sie. Eine quälende Frage schob sich in ihre Gedanken: Was, wenn sie hier Stunden ausharren musste, bis jemand kam?

Ihr Blick wanderte hinüber auf die andere Seite der Prozessionsstraße, zum Palast des Kronprinzen und seines Bruders. Auch dort stand das doppelflüglige Tor offen. Der Einsilbige hatte Neferteref ermordet, direkt nachdem er ihrem Vater die Kehle zerschnitten hatte. Neferenpet sah ihn vor ihrem geistigen Auge, wie er durch die Menge der Khem-ru nach vorne stürzte, ihrem Vater die blitzende Klinge über den Hals zog und sie dann Neferteref ins Auge bohrte. Danach war sie an die Reihe gekommen. Instinktiv fuhr ihre Hand zu ihrer Wunde.

Was aus dem jüngeren ihrer Halbbrüder geworden war, wusste sie nicht, aber auch sein Schicksal war besiegelt. Neferhetep mochte erst fünf sein, hatte aber einen unbestreitbaren Herrschaftsanspruch. Nach dem Tod seines älteren Bruders war er der rechtmäßige Kronprinz, noch unmündig zwar, aber von ihm ging eine noch viel größere Gefahr aus als von ihr. Neferhetep war ein Mann oder würde in zehn Jahren einer sein, und Männer besaßen Macht. Wahrscheinlich war er bereits tot. Der offene Eingang zumindest ließ darauf schließen. Neferenpet verspürte keine Trauer. Sie hatte ihre Halbbrüder nur wenige Male gesehen. Für sie waren die beiden stets »die Zwillinge« gewesen, kleine Kinder, mit denen sie kaum Berührungspunkte hatte. Sie waren direkt gegenüber aufgezogen worden, aber zwischen ihren Palästen hatten nicht nur die Wasser der Prozessionsstraße gelegen, sondern Welten. Und wie sollte sie um jemanden trauern, den sie eigentlich nie gekannt hatte? Ähnlich war es bei ihrem Vater: ein anderer Mann in einem anderen Palast, auch er viel weiter entfernt als die Distanz, die zwischen ihnen lag. Neferperet der Löwe, der Mann, der ihr Volk durch dreißig Jahre des Kampfs gegen die Khem-ru geführt hatte. Fremder, Menenutet, Kriegsheld und dann erst Vater. Sein Tod hatte Neferenpet bestürzt wie jeden, der Nehebet war, aber sie beweinte ihn nicht. Dafür waren Tränen zu kostbar. Um Meremnoru würde sie weinen, aber sie würde kaum Gelegenheit dazu bekommen.

Auf halber Strecke zwischen ihrem Palast und der Prozessionsstraße blieb sie stehen. Die beiden Reihen der Kefet-Statuen, die die Straße säumten, blickten mit aufgerissenen Krokodilsschnauzen nach Süden, drohten in die Richtung der Alten Feindin. Die Skorpionschwänze waren über die Löwenkörper in dieselbe Richtung gebogen. Würde ihr Tod von dort kommen? Zweifelnd blickte Neferenpet nach Norden. Am Ende der gefluteten Palastanlage, weit entfernt, ragte das Ewige Zelt empor. Sie sah Männer davor, Dutzende. Die Barken, mit denen sie gekommen waren, füllten den kleinen Hafen neben dem Palast ihres Vaters. Niemand schien sie zu bemerken. Trotz der Hitze war es noch früh am Tag, und wahrscheinlich waren sie noch immer dabei, das Ewige Zelt nach Widersachern abzusuchen. Früher oder später allerdings würde jemand die beiden Gestalten vor dem Palast entdecken oder auf die Idee kommen, auch den Rest der ummauerten Anlage zu sichern. Und dann wäre es vorbei.

Kurz fragte sich Neferenpet, wie sie wohl sterben würde, aber sie verwarf den Gedanken wieder. Es war ihr verhältnismäßig gleich. Hauptsache, schnell.

Der Schweiß rann ihr aus den Poren, während die Alte Feindin auf sie niederbrannte. Das Atmen fiel ihr nun leichter, aber es war immer noch unangenehm. Sie blinzelte ein paar Schweißtropfen weg und blickte zu Meremnoru. »Wie geht es dir?«, fragte sie.

»Es ist heiß«, antwortete ihre Zofe nur.

»Ja, das ist es. Es wird nicht mehr lange dauern.« Sie hoffte, dass sie recht hatte. Sie wollte wie eine Nehebtu aus dem Leben treten. Ein Hitzschlag, der sie zu Boden schickte, wäre schlimmer als der grausamste Tod, den sie sich ausmalen konnte.

»Wir könnten rufen«, schlug Meremnoru vor.

»Nein«, lehnte sie ab. »Wir warten.« Sie würde gefasst in den Tod gehen, aber sie würde nicht um ihn bitten.

Weil es nichts anderes zu tun gab, konzentrierte sie sich auf ihren Schatten, den sie vor sich auf das flache Wasser warf. Sie beobachtete, wie er sich quälend langsam verkürzte, ein Abbild ihrer letzten Momente im Reich der Lebenden. Sie hatte ein gutes Leben gehabt, dachte sie. Kurz war es gewesen, das ja, aber frei von Sorgen und Mühsal. Sie spürte kein Bedauern, weil es nichts zu bedauern gab. Außer, dachte sie, vielleicht genau dies. Ihr Leben war reich gewesen, aber nicht reich an Erfahrungen, weder guten noch schlechten. Es war dahingeflossen, an der Welt dort draußen vorbei, und nun würde sie aus ihr scheiden, ohne etwas von ihr gesehen zu haben.

»Prinzessin, sieh!«

Neferenpet blickte auf. Ihre Zofe deutete Richtung Süden. Und sie verstand, weshalb die Furcht Meremnorus Stimme hell färbte.

Am Eingang, dort, wo die Gastpaläste die Prozessionsstraße säumten, waren Reiter erschienen. Sie saßen auf Kamelen. Kamele aber waren Tiere des Roten Meeres, Tiere des Todes. Sie waren in Pta-Anchem nur einer Gruppe gestattet: den Stillen. Und wo die Stillen auftauchten, verstummte das Leben.

Neferenpet wusste, dass sie sich nichts zu Schulden hatte kommen lassen. Bis auf wenige schwache Momente in ihrem Leben war sie stets Nehebet geblieben. Und trotzdem kroch auch in ihr heiß die Angst hoch. Sie schloss die Augen. Sie wollte nicht in den letzten Momenten ihres Lebens noch einer Prüfung unterzogen werden, die sie womöglich nicht bestand – es gab so viele Regeln und Gebote, die man unwissentlich brechen konnte. Und sie wollte nicht als Verirrte sterben. Denn die Schande, nicht mehr Nehebet zu sein, würde sie mitnehmen ins Totenreich. Skalpiert würde sie als Knochenkopf umherirren müssen, die Alte Feindin würde ihr den Geist verbrennen, und am Ende der Welt, in der Zeit der letzten Tränen, würde sie für immer ertrinken.

Sie zwang sich, die Augen wieder zu öffnen und nach Süden zu blicken. Die Stillen kamen in großer Zahl, und sie kamen ohne Hast. Noch nie hatte Neferenpet derart viele von ihnen zugleich gesehen, es mussten weit über dreihundert sein.

Der lange Zug der Stillen kam näher. Das klappernde Platschen der Kamelhufe im Wasser drang herüber. Als sie die Stelle erreichten, an der die Zugangsstraßen der beiden Paläste zwischen den Kefet-Statuen auf die Prozessionsstraße trafen, schwenkten die vier ersten Reiter nach rechts und ritten langsam auf Neferenpet und ihre Zofe zu. Vor ihnen kamen sie zum Halt.

»Du bist Neferenpet«, sagte der Vorderste. Es war keine Frage. Ihr Shuf war der einer Prinzessin. Eine Verwechslung war nicht möglich. Neferenpet nickte. »Ja.«

Sie hatte es nicht für möglich gehalten, aber ihr Herz sank noch tiefer. Neferenpet erkannte die Kälte in der Stimme, sie erkannte das Zaumzeug mit den Menschenzähnen, vor allem aber erkannte sie die türkisen Augen.

Aus dem Sattel sah der Ananchtetep auf sie herab, Narmersechem, das Krokodil.

Er hob eine behandschuhte Hand und wies auf den Reiter hinter sich, der bereits sein Kamel zu Boden gehen ließ. »Steig auf.«

Es gab keine Möglichkeit, dem Ananchtetep nicht zu gehorchen. Nicht für sie, nicht für irgendjemanden sonst. Es war einfach nicht vorgesehen. Der Ananchtetep würde sie prüfen, und sie würde versagen. Jeder versagte vor dem Krokodil. Wie benommen trat Neferenpet vor, ergriff die ausgestreckte Hand, die sich ihr vom Rücken des Kamels entgegenstreckte, und kletterte hinter den Reiter. Aus dem Augenwinkel sah sie, dass Meremnoru ebenfalls zu einem der Reiter stieg. Beide Kamele kamen wieder in die Höhe. Zusammen wandte sich die Gruppe um und ritt zurück zur Prozessionsstraße. Der Zug der restlichen Stillen war bereits vorüber. Mit dem Ananchtetep an der Spitze ritten sie ihm hinterher.

Neferenpet fragte sich, was die Stillen wohl wollten. Sie mischten sich nie in Nachfolgekämpfe ein; sie wachten über die Sitten, nicht über das Ewige Zelt.

Die Männer vor dem Palast ließen sie wortlos passieren. Niemand schien überrascht von ihrem Kommen. Blau geschminkte Augen folgten ihnen, während sie durch das hohe zweiflüglige Tor ritten, nicht wenige von ihnen nur verstohlen und scheu. Es war das erste Mal in mehr als zwei Jahren, dass Neferenpet das Innere des Palasts ihres Vaters betrat. Die Spuren der letzten Nacht waren überall zu sehen.

Leichen lagen in den Sälen und Fluren, die Shufs dunkel vom Blut. Blut verschmierte auch die blau geäderten Marmorsäulen und -böden. Ihre Kamele stiegen über umgeworfene Palmen und ausgekippte Truhen hinweg. In einem der Zierteiche schwamm ein Kopf.

Mit einer Mischung aus Entsetzen und Gleichgültigkeit nahm Neferenpet die Verwüstung wahr. Es erschreckte sie, das Ewige Zelt so entweiht zu sehen, und es erschreckte sie, dass die Stillen mit ihren Kamelen so ungerührt durch die Hallen ritten, als wäre dies das Rote Meer. Aber zugleich glitt all das an ihr vorbei wie ein Tagtraum. Es war Teil einer Welt, der sie sich bereits nicht mehr zugehörig fühlte. Sie würde sterben, und sie würde aufhören, Nehebet zu sein.

Wo sie auftauchten, hielten die Männer, an denen sie vorüberzogen, in ihrem Tun inne. Wer saß, stand auf. Gespräche verstummten.

Die Stillen verteilten sich im Palast, schnell und ohne zu zögern, als wäre es ihr Zuhause. Als sie schließlich die Kühle Kammer erreichten, war ihr Trupp zusammengeschmolzen auf etwa dreißig. Vor dem offenen Eingang stand ein Pulk Bewaffneter, die Gesichtsschleier zurückgeschlagen. Sie ließen sie durch, und als Gefangene betrat Neferenpet den Herrschaftssaal ihres Vaters.

Dämmrig war er, wie immer. Die Kühle Kammer besaß keine Fenster, nur schmale Lichtschächte an ihren Seiten, damit die Strahlen der Alten Feindin nur gebrochen in sie vordringen konnten. Blau und golden waren die Wände, blau die schrägen Säulen, die das zeltartige Dach stützten, und blau war auch der Boden. Mosaikwellen aus hellblauem Saphir führten hinüber zur gegenüberliegenden Seite. Dort, in einer weiten, wassergefüllten Vertiefung stand der Goldene Sattel, und auf ihm saß der neue Menenutet.

Auch er hatte den Gesichtsschleier zurückgeschlagen. Mit derselben schläfrigen Teilnahmslosigkeit, mit der sie bereits durch den Palast geritten war, musterte Neferenpet nun auch ihren Halbonkel.

Ramenhotep war ein schöner Mann, ein viel schönerer, als ihr Vater gewesen war, und deutlich jünger. Seine Haut war so blass, dass die Äderchen unter seinen Schläfen selbst im Halbdunkel leuchteten. Die breite Stirn und die kräftigen Wangenknochen gaben ihm etwas Erhabenes, die gerade Nase mit dem leichten Knick versprach Willensstärke und Tatendrang, dasselbe die prominenten Kieferknochen. Das Grübchen in seinem Kinn zeugte von Glück, und zumindest in der letzten Nacht musste er welches gehabt haben. Aber jetzt klebte ihm Blut im flachsblonden Haar, vielleicht sein eigenes, und auf seinem Alabastergesicht lag ein abgekämpfter, ernüchterter Ausdruck. Seine Augen wirkten müde trotz der blauen Schminke, die sie umhüllte. Quer über die Beine hatte Ramenhotep sein blankes Schwert gelegt, seine Hand hielt schlaff das Heft. Neferenpet war sich sicher, dass er sich die ersten Momente seiner Herrschaft anders vorgestellt hatte.

Ihr Halbonkel räusperte sich, blieb aber sitzen. Das war nun sein Recht. »Ich habe gewonnen«, rief er ihnen entgegen, und seine Stimme bemühte sich, kräftig zu klingen. »Das Ewige Zelt ist mein. Ich bin der Menenutet, Sohn der Ewigen Wasser und Bringer des Schattens, Herr über die Kühle des Abends. Ich bin Ramenhotep, heilig ist mein Name.«

Wortlos ritten die Stillen in die Kühle Kammer hinein, bis der Ananchtetep sein Kamel niederknien ließ und abstieg. Seine Männer taten es ihm nach. Auch Neferenpet glitt auf den Boden, der kühl, beinahe kalt unter ihren nackten Sohlen war. Der Stille, hinter dem sie gesessen hatte, blieb neben ihr stehen, so nah, dass ihre Shufs sich berührten.

Der Ananchtetep ging die letzten Schritte und trat ins Wasser, in dem der Goldene Sattel stand. Die beiden Wachen, die am Rand der Vertiefung gestanden hatten, wichen einen Schritt zur Seite, als er sie passierte. Vor Neferenpets Halbonkel angekommen, zog er sich die Handschuhe aus und streckte ihm die nackten Hände entgegen. Ramenhotep ließ sein Schwert los, ergriff und küsste sie und segnete sie so mit seinem Speichel.

»Mein Bruder ist also wirklich tot?«, fragte er anschließend.

»Ich selbst habe seinen Leichnam gesehen. Deine Männer haben ihn in den Schwimmenden Gärten gestellt, als er mit dem Boot aus Pta-Anchem fliehen wollte.«

Ramenhotep nickte, wirkte aber betrübt. »Er hätte nie Anspruch auf die Macht erheben dürfen. Ich habe ihn geliebt.«

»Das Erste Schwert?«

Gedankenverloren hatte Ramenhotep auf das Wasser zu seinen Füßen geblickt, nun sah er hoch zum Ananchtetep, als würde er sich die Bedeutung der Frage erst mühsam erschließen müssen.

Dann deutete er zur Seite. »Dort liegt er. Bei den anderen, ganz oben.«

Neferenpet sah hinüber zur Wand. Erst jetzt fielen ihr die Toten auf, die dort lagen. Es waren etliche. Man hatte sie zur Seite geräumt und aufeinandergestapelt wie Brennholz. Mit der Hand wies der Ananchtetep einen seiner Leute an, hinüberzugehen. Nachdem der Stille sich vergewissert hatte, dass der vorige Heerführer wirklich unter den Toten war, nickte er seinem Herrn zu.

»Du siehst«, sagte Ramenhotep nun mit hörbarer Erleichterung, »die, die Anspruch erhoben haben, sind nicht mehr. Der Kronprinz muss noch gefunden werden, aber noch ist er kein Mann. Der Kampf ist vorbei. Vierfach Wasser und Schatten seinen Toten.«

»Der Weg kann fortgesetzt werden.«

»Das kann er.« Ramenhotep seufzte und blickte dann in Neferenpets Richtung. »Ist sie das?«

»Das ist sie«, antwortete der Ananchtetep. »Neferenpet, Tochter von Neferperet.«

Der Stille neben ihr zog Neferenpet den Gesichtsschleier herunter. Sie spürte ihr Herz rasen.

Ihr Halbonkel sah sie an und sagte: »Gut.«

»Dann bist du dir also sicher?«, fragte der Ananchtetep.

»Ja. Das bin ich. Ich werde sie zur Frau nehmen.«

Die Kühle Kammer begann, sich um Neferenpet zu drehen. Sie glaubte, nicht richtig gehört zu haben. Ramenhotep wollte sie zur Frau! Nicht für einen Moment hatte sie an diese Möglichkeit gedacht. Was war sie dumm gewesen, was für unnötige Ängste hatte sie ausgestanden! Ihr Halbonkel konnte mit ihr seinen Anspruch festigen, das Erbe von Neferperet dem Löwen würde in seinen Söhnen weiterleben. Und sie würde nicht sterben, sie würde sogar den nächsten Menenutet auf die Welt bringen. Vor allem aber würde sie der Ananchtetep nicht prüfen. Sie würde Nehebet bleiben!

Am liebsten hätte sie geschrien vor Erleichterung.

»Wie du meinst«, sagte der Ananchtetep. Er trat an Ramenhotep heran, zog seinen Dolch und schnitt ihm die Kehle durch.

Es war ein sauberer, ohne Eile ausgeführter Schnitt. Rot sprang hinter der Klinge die weiße Haut Ramenhoteps auf, und für einen Wimpernschlag saß er unverändert auf dem Goldenen Sattel, während ihm helles Blut auf die Brust stürzte. Dann brach er gurgelnd und sprotzend zusammen, griff sich an den Hals und kippte nach vorne. Das Schwert rutschte ihm vom Schoß; klatschend schlug er aufs Wasser. Er zuckte in dem flachen Becken noch ein paarmal, dann nicht mehr.

Neferenpet hatte die Hände vor den Mund geschlagen und merkte, dass der Schrei, der in der Kühlen Kammer verhallte, ihr eigener gewesen war.

Um sie herum waren die Stillen zum Leben erwacht. In dem Moment, als der Ananchtetep ihrem Halbonkel den Dolch über den Hals gezogen hatte, waren sie auf die Männer Ramenhoteps losgegangen, die in und vor der Kühlen Kammer Wache gestanden hatten. Als Neferenpet ihre Hände wieder vom Mund nahm, stand bereits keiner mehr von ihnen. Die Dolche der Stillen fuhren nur noch in leblose Körper am Boden, um wirklich sicherzugehen. Dafür wurde es nun im Rest des Palasts laut: erst überraschtes, dann entsetztes Schreien, der Klang von Stahl auf Stahl. Nach ein paar schrecklichen Momenten: wieder Stille.

Im Becken vor dem Goldenen Sattel kam das Krokodil aus der Hocke hoch, den Skalp Ramenhoteps in der blutigen Linken.

Vergeblich versuchte Neferenpet, einen klaren Gedanken zu fassen. »Was ... wieso, was ... bitte ...«, stammelte sie. In ihr schrie die Angst.

Er würde sich selbst zum Menenutet machen, das war von

Anfang an sein Plan gewesen. Der Ananchtetep würde über sie alle herrschen, zum ersten Mal seit Anbeginn der Zeit würden Weg und Ewiges Zelt von derselben Person gehütet werden. Auf den Löwen würde das Krokodil folgen, Narmersechem der Stille, ein Menenutet mit türkisen Augen und kalter Stimme.

Der Ananchtetep machte einen Schritt zur Seite. Mit der Rechten deutete er auf den Goldenen Sattel, ein hellroter Tropfen lief seinen Zeigefinger entlang.

»Setz dich, Neferenpet.«

21

Grautwis

Er hatte nicht die leiseste Ahnung, wo er war. Oder ob er war. Eigentlich fühlte er sich recht lebendig, aber wann hatte er sich schon das letzte Mal auf seine Gefühle verlassen können? Auf jeden Fall drehte sich die Welt oder was auch immer es sein mochte, das da jenseits seines Körpers war. Oben, unten, hinten, vorne – komplett nutzlose Begriffe. Stattdessen: Wirbel, dunkel und voller Schemen. Er streckte eine seiner Gliedmaßen aus, ob Arm oder Bein, konnte er nicht sagen. Vielleicht streckte seine Gliedmaße auch ihn aus, er wusste es nicht, wie er auch alles andere nicht wusste, nicht mehr wusste oder nie gewusst hatte. Da! Seine Gliedmaße – war es dieselbe? – stieß auf Widerstand, hart und kalt, und der Länge nach schlug er hin. Vom Aufprall dröhnte sein Kopf, was irgendwie gut war, denn nun war er sich verhältnismäßig sicher, einen zu besitzen. Es brauchte ein paar Augenblicke, bis er merkte, dass er nicht lag, sondern er lehnte an einer … Wand. Wand. Wand, Wand, Wand. Er kannte dieses Wort. »Scheiß die Wand an«, sagte er in die Welt, murmelnd und undeutlich, aber es reichte. Alles kam wieder.

Er war zurück.

Er hatte es wirklich geschafft. Grautwis öffnete die Augen.

Und glaubte zu träumen.

Sein Blick war noch verschwommen vom Schlaf, der ihm zwischen den Wimpern klebte, aber er sah deutlich genug, um zu erkennen, dass vor ihm zwei Frauen standen. Zwei nackte Frauen.

Schlagartig war er wach. Zwei Frauen auf einmal, diesen Wunsch hegte er, seit er entdeckt hatte, dass er mit seinem Schwanz mehr als pinkeln konnte. Und wo auch immer er hier sein mochte – das war fast zu schön, um wahr zu sein. Beide Frauen waren schlank, die eine, jüngere, eher klein, die andere hochgewachsen. Keine von ihnen besaß die üppigen, ausladenden Kurven, die er bevorzugte, aber Grautwis erkannte ein Geschenk der Götter, wenn er eines sah. Oder zwei. Und er mochte verdammt sein, wenn er jetzt wählerisch wurde. Er drückte sich von der Wand ab.

Das war der Moment, in dem die eine Frau, die größere, aufsah und ihn entdeckte.

Im nächsten gingen Grautwis drei Dinge auf: Die Frau gehörte zu den schönsten, die er je gesehen hatte. Sie war nicht erfreut über seine Anwesenheit. Und er konnte sich abschminken, was seine Gedanken gerade sehr lebhaft durchspielten.

»Äh …«, brachte er heraus.

Die zweite Frau, die bereits auf das große Bett im Raum geglitten war, fuhr mit einem erschrockenen Aufschrei hoch, als wäre sie gestochen worden. Mit panisch aufgerissenen Augen starrte sie ihn an, sprang vom Bett und wich in Richtung der Fensterwand zurück. Auch im Gesicht der anderen, der Schönen, konnte er den Schreck sehen, aber sie wirkte gefasster. Mit der einen Hand schob sie die Kleine hinter sich, in der anderen hielt sie einen Kerzenständer, den sie nun drohend wie einen Speer auf ihn richtete. Laut, aber beherrscht rief sie etwas in einer Sprache, die Grautwis nicht verstand. Er war nicht weit mit dem Gedanken gekommen, wie er sich ohne gemeinsame Sprache aus der Sache rausreden sollte, als durch die offene Tür ein schwarz gekleideter Mann schoss und zu ihm herumwirbelte.

Er sah die Klinge in der Hand des Mannes, hörte den fremdartigen Schrei, den er ausstieß, und im nächsten Augenblick schlug

Grautwis wieder auf, dieses Mal wirklich auf dem Boden. Er spürte seine Augenbraue platzen, dann das Knie des Manns im Nacken und die Spitze des Dolchs am Unterkiefer. Im Sturz noch hatte er den großen Spiegel mit sich gerissen, der in der Ecke gestanden hatte, in der Grautwis zu sich gekommen war. Kippend kam er ihm nun hinterher, krachte neben ihm auf den Marmor und übersäte ihn mit Splittern. Hart wurde ihm der linke Arm auf den Rücken gedreht. Der Mann und die Schöne wechselten wieder Worte in der fremden Sprache. Sie hatte den Kerzenständer abgestellt und deutete abwechselnd auf ihn, die Tür, sich und die Kleine.

Grautwis wagte nicht, sich zu bewegen, zu spitz stach der Dolch in seine Kinnlade. Aber vielleicht konnte er ja etwas zur Klärung der Situation beitragen. »Ich bin –«, war jedoch alles, was er zwischen den Zähnen herausbrachte, bevor ihn sich verstärkender Druck auf sein Genick zum Schweigen brachte. Blut aus seiner Braue lief ihm ins Auge, und er kniff es zusammen, um es zu schützen. Unter sich spürte er die Kälte des Steinbodens und merkte erst dadurch, dass auch er nackt war.

Ein Teil von ihm bedauerte weiter die verpasste Gelegenheit, doch beide Frauen warfen sich Nachthemden über, und Grautwis, als Einziger nun ohne Kleider, musste sich eingestehen, dass schiefgegangen war, was hatte schiefgehen können. Menasthenes würde seine helle Freude haben, wenn er ihm davon erzählen würde. Jedenfalls, wenn er dazu Gelegenheit bekommen sollte.

»Er blutet«, sagte die Kleine. »Auch an der Hand.«

Grautwis war heilfroh, Worte in Aard zu hören. »Ja, verdammt«, brachte er zwischen zusammengepressten Zähnen hervor, »ich blute.«

Auf einen Wink der Schönen ließ der Druck auf seinen Nacken etwas nach. »Wer bist du? Und wie bist du hier hereingekommen?«, fragte sie ihn.

»Ich heiße Grautwis. Und ich habe keine Ahnung, ich weiß nicht mal, wo ›hier‹ ist.« Ihm fiel wieder ein, weshalb er überhaupt Carcosa verlassen hatte. »Bitte. Ich will gar nichts von euch. Aber ihr müsst mich gehen lassen, ich muss den Kaiser sprechen.«

Mit seinem offenen Auge sah er, wie die beiden Frauen Blicke wechselten. »Den Kaiser?«, fragte die Schöne. »Was willst du von ihm?«

»Ich muss ihn warnen. Die neue Zeit ... die Omen ... Ich habe die Omen, ich habe sie bei mir, sie sind ...« Die Erkenntnis, dass er die Omen nicht mehr bei sich hatte, durchstach ihn wie eine heiße Lanze. Er hatte sie in seine Tasche gesteckt, und jetzt war er nackt. Wo immer auch seine Hose abgeblieben war, waren auch die Prophezeiungen. »Das Herzogtum wird Krieg gegen das Reich führen«, stieß er in einem hektischen Versuch hervor, die Botschaft der Ewigen Wisper irgendwie zusammenzufassen.

Wieder wechselten die Frauen einen Blick. »Ein Wirrkopf«, sagte die Kleine. Grautwis konnte deutlich das Mitgefühl in ihrer Stimme hören.

»Ein Wirrkopf, der es bis in unser Schlafzimmer geschafft hat ...«, antwortete die Schöne.

»Ich bin kein Wirrkopf!«, protestierte er. »Ich bin ein Seher! Ich komme aus Carcosa, ich habe die Omen – im Kopf, verdammt noch mal. Ich kann sie aufschreiben. Versteht ihr denn nicht? Ich war gerade auf den Traumfeldern, ich muss zum Kaiser!« Grautwis merkte, wie er wütend wurde. Er war nicht durch den Schleier gegangen, hatte sich von Ludva beinahe Gewalt antun lassen und war in einen Brunnen mit seiner eigenen Pisse gesprungen, um schließlich im Schlafzimmer zweier Frauen zu scheitern. »Ich muss los!« Der Dolch an seinem Kinn ließ es bei Worten bleiben.

»Wenn er wirklich ein Seher sein sollte, dann erklärt das vielleicht, wie er hierhergekommen ist«, sagte die Kleine.

»Wie das denn?«

»Ich weiß es nicht. Aber vielleicht sollten wir ihn von Kromgerst befragen lassen.«

Die Schöne nickte, nachdenklich. »Gut, machen wir es so.« Sie wechselte in die andere Sprache, der Mann rief etwas, und wenige Momente später erschienen weitere Schwarzgewandete. Grautwis fiel auf, dass sie alle rote Zöpfe und ähnliche, fremdartige Gesichtszüge hatten. Er hatte noch nie Vandraar gesehen, aber das mussten welche sein. Und das musste bedeuten, dass er die wache Welt nicht an einer vollkommen falschen Stelle wiederbetreten hatte. Wo Vandraar waren, konnte der Kaiser nicht weit sein.

Die Wachen packten ihn und stellten ihn auf die Beine, und Grautwis war sich seiner Blöße ziemlich bewusst. Er versuchte, seine Unsicherheit zu überspielen, indem er der Schönen zulächelte, die jedoch zuckte als Reaktion nur konsterniert mit einer Braue. Von den Wachen wurde er aus dem Zimmer und in ein anderes geführt, wo man ihm Kleider brachte und er sich anzog. Sechs Vandraar beobachteten ihn dabei. Danach setzten ihn zwei von ihnen in einen Sessel und drückten mit eisernen Griffen seine Unterarme auf die Lehnen, während eine dritte Wache neben ihm trat, den Dolch in der Hand. Eine vierte hielt eine Spiegellampe. Grautwis, der zwischenzeitlich zu dem Schluss gekommen war, dass er zumindest nicht in unmittelbarer Gefahr schwebte, beäugte die Waffe mit neu aufflammender Sorge.

»Keine Bange«, sagte die Kleine, die ins Zimmer kam und an ihn herantrat. »Sie wollen dich nur davon abhalten, mir etwas anzutun, während ich dich untersuche.« Sie lächelte aufmunternd.

»Mich untersuchen?« Grautwis wandte den Kopf zwischen Dolch und der Kleinen hin und her. »Was meinst du damit?«

»Ich will mir deine Verletzungen ansehen.«

Die Aussage beruhigte Grautwis einigermaßen, und er entspannte sich wieder ein wenig. »In Ordnung, danke.«

»In Ordnung!« Seine Antwort schien die Kleine zu belustigen, denn wieder lächelte sie. Grautwis fiel auf, dass auch sie ziemlich hübsch war. Sie hockte sich neben ihm hin. Vorsichtig nahm sie seine Hand und besah sich seinen Fingerstumpf. »Das ist eine Bisswunde«, sagte sie überrascht und hob den Blick.

Er nickte nur.

Prüfend sah ihn die Hübsche an, sagte aber nichts.

»Bitte, ich muss zum Kaiser«, versuchte Grautwis es erneut. Nicht, weil er sich Erfolg erhoffte, sondern vor allem, um nicht an Ludva denken zu müssen. »Es gibt hier Kupferschöpfe, er kann doch nicht weit sein.«

Bevor die Hübsche antworten konnte, brachte ein Vandraar ein Tablett mit einer Schüssel Wasser, einem Holzkästchen und einem Ballen Stoff.

»Erst einmal kümmere ich mich um deine Wunden, dann sehen wir weiter.« Behutsam wusch die Hübsche seinen Stumpf, träufelte ein paar kühlende Tropfen aus einer Phiole darauf, die sie dem Kästchen entnahm und die den Schmerz augenblicklich minderten, und verband ihn mit mehreren Lagen Stoff. »Morgen sehen wir weiter. Jetzt zu deiner Braue.« Sie stand auf, wusch ihm das Gesicht und tupfte die Platzwunde ab. »Das muss genäht werden.«

Wieder kamen die Tropfen zum Einsatz, dann nahm sie Nadel und Garn aus dem Kästchen und machte sich ans Werk. Grautwis spürte nichts außer ein paar Piksern und sah sich währenddessen im Zimmer um, einem hohen, großen Gemach. Teppiche an den Wänden zeigten Jagd- und Ernteszenen, und zwischen den Fenstern standen Statuen, Männer und Frauen, die Grautwis nichts sagten. War das hier schon der Kaiserpalast? Alles sah edel und teuer aus, nichts war baufällig oder alt wie in Ulthar. Er sprach die Frage aus.

»Sch«, machte die Kleine, »nicht bewegen.«

Die Schöne trat zu ihnen und sah der Hübschen zu. »Wenn du damit fertig bist, lass ihn in den Besprechungssaal bringen, Kromgerst ist auf dem Weg.«

»Ist gut, wird nicht mehr lange dauern.«

»Danke, bis gleich.«

»Bis gleich.«

Die Schöne verschwand aus Grautwis' Blickfeld. Vor seinem geistigen Auge holte er sie zurück, nackt, wie er sie zuerst gesehen hatte. Die festen Brüste, die langen Beine … Und rasiert war sie gewesen, wie es, so hatte er gehört, üblich war für Edelfrauen. Gute Güte … »Ist das deine Frau?«, fragte er die Hübsche. Er spürte, dass er neidisch auf sie war. Auch die Hübsche war eine Augenweide, aber die Schöne …

»So.« Ohne auf seine Frage einzugehen, fasste ihn die Hübsche am Kinn, drehte seinen Kopf nach beiden Seiten und besah sich die genähte Braue. »Das sollte reichen. Du kannst jetzt aufstehen.« Sie trat zurück und wandte sich mit ein paar fremden Worten an die Vandraar.

Grautwis gehorchte. »Danke«, sagte er und wollte nach seiner Stirn tasten.

»Nicht!«, rief die Hübsche. »Lass die Finger davon.«

Er nickte.

»Ich werde morgen noch einmal nach dir sehen und schauen, was mit deinem Finger ist. Ich hoffe, er entzündet sich nicht. Aber jetzt bringen dich die Vandraar erst einmal zu Kromgerst. Er wird sich mit dir unterhalten. Er ist auch Seher.«

»Und dann? Kann ich danach mit dem Kaiser sprechen?«

»Das werden wir sehen.«

»Dann ist er also hier? Wirklich, ich muss mit ihm reden!«

Die Hübsche lächelte. »Grautwis war dein Name, oder?« Er nickte. »Hör zu, Grautwis. Wenn du wirklich das bist, was du sagst, wird Kromgerst herausfinden, was es mit dieser Botschaft oder den Zeichen auf sich hat, von denen du sprichst. Und dann sehen wir weiter.« Sie sprach erneut ein paar Worte in der Vandraar-Sprache. Zwei der Wachen nahmen ihn an den Armen und schoben ihn aus dem Zimmer. »Bis morgen, Grautwis«, rief ihm die Hübsche noch nach.

Der Raum, in den ihn die Kupferschöpfe brachten, war ein langer Saal mit einem langen Tisch. Stumm bedeuteten sie ihm, sich zu setzen, was er anstandslos tat. Die Vandraar, so viel wusste er über sie, waren die besten Kämpfer der Welt, stark wie Bullen und so gefährlich wie ein Schwarzbär. Und sie tranken das Blut ihrer Feinde. Er verspürte nicht die geringste Lust, noch einmal nähere Bekanntschaft mit einem von ihnen zu machen. Eine geplatzte Braue reichte ihm. Ihre Haartracht aber, kahl rasierte Schädel mit einem Haarstreifen, der zu einem Pferdeschwanz wurde, war lächerlich, fand er. Nur würde er sich hüten, ihnen das zu sagen. Der Gedanke brachte ihn auf eine Idee. »Könnt ihr mich verstehen?«, fragte er die beiden Vandraar, die mit ihm im Saal zurückgeblieben waren.

Keine Antwort.

Ihm fiel ein, dass nicht nur die Vandraar untereinander in ihrer Sprache gesprochen hatten, sondern auch die beiden Frauen mit ihnen. »Ihr sprecht unsere Sprache also wirklich nicht? Wie soll das gehen? Ich meine, wie kauft ihr euer Brot? Oder wie fragt ihr nach dem Weg, wenn ihr euch verlaufen habt?«

Auch diese Fragen blieben unbeantwortet. Grautwis versuchte es noch ein paar weitere Male, aber schließlich gab er auf. Wartend kam er zur Ruhe. Zum ersten Mal, seit er den Traumfeldern entkommen war, hatte er Gelegenheit nachzudenken. Und er stellte fest, dass er nicht genau wusste, wie er von der einen Seite des Schleiers auf die andere gekommen war.

Die Glocke, der Augenschwarm, an all das hatte er klare Erinnerungen, und natürlich an Ludva. Aber wie er die Traumfelder verlassen hatte ... Da war ein Brunnen und jemand, mit dem er sich unterhalten hatte, aber das war auch alles. Und dass er in seine Pisse gesprungen war. Vorsichtig roch er an sich, konnte aber nicht feststellen, dass er stank. Alles andere, was danach passiert war: Schemen, grau und ohne Zusammenhang. Das Nächste, an das er sich erinnerte, waren die beiden nackten Frauen. Er grinste.

Und nun war er hier. Auch in diesem Saal hing ein Teppich an der Wand; Tjarlafnirm war auf ihm zu sehen, mit Eichhörnchen zwischen den Ästen und Recken, die um den Stamm herumsaßen. Grautwis konnte die Runen nicht lesen, die in den Teppich gewebt waren, er hatte erst in Ulthar lesen gelernt und dort nur die Schrift der Athanaier. Aber er nahm an, dass die Szenerie Königin Drifas und ihre Väriger zeigte, wie sie die Weltesche entdeckten. Vielleicht war das hier ja der Kronsaal und dieser Kromgerst der Seher des Kaisers.

Die Tür ging auf, und ein Mann kam herein, kein Vandraar dieses Mal, sondern ein Sale. Der Mann war riesig, trug nachtblaue Gewänder und hatte nur ein Auge. Sein Bart war dunkel, wies aber graue Strähnen auf. Seinen kahlen Kopf zierte die Tätowierung eines Oneirons. In den Händen hielt er ein Tablett mit Brot, einem Krug und zwei Bechern.

»Du bist Kromgerst«, sagte Grautwis.

Der Mann kam zum Tisch und stellte das Tablett ab. Danach setzte er sich Grautwis gegenüber. »Der bin ich.«

Der Blick aus seinem dunkelblauen Auge war durchdringend und tastete ihn ab, als würde er ihn vermessen. Während der Seher ihn betrachtete, summte er tief unten in seiner Kehle eine Melodie, langsam und dunkel. Grautwis versuchte, möglichst unbeteiligt und erwachsen zu wirken, fühlte sich aber nicht ganz wohl in seiner Haut.

»Ich muss den Kaiser sprechen«, sagte er schließlich, beinahe trotzig und vor allem, weil er sich zunehmend nackt vorkam.

Der Seher lachte auf. Es war ein schepperndes Lachen, so kehlig wie das Summen.

»Wirklich.« Grautwis beugte sich vor. »Es ist dringend.«

»Wie heißt du?«

»Grautwis.«

»Grautwis. Aha.« Zufrieden faltete der Seher die Hände vor der Brust. Er fing an zu kippeln.

»Aha? Was soll das heißen?«

»Dass Namen Omen sind. Bringen sie das euch in Carcosa nicht mehr bei?«

»Doch, natürlich.« Selbstverständlich, auch Kromgerst war in Carcosa gewesen. Aber dass sie beide durch dieselben Gänge Ulthars gelaufen sein sollten und in denselben Räumen gelernt hatten, daran dachte Grautwis erst jetzt. Ob er auch Traummeister Milogost kannte? Zumindest die Großprophetin musste Kromgerst kennen, sie war alt wie ein Stein. Grautwis kannte niemanden, der älter war als sie oder länger in Ulthar lebte.

»Und – was sagt dir mein Name?«, fragte ihn Kromgerst.

»Dass du der Mann bist, der mich zum Kaiser bringt.«

Wieder lachte der Seher auf. »Auf den Mund gefallen bist du nicht.«

Grautwis grinste. »Nein.«

»Wie fühlst du dich?«

Grautwis überlegte. »Ein bisschen … konfus irgendwie. Aber sehr, sehr wach. Und ich habe Durst.«

Mit dem Kopf machte Kromgerst eine Bewegung Richtung Tablett. »Bedien dich. Du wirst dich bald klarer fühlen, das ist normal. Man wechselt nicht zwischen zwei Welten, ohne Orientierungsschwierigkeiten zu bekommen.«

»Klingt sinnig.« Grautwis zog sich das Tablett heran, goss sich etwas Wasser in einen der Becher und trank. Weil er immer noch durstig war, genehmigte er sich noch einen zweiten Becher. »Auch was?«

Der Seher schüttelte den Kopf. »Iss, Grautwis. Du hast auch Hunger.«

»Woher willst du das wissen?«

»Du kommst von den Traumfeldern. Jeder, der da raus ist, hat Durst und Hunger.«

»Ich hab nur Durst.«

»Abwarten.«

Grautwis zuckte mit den Schultern und goss sich ein drittes Mal ein.

»Wie ist das passiert?« Kromgerst sah seine Hand an.

Grautwis stellte den Krug ab und tat es ihm nach. Vor seinem geistigen Auge sah er wieder Ludva mit ihrer glänzenden Haut und den schlaffen Brüsten. Noch immer konnte er ihr Lachen in seinem Kopf hören. »Eine ... ehemalige Freundin. Sie ist vor mir durchs Tor gegangen, aber sie hat es nicht geschafft. Sie war ... verändert, als ich sie getroffen habe. Sie hat ... Sie wollte ...« Er brach ab.

»Schon gut.« Auf Kromgersts Gesicht erschien ein mitfühlender Ausdruck. »Du musst es nicht erzählen, wenn du nicht magst. Ich weiß, wie schmerzlich Erinnerung sein kann.«

Unwillkürlich starrte Grautwis die tote Augenhöhle des Sehers an. Die Narben zogen sich durch die Braue und bis übers Jochbein hinunter. »Ist das auch auf den Traumfeldern passiert?«

Der Seher nickte brummend. »Ja. Eine Hagerfrau hat es mir genommen. Aber ich bin froh, dass es nur das Auge ist. Sie hatte vor, mehr zu kriegen.«

Nun nickte auch Grautwis. Hagerfrauen waren relativ häufig anzutreffende Albträume, dürr, wie ihr Name vermuten ließ, mit ledrigen Schwingen und langen Krallen an Händen und Füßen. Sie hatten ständig Hunger, und oft jagten sie im Rudel. Statt einer Zunge besaßen sie ausrollbare Stachel, mit denen sie ihre Opfer aussaugten. Grautwis war beinahe froh, Ludva und nicht einer dieser Vertreterinnen des Dunkelvolks begegnet zu sein. »Wie hast du sie besiegt?«

»Das habe ich nicht.«

»Nicht? Aber wie bist du ihr entkommen?«

»Genau wie du deiner ehemaligen Freundin entkommen bist: Ich wollte es. Mehr als sie mich.«

»Ich bin ihr nicht entkommen, ich … Ich habe sie umgebracht.« Plötzliche Schuld überkam ihn, und er musste schlucken. Am liebsten hätte er losgeheult.

Kromgerst hörte auf zu kippeln und beugte sich über den Tisch zu ihm herüber. Der Seher griff nach seinem Handgelenk und drückte es. Seine Berührung war fest und warm, vor allem aber tat sie gut. »Grautwis, hör mir zu«, sagte der Seher. »Du hast sie nicht getötet. Sie war bereits nicht mehr. Und es tut mir sehr leid um sie. Aber was dir begegnet ist, war ein Albtraum, ein Etwas aus dem Dunkelvolk. Und dass du dieses Etwas besiegt hast, beweist nur, was für eine enorme Willenskraft du hast.«

Grautwis hatte auf Kromgersts Hand geblickt, nun sah er auf. Ein dunkelblaues Auge sah aufmunternd zurück. »Sicher?«, fragte er zweifelnd.

»Sicher.«

Grautwis spürte, wie seine Augen sich mit Tränen füllten, Kromgersts Gesicht verschwamm, und plötzlich wollte er nicht mehr an sich halten. Er ließ einfach los, saß ganz ruhig auf seinem Stuhl und weinte aus voller Brust.

Noch nie hatte er etwas Befreienderes getan.

Als er fertig geweint hatte, wischte er sich mit dem Ärmel das Gesicht ab und zog die letzten Tränen durch die Nase hoch. Kromgerst hatte ihn die ganze Zeit festgehalten. Nun ließ der Seher sein Handgelenk los und lehnte sich wieder zurück.

»Jetzt habe ich hier einfach losgeheult«, sagte Grautwis schniefend.

»Haben wir alle.«

»Du auch?«

»Ich auch. Wie ein Schlosshund.« Kromgerst, der inzwischen

wieder angefangen hatte zu kippeln, grinste. Grautwis tat es ihm nach, immer noch verrotzt.

»Über die Traumfelder zu wandeln«, sprach Kromgerst weiter, »und ihnen wieder zu entkommen, das lässt niemanden kalt. Die wache Welt hat dich endlich wieder, du bist zum zweiten Mal in sie hineingeboren worden. Und was machen wir, wenn wir geboren werden?«

»Wir … schreien.«

»Richtig, wir schreien. Weil wir am Leben sind und es nichts Besseres gibt. So verwirrend dieser Moment auch ist: Mit dem Leben zu beginnen ist das Größte, egal, wie alt du bist.« Kromgerst lächelte, aber er sprach mit großem Ernst. »Ich gratuliere dir von ganzem Herzen, Grautwis. Heute ist der erste Tag deines neuen Lebens. Du bist jetzt einer von uns, ein Seher.«

»Ein Seher«, wiederholte Grautwis langsam, tastend. »Ich bin ein Seher.«

Kromgerst nickte. »Ja. Wie fühlst du dich dabei?«

Mit der Frage kam der Stolz. Plötzlich war da die Erkenntnis, dass er es wirklich geschafft hatte. Er, und er ganz allein. »Großartig«, antwortete Grautwis und strahlte.

»Nicht wahr? Genieß es, du hast es verdient.«

»Das mach ich. Und du hast recht: Ich bin hungrig.«

»Bitte.« Kromgerst wies auf das Brot, aber Grautwis hatte schon zugegriffen und biss hinein. Es schmeckte hervorragend.

Der Seher sah ihm zu, wie er das Brot herunterschlang. »Weißt du, was noch mit uns passiert, wenn wir geboren werden? Wir bekommen einen Namen.«

»Ich habe einen Namen«, erwiderte Grautwis kauend.

»Manche von uns geben sich einen neuen, weil der alte zu einem Leben gehört, das sie zurückgelassen haben. Andere geben sich einen Beinamen, mit dem sie etwas verbinden.«

»Was hast du gemacht?«

»Ich habe einen Beinamen gewählt.«

»Welchen?«

»Schattenmann.«

Grautwis schluckte den Bissen herunter und spülte mit Wasser nach. Eine nie gekannte Hochstimmung hatte ihn ergriffen. Er fühlte sich, als könne er es mit der ganzen Welt aufnehmen. »Weil du gern Kinder erschrickst?«

Wieder lachte Kromgerst auf. »Nein. Ich vertrage kein Sonnenlicht mehr, seit ich von den Traumfeldern zurück bin. Meine Haut verbrennt und ich bekomme Ausschlag.«

»Pickel?«

»Pickel.«

Grautwis bleckte die Zähne. »Bah.«

Kromgerst grinste. »Das kann man wohl sagen.«

Auch Grautwis grinste jetzt wieder. Vielleicht war das alles noch das Hochgefühl, und er täuschte sich, aber er war ziemlich sicher, dass er Kromgerst mochte. »Muss ich? Einen neuen Namen wählen?«

»Nein, du musst nicht. Du musst gar nichts. Man wird Seher, weil man Zwängen entkommen will, nicht, um sich neue zu wählen. Aber wieso weißt du das nicht? Sind sie wirklich so nachlässig geworden in Carcosa?«

Peinlich berührt zuckte er mit den Schultern. »Ich war nicht besonders lange da ... und vielleicht habe ich auch die eine oder andere Lektion geschwänzt.«

»Wie lange warst du in Carcosa?«

»Nicht ganz zwei Jahre.«

Das Kippeln hörte auf. Kromgerst zog die Braue über seiner leeren Augenhöhle hoch. Die Narben rutschten mit in die Höhe. »Das ist kurz. Sehr kurz.«

Wieder zuckte Grautwis mit den Schultern, dieses Mal verlegen. »Hm-hm«, machte er unbestimmt.

Nachdenklich sah ihn der Seher an.

Mit dem Finger nahm Grautwis einen Brotkrümel von der Tischplatte auf und leckte ihn ab. Der Blick des Sehers machte ihn nervös. »Ich mag meinen Namen«, sagte er, um überhaupt irgendetwas zu sagen.

»Dann behalte ihn.«

»Aber die Sache mit dem Beinamen gefällt mir. Ich denke, ich will einen Beinamen, einen guten.«

»Natürlich. Dann wähle dir einen, aber wähle mit Bedacht. Namen sind mächtig, und am meisten Macht haben sie über den, der sie trägt.«

Grautwis überlegte. »Einen Beinamen … einen, mit dem ich etwas verbinde, sagst du?«

»Ein Name muss Sinn für dich ergeben, und wo solltest du mehr Sinn finden als in dir selbst?«

Das stimmte. Grautwis nickte. Er sah hinunter auf seine Hand. Der Stumpf seines Zeigefingers hatte durch den Verband geblutet. Ein kleiner roter Fleck leuchtete ihm entgegen. Er blickte auf. »Ich habe ihn.«

»Nun?«

»Neunfinger. Ich bin Grautwis Neunfinger.«

»Neunfinger.« Kromgerst nickte anerkennend. »Ein guter Name.«

»Ja, finde ich auch, danke.« Langsam hob Grautwis die Hand hoch. Er betrachtete sie nachdenklich. »Sie … sie hat ihn mir abgebissen.«

»Ich habe eine Ahnung, wie schmerzhaft das gewesen sein muss.«

»Ja?«

Kromgerst tippte sich an seine Augenhöhle.

»Natürlich.« Abermals besah sich Grautwis den Stumpf. »Es war eine ihrer Brüste.«

Wieder ging Kromgerst Braue nach oben. »Eine ihrer Brüste …«

»Ja, sie hatte Zähne.«

»Aha. Ich bin mir nicht sicher, ob ich mehr wissen will.«

Leise lächelte Grautwis. Es war ein trauriges Lächeln, aber als er weitersprach, wusste er, dass nicht nur sein Finger heilen würde. Ludva war vergangen, er würde die Freundin, die sie gewesen war, vermissen. Aber der Horror, zu dem sie geworden war, hatte keine Macht mehr über ihn. »Belassen wir es dabei: Sie waren nicht mehr so wie früher.«

Und im Stillen fügte er hinzu: Lebwohl, Ludva. Er nahm die Hand herunter.

Kromgerst hatte ihn aufmerksam gemustert; der Seher schien zu ahnen, was in ihm vorging, denn er nickte nun und setzte sich auf. »Freundschaften mögen enden, auf die eine oder andere Weise. Aber was für ein Mensch du durch sie wurdest, das bleibt dir. Und das trägst du mit dir, dieses Stück Freundschaft, durch Freude und Leid, durch Trauer und Triumph. Nichts wird es dir nehmen können. Kein Tod, kein Verrat, nicht einmal das Vergessen. Dieses Stück Freundschaft wird bei dir sein, solange du lebst. Und wenn wir Glück haben, auch darüber hinaus. Aber nun, Grautwis Neunfinger, sagst du mir, weshalb du den Kaiser sprechen willst.«

Grautwis holte Luft.

Und dann fing er an, Kromgerst zu erzählen, weshalb er hier war. Er ließ nichts aus. Der Seher hörte ihm zu, ab und an stellte er Fragen, wenn er sichergehen wollte, etwas richtig zu verstehen, und mehr als einmal zuckte die Braue über seinem leeren Auge ungläubig nach oben, aber er zweifelte nichts an. Als Grautwis geendet hatte, summte er vor sich hin.

»Und?«, fragte Grautwis schließlich.

»Und was?«

»Was sagst du?«

»Das, Grautwis Neunfinger, ist vielleicht die schwierigste Frage, die ich seit wirklich langer Zeit gestellt bekommen habe.«

»Aber du kannst sie beantworten?«

Kromgerst lachte leise in sich hinein. »Ich kann mir zumindest Mühe geben.« Er wurde ernst. »Grautwis, wenn das wirklich alles stimmt, und ich sage *nicht*, dass es nicht stimmt, also wenn das alles stimmt, dann bist du ein kleines Wunder. Oder wahrscheinlich eher ein großes.«

»Heißt das, du glaubst mir?« Grautwis spürte, wie ihm das Herz im Hals pochte.

»Ich denke … ja. Ja, ich denke, ich glaube dir. Manches von dem, was du von diesen neuen Ewigen Wispern erzählt hast, ist bereits eingetroffen. Das Herzogtum ist zum Beispiel ins Reich eingefallen.«

»Es ist Krieg?« Überrascht riss Grautwis die Augen auf.

»Ja. Das wusstest du noch nicht? Ach, Carcosa.« Der Seher brummte genervt. »Das sieht unserer Zunft ähnlich: In die Zukunft starren, aber nichts von der Gegenwart mitbekommen … Aber«, er musterte Grautwis wieder mit seinem Ein-Auge-Blick, »so wie es aussieht, ändert sich das ja jetzt.«

»Es ist Krieg«, wiederholte Grautwis. »Ich komme also zu spät?«

»Nein, kommst du nicht. Wenn sich die anderen Ewigen Wisper ebenso als wahr herausstellen, werden sie uns unschätzbare Dienste leisten. Und nur wir kennen sie bislang. Das ist ein enormer Vorteil.« Kromgerst griff sich an die Glatze. »Ewige Wisper, die wahr sind. Kaum zu glauben. Wir werden wieder sehen können. Und du kannst sie wirklich alle abermals niederschreiben?«

»Ja, ich kenne sie auswendig. So viele waren es nicht.«

»Mal sehen, ob es bei ihnen bleibt.«

Das war ein Gedanke, der Grautwis noch gar nicht gekommen war. »Du meinst, ich werde noch mehr sehen?«

»Ich weiß es nicht. Ausschließen will ich es nicht.« Der Seher zuckte mit den Schultern. »Das ist die Zukunft: ein unbekanntes Land. Eine neue Zeit.«

»Also, dann kann ich jetzt den Kaiser sehen?«

Wieder ließ Kromgerst sein tiefes Lachen erklingen. »Den Kaiser? Nein, Grautwis, dazu wird es nicht kommen. Aber glaube mir, deine Reise hierher war nicht umsonst.«

Grautwis war enttäuscht. »Aber …«, setzte er an. »Wieso nicht? Ich muss, Kromgerst, ich muss.« Er verstand den Seher nicht. Wenn er ihm glaubte, warum wollte er ihn dann nicht zum Kaiser vorlassen? Wie sollte er ihn davon überzeugen, dass das nötig war? Der Kaiser musste erfahren, was er gesehen hatte, was passieren würde.

»Nein, musst du nicht. Aber du wirst mit anderen Leuten sprechen. Mit Leuten, die ebenfalls wichtig sind. Und die dem Kaiser helfen, das Reich zu regieren. Der Kaiser ist … es ist schwierig, den Kaiser zu sprechen, Grautwis. Auch für mich. Selbst Gaugrafen müssen lange warten, bis sie zu ihm vorgelassen werden. Aber wenn du mit seinen Vertrauten sprichst, ist das, als ob du mit ihm sprechen würdest.«

»Hm.« Grautwis war noch nicht überzeugt. Und er hätte den Kaiser gern getroffen. Nach allem, was er auf sich genommen hatte, hatte er das schon verdient, fand er. »Und wer sind diese Leute?«

»Ranke etwa, der Reichsherold und Wappenkönig. Und Prinzessin Istrid. Die Tochter des Kaisers.«

Von einem Wappenkönig hatte Grautwis noch nie gehört, er hatte keine Ahnung, was dieser Ranke machte, aber König hörte sich zumindest wichtig an. Und die Tochter des Kaisers war fast genauso gut wie der Kaiser selbst, entschied er. Vielleicht besser. »Wie ist sie so, die Prinzessin? Und wie alt?«

Diesmal war Kromgersts Lachen schallend. Als er sich beruhigt hatte, wischte er sich übers Auge und schüttelte den Kopf.

»Grautwis, Grautwis, Grautwis, lass mich dir sagen: Sie ist verheiratet. Aber du hast sie bereits kennengelernt, du müsstest also einen ersten Eindruck haben, wie sie ist.«

Die Schöne, ging es ihm auf. Und die Hübsche war dann ihre Frau. Deshalb die ganzen Vandraar. Und er war in ihrem Schlafzimmer gelandet. Er erinnerte sich an den Blick, den sie ihm nach dem ersten Schrecken zugeworfen hatte. Unruhig rutschte er auf seinem Stuhl herum.

»Was ist?«, fragte Kromgerst. »Du hast doch nicht etwa Angst vor ihr?«

»Ich bin in ihrem Schlafzimmer gelandet. Ich habe sie nackt gesehen.«

»Ich verstehe. In diesem Fall solltest du tatsächlich Angst haben.« Der Seher milderte seine Worte mit einem Lächeln ab. »Im Ernst, Grautwis, du hast von ihr nichts zu befürchten. Istrid kann streng sein und hart, aber du hast nichts verbrochen, und sie ist nicht ungerecht. Du willst dem Reich helfen, warum sollte sie dich bestrafen wollen?«

»Meinst du?«

»Ganz sicher.«

Langsam nickte Grautwis. »Kromgerst?«, fragte er dann nachdenklich. »Wie bin ich überhaupt da hingekommen? Wie bin ich zurückgekommen?«

»Wie du den Weg von den Traumfeldern zurück in die wache Welt gefunden hast, weiß ich nicht. Durch irgendeinen Übergang, den du dir mit deinem Willen geöffnet hast. Und dein Wille war es auch, der dich hierhergebracht hat, in den Kaiserpalast. Du wolltest unbedingt den Kaiser sprechen. Und du bist wirklich ganz in seiner Nähe zurückgekommen.«

»Ach so? Wo ist er denn?«

Kromgerst richtete den Blick nach oben. »Er schläft direkt über dir.«

»Wirklich?« Grautwis war dem Blick des Sehers mit den Augen gefolgt. »Da oben schläft der Kaiser?«

»Da oben schläft der Kaiser. Die wenigsten von uns kommen so genau da raus, wo sie wollen.«

Zusammen mit Kromgerst nahm Grautwis seinen Blick wieder nach unten. »Und wie bin ich … Du hast gerade von einem Übergang gesprochen – wie kommt man denn nun wieder raus?«

»Im Gegensatz zu dir kenne ich das Schlafzimmer der Prinzessin nicht, aber ich nehme an, es steht ein Spiegel in ihm?«

Grautwis nickte. »Stand. Ich habe ihn umgeworfen, als mich einer der Vandraar überwältigt hat.«

»Das ist dein Ausgang.«

»Der Spiegel?«

»Ja. Spiegel sind Tore, Grautwis, Tore durch den Schleier. Alles, was spiegelt. Jede Wasserfläche, jedes blanke Stück Metall. Wir sind es, die uns aus Spiegeln entgegenstarren, und wir sind es auch wieder nicht. Wir sind verkehrt herum. Wir sind unwirklich. Und wo genau ist das Spiegelbild, Grautwis, wenn du in einen Spiegel blickst? Im Spiegel? Auf ihm? Nur in deinen Augen?«

Grautwis überlegte. »Keine Ahnung«, sagte er schließlich.

»Es ist nirgends, Grautwis. Weil es nicht von dieser Welt ist. Du kannst den Spiegel zerschlagen, aber dein Spiegelbild wirst du nicht treffen.«

»Da und doch nicht da.« Er nickte sinnend.

»Da und doch nicht da, ganz genau.«

»Das wusste ich nicht.«

»Es bringt dir niemand bei in Carcosa, weil manches für die vorbehalten ist, die durch den Schleier gehen und zurückkommen, aber in gewisser Weise wusstest du es trotzdem schon. Du kennst den ganzen Aberglauben, der sich um Spiegel rankt: Gehen sie zu Bruch, bedeutet das neun Jahre Unglück. Stirbt jemand, verhängt man die Spiegel in seinem Haus, damit sich die Seele nicht in ihnen verirrt. Man soll nichts Böses vor ihnen sagen und so weiter. Alles Unsinn, keine Frage, aber es kommt daher, dass wir tief im Innern wissen, dass Spiegel nicht nur zu dieser Welt gehören. Und kennst du das Gefühl, dass dein Spiegelbild mehr ist als nur dein Spiegelbild, wenn du es nur lange genug ansiehst? Diese merkwürdige Erwartung, dass es gleich irgendeine Regung zeigt, die es nicht von dir hat? Die Gänsehaut, wenn du nachts in einen Spiegel blickst und glaubst, irgendeine Bewegung in ihm gesehen zu haben, irgendeinen Schemen?«

Wieder nickte Grautwis. Das kannte er tatsächlich.

»Siehst du? Du wusstest, dass Spiegel besonders sind. Du wusstest nur nicht, wie sehr.«

»Das stimmt«, erwiderte er langsam. »Aber … wenn das so ist, warum nutzt man das denn nicht für … ich weiß nicht, alles Mögliche? Den Kaiser zu ermorden, etwa.«

»Ganz einfach: Spiegel sind Tore, die nur in eine Richtung offen sind. Du kommst nur raus, und um sie zu benutzen, musst du über die Traumfelder. Würdest du gern noch einmal zurück?«

»Nicht unbedingt.«

»Siehst du. Und überlege einmal: Wolltest du wirklich den Kaiser ermorden, müsstest du erst jahrelang lernen, wie man traumwandelt, du müsstest es über die Traumfelder schaffen und darauf hoffen, dass du tatsächlich in seiner Nähe rauskommst. Wie gesagt, so nah am gewünschten Ort zurückzukommen wie du, das gelingt den wenigsten. Und dann müsstest du, nackt und desorientiert, auch noch in der Lage sein, deinen Plan auszuführen, bevor man dich aufhält. Nein, Grautwis, das ist kein Plan, das ist Unfug.«

»Hm. Das hat wirklich noch nie jemand versucht?«

»Doch, hat es. Eine Seherin aus Vandrar, Prateebha die Meuchlerin, vor tausend Jahren oder so. Nach ihrer ersten Reise über die Traumfelder kam ihr derselbe Gedanke wie dir, Grautwis. Sie bot

411

ihre Dienste der jüngeren Schwester des Inselkönigs an, reiste zurück nach Carcosa, ging ein zweites Mal durchs Große Tor des Schlafs und kehrte auch tatsächlich wieder zurück.«

»Und?«

»Sie schaffte es tatsächlich bis zum König und rang mit ihm, um ihn zu erwürgen. Aber während sie miteinander kämpften, verdoppelte der König das Angebot seiner Schwester, und Prateebha willigte ein. Wieder reiste sie nach Carcosa und trat durchs Tor, aber dieses Mal kam sie nicht zurück.«

»Das ist irgendwie ernüchternd.«

Kromgerst zuckte mit den Schultern. »Der Weg über die Traumfelder ist kein Mittel zum Zweck, Grautwis, er ist eine Flucht. Wer das außer Acht lässt, ist bereits verloren.«

Nachdenklich nickte Grautwis. »Trotzdem enttäuschend. Aber wahrscheinlich hast du recht.«

Auf Kromgersts Gesicht erschien ein Lächeln. »Wahrscheinlich habe ich das.«

»Kromgerst? Wovor bist du geflohen?«

Der Seher maß Grautwis lange mit seinem Auge, dann schüttelte er sachte den Kopf. »Du hast heute vieles erfahren, aber diese Antwort wird sich nicht darunter befinden. So viel will ich dir verraten: Ich habe viel für diese Flucht bezahlt – ein Auge, helle Tage –, aber sie war ihren Preis wert.« Er summte eine kurze Tonfolge. »Willst du von deiner erzählen?«

»Ehrlich gesagt, bin ich gar nicht geflohen.«

Wieder zuckte die Augenbraue über dem leeren Auge hoch, aber der Seher sagte nichts und wartete.

Grautwis zuckte mit den Schultern. »Ich weiß, eigentlich alle, die nach Carcosa kommen, suchen ein neues Leben, weil ihr altes unerträglich ist – Ausgestoßene, Misshandelte, Trauernde. Seelenkrüppel eben. Ich habe keinen dort kennengelernt, dem das Leben nicht richtig übel mitgespielt hätte. Aber bei mir ...«

Grautwis sah auf seine Hände hinunter. »Ich war nie einer von ihnen.«

»Aber?«

»Kein aber. Eines Tages kam dieser Seher zu uns ins Dorf, kein Scharlatan, der den Leuten das Geld aus der Tasche zieht; nicht ein Omen wollte er legen. Komischer Vogel. Hatte ein Traumbuch und trug auch ein Oneiron, war aber angezogen wie ein Lufthüter, nur in Grau, nicht in Weiß. Saß die ganze Zeit am Brunnen, als würde er auf etwas warten, und schickte jeden weg, der zu ihm kam. Es war Krontag, deswegen war ich nicht auf See Fische fangen und konnte ihn deshalb mit ein paar Freunden beobachten – aus der Ferne natürlich, weil wir Schiss vor ihm hatten. Haben uns den ganzen Tag um den Dorfplatz herumgedrückt, wir hatten ja so einen wie ihn noch nie gesehen, und warteten darauf, dass er irgendwas machen würde.«

»Und?«

»Nichts. Er saß einfach nur da. Aber als es Abend wurde, und wir allmählich die Lust verloren, stand er plötzlich auf und kam zu uns rüber. Die meisten von uns sind abgehauen, aber ich bin mit ein paar anderen stehen geblieben, weiß nicht, wieso. Und als er bei uns war und vor uns stand, sah er mir direkt in die Augen und sagte: ›Geh nach Carcosa, Grautwis.‹ Und dann hat er sich umgedreht und ist gegangen.«

»Und er kannte deinen Namen?«

»Ja.«

»Eigenartig. Aber du bist dann einfach so losgegangen, nach Carcosa, und bist Seher geworden?«

»Nicht sofort, nein. Ich fand das ziemlich unheimlich, dass er meinen Namen kannte und so. Ich habe das natürlich abgetan, oder wollte es zumindest. Aber die Begegnung hat mir keine Ruhe mehr gelassen. Ich musste immer daran denken, an die Worte des Sehers und an seine Augen. Dieser Blick ... Als ob er alles über mich wissen würde. Fast ein bisschen wie deiner, Kromgerst.«

Das dunkle Lachen des Sehers unterbrach ihn, aber dieses Mal steckte ihn dessen Heiterkeit nicht an. Bis heute hatte er sich nie erklären können, warum er der Aufforderung des Fremden tatsächlich nachgekommen war. Er hatte sich selbst so manchen Grund genannt: Langeweile, Neugier, den Wunsch, die Begegnung aus dem Kopf zu bekommen, aber nichts davon war es am Ende gewesen. Der Seher und seine Aufforderung waren ihm ein Rätsel geblieben. »Ich habe von ihm geträumt«, sprach er weiter. »Von ihm und seinen Augen. Na ja, und irgendwann bin ich dann doch los. Und als ich in Carcosa angekommen war, hatte ich irgendwie erwartet, ihn dort wiederzutreffen, aber er war nicht da, und niemand konnte mir etwas über ihn verraten. Keiner wusste etwas von einem Seher, der in der Kluft eines Elementaren Hüters rumläuft.«

»Auch ich werde mich zu diesem Kreis der Ahnungslosen hinzuzählen müssen. Ich kenne viele Seher, aber keinen, auf den deine Beschreibung passte. Und grau waren seine Kleider, sagst du?«

»Grau wie Regenwolken.«

»Merkwürdig.«

»Das ist es, aber passend. Er war kein guter Mann.«

»Nicht? Woher nimmst du dieses Wissen?«

»Keine Ahnung ... Ich weiß es einfach. Er war kein guter Mann. Ab und an träume ich noch immer von ihm. Es sind immer Albträume. Er will mir etwas wegnehmen, das mir wichtig ist.«

»Und schafft er es?«

»Manchmal ja.«

Kromgerst nickte langsam. »Nun, ich bin der Letzte, der dir sagen würde, du solltest nicht auf deine Träume und inneren Stimmen hören. Aber am Ende hat dich der Weg, auf den dich dieser Unbekannte gesetzt hat, hierher geführt, und ich bin dankbar dafür. Gut und Böse sind trügerische Konzepte, Grautwis. Halte dich lange genug an einem Ort wie der Reichshauptstadt auf, und du wirst wissen, was ich meine. Nicht jeder, der wie ein Freund scheint, ist es auch, nicht jeder ein Feind, der wie einer wirkt. Falsche Freunde, eingebildete Feinde – ich brüte noch immer darüber, was am Ende gefährlicher ist.« Für einen Moment blickte der Seher gedankenverloren ins Leere. Als er wieder aufsah, war das Grübeln verschwunden. »Grautwis Neunfinger, alles, was du bringst, ist merkwürdig und sonderbar, die Geschichten deiner Vergangenheit, dein jetziges Anliegen, und ich nehme an, auch die Wege deiner Zukunft werden es nicht weniger sein. Sonderbar ist auch dieses hier.« Der Seher griff in die Tasche seines Gewands und legte einen Gegenstand auf die Tischplatte. Es war der Splitter aus Oneiras Bibliothek.

Instinktiv griff Grautwis nach dem Splitter. »Wo hast du den her?«, fragte er.

»Er lag zwischen den Scherben des Spiegels. Du musst ihn durch den Schleier mitgenommen haben. Ich nehme an, das ist der Splitter, den du erwähntest?«

»Ja, ist er. Aber wie …? Ich meine, ich hatte doch sonst nichts mehr.«

Kromgerst nickte. »Nackt sind wir, wenn wir auf die Welt kommen, nackt kehren wir in sie zurück. Und was immer wir auf die Traumfelder mitnehmen, bleibt dort. Dieser Splitter … Eigentlich dürfte es ihn hier nicht geben. Aber wahrscheinlich ließe sich dasselbe auch über Oneiras Bibliothek sagen. Dass du wirklich dort warst und dass du Carcosa getroffen hast …« Mit beiden Händen griff sich Kromgerst an die Stirn. »Es ist schwer, das alles zu glauben; noch schwerer, es zu verstehen.«

Grautwis steckte den Splitter in seine Hose. »Ich weiß, was du meinst, mir geht es genauso.«

Der Seher nahm die Hände wieder herunter. »Weißt du, was ich mache, wenn ich versuche, einen klaren Kopf zu bekommen? Ich wandere durch den Palast, manchmal stundenlang. Die Nacht ist noch früh, und ich nehme an, du bist nicht müde. Willst du mich begleiten, Grautwis Neunfinger?«

»Durch den Palast? Sehr gern!«, rief Grautwis aus. Kromgerst hatte recht, er war nicht müde, stattdessen fühlte er sich ausgeruht, als hätte er sehr lange geschlafen. Was ja irgendwie auch stimmte. Er tat es Kromgerst nach, der aufgestanden war und zur Tür ging. Die beiden Vandraar lösten sich von ihren Plätzen und folgten ihnen.

»Und morgen spreche ich dann mit der Prinzessin?«

»Morgen sprichst du mit der Prinzessin. Und mit dem Wappenkönig.«

»Gut.« Jetzt, nachdem ihm der Seher versichert hatte, dass er von ihr nichts zu befürchten hatte, freute er sich darauf. Ein Grinsen erschien auf seinem Gesicht.

»Was ist?«, fragte Kromgerst.

»Ich freue mich«, antwortete Grautwis. »Es war ein guter Tag.«

»Du bist den Traumfeldern entkommen. Ich würde sagen, es war der beste.«

Grautwis nickte, sein Grinsen wurde breiter. Er war den Traumfeldern entkommen, das stimmte. Und er hatte die Prinzessin nackt gesehen.

22

Istrid

Der Sippenturm war eine fahle Nadel vor dem noch dunklen Morgenhimmel. Er gehörte den Markgrafen des Chimmgaus, und er war so alt wie ihre Linie. Seit einem halben Jahrtausend stand er hier, ein klobiges Ungetüm von einem Turm, taubendreckgesprenkelt und verwittert. Erbaut aus dem hellgrauen Sandstein des Sälirtals und quadratisch wie die meisten seiner Art, verjüngte er sich mit lediglich einer Stufe in vierzig Schritt Höhe. Als die Nachfahren Drittbalds nach Westen zogen, um zur Herrschersippe der frisch eroberten Mark zu werden, hatten sie ihr Salhaller Domizil standesgemäß ausgebaut und ihm ein paar weitere Stockwerke hinzugefügt. Vor etwa zweihundert Jahren war das gewesen, der Chimmgau reichte damals noch nicht einmal bis zu den Iffensteinen, sondern nur von Kershorn hinunter bis nach Partstedt und Wehrbrücken am Tern. Alles nördlich davon war Ostchimrien, war Herzogtum gewesen, Feindesland. Blutige Jahrzehnte voller Aufstände und Feldzüge waren gefolgt, bis vor einhundertdreiundzwanzig Jahren Kaiser Feoderic das Reich hinunter zur Blanken Küste ausgedehnt und das Ende der Ewigen Einigung verkündet hatte. Blutig aber waren die Jahrzehnte auch danach noch geblieben: Die Aufstände blühten weiter auf, zahlreich wie Feldblumen nach dem Regen, die Feldzüge wandelten sich zu Strafexpeditionen, und nur langsam fanden sich die Chimren des Chimmgaus damit ab, ein Brudervolk des Heiligen Reiches zu sein. Ihr sehnsuchtsvoller

417

Blick hinüber zu den Verwandten auf der anderen Seite des Terns war nie ganz geschwunden. Und Heimweh hatte Hass geboren.

Mit schweren Gedanken blickte Istrid an der brüchigen Fassade des Turms empor, hoch zum Gänsebanner, das daran herabhing. Der Turm der Sippe Drittbalds hatte hier durch all das Blutvergießen hindurch gestanden, unberührt und unversehrt, er würde auch noch stehen, wenn der Krieg beendet und das Herzogtum aus dem Chimmgau vertrieben wäre. Doch was noch? Wie ließ sich nach dem Grauen etwas Neues beginnen? Es schien ihr unmöglich, den Chimren jemals wieder die Hand zu reichen. Die Einäscherung Salfurts, die Pfählung Tausender Gefangener im Tannhausner Tor, die Blutvesper von Klevs. All das Morden im Land. Wie ließ sich daran anknüpfen? Sollte es eine Antwort darauf geben, dann war und blieb sie ihr unbegreiflich.

Sie wusste nur, dass sie all dem ein Ende bereiten mussten, ohne Wenn und Aber. Ob aus den Blutgründen des Chimmgaus jemals wieder blühende Äcker des Reiches erwüchsen, war so lange zweitrangig, wie das Morden weiterging. Kurz musste Istrid an Haro denken: wie er gestern schallend über ihren Wunsch nach Frieden gelacht hatte. Für die Distel wäre wohl auch dieses Ziel ein naives, für sie aber war es eines, das jeden Einsatz wert war. Zersägte Kinder. Istrid gab Pranradhar ein Zeichen.

Ihr Leibwächter stieg von seinem Pferd und ging hinüber zum Tor des gedrungenen Gebäudes, das um den Sippenturm herum gebaut worden war. Wenige Augenblicke später ging das Guckloch in einem der Torflügel auf, dann schwangen beide auf, und verdutzte Wachen starrten auf die schwarzen Waffenröcke und roten Zöpfe der Vandraar, die Istrid begleiteten. Sie erschien unangekündigt und früh am Tag. Im Osten kam der Morgen, doch sein Licht wurde von den Wolken geschluckt. Wetterleuchten hatte Istrid durch die Stadt begleitet, auch jetzt wieder zuckte stummes Gleißen durch das Schiefergrau des Himmels. Zum wiederholten Male kam ihr der Wind in den Sinn, der gestern Abend zwar zu sehen, aber nicht zu spüren gewesen war.

Sie lenkte ihr Pferd zu den überraschten Wachen mit den Gänsen auf den Rundschilden. »Erkennt ihr mich?«, fragte sie.

Nicken ringsum, und eine grauhaarige Waffenmeisterin fand ihre Sprache wieder. »Ja, Prinzessin, wir erkennen dich. Bitte komm herein, wir werden dich ankünden.«

»Ich möchte mit Arechis sprechen.«

Betreten räusperte sich die Waffenmeisterin. »Die Herrin ist fort, Prinzessin. Es tut mir leid, du hast sie um etwa eine Stunde verpasst.«

Istrid verwünschte sich, dass sie nicht noch früher aufgebrochen war. »Ich nehme an, sie ist in den Chimmgau aufgebrochen?«

»Ja, Prinzessin.«

»Wie viele sind mit ihr?«

»Zwei Dutzend, die Hälfte von uns.«

Istrid wandte sich an zwei ihrer Vandraar und wechselte die Sprache. »Reitet zum Framheimer Tor, so schnell ihr könnt. Seht, ob ihr auf dem Weg einen Reitertrupp findet mit Schilden und Farben, wie sie diese hier führen. Haltet ihn auf und führt sie zu Noggdrarsil. Nennt ihnen meinen Namen. Ich will Arechis sprechen, die Frau von Markgraf Golo. Beeilt euch, sie hat einen großen Vorsprung.«

Die beiden Vandraar nickten und stieben auf ihren Pferden davon.

»In Ordnung«, sagte Istrid wieder auf Aard zur Waffenmeisterin. »Dann bring mich zum Markgrafen.«

»Ja, Prinzessin. Hier entlang.«

Im Hof führten Knechte einen Rappschecken aus den Ställen, um ihn zu striegeln und zu bürsten. Istrid verstand nur wenig von der Pferdezucht, für sie waren Pferde in erster Linie nützliche Mittel zur Fortbewegung und nicht Tiere von Stolz und Status. Aber die geraden Linien und satten Muskelstränge des Hengsts ließen auch sie kurz innehalten und die Schönheit des Tiers bewundern. Golos Stiefmutter war eine leidenschaftliche Pferdezüchterin, etwas, das sie mit vielen Chimren teilte, und ohne Zweifel war dieses Tier ein Geschenk an ihren Sohn.

Sie stieg ab und erklomm die schmale Treppe, die zur Eingangspforte des Turms führte. Im Innern roch es nach altem Holz und feuchtem Stein, es war dunkel und eng. Istrid vergaß immer wieder, dass Noggdrarsil Freiheiten gewährte, die kein anderer Sippenturm bieten konnte. Die älteren waren reine Wehrbauten ohne jeden Komfort, gebaut in einer Zeit, in der die Fehden zwischen den Edlen des Reiches durchaus auch in der Hauptstadt ausgetragen wurden, und der Turm der Markgrafen des Chimmgaus war einer von ihnen. Flüsternd sprach die Waffenmeisterin zu einem der Kammerknechte, die schreckstarr aufgesprungen waren. Eingeschüchtert nickte er, neigte den Kopf vor Istrid und rannte beinahe die Treppe hinauf.

Istrid trat ans Geländer und sah hinauf. An der Innenseite der Turmwand zog sich die Treppe empor, steil, schmal, Windung um Windung. Den Boden des ersten Stocks erreichte sie erst in einer Höhe von sicherlich zwanzig Schritt. Durchatmend betrat Istrid die Stufen. In etwa zehn Schritt Höhe legte sie die Hand aufs Geländer und bemühte sich, nicht zwischen den ausgetretenen Stufen nach unten zu blicken. Hinter ihr kam Pranradhar knarrend die Treppe hoch.

Im fünften Stockwerk des Turms, auf einem Stuhl am Fenster, saß Golo. Er sah ihr entgegen und erhob sich, als Istrid auf die Etage trat.

»Heil dir, Prinzessin«, grüßte er sie. Er wirkte wacher als sonst.

»Heil auch dir, Golo«, erwiderte Istrid. Sie verschränkte die Arme. »Du bist noch hier. Ich hatte dir etwas anderes aufgetragen.«

»Ich weiß. Ich möchte mich entschuldigen. Es ... geht mir nicht gut.«

»Das habe ich gemerkt. Aber deinem Land geht es schlechter. Warum bist du noch hier?«

Mit beiden Händen griff sich Golo an die Schläfen. »Darf ich mich setzen?«

Istrid glaubte, nicht richtig gehört zu haben, hielt aber an sich und nickte. »Es ist dein Heim.«

»Du kannst dich auch setzen. Wenn du magst.« Matt ließ sich Golo wieder auf seinen Stuhl fallen.

»Golo, was ist mit dir?«, fragte sie und ignorierte sein Angebot.

Der junge Markgraf sah aus dem Fenster. Es ging nach Westen, und die schwache Dämmerung hatte es noch nicht erreicht. In seinen Rahmen war ein Wächterauge zur Abwehr böser Träume eingeschnitzt. »Hast du jemals daran gedacht zu springen?«, fragte er schließlich. »Aus dem Fenster?«

Istrid kniff die Augen zusammen. »Was soll das?«

»Ich schon. Ich denke jeden Tag daran. Ich suche jeden Tag nach Gründen, es nicht zu tun. An besseren fällt mir etwas ein.«

»Golo«, versuchte sich Istrid an einer Erwiderung, »ich weiß, du hast viel durchgemacht. Ich weiß, du trauerst, aber ...«

»Nein.«

»Nein?«

»Ich trauere nicht. Ich spüre keine Trauer. Ich spüre nichts. Nichts. Mein Vater ist verloren, mein Bruder gefallen. Meine Frau hat mein Kind abgetrieben und mich verlassen, mein Land brennt.« Golo hatte langsam gesprochen, beinahe schlaftrunken. Nun hob er die Augen und sah Istrid an. Sein Blick ging durch sie hindurch, als wäre sie nicht da. »Man sollte meinen, ich trauerte, nicht wahr? Aber es ist nur Leere da. Kein Leben. Kein Gefühl. Ich bin nur Narbe. Sag mir, warum ich nicht springen sollte, Prinzessin.«

Istrid fühlte sich überrumpelt. »Warum du –« Sie brach ab und suchte nach einer Antwort. Golo blickte wieder zum Fenster.

»Es ist nicht so, dass ich will. Allein der Gedanke daran jagt mir Angst ein. Es muss schrecklich sein. Und doch erscheint mir der Sprung oft als das kleinere Übel. Zumindest wäre dann Schluss. Ein Weg aus dem Leben … aber immerhin ein Weg.«

»Golo, ich …« Istrid hatte noch immer Mühe, sich zu fangen. Sie hatte nicht mit einer solchen Eröffnung gerechnet. Sie hatte einen schweigsamen, verstockten Golo erwartet, der alle guten Worte und Mahnungen an sich abprallen ließe. Sie war sich nicht sicher, ob ein redender besser war. Und Golo sprach bereits weiter.

»Heute ist ein guter Tag. Ich kann darüber reden. Ich bin aufgestanden. Ich habe eine Stunde gebraucht. Aber ich habe es geschafft.«

»Dein Vater, Golo«, versuchte sie sich an einer Erwiderung, »würdest du deinem Vater dasselbe sagen?«

Golo hob seine Hand und legte sie auf die Fensterbank. Mit den Fingern malte er im Staub. »Mein Vater. Er kannte die Leere. Er hat sie ›seinen dunklen Wolf‹ genannt. Er kam und ging, und er hat mit ihm gerungen. Ich weiß, wie sehr er ihn gepeinigt hat. Ich habe ein Rudel. Ein großes, dunkles Rudel. Ich bin sein Jagdgebiet, und ich bin seine Beute.«

Istrid wusste, dass Marwult als schwermütig galt, viele in seiner Sippe waren es gewesen. Aber sie hatte nie geahnt, dass dahinter ein Leiden steckte, das an der Seele nagte. Und was immer es auch sein mochte, seinen Sohn schien es schlimmer zu bedrängen. Sie sah Golo an, immer noch unfähig, eine Erwiderung zu finden, die ihr angemessen schien. »Warum?«, brachte sie schließlich hervor.

»Warum?«

»Ja. Woher kommt diese … Leere? Was ist der Grund für sie?«

»Woher kommt das Wetter? Es gibt keinen Grund, Prinzessin. Es gibt nur die Leere.«

»Das stimmt nicht. Es gibt auch deinen Kampf gegen sie.«

Matt blickte Golo sie an. »Kampf? Nein. Ich kämpfe nicht. Ich halte aus.«

»Vielleicht ist das der Fehler.«

Müde schüttelte Golo den Kopf. »Mein Leben ist der Fehler.«

Ein Teil Istrids wollte wütend werden. Das Leben hatte Golo viel genommen, aber es hatte ihm auch viel gegeben. Und hier saß er nun, im Turm seiner Ahnen, und dachte darüber nach, sein Leben zu beenden, weil es ihm zu schwer erschien. Voller Selbstmitleid. Aber dann war da ein anderer Teil in ihr, der sagte, dass Golo kein Selbstmitleid hatte und sie es sich zu einfach machte. Konnte es wirklich sein, dass Golo krank war? Nicht krank am Körper, sondern an der Seele? Sie würde Helgid dazu befragen müssen. Für den Moment aber schob Istrid ihre Wut beiseite. »Golo … was soll ich tun?«, fragte sie leise.

»An anderen Tagen würde ich nichts darauf antworten können oder sagen: mich allein lassen. Aber heute ist ein guter Tag. Deswegen antworte ich dir: Verständnis.«

»Das hast du. Was noch?«

»Wenn ich das wüsste.«

»In Ordnung, dann … lass es uns herausfinden?« Unsicher sah sie Golo an.

Golo blickte zurück, abwartend, aber aufmerksam.

Angestrengt dachte Istrid nach. Wie sollte sie Golo helfen? »Ich habe unten einen Rappschecken gesehen«, fing sie an, um Zeit zu gewinnen, »ist das deiner?«

Golo nickte. »Ja. Falke. Ich habe ihn von meiner Mutter.«

Kein guter Name, fand Istrid, nicht mehr jedenfalls, aber ihr war nicht entgangen, wie sich Golos Miene kaum merklich aufgehellt hatte. »Falke«, sagte sie, »gut. Er wird gerade gestriegelt. Würdest du mit mir ausreiten, Golo?« Arechis würde warten müssen.

»Und … wohin?«

»Lass uns das Heerlager aufsuchen, vor der Stadt. Das Salhaller Aufgebot ist beinahe komplett. Alles Helme für deine Heimat.«

»Bis zu den Fahnenfeldern?« Golo zog sich wieder in sich selbst zurück. »Das ist sehr weit.«

»Dann nicht«, beeilte sie sich zu sagen. »Dann lass uns etwas anderes aussuchen. Lass uns zum Bärengarten reiten.«

»Bären? Bären … Ich weiß nicht …«

Innerlich rollte Istrid mit den Augen. Wie sollte sie Golo jemals in den Chimmgau bekommen, wenn sie ihn nicht mal aus dem Turm brachte? »Heute ist Krontag, Golo.« Sie bemühte sich um einen herzlichen Ton. »Wir könnten die Familienweihe besuchen. Der Alltempel ist nicht weit.«

Zu ihrer Überraschung schlug Golo den Vorschlag nicht gleich aus. »Das stimmt. Weit ist er nicht«, sagte er, klang aber unsicher.

»Golo«, fasste Istrid nach, »du hast gesagt, heute ist ein guter Tag. Unten wartet Falke. Und die Tochter deines Kaisers steht vor dir.«

»Du meinst, ich sollte mitkommen?«

»Genau das meine ich, ja.«

»Es ist nicht immer so, weißt du. Ich … ich bin auch manchmal sehr anders, fiebrig beinahe. Dann kann ich nicht sitzen und muss schaffen, und alles muss gleich und sofort geschehen.«

Istrid sagte nichts. Sie hatte Mühe, das zu glauben.

»Meinst du … es wäre möglich, auf einen solchen Tag zu warten? Vielleicht wäre das besser.«

»Nein, Golo.« Sie schüttelte den Kopf.

»Du hast recht«, erwiderte er langsam. »Du hast recht.« Er stand auf.

»Siehst du? War das schwer? Nein, oder?«

Unsicher wiegte Golo den Kopf. Er sah aus, als würde er weinen wollen.

»Komm.« Istrid winkte. »Jetzt nur noch die Treppen.«

»Die Treppen ...«

»Ja, komm. Bitte.«

Zögerlich setzte Golo einen Fuß vor den anderen. Er wirkte auf sie wie ein geheilter Fußlahmer, der nach langer Zeit wieder seine ersten Schritte machte. Als er nah genug war, griff sie ihn bei der Hand. Erstaunt blickte er sie an. »Komm«, sagte sie noch einmal. Langsam schritt sie mit ihm die Treppen hinab, Pranradhar ging voraus. Unten angekommen, ernteten sie überraschte Blicke des Gesindes. Istrid ging auf, dass die Knechte und Mägde ihren Herrn nicht allzu oft zu sehen bekamen. »Wir reiten aus«, sagte sie.

»Ja, Herrin. Aber ... So, Herrin?«

Istrid sah an Golo herunter. Der Einwand der Magd war berechtigt. Golo trug eine einfache dunkle Hose und ein ebensolches Wams, er hatte zerzauste, ungekämmte Haare und einen nachwachsenden Bart. Sie zuckte mit den Schultern. »Bringt eurem Herrn Mantel, Schwert und einen Waffenrock. Und setzt ihm eine Mütze auf.« Es wäre noch immer kein standesgemäßer Auftritt, aber es würde reichen. An der Hand zog sie Golo nach draußen. Die Knechte hatten den Hengst inzwischen fertiggestriegelt und führten ihn gerade zurück in den Stall. »Satteln«, ordnete Istrid an. Der alten Waffenmeisterin gab sie Anweisung, ein Dutzend ihrer Leute zusammenzurufen und sich ihnen anzuschließen. Während sie warteten, kamen zwei Kammerknechte und richteten Golo halbwegs her. Sie führte ihn zu seinem Pferd und ließ ihn aufsitzen, dann stieg sie selbst in den Sattel. »Und los«, sagte sie.

Salhall erwachte zusammen mit dem Tag. Ruhiger und später als sonst, weil Krontag war und weder die Kolonnen der Kornwagen noch brüllende Händler die Nacht verkürzten. Erst gegen Mittag durften die Märkte öffnen, und lautstarkes Feilbieten von Waren war den ganzen Tag verboten. Die schwarz berockten

Vandraar ihrer Leibgarde schirmten sie und Golo von den Straßen ab, aber trotzdem genoss Istrid jede Gasse, jeden Anblick eines Handwerkers oder Wasserträgers. Über ihrem Trupp wetterleuchtete es.

»Und«, fragte sie Golo nach einer Weile, der an ihrer Seite ritt. »Wie geht es dir?«

»Nicht so gut, Prinzessin.«

Istrids Blick verdunkelte sich, sie hatte sich eine andere Antwort erhofft.

»Es tut mir leid, dich zu enttäuschen«, sprach Golo langsam weiter. »Aber du verstehst nicht. Ein guter Tag ... das bedeutet nicht, dass ich heil bin. Ich bin nicht heil, Prinzessin. Und wenn es mir besser geht und ich auch keine Fieberphase habe, ist das einzige Gefühl, das ich fühle, Angst, dass es mir wieder schlechter gehen könnte. Und Schuld. Weil ich allen eine Belastung bin. Doch, Prinzessin, ich weiß es.«

Istrid nickte; wieder wusste sie nicht, was sie sagen sollte.

»Aber er war eine gute Idee von dir, der Ausritt, meine ich.«

»Ja?« Sie war sich da nicht mehr sicher.

»Ja. Er hilft. Und Falke. Auch um ihn kümmere ich mich zu wenig.«

»Er ist ein prachtvolles Tier.«

»Das ist er.« Gedankenverloren strich Golo seinem Pferd durch die Mähne. »Prinzessin?«, fragte er schließlich.

»Ja?«

»Sollte ich ... sollte ich einmal nicht genug Gründe finden, und das Fenster ... Sollte es einmal dazu kommen, würdest du dich dann vielleicht um Falke kümmern wollen? Ich könnte mir niemand Besseren vorstellen.«

Für einen Moment war Istrid zu perplex, um zu antworten. Wieder kämpfte sie mit keimender Wut, wieder schob sie sie beiseite. Aber sie würde Golo gegenüber nicht klein beigeben. Er mochte nicht heil sein, wie er sagte, aber sie würde ihm deswegen nicht alles durchgehen lassen. Und möglicherweise bot Falke eine Möglichkeit, ihn dorthin zu bewegen, wo sie ihn haben wollte.

»Golo«, sagte sie mit einem betont warmen Lächeln, »der Moment, in dem du aus dem Fenster springst, ist der Moment, in dem ich Falke abholen und schlachten lasse.«

Erschrocken zuckte Golo zurück und sah sie an. Nun war er sprachlos.

»Das ist kein Scherz«, setzte Istrid nach. »Legst du Hand an dich, ist Falke Wurst, das schwöre ich dir bei Allmutter und -vater.«

»Prinzessin …«

Istrid fuhr ihm über den Mund. »Du meintest, du hättest nicht genug Gründe zum Weiterleben. Jetzt hast du einen mehr.« Sie wusste nicht, ob es klug war, Golo derart unter Druck zu setzen, aber über das Pferd schien man ihn tatsächlich erreichen zu können, und vielleicht würde die Sorge darum seine Lebensgeister anregen. Sie hoffte es zumindest. Helgid hätte wahrscheinlich anders entschieden.

»Ich … werde dich beim Wort nehmen, Prinzessin«, erwiderte Golo schließlich. Er klang halb eingeschüchtert, aber auch halb bestärkt. Istrid nahm das als kein ganz schlechtes Zeichen und nickte nur.

Eine Zeit lang ritten sie schweigend nebeneinander her. Schließlich deutete Golo mit dem Finger in die Wolken, hinter denen Blitze zuckten. »Das ist nicht gut.«

»Das stimmt, es ist merkwürdig. Schon seit Tagen geht es so.«

»Nein, nicht merkwürdig. Nicht gut. Das Wetter ist nicht richtig, das ist es. Und die Luft ist … fremd.«

»Fremd? Was meinst du?«

»Spürst du das nicht, Prinzessin? Auf der Haut?«

Verblüfft sah Istrid Golo an. »Nein. Ich spüre nichts. Was ist denn mit der Luft?«

»Sie ist … schwer. Drückend. Voller Zorn.«

»Zorn? Die Luft ist voller Zorn?«

»Es klingt kindisch, ich weiß. Aber es stimmt. Unheimliche Dinge geschehen. Blitze aus heiterem Himmel, und im Oberen Chimmgau wurde ein Kornvogt von einem Schwan erschlagen, der tot vom Himmel fiel. Schon ewig hat es nicht mehr geregnet. Das arme Korn.«

Ja, im ganzen Reich fehlte es an Regen. Istrid musste Golo in dieser Hinsicht recht geben, aber dass er Zorn in der Luft spürte, war lächerlich, selbst wenn sie keine bessere Erklärung für das seltsame Wetter hatte.

»Swenja, meine Stiefmutter, pflegt immer zu sagen, dass wir Salen so stolz auf unsere Böden sind und darüber das Wetter vergessen.«

»Sie ist eine Chimre, natürlich sagt sie das«, erwiderte Istrid. »Und sie hat ja recht. Schlechtes Wetter bedeutet eine schlechtere Lese. Aber das Reich kennt keine Missernten. Und das wegen seiner Böden.« Sie deutete nach vorne. »Und weil die Götter auf uns blicken.«

Unter allen Prachtbauten Salhalls war der Alltempel von Mutter und Vater der einzige, der komplett aus Holz bestand. Kein Nagel, keine eiserne Zange hielt ihn zusammen, nur hölzerne Zapfen und Dübel. Und anders als die meisten hatten ihn nicht Baumeister aus Hardal errichtet, sondern Salenhände, zu einer Zeit, da das Reich noch nicht einmal Gaue kannte und die Ewige Einigung gerade erst begonnen hatte. Er stand am Hang eines der neun Hügel Salhalls, eine breite, steile Treppe führte zu ihm empor. Mit seinen knapp vierzig Schritt Höhe ging der Stabbau zwischen den Sippentürmen der Edlen unter, aber von allen Tempeln der Reichshauptstadt war er trotzdem der bedeutendste. Er war der erste und so alt, dass er nicht einmal eine Glocke besaß. Mit seinem geteerten Holz und dem steilen, neunstufigen Dach ähnelte er einer Tanne, was kein Zufall war: Die Salen waren aus den Wäldern gekommen, und die Götter waren es auch. Und als sie hinaus in die Welt traten, hatten die einen den anderen eine Erinnerung an ihre Herkunft gebaut.

Der dämmrige Vorplatz der Treppe lag weitgehend verlassen da. Jeden Krontag gab es mehrere Weihen im Alltempel, und sie waren auch für die erste früh dran. Istrid kam es gelegen, so konnten sie beinahe unbemerkt von den wenigen bereits anwesenden Gläubigen die Stufen hoch, in den Tempel hinein und auf die Kaiserempore gelangen.

Wie alles im Innern war auch sie geradezu verschwenderisch mit Schnitzereien verziert: Jeder der neunzig Masten, auf denen die gesamte Konstruktion ruhte, zeigte Szenen aus Götter- und Heldensagas, auf jedem Sparren, jedem Balken, selbst jeder Diele schnörkelten sich ineinander verflochtene Blätter, Menschen, Tiere und Götter. Istrid sog den harzigen, teerigen Geruch ein, der warm von all dem Holz um sie herum ausging. Es war dämmrig und heimelig.

Der Schmuck des Tempels war deutlich jünger als er selbst, er ließ die Götteridole umso archaischer wirken. Zwei baumgroße Pfähle, grob behauen, stellten Allmutter Ard und Allvater Urd da, zwei kleinere Sohn Bardr und Tochter Essa. Die Götter waren kaum mehr als Augen, Nasen und offene Münder, dunkel und primitiv und deshalb umso geheimnisvoller, ins Holz geschlagen von Händen, die noch nichts von der Kunstfertigkeit späterer Jahrhunderte wussten. Nur die angedeuteten Haare schieden die Geschlechter voneinander, die einen besaßen einen klumpigen Haarknoten auf dem Kopf, die anderen struppige Bärte am Kinn.

Königin Drifas hatte die Standbilder nach der Gründung Salhalls an ihren neuen Sitz bringen lassen, der damals nicht mehr gewesen war als ein paar Langhäuser im Uferschlamm des Sälir. Eintausendzweihundert Jahre war das nun her, und die Zeiten mussten so dunkel gewesen sein wie die Idole selbst. Damals hatte man ihnen noch Opfer dargebracht: Pferde, Kühe und Ziegenböcke. Menschen, wenn alles andere nicht reichen wollte, hingehängt an die Eschen, die Götterbäume. Ganz sicher hatte Blut auch die vier Idole vor Istrid benetzt, die sie aus den Löchern ihrer Augen zurück anstarrten. Hart und drohend war die Heilige Familie an der Seite ihres Volks in eine Welt voller Feinde und Gefahren gekommen, Fürsprecher und Beistand im ewigen Kampf um einen Platz in der Geschichte. Das Reich aber wuchs und gedieh, und so wurden die Götter lichter und wollten keine Leben mehr, bis sie schließlich ganz ohne Gegengaben schenkten. Inzwischen lachten sie sogar auf manchen Abbildungen. Wie immer, wenn Istrid die ungeschlachten Götter vor ihr im Halbdämmer betrachtete, spürte sie beinahe körperlich, wie lang der Weg aus der dunklen Vorzeit in die Helligkeit gewesen war. Würde der Weg vor ihnen wieder zurückführen in die Düsternis?

Der Alltempel füllte sich. Gemeine erschienen und Edle, kleine wie große und aus allen Ständen. Istrid sah Mersa, die Stiftpröpstin von Fünffurt. Der Krieg gegen die aufständischen Westframen hatte ihr Gesicht entstellt, ein Auge und ein Ohr fehlten. Als Traditionalistin hatte sie die Heerfolge noch am ersten Tag erklärt. Andere, die sich zur Weihe blicken ließen, hatten es weniger eilig gehabt und sich erst angeschlossen, als es ihnen opportun erschien. Calder etwa. Istrid beobachtete den Gaugrafen von Valand, wie er an der Spitze seines Gefolges den Tempel betrat. Der Endvierziger trug den Wappenmantel seines Gaus mit dem schwarzen Schwan auf hellblauem Grund. Das Amt des Reichsflottenmeisters war ein hoher Preis für seine Heerfolge gewesen, aber Calders Erklärung war es wert gewesen. Nachdem er gekommen war, waren viele seinem Beispiel gefolgt. Der Gaugraf suchte sich einen Platz und setzte sich. Als ihn jemand aus seinem Gefolge darauf aufmerksam machte, dass die Kaiserempore besetzt war, stand er noch einmal auf, drehte sich um und neigte grüßend den Kopf. Der Blick, den er Istrid schenkte, war begleitet von einem Lächeln. Es wirkte echt, aber Calder hatte auch allen Grund dazu.

Kurz vor dem Beginn kam auch Ranke, auch er in Krontagskleidern wie alle anderen. Sein dunkelblonder Zopf, dagomanisch geflochten, fiel über den grünen Samt des Eichhörnchenumhangs. In der Hand hielt er Wegfinder. Wahrscheinlich, ging es Istrid durch den Kopf, wählte er die frühe Weihe, weil er danach weiterzog zu seinem Waisenheim: Anders als sie mied der Wappenkönig Ausritte in die Stadt, wo es nur ging. Um sich einen zu sparen, würde er Tempelgang und Heimbesuch miteinander verknüpfen. Ranke besaß keinen Sinn für das Wunder, das Salhall war. Istrid erschien seine Abneigung gegen Salhall wie ein Beleg der Unüberbrückbarkeit ihrer Differenzen.

Anders als Calder blickte Ranke von sich aus nach oben, sah sie und grüßte und musterte dann Golo. Sein Blick wanderte zurück zu ihr, auf seinem Gesicht erschien ein anerkennender Ausdruck. Sie grüßte knapp zurück.

Kurz nachdem auch er sich gesetzt hatte, erklangen Kuhhörner. Mit langgezogenen Stößen kündigten sie den Beginn der Weihe an. Fellbespannte Trommeln gesellten sich stampfend dazu, dann Flöten und Zimbeln, schließlich kehlige *Hay-Rufe* des Chors. Zusammen mit dem Rest der Gemeinde stand Istrid auf. Die gleichermaßen schwerfällige wie treibende Musik ließ ihre Gedanken abdriften. Sie sah Helmichis und Ariste, die beiden Heiligen Eltern, vor den Idolen erscheinen, schwarze Heilsrunen auf der Stirn und in den Händen frische Lebensruten aus dem Holz Tjarlafnirms, doch ihrer Ansprache hörte sie kaum zu. Es war alles zu viel. Als sie sich wieder setzen konnte, lehnte sie sich ermattet auf der Holzbank zurück. Alle und alles zog und zerrte an ihr. Der Krieg, ihr Vater, die Edlen. Haro. Golo. Das Wetter. Dann der nackte junge Mann, der letzte Nacht in ihrem Schlafzimmer erschienen war. Kromgerst würde ihr noch heute Bericht erstatten, ob er wirklich der war, der er vorgab zu sein. Sie ahnte, dass er es wäre. Es ergab auf verquere Weise Sinn, weil es so abwegig erschien wie alles andere auch, das passierte. Was hatte Golo übers Wetter gesagt? Es sei nicht richtig. Wenn sie ehrlich zu sich selbst war, brachte es das auf den Punkt. Nichts wirkte richtig.

Zu wenig Kraft für zu viel Sorge.

Dann schalt sie sich selbst: So wollte sie gar nicht erst anfangen zu denken. Golo mochte so denken, aber nicht sie. Nicht sie. Sie straffte die Schultern. Es gab so viel Richtiges in ihrem Leben. Vor allem gab es Helgid.

Verstohlen warf sie Golo einen Blick zu. Der Markgraf saß neben ihr auf der Bank, aber zu ihrer Überraschung aufrecht und mit einem neuen Glanz in den Augen. Aufmerksam verfolgte er, wie Helmichis und Ariste durch die Reihen schritten und mit den Lebensruten sanfte Schläge verteilten. Die Weihe, stellte Istrid überrascht fest, schien ihm tatsächlich zu helfen.

Auch Istrid konzentrierte sich nun auf den Ritus, aber es half nichts; sie war mit dem Herzen nicht dabei. Gedankenverloren kam ihr das *Hverr Vragman Fyr* über die Lippen, das »Eure Kraft gebt mir«, das jede der Fürbitten abschloss und murmelnd heraufklang. Den Schlusssegen bekam sie gar nicht mit. Sie schreckte erst wieder aus ihrem Grübeln auf, als Golo sich neben ihr erhob. Unter ihr drang bereits alles nach draußen.

Am Fuße der Treppe warteten Calder und Ranke. Istrid machte gute Miene zum bösen Spiel und erwiderte die Grüße der beiden freundlich.

»Prinzessin, auf ein Wort?«, fragte Ranke. »Es geht um Vigane.«

Müde nickte Istrid. Sie nahm nicht an, dass die Gaugräfin der Dagomark ihre Heerfolge erklärt hatte.

»Sie lässt ausrichten«, sagte dann auch Ranke, »dass sie ihre Heerfolge längst erklärt hätte. Aber Helme aus Nordheim stünden auf ihren Böden und Haro würde Land beanspruchen, das ihr gehöre. Sie müsse sich erst darum kümmern.«

»Helme aus Nordheim?«, fragte Calder erstaunt.

Wieder nickte Istrid. »Haro hat einen von Viganes Edlen erschlagen, der Urfehde gebrochen hatte, und beansprucht nun dessen Lehen für sich.«

»Eine unangenehme Situation. Und gefährlich.« Calder hatte die Implikationen sofort verstanden.

»In der Tat«, erwiderte Istrid. »Wappenkönig, Viganes Antwort ist eine Ausflucht.«

»Ich weiß. Sie ist nicht akzeptabel, und genau das habe ich ihr auch ausrichten lassen.«

»Du bist Dagomane, du hast dich immer gut mit ihr verstanden. Dein Wort sollte besonderes Gewicht bei ihr haben.«

»Sie ist nicht einmal selbst in der Stadt. Und ich fürchte, in dieser Angelegenheit kann meine Herkunft sie kaum …«

Er wurde von lautem Geschrei unterbrochen. Es war draußen vor dem Tempeltor entstanden und pflanzte sich nun nach innen fort. Unruhe entstand unter den Weihegängern, die bis eben noch ruhig und geordnet zum Ausgang geströmt waren. Wie aus dem Nichts erschienen Pranradhar und eine Handvoll weiterer Vandraar, um Istrid und Ranke abzuschirmen. Ohne Rücksicht traten und stießen sie eine Lücke zwischen sich und die Menge.

»Was ist passiert?«, rief Calder, der von seinen Gefolgsleuten nach hinten abgedrängt wurde. Seine Frage ging im Lärm unter.

Istrid stemmte sich gegen ihre Leibwächter und befahl ihnen, sie durch den Strom der Leiber zu führen. Sie musste nach draußen und erfahren, was den Aufruhr verursacht hatte.

Vor dem Tempel drängten sich die Leute, aufgebracht und verunsichert. Um den Nachströmenden Platz zu machen, waren sie auch auf die Treppe ausgewichen, aber in der Mitte war eine Gasse geblieben. Sie gab den Blick frei auf den Hügel und die

Tempeltreppe hinab. Als Istrid die verrenkte, leblose Gestalt sah, die am Fuß lag, schloss sie kurz die Augen. Von hier oben war der Tote klein wie eine Puppe. Er trug vollkommen weiße Kleider. »Ist das …?«, begann sie ihre Frage an Ranke, der neben ihr aufgetaucht war. Schon vor seiner Antwort klumpte sich in ihrem Magen die Gewissheit zusammen, dass das kein Unfall gewesen war.

Ranke nickte. Sein Blick war düster. »Asgar Ardalf. Der Gesandte des Herzogtums.«

»Sie haben den Gesandten umgebracht«, flüsterte sie entsetzt.

Neben ihr schrie eine Frau laut nach Rache für den Chimmgau. »Mörder! Mörder!«-Rufe peitschten plötzlich durch die Menge.

»Schnell«, rief Istrid Pranradhar zu. »Sorgt für Ruhe. Treibt sie auseinander und setzt fest, wer sich wehrt.«

Augenblicklich gingen ihr Leibwächter und die anderen Vandraar dazu über, Schläge mit ihren Schilden auszuteilen. Von den fünfzig Soldaten der Heilsgarde, die Istrid durch die Stadt begleitet hatten, waren nur ein Dutzend mit ihr in den Tempel gegangen, aber ihr geballtes Vorgehen und der Ruf, den die schwarzen Waffenröcke besaßen, zeitigten sofortigen Erfolg. Die Weihegänger flohen zu beiden Seiten des Tors die Tempelmauern entlang oder rannten die Stufen hinab, die lautesten Unruhestifter wurden niedergehauen und verschwanden unter nietenbeschlagenen Bronzeschilden. Als die Lage einigermaßen unter Kontrolle war, eilte Istrid nach unten. Auch dort liefen Tempelbesucher umher und mischten sich mit herbeigelaufenen Neugierigen. Es waren bereits mehrere Dutzende, und sie wurden schnell mehr. Ihr Lärmen drang wütend herauf, dazwischen immer wieder Sprechchöre, die »Mörder! Mörder!« riefen. Die Vandraar, die am Fuß der Treppe geblieben waren, hatten sich um den toten Gesandten herum aufgebaut und schirmten ihn ab. Ihre gezogenen Schwerter hielten die Menge auf Abstand.

Über ihnen zuckten Blitze durch einen dunklen, wolkenschweren

Himmel. Vor Istrid öffnete sich der Ring ihrer Leibwache, und mit ihren Begleitern schlüpfte sie hindurch. Vor dem Toten ging sie in die Hocke.

Der Sturz die lange Treppe hinunter hatte ihm das Genick gebrochen und sein Gesicht übel zugerichtet. Es war voller Abschürfungen und Platzwunden. Blut klebte in den nussbraunen Haaren. Asgar Ardalf gehörte zu den wenigen Edlen des Herzogtums, die die Heilige Familie verehrten; wohl auch deshalb war er als Gesandter nach Salhall geschickt worden. Istrid hatte nicht gewusst, dass er die Weihe besucht hatte. Wie alle Herolde galten auch die Gesandten eines Landes als unantastbar; Hand an sie zu legen, war Frevel. Und nun hatte man Asgar ermordet, noch dazu auf einer Tempeltreppe. Istrid war die Schwere des Verbrechens klar, und doch … Ihr anfänglicher Schrecken war gleichgültiger Kühle gewichen. Es war riskant, wenn nicht dumm von ihm gewesen, sich in der jetzigen Situation unters Volk zu mischen. Die Morde im Chimmgau und das Massaker im Tannhausner Tor waren in aller Munde. Sie konnte kein Mitleid mit ihm empfinden.

»Götter!«, stieß Ranke hervor, der zwischen den Vandraar durchkam und fassungslos stehen blieb. »Was haben wir getan?«

Rankes Frage gab den Ausschlag. »Wir?« Istrid hob den Kopf. »Wir haben gar nichts getan. Das Blut Asgars klebt nicht an unseren Händen, sondern an denen der Chimren – so wie das Blut des Chimmgaus.«

»Asgar ist ein Gesandter. Er steht unter dem Schutz der Götter.«

»Dann haben die Götter ihm ihren Schutz offensichtlich entzogen.« Sie stand auf.

»Prinzessin!«, entfuhr es Ranke. »Das kannst du nicht …«

»Genug!« Hart sah sie ihn an. »Vergiss dich nicht, Wappenkönig. Was geschehen ist, wäre besser nicht geschehen, das wissen wir alle. Aber wir können es nicht mehr ändern. Und Asgar würde noch leben, wenn sich die Chimren im Chimmgau nicht wie Bestien aufführten.« Sie wandte sich an die Vandraar. »Schafft ihn weg. Er soll hergerichtet werden, damit wir ihn seinem Gefolge übergeben können.«

»Und was soll ich ihnen sagen?«, wollte Ranke wissen. Kalt starrte er sie an. »Dass er die Treppe hinuntergefallen ist?«

»Was immer du für angemessen hältst, Wappenkönig. Calder, du bewachst mit deinen Leuten den Alltempel und verhinderst, dass die Leute wieder zusammenlaufen, wenn wir weg sind. Die Stadtwache kann nicht mehr lange brauchen.«

Calder, der gerade eben erst die Treppe heruntergekommen war, legte missmutig die Stirn in Falten. »Prinzessin, ich …«

»Calder!« Istrid ballte ihre Fäuste. »Das war keine Bitte.«

Überrascht von der Heftigkeit ihrer Reaktion machte Valands Gaugraf einen Schritt zurück. Beschwichtigend hob er die Hände. »Ich gehorche, Prinzessin. Verzeih meinen Einwand.«

»Das ist doch … Irrsinn. Alles ist Irrsinn.«

Scharf die Luft einziehend, wandte sich Istrid zu Golo um, der die Worte gesprochen hatte. Wie sie zuvor hockte er bei der Leiche des Gesandten. Er hatte die Finger in Asgars Blut getunkt und besah sie sich nun. »Wo sind wir hingekommen?«, fragte er leise und an niemanden gerichtet.

Abermals ging nun auch Istrid in die Knie und schob sich in sein Blickfeld. »Golo«, sagte sie mit einer Beherrschung, von der sie selbst nicht wusste, woher sie sie nahm. »Du hast recht: Es ist Irrsinn. Und weißt du, wer helfen kann, ihn zu beenden? Du. Ja, du. Brich endlich auf in deine Mark und steh unseren Heeren bei, die deine Heimat befreien. Tu es, und tu es noch heute. Halt dein Wolfsrudel aus, wenn du es nicht bekämpfen kannst, aber kämpf gegen den Feind.« Sie packte ihn an den Schultern. »Götter, tu es!«

Langsam und mit einer Grimasse, als habe er Halsschmerzen, schluckte Golo. Dann nickte er. »So, wie die Heiligen Eltern es gepredigt haben.«

Istrid hatte keine Ahnung, wovon Golo sprach, von der Predigt der beiden hatte sie nichts mitbekommen. Sie nickte trotzdem. »Ja, genau so. Tu das für mich, ich bitte dich.«

Wieder erschien das leise Glänzen in seinen Augen, das sie bereits während der Weihe in ihnen gesehen hatte. »Ich tue es, Prinzessin.«

Am liebsten wäre Istrid in Tränen ausgebrochen, aber sie hielt an sich. Sie hoffte nur, dass der junge Markgraf dieses Mal seinen Worten auch Taten folgen lassen würde. »Gut, Golo, ich danke dir.« Sie stand auf und zog ihn in die Höhe.

Hinter dem Ring der schwarzen Waffenröcke der Vandraar lärmte die Menge.

Mutter, Vater, Sohn und Tochter, rief Istrid stumm. Eure Kraft gebt mir!

23

Bjorn

Die ersten Schwingen Panzerreiter waren bereits am anderen Ternufer. Vor der Bootsbrücke über den breiten, blauen Fluss stauten
sich die nächsten und warteten, dass sie an die Reihe kämen. Luren-
schall flog durch die Luft, Banner flatterten. Bjorn hüpfte das Herz.
Und neben ihm: sie. Unter dem Flügelhelm des Oberbefehlshabers
wallte dunkelrot ihr Haar hervor. Smaragdaugen beobachteten den
Abmarsch der Achten Schar. Sie winkte einen der Meldereiter
heran, die abseits bereitstanden. »Sag dem Fünften Flug, dass er
die Position halten soll, seine Leute drängeln.«

Während der Meldereiter davonstob, um die Anordnung zu
überbringen, suchte Bjorn die Feldzeichen des Fünften Flugs. Als er
sie gefunden hatte, wusste er, was sie meinte; in dem orchestrierten
Aufrücken, Warten, Nachrücken schoben sich die Vordersten des
Flugs zu sehr in die Gasse aus Pferdeleibern hinein, durch die die
Reiter von hinten nach vorn zur Brücke ritten. Noch war keine
Unordnung entstanden, aber die Flugführer hätten bereits ein-
schreiten sollen. Dass sie ihnen nun zuvorkam, würde Baldir, dem
Befehlshaber der Schar, ein paar scharfe Worte einbringen. Sie
hatte ein Auge für Kleinigkeiten, und die Achte war ihre alte Ein-
heit. Von ihr erwartete sie nichts weniger als Perfektion.

»Drüben am Dahm warten bereits die Sechste Schar«, sagte sie,
»die Dreizehnte, Vierzehnte, Achtzehnte und die Neunzehnte.
Dazu zwei neu aufgestellte: die Dreiundzwanzigste und Vierund-

zwanzigste. Die Unden sind nicht die herzlichsten Gastgeber. Unsere Leute sind froh, dass es gegen den Feind geht.«

Bjorn nickte. Auf dem Weg vom Feldlager zur Bootsbrücke hatte sie ihn kurz über die Lage aufgeklärt. Er hatte richtig vermutet: Anwar war das Ziel. Aber dass Undgard an ihrer Seite stand und dort bereits einundzwanzigtausend Helme der Schlacht harrten, hatte er nicht erwartet. »Und der Beistand der Unden ist wirklich sicher?«, fragte er deswegen noch einmal. Das Klostervolk war nie eine feste Größe in den Kriegen des Herzogtums gewesen. In den Nehebet hatten sie zwar dreißig Jahre lang denselben Feind gehabt, aber daraus hatte sich nie ein Bündnis schmieden lassen. Zu unterschiedlich waren ihre Motive gewesen. Dem Herzogtum war es um Land gegangen, der Godenei um Religion. Fanatiker aber waren schlechte Waffenbrüder.

»Sie sind eifrig bemüht, guten Eindruck zu machen«, antwortete sie, ohne das Übersetzen der Achten aus den Augen zu lassen. »Unseren Angriff unterstützen sie mit achttausend Helmen. Der Erste Gode hat sogar eingewilligt, sie unter meinen Oberbefehl zu stellen. Es geht nicht in die Nechbet, das macht sie tatsächlich empfänglich für kluges Einreden und Verstand. Das und die Aussicht auf alles Land bis an den Leurs. Fruchtbare Auen, viel Wasser. Die Unden mussten nicht lange überlegen.«

»Alles Land? Auch Malmgard?«

Ein feines Lächeln erschien auf ihrem Gesicht. Bjorn wusste, dass er ins Schwarze getroffen hatte. »Auch Malmgard.« Sie wandte den Blick von den Reiterkolonnen und sah ihn an. »Du weißt es also.«

Er zuckte mit den Achseln, seinen Stolz überspielend. »Es war nicht sehr schwer. Erst die Krone, dann Lyndeman und das Juwel der Luft, Skel zu den Nehebet ... Malmgard war der zwingende nächste Schritt. Du willst das Juwel des Metalls.«

»Das will ich. Und ich werde es bekommen. Die Unden können

Malmgard haben. Aber erst nachdem unsere Truppen die Stadt plündern konnten, das ist die Abmachung.«

Malmgard. Bjorn nickte abermals. Die Stadt war zwar nicht die Hauptstadt des anwarischen Königreiches, aber ein spirituelles Zentrum der Elementaren Gemeinschaft. Das Juwel des Metalls, die wichtigste Reliquie der Anwaren, befand sich dort in der Halle des Glanzes, des größten Metall-Tempels der Welt. Sie würde es mit der Krone vereinigen, und dann … würde es weitergehen. Immer weiter. Von Sieg zu Sieg.

»Skel ist zurück?«

»Das ist er. Er war erfolgreich: Wir haben das Juwel des Wassers.«

»Und Snorri?« Er kannte die Antwort bereits.

»Snorri nicht.«

Natürlich. Bjorn hatte den Hofsiegelbewahrer nicht ausstehen können. Snorri Sagard war ein selbstgerechter Höfling gewesen, versiert im Ränkespiel, aber ohne Verdienste mit dem Schwert. Es war nicht schade um ihn. Bjorn nahm allerdings an, dass die Nehebet ihm einen langsamen Tod bereitet hatten, sie waren darin unübertroffene Meister. Unter ihren Händen zu sterben, wünschte er niemanden, außer Lyndeman vielleicht. Aber es war unausweichlich gewesen, dass Snorri ein Ende fand, von Anfang an. Und das Einzige, was zählte, war, dass sie das Juwel des Wassers hatten. Der Beginn eines Lächelns kitzelte seine Mundwinkel.

Auch das entging ihr nicht. »Was?«, fragte sie.

»Wenn Skel gescheitert wäre, wäre alles vorbei gewesen.«

Dieses Mal war sie es, die nickte. »Alles oder nichts. Wie immer, Bjorn. Da kommt er übrigens.« Mit dem Arm deutete sie an ihm vorbei.

Bjorn wandte sich um. Die schmächtige Gestalt seines jüngeren Bruders kam den Hügel herauf geritten, auf dem sie das Übersetzen beobachteten. Wie immer saß er mit hängenden Schultern im Sattel, sein Körper scheinbar kraftlos in sich zusammengesunken. Bjorn hatte ihn jetzt Monate nicht mehr gesehen, aber wie immer mischte sich unter die Wiedersehensfreude anderes, ambivalenteres. Skel war ein Kind gewesen, damals, als er … Und doch …

Es waren alte Gedanken, die Bjorn durch den Kopf gingen, und er kannte jeden von ihnen besser als denjenigen, dem sie galten. Aber Minas Frage hallte in ihm nach, und mit größerer Zerrissenheit als sonst sah er Skel entgegen. Beinahe war er sogar froh, dass hinter seinem Bruder Lyndeman Windsinger den Hügel hochkam und er sich so auf seine Verachtung für den Hüterseher konzentrieren konnte. Eingehüllt in das sturmgraue Gewand, das er immer trug, ritt er aufreizend langsam, die Nase hoch im Wind.

»Das Juwel ist noch nicht Teil der Krone?«, fragte Bjorn.

»Nein.« Sie schüttelte den Kopf. »Das erledigen wir jetzt. Wir brauchen es für die Anwarer.«

Skel war heran, krumm und schief. Helle Stirnfransen fielen ihm bis in die Brauen, Bartstoppel zogen sich über seine Wangen. Vor ihr beugte er den Kopf, dann schenkte er Bjorn einen unaufgeregten Blick, als käme er gerade von einem kurzen Botenritt und nicht vom anderen Ende der Welt. »Bruder«, sagte er, »du bist zurück.«

Bjorn musste schlucken. »Du auch.«

»Ja. Es war sehr schön.«

Bjorn nickte, unsicher, ob Skels Worte ernst gemeint waren oder nicht. Er würde nie aus seinem Bruder schlau werden. Um die Hüften trug Skel den Gürtel eines Shufs, Bjorn hatte das blaue Tuch schon von Weitem gesehen und erkannt. Nun fiel ihm auch auf, dass sein Bruder eine Nehebet-Kette um das Handgelenk gewickelt hatte. Die Lapislazuli deuteten auf einen Brunnenwächter oder ähnlichen Würdenträger hin. Ab und an sammelte Skel Trophäen, wenn er die Begegnung mit den Getöteten für denkwürdig hielt, aber Bjorn würde ihn nicht fragen. Er hatte gelernt, dass es besser so war.

Lyndeman kam, grüßte erst sie und wandte sich dann Bjorn zu. »Sieh an, sieh an«, rief er, »Bjorn, der Schlächter von Klevs! Die Traumfelder sind voll von deinen Taten, Erster Reiter. Täglich lerne ich Neues von dir. Du überraschst mich. Ich hätte von dir mehr … Besonnenheit erwartet.«

Am liebsten hätte ihn Bjorn vom Pferd gerissen und zu Klump geschlagen. Was wusste Lyndeman schon von Klevs? Aber er bezwang den Drang und blickte den Hüterseher lediglich finster an. »Erwarte, was du willst, aber die Wahrheit findet sich nicht in deinen Algen.«

»Jeder Traum ist wahrer als das Leben. Aber es kostet Mut, das zu erkennen.« Lyndeman lächelte spöttisch.

»Unsere Aufgabe liegt dort unten am Tern«, sagte sie, bevor Bjorn antworten konnte, in einem Ton, dem nicht anzumerken war, dass sie den Schlagabtausch überhaupt wahrgenommen hatte. Mit einem Schnalzen setzte sie Deildsmar, ihren Schimmel, in Bewegung. Ohne den Hüterseher noch eines Blickes zu würdigen, tat Bjorn es ihr nach.

Keine Viertelmeile flussabwärts der Bootsbrücke stiegen sie ab. Ihre Leibwache bildete einen Halbkreis um sie herum, der zum Tern hin offen war. Wider Willen war Bjorn angespannt. Bis heute hatte er weder wirklich verstanden, was passiert war, als Lyndeman das Juwel der Luft mit der Krone vereinigte, noch wie so etwas möglich sein sollte. Und nun würde er zum zweiten Mal Zeuge dieses seltsamen Akts werden.

»Hüterseher«, sagte sie und holte unter ihrem Umhang jenes purpurne Beutelchen hervor, in dem sie die Krone aufbewahrte. »Hier.«

Lyndeman nahm den Beutel entgegen, jeder Spott, alle Arroganz war aus seinem Gesicht verschwunden und hatte ehrfürchtiger

Ergriffenheit Platz gemacht. »Ich danke dir, Oberbefehlshaberin.«
Er zog die Kordel auf und griff hinein.

Die Krone der Elemente, dachte Bjorn kopfschüttelnd. Er wusste, dass dieser Reif die Krone war, dass er es sein musste, aber er stand dieser Tatsache beinahe schmerzhaft hilflos gegenüber. Was, angesichts einer solchen Macht, bliebe ihm auch anderes übrig?

In Lyndemans Händen erschien der Reif. Er hatte dieselbe unmögliche Farbe wie damals, glänzend und matt zugleich und einfach nicht festzumachen. Bjorn hatte versucht, sich an sie zu erinnern, aber er hatte es nicht geschafft, wie er sich jetzt eingestehen musste. Die Wirklichkeit war viel überwältigender. Durchsichtig schimmerte das Juwel der Luft auf dem Reif.

»Skel.« Mit einer Kopfbewegung wies sie Bjorns Bruder an.

Der trat an Lyndeman heran, der mit der Rechten den Reif losließ und sie ausstreckte. Skel allerdings griff sich nicht in die Taschen, sondern steckte sich die Finger in den Mund und legte dem Hüterseher ein kleines, rundes Objekt in die Handfläche. Es glich dem Juwel der Luft wie ein Ebenbild, nur irisierte es bläulich statt weiß. Beinahe hätte Bjorn laut gelacht, als er den entgeisterten Ausdruck in Lyndemans Gesicht sah. Erstarrt sah er Skel noch nach, als der bereits wieder auf dem Rückweg an ihre Seite war.

Auch das war Skel, musste Bjorn zugeben. Mit klammheimlicher Freude beobachtete er Lyndeman, wie der noch immer um seine Fassung kämpfend im Gras stand.

»Hüterseher.« Es war schließlich ihre Stimme, die Lyndeman zurückbrachte. Er schüttelte seine Erstarrung ab und ging zum Ternufer hinunter, einer sandigen Böschung, auf der ein paar Schilfhalme wuchsen. Er watete bis zu den Knien in den Fluss und tauchte dann die Faust mit der Krone und dem Juwel ins Wasser. »Möge vereint sein, was getrennt«, hörte Bjorn ihn rufen, »möge fließen, was herrscht. Mögen Strom und Wellen dienen der einen, die gebietet in Herrlichkeit.«

Obwohl Bjorn dieses Mal gewusst hatte, was passieren würde, reichte dieses Wissen nicht, um ihn für den Moment zu wappnen. Er traf ihn wie ein Schlag in die Magengrube. Wie schon bei der Vereinigung des Juwels der Luft mit der Krone wurde die Welt in Fehlfarben getaucht, metallisch glänzend, und ins Unwirkliche verdreht. Wieder erklang das Singen zerspringenden Glases. Doch statt zu enden, hielt der Moment an. Das falsche Leuchten blieb in der Welt, flackernd, strahlend, und der Ton stand und dehnte sich aus. Bjorn war es, als glitte Eis seinen Rücken hinab, fast schmerzhaft riss es Gänsehaut über seinen Körper. Er sah Lyndeman im Fluss, er sah die Bootsbrücke über den Tern und die Reiter darauf, eingefroren in der Zeit und gleißend, und dann, als er schon dachte, dass irgendetwas schiefgelaufen sei und sich nie wieder etwas daran ändern würde, war es vorbei.

Bjorn taumelte, hielt sich aber mit Mühe auf den Beinen. Der Moment, wie lang er nun auch gewesen sein mochte, hatte ausgereicht, damit er die Nässe unter seinen Achseln spürte. Benommen rieb er sich den plötzlich steifen Nacken. Ringsum kämpften die Leibwachen damit, ihre scheuenden Pferde unter Kontrolle zu behalten.

Lyndeman kam aus dem Tern zurück und die Böschung hoch. »Oberbefehlshaberin«, sagte er mit entrücktem Gesicht und reichte ihr den Reif zurück. »Es ist vollbracht.«

Auch in ihrem Gesicht leuchtete es. Vorsichtig, als könne sie die Krone zerbrechen, nahm sie ihm den Reif ab. Mit für Bjorn ungewohnter Andacht strich sie über das Juwel des Wassers, der auf der Außenseite des Reifs saß, als wäre dies schon immer sein Platz gewesen. Dann schüttelte sie den Kopf. »Nein, Hüterseher«, sagte sie, und ihre Augen glühten. »Es ist noch lange nicht vollbracht. Noch lange nicht.«

Sie ließ die Krone zurück in ihren Beutel gleiten. Wortlos ritten sie zurück zur Brücke, auf der die Panzerreiter endlos über den Fluss zogen.

Auf der anderen Seite des Terns, ein halbes Dutzend Meilen den Dahm stromaufwärts, wurden sie von der undischen Gesandtschaft erwartet. Vierzig Reiter mit blaugrünen Bannern, auf den Schilden die blaue Rosenblüte Undgards. Angeführt wurden sie von einem Mann, der sich ihnen als Abt Ruland, Vierfach Getaufter des Heiligen Wassers, vorstellte. Bjorn schätzte ihn auf Anfang oder Mitte fünfzig. Er hatte dünnes graues Haar und einen hellweißen gebogenen Schnauzer, der zusammen mit zwei tief ausgeprägten Falten um den Mund wie ein herabfallender Halbmond in seinem Gesicht saß. Schräg über der gepanzerten Brust trug er eine runenbestickte blaue Gebetsschärpe.

Wahrscheinlich ein Veteran der Rosenzüge, dachte Bjorn, jener ewigen Unternehmungen der Unden, mit denen sie den Nehebet das Juwel des Wassers hatten entreißen wollen. Zu gerne hätte er gewusst, was der Klosterkrieger wohl dazu gesagt hätte, dass ebendieses Juwel greifbar nah an seiner Seite war. Die Unden hatten ihr Land in sinnlosen Kriegen ausbluten lassen, um seiner habhaft zu werden, hatten nie die Hoffnung aufgegeben und den letzten Rosenzug in die Nechbet formal nie beendet. Aber sie waren nie auch nur annähernd bis Pta-Anchem gekommen. Den Gegenstand ihrer Verehrung hatte noch kein Unde jemals gesehen. Nun war er in ihrem eigenen Land, und sie hatten keine Ahnung.

Bjorn fragte sich, wie lange das wohl so bliebe. Und wie die Unden dann reagieren mochten.

Da er direkt hinter ihr und dem Abt ritt, konnte er mühelos verfolgen, worüber sich beide unterhielten. Es half ihm, sich selbst ein Bild von der Lage im Dreiländereck zu machen. Demnach würde die Dritte Schar drüben im Salenreich zurückbleiben und jede Feindseligkeit unterbinden, die von Neufehn ausgehen mochte. Die Stadt war von ihrem Auftauchen vollkommen überrascht worden. Dass sich der Feind tief in den Oberen Chimmgau hineinwagte, hatten die Salen natürlich mitbekommen, das Ziel dieser Unternehmung aber war ihnen bis zum Schluss rätselhaft geblieben. Ernsthafte Versuche, sie aufzuhalten, hatte es nicht gegeben; es fehlte an Helmen, die zwei sich schnell bewegende Reiterscharen hätten stellen können. Was im Chimmgau noch an Truppen existierte, sammelte sich weiter im Osten, zwischen Blutau und Partstedt. Und weil die Dritte und Achte die letzte Strecke in einem mehrtägigen Gewaltritt zurückgelegt hatten, hatten die Neufehner den Feind buchstäblich nicht kommen sehen. Sie waren hinter ihren Mauern geblieben und würden es wohl auch bleiben. Wahrscheinlich zerbrachen sie sich die Köpfe, warum die Chimren vor ihren Augen eine Brücke über den Tern gebaut hatten.

Auf der anderen Ternseite, in Undgard, dort, wo Dahm und Leurs zusammentrafen, standen nun schon seit mehreren Wochen sieben Scharen und warteten. Sie hatten den Krieg bereits hinüber auf das Südufer des Dahm getragen, der an dieser Stelle zwar sehr breit, aber flach und von Furten durchzogen war. Durch die wochenlangen Nadelstiche hatte das Erzene Königreich mehr und mehr Truppen ins Grenzgebiet geschickt, um seinen Angreifern schließlich die Schlacht aufzuzwingen. Und nun war es so weit: Sie würden sich den Anwaren stellen. Morgen.

»Die Anwaren haben fünfundzwanzigtausend Helme hinter dem Dahm zusammengezogen«, hörte Bjorn den Abt ausführen, »mehr, als wir erwartet haben.«

»Weniger, als ich gehofft hatte«, gab sie zur Antwort.

»Oberbefehlshaberin – wir haben zwar mehr Truppen, aber wir müssen auch durch den Fluss. Der Dahm ist sanft, flach, ein freundliches Wasser, aber er bleibt ein Fluss. Und er ist kalt, auch zu dieser Jahreszeit. Er trägt Wasser aus der Anwarischen Wand mit sich. Wasser, das aus Schnee und Eis entstand. Wir werden Hunderte in ihm verlieren, wenn wir ein feindlich besetztes Ufer stürmen, Tausende vielleicht.«

»Abt Ruland, ich versichere dir: Kein einziger deiner Leute wird morgen im Dahm sterben. Ich teile deine Ansichten über den Angriff auf ein feindliches Ufer, aber deine Truppen werden nicht darunter zu leiden haben.«

»Wie soll das gehen?«

»Der Feind wird zu uns kommen.«

»Zu uns? Über den Fluss?« Ruland schnaubte. »Er wird einen Schatten tun. Wollen wir ihn schlagen, müssen wir rüber.«

»Ihr Unden seid ein gläubiges Volk, nicht wahr?«

»Wir sind Diener des Wassers, getauft und geweiht.«

»Dann mache dich bereit, morgen Zeuge eines Wunders zu werden.«

»Was soll das?« Der Abt war merklich irritiert. »Machst du dich lustig, Tyrja?«

Sie warf ihrem Begleiter einen kühlen Blick zu. »Ich bin keine Freundin von Scherzen. Alles, was ich dir sagen will, ist: Hab Vertrauen zu mir. Solltest du das nicht können, muss dir reichen, dass der Erste Gode deine Truppen mir unterstellt hat. Du magst sie führen, aber ich sage dir, wohin. In dieser Hinsicht erwarte ich keine Überraschungen. Ungehorsam ist Sünde – steht das nicht in euren ›Versen der Welle‹?«

Der Abt antwortete nicht gleich, sondern maß sie mit wütender Miene. Sie aber hatte bereits wieder den Kopf gewandt und schien ihn nicht weiter zu beachten. Schließlich nickte er. »So steht es geschrieben.«

»Gut. Dann haben wir das geklärt. Deine Leute werden unsere Einheiten im Zentrum der Schlachtordnung verstärken. Alles Weitere klären wir im Kriegsrat.«

Damit war das Gespräch zwischen beiden beendet. Während des restlichen Ritts wurde kein Wort mehr gewechselt. Der undische Heerführer warf hin und wieder sauertöpfische Blicke hinüber zu seiner Begleiterin, als wäge er eine letzte Erwiderung ab, behielt seine Gedanken aber für sich. Bjorn nahm sich vor, ein Auge auf ihn zu haben. Die bedingungslose Unterwerfung der Unden unter ihre Glaubenssätze war beinahe schon sprichwörtlich, aber wer mochte sagen, was noch alles in der heiligen Schrift der Wasseranbeter stand? Irgendwo mochte sich eine Passage finden, die es gestattete, wortbrüchig gegenüber Glaubensfremden zu werden. Und Elementare Gemeinschaft hin oder her, für die Unden waren alle glaubensfremd, die nicht ihrer ganz eigenen Auslegung folgen wollten.

Das Land, durch das sie nun schweigend ritten, war flach, voller Feuchtwiesen und Marschen und mit struppigen Baumgruppen durchsetzt. Blasse Falter flatterten über Mooraugen, auf deren dunkler Wasseroberfläche Schwingrasen trieb. Ab und an war das Zwitschern von Blaukehlchen in ihren Röhrichtverstecken zu hören. An jeder Kreuzung des schlechten Wegs, den sie kamen, vor jedem armseligen Sumpfdorf, stand ein steinernes Becken, runenverziert und mit Wasser gefüllt. Abt Ruland stieg an jedem ab und tupfte sich einen Tropfen auf die Stirn. Danach schlug er das Zeichen des Wassers und segnete gestenreich, aber mit verbiestertem Gesicht ihren Zug. Jedes Mal gerieten sie ins Stocken. Bjorn zwang sich zur Ruhe.

Es dämmerte, als das erste Feldlager in Sicht kam. Drei Scharen waren hinter dem ringförmigen Wall zusammengelegt, über den Palisaden wehten die Falkenbanner. Davor die unbefestigte Zeltstadt der Unden, ganz dunkelblaues Tuch. Zwei Meilen westwärts, ein dunkler Schatten in der Moorlandschaft, zeichnete sich das zweite Lager ab, das die anderen vier Scharen beherbergte. Wie immer, wenn er eine dieser gewaltigen Ringanlagen vor sich sah, überkam Bjorn eine tiefe, heimelige Ruhe, und er wusste, dass er die letzte Nacht vor der Schlacht tief und fest schlafen würde. Ordnung vor dem Chaos.

Am Ufer standen ausgebrannt und dunkel die Ruinen eines Wehrklosters samt Dorf. Auf halber Strecke zwischen der zerstörten Siedlung und ihrem Heerlager gab es einen künstlich angelegten, kreisrunden See. Eine Weihestätte, vermutete Bjorn. Die Menhire, die ihn umstanden hatten, waren umgeworfen und lagen teils im Wasser. Auch die Anwaren konnten den Fluss überqueren, und auch sie konnten das Land ihres Gegners verwüsten. Und wenn man den Blick zurück zum Dahm wandte, waren auch sie in Sichtweite.

Direkt am Fluss konnte Bjorn ihre Wachposten sehen. Gelbweiße Waffenröcke, darauf Hammer und Amboss. Niemand übertraf die Anwaren in ihrer Schmiedekunst, sie war der Stolz ihres Königreiches, und morgen würden sie die besten Waffen der Welt ins Feld führen. Der Gedanke schickte eine wohlbekannte, warme Welle der Aufregung durch Bjorns Körper. Er war mehr als bereit. Aber, das musste er den Anwaren lassen, ihr Heerlager war Respekt einflößender als ihre eigenen: Gut zwei Meilen südlich des Dahm errichtet, war es hell erleuchtet, und das machte den Unterschied aus. Denn während die Anwaren in ihrer Zeltstadt und unten am Fluss Tausende Feuer entzündet hatten, brannte auf ihrer Seite des Flusses kaum ein Licht: Wenn die Nacht fiel, wurde es dunkel in Undgard. Den Unden gestattete ihr Glaube offenes Feuer nur in Ausnahmen, und Krieg gehörte offensichtlich nicht dazu. Auch zur Essenszubereitung verzichteten sie auf Feuer, das ihnen als unrein galt und sündhaft. Fisch aßen sie oft roh, alles andere nur gegärt. Noch bevor sie das Scharlager erreicht hatten, drang Bjorn der säuerliche Geruch ihrer Bottiche in die Nase, in denen sie ihre Nahrung einlegten. Jedem, der sich in ihrem Land aufhielt, forderten sie die Einhaltung dieser Gebote ebenso rigoros ab wie sich selbst. Kein Wunder, ging es Bjorn durch den Kopf, dass ihre Leute endlich an den Feind wollten.

Nach der Ankunft im Lager suchte er Gis auf. Er fand ihn im Gebäude des Befehlshabers des Scharlagers. Das Wiedersehen mit seinem älteren Bruder fiel spürbar herzlicher aus als das mit Skel, aber als Gis ihn aus seiner Bärenumarmung ließ, hielt er ihn auf Armeslänge von sich entfernt und sah ihn forschend an. Gis hatte die Läden seines Zimmerfensters geschlossen und zusätzlich eine Decke davor gehängt, damit auch wirklich kein Lichtschein von der verbotenen Laterne nach draußen gelangen konnte, die auf dem Tisch stand. Er bedeutete Bjorn, stehen zu bleiben, drehte die Ölversorgung für den Docht höher und kam zurück, um ihn weiter anzusehen. »Du siehst müde aus, Bruder«, sagte er mit schief gelegtem Kopf. In seiner tiefen Stimme schwang Sorge mit.

»Bin ich auch«, antwortete Bjorn. »Ich bin seit Ewigkeiten im Sattel.«

»Sicher, dass es nur das ist?«

Bjorn runzelte die Stirn. »Was sonst?«

»Ich bin nicht taub. Ich höre die Geschichten …«

»Welche Geschichten?«, fragte Bjorn, gereizter, als er vorgehabt hatte. Er ahnte, welcher Art sie waren.

Gis brummte unbestimmt. Er kraulte sich seinen vollen Bart.

»Na los, sag schon, Gis, welche Geschichten?«

»Die über Bjorn, den Henker des Chimmgaus, den Schlächter von Klevs. Reiter Gnadenlos.«

»Gibst du mir jetzt also auch schon Namen?« Bjorn bemühte sich um einen ruhigen Ton, setzte sich auf Gis' Bett und begann, seine Stiefel auszuziehen. Aber er spürte sein Herz rasen. Er war das, er war der Henker, der Schlächter, der Gnadenlose, er und nur er, er, er.

»Nicht ich. Das weißt du.«

Bjorn nickte nur, während er den ersten Stiefel vom Fuß zog.

Gis schob die Lampe zur Seite und setzte sich auf den Tisch. Er sah aus wie ein Berg. »Wie viele sind es wirklich?«

»Wie viele?«

»Ja. Was die Geschichten so erzählen … Dann gibt es kaum noch Schwarzköpfe im Chimmgau.«

»O doch, die gibt es. Die Salen sind so viele, es will gar kein Ende nehmen.«

»Also: wie viele?«

Die Wahrheit war: Er hatte nie gezählt, nie zu schätzen gewagt. Bjorn zog am zweiten Stiefel. »Ändert es etwas?«, fragte er. Er stellte ihn neben den ersten.

Wieder brummte Gis. »Wahrscheinlich nicht. Ich mache mir nur Sorgen. Ich weiß, dass du daran keine Freude hast.«

»Freude?«, entgegnete Bjorn, und selbst in seinen eigenen Ohren klang er schrill. »Was hat das denn mit Freude zu tun?« Als er weitersprach, zwang er sich zu einem kontrollierten Ton. »Es geht hier doch nicht darum, ob ich Freude habe oder nicht. Freude! Was soll das, Gis?« Es half nichts: Er war bereits wieder lauter geworden.

Sein Bruder hob die Hände. »Ruhig, kleiner Bruder, ist gut.«

Bjorn schnaubte. Nichts war gut. Er wickelte seine Fußlappen ab. Löchrig, aufgerieben. Missmutig warf er sie auf den Boden. Warum fühlte er sich, als müsste er sich vor seinem Bruder rechtfertigen? »Hör zu«, sagte er, obwohl er am liebsten geschwiegen hätte. »Das muss einfach getan werden. Sie hat mich gefragt. Und das war's.«

Gis nickte. »Ich weiß. Zweimal Alles.«

»Zweimal Alles«, wieder Bjorn. Alles töten, alles vernichten. Die Straße zum Sieg. »Du warst doch auch in der Tekete, das war viel schlimmer.«

»Ja?«

»Ja«, sagte Bjorn mit einer Sicherheit, die er nicht mehr spürte.

»Die Tekete … Ja, das war schlimm«, sagte Gis und seufzte. »Himmel, das war es.«

Bjorn sah hinunter auf seine nackten Zehen und bewegte sie.

»Aber die Tekete …« Gis war anscheinend noch nicht zu Ende. »Das waren Nehebet, das hat niemand erfahren. Der Chimmgau … das sind Salen, das weiß die ganze Welt.« Er zögerte.

Bjorn konzentrierte sich auf seine Zehen. »Es ist, was es ist.« Aus dem Augenwinkel sah er, wie Gis ihn wieder musterte. Gis, der große Gis, der ihn immer beschützen wollte. Schließlich atmete sein Bruder tief durch und verschränkte die Arme vor der Brust. »Gut, lassen wir das«, sagte er.

»Danke.« Bjorn hob einen Fuß und zog ihn zu sich heran. Er fing an, die Flusen zwischen den Zehen wegzuschnipsen. »Was machen die Nehebet eigentlich jetzt?«, fragte er, teils, um das Thema endgültig zu wechseln, teils, weil es ihn wirklich interessierte. »Wissen wir etwas darüber?«

»Nicht viel. Schlagen sich wohl gerade die Köpfe ein, weil die Nachfolge des Menenutet nicht geklärt ist. Skel hat ihn getötet, als er das Juwel gestohlen hat. Und den Thronfolger wohl noch dazu.«

Bjorn sah auf. Skel. Vor seinem geistigen Auge sah er seinen jüngeren Bruder, den spitzwinkligen Dolch in der Hand. Schnell und gnadenlos. Skel war der richtige Mann für diese Mission gewesen.

»Der Thronfolger? War das nicht ein kleiner Junge?«

Gis zuckte mit den Achseln. »Mag sein. Keine Ahnung. Jedenfalls haben wir von da wohl nicht viel zu befürchten.«

Bjorn zuckte mit den Achseln. »Wie war es im Tannhausner Tor?«, fragte er.

»Wie es war?« Sein Bruder schüttelte langsam den Kopf, nahm die Hände von der Brust und rieb sie auf seinen Schenkeln. Dann fing sein Gesicht an zu strahlen. »Gewaltig, das war es. Die wirklich beste Schlacht! Besser als Maphastis, nein, besser als Maphastis und Bint-Sherfem zusammen. Und schmeiß noch ein paar mehr darauf. Ich kann es gar nicht beschreiben – ein Jammer, dass du nicht dabei warst, wirklich. Die Schwarzköpfe sind ganz andere Gegner als die Nehebet. Viel ähnlicher, weißt du? Bei den Nehebet hattest du immer das Gefühl, dass das auch sehr schlaue, gefährliche Tiere hätten sein können. Du konntest nie wirklich verstehen, warum sie etwas taten oder ließen. Und du hast von den Blauen ja ohnehin nichts gesehen außer die Schleier. Aber die Salen, Bruder … Sie kämpfen wie wir, sie sehen aus wie wir, und sie waren richtig, richtig gut. Wenn die Achte nicht in ihrem Rücken erschienen wäre, würden wir heute noch vorm Tor stehen.«

Bjorn, der einen Anflug von Neid verspürte, nicht selbst dabei gewesen zu sein, sah auf. »Das war die Krone, das weißt du, oder?« Er suchte den Blick seines Bruders.

»Ja, weiß ich. Sie hat die Achte die Elne hochgetragen.« Gis' Augen glänzten dunkel im Lampenschein. »Sie hat dem Wind befohlen.«

»Was hältst du davon?«

»Ich … weiß nicht.« Gis zuckte mit den Achseln. »Ich hätte nie gedacht, dass so etwas möglich ist. Es ist unheimlich. Weißt du, dass Skel das Juwel des Wassers im Mund durch die Nechbet transportiert hat und deswegen nicht einmal trinken musste? Das ist doch verrückt! Als ob die Dinger zaubern könnten.«

»Wenn das keine Zauberei ist, was dann?«

»Weiß nicht.« Gis brummte. »Es stellt jedenfalls alles auf den Kopf, irgendwie.«

Ja, das tat es. Bjorn polkte die letzten Fussel aus den Zehenzwischenräumen. Und sie würden mehr davon sehen. Er wechselte den Fuß. »Ich weiß nicht, ob ich es mag.«

»Ja? Ich finde es unglaublich. So viel Kraft, so viel … Das ist Macht, Bjorn, echte Macht! Die Krone hat mehr davon als ganze

Heere. Wir können alles mit ihr machen, alles! Wir können jeden besiegen!«

Bjorn hörte die Bewunderung in der Stimme seines Bruders, aber so ganz konnte er dessen Begeisterung nicht teilen. Die Krone war ihm einfach nicht geheuer. »Ich weiß nicht«, wiederholte er. »Ich denke wirklich nicht, dass ich das alles mag.«

»Lass das bloß nicht Lyndeman hören.« Auf Gis' Gesicht erschien ein breites Grinsen.

»Lyndeman …« Grollend ließ Bjorn den Namen in der Luft hängen.

»Ich weiß, er ist die meiste Zeit ein Arschloch, aber …«

»Die meiste Zeit?«, unterbrach er auffahrend seinen Bruder. »Musst du mal an die frische Luft? Wann ist er denn mal kein Arschloch?«

»Er ist wichtig, das ist alles, was ich sagen wollte.«

»Das mag er ja sein. Aber deswegen bleibt er trotzdem ein Arschloch.«

»Sag ich doch. Und ich weiß, es gefällt dir nicht, aber er wird noch viel wichtiger werden. Wenn das mit der Krone so weitergeht …«

»Mag sein.« Bjorn nahm seinen Fuß vom Bett. Die wenigen Sätze über den Hüterseher hatten ausgereicht, ihm seine Laune endgültig zu verderben. Er griff zu seinen Fußlappen und rollte sie zusammen. »Aber das ändert nichts daran, dass ich ihn nicht leiden kann, gar nicht. Er ist ein Kuckuckskind, das sage ich dir.« Er stand auf.

»He«, versuchte Gis, die Sache wieder einzurenken. »Nun sei doch nicht so. Ich bin ja deiner Meinung. Setz dich wieder, komm schon. Ich hab dir auch noch gar nicht dein Geschenk gegeben.«

»Mein Geschenk?«

»Ja.« Gis sprang vom Tisch und ging zu seiner Feldtruhe. Er holte einen Beutel heraus und reichte ihn Bjorn, der unschlüssig vor dem Bett stehen geblieben war. »Hier.«

Bjorn nahm den Beutel, zog ihn auf und sah hinein. Er war gefüllt mit muschelförmigen Teigtaschen. Schwacher Backduft stieg ihm entgegen. »Was ist das?«

»Anwarische Piroggen. Haben unsere Leute bei ihrem letzten Ausflug nach drüben mitgebracht. Sind nicht besonders süß, aber besser wird es hier nicht. Kein Feuer, kein Brot, kein Kuchen. Nur der Salzfraß von zu Hause. Nicht mal Bier gibt's hier. Undgard ist ein Drecksland. Die beten hier viermal am Tag.«

Bjorn spürte, wie sein Unmut nachließ. »Danke, Gis«, sagte er. »Bist ein Guter.« Er nahm eine Pirogge heraus und kostete sie. Sein Bruder hatte recht, der Teig war kaum gesüßt, aber trotzdem das Köstlichste, was er seit Langem gegessen hatte.

»Besser als nichts«, sagte Gis, der ihm beim Essen zusah.

Bjorn schüttelte den Kopf. »Nein. Danke, dass du mir welche aufgehoben hast, wirklich.« Er meinte es so, er war begeistert. Dann hielt er Gis den Beutel hin. »Willst du auch welche?«

Gis winkte ab. »Lass mal. Aber jetzt setz dich wieder hin.«

Kauend kam Bjorn der Aufforderung seines großen Bruders nach.

»Und, freust du dich auf morgen?«, fragte ihn Gis.

Er nickte.

»Ich mich auch. Das wird was. Anwaren.« Er klatschte in die Hände. »Hätte nie gedacht, dass wir auch mal gegen die Eisenhunde ziehen würden. Du?«

Bjorn schüttelte den Kopf, schon wieder kauend.

»Die haben schon gut aufgeboten, das muss man ihnen lassen, und ich glaube, es kommen immer noch jeden Tag mehr. Selbst ein paar Hardalen sollen inzwischen eingetroffen sein.«

Bjorn nickte, das war nicht überraschend. Anwaren und Hardalen waren zwei Brudervölker, die stets gemeinsam auftraten: die Erzenen Reiche. Wer einen von ihnen den Krieg erklärte, würde ihn mit beiden führen müssen. Aber das spielte keine Rolle, das mussten sie ohnehin: Die Hardalen hüteten das Juwel des Steins. Tief in den Karmenkarst-Bergen wurde er aufbewahrt, im Felsendom der Königsstadt Hardwall. Auf jeden Fall schwerer zugänglich als das Juwel des Metalls in Malmgard. Bjorn war sich sicher, dass sie auch dafür schon einen Plan hatte.

»Nur die Stahlstandarte ist nicht mit dabei«, hörte er seinen Bruder sagen.

»Nein?« Er war enttäuscht.

»Nein, leider nicht«, antwortete Gis, auch er mit Bedauern in der Stimme.

»Wieso nicht?«

Gis zuckte mit den Achseln. »Keine Ahnung. Vielleicht will sie König Schenko nicht riskieren – oder er glaubt, es bräuchte sie nicht.«

»Ja, wer weiß.« Bjorn nickte sinnend. Das war ärgerlich. Die Stahlstandarte war die Elitetruppe des anwarischen Königreichs, ihr Ruf legendär, vergleichbar nur mit dem der Heilsgarde der Salen oder ihrer eigenen Achten Schar. Eingehüllt in die besten Kettenrüstungen des Landes und damit der Welt hatte sie schon gegen jeden Feind Anwars gekämpft, und stets war sie siegreich geblieben. Die Bergvölker im Süden Anwars, die Unden, selbst die Salen und die Chul, sie alle hatte die Stahlstandarte schon Fürchten und Fliehen gelehrt. Bjorn hätte sich keinen fähigeren, besseren Gegner wünschen können, und er bedauerte aufrichtig, dass sie nun nicht auf dem Feld stehen sollte. Sie hätten sie besiegt, da war er sich sicher. Er fühlte sich beraubt.

»Komm schon«, sagte Gis und versuchte, ihn aufzumuntern. »Der Vogel fliegt uns nicht weg. Die sehen wir spätestens vor Hardwall. Kein Grund für schlechte Laune.«

Wieder nickte Bjorn. Sein Bruder hatte wahrscheinlich recht. Er nahm sich noch eine Pirogge.

»Wie geht es Skel?«, fragte er, ohne genau zu wissen, warum.

Gis wog den Kopf hin und her. »Schwer zu sagen, kennst ihn ja. Hat nicht viel erzählt. Aber ...« Sein Bruder zögerte.

»Was?«

»Ich bin gestern Abend noch mal zu ihm ins Zimmer gekommen. Wollte ihm ein paar Scheiben Braten rumbringen – hier kriegt er das ja nicht einfach so, Schatten, es ist wirklich ein Drecksland! Und als ich reinkomme, sitzt er auf dem Bett, und er hat Marits Puppe in den Händen.«

Bjorn erstarrte mitten im Kauen, die Pirogge in seinem Mund schmeckte plötzlich wie Asche. Die Puppe ihrer Schwester. »Wusstest du«, fing er an und musste abbrechen, weil er sich zu verschlucken drohte. Er hustete seine Kehle frei.

»Nein«, beantwortete Gis währenddessen die unvollendete Frage. »Ich hatte keine Ahnung, dass er sie noch hat. Du?«

Bjorn schüttelte den Kopf, sich immer noch räuspernd. »Bist du dir sicher?«, brachte er schließlich heraus.

»Bin ich. Sie hat immer noch das Kleid an, das Mutter ihr genäht hat. Ich habe sie nur einen Moment lang sehen können, weil Skel sie sofort wieder in die Jacke gesteckt hat. Aber sie ist es. Skel hat mich danach angesehen, als wollte er eine Reaktion provozieren, einen Ausbruch oder irgendwas, oder als hätte er darauf gewartet, dass ich ihm sage, er soll sie herausrücken.«

»Und?«

»Hab ich natürlich nicht. Er hätte sie mir sowieso nicht gegeben. Ich habe gar nichts gesagt. Was denn auch? Mit Skel diskutieren? Darüber? Nein, Bruder, du weißt selbst, dass das keinen Zweck hätte.«

Unsicher nickte Bjorn. Marits Puppe. Skel hatte sie all die Jahre hindurch behalten. Ihm wurde beinahe schlecht bei dem Gedanken. Plötzlich übermüde, lehnte er sich zurück an die Wand und schloss die Augen.

»Ich … hab überlegt, ob ich es dir sagen sollte.« Gis' Stimme klang zögerlich.

»Natürlich«, antwortete Bjorn, ohne die Augen zu öffnen. »Es ist gut, dass ich es weiß.«

»Was willst du jetzt machen?«

Bjorn zuckte mit den Achseln. »Keine Ahnung. Nichts wahrscheinlich.« Die Frage war allerdings weniger, was er tun würde, sondern was er tun könnte. Nur blieb die Antwort dieselbe. Er wusste es wirklich nicht.

»Tut mir leid.«

Wieder nickte Bjorn. Er öffnete die Augen. »Ich werde jetzt schlafen gehen, denke ich.«

Gis nickte, in Gedanken versunken. Als Bjorn sich aufsetzte und barfuß in die Stiefel schlüpfte, kam er zu sich, plötzlich freudige Aufregung im Gesicht. »Mensch, das hätte ich beinahe vergessen! Ich hab den Falken hier, von der Zwanzigsten, willst du ihn sehen?«

Bjorn verstand die Begeisterung seines Bruders sofort. Der Falke der Zwanzigsten Schar war bei ihrer vollständigen Vernichtung in die Hände der Nehebet gefallen und seitdem verschollen gewesen. Die Schar war nie wieder aufgestellt worden. Sie teilte dieses Schicksal mit der Elften, auch sie war in den Nechbetkriegen untergegangen. Die Feldzeichen verloren, seit rund zwei Jahrzehnten, offene Wunden der Schande im stolzen Körper ihres Heeres.

Snorri hatte den Auftrag bekommen, beide Scharfalken nach Möglichkeit in den Friedensverhandlungen von den Nehebet zurückzuerlangen. Aber da seine gesamte Mission nur ein Vorwand gewesen war, um Skel in Reichweite des Juwels des Wassers zu bringen, hatte Bjorn nicht daran geglaubt, die Feldzeichen jemals wiederzusehen. Bis gerade eben hatte er nicht einmal daran gedacht.

»Wo ist er?«, fragte er.

Gis deutete auf seine Beine. »Unter dir. Unterm Bett.«

Sofort war Bjorn auf den Knien. Mit dem Arm griff er unters Bett, ertastete ein festes Stoffpaket und zog es hervor. Es war schwer.

»Ich soll ihn bei mir aufbewahren, bis er nach Arikskilde gebracht werden kann. Nach der Schlacht morgen, zusammen mit den erbeuteten Feldzeichen. Zu Hause ziehen sie schon Truppen für die Wiederaufstellung zusammen.«

Bjorn nickte, hörte aber nur mit einem Ohr zu, während er den Stoff abwickelte. Schließlich hielt er das Feldzeichen in den Händen. Es war ein Wanderfalke, gegossen aus massivem Silber und etwa so groß wie Bjorns Unterarm. Das Licht der Laterne auf dem Tisch ließ ihn sanft glänzen.

Bjorn wusste nicht, was er sagen sollte. Er spürte einen Kloß im Hals.

»Wir haben die Zwanzigste wieder«, brachte er schließlich heraus.

»Ja, das haben wir. Wir werden sie brauchen.«

»Was ist mit dem der Elften?«, fragte Bjorn halb abwesend. Immer noch betrachtete er den Scharfalken. Er drehte ihn in alle Richtungen. Die Flügel waren aufwärts gerichtet und berührten sich beinahe über seinem Kopf. In den Fängen war der Körper eines anderen Vogels angedeutet, der mit dem Sockel des Feldzeichens verschmolz.

»Die Nebebet haben auch ihn, aber Skel konnte ihn nicht holen. Sie hatten ihn Snorri bereits geschenkt, sodass er nicht mehr an ihn rankam, als er losschlug. Ich denke, den werden wir wirklich nie wieder sehen.«

Bjorn blickte auf. »Sie haben ihn Snorri geschenkt? Merkwürdig.«

»Ja. Aber was soll's? Allein, dass wir den einen haben, ist großartig.«

»Das stimmt.« Andächrig wog Bjorn den Scharfalken in der

Hand. Sie würden die Zwanzigste wieder aufstellen. Auf die Schmach folgte Triumph. Es gab Wunden, die tatsächlich heilen konnten. Er musste wieder an die Puppe seiner Schwester denken. Und solche, die es nie würden. Sorgsam wickelte er das Feldzeichen wieder ins Tuch.

Als er wenig später schließlich in Richtung seiner eigenen Kammer aufbrach, war er zu erschöpft, um noch länger grübeln zu können. Morgen würde es Kampf geben. Für diesen Gedanken reichte es noch, dann war er eingeschlafen.

Wie er vermutet hatte, schlief er die Nacht fest und traumlos. Erfrischt wachte er auf, wusch sich und machte sich bereit für die Schlacht. Von Mina ließ er sich Kettenhemd, Helm und Schild bringen und trug ihr dann auf, Pfeifer fertig zu machen. Schließlich gesellten sie sich beide zur Leibwache vor dem Hauptgebäude des Lagers und warteten. Gis kam und stieg auf. Bjorn musterte seinen Bruder und sah sich selbst, nur ungleich größer und massiger. Selbst auf dem Pferd überragte er die meisten. Anders als die Panzerreiter der Leibwache trug er keinen Helm mit Nasenschutz, sondern einen mit silbern beschlagenen Augenbögen. Er verzichtete auch auf die Flügellanze: Würde Gis kämpfen, dann nur mit Schwert oder Beil im engsten Handgemenge, Gnade seinen Feinden. Bjorn ignorierte die blonden Skalps am Zaumzeug seines Bruders und war einfach nur froh, ihn an seiner Seite zu wissen. Gis war ein furchtbarer Kämpfer, eine Naturgewalt in einem weißen Waffenrock, den Falken auf der Brust.

Warm und stechend meldete sich die Aufregung in Bjorns Magen. Dass er selbst kämpfen würde, war nicht sehr wahrscheinlich. Sein Platz war bei ihr, und sie würde die Schlacht hinter den Linien lenken. Das Aufgebot war zu groß, um direkt in den Kampf einzugreifen. Aber so oder so: Sie würden den Sturm reiten. Und er wäre mit dabei.

Dann kam sie vom Kriegsrat, Skel an der Seite. Sie rückten aus.

Draußen wimmelte die Auenlandschaft bereits von Soldaten, beritten, zu Fuß, und alle mit einem Ziel. In der Morgenluft hallten Befehle und Lurenklänge, mit deren Hilfe aus den Tausenden langsam eine Schlachtordnung geformt wurde. Schließlich standen die Schwingen und Flüge, wie sie sollten; die Panzerreiter an den Flanken, die Fußsoldaten in langen, tief gestaffelten Blöcken dazwischen. Die Unden waren über die Treffen verteilt, blaugrüne Röcke und Fahnen in einem Meer aus Weiß. Vor dem Fußvolk hatte die leichte Reiterei in lose formierten Pulks Stellung bezogen. Bjorn sah ausschließlich eigene Leute; die Unden besaßen keine berittenen Bogenschützen. Sie würden auf ihren schnellfüßigen Pferden den Dahm durchqueren und mit ihren Salven Unordnung in die anwarische Aufstellung bringen, um den nachrückenden Fußkämpfern eine möglichst sichere Passage durch den Fluss zu gewähren. Der Dahm war hier knapp tausend Fuß breit. Angeschwollen vom Schmelzwasser der Anwarischen Wand würden seine Wasser den Soldaten stellenweise bis zur Brust reichen. Je schneller und ungestörter sie ans andere Ufer kämen, desto weniger Verluste würden sie schon im Fluss erleiden. Das jedenfalls war der Plan, wie er im Kriegsrat besprochen worden war, aber Bjorn wusste, dass das wichtigste Detail in ihm fehlte: die Krone.

Wenn er halbwegs verstand, was sie vermochte, dann verlieh die Reliquie der Nehebet der Krone nun Macht über Wasser, so, wie die Krone mit der Reliquie seines Volks der Luft gebieten konnte. Ursprünglich hatte Bjorn vermutet, sie würde mit der Krone den Dahm teilen, um trockenen Fußes ans andere Ufer zu gelangen, aber jetzt ging er nicht mehr davon aus. Der Feind würde herüberkommen, hatte sie Abt Ruland gesagt. Nur wie sollte das die Krone anstellen? Er konnte nicht glauben, dass sich die Anwaren freiwillig durch ein plötzlich wasserloses Flussbett auf ihre Seite bewegen würden.

»Herr?«, riss ihn Mina aus seiner Grübelei.

Erstaunt blickte Bjorn auf. Seine Junkerin saß neben ihm auf ihrer Apfelschimmelstute Brise im Sattel; es war das erste Mal seit jenem Abend in dem zerstörten Dorf im Chimmgau, dass sie das Gespräch mit ihm suchte. Einmal hatte er sie gefragt, worüber sie nachdachte. »Tauben und Falken«, war ihre gedankenschwere Antwort gewesen. Seitdem hatten sie nicht mehr miteinander gesprochen. »Ja, Mina?«, beeilte er sich deswegen zu sagen. »Was gibt es?«

»Die Anwaren ... Wir werden nicht dasselbe mit ihnen tun wie ... wie mit den Salen, oder?« Ihre Stimme zitterte leicht.

Die Furcht in ihrem Gesicht versetzte ihm einen Stich. Mitfühlend streckte er die Hand nach ihr aus und berührte sie am Arm. »Nein, das werden wir nicht. Ganz sicher.«

Sie blickte ihn mit ihren schattigen Augen an. Langsam nickte sie. »Gut.«

»Gut«, sagte auch Bjorn. Er ließ ihren Arm los. »Heute wirst du deine erste Schlacht erleben. Hast du Angst?«

Mina schüttelte den Kopf.

»Wirklich nicht?«

»Nein, Herr. Was kann mir schon passieren?«

Verdutzt sah Bjorn sie an. Er dachte darüber nach, was sie meinen könne. Unfähig, etwas darauf zu erwidern, nickte er nur und sah dann hinüber zum anderen Ufer.

Über Nacht hatten die Anwaren ihre Truppen am Dahm verstärkt, die Postenkette war nun etwa doppelt so gut besetzt wie gestern. Kleine Haufen Berittener, jeweils etwa fünfzig Helme, bewachten in regelmäßigen Abständen das Ufer. Zwei Meilen dahinter sammelte sich ihr Hauptheer vor dem Lager. Es würde sich erst in Marsch setzen, wenn abzusehen war, wo genau der Feind durch den Fluss kommen wollte. Der Himmel war bewölkt, die Luft klar und noch kühl. Der Wind wehte schwach aus Westen und strich durch Pfeifers Mähne. Bjorn tätschelte seinem Hengst den Hals. Pfeifer hatte ihn gut durch die letzten Jahre der Nechbet-kriege getragen und war Schlachten gewohnt. Er würde ihm auch dieses Mal nicht im Stich lassen.

»Bjorn.« Sie kam auf Deildsmar zu ihm geritten, neben ihr Abt Ruland und Skel, Gis in ihrem Rücken. Lyndeman war auch dabei, natürlich. »Die Schlachtordnung steht«, sagte sie. »Ich will jetzt das Flussufer inspizieren, komm.«

Sie ritten die knapp zwei Meilen durch die Flussniederungen zum Dahm, am zerstörten Gebetsteich vorbei und umringt von ihrer Leibwache. Der Grund war feucht und schmatzte vor Nässe beim Gehen, große Pfützen glänzten im Gras. Tiefe Spuren von Pferdehufen gaben Zeugnis von den Feindritten, die ihre Scharen bereits über den Fluss übernommen hatten: Wie breite Wild-wechsel sahen sie aus und hatten die Auenlandschaft gründlich umgepflügt. Ihre Fußsoldaten würden nur langsam vorankommen, und drüben wäre es genauso.

Etwa dreißig Fuß vom Ufer entfernt saßen sie ab, unweit der verkohlten Ruinen von Wehrkloster und Dorf, und ließen Pferde und Wachen zurück, um die letzte Strecke zu Fuß zurückzulegen. Der Dahm war durch die Schneeschmelze über seine eigentlichen Ufer getreten, sein Schilfgürtel stand nun weit im Fluss. Da, wo sich die Pfützen nach und nach vereinigten und mit dem Strom zusammenwuchsen, blieb sie stehen, bis zu den Knöcheln schon im Wasser. Sie nahm ihren Helm ab, dunkel floss ihr rotes Haar über die Schultern. Sie gab Skel den Helm, holte die Krone aus dem Purpurbeutel hervor und setzte sie sich auf. Sie suchte Bjorns Blick und nickte ihm zu.

Dann ging sie in die Hocke. Kurz hielte sie inne, streckte schließlich beide Arme aus und tauchte die Hände unter.

Fehlfarben ließen die Welt zucken.

Fremde Lichtreflexe liefen über die Krone.

Bjorns Nackenhaare stellten sich auf, als er diesen schlimmen hohen Ton in seinem Kopf hörte, den er zwar kannte, der ihm jedoch nie vertraut würde. Sein Magen klumpte sich zusammen. Ihm war kalt.

Doch viel schneller als gestern war die Welt wieder so, wie sie sein sollte. Die Farben kippten wieder ins richtige Spektrum, der Ton sprang zurück ins Nichts und ließ nur den Wind zurück und hinter ihnen das Wiehern scheuender Pferde. Bjorn fühlte die Wärme in seine Eingeweide zurückkehren. Vor ihm im Fluss richtete sie sich auf, die Krone noch immer im Haar, das Gesicht leicht gerötet, ebenso erhaben wie schrecklich.

Bjorn hörte sich erleichtert aufatmen. Er blickte sich um. Mit Gis suchte er zuerst Augenkontakt. Sein Bruder zuckte hilflos mit den Schultern. Skel gegenüber sah hinaus auf den Fluss, abwesend wie immer. Lyndemans Gesichtsausdruck hingegen war eine Mischung aus Ehrfurcht und … Neid, vielleicht. Wahrscheinlich, ging Bjorn auf, hätte er getötet, um zu tun, was sie gerade getan hatte. Der Gedanke war neu, aber letztlich nicht überraschend. Auf seine Weise war der Hüterseher ebenso ein Fanatiker wie Abt Ruland. Früher oder später würde Lyndeman Schwierigkeiten bereiten. Bjorn freute sich auf den Moment. Der andere religiöse Eiferer in der Runde war hingegen völlig überrascht. Kreidebleich kämpfte er damit, das Gleichgewicht zu behalten. Wie alle Unden hatte er sich vor der Schlacht die Lippen blau bemalt, was seine Blässe noch verstärkte. Eine wankende Wasserleiche, die im feuchten Ufergras festen Grund suchte. Bjorn verachtete ihn. »Was … was war das? Was …?«, hörte er ihn stammeln, beachtete ihn aber schon nicht mehr. Sein letzter Blick galt Mina. Sie hatte ebenso wenig Ahnung von dem gehabt, was kommen würde, hielt sich aber deutlich besser als der Klosterkrieger. Instinktiv hatte sie Verteidigungshaltung eingenommen und die geballten Fäuste vors Gesicht gehoben. Eine Kämpferin, schoss es Bjorn stolz durch den Kopf, sie war eine, sie würde eine werden. In ihrem Mädchengesicht erschien eine fragende Falte zwischen den Brauen, und ihr Blick wandte sich ihm zu, mehr verwundert als verstört. »Später«, formte er mit den Lippen.

Als Letzter ging er zu den Pferden zurück. Suchend blickte er auf den Dahm hinaus und wusste nicht, wonach er Ausschau hielt. Was war gerade passiert? Er war weniger überrascht als der Abt, aber im Grunde hatte er ebenso wenig Ahnung. Auf der anderen Seite war eine Gruppe Reiter erschienen, die meisten ritten am Ufer auf und ab, manche hatten ihre Pferde in den Fluss getrieben und verharrten dort nun, unschlüssig und unsicher, was sie da gerade beobachtet hatten. Er drehte sich um. Wenig später hatte er die anderen eingeholt.

»Dieses Blitzen – Asche, ich habe nie Ähnliches gesehen! Was war das, Oberbefehlshaberin?«, hörte Bjorn Abt Ruland wieder auf dem Ritt zurück zum Lager fragen, diesmal ohne Stocken, aber noch immer mit hörbarer Aufregung.

»Der Beginn des versprochenen Wunders«, antwortete sie. »Warte und sieh.«

Bjorn sah es dem undischen Heerführer an, dass er mit der Antwort nicht zufrieden war, aber für den Moment musste er sich mit ihr abfinden. Zurück bei den angetretenen Scharen, ritt sie die Schlachtordnung der Länge nach ab, nahm die begeisterten »Hauptfrau! Hauptfrau!«-Grüße der Soldaten mit blankem Schwert entgegen und machte dann kehrt, um in der Mitte, vor den ersten Pferden der leichten Reiterei, zu halten. Es wurde still. Zweiunddreißigtausend Soldaten warteten mit ihr. Bjorn wusste diese gewaltige Zahl in seinem Rücken, aber er hätte sie nicht erahnt: Bis auf Bannerflattern, leises Pferdewiehern oder gelegentliches Metallscharren war kaum etwas zu hören.

Wieder kam die Aufregung. Jenes warme Rauschen im Blut, diese Mischung aus Furcht und Glück, die alles andere bedeutungslos werden ließ.

465

Bald.

Das Rauschen wurde stärker, lauter.

Ihm ging plötzlich auf, dass er es tatsächlich hören konnte. Aber es war nicht sein Blut; das Rauschen war ein anderes, es kam von weit weg. Oder bildete er sich das ein? Verwundert sah er auf.

»Herr ...« Mina hörte es auch. Ihre Stimme klang irritiert. »Was ist das?«

Statt einer Antwort richtete sich Bjorn im Sattel auf, um einen besseren Blick auf den Dahm zu haben. Er hatte eine Ahnung.

Doch der Fluss floss so langsam und träge dahin wie zuvor. Alles war wie bei ihrem Besuch am Ufer gerade eben. Alles, bis auf die Reiter der Anwaren. Auch sie hörten das Rauschen offensichtlich: Pferde und Köpfe waren südwärts gewandt in Richtung des eigenen Heerlagers, und dort – kam die Wand heran, die das Rauschen mit sich brachte.

Turmhoch walzte die Welle über das Land, so grau wie unerbittlich, schäumend ihr Kamm, ein unmögliches Ding aus Wasser und Brüllen und Tod. Bjorn sah sie, als sie das Lager der Anwaren erreichte. Bereits im nächsten Moment war sie darüber hinweggerollt und hatte mitgerissen, was mitzureißen war, tosend und donnernd. Bäume und Zelte und Menschen und Pferde verschwanden unter ihren Wassermassen, nichts blieb von ihr verschont, und dann war sie bereits weiter auf ihrem Weg hinunter zum Fluss.

Die Krone! Bjorns Gedanken rasten. Sie hatte den Leurs gerufen, und der Leurs war gekommen. Der Fluss war übers Land gekommen.

Am Dahm stoben die Wachposten der Anwaren auseinander, ihre entsetzten Schreie kaum mehr als dünne Spitzen vor dem Donnern der Wasserwand, die auf sie zurollte. Sie trieben ihre Pferde in den Fluss, obwohl sie wussten, dass sie keine Chance hatten. In erschreckend wenigen Herzschlägen war die Wand heran, brach in die Wasser des Dahm ein und brachte sie zum

Toben; die Letzten der Anwaren verschwanden. Hochgerissen, zermalmt, fort. Bjorn sah ihren Untergang mit Unglauben und ja, Entsetzen. Er hätte es wissen, hätte vorbereitet sein müssen. Aber die Gewalt der Krone so unmittelbar vorgeführt zu bekommen, überstieg seine Kräfte. Und nicht nur seine. Hinter ihm wurden Rufe laut, Schreie auch. Furcht erfasste ihre eigenen Reihen. Er drehte sich im Sattel um. Zweiunddreißigtausend wankten.

»Steht!«

Ihre Stimme übertönte sogar das Tosen. Sie hatte die Rechte emporgereckt, das Schwert in der Hand, und ihr Befehl ließ innehalten, wer sich gerade eben noch zur Flucht hatte wenden wollen. Bjorn sah die Krone wieder in ihrem Haar, wieder floss fehlfarbenes Licht über sie hinweg.

Dann nahm sie auch die Linke hoch und führte beide Hände in einer kreisförmigen Bewegung nach unten. Und unten am Fluss schmolz die Wand.

Sie verlor an Höhe und krümmte sich, wurde wellenähnlicher, mehr Schaum kräuselte sich auf ihrem Kamm. Schließlich brach sie in einer schier endlosen Sturzsee, in der Pferde und Reiter auftauchten und wieder verschwanden. Donnernd kamen die Wasser auf ihrer Seite des Damms nieder und schoben sich auf sie zu, alles verschlingend, was es zwischen ihnen an Landschaft gab. Die Ruinen des Dorfs und des Wehrklosters platzten unter ihrer Gewalt, dann waren sie fort, der Gebetsteich wurde samt Menhiren hochgehoben und verschwand, und weiter fluteten die Wasser.

Wieder raste die Furcht durch ihre Reihen, wieder hielt sie ihr geschmettertes »Steht!« an ihren Plätzen.

Die Welle sank und sank und verlor an Geschwindigkeit und Wucht. Ihr dabei zuzusehen, drehte Bjorn beinahe den Magen um, so unnatürlich war der Anblick. Auch Pfeifer scheute nun, was gut war, weil es Bjorn etwas zu tun gab und ihn ablenkte. Nachdem er Pfeifer wieder unter Kontrolle hatte, sah er auf: Die

Welle war so klein geworden, dass er über sie hinwegblicken konnte. Sanft gurgelnd floss sie ihnen entgegen.

Und als sie wenige Augenblicke später schließlich heran war, ging sie den Pferden nicht einmal mehr bis zu den Knien. Beinahe gleichmütig schwappte sie um sie herum.

Wieder erhob sie ihre Stimme. Doch in die junge Stille hinein befahl sie den Reihen nicht, noch länger auszuharren. »Sieg!«, schrie sie. »Sieg! Sieg! Sieg!«

Und ihr Heer nahm den Ruf auf, tausendfach gab es ihn zurück, erst voller Erleichterung, aber dann gab es kein Halten mehr: Hinter ihnen lösten sich die Reihen in Jubel und Verzückung auf.

Ruhig strömte das Wasser weiter und brachte die Anwaren mit sich. Vor Deildsmar trug es einen Toten heran, bäuchlings, das Gesicht nach unten. Mit dem Huf hielt der Hengst ihn fest. »Da sind sie, die Anwaren«, wandte sie sich an den undischen Heerführer und deutete auf den gelb-weißen Waffenrock im Wasser. »Da ist dein Wunder, Abt Ruland. Habe ich zu viel versprochen?«

Abt Ruland war sehr blass. Seine blauen Lippen bebten, der Schnauzer zuckte. Wortlos stieg er vom Pferd, watete die paar Schritte zu ihr hinüber und fiel dann auf die Knie. Ehrfürchtig tauchte er die Arme unter und riss sie hoch, sodass das aufgeworfene Wasser auf ihn herabregnete. »Ihr Wasser«, schrie er und schlug das Zeichen seines Elements, »vergebt mir! Vergebt mir, denn mein ist die Sünde! Wo Glaube hätte sein sollen, war Unglaube, und erst ein Wunder öffnete mir die Augen! Nie mehr! Heil der Undine, die ihr uns schicktet, Heil der Herrin des Wassers!«

Bjorn sah auf den Abt hinunter und verzog das Gesicht. Dass der Klosterkrieger sie für einen der Wassergeister hielt, die sein Volk verehrte, war aus Abt Rulands Sicht vielleicht naheliegend und konnte nützlich sein, aber das machte die Situation nicht angenehmer. Bjorn fand sie absurd und unwürdig. Angeekelt wandte er den Blick ab.

Vor ihm gab es keine Landschaft mehr und keinen Fluss. Nur eine durchgehende Wasseroberfläche bis zum Horizont, aus der vereinzelt ein Strauch oder ein entlaubter Baum hinausragte. Sechs Jahre nach dem Ende der Nechbetkriege war er wieder in einer Wüste, kam ihm ein Gedanke. Nur dieses Mal in einer ohne Sand.

Noch immer strömte das Wasser und trug eine gelbe Zeltplane an ihm vorbei, einen zerrissenen Fetzen, an dem noch die Eingangskordeln hingen. Dann kam ein Pferd. Der massige Körper verrenkt, wurde es über den Boden geschleift und blieb wenige Fuß vor Pfeifer endgültig liegen. Wasser floss um seine Gliedmaßen herum. Bjorn sah die kleinen Wirbel, die sich an ihnen bildeten. Und während in seinen Ohren das Siegesgebrüll der eigenen Leute und der Unden dröhnte, spürte er, wie sich eine unerwartete Empfindung in ihm breitmachte: Enttäuschung.

Ein Heer vernichtet, fünfundzwanzigtausend Helme buchstäblich weggefegt, ohne einen Schwertstreich, einen Bogenschuss, ohne auch nur einen einzigen Verlust. Es war ein einmaliger Triumph. Und doch ...

»Kein Kampf«, sagte er leise zu sich. »Kein Kampf.«

Ein Soldat rannte an ihm vorbei, die Beine beim Laufen hochreißend, um im Wasser voranzukommen, johlend, feiernd, laut platschend. Auf Bjorns Hose landeten Spritzer; sie waren kalt. Da war Gis, sein Bruder strahlte. Da waren Unden, kniend und wie ihr Anführer in heiliger Verzückung. Da war sie, wie erstarrt im Moment des Siegs mit hochgerissenem Schwert, ihr eigenes Denkmal. Und da war er, und er war allein.

24

Ranke

Kromgerst Schattenmann sah ungewöhnlich ernst aus. Ohne sein übliches Summen bat er Ranke herein und bot ihm einen Platz an seiner Tafel an. »Du wirkst angespannt«, sagte er zum Seher, während er sich niederließ.

»Ich habe allen Grund dazu. Du auch, Wappenkönig. Möchtest du etwas trinken?« Der Seher deutete auf die Zinnkrüge und -becher, die auf dem runden Tisch standen. »Bier? Wasser?«

»Wasser, danke«, antwortete Ranke. »Wir alle, nehme ich an. Es sei denn, das war eine Prophezeiung eigens für mich?«

»Was? Nein. Keine Prophezeiung.« Aus einem der Krüge schenkte Kromgerst ihm ein. »Das ist das Problem mit uns Sehern: Alles, was wir sagen, wird auf die Goldwaage gelegt.«

Ranke nickte, lehnte Wegfinder an den Tisch und blickte sich um. Kromgersts Gemächer waren stets abgedunkelt. Vor den Fenstern hingen dicke schwarze Vorhänge. Ranke war oft hier, um sich die Omen deuten zu lassen, nie hatte er sie offen gesehen. Das einzige Licht kam von zwei Kerzenständern, die es kaum schafften, den Raum zu erhellen. An der Wand hingen Teppiche, alle zeigten sie Jarnut, die personifizierte Mäßigung, eine der neun salischen Tugenden. Obwohl Kromgerst als kaiserlicher Seher Anspruch auf Bedienstete hatte, führte er seinen eigenen Haushalt innerhalb Noggdrarsils und lebte allein. Er war ein sonderbarer Mann. Ein von Ranke hoch geschätzter, aber sonderbarer.

Der Seher reichte ihm den Becher.

Ranke tat einen Schluck. »Auf die Goldwaage oder in Bausch und Bogen abgelehnt«, sagte er.

»Ich hoffe, dass das heute nicht passiert.«

Milde verwundert sah Ranke von seinem Becher auf. Er hatte eine lockere Bemerkung machen wollen, aber Kromgerst schien sie ernst genommen zu haben. »Ist alles in Ordnung?«

»Ja. Ja«, antwortete Kromgerst und fuhr sich über die tätowierte Glatze. »Ja. Es ist nur … Nein, mehr gleich, wenn die Prinzessin auch da ist.«

»Istrid kommt?« Unwillkürlich versteifte sich Ranke.

Ein Blick aus dem verbliebenen Auge des Sehers traf ihn. »Hättest du dir dein Erscheinen sonst anders überlegt?«

»Nein, natürlich nicht.« Er ärgerte sich über seine achtlosen Worte. Kromgerst wusste um sein angespanntes Verhältnis zur Prinzessin, er musste ihm nicht auch noch Steilvorlagen liefern.

Ein stochernder Zeigefinger erschien vor Rankes Gesicht. »Das sieht mir nach frischem Kummer aus«, sagte Kromgerst. »Hat sie dich wieder rausgeschmissen, Wappenkönig?«

»Du weißt davon?«

»Ich bitte dich. Es gibt wenige Geheimnisse in Noggdrarsil, die welche bleiben.«

»In dem Maße, in dem du über meine Probleme sprechen kannst, scheint es dir besser zu gehen.«

Ein leises Grinsen erschien auf Kromgersts Gesicht. »Also hast du ein Problem mit ihr.«

Ranke seufzte. »Ich finde keinen Zugang mehr zu ihr. Ich versuche es, wirklich. Aber …« Er zuckte mit den Schultern. »Heute sind wir wieder aneinandergeraten. Der chimrische Gesandte ist die Treppe des Alltempels hinuntergestürzt worden, und –«

»Er ist was?« Kromgerst riss sein Auge auf.

»Ja. Ich weiß. Ein Mord, der gegen alles verstößt, was uns heilig ist. Und Istrid, sie … sie hat es einfach so beiseite gefegt. Als ob sie den Frevel nicht sähe. Es wäre die Schuld der Chimren, sagt sie.«

Kromgerst brummte nachdenklich. »Ich weiß, was sie meint.«

»Kromgerst! Das kann nicht dein Ernst sein.«

»Du hast Klevs nur in meinen Worten erlebt – ich habe es *gesehen*. Und nicht allein Klevs. Jede Traumbotschaft aus dem Chimmgau ist ein Albtraum. Das ganze Land erstickt in Blut.«

»Kromgerst, das will ich nicht bestreiten, aber das ist nicht mein Punkt. Wir können doch nicht –« Wieder wurde er von Kromgerst unterbrochen, aber dieses Mal, indem der Seher seine Hände ergriff.

»Ranke. Ranke, hör mir zu. Ich glaube, dass Istrid sehr wohl weiß, wie schwerwiegend dieser Vorfall ist. Aber er hat mit eurem eigentlichen Problem nichts zu tun. Finde heraus, was es ist, und löse es. Es ist wichtig, dass ihr zwei euch versteht, jetzt mehr als jemals zuvor.«

»Leichter gesagt als getan. Dazu müsste sie mit mir reden. Und als ich sie das letzte Mal gefragt habe, endete das in meinem Rausschmiss.«

»Ich sage nicht, dass es leicht wird, sondern, dass es wichtig ist. Aber du bist der oberste Herold des Reiches. Wer, wenn nicht du? Du führst Wegfinder. Also finde einen Weg.« Der Seher ließ seine Hände los.

Ranke verzog den Mund, nickte aber. »Du hast recht. Ich muss es versuchen.«

»Nicht nur das. Du musst Erfolg haben. Aber um dich aufzuheitern: Wenn du in der Stadt warst, warst du auch bei deinen Waisen – wie geht es ihnen?«

Ranke spürte, wie er anfing zu lächeln. »Es geht ihnen gut. Natürlich reden auch sie viel vom Krieg, aber er ist weit weg von ihnen, nur ein Abenteuer. Sie wissen nichts von Klevs oder dem Tannhausner Tor. Und so soll es bleiben.«

»Und dein besonderer Schützling? Absvinda? Wann holst du sie in den Palast?«

»Das fragst du jedes Mal. Das dauert noch, bestimmt drei Jahre. Sie kränkelt ein wenig, Fieber und Husten, nichts Ernstes.«

»Fieber? Das sollte man nicht auf die leichte Schulter nehmen ...«

»Sie ist in guten Händen.«

Bevor Kromgerst etwas erwidern konnte, klopfte es an der Tür. Ranke atmete durch. »Ich nehme an, das wird die Prinzessin sein.«

»An dir ist ein Seher verloren gegangen, Wappenkönig, ich sage es immer wieder.« Kromgerst ging zur Tür und ließ die Prinzessin ein. Ihr kupferhaariger Leibwächter glitt hinter ihr in den Raum und nahm an der Wand Aufstellung.

Istrid war blass. Sie hatte sich nach dem Tempelbesuch umgezogen und trug nun ein grünes Kleid, schmal geschnitten und mit schwarzer Stola darüber. In ihrer hochgesteckten Zopffrisur saß eine silberne Bärennadel, das Schwesternstück dazu schmückte die Stola. Sie war schön wie immer, wirkte aber abgekämpfter als die herrische Version von ihr, die ihn am Fuß der Treppe des Alltempels zurechtgewiesen hatte. Die tiefblauen Augen hatten einen müden Glanz angenommen, ihr Blick war gesenkt.

Sie kam von ihrem Vater, ging es Ranke auf, und er musste schlucken. Mit gemischten Gefühlen neigte er den Kopf. Es trieb ihn um, dass sie ihm gegenüber so feindselig auftrat, aber es dauerte ihn gleichzeitig, sie so offenkundig unglücklich zu sehen. Und er fürchtete den Grund dafür. »Prinzessin«, grüßte er, nachdem Kromgerst sie an den Tisch geführt hatte.

»Wappenkönig.« Sie setzte sich und sah stumm auf die Tischplatte.

Kromgerst bot auch ihr etwas zu trinken an, doch Istrid lehnte ab. Der Seher legte die Hände zusammen und räusperte sich. »Ich danke euch beiden für euer Kommen. Ich weiß, eure Zeit ist knapp bemessen, aber es ist wichtig. Es geht, wie du, Prinzessin, dir wahrscheinlich schon denken kannst, um deinen nächtlichen Besucher.«

Istrid nickte.

Erstaunt sah Ranke von einem zum anderen.

»Gestern Nacht ist ein junger Mann im Schlafgemach der Prinzessin und ihrer Frau erschienen«, klärte Kromgerst ihn auf. »Ein Seher, der gerade seinen Gang über die Traumfelder abgeschlossen hatte und sich einen höchst ungewöhnlichen Ort für seine Rückkehr in die wache Welt aussuchte, zugegeben.«

»War er …?«, fing Ranke an, eine Frage zu formulieren.

»Nein.« Kromgerst winkte ab. »Er stellte zu keinem Zeitpunkt eine Gefahr dar. Ich habe mich auf Wunsch der Prinzessin ausgiebig mit ihm unterhalten. Er ist jung und unüberlegt, aber harmlos. Was er allerdings zu berichten hatte, ist es nicht.«

»Was hatte er denn zu berichten?«, fragte Ranke.

Kromgerst brummte, es klang nervös. Bis jetzt hatte er gestanden, nun aber setzte auch er sich umständlich. »Bevor ich dazu komme, möchte ich euch beide bitten, mir zuzuhören, offen und unbenommen. Es ist wichtig, dass ihr nicht gleich verwerft, was ich erzählen werde. Es wird sich absurd anhören, aberwitzig sogar. Aber es besteht eine nicht geringe Chance, dass es trotzdem stimmt. Und in diesem Fall müssen wir uns dafür wappnen. Wir und das Reich und die Welt. Ich bitte daher, wirklich ernst zu nehmen, was ich gleich berichte.«

Gespannt beugte sich Ranke über den Tisch. »Grund und Boden, Kromgerst, versprochen, aber was ist es?«

Ohne zu antworten, blickte der Seher zu Istrid. Mit dunklem Blick nickend, gab auch sie ihre Zusicherung.

»Also gut.« Kromgerst räusperte sich. »Was dieser junge Mann mir erzählt hat, deutet darauf hin … es deutet darauf hin, dass die Zeit der toten Omen zu Ende gegangen ist.«

Ranke brauchte einen Moment, bis er einen Gedanken fassen konnte. »Bitte was?«, war sein erster.

Kromgerst nickte. »Danach sieht es aus. Sie ist zu Ende. Die Zeit der toten Omen ist zu Ende.«

»Wie ...?« Ranke schüttelte den Kopf.

Beinahe mitfühlend nickte Kromgerst. »Ich weiß. Es ist schwer, das ...«

»Was bedeutet das?« Zum ersten Mal ließ Istrid sich hören. Wach und angespannt blickte sie den Seher an.

Kromgerst kratzte sich die tätowierte Glatze. »Das bedeutet ...« Wieder brummte er. »Im Grunde ist es ganz einfach. In der Zeit der toten Omen haben uns die Ewigen Wisper, die wir auf den Traumfeldern gefunden haben, nur in den seltensten Fällen zu brauchbaren Weissagungen geführt. Wieso, wissen wir bis heute nicht. Aber wenn diese Zeit wirklich um ist – und danach sieht es wie gesagt aus –, dann heißt das ...«

»... dass die Ewigen Wisper wieder Wahres verkünden«, beendete Istrid seinen angefangenen Satz.

»Ganz genau«, bestätigte der Seher. Er sah von ihr zu Ranke und wieder zurück. »Ich weiß, das ist viel, und es kommt unerwartet. Aber gibt es bis hierhin Fragen?«

»Das war noch nicht alles?« Ranke hob die Augenbrauen. »Und ja, ich habe Fragen.«

Kromgerst kniff sein Auge zusammen. »Ich fürchte, ja, ich habe noch mehr Neuigkeiten. Aber erst deine Fragen, Wappenkönig. Und deine natürlich, Prinzessin.«

Istrid schüttelte den Kopf. Mit einer Handbewegung bedeutete sie Ranke, fortzufahren.

»Du sagst, du hast vom Ende der Zeit der toten Omen durch diesen jungen Seher erfahren. Wie?«

»Er hat die Ewigen Wisper der neuen Zeit mitgebracht.«

»Er hat sie mitgebracht – alle?«

Der Seher nickte. »Alle, die es bislang gibt, ja.«

»Bislang?«

»Ja. Es sind noch nicht sehr viele. Ich gehe davon aus, dass es weitere geben wird.«

»Und … woher wissen wir, dass es alle sind?«

»Das war die zweite Sache, die ich mit euch besprechen wollte.« Kromgerst machte eine Pause. »Er schreibt sie selbst.«

Unwillkürlich suchte Ranke Istrids Blick und fand ihn.

»Er schreibt sie selbst?«, warf nun auch sie eine Frage in den Raum. Ihr Ton ließ darauf schließen, dass sie Kromgersts Enthüllung ähnlich herausfordernd fand wie Ranke selbst.

»Ich weiß.« Der Seher räusperte sich. »Ich weiß, was ihr sagen wollt. Die Ewigen Wisper sind vor viertausend Jahren von Carcosa geweissagt und von Oneira niedergeschrieben worden. Alle. Ihr Kanon ist abgeschlossen. Ich weiß das, ich kenne die Überlieferung. Und trotzdem. Der Junge hat neue Wisper dabei.«

»Moment. Es gibt Millionen Wisper, nicht wahr? Niemand kennt sie alle. Woher wissen wir, dass sie neu sind?«

»Wir wissen es nicht. Aber einen, der auf seiner Liste steht, habe ich bereits auf den Traumfeldern gefunden. Das kann Zufall sein. Aber es wäre sehr, sehr unwahrscheinlich. Wie du selbst sagtest: Es gibt Millionen von ihnen. Zumindest das spricht für seine Behauptung. Und außerdem: Warum sollte er lügen?«

Es gab tausend Gründe für jede Lüge, dachte sich Ranke, fragte dann aber: »Und er will sie wirklich selbst geschrieben haben?«

»Das sagt er. Er sagt allerdings auch, dass er dabei Hilfe hatte. Von Carcosa.«

Ranke ließ ein hilfloses Lachen erklingen.

»Wappenkönig …« Kromgerst machte eine beschwichtigende Geste. »Ich weiß, wie das klingt. Aber ich habe ihn Stunde um Stunde verhört, die ganze Nacht habe ich mit ihm geredet. Alles, was er erzählt, passt zusammen. Er wirkt nicht wie ein Aufschneider.«

Und die Ewigen Wisper, die er bei sich hat, auch sie passen zu dem, was gerade passiert. Sie passen alle, fürchte ich. Noch einmal: Warum sollte er lügen? Warum sollte er zu seiner Geschichte noch etwas dazu erfinden wollen? Sie ist so schon unglaublich genug.«

»Kannst du uns einen nennen? Einen passenden Wisper?«

»Ja, natürlich. ›Der Falke steigt auf, blutend fällt der Bär / Rettung aus dem Osten / und Schrecken birgt der Kampf der ungleichen Geschwister‹. Es ist der, den ich bereits gefunden hatte. Er ist echt.«

Nachdenklich nickte Ranke. »In der Tat, er passt. Er gefällt mir nicht, aber er passt. Falke und Bär sind eindeutig. Ich nehme an, die Rettung aus dem Osten wird unser Aufgebot sein. Und die ungleichen Geschwister, das sind wir, die Salen und Chimren.«

»Ja, das ist eine Auslegung, die sich aufdrängt. Aber das heißt nicht, dass es die einzige oder auch nur eine richtige ist. Oder das bereits alles davon passiert ist. Die Wisper sind Prophezeiungen. Selbst wenn sie erst im Nachhinein verständlich sein sollten, beziehen sie sich doch auf Dinge, die noch kommen werden.«

»Erst im Nachhinein?«, fragte Istrid. »Was nützen sie uns dann?«

Verlegen zuckte der Seher mit den Schultern. »Anders wäre es besser, ich weiß. Ich fürchte nur, ich kann keine Garantie geben, dass wir alle Ewigen Wisper im Vorfeld richtig deuten können. Wir haben damit sechshundert Jahre lang danebengelegen. Auch wenn es nicht unser Verschulden war, aber es gibt praktisch keine erfolgreiche Schule der Interpretation, auf die wir Seher uns stützen könnten. Vor allem: Die Ewigen Wisper zeigen Möglichkeiten, keine Gewissheiten. Zukunft ist nicht gewiss. Wenn wir es also etwa schaffen sollten, einen Ewigen Wisper richtig zu deuten und unser Tun entsprechend abändern, kann es sein, dass nie eintritt, was er prophezeit hat.«

Angestrengt sah Istrid ihn an. »Kannst du ein Beispiel nennen?«

»Vielleicht diesen hier: ›Zerstörter Finger weist das Ende/Das vaterlose Kind irrt und verliert sein Leben/Verderbend kommt zusammen, was retten will‹. Ein Wisper, der mir noch durchaus unklar ist. Ich habe eine Vermutung, was der zerstörte Finger sein mag, oder besser: wer. Aber die anderen Verse … Die Zeit wird es zeigen, hoffentlich. Aber sollten wir beispielsweise eine Ahnung darüber erlangen, wer das vaterlose Kind ist und worin sein Irrtum bestehen könnte, dann wären wir eventuell in der Lage, es zu retten.«

»Das sind ziemlich viele Eventualitäten«, sagte Istrid.

»Ja, aber so ist das mit der Zukunft. Möglicherweise ist dieser Ewige Wisper für uns auch vollkommen bedeutungslos – wir haben ihn nicht als Vision auf den Traumfeldern bekommen, noch nicht jedenfalls. Er stand nur auf der Liste, die uns der junge Mann gegeben hat. Grautwis heißt er übrigens.«

»Das macht es nicht unbedingt einfacher, oder?« Ranke versuchte, seine Gedanken zu ordnen.

»Einfacher vielleicht nicht. Aber ich sehe es trotzdem als Vorteil.«

»Wieso?«

»Ewige Wisper muss man finden, sie drängen sich nicht auf. Ein Seher ohne große Fertigkeiten oder vielleicht auch nur ohne Glück wird den Wisper, der für ihn bedeutend wäre, womöglich gar nicht erst zu Gesicht bekommen. Oder erst im Nachhinein. Wir haben sie alle. Und wir sitzen sozusagen an der Quelle, sollten welche dazukommen.«

Nachdenklich nickte Ranke. Zumindest dieser Teil dessen, was Kromgerst sagte, ergab Sinn.

»Gut«, ließ sich nun Istrid wieder vernehmen, »gesetzt den Fall, dass alles ist so, wie du sagst und glaubst, Kromgerst. Was machen wir damit?«

»Wir verteilen die Wisper an alle Seher im Reich. So kann jeder versuchen, sich einen Reim auf sie zu machen, und es ist nicht ausgeschlossen, dass ein und derselbe auf mehrere, völlig unterschiedliche Situationen passt. Wie gesagt: Es sind nicht sehr viele.«

»Ich weiß nicht«, wandte Ranke ein, »wenn wir das tun, hat die Wisper im Handumdrehen auch der Feind. Es braucht nur einen Seher, der mit dem Herzogtum sympathisiert, einen einzigen Verräter, schon ist unser Wissensvorsprung hin. Und wir reden über Tausende. Er mag anfangs auf taube Ohren stoßen, aber sobald sich herumspricht, dass die Zeit der toten Omen vorbei ist, ändert sich das schlagartig. Und herumsprechen wird es sich.«

Istrid nickte. »Der Wappenkönig hat recht. Die Wisper bleiben vorerst unser Geheimnis.«

Kromgerst nickte. »Dann nehme ich an, bleiben uns als nächste Schritte nur zwei Dinge: die Traumfelder nach Ewigen Wispern abzusuchen, um die für uns relevanten schneller zu finden. Wieder und wieder. Und alle anderen zu drehen und zu wenden und zu sehen, ob wir nicht auch so einen Sinn aus ihnen ziehen können.«

Wieder nickte die Prinzessin. »Ich habe vollstes Vertrauen in dich, Kromgerst.«

Ranke glaubte, in diesem Satz eine auf ihn gerichtete Spitze zu hören, und warf Istrid einen verstohlenen Blick zu. Ihr Gesicht blieb undeutbar. Er wandte sich wieder an Kromgerst. »Dieser junge Seher, dieser Grautwis … ist er zu sprechen?«

»Ja. Er wartet im Nebenzimmer. Ich werde ihn holen.« Kromgerst stand auf.

»Warte noch einen Moment«, hielt Ranke ihn zurück. Eine Frage war ihm gerade noch eingefallen. »Wenn die Zeit der toten Omen vorbei ist … welche Zeit hat begonnen?«

»Das wissen wir noch nicht. Es ist Aufgabe der Großprophetin, sie zu benennen. Aber nach einem Blick auf die Ewigen Wisper würde ich sagen: keine gute. Ich hole den Jungen.«

Er verließ den Raum durch eine Seitentür. Kurz darauf kam er zurück, hinter ihm der junge Seher, der all das ausgelöst haben sollte. Ranke musterte ihn neugierig. Er konnte noch nicht lange dem Knabenalter entwachsen sein, vielleicht zählte er siebzehn, achtzehn Jahre, hatte pechschwarzes Salenhaar, das ihm strubbelig vom Kopf abstand, und braune Augen, die ihn und die Prinzessin flink und nervös abtasteten. Schlaksig war er und hoch aufgeschossen, und das, was auch das Grinsen eines erwischten Kirschendiebs hätte sein können, tanzte ihm als Andeutung über sein Backpfeifengesicht. Ranke kannte solche wie ihn: In seinem Waisenhaus tauchten sie mit steter Regelmäßigkeit auf. Es waren die, die den anderen Kindern die Flausen in den Kopf setzten, die Schelme, die Wildfänge, die, die nichts Arges wollten und trotzdem von einer Schwierigkeit in die nächste rutschten, jagten, feierten. Das konnte heiter werden.

Kromgerst bedeutete ihm, sich zu setzen, und ließ sich neben ihm auf seinen alten Platz nieder. »Das ist er«, sagte er. »Grautwis Neunfinger.«

Zwangsläufig wanderte Rankes Blick zu den Händen des Jungen. Die linke war verbunden; der kleine Finger kurz oberhalb des Ansatzes fehlte. Auch seine linke Braue war genäht, wie Ranke jetzt bemerkte. Er dachte an den Vers, den Kromgerst zitiert hatte, und maß Grautwis noch einmal aufmerksam. Sollte tatsächlich jemand, dem der Schalk derart aus den Ohren troff, der prophezeite Weiser des Endes sein? Dunkel war die Zeit wahrlich, die über sie gekommen war, aber offenbar auch sonderlich. Er blickte zu Kromgerst. Er und der Junge, fand er, gaben ein durchaus passendes Gespann ab.

»Heil dir, Prinzessin, und heil dir, Wappenkönig«, sagte der Junge nun, zweifelsohne ein Gruß, den er noch nie benutzt hatte und der ihm von Kromgerst eingebläut worden war. »Das bin ich, Grautwis. Das ›Neunfinger‹ könnt ihr weglassen.«

Wider Willen musste Ranke lächeln. Sofort flackerte als Antwort das Grinsen im Gesicht des Jungen wieder auf und wurde breiter, dann verschwand es schlagartig, als er sich sichtlich zur Ordnung rief. Ranke hätte gern gewusst, was Kromgerst ihm alles erzählt und eingeschärft hatte.

»Grautwis«, begann Istrid, »es freut mich, dich unter weniger turbulenten Umständen als gestern kennenzulernen. Ich hoffe, dir geht es gut?«

Grautwis nickte. »Gestern war … turbulent, ja. Kann man wohl sagen.« Kurz sah er zu Pranradhar hinüber, der von seinem Platz an der Wand regungslos zurückblickte.

Kromgerst räusperte sich.

»Und ja«, sprach der Junge schnell weiter, »ich wollte mich dafür entschuldigen, dass ich … dass ich in deinem Schlafzimmer aufgetaucht bin und dich und … also, es tut mir leid.«

Kromgerst nickte zufrieden.

»Ich bin mir sicher, du hast es dir nicht ausgesucht.«

»Na ja, nicht direkt, nein. Aber es gibt schlimmere Orte, denke ich, an denen man wieder auftauchen kann.«

Während Kromgerst alarmiert sein Auge aufriss, lächelte Istrid, sanft, zum ersten Mal, seit sie hereingekommen war. »Ich bin sicher, die gibt es. Ist es in Ordnung, wenn ich dir ein paar Fragen stelle?«

»Na klar.« Der Junge nickte.

»Gut. Wo kommst du her, Grautwis?«

»Aus Gauzlin.«

»Ich fürchte, ich weiß nicht, wo das ist.«

»Die nächste große Stadt ist Tarwitz, dann Drepphall. In der Südmark.«

»Und wie alt bist du?«

»Siebzehn.«

»Warum wolltest du Seher werden?«

Schulterzuckend suchte er nach einer Antwort. »Ich wollte das eigentlich gar nicht. Es … hat sich so ergeben.«

»Du musst es mir nicht sagen, wenn du nicht möchtest.«

»Dann lieber nicht. Aber es ist nichts Schlimmes. Nur seltsam. Und kompliziert.«

»In Ordnung. Und die Wunden? Schmerzen sie noch sehr?«

»Die Wunden?« Der Junge hob die verbundene Hand hoch, sichtlich froh, über etwas anderes reden zu können. Er winkte mit ihr ab. »Och, alles gut. Die Hand tut nur noch ein bisschen weh. Und die Braue gar nicht. Deine Frau ist wirklich toll.«

Wieder lächelte Istrid. »Ja, das finde ich auch.«

Der Junge grinste zurück. Ranke fiel auf, dass er kein Auge von der Prinzessin ließ. Er ahnte, warum; Grautwis wäre nicht der Erste, der von ihr hingerissen war, und er würde nicht der Letzte bleiben.

»Also«, sagte Istrid und wurde wieder ernst, »die Ewigen Wisper.«

»Ja. Was willst du wissen, Prinzessin?«

»Du hast sie wirklich selbst geschrieben? Zusammen mit Carcosa?«

»Ja. Ich schwöre. Bei Ard und Urd. Wirklich.«

»Du weißt, dass es ein Verbrechen ist, Meineid abzulegen?«, warf Ranke dazwischen. Er staunte, wie gefühlig und warm Istrid wirkte, während sie ihre Fragen stellte. Er sah Istrid nur bei offiziellen Anlässen oder in Runden wie mit den Gaugrafen, und stets zeigte sie sich so, wie sie ihm auch allein gegenüber war: kühl und reserviert. Der Junge schien auch bereits deutlich gelöster zu sein, aber als Reichsherold musste Ranke ihm zumindest einmal klarmachen, dass dies kein Gespräch unter seinesgleichen war. »Und es ist auch eines, die Prinzessin anzulügen.«

Der Junge sah ihn an, als würde er ihn zum ersten Mal wahrnehmen. Bevor er etwas antworten konnte, sprach Istrid ihn wieder an. »Du würdest mich nicht anlügen, Grautwis, oder?«

»Nein! Nein, ganz bestimmt nicht.«

»Gut«, sagte sie und lächelte wieder. »Gut. Erzähl mir davon, wie es ist, Ewige Wisper zu schreiben.«

»Dann glaubst du mir also?«

»Nehmen wir einmal für dieses Gespräch an, ich täte es, ja.«

Ein erleichtertes Grinsen erschien auf dem Gesicht des Jungen. »Es ist ... ich weiß gar nicht. Kromgerst, kann ich was trinken?«

»Natürlich.«

»Bier, bitte.«

Der Seher schenkte Grautwis einen Becher ein. Der Junge trank einen großen Schluck und dann noch einen und noch einen. Ranke und Kromgerst wechselten einen Blick, der Seher hob die Braue über seiner leeren Höhle und zuckte beinahe entschuldigend mit den Schultern. Mit den Lippen schnalzend, setzte Grautwis den Becher wieder ab. »Es ist anstrengend«, sagte er dann und wischte sich mit dem Ärmel über den Mund. »Zuerst dachte ich, ich würde es nie schaffen, ich meine: Ewiger Wisper! Aber als ich damit erst mal angefangen hatte ... Als würden sie aus mir herausfließen. Es war ein bisschen so, als wären sie meine Kinder.«

»Ich bezweifle, dass eine Mutter Kinderkriegen ähnlich beschriebe wie du«, sagte Istrid.

»Hast du welche?«

»Nein. Ich ... werde auch keine bekommen.«

»Wa... Natürlich, du bist ja mit deiner Frau verheiratet!«, rief der Junge. »Dumm von mir.«

»Das ist der Grund, ja.«

Ranke sah das Gespräch wieder ins Nebensächliche abdriften. Mit einem plötzlichen Einfall lenkte er es zurück zum Wesentlichen. »In den Ewigen Wispern, die du bereits geschrieben hast, deutet irgendetwas aufs Wetter hin?«

»Aufs Wetter?«, fragte der Junge überrascht.

Aus dem Augenwinkel sah Ranke, wie Istrid ihm einen aufmerksamen Blick zuwarf. »Ja«, sagte er. »Aufs Wetter. Seit Wochen schon spielt es verrückt. Der Himmel sieht aus, als würde er jeden Moment niederstürzen. Es blitzt, aber es donnert nicht. Es gibt auch keinen Regen. Und der Wind … Er ist anders als sonst. Unstet. Manche fürchten bereits eine Missernte – es ist unglaublich.«

Istrid nickte. »Mit dem Wetter stimmt etwas nicht. Gibt es irgendeinen Hinweis in den Ewigen Wispern, der uns helfen könnte, das zu verstehen?«

Nachdenklich schürzte der Junge die Lippen. »Wetter? Nein, mir fällt dazu nichts ein. Dir, Kromgerst?«

Der Seher brummte verneinend.

»Gut«, sagte Ranke in die Runde, nun ebenfalls schulterzuckend. »Es war nur ein Gedanke. Aber sollte sich das ändern, lasst es uns wissen. Und bis dahin …« Er wandte sich wieder an den Jungen. »Erzähl uns von Carcosa, Grautwis.«

»Ich mag sie nicht.«

»Du magst sie nicht?«, wiederholte Ranke. Er sah, wie sich Grautwis' Gesicht verdüsterte, während er den Kopf schüttelte.

»Nein. Sie ist überheblich, sie hält sich für oberschlau und hat mir ständig das Gefühl gegeben, nichts zu wissen. Und sie hat mir nicht geholfen, als ich auf den Traumfeldern ihre Hilfe brauchte.« Der Blick des Jungen wanderte unwillkürlich zu seinem Fingerstumpf. »Wenn's nach mir geht, würde ich sie nie wiedersehen.«

Ranke nickte. Nicht unbedingt das, was er von der Ersten aller Seher erwartet hätte. Aber er hätte auch nicht gewusst, *was* er erwartet hätte. »Du bist sicher, dass es Carcosa war?«

»Ja. Ganz sicher.«

»Wieso?«

»Na ja …« Der Junge sah ihn an, als hätte er ihn nach der Farbe des Himmels gefragt. »Sie ist in ihrer Stadt aufgetaucht, zum Beispiel?«

»Das verstehe ich nicht.«

»In Carcosa ist man immer allein. Keiner kann da mit einem anderen rein.«

Ranke blickt Kromgerst an. Der Seher nickte.

»Aber sie war da«, erzählte Grautwis weiter, »sie kann das. Und sie kann auch in Träume rein. Sie lebt auf den Traumfeldern – seit viertausend Jahren! Sie kann da alles, einfach so.« Er schnippte mit den Fingern der unverletzten Hand. »Wer sollte das sonst können?«

»Ich verstehe. Offenbar handelt es sich um ein sehr mächtiges … Phänomen«, erwiderte Ranke. »Aber das sind streng genommen keine Beweise.«

»Glaub mir, sie war's«, sagte Grautwis und wandte sich hilfesuchend an Kromgerst. »Sie war's, Kromgerst. Du weißt es auch.«

Der Seher nickte langsam. »Es spricht vieles dafür, Wappenkönig. Nicht nur ihr Auftauchen in Carcosa. Sie hat Grautwis auch Oneiras Bibliothek gezeigt – ein Gebäude, das noch niemand jemals zuvor in Carcosa gefunden hat. Und wer sollte ihm sonst gezeigt haben, wie man Ewige Wisper schreibt?«

»Vor allem«, ergriff jetzt auch Istrid das Wort, »was änderte es? Wir haben nur die Wisper, die wir haben. Mögen sie von Carcosa, Grautwis oder jemand anderem kommen.«

Ranke gab auf. Natürlich musste sich Istrid auf die andere Seite schlagen. »Es ist meine Pflicht zu hinterfragen«, sagte er nur noch, obwohl ihm eine andere Erwiderung auf der Zunge lag. »Und sollte es nicht Carcosa sein, dann sollten wir versuchen, herauszufinden, wer oder was sich für sie ausgibt und wieso.«

»Glaub mir, sie war's, die gelbe Schlampe.« Der Junge schlug sich auf den Mund und sah erschrocken zur Prinzessin. »Es … es tut mir leid …«, begann er kleinlaut.

Istrids Braue war hochgeschnellt, sie warf Grautwis einen verdutzten Blick zu. »Sie muss dir wohl wirklich übel mitgespielt haben …«, sagte sie schließlich.

Grautwis nickte.

»Gelb?«, wollte Ranke wissen.

»Ja, sie trägt gelb.«

»Hat diese Farbe etwas zu bedeuten?«

Kromgerst wiegte den Kopf. »Darüber habe ich auch schon nachgedacht. Die Farbe der Großpropheten ist Purpur. Streng genommen war Carcosa keine, weil erst Oneira diesen Titel annahm, aber wer, wenn nicht sie, ist eine? Gelb hingegen ... ich weiß es nicht. Du bist der Herold.«

»Tja ... Im Banner der Anwaren symbolisiert es Gold«, erwiderte Ranke grübelnd. »In unserem Korn. In Sabarien steht es für Verstand und Weisheit. Neid ist Gelb und Gier auch; in Athanais müssen Dirnen gelb tragen. Keine Farbe hat eine höhere Strahlkraft.«

»Gelb ist die Farbe des Zwielichts«, sagte der Junge.

Alle sahen ihn an.

»Carcosa ... Ich weiß, sie hat mir gezeigt, wie ich die Ewigen Wisper schreiben soll, aber ... sie ist ein Ungeheuer. Seht.« Mit der Rechten schob er den linken Ärmel nach oben und hob den nackten Arm. Vom Ansatz seines Verbands bis zum Ellbogen standen ihm die Haare zu Berge. »Ich muss nur an sie denken, und es gruselt mich.« Er zog den Ärmel wieder runter.

»Du glaubst, dass sie ein falsches Spiel spielt?« Ranke sah ihn eindringlich an. Sie waren in dieser Sache vollkommen von diesem jungen Seher abhängig, ging es ihm durch den Kopf. Es war wichtig, dass er die Bedeutung des Ganzen verstand und ernst nahm.

»Ich weiß es nicht«, lautete seine Antwort. »Ich habe darüber nachgedacht, aber ich weiß es nicht. Ich habe keine Ahnung, was sie will oder warum sie tut, was sie tut. Sie sagt, dass es wichtig ist, dass die neue Zeit ihre richtigen Wisper bekommt, aber ob das alles ist ... Ich glaube, sie ist für uns alle vollkommen unbegreiflich. Wirklich. Ich meine, ich kann mich nicht einmal in einen Vierzigjährigen hineinversetzen. Und sie ist viertausend Jahre alt.«

Langsam nickte Ranke. Was der Junge sagte, ergab auf seine Weise Sinn. Nur half es ihnen leider nicht weiter.

»Gibt es unter den Ewigen Wispern, die wir bereits haben, einen, der uns etwas über den weiteren Verlauf des Kriegs sagen könnte?«, fragte er. »Oder über die offene Frage von Auduns Heerfolge?«

»Auduns was?«, fragte Grautwis mit großen Augen. »Und wer ist Audun?«

Kromgerst lächelte. »Ja, womöglich«, antwortete er dann nach kurzer Überlegung. »Grautwis, der Wisper mit dem Boten von Alt und Neu, wie ging er noch mal genau?«

»›Der alte Feind spricht doppelt / Sind alle versammelt, fehlt einer / Und der Bote von Alt und Neu zieht ins Zentrum‹.«

»Danke, genau, den meinte ich. Der alte Feind, das könnte Meuren sein; der Gau hat schon einmal rebelliert. Ebenso der Fehlende. Demnach würden wir Audun nicht zur Umkehr bewegen können. Wenn ich recht überlege, könnten es aber auch die Chimren sein: Als einziges Brudervolk sind sie kein Teil des Heiligen Reiches, jedenfalls nicht vollständig.«

»Was nützt uns das?«, fragte Istrid nun wieder, nachdem sie lange nichts gesagt hatte. »Was nützt uns diese Kunde, wenn sie nicht weiter eingeordnet werden kann? Heißt das nun, dass wir uns um die Meuren nicht weiter bemühen sollen, weil sie sowieso nicht kommen werden? Oder ist das ein Hinweis, dass wir diesen Ausgang noch abwenden können? Wir können spekulieren, was gemeint sein könnte – Weisungen daraus ableiten nicht.«

Kromgerst brummte entschuldigend. »Ich weiß es nicht, Prinzessin. Niemand in den letzten sechshundert Jahren war in einer Situation, wie wir es heute sind. Ich hoffe, dass wir schon bald mehr sagen können. Pesh wird dabei helfen, und unser junger Freund hier auch.«

Nur halb befriedigt nickte Istrid. Ein Klopfen an der Tür kam allerdings ihrer Antwort zuvor. Nach einem verwunderten Blick in die Runde stand Kromgerst auf. Aus den Augenwinkeln sah

Ranke, wie sich Pranradhar an der Wand straffte. Mit harten Blicken folgte Istrids Leibwächter dem Seher zu Tür.

Es war Begine.

Die Persevantin stand mit drängender Miene auf der Schwelle. »Es ist dringend, sehr«, sagte sie.

Kromgerst ließ sie herein.

Ranke wusste, dass seine Schülerin gerade eine schwere Zeit durchmachte. Sie war Meurin, und die Weigerung ihres Heimatgaus, die Heerfolge zu erklären, bedrückte sie. Aber als künftige Heroldin musste sie sich daran gewöhnen, ihren Gemütszustand nicht im Gesicht herumzutragen, und was es auch sein mochte, dass sie hierher führte … Weniger Gefühlswallung wäre besser und möglich gewesen. Er würde Begines Verhalten noch etwas länger beobachten, um dann gegebenenfalls mit ihr zu sprechen. Noch jemand, den er ihm Auge behalten müsste, dachte er, sah kurz zu Istrid hinüber und seufzte innerlich.

»Prinzessin, Wappenkönig«, Begine neigte den Kopf, »ich bringe wichtige Kunde, verzeiht mein Eindringen.« Ihre Wangen waren vor Aufregung gerötet.

»Sprich«, forderte Istrid sie auf.

»Es ist das Herzogtum. Es ist nach Anwar einmarschiert, Undgard ist an seiner Seite.«

Blitzschnell wechselte Ranke mit Istrid und Kromgerst Blicke. Das machte Anwar zu einem natürlichen Verbündeten. Und wo das eine der beiden Erzenen Königreiche stand, stand auch das andere.

»Die Kunde stimmt? Bist du dir sicher?«

Begine nickte, immer noch leicht aufgelöst. »Der Gesandte Alzek hat es mir selbst gesagt. Er suchte dich, Herr, und wollte dich sprechen.«

»Haben die Chimren den Verstand verloren?«, fragte Kromgerst. »Was hat sie nur geritten? Krieg gegen Anwar? Das ist ein Geschenk der Götter.«

»In der Tat, das sind gute Nachrichten«, pflichtete Ranke ihm bei. »Nun stehen auch Anwars und Hardals Heere gegen den Feind.«

»Nein, Herr.« Begine schüttelte ihren Kopf. »Auch das sagte der Gesandte: Ihr Aufgebot sei vollständig vernichtet worden. Das anwarische Heer existiert nicht mehr.«

Ungläubig sah Ranke seine Schülerin an. »Vernichtet? Aber … Wie ist das möglich? Die Anwaren sind zu Recht stolz auf ihr Heer, ihre Waffen sind die besten der Welt.«

»Der Gesandte Alzek sagte, eine Flut habe es vernichtet.«

»Eine Flut?«

»Das war das Wort, das er benutzte, ja. Der Leurs sei über die Ufer getreten und habe das ganze Land bis zur undischen Grenze überschwemmt. Sie sind alle ertrunken.«

»Der Leurs? Bis zur Grenze? Wie … wie kann das sein? Und es waren wirklich nicht die Chimren, die sie geschlagen haben?«

Begine schüttelte den Kopf. »Nein, Herr. Aber der Gesandte Alzek sagte auch, dass die Chimren von der Flut unbeschadet geblieben wären. Ihm falle es selbst schwer zu glauben, aber die Traumbotschaften, die er aus der Heimat bekommen habe, seien klar und eindeutig. Er war sehr aufgewühlt.«

Ranke blickte in die Runde und sah in ähnlich ratlose Gesichter, wie er selbst eines aufgesetzt hatte. »Nun gut«, sagte er schließlich. »Ich verstehe das nicht. Aber was sich auch zugetragen haben mag, wir werden die Erzenen Reiche als Verbündete gewinnen können. Und das Heer der Hardalen existiert noch. Prinzessin, wir müssen mit dem Kaiser sprechen. Er muss davon unterrichtet werden. Wir müssen jetzt auf die Anwaren zugehen.«

Er sah, wie Istrid mit dem Kopf schütteln wollte. »Prinzessin!«, entfuhr es ihm, und es überraschte ihn selbst, wie flehentlich er klang.

Istrid hielt inne, vielleicht überrumpelt von seinem Gefühlsausbruch. Schließlich nickte sie. »Er war sehr erschöpft, als ich ihn vorhin besucht habe. Ich werde nach ihm sehen. Wenn er wach ist, geht es. Ansonsten morgen.«

Ranke beugte den Kopf. »Danke.« Als Wappenkönig hatte er jederzeit Zugang zum Kaiser, aber es war besser, Istrid nicht noch mehr gegen ihn aufzubringen.

»Prinzessin, Wappenkönig«, begann Kromgerst. Er brummte nachdenklich. »Anwaren hin, Hardalen her – ich glaube, die Nachricht ist größer als das.«

»Was meinst du?«, fragte Ranke.

»Wir sind uns alle einig, dass das Wetter nicht so ist, wie es sein sollte. Der Wind, merkwürdige Blitzeinschläge, diese ewige Wolkendecke …«

»Ja? Und?«

»Es scheint, als wäre das nicht das Einzige, was sich wider seine Gesetzmäßigkeiten verhält. Ich meine den Leurs. Ein Fluss, der über seine Ufer tritt, Meile um Meile übers Land rollt und ein ganzes Heer verschlingt? Hört sich das an wie etwas, das passieren sollte? Wir haben nun bereits zwei Elemente, die Grund zur Sorge geben.«

Ranke sah den Seher überrascht an. So hatte er die Sache noch nicht gesehen. Mit einem Mal überkam ihn dasselbe unwirkliche Gefühl wie unter der Weltesche. Er spürte, wie sich seine Nackenhaare aufrichteten. »Worauf willst du hinaus?«

Der Seher zuckte mit den Schultern. »Auf gar nichts, fürchte ich. Noch nicht. Aber ich halte das nicht für einen Zufall, nein. Ich fürchte, etwas ist im Werden. Etwas Ungutes. Ich weiß jedenfalls, dass ich die Traumfelder sehr genau nach Botschaften absuchen werde, die uns vielleicht mehr über das berichten, was in Anwar wirklich passiert ist.«

Ranke nickte, ein merkwürdiges Gefühl im Bauch. »Gut. Jedes Mehr hilft uns.«

»›Zerstörter Finger weist das Ende‹«, sagte Istrid unvermittelt. Sie blickte sinnend auf die Tischplatte.

»Prinzessin?«, fragte Kromgerst.

»Tyrja Tiwhild. Die Oberbefehlshaberin der Chimren. Der Reichsheermeister hat es dieser Tage einmal erwähnt: Ihr fehlt ein Finger.«

25
Grautwis

Es hatte gerade angefangen, mächtig langweilig zu werden, und dann kam da dieses Mädchen ins Zimmer.

Sie war hinreißend.

Ihr schwarzbraunes Haar trug sie aufwendig geflochten wie eine Kette um ihren Kopf, aus der einzelne, lange Strähnen herabfielen. Orangefarbene Kornblumen steckten darin, und orange war auch das Tuch, das sie sich um ihre Schultern gewunden hatte. An den Handgelenken und Ohren glänzte es golden. Aus Gold war auch das Medaillon, das sie um ihren Hals trug, ein Fuchs, dessen Schweif als Ring um ihn herumführte. Ihr Kleid war von dunklem Beige, ein breiter, brauner Gürtel hielt es auf ihren Hüften. Es verbarg die Kurven ihres Körpers, doch nicht so weit, als dass es Grautwis' Fantasie nicht gereicht hätte. Und dann das Gesicht, das Gesicht! Es war eines, von dem er träumen wollte. Schüchtern leuchteten ihre blauen Katzenaugen, ihre vollen, geschwungenen Lippen standen leicht geöffnet, von derselben Aufregung wohl, die ein zartes Rosa auf ihre Wangen gezaubert hatte. Mit angehaltenem Atem blickte Grautwis sie an und wusste nicht, wo zuerst hinsehen.

Er war unfähig, den Blick von ihr zu lassen. Istrid war schön, aber auf die Weise einer Götterstatue, edel, voll Anmut und unerreichbar. Die Schönheit dieses Mädchens jedoch war die schlafloser, hitziger Nächte, und sie kam in so sittsamer Weise daher, dass Grautwis tausend schlimme Dinge einfielen, die er mit ihr machen wollte.

Er wusste, dass das, was sie erzählte, wichtig war. Egal, was sie sagte, es war und würde immer wichtig sein. Er wusste aber auch, dass nichts mehr wichtig war, außer, dass es sie gab, dass sie in diesen Raum gekommen war und ihn mit ihrem Duft und Vogelzwitschern füllte. Und dass sie nie wieder gehen durfte. Das war wichtig. Anwarische Heere und Flutwellen? Nicht so sehr.

»Oha«, sagte er, weil nichts besser gepasst hätte, als er seine Sprache wiederfand.

Das Mädchen drehte sich zu ihm um. Kurz ruhten ihre Augen auf ihm, und dieser Moment war ein Schock, ein Schrecken, so gewaltig, dass er sofort auf die Traumfelder geflüchtet wäre, hätte er die Möglichkeit dazu gehabt. Und so voll Wonne, dass er ihn für nichts auf der Welt hergegeben hätte. Für eine viel zu kleine Ewigkeit hakte sich ihr Blick in seinen, dann war alles schon wieder vorbei: Sie hatte sich umgedreht.

Sie hatte sich umgedreht.

»Das ist schlimm«, schoss er erklärend hinterher, »das mit den Anwaren, meine ich.« Er hatte etwas sagen müssen und fand, dass er das ganz gut hinbekommen hatte. Aber schlimm war auch, dass sie sich abgewendet hatte. Weil er in dieses Gesicht blicken und diese Augen sehen wollte und diesen Mund und nicht mehr wusste, was er ansonsten noch anfangen sollte mit seinem Leben.

Und dieser Moment tiefer, ehrlicher Verzweiflung war der Moment, in dem Grautwis ihren Hintern entdeckte. Er war ein Typ für Brüste gewesen; Brüste faszinierten ihn, Brüste waren das Beste. Er würde auch immer einer bleiben. Aber, Götter, was hatte dieses Mädchen für einen Hintern! Vom Rest der Unterhaltung bekam er nichts mehr mit; schließlich war es Kromgerst, der ihn mit dem Ellbogen aus seiner Verzückung holte. »Grautwis.«

»Hm?«

»Ob du noch Fragen hast?«

Grautwis sah auf und blickte in Kromgersts Auge. Vom Seher sah er zum Wappenkönig, dem dunkelblonden Langhaar mit
den vielen Fragen, zur Prinzessin, deren Zauber er nicht mehr
spürte, und dann zu ihr, für die er immer noch keine Worte
hatte.

Keine der Fragen, die er hatte, würde er in dieser Runde stellen.

»Nein«, sagte er, sich räuspernd, und schüttelte den Kopf.

»Gut, dann verbleiben wir so. Prinzessin, Wappenkönig, ich
danke euch noch einmal für euer Kommen und noch mehr für
eure offenen Ohren.«

Grautwis, der keine Ahnung hatte, wie sie verbleiben würden,
stand zusammen mit allen anderen auf. Die Prinzessin verabschiedete sich und nahm ihren kupferschopfigen Leibwächter mit, der
ihn mit einem letzten stechenden Blick bedachte. Auch der Wappenkönig schloss sich ihnen an, und Grautwis' Gehirn fing fieber-
haft an, sich Gründe und Vorwände zu überlegen, sich dem wun-
derbaren Geschöpf anzuschließen, weil sie als Nächstes gehen
würde und er unbedingt in ihrer Nähe bleiben wollte. Aber das
Wunder geschah: Sie blieb.

Grautwis wusste auf einmal nicht mehr, wohin mit sich selbst.

»Grautwis?«, fragte ihn Kromgerst.

»Ja?«

»Was ist? Worauf wartest du?«

»Was?«

»Begine – sie soll dir doch Noggdrarsil zeigen. Grautwis? Ist alles
in Ordnung?«

Begine. Sie hieß Begine. Grautwis war erleichtert: Sie war also
doch nicht perfekt. Und sie sollte ihm den Kaiserpalast zeigen!
Das Wundermädchen mit dem Großmutternamen! »Ja«, sagte er,
»alles in Ordnung. Auf geht's!«

»Ich bin übrigens Grautwis«, sagte er vor Kromgersts Gemach, nachdem Kromgerst seine Tür geschlossen hatte.

»Ich weiß«, sagte sie. »Hallo, Grautwis.«

Sie sprach mit ihm! Wieder jagten Schrecken und Jubel durch seinen Körper, dann wurde er sich bewusst, dass weder er noch sie seitdem etwas gesagt hatten. Götter, sagte er sich, während die Stille sich zog, warum musste er ausgerechnet jetzt so neben sich stehen? Das war doch gar nicht seine Art. Frauen, Mädchen, Menschen mit Brüsten, damit kannte er sich aus. Menasthenes las, er jagte Schürzen. Er wusste, wie man auf sie zuging und wie man sie zum Lachen brachte, welche Fragen man ihnen stellte, um ins Gespräch zu kommen, und auf welche man besser verzichten sollte. Und ausgerechnet jetzt fiel ihm keine einzige ein, nicht einmal eine von den unangemessenen.

Begine ging schweigend neben ihm her durch den Kaiserpalast, den Blick zu Boden gerichtet.

Als ob er überhaupt nicht da wäre, dachte er. Das war nicht gut, das war gar nicht gut. Er hatte nicht viel Zeit. Wieder und wieder hatte er eine Erfahrung gemacht: Entweder man war schnell. Oder man war gar nicht.

Los. Komm schon.

»Sag mal …«, fing er an, ohne genau zu wissen, wohin er wollte, einfach, weil er anfangen musste. Irgendwas würde kommen, irgendwas kam immer.

Dieses Mal nicht.

Mit wachsendem Entsetzen merkte er, dass seine angefangene Frage noch immer in der Luft hing.

Sie hob den Kopf. »Was denn?«

Ihm fiel nichts ein. Nichts.

Einfach nichts.

So sehr fiel ihm nichts ein, dass sein Gesicht anfing, sich zu einer Grimasse zu verziehen, aus Furcht und Scham, aber auch einfach, um irgendetwas zu tun zu haben. Begine war inzwischen stehen geblieben und sah ihn mit einer Verwunderung an, die langsam zu Irritation überwechselte.

»Ist alles in Ordnung mit dir?«

Grautwis wusste, dass man in ernsten Schwierigkeiten war, wenn das Mädchen, das man beeindrucken wollte, einem diese Frage stellte. »Ja«, würgte er nach weiteren Augenblicken qual-voller Grimassenschneiderei heraus, und es kostete ihn alle Geisteskraft, die er aufbringen konnte. »Ja, alles in Ordnung. Mit dir auch?«

Mit. Dir. Auch. Was für eine bescheuerte Frage, die unfassbar dümmste, die er hatte stellen können! Unter allen Millionen Fragen, die es gab, suchte sich sein Hirn diese aus. Grautwis hätte sich am liebsten geschlagen, er wusste, er hatte es verdient.

»Mit mir?« Begines perfekt geschwungene Augenbrauen beschrieben entgegengesetzte Bewegungen: Die eine schnellte ungläubig nach oben, die andere knautschte sich irritiert Richtung Nasenwurzel.

Gar nicht gut, dachte sich Grautwis wieder, gar nicht gut. »Was ich eigentlich wissen wollte: Ist es weit?« Endlich eine Frage. Keine besonders gute, aber immerhin irgendeine.

»Weit?« Sie kicherte. »Du bist nicht von hier, oder?«

»Nein.« Hilflos starrte er sie an. Er mochte nicht von hier sein, aber Begine war nicht von dieser Welt. »Wieso?«

»Wir sind doch schon im Kaiserpalast.« Wieder kicherte sie.

»Klar.« Grautwis dachte nicht nach, er sprach einfach drauf los. »Ich meine, weit bis dahin, was du mir zeigen willst.« Das war gut, das klang nach einer sinnhaften Erklärung. »Ich bin gestern Nacht schon mit Kromgerst ein paar Runden gelaufen, weißt du. Die Gänge hier kenn ich schon. Ich nehme an, es gibt hier noch ein bisschen mehr zu sehen.« Er grinste. Er hatte sich gefangen.

Aber jetzt, in genau diesem Moment, merkte er, dass er von

Kopf bis Fuß in sie verschossen war. Also richtig. Mit Herzfunkeln und so, und nicht nur Schwanzjucken. »Oha«, sagte er nur, als ihm die ganze Tragweite dieser Erkenntnis klar wurde.

»Das sagst du öfter, oder?«

Er kam sich belämmert vor, beinahe schlaftrunken. »Nur, wenn es stimmt«, sagte er. »Und das – was zum Schatten ist das?«, brachte er den Satz zu einem auch für ihn unerwarteten Ende.

Sie waren auf einer Korridorkreuzung stehen geblieben, und er hatte durch die Fenster der nächstgelegenen Gangtür gesehen.

Nur, dass diese Gangtür keine Gangtür war, sondern nach draußen führte. Mit schnellen Schritten war er bei ihr und riss die beiden Flügel auf. Wind schlug ihm entgegen, als er auf der Schwelle zum Balkon stehen blieb und entgeistert die Augen aufriss.

Vor und unter ihm lag die größte Stadt, die er je gesehen hatte. Sie nahm kein Ende.

Bis zum Horizont streckte sie sich, oder beinahe jedenfalls, und sie hatte mehr Häuser, Straßen, Kanäle, Türme, Mauern, Plätze, Denkmäler, Brücken, Hallen, Pforten, Höfe, Gärten, Treppen, Kuppeln, Tempel, Warten und Menschen, als er jemals gleichzeitig gesehen oder auch nur für möglich gehalten hatte.

Grautwis wusste nur nicht, was ihn mehr in sprachlose Bewunderung versetzen sollte: die Stadt oder die Tatsache, dass er hoch über ihr stand.

»Unfassbar«, brachte er mühsam heraus. »Das ... ist Salhall?«

Begine war ihm nachgekommen. »Aber ja. Hattest du denn ...«

»Nein«, unterbrach er sie, noch immer um Fassung ringend, »hatte ich nicht.«

»Oh.«

»Und wieso sind wir in einem Turm? Ich dachte, wir sind im Kaiserpalast.« Grautwis sah hinauf zur Decke und den Korridor entlang, den sie gekommen waren. Das waren dieselben Gänge, die er nachts mit Kromgerst abgegangen war. Und er hatte keine

Ahnung gehabt, dass er so hoch oben im Himmel gewesen war. Der Turm musste gigantische Ausmaße haben. Wie konnte so etwas nur erbaut worden sein?

Begines Lachen holte seinen Blick zurück. Es war kein spöttisches Lachen, kein Auslachen, sie lachte belustigt, in ihre Hände hinein, und auf ihren Wangen waren zwei Grübchen erschienen. Sie sah bezaubernd aus.

Er hatte sie zum Lachen gebracht.

Und alles, was er hatte tun müssen, war ein Weltwunder aufzutreiben, das ihm die Sprache verschlug. Zwei, streng genommen. Fürs nächste Mal würde er sich etwas anderes überlegen müssen, aber für den Moment wusste Grautwis, was er zu tun hatte. »Machst du dich etwa lustig über mich?«, fragte er mit dem freundlichsten Grinsen, zu dem er in der Lage war.

Begine schüttelte den Kopf, während sie noch immer in ihre Hände lachte und ihn dabei ansah. Das war das Wichtigste. Er hielt den Blick. Und hielt ihn. Als sie schließlich wegsah, nahm sie die Hände vom Mund, ihr Lachen verebbte. »Wir sind im Kaiserpalast«, sagte sie noch immer kichernd. »Der Turm *ist* der Kaiserpalast. Er heißt Noggdrarsil, All-Nabel.«

»Noggdrarsil, aha. Wie … wie hoch ist er?«

»Hundertfünfzig Schritt. Noggdrarsil ist das höchste Gebäude der Welt.«

»Hundertfünfzig? Scheiß mir ins Hemd!«

Begines Augen wurden groß, und erschrocken ging Grautwis auf, dass seine Wortwahl keine war, die Begine öfter hörte. Dann kicherte sie wieder. Grautwis grinste. Wieder senkte er den Blick in ihren.

Verlegen wich Begine ihm aus. Sie streckte den Arm aus. »Es sieht richtig unheimlich aus.«

Grautwis wusste, was sie meinte. Der Himmel über Salhall war von einem dunklen Anthrazit.

»Ja«, sagte er, »das tut es.« Verwundert merkte er, dass er keinen Wind spürte. So weit oben hätte es Wind geben müssen, sagte er sich. Er erinnerte sich daran, was in Kromgersts Runde über das Wetter gesagt worden war. Er war an der Küste aufgewachsen und wusste, wie ein Sturmhimmel aussah. Dieser hier verhieß nichts Gutes.

»Vielleicht sollten wir wieder zurückgehen«, sagte Begine.

»Ja, vielleicht.« Alles, was sie wollte. Er hing an ihren Lippen, und deshalb sah er auch, wie ihr Gesichtsausdruck plötzlich schreckhaft wurde und ihre Augen groß. »Schau!«

Vor ihnen hatten die Wolken begonnen, sich zu drehen. Das Anthrazit wurde zu einem violetten Schwarz.

Nun ebenfalls erschrocken, machte Grautwis einen Schritt zurück hinter die Schwelle des Balkons und zog sie instinktiv mit sich. »Was ist …«

Der Donnerschlag, der auf sie niederging, war das lauteste Geräusch, das er jemals gehört hatte. Er spürte ihn durch seinen Magen fahren und seine Knochen vibrieren. Und er schien endlos. Wie eine stählerne Trommel rollte er durch die Luft und hörte nicht auf, steigerte sich vielmehr in ein Tosen, das die Ohren schmerzhaft versagen ließ. Aber so Furcht einflößend der Donner und die drehenden Wolken auch waren, nachdem Grautwis den ersten Schreck überwunden hatte, kümmerten sie ihn nicht mehr. Im Schutz des Korridors hinter der Balkontür hatte sich Begine an ihn geklammert – das war alles, was zählte. Draußen mochte die Welt untergehen, aber solange er ihre Hände um seinen Arm spürte, war das in Ordnung. Schlagartig war es finster geworden, Nacht beinahe; Grautwis konnte kaum noch Begines blasses Gesicht erkennen. Und in der Dunkelheit, die vom Himmel gestürzt war, nahm er sich ein Herz, beugte sich zu ihr vor und küsste sie.

Weder sah er die Ohrfeige kommen, noch hörte er sie, weil der Donnerschlag noch immer rollte, aber er spürte sie heiß auf seiner

Wange brennen. Mit einem Ruck riss sich Begine los und rannte zurück in den Flur.

»Begine!«, rief er ihr hinterher, aber nicht einmal er hörte sich vor dem Brüllen des Donners. Er eilte ihr ein paar Schritte hinterher und rieb sich die Wange. An der Korridorskreuzung blieb er stehen. »Begine?«, rief er abermals, fragend jetzt. Grautwis mühte sich vergeblich, sie in der Finsternis zu entdecken, dann jagte ein Blitz die Dunkelheit zurück in die Ecken und erhellte leere Flure. Nach ihm folgten ein zweiter und ein dritter. »Begine?«, rief er noch ein drittes Mal, leiser, und wieder schluckte das Donnerkrachen die Silben. Beunruhigt sah er über die Schulter zur Balkontür, in deren Rahmen sich Blitze abzeichneten. Es war eine Mischung aus Faszination und Schrecken, die ihn schließlich zurückgehen ließ.

Über den Dächern Salhalls drehten sich die Wolken in einem gigantischen Strudel, ausgeleuchtet von einem zitternden, flackernden Netz aus Blitzen. So viele waren es, dass die nächsten bereits zuckten, während ihre Vorgänger noch im Auge nachleuchteten. Langsam klang der Donner aus. Grautwis' Ohren fühlten sich taub an.

Ein Blitz flammte derart nah vor dem Balkon herunter, dass er die ganze Welt in kaltweiße Helligkeit verschwinden ließ und Grautwis seine Hitze auf der Haut spürte. Instinktiv warf er sich zurück. »Schatten«, keuchte er, als er sich wieder vom Boden aufrappelte. »Das war knapp.«

Plötzlich aufpeitschender Wind fuhr unter die Flügel der Balkontür und schmetterte sie gegen die Flurwände. Grautwis, der bereits wieder ein paar Schritte rückwärts gemacht hatte, beschloss, ganz von hier zu verschwinden. Das alles war ihm unheimlich.

Er beschloss, zurück zu Kromgerst zu gehen, musste aber feststellen, dass er sich nicht mehr erinnern konnte, aus welchem

Korridor er und Begine gekommen waren. Alles sah gleich aus. Unschlüssig wählte er einen auf gut Glück. Er rüttelte an der ersten Tür des Flurs, aber sie war verschlossen. Bei der zweiten hatte er mehr Glück. Sie öffnete sich in einen kleinen Saal mit einer langen Tafel in der Mitte. Er war leer. Unter den Fenstern standen gepolsterte Bänke. Nach kurzem Zögern ging Grautwis zu einer von ihnen hinüber und streckte sich auf ihr aus, rücklings, die Hände hinter den Kopf verschränkt. Er blickte durchs Fenster über ihm in den zuckenden Himmel. Es war nun merkwürdig still. Nach dem ersten, endlosen Donner war nichts mehr zu hören außer dem Fauchen des Winds und ab und an einem leisen Klirren der Fensterfassungen. Grautwis geriet ins Nachdenken, über die Geschehnisse der letzten Stunden, über Begine und ob er wirklich zu vorschnell gewesen war. Was Begine in ihm ausgelöst hatte, überraschte ihn. Er war eigentlich niemand, der sich blitzverliebte. Aber dieses Mal ... Er vermisste sie bereits, schmerzhaft, ein Ziehen im Bauch, das er nicht loswurde. Und was für ein Tölpel er gewesen war!

Begine war kein Dorfmädchen wie die Nachbarstöchter in Gauzlin, die er leicht hatte beeindrucken können. Sie war auch kein sinnliches Früchtchen, wie Ludva es gewesen war, und zu denken, sie würde ihn sofort zurückküssen – das war große Dämlichkeit gewesen. Und er hoffte, dass er sich damit nicht alles verbaut hatte. Er musste versuchen zu retten, was noch zu retten war. Gleich nach dem Sturm würde er damit anfangen. Der Sturm. Wieder blickte er aus dem Fenster in den zuckenden Himmel. Blitze rasten vorüber. Wolken flohen kreiselnd. Wind strich durch die Läden. Ihm fiel auf, dass kein einziger Tropfen an den Scheiben hing, und was hatte der Wappenkönig über den Regen gesagt? Dass er im ganzen Reich ausblieb? Oder war das die Prinzessin gewesen? Begine schob sich erneut in seine Gedanken, mit ihren Augen und diesem unglaublich süßen kleinen Schmollmund,

und … Er merkte, wie seine Gedanken ausfransten und ins Leere liefen. Er merkte auch, dass er langsam wegdämmerte und …

Zwielicht quoll in den Saal. In dicken, gelben Wellen pulste es heran. Er setzte sich auf, frische Furcht in den Adern. Am anderen Ende des Saals stand eine vertraute Gestalt, verhüllt und mit tief hängender Kapuze.

– Grautwis. – Carcosas Stimme knisterte in seinem Kopf. – Dachtest du wirklich, du wärst mich los? –

Mühsam kämpfte Grautwis gegen seine Furcht an. Die gelbe Gestalt stand reglos am anderen Ende des Saals. »Du«, stieß er hervor.

– Ich. –

»Wo warst du?«, brach es aus ihm heraus. »Wo warst du, als ich dich gebraucht habe?«

– Ich war immer bei dir, Grautwis. Die ganze Zeit. –

»Die ganze Zeit? Willst du mich verarschen?« Er riss seine verbundene Hand hoch. »Das hier habe ich dir zu verdanken. Ich habe einen Finger verloren!«

– Einen Finger hast du verloren, einen Namen hast du bekommen. Was ist mehr wert? –

»Lenk nicht ab! Du warst bei mir? Wirklich? Ich habe nach dir gerufen. Ich habe dich angefleht, mir zu helfen …«

– Ich weiß. ›Du mieses Stück gelbe Scheiße, du verfickte, kuttentragende Trockenfotze, komm raus und hilf mir.‹ –

Grautwis stockte. »Was?«

– Das waren deine Worte, nicht wahr? –

»Ich …«

Die gelbe Gestalt kam näher. Sie stand nun am anderen Ende der Tafel. Grautwis rutschte ans Ende seiner Bank.

– Du musst keine Angst haben, Grautwis, nicht vor mir. Ich nehme dir deine Worte nicht übel. –

»Nicht?«, fragte er zaghaft.

– Nein. Warum sollte ich? Es würde bedeuten, dass du Macht über mich hättest, aber du hast keine. –

Grautwis kochte. Sie würde nie mit ihren überheblichen Spielchen aufhören. »Wenn du da warst, warum hast du mir nicht geholfen?«

– Denk nach und beantworte dir die Frage selbst, Grautwis. Du bist jetzt ein Seher. –

»Du willst mir jetzt bestimmt weismachen, dass ich selbst da durch musste, weil es Teil meiner Prüfung war, oder irgendein so ein Mist, stimmt's?«

– Wenn du es weißt, wieso fragst du? –

»Ich hätte draufgehen können!«

– Bist du es? –

Die Frage traf Grautwis unvorbereitet. Wieder stockte er. »Nein. Natürlich nicht. Was für eine blöde Frage.«

– Nein, Grautwis. Meine Hilfe war erst viel später nötig. –

»Genau. Als ob du – Moment, was hast du gesagt? Später? Wann später?«

– Denk nach. –

»Du hast mir nicht geholfen. Niemals.«

Wieder kam die gelbe Gestalt näher. Sie stand jetzt auf seiner Seite der Tafel, knapp ein Dutzend Stühle entfernt. – Denk nach. –

»Keine Chance. Nachdem diese komischen Augen vorbeigekommen waren, bin ich losgelaufen. Und bis zu diesem Brunnen habe ich nichts und niemanden mehr getroffen. Ganz sicher nicht dich.«

– Und wer hat dir den Brunnen in den Weg gestellt? –

Im ersten Augenblick verschlug es Grautwis die Sprache. Meinte sie das ernst? Vor allem aber: Konnte das wirklich stimmen? Er hasste es, wenn sie das mit ihm anstellte und ihn an sich selbst zweifeln ließ. »Du willst mir sagen, dass der Brunnen dein Werk war?«

– Noch einmal, Grautwis: Denk nach. Der Brunnen, wo hast du ihn schon einmal gesehen? –

»Schon einmal …?« Angestrengt versuchte Grautwis, sich an den Brunnen zu erinnern, in den er auf den Traumfeldern gesprungen war. Es war ein kleiner Zierbrunnen gewesen. Aus den Nebeln tauchte eine Bank auf, dann Zypressen und – er schlug sich mit der Hand an die Stirn. »Carcosa!«, rief er. »In der Stadt. Das war der Brunnen, an dem ich dich zuerst getroffen habe.«

– Das war er. –

»Und du … du hast ihn wirklich für mich da hingestellt?« Argwöhnisch musterte er die gelbe Gestalt. Zwischen den gebeugten Schultern hing die Kapuze herab. Sollten die Augen, die sich in dieser Kapuze verbargen, wirklich noch etwas sehen, dann wäre es nur der Boden. Er fragte sich, wie wohl ihr Gesicht aussähe. Gab es überhaupt eines in dieser Kapuze? »Warum?«

– Auch das habe ich dir bereits gesagt, Grautwis: Du darfst nicht scheitern. –

»Und das wäre ich sonst?«

– Sag du es mir. –

»Nein! Das nimmst du mir nicht weg! Ich bin da allein rausgekommen. Das war mein Gang, und ich habe ihn allein zurückgelegt. Verstehst du? Ich war das, ich! Mein Wille hat mich gerettet, nicht dein verschissener Brunnen.«

Die gelbe Gestalt stand nun direkt vor ihm, schweigend.

»Was willst du eigentlich noch von mir?«, fragte Grautwis, weil ihm nichts anderes mehr einfiel. »Ich habe die Wisper bereits geschrieben.«

– Gesehen und geschrieben. Verteilt. –

»Verteilt?«

– Auf den Traumfeldern. –

»Was meinst du?« Dann musste er daran denken, dass er den Bogen mit den Ewigen Wispern nicht mehr besessen hatte, als er wieder in der wachen Welt aufgetaucht war. Er hatte gedacht, er hätte ihn während des Kampfs mit Ludva verloren, oder er wäre zusammen mit seinen Kleidern einfach auf den Traumfeldern geblieben, aber wieder einmal schien er sich geirrt zu haben.

– Du hast die Ewigen Wisper mit auf die Traumfelder genommen. Und dort sind sie geblieben. Dort gehören sie hin. Für jeden zu suchen und zu finden. Aber zum ersten Mal ist eine Niederschrift auf die Traumfelder gelangt. Das ändert ihre Natur. –

»Was soll das heißen?«

– Deine Ewigen Wisper sind nun viel unmittelbarer Teil der Traumfelder, als meine es wurden. Oneira sammelte sie, aber sie hat sie nie hinter den Schleier getragen. –

»Ich verstehe immer noch nicht.«

– Die Ewigen Wisper werden so leicht zu finden sein wie noch nie zuvor. Sie sind die Saat, die du auf die Traumfelder gebracht hast. Die Saat ist aufgegangen. –

Grautwis gefiel nicht, was er hörte. Der Plan, den Kromgerst und die Prinzessin ausgeheckt hatten, die Wisper geheim zu halten, konnten sie sich also abschminken. »Du wusstest, dass das passieren würde«, sagte er. »Warum hast du mir das nicht gesagt?«

– Ich wusste es. Du musstest es nicht wissen. –

»Weißt du was?«, entgegnete Grautwis verärgert, »das ist genau der Grund, weshalb ich dir nicht traue: Du sagst, dass du mir helfen willst, aber du verrätst mir immer nur so viel, wie es dir passt. Was soll das?« Er ballte die Faust. »Ich schwöre dir, eines Tages ...«

Die gelbe Gestalt hob den Kopf nur um eine Fingerbreite. – Ja? –

Ihre Stimme in seinem Geist hatte sich nicht verändert, aber die winzige Bewegung der Kapuze hatte ausgereicht, um Grautwis wieder die Haare im Nacken aufzustellen. Er musste vorsichtiger sein. Carcosa zu drohen war dumm, wahrscheinlich sogar gefährlich. Er hatte keine Ahnung, was passieren würde, sollte er es einmal schaffen, sie tatsächlich zu provozieren, aber er wollte es auch nicht herausfinden. Er öffnete die Faust wieder. »Sag mir einfach, was du noch von mir willst.«

– Dich an deine Pflicht erinnern. –

»Was für eine Pflicht?«

– Du bist Seher, Grautwis. Suchen und Finden. Deuten. –

»Suchen? Ich muss nicht suchen, ich habe die Ewigen Wisper geschrieben. Ich hab sie im Kopf. Schon vergessen?«

– Deine Suche hat gerade erst begonnen. Du hast die Ewigen Wisper geschrieben. Hast du sie verstanden? Weißt du, wovon sie künden? – Sie hob eine Hand und deutete mit einem gelb behandschuhten Finger nach draußen, wo noch immer das Unwetter tobte. – Glaubst du, das eine hätte mit dem anderen nichts zu tun? –

»Es steht nichts drin. Glaubst du, ich hätte daran nicht gedacht?«

Wieder bewegte sie ihren Kopf unter der Kapuze. – Alles, Grautwis, steht in den Ewigen Wispern. –

»Weißt du es denn?«, fragte er trotzig, kam sich aber augenblicklich dumm vor.

– Es sind deine Wisper, Grautwis. Es ist deine Deutung. –

Er holte Luft für eine Erwiderung, merkte aber, dass er keine hatte.

– Finde die Zusammenhänge. Finde die Zukunft. – Die gelbe Gestalt hob die Hand und tippte ihm mit ihrem Zeigefinger an die Stirn. Grautwis fühlte die Mürbe des äonenalten Handschuhstoffs auf seiner Haut kratzen. – Und nun, Grautwis Neunfinger, wach auf. –

Grautwis schlug die Augen auf und kämpfte mit seiner Orientierung. Im Traum hatte er auf der Bank gesessen, nun fand er sich zwar auf ihr wieder, aber liegend, und der Raum kippte auf ihn nieder. Als er sich wieder sicher beantworten konnte, wo und wie er war, setzte er sich auf. Obwohl er wusste, dass die gelbe Gestalt nicht mehr da wäre, sah er sich nach ihr um. Danach blickte er aus dem Fenster. Das Unwetter war nicht mehr. Hinter dem Fenster strahlte ein wolkenloser, blauer Himmel. Er stand auf und verließ den Saal. Nach mehreren auf gut Glück probierten Türen klopfte er an die richtige: Kromgerst machte ihm auf.

»Wieder zurück?«, wollte der Seher wissen. »Bei dem Unwetter hast du wahrscheinlich gar nicht viel mehr sehen können als gestern Nacht, so dunkel, wie das war. Konnte dir Begine aber trotzdem was zeigen? Die Halle der Ewigen Einigung vielleicht? Sie ist unglaublich.«

Ungeduldig schüttelte Grautwis den Kopf. »Kromgerst, ich habe sie wieder gesehen – Carcosa! Ich habe sie gesehen!«

Kromgerst riss sein Auge auf. »Hier?« Mit einer Handbewegung bat er Grautwis herein.

»Ja, hier.« Grautwis folgte der Einladung und ließ sich mit dem alten Seher an dem Tisch im Zimmer nieder. »Ich bin während des Sturms in irgendeinem Saal eingeschlafen, und sie hat mich besucht.«

»Und, was wollte sie?«

»Dass ich mich um die Deutung der Wisper kümmere. Und die Zusammenhänge zwischen dem Wetter und den Prophezeiungen finde.«

Wieder brummte der Seher. »Nun, es hätte mich auch gewundert, wenn es keinen gäbe. Aber hat sie dir irgendeinen Hinweis gegeben?«

»Nein, natürlich nicht. Sie hat wieder ihre Spielchen abgezogen.«

»Ich muss schon sagen: Von all den Ungeheuerlichkeiten, die du mit dir gebracht hast, Grautwis, ist das die, mit der ich am meisten Schwierigkeiten habe.«

»Womit? Dass Carcosa ein überhebliches Miststück ist?«

»Wenn du es so ausdrücken magst, ja.«

Grautwis antwortete mit einem Schulterzucken. »Wahrscheinlich war sie schon immer eines. Und viertausend Jahre auf den Traumfeldern werden einen nicht angenehmer machen.«

Der Seher musste lachen. »Ja, du wirst recht haben. Vielleicht ist die Sache doch einfacher, als ich dachte. Aber auch wenn sie ein Miststück sein mag, dürfte sie doch recht haben: Du solltest dich an die Deutung der Wisper machen.«

Grautwis fiel etwas ein. »Sie hat noch etwas gesagt. Dass die Wisper viel leichter zu finden sein werden als alle anderen. Weil ich ihre Niederschrift mit rüber auf die Traumfelder gebracht habe.«

»Dann müssen wir davon ausgehen, dass sie nicht lange geheim bleiben.«

Grautwis nickte.

»Das ist nicht gut, aber nicht zu ändern. Umso wichtiger ist es dann, dass du wirklich schnell mit ihrer Deutung vorankommst. Warte hier.« Der Seher wollte sich vom Tisch entfernen, aber Grautwis hielt ihn auf. »Kromgerst?«, fragte er.

»Ja?«

»Warum ich?«

Ein milder Blick aus dem Auge des Sehers traf ihn. »Das weißt du, Grautwis Neunfinger. Du hast sie geschrieben – wer könnte besser in der Lage sein, sie zu deuten?«

»Hilfst du mir?«

Kromgerst lächelte. »Tue ich das nicht bereits? Und nun warte, ich bin gleich wieder zurück.« Der Seher verschwand in einem seiner Zimmer.

Grautwis sah sich um und betrachtete die Wandteppiche. »Warum hast du nur welche mit Jarnut drauf?«, fragte er, als Kromgerst zurück war.

»Was unterscheidet uns Seher von anderen Menschen?«, erwiderte dieser und setzte sich Grautwis gegenüber an den Tisch. Er stellte ein kleines Kästchen zwischen sie beide.

»Unser Wille.«

»Genau, unser Wille. Ein starker Wille ist prinzipiell etwas Gutes. Er allein hat uns dazu befähigt, die Traumfelder zu überleben. Aber ich kenne auch nichts Zerstörerischeres, nichts Gefährlicheres als unseren Willen. Jarnut verkörpert die Tugend der Mäßigung. Ich finde, gerade wir Seher sollten uns ab und an daran erinnern, dass etwas Beherrschtheit noch niemanden geschadet hat. Unser Wille ist wichtig. Aber es ist entscheidend, was wir mit ihm machen, was wir uns gestatten. Deswegen die Teppiche.«

Grautwis griff sich an die Nasenwurzel. »Hm. Darüber habe ich noch nie nachgedacht.«

»Dann tu das. Aber nicht jetzt.« Der Seher zwinkerte ihm zu, öffnete das Kästchen und schob es Grautwis hin. In seinem Innern lagen Pesh-Kugeln. »Jetzt kümmern wir uns um deine Ewigen Wisper.«

26

Turid

Die Sonne schien.

Nach Tagen dichter Sturmwolken segelten die Habichte über der Heidelandschaft mit ihren Gräsern und Sträuchern im Saphir des Himmels. Am Boden, zwischen den erblühten Schmielengräsern und Zwergsträuchern, zirpten Grillen. Bläulinge und Feuerfalter flatterten in der Luft, und ab und an ließen sich brummend Bienen oder Hummeln hören, wenn sie schwer vom Ginster abhoben. Auf Steinen sonnten sich Goldkronsalamander. Es gab keinen Weg, auf dem Turid das Pferd lenkte, das man ihnen gegeben hatte. Mit Asa vor sich im Sattel führte sie das Tier einfach nach Südosten, und wo immer sie glaubte, Anzeichen dafür zu sehen, dass sie sich einer Siedlung näherten, wich sie aus.

Die Vorstellung, anderen Menschen zu begegnen, entsetzte sie.

Die ersten Tage nach Klevs hatte sie Durchfall gehabt, und sie hatte gezittert, so sehr, dass sie kaum die Zügel hatte halten können. Dann war der Durchfall gegangen und das Zittern schließlich auch, aber die Bilder in ihrem Kopf waren geblieben. Wieder und wieder spielte sie die Schrecken durch, die Klevs für sie bedeutete. Sie konnte alles sehen, alles hören und riechen, aber die Bilder loswerden konnte sie nicht. Sie hingen fest, und auch das entsetzte sie.

Die Nächte waren schlimmer. In den ersten hatte sie kein Auge zugemacht. Jetzt fand sie zwar in unruhigen Schlaf, aber Klevs jagte sie auch, wenn sie auf die Traumfelder glitt. Mit Asa auf dem Arm floh sie durch Straßen, aus deren Häusern Blut floss, und Menschen mit weißen Waffenröcken und nussbraunem Haar tanzten um sie herum, verwandelten sich in Galgenschlingen und fingen an, sie zu würgen. Manchmal träumte sie auch von dem Mann in der Hobelbank. Wie er plötzlich seine blutverkrusteten Augen öffnete und anfing, »Chimmgau, meine Liebe« zu singen.

Und dann gab es noch den Traum, in dem der Falken-Anführer vorkam. Das war der Schlimmste. In Gegensatz zu den anderen war er kein Sturzbach schrill brüllender Eindrücke, sondern ruhig und geradlinig. Alles war blassblau übertüncht, als hätte die Sonne den Traum ausgebleicht, und mit seinen traurigen Augen sah der Mann sie an, setzte sie aufs Pferd und hob Asa hoch, um sie ihr zu reichen. Aber dann überlegte er es sich, nahm sie wieder runter und gab Turids Pferd einen Klaps. Und während sie auf dem fortgaloppierenden Reittier schrie, wurde Asa hinter ihr immer kleiner und kleiner. Ihre Tochter blickte ihr mit steinernem Gesicht nach, und dann ergriff sie die Hand des Mannes und hielt sie fest. Das war immer der Moment, in dem Turid panisch aufschreckte, nach Asa tastete, sie eng zu sich heranzog und auf den Morgen wartete.

Anfangs stießen sie noch oft auf verbrannte Karren und totes Vieh, erschlagene Salen und schwelende Hoftrümmer; die ersten Meilen nach Klevs waren besonders schlimm: Die Mörderbanden hatten ihr Blutwerk auch auf die andere Seite der Stadtmauern ausgedehnt. Es waren diese Spuren kaum vergangener Gemetzel, die Turid ins Land fliehen ließen, weg von der großen Reichsstraße und den kleinen Wegen, die nach Süden führten. Nur weg, weg von allen Menschen.

So ritten sie langsam voran, Tag um Tag, immer auf der Hut, immer den fahrigen Blick in der Ferne, spähend. Im nun klaren Wetter waren die Blauzahnberge zu ihrer Linken ein flaches, bläuliches Band am Horizont.

Die Hochheide, durch die sie zogen, hätte sie, die Erdhüterin, entzücken müssen. Jedes Gaggelkraut, jeder Wiesenpieper, jedes Birkhuhn hätte sie entzücken müssen. Jeden Tag mehrte die Frühsommersonne die Schönheit der Schöpfung, aber Turid hatte nur die Schrecken vor Augen, die sie aus Klevs mitgenommen hatte.

Als eines Morgens das Pferd verschwunden war, sagte Asa: »Nicht schlimm, Mama. Dann laufen wir eben.« Und Turid nickte nur. Sie wusste, dass das Pferd wichtig gewesen war. Wichtig, um schnell voranzukommen. Aber trotzdem: Ein weggelaufenes Pferd – wie konnte das nach dieser furchtbaren Stadt noch schlimm sein? Wie konnte irgendetwas nach Klevs noch schlimm sein?

Zu Fuß ging es weiter. Ihr Ziel, Kershorn, war ein Versprechen, das ebenso vage wie fern erschien. Es war wichtig, dass sie die Stadt und damit Sicherheit erreichten, aber wichtiger noch war es, dass sie niemanden begegneten. Menschen, das war Turid in Klevs klar geworden, waren Mörder. Und sie hatte ihre Tochter vor ihnen zu beschützen. Das Land ernährte sie; Turid wusste, welche Pilze man essen konnte und welche nicht, wie man Feuer machte und Fische in Reusen aus geschnittenem Strauchwerk fing. Ihr Messer hatten die Falken Turid zwar bei der Gefangennahme abgenommen, aber sie hatte bei einem der ausgebrannten Flüchtlingszüge vor Klevs ein neues gefunden und auch ein paar Decken.

Eines Tages stolperten sie beinahe in einen verlassenen Weiler, der überraschend unterhalb eines Hangs lag. Es war ein Angerdorf, nach Salenart angelegt um einen zentralen Dorfplatz, und keine Menschenseele zu sehen, kein Vieh zu hören, nichts. Es gab keine Anzeichen von Verwüstungen, auch die Dorfesche stand noch. Mehrere Stunden beobachtete Turid das Dorf aus den Wacholdersträuchern heraus, in denen sie sich panisch versteckt hatten. Und erst, als sie sich auch wirklich sicher war, dass niemand sie erwarten würde, traute sie sich hinunter.

In den Häusern fand sich einiges, das ihnen weiterhalf. Beutel und ein bisschen Holzgeschirr, ein paar kurze Seile und auch ein Wasserschlauch, ein Handbeil und Kerzenstümpfe. Essbares suchten sie vergebens. Die Leute, die hier gelebt hatten, waren nicht überstürzt aufgebrochen, sondern hatten ihre Flucht gut vorbereitet. Turid beglückwünschte sie im Stillen. Kurz überlegte sie, ob sie und Asa zumindest eine Nacht in einem Bett schlafen sollten, aber sie traute sich nicht: Auch in dieser Gegend mochten Mordbanden unterwegs sein, und ein Dorf, verlassen oder nicht, würden sie nicht links liegen lassen. Asa protestierte zwar, aber sie blieb hart. Nach einem schnellen Gebet an dem Erdschrein neben der Dorfesche ging es wieder hinaus in die Einsamkeit der Büsche, nach Südosten, der Sicherheit entgegen.

Dann brach sich Asa den Fuß.

Der Tag war ungewöhnlich heiß; Turid wanderte mit ihrer Tochter an einem Bachlauf entlang, als es passierte. Asa, summend und hopsend, rutschte auf einem der Ufersteine aus, schrie auf und stürzte. Turid sah sich den Knöchel an, der bereits anschwoll, und wusste Bescheid. Sie versorgte den Bruch, so gut es ging. Sie wusste sich um Frauen im Wochenbett zu kümmern und wie man Fieber bekämpfte, sie konnte auch kleinere Platzwunden nähen. Aber sie hatte noch nie einen Bruch gerichtet. Aus dicken Zweigen schnitt sie Schienen und band sie Asa um den Fuß. Ihre Tochter schrie dabei wieder auf, und eine Weile hielt Turid sie im Arm und versuchte, sie zu trösten. Und während sie der wimmernden Asa leise ein altes Wiegenlied sang, dachte sie über ihre Lage nach, und ihr ging auf, wie hoffnungslos sie geworden war. Die Flucht nach Kershorn war schon vorher hochgradig ungewiss gewesen: Hinter ihnen kam der Krieg durchs Land, vor ihnen lagen lange Meilen voll potenzieller Salenhasser, die alles erschlugen, was schwarze Haare hatte. Wie sollten sie die hinter sich bringen, wenn Asa nicht laufen konnte?

Sie versuchte, zuversichtlich zu bleiben und etwas von ihrer Überzeugung zu finden, dass sich letztlich alles zum Guten wenden würde, aber es war ihr nicht mehr möglich. Nein, sie würde weder Asa noch ihr ungeborenes Kind aufgeben und einfach weitermachen; solange sie lebte, würde sie das tun, doch Kraft und Glauben für mehr konnte sie nicht aufbringen.

Schließlich fertigte sie Asa eine Krücke und bat sie, sie auszuprobieren. Tapfer biss sich Asa durch, aber sie schaffte es nicht lange. Nach nicht einmal dem Viertel einer Stunde musste sie Pause machen, weinte, und sie hatten nicht einmal zweihundert Schritt geschafft. Turid hob sie schließlich auf ihren Rücken, wissend, dass auch das keine Lösung auf Dauer war, schon gar nicht in dieser Hitze. Auch sie musste viele Pausen machen, und am Ende des Tages konnte sie noch immer die Stelle sehen, an der das Unglück passiert war. Asa schlief irgendwann ein, sie blieb wach, und in der Dunkelheit der Nacht passierte es: Sie spürte die Bewegungen ihres Kindes, zum ersten Mal. Stumm fing sie an zu weinen.

Die Nacht über blieb sie wach: Sie versuchte eine Lösung zu finden, horchte auf eine Botschaft der Schöpfung, einen Fingerzeig, eine Idee, irgendetwas, aber auch der Morgen brachte nur den nächsten Tag und keine Antwort. Und der Tag brachte mehr Hitze.

Turid schleppte sich und ihre Tochter durch eine Heidelandschaft, die sich in ein Glutbecken verwandelt hatte. Mehr als einmal sah sie voller Verwunderung zum Himmel auf, der in wolkenlosem Blau erstrahlte, und zu einer Sonne, wie sie sie nicht einmal aus Hochsommertagen kannte.

Zwei Tage später war Asa fiebrig und sie selbst am Ende ihrer Kräfte. Alles Planen, alles Suchen nach einer Lösung war vorbei, Turid konzentrierte sich nur noch auf den aktuellen Moment, den Schritt, den sie gerade zu bewältigen versuchte, und vielleicht auch noch auf den, der danach kommen mochte. Und als sie die

Reiter in der flirrenden Landschaft sah, war sie zu erschöpft, um noch Angst zu bekommen. Es gab kein hohes Buschwerk, in dem sie sich hätten verstecken können, nur kniehohe Heidekräuter, und so setzte sie Asa ab, zog das Handbeil und wartete. Seit Klevs hatte sie den Anblick anderer Menschen gefürchtet, aber jetzt, da es so weit war, konnte er sie nicht mehr schrecken. Verbitterte Entschlossenheit war alles, was sie spürte.

Nachdem die Reiter sie entdeckt hatten, fielen sie in Galopp und kamen auf sie zu.

Als Turid schwarze Haare im Wind wehen sah, hätte sie beinahe geweint. Aber dann kam das Misstrauen zurück. Die Reiter mochten Salen sein, aber das war keine Garantie dafür, dass sie ihnen nichts tun würden. Auch Salen waren Menschen.

Die Reiter, an die zwanzig waren es, bildeten einen weiten Kreis um sie. Manche von ihnen trugen Rundschilde mit einem lila Widderkopf auf grünem Grund, die meisten jedoch gar keine Farben. Bewaffnet waren sie alle.

»Na, wenn das mal keine Erdhüterin ist …«, rief einer von ihnen und ließ sein Pferd näher herantänzeln. »Was treibt eine geweihte Frau mit Kind allein auf weiter Heide?«

Voll Argwohn musterte Turid den Mann. Er trug einen lila-grünen Waffenrock und ein Schwert, und hinter seinen Schultern ragte ein großer Hammer hervor. Er war noch jung, Mitte zwanzig etwa, pechschwarzes kinnlanges Haar umrahmte sein ovales, frisch rasiertes Gesicht. Auf dem Rücken seiner Adlernase hatte er Sonnenbrand und auf der linken Schläfe eine kunstvoll verschlungene Tätowierung. Braune Augen blickten Turid wachsam, aber nicht unfreundlich an. Als Turid nicht gleich antwortete, setzte er nach. »So eine hübsche noch dazu?«

Der Mann schien nicht rundheraus feindselig zu sein, und sie hatte ohnehin keine Wahl. »Meine Tochter hat sich den Fuß gebrochen«, erwiderte Turid. »Bitte, ihr müsst uns helfen.«

»Moment, Moment.« Der Mann hob eine Hand. »Nicht so schnell. Wir kennen uns doch noch gar nicht! Ich meine, du siehst aus wie eine Salin, schöne Frau, aber das Mädchen da … Das könnte auch eine Chimre sein.«

Turid, das Beil immer noch in der Hand, trat einen Schritt auf den Reiter zu. »Lass. Meine. Tochter. In Ruhe.« Ihre Stimme war ein kaltes Knirschen.

Im ersten Moment sah der Mann sie verblüfft an, dann brach er in lautes Lachen aus. »Glaubst du wirklich, mit deinem Spielzeug da könntest du mir Angst machen? Aber bitte, guck ruhig weiter so kalt, dann höre ich noch auf zu schwitzen.« Er tat, als wische er sich eine Träne aus dem Augenwinkel, und wurde dann wieder ernst. »Beruhige dich, schöne Frau. Du siehst aus wie eine Salin, du klingst wie eine Salin, und deshalb haben du und deine Tochter von uns nichts zu befürchten.« Er ballte eine Faust und streckte sie Turid entgegen. Auf den ersten Gliedern der Finger hatte er das Wort »Sale« tätowiert. Die vier Runen leuchteten kräftiger als die Schläfentätowierung, mussten also deutlich jünger sein. »Verstehst du?« Er führte die Faust zum Hammerkopf und klopfte gegen den Stahl, dann wischte er sich eine Strähne hinters Ohr. »Wir töten nur die Bösen.« Er grinste. »Aber jetzt zu euch: Wer seid ihr, und was macht ihr hier?«

Einen Moment noch hielt Turid ihre drohende Pose aufrecht, dann nahm sie das Beil herunter. »Ich bin Turid, das ist meine Tochter Asa«, antwortete sie. »Wir wollen nach Kershorn.«

»Nach Kershorn?«

»Ja, in Sicherheit.«

»Sicherheit … Na, die Meuren werden sich freuen. Wissen jetzt schon kaum, wo die ganzen Leute hinsollen, die über die Brega kommen, nach allem, was man so hört. Aber ich bin mir nicht sicher, ob du das weißt: Kershorn ist noch sehr weit weg.«

»Das weiß ich. Und meine Tochter hat sich den Fuß gebrochen. Sie hat Fieber. Deswegen bitte ich euch ja um eure Hilfe.«

Der junge Mann sah von Turid zu Asa, als würde er nachdenken. »Wo kommt ihr her?«, fragte er dann.

Turid wollte antworten, merkte aber, dass sie es nicht konnte. Sie brachte den Namen der Stadt nicht über die Lippen.

»Klevs?«

Sie fing an zu zittern.

Zu ihrer Überraschung schien er zu verstehen. In sein Gesicht trat ein mitfühlender Zug. »Schon gut, musst nicht drüber sprechen. Hab gehört, dass es schlimm gewesen sein soll.« Wieder streckte er die Hand aus, und dieses Mal war sie offen. »Abelric.«

Turid atmete tief durch, dann steckte sie das Beil in den Gürtel, ergriff die Hand und schüttelte sie.

Ohne loszulassen, sah Abelric zu Asa. »Hast du Hunger, Kleine? Im Lager haben wir gebratenes Mufflon. Richtig lecker. Da können wir uns auch um deinen Fuß kümmern.«

Als Asa nickte, beugte sich Abelric zu Turid herunter, griff ihr mit dem zweiten Arm unter die Schulter und zog sie zu sich aufs Pferd, als würde sie nichts wiegen. »Berdel«, rief er einer Reiterin zu, »nimm du die Kleine, wir reiten zurück. Hier ist ja sonst nix.«

Der ganze Trupp machte kehrt und ritt nach Süden. Turid vergewisserte sich, dass Asa gut aufgehoben war, und fragte: »Wo ist ›zurück‹?«

»Irgendein Dorf. Etwa eine Stunde von hier.«

»Irgendein Dorf?«

»Ja. Keine Ahnung, wie das Kaff heißt. Hieß. War keiner mehr da. Passiert hier öfter, die ganze Gegend ist leer. Wer vor Klevs nicht abgehauen ist, hat es danach getan.«

Turid tat, als hätte sie den Namen nicht gehört, aber die Bilder kamen trotzdem wieder. Der Mann im Schraubstock, die Katzen an der Blutlache … der Sänger. Die Masse, in der sie auf den Strick gewartet hatten. Der Anführer der Falken …

Sie musste sich unwillkürlich versteift haben, denn Abelric legte ihr die Hand auf die Schulter. »Es tut mir leid.«

Stumm nickte sie. Aber für den Rest des Ritts brachte sie kein Wort mehr heraus.

Das Dorf, das Abelric gemeint hatte, war ein verstreut angelegtes Hufendorf nach chimrischer Siedlungsart. Die meisten der Höfe waren niedergebrannt. Zwischen den Trümmern standen Zelte. Etwa fünfzig, sechzig Männer und Frauen mochten sich im Lager aufhalten, auch sie bunt zusammengewürfelt. Nicht alle hatten schwarze Haare, aber das helle Nussbraun, das für Chimren so typisch war, sah Turid nirgends. Ihr Trupp ritt an den Wachposten vorbei und hielt schließlich vor einem kleinen, schmutzigen Zelt an.

»Heda, Riesenweib! Komm raus, wir brauchen deine Dienste«, rief Abelric. Und zu Turid gewandt sagte er: »Riesenweib wird sich den Fuß deiner Tochter ansehen.«

»Riesenweib?«

»Warte es ab.«

»Als Name?«

Abelric zuckte beinahe entschuldigend mit den Schultern.

Tatsächlich schälte sich aus dem Zelteingang die größte Frau, die Turid je gesehen hatte. Deutlich über zwei Schritt groß und mindestens einen breit, wirkte sie wie eine Wand aus Muskelmasse. Turid fragte sich, wie sie in das Zelt hineingepasst hatte. Die linke Gesichtshälfte der Hünin war schwarz angemalt, der Schädel darüber kahl rasiert. Auf der anderen Seite war dichtes, schwarzes Haar in Dutzende kleine Zöpfe gedreht. »Was ist los?«, fragte die Frau mit tiefer Stimme und blickte missmutig umher. Eine dicke Wolke Pesh-Geruch war mit ihr aus dem Zelt gekommen. Um den Hals hatte sie sich einen Traumfänger gehängt, der auf ihrer gewaltigen Brust lag.

»Die Kleine hat sich den Fuß gebrochen.«

»Hat sie das, ja?« Die Frau, offenkundig Riesenweib, musterte Asa. »Hast du Schmerzen, Kleine?«, fragte sie dann.

Asa saß noch auf dem Pferd der Reiterin, die sie hochgenommen hatte, und sah Riesenweib mit großen Augen an. Dann nickte sie, nicht furchtsam, aber eingeschüchtert.

Riesenweib blickte zu Turid. »Du bist die Mutter?«

Auch Turid nickte nur als Antwort, wie ihre Tochter vollkommen eingenommen vom sonderbaren Äußeren der Frau.

»Darf ich?«

Wieder nickte Turid. »Hab keine Angst«, rief sie dann Asa zu. »Mama ist bei dir.« Sie stieg ab.

»Darf ich mal sehen?«, fragte Riesenweib nun auch Asa, die ebenfalls nickte, immer noch mit großen Augen. Die Hünin besah sich den geschienten Fuß. Schließlich hob sie Asa mit überraschender Sanftheit vom Pferd, sorgfältig darauf achtend, dass der gebrochene Fuß nirgends hängen blieb. Turid sah mit gemischten Gefühlen, wie Asa in ihren Armen lag, aber sie protestierte nicht. Asa musste geholfen werden.

»Ich werde ihr Pesh geben«, dröhnte Riesenweib. »Und dann den Fuß richten.«

»Ich will dabei sein.«

»Kannst du, Erdhüterin. Deiner Tochter wird nichts geschehen.«

Zaghaft nickte Turid.

»Los«, sagte Riesenweib zu Abelric, »hol mir ein paar Decken und mach hier draußen ein Bett für die Kleine. Ich brauche Tageslicht zum Richten.«

Abelric gab einem der herbeigelaufenen Leute einen Wink. Der Mann verschwand in einem der Zelte und kam gleich darauf wieder mit Decken heraus, die er zu einer Bettstatt formte. Riesenweib legte Asa ab, und Turid glitt neben ihr auf den Erdboden. Sie griff nach Asas Hand. »Es wird alles gut, Asa«, flüsterte sie.

Asa nickte. »Ja, Mama.«

Auch Riesenweib kniete sich nun neben Asa nieder. Aus einer Umhängetasche holte sie eine klebrige, dunkelgrüne Kugel hervor. »Hier, Kleine, das ist Pesh, lutsch das. Wird dir nicht schmecken. Hilft aber nichts.«

Asa nahm die Kugel in den Mund und verzog das Gesicht, tat aber, wie ihr geheißen.

»Wann ist das passiert?«

»Vor drei Tagen. Seit gestern hat sie Fieber.«

Riesenweib nickte.

Turid deutete auf die Tasche. »Du bist eine Seherin?«

»Ja«, antwortete die Hünin.

»Nein«, sagte Abelric, noch immer im Sattel. »Ist sie nicht. Riesenweib kann ein bisschen traumsenden. Und vor ein paar Wochen haben wir in einem Ort ein ganzes Fass voller Pesh-Kugeln gefunden. Seitdem trägt sie schwarz-weiß und tut wie Carcosa persönlich.«

»Und du bist kein richtiger Sale«, knurrte Riesenweib.

»Bin ich doch. Urgroßvater kam aus Westwegen, und …«

»Er heißt auch eigentlich Abel«, sagte Riesenweib mit verschwörerischer Miene, aber laut und deutlich zu Turid. »Abelric nennt er sich erst, seit er mit seinem Hammer einen auf Falkenjäger macht.«

»He!«, protestierte Abelric, aber dieses Mal war es Turid, die ihn unterbrach. »Pscht«, machte sie und deutete auf Asa. »Sie ist eingeschlafen.«

»Gut«, sagte Riesenweib. »Dann wollen wir mal.« Vorsichtig löste sie die Behelfsschienen vom Fuß und besah sich das geschwollene Glied. Der Bluterguss war inzwischen dunkelviolett.

»Hast du das schon mal gemacht?«, fragte Turid, plötzlich wieder besorgt, als sie sah, wie Asas Fuß zwischen den Fingern von Riesenweib verschwand. Sie hatten die Größe von Bockwürsten.

»Öfter, als mir lieb ist.«

»Riesenweib ist Baderin.«

»Maul halten, Abel«, erwiderte die Hünin trocken, ohne von Asas Fuß aufzusehen. Abelric prustete verächtlich, verzichtete aber auf eine Antwort.

»Und?«, fragte Turid.

»Die Kleine hat Glück gehabt«, sagte Riesenweib, während sie die Schwellung sacht abtastete. »Keine Splitter.«

»Dann …?«

»Wird sie wieder gehen können, ja. Und wenn der Bruch gut ausheilt, auch ohne Humpeln. Aber dafür darf sie nicht auftreten in den nächsten Wochen.« Sie bleckte kurz die Zähne und drehte den Fuß in ihren Händen. Asa stöhnte auf, wurde aber nicht wach.

»So.« Riesenweib nahm Turids Schienen und band sie neu mit einem breiten Tuchband um Fuß und Schienbein. »Das sollte erst mal reichen.« Sie klopfte sich die Hände ab. »Wenn sie aufwacht, gebe ich ihr noch einmal Pesh. Spätestens morgen sollte dann auch das Fieber wieder weg sein.«

»Ich danke dir … Riesenweib?«, sagte Turid. Zum ersten Mal seit einer Ewigkeit spürte sie wieder Zuversicht in sich.

Riesenweib nickte. »Schon gut. Und wie geht es dir?«

»Mir? Gut. Gut, danke. Wieso?«

»Na ja, in deinen Umständen … du siehst aus, als ob du anstrengende Tage hinter dir hast. Welcher Monat ist es?«

Turid versuchte, die Tage zu zählen, seit sie aus Klevs geflohen waren. Es gelang ihr nicht. »Fünfter, denke ich.«

»Du bist schwanger?«, fragte Abelric mit großen Augen.

»Ja.«

»Und der Vater?«

»Schnauze, Abel«, fuhr Riesenweib dazwischen.

»Der Vater … ist nicht mehr wichtig«, sagte Turid, plötzlich peinlich berührt. Und dann entschiedener: »Er ist nicht mehr wichtig.«

»Lass dir von Abel nicht dumm kommen, Erdhüterin«, sagte Riesenweib. »Einfach nicht beachten. Er ist harmlos. Und ohne den Hammer sähe er aus wie ein Trottel.« Die Seherin warf ihm einen Blick zu. »Vielleicht auch mit.«

»Schon gut, keine Ursache«, sagte Turid und sah zwischen beiden hin und her. »Ich … Bitte, wo könnte ich mich hier waschen? Gibt es einen Brunnen?«

»Es gibt sogar eine Wanne«, erwiderte Riesenweib.

»Eine Wanne?« Turid glaubte, ihren Ohren nicht zu trauen. Eine Wanne!

»Ja.« Die Hünin deutete auf eines der zerstörten Häuser. »In dem da. Sag den Leuten, dass sie Wasser warm machen sollen, Abel. Und mach der Erdhüterin was Ordentliches zu essen.«

»War ohnehin mein Plan, Riesenweib, aber danke«, maulte Abelric und wandte sich an Turid. »Komm.«

»Moment«, sagte Riesenweib. Sie holte eine weitere Pesh-Kugel hervor und wickelte sie in ein Blatt. »Wenn du da herkommst, wo ich glaube, wirst du die vielleicht brauchen. Gönn dir den Schlaf. Und komm abends noch mal vorbei, wenn du nach deiner Tochter sehen willst.«

Zögerlich nahm Turid die Kugel. »Danke.«

»Und noch eine Frage, Erdhüterin: Was ist mit dem Wetter los?«

»Mit dem Wetter?« Turids Blick fuhr wieder nach oben. »Ich weiß es nicht. Es ist sehr heiß, das stimmt, aber …«

»Und der Sturm?«

»Welcher Sturm?« Turid sah Riesenweib erstaunt an. »Wir haben keinen Sturm erlebt.«

»Nein? Wir schon. Hat angefangen zu pusten wie nichts Gutes, als wir hier ankamen. Das Haus da und das da hat es abgedeckt.« Sie zeigte auf zwei Langhäuser.

Turid sah sich um und bemerkte erst jetzt, dass manche der Zerstörungsspuren tatsächlich nicht so aussahen, als wären sie von Menschenhand gemacht.

»Wir haben zwölf Zelte verloren und mussten noch mehr flicken. Der Sturm zog in deine Richtung, nach Norden.«

Turid schüttelte den Kopf. »Es tut mir leid, es hat keinen Sturm bei uns gegeben. Vielleicht hat er sich verzogen?«

»Ja, vielleicht. Sah aber nicht so aus, als würde er sich schnell auflösen.« Riesenweib sah nicht überzeugt aus. »So oder so. Gefällt mir gar nicht, das Wetter.« Sie legte der schlafenden Asa die Hand auf die Stirn und schenkte Turid und Abelric keine Aufmerksamkeit mehr.

So verwundert war Turid von der Beharrlichkeit, mit der die Hünin sie zum Wetter befragt hatte, dass sie Abelric noch einmal darauf ansprach, als sie weit genug vom Zelt weg waren.

»Sie scheint das Wetter ja wirklich zu beunruhigen«, sagte sie.

»Ach, Riesenweib … Abergläubisch wie drei weiße Kater ist sie. Hat schon von Himmelsgeistern gesprochen und so. Erst der Sturm und jetzt diese Hitze … Na ja, merkwürdig ist es schon.«

»Ja, das stimmt«, sagte Turid.

»Tut mir übrigens leid wegen gerade«, wechselte Abelric das Thema.

»Wegen was?«

»Na, meiner Frage nach dem Vater …«

»Schon gut, war doch nicht schlimm. Danke, dass ihr uns geholfen habt.«

»Klar doch. Aber ich bin kein Trottel.«

»Ganz sicher nicht.«

»Wirklich nicht?« Prüfend sah sie der junge Mann an.

»Nein. Du bist keiner.« Turid erwiderte den Blick, überrascht vom plötzlichen Ernst, den Abelric an den Tag legte. Er schien ihr wenig zu seinem sonstigen großmäuligen Auftreten zu passen.

»In Ordnung«, sagte Abelric und nickte. »So, hier sind wir. Ich lasse dir Wasser holen und besorge dir Mufflon, da drüben, bei dem Langhaus. Und jetzt, schöne Frau, lasse ich dich mal allein.«

Die eine Hälfte des Hauses war niedergebrannt, im Flur roch es nach Asche. Aber der Raum mit der Wanne war unversehrt, nur über die Schwelle hatten ein paar Flammen geleckt. Als Turid schließlich in die Wanne stieg, schloss sie die Augen. Das Wasser war warm, regelrecht heiß, so, wie sie es liebte. Es gab keine Seife, nur ein paar getrocknete Wacholder-Quirlen und Schafgarben, aber auch das war mehr, als sie erwartet hatte. Sie genoss den Geruch der Kräuter und das warme Wasser auf ihrer Haut, und mit dem Schmutz löste sich auch ein Teil ihrer Anspannung. Draußen vor dem Haus hörte sie Leute sich unterhalten, von der anderen Seite drang das Gepiepse von nistenden Schwalben an ihr Ohr. Für den Moment, den ersten seit so langer Zeit, waren Asa und sie sicher und tatsächlich unter Leuten, die ihnen nichts Böses wollten. Und in der heimeligen Stille ihrer Wanne weinte Turid, wieder lautlos, und danach ging es ihr besser.

»Iss, schöne Frau, iss. Denk dran, du brauchst Nahrung für zwei«, ermunterte Abelric sie später, als sie ihre erste Portion verspeist hatte. Ohne eine Antwort abzuwarten, legte er ihr eine neue Scheibe auf den Teller und tanzte dann wieder zurück zum Spieß, auf dem ein Mufflon steckte.

Turid irritierte, wie Abelric sie ständig ansprach, aber der Bratenduft stieg ihr in die Nase. Beherzt nahm sie das Stück Fleisch in die Hand und biss hinein. Sie hatte wirklich Hunger.

»Ich kannte mal eine Magd«, fing Abelric an zu erzählen, »die war auch schwanger, und die hat gegessen – das glaubst du nicht. Richtig fett ist die geworden, also jetzt nicht nur, weil ihr Kind gewachsen ist, sondern auch so, alles: die Arme, die Beine, der Arsch, selbst der Kopf, alles. Also so richtig.«

Turid hielt im Kauen inne. »M-hm.«

»Das war ein richtiges Trumm, fast so wie Riesenweib. Von früh bis spät hat die nur gegessen. Dake hieß die. Und die kannte auch nichts: Egal was, Dake hat's gefressen. Alles durcheinander. Grützwurst, Trauben, alles rein.« Er lachte auf. »Zum Schluss hatte die Schenkel – doppelt so breit wie meine.«

»Du verstehst es, einer Schwangeren Appetit zu machen.«

Abelric drehte den Spieß um eine Vierteldrehung, prüfte die Temperatur unter dem Braten und nickte zufrieden. »Stellte sich raus, dass sie mit Zwillingen schwanger war.« Er blickte sinnend ins Feuer. »Die Dake ...« Wieder lachte er auf.

»Interessant, Abelric«, sagte Turid und schluckte den Bissen. »Aber jetzt erzähl mal: Was macht ihr hier? Und wer seid ihr? Ihr tragt nicht alle den Rock, den du anhast.«

Immer noch versonnen nickte der junge Mann. »Stimmt. Wir sind ein bunter Haufen. Was sich eben so ansammelt in dieser Scheißgegend.« Er blickte auf und kam zu Turid herüber. Dann setzte er sich auf den Boden und strich sich die Haare hinter die Ohren. »Ich bin Waffenmeister von Estfala, der Herrin von Kornstein, das liegt am Fuß der Blauzahnberge.«

»Bist du dafür nicht ein bisschen jung?«, fragte Turid zwischen zwei Bissen. Sie kannte sich mit solchen Sachen nur wenig aus, aber Waffenmeister war ein Amt, das nur verdienten, erfahrenen Kämpfern anvertraut wurde. Der ihrer Schwägerin war über fünfzig. Atlis, dachte sie und vermisste sie plötzlich. Wo sie wohl gerade wäre?

»Stimmt schon«, antwortete Abelric. »Meine Vorgängerin war alt und starb im Winter an Graufieber. Ich war ihr Lehrling. Und ziemlich gut.« Er grinste selbstbewusst.

»Und wo ist deine Herrin jetzt?«

Abelric zuckte mit den Schultern. »Tot, wahrscheinlich. Sie ist mit ihrem Aufgebot ins Tannhausner Tor gezogen ...«

»Wieso bist du nicht mit? Als Waffenmeister müsstest du doch dabei gewesen sein.«

»Ich weiß, ich weiß. Aber als der Krieg losging, hat das Graufieber auch mich erwischt. Wäre beinahe draufgegangen. Ich konnte nicht mal aufstehen, geschweige denn auf ein Pferd steigen. Ich war einer der Letzten, die krank geworden sind. Waren echt viele. Wir hatten in Kornstein bestimmt zwei Dutzend Tote.« Abelric scharrte mit dem Hacken im Boden. Das Grinsen war verschwunden. »War kein guter Winter, war kein guter Frühling.«

»Immerhin musstest du nicht im Tannhausner Tor sterben«, sagte Turid leise.

Er lachte freudlos auf. »Stimmt. Gibt ja auch nichts Besseres für einen Waffenmeister, als seine Herrin zu überleben und auf den Krieg zu warten.«

»Das macht ihr hier? Auf den Krieg warten?«

Wieder zuckte Abelric mit den Schultern. »Auf den Krieg, auf den Tod, was sonst?«

Turid versuchte, in seinem Gesicht Anzeichen dafür zu finden, dass er wieder Sprüche klopfte. Dass sie keine fand, beunruhigte sie.

»Wir reiten mal hierhin und mal dorthin«, sprach Abelric weiter. »Und wenn wir Chimren finden, erschlagen wir sie.«

»Alle, die ihr findet?«

»Alle, die wir finden.«

»Ich … weiß nicht, was ich dazu sagen soll, Abelric.«

»Nein? Dann sag ich dir was. Die Chimren haben dieses Land in einen Friedhof verwandelt. Und niemand ist da, der sie aufhält. Weißt du, wie viele Dörfer schon vor Klevs gebrannt haben? Und wie viele Salen sie an Dorfeschen gehängt haben? Es hat einen Grund, warum es hier nur noch leere Ruinen gibt. Wer nicht weggelaufen ist, ist tot.«

»Und was ist mit euch? Warum seid ihr nicht weggelaufen? Nach Kershorn?«

Entschieden schüttelte Abelric den Kopf. »Nein. Weglaufen ist etwas für feige Herzen. Oder«, er warf ihr einen Blick zu, »für Mütter, das ist etwas anderes. Aber ich bin ein Krieger, Turid, auch wenn ich noch jung bin. Und alle, die hier sind, sind es auch. Sieh mal: Da hinten, im Westen, steht der Feind, die elende Falkenbrut. Und dort im Osten, dort sammelt sich das Reich. Und es wird nicht mehr lange dauern, bis sie beide hierherkommen werden, hierher, verstehst du? Und dann werden wir dabei sein, auf der richtigen Seite.« Er ballte die tätowierte Faust. »Und bis dahin bewachen wir die Asche.«

Turid antwortete nicht gleich. Sie dachte nach über das, was sie gerade gehört hatte. Wie viel von dem, was Abelric ihr erzählt hatte, war aufgesetztes Draufgängertum, wie viel Überzeugung? Wie sehr hatten die Schrecken dieses Frühlings den jungen Mann, der vor ihr saß, verändert? Wie sehr sie selbst?

Schließlich war es Abelric, der ihr Schweigen brach. »Was denkst du, schöne Frau?«, wollte er wissen.

Turid schüttelte langsam den Kopf. »Ich weiß es nicht. Vielleicht ... Ich bin Erdhüterin, ich diene der Schöpfung. Meine Aufgabe ist es, ihre Schönheit zu mehren. Und bis vor Kurzem wusste ich auch, wie das geht. Aber jetzt ... Ich bin mir nicht mehr sicher.«

»Ich schon. Indem du die Schöpfung von dem Geschmeiß säuberst, das sie verunstaltet.«

»Ja. Und mach das lange genug, und du wirst unweigerlich selbst schmutzig werden.«

»Wieso? Was meinst du damit?«

Turid deutete auf das Schwert an seinem Gürtel. »Wie viele Chimren hast du damit schon erschlagen?«

»Damit? Keinen einzigen. Dafür nehme ich nur Schädelbeiß. Sie sind meines Schwerts nichts würdig.« Auf Turids fragenden Blick schickte er »mein Hammel« hinterher.

»Wie viele?«, wiederholte sie ihre Frage.

»Weiß nicht. Dreißig? Vierzig? Jedenfalls nicht genug, wenn du mich fragst.«

Für einen Moment schwieg Turid wieder, erschüttert über die Abgebrühtheit, mit der Abelric über das Töten sprach. Sie spürte, dass sie keine Prahlerei war. Dann fasste sie sich. Sie musste zumindest versuchen, ihm ihren Standpunkt klarzumachen. »Und wie viele von denen waren mit Sicherheit schuldig?«, fragte sie ruhig, ohne ihn aus den Augen zu lassen.

»Schuldig? Ich bin kein Richter. Ich bin Rächer. Schuld spielt keine große Rolle. Die Chimren töten uns Salen. Und wir Salen wehren uns. Ganz einfach. Ich kann nicht jedes Nusshaar vors Reichsgericht nach Salhall schicken.«

»Genau das meine ich. Du nimmst den Tod von Unschuldigen in Kauf. Er ist dir egal.« Sie legte die Hand auf seine. »Abelric, das ist falsch.«

Er entzog sich und rutschte auf dem Erdboden hin und her. Schließlich verzog er missmutig das Gesicht. »Ich hab mir das nicht ausgesucht.«

»Genau das werden die auf der anderen Seite auch sagen: Sie haben sich das nicht ausgesucht. Es sind immer die anderen.«

Abelric blies die Backen auf. »Du bist anstrengend, schöne Frau, weißt du das?« Dann grinste er. »Wahrscheinlich kannst du ganz gut predigen, oder?«

»Du lenkst ab, Abelric. Weil du nicht mehr weiterweißt.«

»Siehst du, genau das meine ich. Ich wette, du predigst alle an die Wand, stimmt doch, oder? Aber weißt du, was ich mache oder lasse, ist sowieso egal: Denn bald kommt das Reich, und dann ist hier Schluss. Das wird die größte Schlacht seit Ewigkeiten. Und wir werden sie erleben!«

»Ich hoffe, dass Asa und ich dann schon lange in Kershorn sind.«

»Dann musst du dich beeilen. Ich glaube wirklich, dass es nicht mehr lange dauert.«

Nachdenklich nickte Turid. »Wahrscheinlich hast du recht. Meinst du, ihr könntet uns zwei Pferde geben? Ich habe kein Geld, aber ...«

»Mach dir keine Sorgen, schöne Frau«, unterbrach sie Abelric. »Alles, was du willst.«

Wieder irritierte Turid Abelrics Großsprecherei. Aber wenn »alles« zwei Pferde und ein bisschen Proviant bedeutete, dann würde sie sie dankbar nehmen. Wieder war es Abelric, der das Schweigen brach.

»Wieso lächelst du?«

»Habe ich das?«, fragte sie.

»Ja, du hast gerade gelächelt, aber mehr so nach innen rein.«

Turid überlegte kurz. Sie hatte gerade Chimren in Schutz genommen. Trotz Klevs. Trotz allem. Und diesmal merkte sie es, als sie anfing zu lächeln. »Vielleicht«, sagte sie, »habe ich einen Weg gefunden, wie ich die Schönheit mehren kann. Einen, der ohne Töten auskommt.«

»Wirklich? Welchen?«

Sie schüttelte den Kopf, immer noch lächelnd. »Ich glaube, du würdest ihn nicht verstehen, Abelric.« Turid stand auf. »Danke für das Mufflon, es war wirklich ausgezeichnet.«

Sie blieben noch vier Tage in dem ausgebrannten Dorf. Turid war sich nicht sicher, ob man ihr und Asa Gelegenheit geben wollte, sich zu erholen, aber sie nahm sie dankbar an und badete jeden Tag. In der Wanne musterte sie ihren Körper, die Rundung ihres Bauches war nackt jetzt deutlich zu sehen. Und sie merkte die Veränderungen auch an ihren Armen und Beinen. Den Fortschritt ihrer Schwangerschaft zu beobachten half ihr, sich auf die Zukunft zu konzentrieren und weniger an Klevs zu denken.

Genau wie das Pesh, das sie sich jeden Abend von Riesenweib abholte und das ihr warme Träume bunter Schlieren und Schleier schenkte. Von dem Moment an, da die Hünin Asa geholfen hatte, hatte Turid sie in ihr Herz geschlossen, so ruppig sie sich auch geben mochte. Aber als sie ihr am vierten Tag schließlich anbot, sie und Asa nach Kershorn zu eskortieren, wusste Turid trotzdem nicht, was sie ihr antworten sollte. Und genau das sagte sie ihr auch.

»Wie wäre es mit Ja?«, fragte Riesenweib. Die Baderin stand vor ihrem Zelt, das Gesicht wie immer zur Hälfte schwarz geschminkt, und rasierte mit einem winzig kleinen Messer Abelric das Gesicht.

Abelric hob die Hand. Er saß vor Riesenweib auf einem umgedrehten Kessel, das Kinn nach oben gereckt, und verdrehte die Augen nach oben. »Moment mal«, brachte er zwischen geschlossenen Zahnreihen hervor, weil Riesenweib das Messer gerade über seine Kehle gleiten ließ.

»Schnauze, Abel«, fegte Riesenweib seinen Einspruch dröhnend beiseite. »Halt still, sonst wird das hier ein Schlachtfest. Also«, fragte sie Turid noch einmal, »wie sieht's aus?«

Turid war immer noch verblüfft. Sie hatte Riesenweib aufsuchen wollen, um sie zu bitten, nach Traumbotschaften für sie von Atlis zu suchen. Und eine für sie abzuschicken. Ringsum packten die Männer und Frauen ihre Sachen zusammen; sie war davon ausgegangen, dass sich hier ihre Wege trennen würden. »Nach Kershorn? Das würdet ihr wirklich machen?«

Riesenweib hielt Abelric den Unterkiefer zu. »Natürlich. Was könnten wir hier sonst tun?«

Abelric schnitt eine Grimasse.

Unsicher suchte Turid seinen Blick.

Abelric seufzte und nahm die Hand herunter. »Klar«, sagte er gepresst.

Riesenweib ließ seinen Unterkiefer los. »Siehst du?«, fragte sie Turid und steckte das Messer weg. »Du bist fertig, Abel. Sag den Leuten, dass wir aufbrechen und nach Kershorn reiten.«

Maulend stand Abelric vom Kessel auf und entfernte sich.

»Danke«, sagte Turid zu Riesenweib, als sie allein waren. »Meinst du, er ist sehr böse?«

»Nein. Und selbst wenn: Er wird sich wieder einkriegen. Krieg kann er überall spielen. Und wenn er recht hat und die Falken hierherkommen, dann sollten wir sowieso nicht hier sein.«

»Er wird recht haben: Das Herzogtum wird nicht Halt machen.«

»Dann sollte er dir dankbar sein, nicht du ihm.«

»Trotzdem: danke.«

Riesenweib machte eine abwehrende Geste. »Wie geht es dir?« Die Frage stellte sie jeden Tag, immer begleitet mit einem scharfen Blick ihrer braunen Augen.

»Gut«, antwortete Turid, und es war nur halb gelogen. Riesenweib hatte sich bislang immer damit abgefunden, aber dieses Mal legte sie nach. »Wirklich?«, fragte sie.

»Ja. Was meinst du?«

»Klevs.«

Turid versteifte sich.

»Du warst da, oder?«

Kaum merklich nickte Turid. Sie kämpfte gegen das Zittern an, das sich in ihrem Körper ausbreitete.

»Deine Tochter sagt mir, dass du Albträume hast ...«

»Nicht mehr ... Das Pesh ...« Sie schluckte.

»Pesh kann auch nicht alles. Du erinnerst dich vielleicht nicht an sie. Und du schläfst mit Sicherheit besser. Aber Klevs ist in dir, Erdhüterin. Und nichts bringt es wieder raus.«

»Aber ... Was soll ich tun?«

»Damit leben. Reden hilft.«

Turid schüttelte den Kopf. »Ich ... ich kann nicht.« Es stimmte.

Die Worte entglitten ihr, wenn es um diese entsetzliche Stadt ging. Als weigerte sich etwas in ihr, sie auszusprechen.

»Du wirst es können. Wenn du es versuchst.«

Hilflos hob Turid die Hände.

»Ich weiß«, sagte Riesenweib. »Es wird dauern. Wie geht es deiner Tochter? Und ich meine nicht den Fuß.«

Asa. Asa hatte Klevs viel besser überstanden als sie, zumindest schien es Turid so. Sie wirkte zwar stiller als sonst, schien aber so unbekümmert zu sein, wie es unter diesen Umständen gehen mochte. Turid musste daran denken, wie ihre Tochter sie in Klevs gerettet hatte. Mit einer Abgeklärtheit, die sie bei einem Kind nicht für möglich gehalten hatte, hatte Asa ihre Retter vor dem Chimren-Anführer verleugnet. Beinahe kaltblütig war sie gewesen. »Ich glaube, es geht ihr gut.«

Riesenweib nickte. »Kinder sind manchmal voller Überraschungen. Wir denken, sie sind zart und verletzlich, dabei können sie mehr ab als wir selbst.«

Turid blickte sich um. Asa saß schon auf einem Pferd und sah zu, wie Zelte und andere Utensilien auf Packtiere verladen wurden. »Ja«, sagte sie. »Vielleicht hast du recht. Ich würde es mir wünschen.«

»Glaub mir: Kinder sind zähe Biester. Es muss so sein. Wie sollten sie sonst in der Welt der Erwachsenen groß werden können?«

Turid blickte Riesenweib an. Sie hatte keine Antwort.

»Erdhüterin …« Als die Hünin weitersprach, klang ihre Stimme nachdenklicher. »Es gibt noch einen Grund, weshalb ich dich nach Kershorn begleiten will.«

»Ja? Welchen?«

Ein überraschend unsicherer Blick traf Turid. »Wenn der Himmel verrücktspielt, kann es nicht schaden, eine Erdhüterin um sich zu haben.«

»Du meinst das wirklich ernst?«, fragte Turid sie, aufs Neue überrascht.

»Natürlich.«

Turid war sich nicht sicher, was sie davon halten sollte. Die Hitze war die gesamten Tage über nicht abgeflaut, womöglich war es sogar noch heißer geworden, und noch immer regte sich kein Lüftchen. Heute früh hatte sie die ersten verdorrten Blumen gesehen. Wieder einmal sah sie hoch in den wolkenlosen Himmel. Dann blickte sie zu Riesenweib. »Du bist eine Seherin, Riesenweib. Was hast du gesehen?«

Die Hünin winkte ab, aber dieses Mal wirkte sie nervös. »Abel hat recht. Ich war nie in Carcosa. Ich habe mir das Traumsenden nur selbst ein bisschen beigebracht. Ich kann das alles nicht, nicht richtig. Ewige Wisper habe ich nie gefunden.«

Turid, vom Ausweichen Riesenweibs mehr beunruhigt, als sie erwartet hätte, machte einen Schritt auf sie zu. »Was hast du gesehen?«

Die große Frau atmete schwer durch. In ihren Augen leuchtete Furcht. »Tod, der vom Himmel fällt.«

Turid erwiderte ihren Blick, plötzlich war ihr kalt. »Dann komm. Lass uns ein Dach über dem Kopf finden.«

Keine Stunde später waren sie unterwegs.

27
Atlis

Das Schloss der leeren Mehlkammer, in die man sie gesperrt hatte, klackte, und quietschend schwang die Tür auf. Balderic, den glatzköpfigen Kopf einziehend, kam herein. Eine Soldatin folgte ihm und stellte einen Schemel ab. Atlis setzte sich auf den Strohsack auf, auf dem sie gelegen hatte. Es war der zweite Tag ihrer Gefangenschaft. »Geht er jetzt los, mein Prozess?«, fragte sie.

Balderic ließ sich auf den Schemel nieder und bedeutete der Wache, draußen zu warten. Die Tür schloss sich wieder.

»Es wird keinen Prozess geben.«

»Nicht?«, fragte sie. Sie war sich nicht sicher, ob das gute oder schlechte Neuigkeiten waren.

»Nein.« Der Komtur schüttelte den Kopf.

»Was soll das heißen? Warum nicht?«

Hellblaue, von roten Äderchen durchzogene Augen sahen sie an. Balderic, ging es Atlis durch den Kopf, sah schlecht aus. Er hatte dunkle Schatten unter den Lidern, seine Haut wirkte blass und teigig. Vielleicht hatte er noch schlechter geschlafen als sie. Sie hoffte es.

»Weil ich ihn nicht zulassen werde. Ich werde in einer Situation wie dieser keinen Prozess gegen eine chimrische Gütige führen, die von einem salischen Gnädigen des Ungehorsams beschuldigt wird, weil sie nicht genügend ihrer Landsleute an den Galgen bringt. Jeden Tag gehen uns Leute von der Fahne; ein Prozess, der so offensichtlich persönlich ist … nein. Er würde alles nur schlimmer machen. Eine offene Meuterei kann ich nicht gebrauchen.«

Atlis wusste nicht, was sie davon halten sollte. »Das heißt … Ich bin frei?«

»Ja.«

»Und … und Radegar?«

»Radegar ist nach Daggenhuff aufgebrochen, den Roten Ganter suchen. Bis er wieder zurück ist, wird sich sein Mütchen abgekühlt haben. Er wird eine Auszeichnung für seine Verdienste bekommen und schweigen. Vor allem, weil er weiß, dass er unter Beobachtung steht.« Balderic zögerte kurz. »Ich habe mich umgehört. Wenn auch nur die Hälfte von dem stimmt, was ich erfahren habe, dann hattest du recht. Seine Art der Aufstandsbekämpfung schafft mehr Probleme, als sie löst. Der Goldene Radegar …« Er schnaubte verächtlich.

Forschend sah Atlis den Komtur an. Sie war sich nicht sicher, eine Alkoholfahne wahrgenommen zu haben. Aber konnte es sein, dass Balderic trank? Bei ihrer Begegnung im Gnadenzelt war ihr nichts aufgefallen, aber sie hatte nicht darauf geachtet, und sein Aussehen jedenfalls würde dazu passen. Weil ihr nichts einfiel, nickte sie nur stumm. Schließlich fragte sie:

»Und er wird sich darauf einlassen? Was ist mit seinem Schwager? Baron Rodcaus?«

»Er muss. Und er wird. Und der Baron ist vor Mattheim eingeschlossen. Ich war da. Wir haben die Herzoglichen beobachtet. Kein Durchkommen, es sind zu viele. Es … es sieht nicht gut aus. Jedenfalls, wenn die Krone nicht bald Entsatz schickt. Wie ich höre, kommt ein großes Aufgebot von Kershorn heran. Mehrere Zehntausend Helme. Aber kommt es rechtzeitig? Wird es reichen? Wer weiß? Krieg ist das Würfeln der Götter. Außerdem …« Er zögerte.

»Ja?«

»Außerdem wird es Radegar besänftigen, dass du die Gauwehr verlassen haben wirst, wenn er zurückkehrt.«

Atlis sprang auf. »Ich werde was?«

»Du wirst die Gauwehr verlassen.«

»Niemals!« Sie ballte die Fäuste und schrie den Komtur an. »Ich weigere mich!«

Die Tür flog auf, und die Wache stürmte herein. Balderic hob die Hand. »Alles gut. Die Gütige ist nur ein wenig aufgebracht, sie wird sich wieder hinsetzen. Du kannst wieder gehen, danke.«

Misstrauisch musterte die Soldatin sie, zitternd ließ Atlis sich auf den Strohsack nieder. Ihre Fäuste waren noch immer geballt. Die Wache warf ihr einen letzten warnenden Blick zu und schloss die Tür hinter sich.

Atlis lehnte an der Steinmauer der Bäckerei, ihr Atem ging stoßweise.

»Atlis, hörst du mich?«

Sie hörte. Mühsam wandte sie Balderic den Blick zu. »Du schmeißt mich raus. Das kann nicht dein Ernst sein.«

Balderic schüttelte den Kopf. »Ich schmeiße dich nicht raus. Du wirst um deinen Rücktritt ersuchen, und ich werde ihn annehmen. Dich zu entlassen würde jeder als Strafe verstehen. Dann könnte ich dir auch gleich den Prozess machen.«

»Dann tu es. Tu es. Ich werde nicht gehen.«

Balderic seufzte. »Erinnerst du dich daran, was ich dir bei unserer ersten Begegnung gesagt habe? Als ich dir die Gerechtigkeit verweigerte? Dass es ein Opfer sei, das dir der Krieg abverlangt. Dein Rücktritt ist ein weiteres.«

»Jeden Tag erinnere ich mich daran, jede Nacht. Ich träume von diesen Worten. Ich werde sie nie vergessen, Komtur. Weil sie zu dem größten Schwachsinn gehören, den ich je gehört habe.«

Atlis sah es wütend in Balderics Gesicht zucken, aber es war ihr egal. Er hatte ihr bereits alles genommen, er hatte keine Macht mehr über sie. Und dann, weil ihre eigene Wut zu groß war, um sie noch länger einzusperren, schrie sie ihre nächste Frage wieder. »Welche Opfer verlangt der Krieg von dir? Welche, Komtur?«

Abermals flog die Tür auf. »Raus!«, brüllte Atlis die Soldatin an, die erschrocken zusammenzuckte. Sie war dabei, zu gehorchen, als ihr offenbar einfiel, dass sie gerade einen Befehl von einer Gefangenen annahm. Sie suchte Balderics Blick. Der nickte abgekämpft. Die Wache verschwand.

»Meine Opfer?«, fragte Balderic nach einer Weile. Er sprach leise. »Mein Sohn ist im Tor gefallen, eine meiner Töchter ist in Mattheim eingeschlossen. Ich denke nicht, dass ich sie wiedersehen werde. Aber das vielleicht größte: das hier. Dieses Gespräch, diese Bitte. Denn das ist es: eine Bitte. Ich bitte dich, Schwester Atlis. Geh. Um der Gauwehr willen geh.«

Atlis wusste nichts darauf zu sagen. Sie hatte nicht gewusst, dass Balderic Kinder hatte. Aber was er von ihr verlangte …

»Ich würde dich nicht bitten, sähe ich einen anderen Weg.«

Bitter nickte sie. Wieder war sie es, die geopfert würde. Vergeblich versuchte sie, den Kloß in ihrem Hals wegzudrücken. »Ich würde in Ehren entlassen?«, fragte sie. Es war ihr, als schnitte sie sich selbst die Hand ab.

»Das würdest du.«

Abermals nickte sie. Dann, nachdem sie lange Zeit dagesessen und nichts gedacht hatte: »Und ich würde meine Fibel behalten?«

»Auch das, ja.«

Zittrig atmete Atlis durch. »Also gut. Ich werde gehen.«

Balderic sah sie traurig an. »Ich danke dir.«

»Ich werde mich verabschieden.«

»Selbstverständlich.«

»Also dann … Wir sind hier fertig.« Sie stand auf. »Wache!«

Die Wache öffnete die Tür.

»Aus dem Weg, ich gehe.«

Unsicher sah die Soldatin Balderic an. Müde nickte der Komtur. Die Wache wich in den Vorraum der Bäckerei zurück.

Atlis trat durch die Tür.

»Du tust eine gute Sache«, sagte Balderic in ihrem Rücken. Er klang, als würde er sie um Verzeihung bitten wollen.

»Ja, vielleicht«, sagte sie, ohne sich umzudrehen. »Du nicht.«

Kurz, aber schmerzhaft nahm sie Abschied von ihrer Güte. Sie hatte ihre Leute nur eine kurze Zeit führen können, aber sie waren ihr trotzdem ans Herz gewachsen. Es waren gute Leute, kein einziger Fanatiker darunter. Sie fragten nach den Gründen, Atlis sagte ihnen, was sie sagen konnte; die wahren ahnten ohnehin alle. Als Letztes sagte sie Ansprand und Etele Lebewohl. Sichtlich bewegt umarmte sie der junge Sale und drückte sie. Etele weinte. Auch Atlis kämpfte mit den Tränen. Ihr kam es vor, als würde sie sie im Stich lassen. Dann sattelte sie ihr Pferd, packte einen Beutel mit ihren Habseligkeiten und ging zu Rechila.

»Was wirst du jetzt tun?«, fragte die Barmherzige.

Atlis schüttelte den Kopf. »Ich weiß es nicht«, log sie.

Rechila nickte. »Viel Glück dabei.«

Schnell drückte Atlis ihr die Hand und beeilte sich, aus dem Zelt zu kommen. Sie wollte nicht, dass Rechila es ihr ansah.

Sie verließ Tannengrund und die Gauwehr gegen Mittag eines ungewöhnlich stürmischen Frühsommertages. Der Wind trieb ihr Staub und abgerissene Blüten entgegen. Ohne sich noch einmal umzusehen, ritt Atlis aus ihrem alten Leben, um den Roten Ganter zu suchen.

Sie wusste, dass sie ihn finden würde.

Heftiger werdende Böen zwangen sie, einen Unterschlupf zu suchen. In Eschingen, dem letzten Dorf vor Dunkelheim, kehrte sie in einem Gasthof ein. Die Wirtin diskutierte ausdauernd mit dem einzigen anderen Gast über die Bedeutung seiner Träume von tanzenden Kesseln, dann, als der Gast ging, versuchte sie sich an Atlis. Sie fing ein Gespräch über das merkwürdige Wetter an, aber Atlis war nicht in der Stimmung und aß einsilbig ihre Suppe. Nach mehreren Versuchen gab die Wirtin schließlich auf. »Die Falken haben den Himmel auf ihrer Seite«, sagte sie beinahe drohend zum Abschluss und deutete mit dem Finger nach oben. »Den Himmel.« Kopfschüttelnd ließ sie Atlis allein am Tisch und schloss die Läden der Gaststube, um die Fenster vor dem Wind zu schützen.

Atlis war froh, dass sie ihre Ruhe hatte. Auch sie machte sich ihre Gedanken über das Wetter, aber sie wollte sie für sich behalten. »Nicht natürlich«, das hatte ihr der Bauer an der Elne gesagt. Nicht natürlich, und ja, das war es in der Tat. Blitze aus heiterem Himmel, fehlender Regen, Wind, der aus allen Ecken kam. Sie war kein abergläubischer Mensch, aber sie konnte auch die Augen nicht vor den Tatsachen verschließen. Was ging dort draußen vor?

Nachdenklich hörte sie dem Heulen des Winds zu, wusste keine Antwort und ging schließlich ins Bett.

Als sie unter der Decke lag und der Sturm sich in den Fensterläden verbiss, kamen die anderen Gedanken. Die, die sich nicht ums Wetter drehten. Die, die ihr sagten, dass sie allein war. Wate, treuer Freund und Lehrer, war nicht mehr. Von Turid hatte sie seit Monaten nichts mehr gehört; ihre Schwägerin konnte überall sein oder tot. Ihr predigender Ton verblasste bereits in Atlis' Erinnerung. Zu viel war passiert, zu viel Leben und Unbill dazwischengekommen, und doch: Wie hatte all das passieren können? Ihre alte Güte war aufgerieben und versprengt, fünfundzwanzig gute Männer und Frauen lagen tot im Tor oder irrten im Chimmgau umher. Oder sie mussten wie Etele einen Kampf führen, der nicht mehr der ihre war. Und ihre neue Güte hatte sie selbst verlassen. Noch spürte sie Ansprands Umarmung, aber wie lange, bis auch sie nur noch eine sterbende Erinnerung wäre? Dann Rechila mit der Augenklappe: jemand, den sie hatte achten können, der vielleicht sogar eine Freundin hätte werden können, aber die Zeit war zu kurz und die Umstände waren zu schlimm gewesen. Auch sie würde verschwinden, war es im Grunde schon jetzt. So wie die Gauwehr, ihr zweites Zuhause.

Sie war aufgegangen in diesem Dienst, die Wacht am Tern hatte ihr alles bedeutet, mehr, als sie jemals gedacht hätte. Davon geblieben war ihr nur ihre Fibel. Die einer Gütigen, weil Balderic und seinesgleichen ihr eine andere nicht gegönnt hatten.

Im Dunkel ihres Zimmers drehte sie das kleine Messingschwert in der Hand, nachdenklich, aber frei von Bitterkeit. Sie kannte jede Linie, jede Kante. Vor sieben Jahren hatte sie es bekommen, zusammen mit dem weiß-roten Schild und dem Waffenrock. Nachdem man ihren Vater und Bruder hingerichtet hatte, war sie in den Dienst getreten, um ihre Treue zur Krone unter Beweis zu stellen. Alles, alles hatte mit der Torheit der beiden begonnen. Aus falsch verstandener Loyalität hatten sie aufständischen chimrischen Edlen Kost und Bett geboten. Der Aufstand war ausgebrannt wie ein Strohfeuer, ein lächerlicher Krawall. Keine zwei Wochen währte er, dann waren die Rädelsführer erschlagen, und Vater und Asmund starben als Mitverschwörer durch das Schwert. Sie wurden entwurzelt, wie Brauch und Recht es verlangten, und sie, Atlis, noch keine zwanzig Jahre alt, war fortan die Erste ihrer Sippe, Herrin von Olholt. Das war sie immer noch: Herrin eines Lehens. Aber eines, das vielleicht zerstört, sicher jedoch in Feindeshand war, und ihr Anspruch fußte auf einem Recht, das im Chimmgau Tag für Tag schwächer wurde. Auch dieser Teil ihres Lebens verblasste.

Und das war es. Sieben Jahre des Versuchs, die Schande von Vater und Bruder zu vergessen, und was hatte er ihr gebracht? »Was hat er dir gebracht?«, wiederholte sie laut ihren Gedanken,

540

um ihm in der sturmumheulten Einsamkeit ihrer Kammer besser nachspüren zu können. »Was hat er dir gebracht?«

Tryggve, ihren Nachbarn, hatte sie erschlagen, weil er vom Reich abgefallen war, ein blutiger Beweis ihrer Treue, erbracht an einem Wintermorgen im Schwarztann. Sie war darüber zu einer Beförderung gekommen, Prinz Volkwin selbst hatte sie ihr verliehen, doch waren ihr daraus nur Scham und Demütigung erwachsen. Einen Namen hatte sie sich machen wollen, weil sie nach der Entwurzelung ihres Vaters keinen mehr besaß, und bekannt war sie geworden als die Chimre, der man eine Gerechtigkeit verweigerte. Sie hatte im Tannhausner Tor ihr Leben für das Reich riskiert, aber die Schlacht hatten sie verloren – aus Gründen, die sich jeder Erklärung widersetzten. Danach, in diesen unerträglichen letzten Wochen, hatte sie die Leute des Chimmgaus beschützen wollen und Krieg gegen sie führen müssen. Und als sie endlich dagegen protestiert hatte, hatte man sie erst eingesperrt und schließlich aus der Gauwehr gedrängt. Und da war sie nun, allein und mit dem Ziel, ein Phantom zu finden.

»Nicht die beste Bilanz, Atlis, nicht die beste Bilanz.«

Wate, war sie sich sicher, hätte das alles mit einem sarkastischen Witz und einem ausgespuckten Priem Kautabak kommentiert. Wahrscheinlich hätte er recht gehabt. Ihre Augen füllten sich mit Tränen. Sie wischte sie weg.

Der Rote Ganter, brachte Atlis sich auf andere Gedanken. Was wollte sie wirklich von ihm? Was würde sie tun, wenn sie ihn fände? Es waren Fragen, auf die sie nur halb fertige Antworten hatte, Fragmente von Sinn, mehr Gefühl als klare Vorstellung, und während sie sich im Dunkel ihres Zimmers mit ihnen abmühte, schlief sie endlich ein. Zum ersten Mal träumte sie nicht mehr den Traum vom hundertfachen Wate in dem Wald aus Pfählen.

Als sie morgens aufwachte, war der Sturm vorüber, und Ansprand und Etele standen vor der Tür.

Im ersten Moment dachte Atlis, sie wären gekommen, um ihr mitzuteilen, dass alles ein Irrtum gewesen wäre und die Gauwehr sie zurückhaben wolle. Dann ging ihr auf, dass keiner der beiden seinen Waffenrock trug.

»Seid ihr verrückt?«, herrschte sie die beiden flüsternd an und suchte den Dorfplatz ab. Er war leer bis auf ein paar Bauern, die sich die Sturmschäden an ihren Dächern ansahen. Halb hatte sie erwartet, weiß-rot berockte Reiter zu erblicken. »Sagt mir bitte, dass ihr euch nicht unerlaubt von der Truppe entfernt habt ...«

»Atlis, ohne dich wollen wir nicht mehr ...«, fing Ansprand an, aber Atlis ließ ihn nicht weiterreden.

»Das ist doch keine Frage des Wollens! Ihr reitet zurück, augenblicklich. Ihr habt euren Eid gebrochen, die werden euch hängen, wenn sie euch finden!«

»Wir können nicht mehr zurück«, erwiderte Ansprand.

»Wir haben unsere Röcke verbrannt!«, pflichtete ihm Etele bei, seine Augen leuchteten stolz.

»Euch haben doch die Schatten geritten! Das könnt ihr nicht machen! Die werden euch wirklich hängen, versteht ihr das denn nicht?«

»Nur wenn sie uns finden«, erklärte Etele triumphierend.

»Ansprand, du bist der Ältere, du bist erwachsen – wie konntest du das zulassen? Ich sollte euch ein paar schallern, allen beiden.«

Ansprand wand sich. »Atlis, hör zu ... Wir wollen nicht mehr Höfe niederbrennen ... Ich kriege Albträume davon. Jede Nacht.«

Hilflos atmete Atlis durch. »Das verstehe ich. Aber deswegen könnt ihr doch nicht einfach euren Eid brechen. Und jetzt, wo Balderic da ist und Radegar auf die Finger sieht, wird sich doch sowieso alles ändern.«

»Glaubst du das?«, fragte Etele, ganz plötzlich von kindlichem Ernst erfüllt. Atlis seufzte. Sie musste sich eingestehen, dass sie es

nicht tat. »Ich mache mir Sorgen um euch«, versuchte sie ein-
zulenken. »Die Gauwehr wird euch verfolgen …«

»Ach, die Gauwehr. Es sind so viele abgehauen, da kommt die
gar nicht hinterher.« Ansprand sah sie flehend an. »Atlis, bitte,
lass uns mit zum Roten Ganter kommen.«

Erstaunt sah sie ihn an. »Zum … Woher wisst ihr das?«

»Rechila hat es uns gesagt.« Der junge Sale grinste.

»Rechila? Wie kommt sie darauf, dass ich …« Sie hielt inne.
Rechila musste ihr es bei ihrem Abschied angesehen haben. Und
sie hatte es verstanden. Aber dass sie ihr sogar Ansprand und
Etele hinterhergeschickt hatte … Atlis spürte, wie ihre Augen
feucht wurden.

»Also? Dürfen wir mit?«, fragte Ansprand.

»Bittebitte«, bettelte Etele.

»Ja«, sagte sie, weil sie zu gerührt war, um zu streiten. »Ja, ihr
dürft mit.«

Vergebens versuchte sie, den Jubel der beiden zu unterdrücken.
Schließlich ließ sie die beiden auf der Straße zurück, holte ihre
Sachen aus dem Zimmer, und zu dritt verließen sie Eschingen.
Der Himmel war aufgeklart und wolkenfrei, die Luft frisch und
angenehm kühl. Für Atlis roch sie nach Neubeginn. Sie war auf-
geregt.

Auf der Straße hatte sie Zeit, sich darüber zu wundern, wie
schnell sie die Fahnenflucht der beiden Jungen akzeptiert hatte.
War das ein erstes Anzeichen von Altersmilde? War es egoistisch,
weil sie nach all ihren Grübeleien gestern vielleicht Angst davor
hatte, allein zu bleiben? Oder war ihr die Gauwehr inzwischen
schon so weit egal, dass es sie nicht mehr kümmerte?

»Was denkst du, Atlis?«, fragte Ansprand, der gut gelaunt neben
ihr ritt.

»Warum ich euch Schlitzohren mitgenommen habe«, antwortete sie.

»Wirklich?«

»Ja, wirklich.«

»Dass du darüber nachdenken musst … Das ist doch klar.«

»Ja? Dann erklär es mir.«

»Du weißt, dass die Gauwehr sich nicht ändern wird, stimmt's?«
Zögerlich nickte sie. »Stimmt.«

»Siehst du. Du würdest es nie von jemanden verlangen, da
noch mitzumachen, wenn er nicht will. Die haben ihren Eid zuerst gebrochen. Das Volk beschützen und so, von wegen. Verdammte Lügenbande.«

Atlis musste lächeln. Wate hätte es genauso gesagt.

»Was ist?«, fragte Ansprand verunsichert. »Habe ich etwas Falsches gesagt?«

»Nein, ganz im Gegenteil. Etwas sehr Richtiges. Und du hast es
wie jemand gesagt, der mir sehr wichtig ist.«

»Wie dein Mann?«

»Nein, ich habe keinen Mann. Aber wie mein alter Waffenmeister, Wate.«

»Wo ist er jetzt?«

»Tot, nehme ich an. Er … er war mit mir und Etele im Tannhausner Tor.«

»Oh … das tut mir leid, das wusste ich nicht.«

»Das ist lieb, aber dafür kannst du ja nichts. Alles gut, Ansprand. Danke.«

»Mir tut es auch leid, Atlis«, sagte Etele. »Wate war toll.«

»Ja, das war er.«

Eine Weile ritten sie schweigend auf der Straße nach Mattheim. Ab und zu drehte sich Atlis um, aber sie glaubte nicht mehr
ernsthaft daran, verfolgt zu werden. Ansprand hatte recht: Die
Gauwehr hatte ganz andere Sorgen, als sich um zwei halbwüch-
sige Fahnenflüchtige zu kümmern. Etele ritt an ihrer anderen
Seite, und wann immer sie sich umdrehte, streifte sie den Jungen

mit einem Blick. Er grinste sie dann fröhlich an. Atlis hatte ihn schon lange nicht mehr so unbekümmert gesehen.

Schließlich, als die Sippentürme Dunkelheims hinter einem Hügel hervorlugten und der Morgen in den Mittag überging, wagte sich Ansprand noch einmal vor. »Atlis?«, fragte er.

»Ja?«

»Warum hast du keinen Mann?«

Sie wandte sich ihm zu. »Wieso«, neckte sie ihn, »willst du dich etwa anbieten?«

Als Ansprand rot anlief, lachte sie. Neben ihr kicherte Etele. »Ansprand ist verlie-iebt«, fing er an zu singen.

»Haha, sehr lustig«, wehrte sich Ansprand, »stimmt gar nicht. Ich wollt's nur wissen.«

»Schon gut, Ansprand, war nur ein Scherz«, sagte sie lächelnd. »Aber bevor wir nun den richtigen Mann für mich suchen, müssen wir erst mal einen anderen finden.«

»Den Roten Ganter?«, rief Etele fragend.

»Ganz genau.«

»Dann ist er also kein Waldgeist?«

»Nein, Etele, das ist er ganz sicher nicht.«

»Bist du dir sicher, Atlis? Ich glaube schon, dass er ein Waldgeist ist.«

»Glaub das ruhig, aber ich habe da so meine Zweifel.«

»Wieso denn?«

»Erstens, weil es keine Geister gibt. Und zweitens, weil ich mir sehr sicher bin, wer der Rote Ganter ist.«

»Echt jetzt?«, fragte Etele erstaunt.

»Wirklich?«, fragte auch Ansprand überrascht. »Wer denn?«

Atlis lächelte wieder. »Prinz Volkwin«, sagte sie.

28

Neferenpet

Sie war die Menenutet, Tochter der Ewigen Wasser und Bringerin des Schattens, Herrin über die Kühle des Abends. Sie war Neferenpet, heilig war ihr Name.

Und sie war immer noch fassungslos.

»Woran denkst du?«, fragte Meremnoru. Sie kämmte ihr das Haar.

»Ich weiß es nicht«, antwortete sie nach einer Weile. »Ich weiß es wirklich nicht. Wahrscheinlich an alles.«

»Du hast Fragen.«

»So viele, dass ich nicht einmal sagen kann, welche.«

Meremnoru kicherte. »Ich bin sehr froh, dass du nicht tot bist, Prinz …« Sie unterbrach sich und hielt sich erschrocken die Hand vor den Mund. Im nächsten Augenblick brachen sie beide in Lachen aus.

»Mir geht es genauso«, sagte Neferenpet, als sie sich wieder beruhigt hatten. »Ich kann mich nicht daran gewöhnen. Jedes Mal, wenn mich jemand mit Menenutet anspricht, brauche ich einen Moment, bis ich merke, dass er mich meint. Me-nen-u-tet … Das ist noch ziemlich ungewohnt, unwirklich. Wie ein Traum. Wie ein vierfach zu großer Shuf.«

»Du wirst in ihn hineinwachsen«, erwiderte Meremnoru schlicht und setzte das Kämmen fort.

»Ja? Wie? Ich bin die dritte Menenutet in mehr als viertausend

Jahren. Die dritte, Meremnoru! Und die erste in anderthalbtausend. Es ist ohne Beispiel.«

»Gerade nicht. Du hast es selbst gesagt: Vor dir gab es zwei. Du hast zwei Vorbilder.«

»Ja, zwei. Und ich weiß nichts von ihnen.« Sie ließ die Schultern hängen. Wasser, was für eine Last, was für eine Verantwortung! »Wie kann ich das schaffen? Es ... ist nicht Nehebet.«

»Doch, das ist es.«

»Wie kannst du dir so sicher sein?«

Wieder hielt Meremnoru im Kämmen inne, sah sie an, eine ihrer Brauen nach oben gezogen. Dann blickte sie sich unsicher um. »Wie? Du weißt schon«, flüsterte sie drängend, »das Krokodil ... Wie soll etwas nicht Nehebet sein, das es tut?«

Da war etwas dran, musste sie zugeben. »Das stimmt, ja. Dann mag es Nehebet sein, aber ... Ich weiß nicht, Meremnoru. Ich weiß gar nichts. Nichts.«

»Das musst du auch nicht. Du hast Ratgeber.«

»Die ich alle nicht kenne.«

»Dann wirst du sie kennenlernen. Niemand quert die Nechbet am ersten Tag.«

Neferenpet seufzte. »Du hast recht. Ich nehme an, ich brauche einfach Zeit.«

»Viel wirst du nicht bekommen.«

Die Stimme des Ananchtetep ließ sie vor Schreck hochfahren. Meremnoru unterdrückte einen Aufschrei. Der Kamm fiel ihr aus der Hand. Unbemerkt von ihnen beiden war der Ananchtetep in das Gemach getreten, in dem Neferenpet mit Meremnoru den Morgen verbracht hatte. Es war angenehm kühl in ihm gewesen, jetzt wurde es kalt. Am liebsten wäre Neferenpet in den überdachten Palmengarten geflohen, zu dem sich das Gemach an der Stirnseite öffnete. Sie kämpfte um ihre Beherrschung. Der Ananchtetep beobachtete sie stumm dabei.

»Was meinst du damit?«, fragte sie schließlich.

»Dass du dir nicht zu viel Zeit lassen sollest, deine neue Rolle auszufüllen.« Das trotz seines Alters beinahe faltenfreie Gesicht ließ keine Regung erahnen; seine türkisen Augen blickten aus Zügen auf sie nieder, die wie gemeißelt waren. »Die Zeiten sind sandig, trocken und dürr. Und soll deine Herrschaft nicht ähnlich sein, musst du handeln. Du bist die Menenutet.«

Neferenpet nickte. »Ich verstehe. Aber ich habe Fragen. So viele, dass ich nicht einmal sagen kann, welche.«

Der Ananchtetep verzog keine Miene, natürlich nicht. Was hatte sie sich dabei gedacht? Hatte sie wirklich geglaubt, er würde wie Meremnoru darüber lachen? Neferenpet schalt sich selbst.

»Frag sie.«

Sie riss sich zusammen. Vor vier Tagen hatte sie sich auf den Goldenen Sattel gesetzt. Sie hatte von den Ewigen Wassern getrunken und war durch sie geheiligt worden. Sie hatte die Treueschwüre ihres neuen Haushalts entgegengenommen. Sie hatte auch dem Ananchtetep die Hände geküsst, um ihm ihren Segen für das Zeigen des Wegs zu geben. Seine Finger waren so kalt gewesen wie seine Blicke. Sie hatte gelauscht, als ihr die Priester aus dem Meophis-Kun vorgelesen hatten, dem Buch der Langen Reise. Sie hatte die Worte gesprochen, die man ihr vorsagte, sie hatte getan, was man ihr auftrug, und sie hatte die Kleider angelegt, die man ihr reichte. Die letzten vier Tage waren eine Abfolge von Ritualen und Zeremonien gewesen, von denen sie die wenigsten kannte oder verstand. Sie waren an ihr vorübergezogen wie die Prozessionen der Würdenträger. Der Ananchtetep war fast die gesamte Zeit an ihrer Seite geblieben, aber sie hatten kaum ein Wort gewechselt, das keine kultische Bedeutung besaß. Jetzt war er wieder bei ihr, am Morgen des fünften Tages ihrer Herrschaft, und er wartete. Und, das begriff Neferenpet mit einem Mal, er wollte ihr helfen. Sie atmete durch und straffte sich.

»Was ist mit meinem Halbbruder?« Es war nicht ihre drängendste Frage und auch nicht die wichtigste. Aber sie wusste nicht, was mit ihm passiert war, und für die anderen Fragen war sie noch nicht bereit.

»Neferhetep ist in meiner Obhut.«

»Er lebt also?« Überrascht stellte Neferenpet fest, dass sie sich darüber freute. »Wo ist er? Geht es ihm gut? Und was … was wird jetzt aus ihm?«

»Wie ich bereits sagte: Er befindet sich in meiner Obhut.« Die Stimme des Ananchtetep ließ keine weiteren Nachfragen zu. »Und es geht ihm gut. Er wird die nächsten zehn Jahre damit verbringen, ein Mann zu werden, und dann wird er die Nechbet queren.«

»Und … dann …?«

»Er spielt keine Rolle mehr für deine Herrschaft, Neferenpet, wenn es das ist, was du mich fragst.«

Sie wusste nicht, ob es das war, was sie gefragt hatte. Sie hatte nicht damit gerechnet, dass Neferhetep sie ablösen würde, sobald er alt genug dafür wäre. Sie rechnete mit überhaupt nichts. Nicht einmal damit, dass sie die nächsten zehn Jahre Menenutet bliebe.

»Ich bin eine Frau«, sprach sie ihre Gedanken mit einem Anflug von Hilflosigkeit aus, »wie kann ich es sein, die herrscht?«

»Es steht geschrieben, der Mann steht über der Frau, weil sein Körper nicht blutet, wenn man ihn nicht schneidet. Er behält seine Wasser. Dein Körper blutet, er geht verschwenderisch mit dem höchsten Gut um, das es gibt, und ist daher sündhaft, aber es fließt trotzdem das Blut deines Vaters in ihm. Du bist die Einzige mit Anspruch auf die Herrschaft. Und die Heiligkeit deines Amts überwiegt den Makel deines Körpers.«

»Aber … werden mir die Stämme wirklich folgen?«

»Wer dir nicht folgt, ist nicht Nehebet. Du bist nicht mehr eine Frau. Du bist die Menenutet.«

Neferenpet verstummte. Sie verstand noch immer nicht ganz. Sie war eine Frau, würde es immer bleiben, und wie sollte eine Frau Männern gebieten? Aber sie beschloss, ihre Zweifel für sich zu behalten. Sie würde es nicht verstehen, nur weil sie den Ananchtetep mit Fragen zu ihrem Frausein löcherte.

»Du hast gesagt, die Zeiten seien dürr. Aber warum? Der Kampf um die Nachfolge ist vorbei, unser Weg kann weiter beschritten werden.«

»Das kann er. Aber was du noch nicht weißt, ist dies: Der Einsilbige hat uns viel mehr genommen als nur das Leben deines Vaters, Neferenpet. Er hat auch das Juwel der Ewigen Wasser gestohlen.«

Neferenpet spürte, wie ihr die Züge entglitten. Wenn sie es nicht schon getan hätte, hätte sie sich setzen müssen. »Nein …«, flüsterte sie.

»Doch. Er hat uns unsere Seele genommen. Den Quell unserer Heiligkeit.«

»Wir … müssen es wiederbekommen.«

»Das müssen wir. Das musst du.« Türkise Augen hielten ihre fest. »Neferenpet«, sagte der Ananchtetep, und jedes Wort war ein Hammerschlag, »dies wird deine Rolle sein: unserem Volk seine Seele wiederzugeben.«

»Sendet Reiter aus«, rief sie hektisch, »in alle Richtungen, sperrt die Stadt ab, wir müssen ihn finden!« Aber sie wusste bereits, dass es eine unnütze Anordnung war. Ihr Vater war vor mehr als zwei Wochen gestorben.

»Das ist längst geschehen, aber es wird nichts nützen«, erwiderte denn auch der Ananchtetep. »Der Einsilbige hat das Juwel. Er kann unter Wasser atmen, er braucht nicht zu trinken. In der Chun-Ehem ist er in den Neheb gesprungen, und irgendwo stromauf oder -ab an Land gegangen. Er wird sich Kamele besorgt haben und jetzt auf dem Weg durch die Neheb sein. Er braucht kein Wasserloch und keinen Brunnen. Solange er das Juwel besitzt, hat er alles Wasser, das er braucht. Er ist uneinholbar.«

Neferenpet wusste nichts darauf zu sagen. Sie hatte nicht gewusst, dass das Juwel der Ewigen Wasser über solcherlei Kräfte verfügte. Was würde sie noch lernen müssen? Und der Diebstahl war eine furchtbare Kunde, eine Schande, die eigentlich zu groß war, um sie zu ertragen. Sie hatte sich noch nicht einmal daran gewöhnt, Menenutet zu sein, und jetzt wurde sie bereits mit der nächsten Unglaublichkeit konfrontiert. »Das ist entsetzlich«, sagte sie schließlich.

Der Ananchtetep schwieg.

Sie warf Meremnoru einen Blick zu. Die Wangen ihrer Zofe waren vor Schreck immer noch gerötet, die Augen groß. Ihre Lippen bebten.

»Was ...«, setzte Neferenpet an und wagte kaum, die Frage auszuformulieren, »... passiert, wenn wir das Juwel nicht wiedererlangen?«

Abermals traf sie ein türkiser Blick. »Jeder Menenutet hält das Schicksal der Nehebet in seinen Händen. Es ist sein Volk. Scheiterst du, scheitert es mit dir.«

Nun war es wieder Neferenpet, die schwieg. Dann schüttelte sie den Kopf. »Dazu wird es nicht kommen. Niemals. Nichts geht verloren, alles fließt zurück. Ich werde das Juwel der Ewigen Wasser zurückholen. Ich werde es schaffen oder dabei sterben.«

»Das ist richtig«, sagte das Krokodil kalt.

»Wenn der Einsilbige nicht mehr einzuholen ist«, überlegte Neferenpet laut, »dann gibt es nur noch eine Möglichkeit ...«

»Auch das ist richtig.« Der Ananchtetep verließ seinen Platz am Eingang und ging hinüber zum Zierbecken des Gemachs, in dem grün und golden glitzernde Fische schwammen. Er setzte sich auf den Rand und tauchte die Finger ins Wasser.

»Krieg«, sagte Neferenpet.

»Krieg«, wiederholte der Ananchtetep nickend.

»Bis zum letzten Mann, bis zum letzten Knaben und Wamauchen!« Neferenpet war aufgestanden, von plötzlicher Zuversicht erfüllt. Sie sah Meremnoru erstaunt zu ihr aufblicken, und auch der Ananchtetep schien überrascht zu sein: Seine Finger hingen bewegungslos im Wasser. Zum ersten Mal in ihrem Leben suchte Neferenpet seinen Blick und nicht er den ihren. »Was muss ich dafür tun?« In ihr brannte ein Tatendrang, den sie selbst nicht kannte. Sie war aufgeregt. Und sie fühlte sich gut.

Noch einen kurzen Moment hielten die Finger des Ananchtetep inne, dann nahmen sie ihr Spiel mit dem Wasser wieder auf. »Das Erste hast du bereits getan: den Entschluss gefasst. Als Nächstes musst du Bener-Enwechem verkünden, die Große Eintracht. Sie beendet alle Feindseligkeiten unter den Stämmen. Dann musst du die Me'eph-Ma'et anrufen: Die Stammesväter sollen ihre Krieger schicken. Und du brauchst ein Erstes Schwert.«

»Das meines Vaters ist tot. Ich kenne niemanden, den ich fragen könnte.«

»Das Erste Schwert deines Vaters war das deines Vaters. Selbst wenn Sakerperet noch leben würde, wäre er nicht der Richtige. Du brauchst dein eigenes. Ich werde dir geeignete Kandidaten vorstellen.«

»Gut. Wie verkünde ich Bener-Enwechem?«

»Du teilst deinen Wunsch deinem Willenskünder mit. Alles andere veranlasst er.«

»Gut.« Mit ihrem Willenskünder, einem dicklichen Mann mit Lapislazuli-Zähnen namens Atefetep, hatte sie bereits mehrfach gesprochen. Als ein Mitglied der Sekte der Strengen sah er ihr, einer Frau, nie ins Gesicht, was Neferenpet irritierte, aber er war beflissen und wusste auf alle ihre Fragen eine Antwort. »Was noch?«

»Für den Krieg? Das soll reichen, bis du dein Erstes Schwert gewählt hast. Aber du musst dich um deine Herrschaft kümmern. Du brauchst ein Seelentier, du brauchst einen Namen, früher oder später. Du brauchst einen Seher und einen Vorleser, der dir das Meophis-Kun auslegt. Erlaube, dass ich diese Rolle übernehme.«

Sie nickte. Sie fühlte sich nicht unbedingt wohl mit der Aussicht, noch mehr Zeit mit dem Ananchtetep zu verbringen. Aber es war naheliegend, dass er diese Aufgabe übernahm. Vorleser waren immer Stille, der Ananchtetep war der Vorsteher der Stillen und sie die Menenutet. Er hatte auch schon ihrem Vater vorgelesen.

»Weißt du, wen du als Seher haben möchtest?«

Neferenpet schüttelte den Kopf. »Brauche ich wirklich einen?«

»Ja.«

Sie hielt nicht viel von Sehern. Es gab nur wenige in Pta-Anchem, weil es nur wenige Nehebet gab, die den Weg nach Carcosa suchten, und noch weniger, die zurückkamen. Neferenpet verstand, wie wertvoll ihre Künste im Übermitteln von Botschaften waren, vor allem im Roten Meer. Aber sobald sie anfingen, ihre angeblichen Omen zu deuten, konnte von Nutzen nicht mehr die Rede sein. Zusammenhangloses Gebabbel von Dingen, die nie Wirklichkeit wurden.

»Du brauchst einen«, insistierte der Ananchtetep. Er nahm die Hand aus dem Wasser und rieb sie mit der anderen trocken. »Ein Seher ist mehr als ein Weissager. Er ist ein Vertrauter, mit dem du deine Ängste und Geheimnisse teilen wirst. Jemand, der dich irgendwann so gut kennen wird wie du dich selbst, besser vielleicht.«

»Dann werde ich einen wählen.«

»Mann oder Frau?«

Sie sah ihn erstaunt an.

»Du scheinst dir mit dem Gedanken schwerzutun«, erwiderte

er. »Vielleicht kann das Unbehagen, das du spürst, durch einen Seher deines eigenen Geschlechts etwas gelindert werden.«

Daran hatte sie noch nicht gedacht, aber die Überlegung leuchtete ihr ein. Wenn überhaupt wäre es wohl leichter, eine Frau in dieser Rolle zu akzeptieren. Und sie konnte weibliche Gesellschaft gebrauchen; mit Ausnahme von Meremnoru war sie von Männern umgeben. »Du hast recht. Eine Frau soll es sein.«

»Ich kenne eine hervorragende Seherin und werde sie dir zuführen. Und jetzt zu deinem Namen.«

Plötzlich müde, schüttelte Neferenpet den Kopf. »Wenn es geht, werde ich später einen wählen. Ich wüsste noch nicht, welchen.«

»Gut, das ist weise. Dann dein Seelentier. Das brauchst du schon jetzt. Weißt du bereits, welches es sein wird?«

Neferenpet überlegte. Das Seelentier eines Menenutet war das Symbol seiner Herrschaft, sein Schutzgeist, und es sollte ihn mit den Eigenschaften ausstatten, die man ihm zuschrieb. Die meisten wählten eines der drei Tiere, aus denen sich ein Kefet zusammensetzte: Löwe, Krokodil oder Skorpion. Aber keines kam für Neferenpet infrage. Der Löwe war das Tier ihres Vaters, es erschien ihr falsch, dasselbe zu wählen. Sie folgte ihm nach, aber sie würde ihn nicht nachahmen. Das Krokodil schied ebenfalls aus. Es war untrennbar mit der Person des Ananchtetep verbunden. Sie konnte einfach nicht denselben Beinamen tragen wie er. Skorpione aber verabscheute sie. Sie mochten den Bösen Blick abwehren können, aber sie blieben krabbelndes Gewürm, unfassbar hässlich.

»Du musst nicht jetzt wählen«, sagte der Ananchtetep. »Deine Entscheidung sollte in den nächsten Tagen fallen, aber du solltest sie nicht überstürzen.«

»Kobra«, sagte Neferenpet.

Mit undeutbarer Miene sah sie der Ananchtetep an. »Kobra«, wiederholte er dann. »Du bist dir sicher?«

Das war sie. »Ja.«

»Ist es wegen Karemchentre?«

»Nein. Wer ist das?«

»Die Frau, die vor dir Menenutet war. Sie wählte sich dasselbe Seelentier.«

»Ich weiß nichts von ihr.«

Die türkisen Augen hatten einen merkwürdigen Ausdruck angenommen. »So ist es auch besser.«

Unsicher blickte Neferenpet zu Meremnoru. Ihre Zofe saß noch immer auf der Bank, auf der sie ihr die Haare gekämmt hatte. Nervös erwiderte sie den Blick.

Neferenpet schüttelte den Kopf. Sie wusste nicht, wieso, aber sie wollte kein anderes Seelentier. »Ich bleibe dabei. Kobra.« Sie hatte sich die Schlange wegen ihrer Eleganz ausgewählt, nicht wegen einer ihr unbekannten Vorgängerin. Und weil sie gefährlich war. Wer eine Kobra übersah und auf sie trat, hatte oft nicht einmal mehr Zeit genug, seinen Fehler zu bereuen. Ihr imponierte diese Tödlichkeit aus dem scheinbaren Nichts heraus. Für die vor ihr liegende Aufgabe erschien sie ihr stimmig. »Kobra«, sagte sie noch einmal.

»Ich habe dich verstanden, Neferenpet. Weitere Fragen.«

»Ja. Wie … herrsche ich?« Die Frage hörte sich selbst in ihren Ohren naiv an, aber sie wusste es wirklich nicht. »Sitze ich auf dem Goldenen Sattel und gebe Anordnungen? Sage ich meinem Willenskünder, was er in die Wege zu leiten hat? Lasse ich Leute zu mir, höre an, was sie zu sagen haben, und entscheide?«

»All das, ja.« Der Ananchtetep nickte. »Vor allem aber, indem du deine Rolle erfüllst. Nehebet zu sein bedeutet, seine Pflichten zu kennen und sie zu befolgen, für den Menenutet mehr noch als für jeden anderen. Jeder Tag ist voller Aufgaben, großen, wie das Bad zur Neheb-Schwemme, und kleinen, wie der Reinigung des Shufs. Du wirst sie alle erfüllen und dadurch Beispiel sein. Ich werde dir dabei helfen, das ist meine Rolle. Dein Vater war ein herausragender Herrscher, ein wahrhaftiger Löwe unter seinesgleichen. Aber nicht, weil er uns dreißig Jahre durch den Krieg gegen die Khem-ru geführt hat. Das hat ihn zum Helden gemacht, was nicht dasselbe ist. Sondern weil er wusste, wo der Weg verlief.«

Nachdenklich nickte Neferenpet. Es gab so vieles, das sie noch lernen musste. So vieles, von dem sie keine Ahnung hatte. »Was ist mit den Mördern meines Vaters und meines Halbbruders?«, kam es ihr plötzlich in den Sinn. »Der Einsilbige ist fort, sagst du, aber was ist mit den anderen Khem-ru?«

»Sie sind alle tot. Die Krokodile haben sie.« Er stand von der Bank auf und kam zu ihr herüber. »Ich habe etwas für dich, da du es gerade erwähnst.«

»Was ist es?«

Vor ihr stehend, griff der Ananchtetep in seinen Shuf. Aus den Falten holte er einen Beutel aus blauem sabarischem Samt. Sie erkannte die Glyphen, mit denen er bestickt war. Es war ein Qet, ein Beutel für mumifizierte Organe.

»Vater!«, rief sie aus, dankbar über das Geschenk.

»Nein. Das Herz von Snorri Sagard, dem Anführer der Khem-ru. Ich möchte, dass du es behältst.«

Erschrocken war Neferenpet zurückgewichen, doch der Arm des Ananchtetep blieb ausgestreckt.

»Das Herz ihres Anführers?«, fragte sie bestürzt. »Aber wieso?«

Nur Organe von Helden wurden für die Nachwelt aufbewahrt. Sie sollten etwas von dem weitergeben, das ihre Träger zu Lebzeiten außergewöhnlich gemacht hatte. Und das Herz war von allen Organen das wichtigste, edelste. Aber der Anführer der Khem-ru war kein Held gewesen.

»Er war ein guter Mann, Neferenpet. Besser als die meisten. Nimm sein Herz.«

»Er war ein Khem-ru!« Sie konnte nicht fassen, was der Ananchtetep von ihr verlangte. Das Herz des Mörders ihres Vaters, konserviert für die Ewigkeit. Und sie sollte es tragen. Ihr wurde beinahe schlecht vor Zorn und Ekel. Wie konnte das Nehebet sein?

»Und das macht ihn zu einem schlechten Menschen? Lerne, Menenutet, und lerne schnell.«

Die Worte des Ananchtetep knirschten vor Kälte, und zum ersten Mal in ihrem Gespräch spürte Neferenpet die Gnadenlosigkeit anklingen, für die er so berüchtigt war. Er war das Krokodil, rief sie sich in Erinnerung, sie würde gut daran tun, das nicht zu vergessen. Aber was er von ihr verlangte, war zu viel. »Er war der Mörder meines Vaters«, flüsterte sie, mehr schicksalsergeben als trotzig. »Und meines Halbbruders.«

»Das war er nicht. Er ist vom Einsilbigen genauso hintergangen worden wie wir. Und er hat für die Rolle gebüßt, die er in dieser Täuschung spielte. Ich selbst habe ihn zerschnitten. Er hat gelitten, mehr als genug.«

Auch das war wieder etwas, das sie noch nicht gewusst hatte, und was der Ananchtetep sagte, verwirrte sie. Widerstreitende Gefühle durchrauschten sie. »Aber ... warum soll ich sein Herz nehmen? Warum?«

»Weil er den Mut zum Frieden hatte. Du wirst Krieg führen, Neferenpet, und Krieg ist so notwendig wie hart. Aber Frieden ist notwendiger – und härter. Dieser Mann, Snorri Sagard, hat sein Leben damit verbracht, Krieg gegen unser Volk zu führen, so wie ich meines damit verbracht habe, Krieg gegen seines zu führen. Am Ende querte er das Rote Meer, um echten Frieden zwischen unseren Völkern zu schließen. Er tat das. Nicht dein Vater, nicht sein Erstes Schwert, nicht ich. Es ist die mutigste Tat, die ich je erlebt habe, und es füllt mein Herz vierfach mit Trauer, dass dieser Mann sterben musste. Nimm sein Herz, Neferenpet, und hüte es wie dein eigenes. Es wird dich daran erinnern, dass der Sinn des Kriegs der Frieden ist. Etwas, das ich selbst mehr als einmal vergessen habe in drei Jahrzehnten aus Tod. Und hoffentlich wird es dir etwas von dem Mut schenken, der ihm innewohnte, als es noch schlug.«

Zu keinem Zeitpunkt während der kurzen Rede hatten die Augen des Ananchtetep etwas von ihrer unmenschlichen Kälte verloren, nur die Worte selbst hatten beinahe milde geklungen. Das nächste Wort aber sprach bereits wieder das Krokodil, und es war von unerbittlicher Wucht: »Nimm.«

Eingeschüchtert streckte Neferenpet ihre Hand aus und ergriff den Qet. Er war leicht, wie ein Apfel etwa, aber so sehr viel schwerer. Sie atmete heftig, während sie ihn mit seiner Kordel an ihrem Gürtel befestigte.

»Mehr Fragen.« Die Stimme des Ananchtetep ließ ihr keine Zeit, wieder Ruhe zu finden.

»Ich weiß nicht«, fing sie an, immer noch verstört und durcheinander, »was ist ...«

Im Eingang des Gemachs nahm sie eine Bewegung wahr und drehte sich um. Die Gestalt, die dort aufgetaucht war, ließ sie nach Luft schnappen.

Die Frau war klein, vor allem aber der dünnste Mensch, den Neferenpet jemals gesehen hatte. Sie trug keinen Shuf, sondern ein violettes Wams, das kurz unter Ellbogen und Knien endete und den Blick auf ihre Gliedmaßen zuließ. Arme und Beine schienen bar jeden Fleischs; nur Knochen, über die sich Haut spannte. So dünn waren die Gliedmaßen, dass Neferenpet unwillkürlich an hölzerne Stecken denken musste. Das Gesicht war kaum mehr als ein Schädel mit Augen. Die Wangen waren derart eingefallen, dass die Jochbeine über sie hinausstanden wie schattige Kragsteine. Lippen waren praktisch keine vorhanden; der Hals war sehnig. Und im Ausschnitt des Wamses waren hinter den hervorstechenden Schlüsselbeinen tiefe Gruben zu erahnen. Die Frau war jung, das war trotz ihres entsetzlichen Aussehens zu erkennen, aber ihr langes Haar, das ihr in zwei Zöpfen seitlich auf die Schultern fiel, war schlohweiß.

»Das«, sagte der Ananchtetep, »ist deine Seherin: Malak die Knochenfrau.«

Bevor Neferenpet etwas erwidern konnte, kam die Frau herein. Sie bewegte sich mit einer Schnelligkeit, die sie ihr nicht zugetraut hätte. Sie hätte erwartet, dass die Frau sich ungelenk und stelzend bewegen würde, etwas, das besser zu ihrem skelettartigen Äußeren gepasst hätte. Aber stattdessen wuselte sie mit einer Flinkheit auf sie zu, die an eine Maus erinnerte.

»Neferenpet, Menenutet, heilig ist dein Name«, fing sie an zu sprechen, schnell wie ein Wasserfall. »Malak die Knochenfrau bin ich, ja, ja, ein Kind des Schlafs, zu deinen Diensten. Ich deute Omen und lese Wisper, Ewige; auf den Traumfeldern wandle ich, ja, ja, alles, was du willst.« Sie griff nach Neferenpets Hand, die sie erschrocken zurückziehen wollte, aber die Seherin war schneller. Knöchrige Finger hielten die ihren fest. Die Haut über ihnen war trocken und rau, aber warm. »Gutes Blut fließt in dir, ja, ja, blau ist es, blau wie deine Augen, Neferenpet, Menenutet. Soll ich anfangen zu lesen, zu deuten? Jetzt? Jetzt? Oder später, in der Zukunft? Großes steht dir bevor, Neferenpet, Menenutet, ich spüre es schon jetzt, sehe es, ja, ja. Soll ich, soll ich?«

Neferenpet hatte Mühe, dem Wortschwall der Seherin zu folgen. Überrumpelt sah sie auf die kleine Frau hinunter, die noch immer ihre Hand festhielt. Die braunen Augen der Seherin bewegten sich ähnlich schnell wie ihre Zunge; unstet huschten sie im Raum umher und streiften Neferenpet immer nur kurz beim Reden. »Ich … nein, nicht jetzt.«

Die Seherin ließ ihre Hand los. »Später dann, Neferenpet, Menenutet, ruf einfach, ruf einfach, mich, Malak die Knochenfrau. Ich eile dann zu dir, ja, ja, und lese, deute, mache alles für dich. Du bestimmst, ich folge. Träume kommen, Träume gehen, ich bleibe. In der Nähe bleibe ich, ganz nah, draußen am Brunnen; du musst nur rufen; rufe, Neferenpet, Menenutet, ja, ja.«

So schnell, wie sie gekommen war, huschte die Seherin durch den Bogengang in den Palmengarten. Neferenpet konnte die Wirbel in ihrem Nacken sehen. Durch das Laufen spannte sich die Haut derart über ihnen, als würde sie reißen wollen. Im nächsten Augenblick war Malak die Knochenfrau zwischen dem Grün der Farne und Palmen verschwunden.

»Das ist nicht meine Seherin«, sagte Neferenpet, als sie sich wieder gefasst hatte, und sah ihr hinterher. »Auf keinen Fall.«

»Du wolltest eine Frau«, erwiderte der Ananchtetep. »Du hast eine Frau.«

»Das ist ein Skelett.«

»Ein weibliches.«

Sie wandte sich zu ihm um. »Nein.« Sie hatte sich für eine Frau entschieden, weil sie eine Vertraute gesucht hatte. Und sie konnte sich nicht vorstellen, zu dieser Vertrauen zu fassen. Wie sollte das gehen, wenn sie sich kaum traute, sie anzublicken?

»Malak ist … anders. Aber du solltest damit beginnen, hinter das Äußere zu blicken. Du wirst keine bessere Seherin in Pta-Anchem finden. Sie sah, dass sie deine Seherin würde. Sie diente deinem Halbonkel.«

Überrascht blickte Neferenpet auf. »Wirklich?«

»Ja. Sie hat vorausgesagt, dass er auf dem Goldenen Sattel sitzen würde und meine Hände kusssegnen würde. Mit beidem hat sie recht behalten. Ramenhotep hat lediglich die falschen Schlüsse gezogen.«

Neferenpet sah abermals hinaus in den Palmengarten. »Was ist mir ihr? Wieso ist sie so dünn?«

»Die Traumlande sind kein besonders gütiger Ort, nehme ich an.«

Neferenpet nickte stumm. Vergeblich suchte sie zwischen den Blättern und Stämmen nach einer Bewegung.

»Dann behältst du sie also?«

Wieder nickte sie. Sie wusste nicht, wieso, aber plötzlich schien es ihr doch die richtige Wahl zu sein, trotz allem. Der Ananchtetep hatte recht, Malaks Aussehen sagte nichts über sie selbst aus. Vor allem: Welche Wahl hatte sie? »Malak«, sagte sie gedankenverloren, »das ist ein Wamauchen-Name.«

»Weil sie eine Wamauche ist.«

Unsicher nickte sie ein drittes Mal. »Narmersechem«, sagte sie dann wie in Gedanken und sprach erstmals seinen Namen aus, »meine letzte Frage für heute: Warum hast du meinen Halbonkel getötet? Warum hast du mich auf den Thron gesetzt?« All die Tage, die seitdem vergangen waren, hatte sie das beschäftigt. Von allem, was sie nicht wusste, schien ihr das am unerklärlichsten zu sein. Vor ihrem geistigen Auge sah sie Ramenhotep mit durchschnittener Kehle ins Wasser stürzen und den Ananchtetep, wie er sie mit blutiger Hand auf den Goldenen Sattel wies, wieder und wieder. Einmal hatte sie sogar davon geträumt. Sie sah die Bilder, aber sie verstand sie nicht.

»Ramenhotep wollte dich zur Frau nehmen. Ehen zwischen Onkel und Nichte sind nicht Nehebet. Wer nicht Nehebet ist, kann nicht Menenutet sein. Du warst die Letzte mit Anspruch und mit genügend Jahren.«

»Aber … er war mein Halbonkel. Und Halbonkel und Nichte – ich dachte, das wäre erlaubt.«

Ein lauernder Blick traf sie. »Ein Halbonkel ist immer noch ein Onkel, oder nicht?«

»Ja, aber …«

»Glaub mir, Neferenpet. Es war nicht Nehebet. Du bist die

Menenutet. Aber ich bin der Ananchtetep. Ich kenne den Weg.«
Er ging zum Eingang des Gemachs.

»Ich habe doch noch eine Frage.«

Der Ananchtetep blieb stehen. Langsam drehte er sich um.

»Was wäre passiert, wenn er mich nicht hätte heiraten wollen?«

Ein langer Blick aus türkisen Augen traf den ihren. »Es ist nicht
Nehebet, Geschehenes infrage zu stellen.« Dann war der Ananchtetep verschwunden.

Neferenpet musste sich setzen. Erst jetzt, nachdem er gegangen
war, merkte sie, wie sehr sie das Gespräch angestrengt hatte. Entkräftet sank sie neben Meremnoru auf die Bank. Mitfühlend sah
ihre Zofe sie an. »Wie geht es dir?«

»Ich weiß nicht. Ich … Es war alles ein bisschen viel, denke
ich.«

Meremnoru nickte. »Das glaube ich. Ich habe die ganze Zeit
Angst gehabt.« Sie senkte ihre Stimme. »Vor ihm.«

»Ich auch. Das haben alle. Er ist das Krokodil.« Müde wischte
sich Neferenpet über die Augen. »Wie habe ich mich geschlagen?«

Meremnoru zögerte.

»Was ist es? Sag es mir, bitte.«

»Gut.«

»Aber?«

»Es liegt nicht an dir. Es ist …« Meremnoru fing wieder an zu
flüstern. »Er manipuliert dich.«

Neferenpet runzelte die Stirn. »Was meinst du?«

»Er macht es so, dass du die Entscheidungen triffst, die er für
richtig hält. Er … Die Sache mit der Seherin zum Beispiel. Er
fragt dich, ob du einen Mann oder eine Frau als Seher willst, und
bringt dich damit überhaupt erst dazu, darüber nachzudenken.
Und natürlich wählst du eine Frau. Und …«

»… dann kam Malak«, beendete sie den Satz ihrer Zofe.

»Genau. Er muss ihr also schon vorher Bescheid gegeben haben.«

»Er hat gesagt, dass sie es gesehen hat …«

»Glaubst du das? Und selbst wenn. Er hat dir die Entscheidung abgenommen. Genauso hat er sich zu deinem Vorleser gemacht. Und er hat es geschafft, dass er dir Männer aussucht, aus denen du dann dein Erstes Schwert wählen sollst. Wen auch immer du nehmen wirst: Es wird immer sein Erstes Schwert bleiben.«

Nachdenklich nickte Neferenpet. Meremnoru hatte recht. Sie hatte sich manipulieren lassen. Sie griff zum Qet an ihrem Gürtel. Auch ihn hatte er ihr aufgedrängt. Am liebsten hätte sie ihn weggeschmissen.

»Danke, Meremnoru. Das war wichtig. Ich werde das nächste Mal besser aufpassen. Das ist alles noch neu für mich. Und er … er ist so furchterregend.«

»Ich weiß. Und du hast es gut gemacht. Ich hätte es nicht besser gekonnt, niemand.«

Neferenpet lächelte. »Da bin ich mir nicht so sicher. Aber gut.« Sie hatte eine Idee. »Malak!«, rief sie laut.

Im nächsten Moment raschelten die Blätter der Farne, und die Seherin huschte zwischen ihnen hervor. Flink kam sie zu ihnen herüber und blieb vor der Bank stehen. Ihre Augen sprangen hin und her. Der Anblick ihrer Skelettgestalt war zu erschreckend und noch zu ungewohnt, als dass Neferenpet nicht wieder zusammengezuckt wäre, aber sie schaffte es, ihre Stimme einigermaßen unter Kontrolle zu halten. »Malak«, sprach sie die Seherin an, »ich möchte, dass du für mich in die Zukunft blickst.«

»Ja, Neferenpet, Menenutet, ja, ja«, sprudelte es aus der Seherin heraus. »Sehr gern, sofort, ich lese, deute, weissage, ja, ja. Soll ich streifen und Ausschau halten, es gibt so vieles zu entdecken, drüben, hinter dem Schleier, auf den Feldern, ja, ja. Oder willst du mir, Malak der Knochenfrau, eine Frage geben, eine Frage, die du wissen willst, und ich suche nach einer Antwort drüben, hinter dem Schleier, auf den Feldern? Es gibt vieles, das dort liegt, bereit, gefunden zu werden, so vieles, ja, ja. Die Zukunft wartet nicht, sie kommt, und wir gehen, eilen ihr entgegen, du auch, Neferenpet, Menenutet. Komm, ich helfe dir und suche, finde, was du wissen willst, frag, frag!«

»Ich … Sag mir, was ich tun soll. Wie wird meine Herrschaft aussehen?«

Malak streckte abwehrend die Finger von sich. »Nein, Neferenpet, Menenutet, nein, nein, ich kann nicht sehen, sagen, was du tun sollst, nur Dinge, die kommen oder nicht. Du herrschst, entscheidest, ich kann dir nur Omen deuten, auslegen, weissagen. Aber wie deine Herrschaft aussehen wird, das kann ich suchen, ja, ja, das kann ich.« Sie hielt Neferenpet ihre hohle Hand vors Gesicht. »Hier, Neferenpet, Menenutet, spucke, gib mir deinen vierfach heiligen Speichel, schnell, schnell. In ihm liegt alles, was ich suche, sehe.«

Nach einem unsicheren Seitenblick zu Meremnoru tat Neferenpet der Seherin den Gefallen und spuckte ihr in die Hand. Sie hatte in den letzten Tagen viele Hände kussgesegnet, ihr Speichel war nun tatsächlich heilig. Aber noch nie hatte sie jemanden einen ganzen Mundvoll geschenkt. Und noch nie hatte ihn jemand zum Weissagen benutzt. »Musst du nicht vorher Pesh trinken?«

»Das stimmt, ja, ja, Pesh, Traumkraut, Alge, nur sie hilft zu sehen nach drüben, hinter den Schleier. Aber ich, Malak die Knochenfrau, habe geahnt, dass du mich fragen wirst nach Dingen, die kommen, sein werden. Ich habe bereits Pesh gelutscht, nicht getrunken, draußen am Brunnen, im Garten, ja, ja, Pesh. Ich sehe bereits, ja, ja.«

Malak blickte in ihre hohle Hand. Mit dem Zeigefinger der anderen verrührte sie Neferenpets Speichel. Eine Weile blieb sie stumm stehen, in ihre Augen war ein abwesender Blick getreten. Neferenpet betrachtete sie mit banger Erwartung.

Als die Seherin anfing zu sprechen, war jede Hektik aus ihrer Stimme verschwunden. Wie ein langsam fließender Strom kamen die Worte über ihre fleischlosen Lippen. »Wunder ... Ich sehe Wunder auf deinem Weg, Neferenpet. Wahre, wirkliche, echte Wunder. Du bist umgeben von Rot, aber es ist nicht die Farbe deines Bluts. Dein Weg ist ... weit. Nach Sand wähle Stein, nicht Erde. Hüte dich vor der Luft. Luft tötet. Tränen. Ich sehe ... *Oh!*« Durch den dürren Körper ging ein überraschter Ruck, die Pupillen der Seherin weiteten sich, sodass kaum noch etwas vom Braun ihrer Augen zu erkennen war. »Ich sehe Wisper, Ewige Wisper. Sie wachsen vor mir aus dem Boden und – warte, ich versuche, sie zu lesen. Wisper, Wisper. Was ist eure Kunde? Da! ›Der alte Feind spricht doppelt/Sind alle versammelt, fehlt einer/und der Bote von Alt und Neu zieht ins Zentrum‹. ›Frevel von allen Seiten/Das Ende der Grenze ist das Ende der Ordnung/Mit dem Fluss kommen die Tränen‹. Ich ... Zwei Ewige Wisper ... Merkwürdig, sehr merkwürdig ...«

Malak sah auf. Ihre Pupillen schrumpften, als würden sie ins Licht blicken. »Das habe ich gesehen, gefunden für dich, Neferenpet, Menenutet«, sagte sie wieder in ihrer alten Hast. »Noch nie habe ich zwei Wisper, Ewige, gefunden, nein, nein, noch nie. Großes steht dir bevor, Wunder, große Wunder!«

»Wunder?«, flüsterte Neferenpet.

»Ja, Wunder, ja, ja!«

»Wunder ...«, wiederholte sie, plötzlich voller Sehnsucht.

»Wunder«, bestätigte Malak.

»Und die Wisper, was ... was bedeuten sie?«

»Neferenpet, Menenutet, du musst aufpassen, vorsichtig sein, hüte dich vor der Luft und den Khem-ru, ja, ja, und tränenreich wird dein Weg sein, aber gute Tränen sind es, der Freude, des Glücks, und mache dir Gedanken über die Richtung, in die du ziehst, reist, wanderst, reitest; das ist wichtig, sehr, denn Tod wird dich umgeben, umhüllen, ja, ja.«

»Ins Zentrum soll ich ziehen, aber wo ist das, wenn nicht hier in Pta-Anchem? Und wieso spricht die Alte Feindin doppelt? Sie kennt nur eine Sprache, nur eine Botschaft.«

»Ich, Malak die Knochenfrau, weiß es nicht, nein, nein, noch nicht, vieles, etliches wird sich noch klären, vielleicht alles, ja, ja. Für den Moment, Neferenpet, Menenutet, behalte, wisse, dass deine Herrschaft Wunder sehen wird, Freudentränen. Ich habe es gefunden, gesehen, ganz sicher, sehr sicher.«

Die Seherin führte die Hand mit Neferenpets Speichel an ihren Mund, leckte ihn mit blasser Zunge auf. »Mögen deine Wasser mich, Malak die Knochenfrau, segnen, weihen, ja, ja. O ja, ja!«

Neferenpet sah ihr mit gemischten Gefühlen zu. Der Anblick der Seherin war schwer zu ertragen, sie würde Albträume von diesem Schädel mit Augen und Zunge bekommen. Ihre Worte hingegen waren seltsam beruhigend gewesen, jedenfalls die, die Neferenpet glaubte, verstanden zu haben. Und genau daher rührte ihre Unsicherheit. Hatte sie die Omen richtig verstanden? War Malaks Deutung die richtige? Sie musste an ihren Halbonkel denken. Der Ananchtetep hatte gesagt, dass Malak auch ihm geweissagt hatte. Und Ramenhotep hatte in den Prophezeiungen der Knochenfrau nur das gehört, was er hatte hören wollen. »Malak«, sagte sie, »Freudentränen, sagst du. Bist du dir sicher?«

»Ja, ja, sicher, ganz sicher, ich sah es, Freudentränen, glückliche Tränen. Wunder! Wunder, Wunder, Wunder!«

»Gut. Danke. Du kannst jetzt gehen, Malak.«

Die Seherin verbeugte sich tief und huschte aus dem Zimmer.

Den Rest des Vormittags über dachte Neferenpet über die Weissagung nach. Ihr ganzes Leben über hatte sie wenig mehr gesehen außer die Wände ihres Palasts. Und nun sollten Wunder auf sie warten? Sie war skeptisch, aber dass ihr allein die Möglichkeit in Aussicht gestellt worden war ... Hoffnung machte Neferenpet das Herz weit, und sie beschloss, ihren neuen Palast zu durchwandern.

Er war größer, viel größer als ihr alter. Die Leichen und Spuren der Kämpfe waren beseitigt worden. Neferenpet genoss den kühlen Stein unter den Sohlen ihrer Stoffschuhe und ließ ihre Füße entscheiden, welchen Weg sie einschlugen.

Für eine Stunde oder zwei spielten sie und Meremnoru mit einem Löwenwelpen in einer der Brunnenhallen. Die kleine Raubkatze tapste hierhin und dorthin und versuchte ungeschickt, mit ihren Tatzen die Fische im Brunnen zu erhaschen. Einmal fiel sie sogar hinein und maunzte kläglich, und Neferenpet ging das Herz auf, während sie das Löwenjunge trockenrubbelte.

Es gab so viel Schönes in ihrem neuen Heim. Vögel flogen durch die hohen Säle und zwitscherten, während sie über sie hinwegflatterten. Wasser rauschte, über mehrere Stockwerke hinabfallend. Diener standen an den Wänden, mit Schalen voller Früchte und Saft- und Weinkrügen, wartend auf einen Wink von ihr, um ihr jeden Wunsch zu erfüllen. In einem der vielen Säle stand ein gläserner Fisch, größer als ein Pferd, mit grün spiegelnden Augen. Und in einem anderen stieß sie auf eine Konstruktion aus lauter Glaskolben und -röhren, durch die bunte Flüssigkeiten liefen. Eine Wasseruhr aus Sabarien sei dies, erklärte ihr ein Diener, den sie fragte, und für eine Weile stand Neferenpet staunend davor. Sie verstand nicht, wie sie funktionierte, noch wie sie sie ablesen sollte, aber sie erfreute sich des Gluckerns und Tropfens und des Farbenspiels der Flüssigkeiten.

Ja, sie würde sich an diesem Ort wohlfühlen können. Ihm fehlte noch die Vertrautheit ihres alten Palasts. Aber sie würde kommen, und all die kleinen und großen wundersamen Dinge, die sie hier fand, würden dabei helfen. Sie merkte, wie gelöst sie plötzlich war.

Die vielen wundersamen Dinge lenkten ihre Gedanken schließlich wieder auf die Wunder, von denen Malak gesprochen hatte. Sie gab nicht viel auf Seher und ihre Prophezeiungen, und sie wusste nicht, wie viel wahr werden würde von dem Gesehenen.

Aber diese eine Prophezeiung brachte etwas in ihr zum Schwingen, berührte sie, wie sie wenig berührt hatte. Wunder … Sie wusste nicht einmal genau zu sagen, was ein Wunder war, sie wusste nur, dass sie noch keines gesehen hatte. Und dass sie sich genau das wünschte. Und weil sie es sich wünschte, beschloss sie, Malak zu glauben. Sie würde Wunder sehen, o ja!

Aber als sie genug über Wunder nachgedacht hatte, kam ihr der Ananchtetep wieder in den Sinn, und ihre Stimmung sank. Je öfter sie ihr Gespräch an sich vorüberziehen ließ, desto klarer sah sie, dass Meremnoru recht hatte. Er hatte sie an jeder Stelle, bei jeder Entscheidung in die Richtung gelenkt, in der er sie haben wollte. Selbst ihre Wahl des Seelentiers hatte er versucht zu beeinflussen. Beim nächsten Mal würde sie vorbereitet sein, nahm sie sich vor. Ihr Unbehagen aber wuchs. Man stellte sich nicht gegen das Krokodil.

Als sie mit ihrem Spaziergang fertig war, betrat Neferenpet die Kühle Kammer.

Auch hier deutete nichts mehr auf das Blutbad hin, das sich vor fünf Tagen zwischen den schrägen Säulen abgespielt hatte. Neferenpet blieb im Eingang zwischen den Wachen stehen, von einem Gefühl der Unwirklichkeit übermannt. Das war ihr Saal der Herrschaft – *ihrer*. Der Gedanke war gleichermaßen beängstigend wie mutmachend. Langsam schritt sie durch ihn hindurch. An seinem Ende stieg sie in das flache Becken und lauschte dem leisen Plätschern des Wassers, als sie zum Goldenen Sattel ging und sich setzte. Neferenpet, Menenutet. Sie schüttelte ungläubig den Kopf. Es würde eine Weile dauern, bis sie sich daran gewöhnte – eine ganze Weile. Sie wechselte einen Blick mit Meremnoru, die am Beckenrand stehen geblieben war. Aufmunternd nickte ihr die Zofe zu, und Neferenpet bedankte sich mit einem Lächeln.

Sie stützte ihr Kinn in die Hand und kehrte zu ihren Gedanken zurück. Doch bereits nach wenigen Momenten erschien eine der

Wachen aus der Vorhalle. Auch er blieb am Beckenrand stehen. »Draußen ist jemand erschienen, der dich um vier Augenblicke deiner Zeit bittet, Menenutet. Es ist Ramensecheb, der Sohn deines Halbonkels.«

Neferenpet straffte sich. Sie war überrascht, vor allem darüber, dass Ramensecheb noch lebte. Sie war davon ausgegangen, dass er das Ende seines Vaters nicht überlebt hatte und spätestens umgekommen war, als die Stillen das Ewige Zelt gesäubert hatten.

»Was will er?«, fragte sie zögernd.

»Das hat er nicht gesagt.«

Sie sah die Wache prüfend an. Konnte der Mann ihr ihre Unsicherheit ansehen? »Er darf eintreten«, beeilte sie sich zu sagen.

Nachdem die Wache gegangen war, betrat ein Mann ihres Alters den Saal. Neferenpet hatte den Sohn noch seltener gesehen als den Vater, sie vermutete, es war beinahe zehn Jahre her.

»Wasser und Schatten«, grüßte sie Ramensecheb vom Rande des Beckens. Er war seinem Vater wie aus dem Gesicht geschnitten und sicher zwanzig Jahre jünger. Neferenpet war sich nicht sicher, ob sie jemals einen schöneren Mann gesehen hatte.

»Schatten und Wasser«, gab sie den Gruß zurück. »Tritt näher.« Sie winkte.

Ramensecheb gehorchte und stieg ins Wasser.

»Es ist lange her«, sagte sie, weil sie irgendetwas sagen musste.

»Das ist es. Wir waren noch Kinder.«

Er hat gerade seinen Vater verloren, dachte sie. Sie trauerte kaum um ihren, aber bei Söhnen würde es wohl anders sein. Ihre Väter waren keine Fremden für sie. Neferenpet suchte in seinem Gesicht Spuren von Schmerz oder Wut. Sie fand keine. Nur blaue Augen, die im Dämmerlicht der Kühlen Kammer so dunkel waren wie der Abendhimmel. Seine Haut war wie Milch.

»Du wolltest mit mir reden?«, fragte sie, als ihr bewusste wurde, dass sie beide schon länger nichts mehr gesagt hatten.

»Ja. Ich habe eine Bitte.«

»Welche ist es? Sprich.«

Im Becken vor ihr ging Ramensecheb in die Knie. Er beugte sich vornüber und berührte mit der Stirn das Wasser. »Lass mich dein Erstes Schwert sein, Menenutet.«

Neferenpet hatte mit wenig gerechnet, ganz sicher aber nicht damit. Hilfesuchend blickte sie erst zu Meremnoru, dann hinab auf den flachsblonden Hinterkopf Ramensechebs.

»Mein Erstes Schwert?«, fragte sie, um Zeit zu gewinnen.

»Ja«, sagte Ramensecheb, noch immer übers Wasser gebeugt. »Du brauchst eines.«

»Ich weiß … aber … Wieso willst du es sein? Dein Vater, Ramensecheb … er …«

Ramensecheb blickte auf. Auf der Strähne seines Haars, die ihm in die Stirn gefallen war, glänzte ein Wassertropfen. »Mein Vater ist tot. Er starb, weil er nicht Nehebet war. Ich bin nicht mein Vater, und es steht geschrieben, dass die Söhne nicht für die Sünden der Väter büßen sollen.«

Neferenpet nickte. »Das ist richtig, aber …«

»Neferenpet, ich bitte dich: Lass mich für dich in den Krieg ziehen. Ich weiß, ich bin noch jung, aber ich war dabei, als wir vor sechs Jahren das letzte Mal gegen die Khem-ru ritten. Ich habe vier Überfälle ins Ba'ad-Djedet angeführt und mehr als zwei Dutzend Khem-ru die Kehlen durchgeschnitten. Ich habe ihre Dörfer niedergebrannt. Ich weiß, was Kampf ist. Ich lebe für ihn.«

Wieder war Neferenpet überrascht. Ramensecheb und sie waren etwa gleich alt, und was hatte er im Gegensatz zu ihr bereits alles erlebt. Sie hatte vom Gewitterkrieg gehört, er hatte ihn erfahren. Er hatte gekämpft, er hatte getötet, und nun kniete er vor ihr und bat darum, in ihrem Namen kämpfen und töten zu können. Nicht wie der Jüngling, der er beinahe noch immer war, sondern wie ein Mann, der bereit war zu führen. In ihre Überraschung mischte sich eine Spur Neid. Sie hatte all die Jahre in ihrem Palast verbracht, behütet, abgeschirmt und für sich, und sie waren an ihr vorübergezogen ruhig wie der Neheb. Immer war ihr klar gewesen, dass ihr Leben nicht der Regel entsprach, aber noch nie hatte sie sich ernsthaft darüber Gedanken gemacht, dass sie im Schatten ihrer Mauern etwas verpassen könnte. Wie war sie dumm gewesen. Sie wünschte sich, so bereit zu sein wie Ramensecheb.

Sie merkte, dass sie ihren Entschluss gefasst hatte. Selbstbewusst holte sie Atem. »Ramensecheb, deine Bitte ist gewährt: Sei du mein Erstes Schwert. Reich mir deine Hände.«

Ein Strahlen erschien auf dem Gesicht Ramensechebs. Immer noch kniend hob er die Hände, und sie ergriff und kusssegnete sie. Im Gegensatz zu den Händen des Ananchtetep waren sie warm. Sanft lagen sie in ihren eigenen. Schließlich öffnete sie ihren Griff, weil ihr bewusst wurde, dass sie schon wieder eine lange Zeit nichts gesagt hatten. »Steh auf, Erstes Schwert, und führe mich und unser Volk in den Krieg.«

Ramensecheb erhob sich aus dem Wasser. »Ja, Menenutet. Mit Tausenden werde ich wieder vor dir erscheinen.« Er verließ die Kühle Kammer so eilig, dass er beinahe rannte.

»Ich habe mein Erstes Schwert«, sagte sie in die Stille hinein, die er zurückließ, und wunderte sich, wie schnell alles gegangen war.

Meremnoru, die Ramensecheb nachgesehen hatte, wandte sich wieder um. »Ja, das hast du. Aber bist du sicher, dass es nur das ist?«

»Was meinst du?«

Meremnorus Braue schnellte nach oben.

»Was?«

»Dir ist sicherlich nicht entgangen, dass er der bestaussehende Mann in Pta-Anchem ist.«

Neferenpet spürte, wie sie rot wurde. Zum Glück war es in der

Kühlen Kammer dämmrig. »Er ist nicht hässlich, das stimmt.« Sie unterdrückte ein verlegenes Grinsen. »Aber das ist nicht der Grund, weshalb ich ihn zu meinem Ersten Schwert gemacht habe.«

»Nicht?«

Sie wurde wieder ernst. »Nein. Du hast ihn ja selbst gehört: Er ist ein Krieger. Und außerdem hatte ich deine Worte im Kopf, Meremnoru. Ramensecheb wird *mein* Erstes Schwert sein. Nicht das von jemand anderem.«

Neferenpet konnte sehen, dass Meremnoru verstand. Sie hatte ihre erste Entscheidung getroffen, die ihr nicht vom Ananchtetep eingeflüstert worden war, und es fühlte sich gut an, fantastisch sogar. Jetzt musste sie dem Krokodil diese Entscheidung nur noch mitteilen. Sie war die Menenutet, sie war niemanden Rechenschaft schuldig. Aber Neferenpet ahnte, dass ihr der schwerere Teil erst noch bevorstand.

29

Bjorn

In der Nacht, nach der sie mit ihren Scharen wieder zurück über den Tern ins Salenreich gezogen waren, riss der Fluss die Bootsbrücke mit sich und trat über die Ufer. Er zerstörte Dutzende Zelte und Trosswagen, ersäufte die angebundenen Pferde eines ganzen Flugs und jagte die zweier weiterer in Panik auseinander. Der Vormittag des nächsten Tages verging damit, festzustellen, wie viele Verluste sie erlitten hatten: dreiundachtzig Tote und Vermisste, vierzehn Verwundete. Bjorn stand flussabwärts des Heerlagers zwischen den angeschwemmten Wracks der Bootsbrücke. Der Tern hatte etliche von ihnen in einer Flussbiegung abgeladen. Übereinander getürmt und ineinander verkeilt sahen sie aus wie ein gewaltiger, aber abstruser Haufen Brennholz.

»Wie konnte das passieren, Herr?«, fragte Mina.

Bjorn zuckte mit den Achseln. Wie konnte es passieren, dass ein Fluss sein Bett verließ und einer Krone gehorchte? Er blickte zu seiner Junkerin hinüber, durch den Regen hindurch war ihr Gesichtsausdruck kaum zu erkennen. Wahrscheinlich wartete sie nicht einmal auf eine Antwort, aber Bjorn gab trotzdem eine, vielleicht um sie sich selbst nicht schuldig zu bleiben. »Das dürfte wohl so etwas wie eine Folge der Sache mit Leurs sein«, sagte er und schnippte den Tropfen von seiner Nase, der sich dort gebildet hatte.

Die Sache mit dem Leurs. Eine bessere Bezeichnung für das,

was passiert war, hatte er nicht. Zwischen den Bootswracks konnte er auch einen anwarischen Waffenrock entdecken, gelb-weiß schimmerte er durch den Regen. Bjorn wunderte sich beinahe, dass es nur einer war. Immer noch spülte der Dahm die Leichen der Anwaren in den Tern, aufgeschwemmte Klopse, und ihr Strom wollte kein Ende nehmen. Er bückte sich und hob den Rest einer Holzplanke auf. Lustlos besah er sie sich und schmiss das zerfetzte Stück Holz wieder fort. In die grautrüben Wasser des Terns sprengten Myriaden von Tropfen dunkle, kurzlebige Krater.

»Ich denke, wir haben genug gesehen. Oder willst du noch bleiben?«

Unter ihrer Kapuze schüttelte Mina mit dem Kopf.

»Gut. Dann komm.« Er ging zu Pfeifer zurück und stieg auf. Mit einem Wink verabschiedete er sich von den zwei Weibeln, die mit ihren Schwingen den hoffnungslosen Auftrag hatten, von den Booten zu retten, was zu retten war.

In dichtem Regen ritten sie zurück ins Heerlager. Weit weg, hinter den Wolken, grollte es. Die Hufe von Pfeifer und Brise sanken schmatzend ins aufgeweichte Erdreich. Vor zwei Wochen hatten sie Malmgard verlassen, seitdem hatte es jeden Tag geregnet. Der Weg zurück zum Heerlager, in dem die Dritte Schar vor Neufehn lag, hatte erheblich länger gedauert als geplant, weil das gesamte Land zu einem Morast geworden war. Auch hier, rechtsseitig des Terns, sah es nicht besser aus. Das ganze Land war ein aufgeweichter Sumpf, alles war feucht. Die Nässe drang durch Kleidung, Zeltbahnen und Gemüter, und der Regen schob seinen grauen Schleier vor die Welt, als wollte er sie verbergen.

Tatsächlich war die Nässe ein großes Problem. Sie hatten nicht nur Schwierigkeiten, genug Futter für die Pferde aufzutreiben: Das Weideland, das die Flutwelle nicht verwüstet hatte, verwandelte der Regen in Sumpf, und die versprochenen Karren der Unden blieben mit ihren Ladungen stecken. Plötzlich war es auch schwierig, sauberes Wasser zu finden; der Tern war brackig geworden und voller Leichen. Dazu kam die Herausforderung, die Pferde trocken und warm zu halten. Schon mehrten sich Fälle von Huffäule und Entkräftung, Dutzende Tiere waren bereits vor der Rückkehr ans Ostufer des Terns gestorben. Ginge das in dem Tempo weiter, müssten schon bald ganze Schwingen und Flüge zu Fuß weitermarschieren.

»Herr?«

Minas Stimme holte Bjorn aus seinen trüben Gedanken.

»Was hat es mit dieser Krone auf sich?«

Bjorn blies sich einen Tropfen von der Nasenspitze. Er war nicht überrascht, dass die Frage kam, und Mina hatte lange mit ihr gewartet. Aber was sollte er für eine Antwort auf sie geben? Er verstand ja selbst kaum etwas.

»Die Krone … Die Krone ist die Krone der Elemente«, begann er. Minas Kapuze ruckte hoch. »Die Krone der Elemente? Aber …«

»… aber das kann nicht sein, oder? Das wolltest du doch sagen, oder?«

»Ja, die Krone der Elemente – das ist etwas aus der Schöpfungssaga.«

»Das dachte ich auch.«

»Sie ist es wirklich? Die Krone der Elemente gibt es wirklich? Sie ist kein Märchen?«

»Du hast doch gesehen, zu was sie imstande war. Was sollte diese Krone sonst sein?«

»Ich … ich weiß nicht.« Mina klang nachdenklich, und für eine Weile blieb die Kapuze stumm.

»Herr?«, fragte sie schließlich abermals.

»Ja, Mina?«

»Wenn sie wirklich die Krone der Elemente ist – gehört sie dann nicht in einen Tempel? Was haben wir mit ihr vor?«

Die Welt aus den Angeln heben. Wieder fielen Bjorn ihre Worte ein. Seit dem Tannhausner Tor spielte das Wetter verrückt, und die letzten Tage waren sie durch eine Einöde geritten, die ein Fluss erschaffen hatte, der über Land gerollt war. Die Worte schienen auf eine Weise wahr zu werden, an die er nicht einmal gedacht hatte.

»Was glaubst du?«, fragte er sie, halb verloren in Gedanken.

»Die Heiligen Juwelen geben der Krone Macht über ihr jeweiliges Element, richtig?«

»Richtig. So jedenfalls verstehe ich das.«

»Dann will die Oberbefehlshaberin ... die Herrschaft über ... die Welt?«

Bjorn stutzte. Die Schlussfolgerung war naheliegend, aber ihm war sie noch nicht gekommen. Sie hörte sich absurd an. Der feuchte Traum eines kleingeistigen Intriganten am Hohen Hof vielleicht. Aber ihr Ziel? Was sollte sie mit der Welt? »Nein«, erwiderte er, laut denkend. »Ich glaube nicht, dass es das ist. Sie ...« Er suchte nach Worten. »Weißt du, Herrschaft, Macht, all das interessiert sie nicht. Das sind Mittel zum Zweck.«

»Und der Zweck ... ist der Kampf.« Mina klang unsicher.

»Ja. Nichts anderes.« Kräftemessen in einer Auseinandersetzung um Leben und Tod. Kampf in seiner ursprünglichsten, reinsten Bedeutung. Das war das Ziel, das war es immer gewesen. Und je größer und gewaltiger dieses Kräftemessen war, desto größer und gewaltiger war auch das Leben, das es bedeutete. »Die Krone ist die größte Waffe, die es geben kann«, sagte Bjorn ebenso sehr zu sich selbst wie zu Mina. Noch während er die Worte sprach, verstand Bjorn auf eine Weise, die ihm bislang verschlossen geblieben war. Er hatte es gefühlt, tief in sich drin, jetzt sah er es klar vor Augen. Die Juwelen mit der Krone zu vereinigen, das war das eine, das war Ziel ihres Kriegs. Aber das andere, die größte, letzte Auseinandersetzung, das war sein Sinn. Der größte Kampf.

Er spürte die Aufregung, wie sie sich warm in ihm ausbreitete, warm wie Sommersonne. Mina blieb stumm, aber dieses Mal war es ihm egal: Er hatte seine Zuversicht wieder. Im Lager angekommen, gab Bjorn Mina bei Gis ab, der sich angeboten hatte, sie im Faustkampf zu unterweisen, und zu seiner Überraschung hatte sie sich nicht gescheut, die Einladung anzunehmen. Vielleicht wuchs sie tatsächlich in ihre Rolle hinein.

Durch den Regen schritt er zum Feldherrenzelt. Im Innern war es klamm. Hinter dem platternden Regen vernahm er gedämpfte Stimmen. Ihre war dabei. Schnell durchschritt er den Vorraum und betrat den Hauptsaal.

Sie stand am oberen Ende des großen Besprechungstischs; ihr rotes Haar floss ihr über die linke Schulter. Bei ihr waren Baldir Bryggvas, der Befehlshaber der Achten, und ein Mann, den Bjorn nicht kannte. Es wäre ihm lieber gewesen, sie allein anzutreffen, aber zumindest war Lyndeman nirgends zu sehen. Abwartend stellte er sich unweit der drei an die Zeltwand und verschränkte die Arme hinter dem Rücken.

»Es ist mir gleich«, führte sie gerade aus, »ob wir in den besetzten Gebieten mit Kronen zahlen müssen. Wenn wir nicht genügend Skillings haben, müssen wir uns eben anders behelfen. Schmelzt die Kronen meinetwegen ein und macht Skillings draus.«

»Das würden wir gern. Aber dafür müssten wir erst einen Ort mit Münzrecht ausstatten, und das können wir nicht, solange wir keine Gastalden eingesetzt haben«, warf der Unbekannte ein. »Das ist ja mein Anliegen: Wir müssen Ostchimrien ins Herzogtum eingliedern – so schnell wie möglich.«

Der Mann sprach mit kräftiger, lauter Stimme. Braunblonde Zöpfe in der Flechtart der Kaltheimer Chimren hingen ihm über dem Rücken hinab. Seine Kleidung, Hirschleder und fein gesponnenes Tuch, wies ihn als Edelfreien aus, der Goldschmuck an Händen und Hals als einen von hohem Rang. Eine detaillierte Donnervogel-Tätowierung zierte seine linke Stirnhälfte und Schläfe.

Ein Höfling aus Arikskilde, nahm Bjorn an, wie Snorri Sagard einer gewesen war. Ein Schleichhändler der Macht, ohne Schwert, stattdessen mit biegsamer Überzeugung, der sich in die nächstbessere Stellung hineinschachern wollte. Die Aasvögel waren auf dem Schlachtfeld eingetroffen.

»Wir haben mehr als einhundert Jahre gewartet auf diesen Moment«, sprach Vogelfresse weiter, »es ist Zeit, die befreiten Lande nach Hause zu holen. Die Ostchimren haben es verdient, dass sie in den Münzen ihrer Heimat zahlen können. Hoftruchsessin Kraja hat einen Vorschlag für dich ausgearbeitet, wie wir dieses Problem lösen können.« Er zog eine versiegelte Schriftrolle aus seinem Gewand und legte sie auf die Karten, die auf dem Tisch ausgebreitet waren. »Ein Westholm, das mit Münzrecht ausgestattet wäre, könnte quasi sofort damit anfangen, Kronen in Skillings umzuschmelzen, und Ostchimrien von der Rauen Küste bis zu den Iffensteinen binnen weniger Wochen mit legitimen Münzen versorgen.«

Kurz streiften ihre Smaragdaugen den Edelfreien und die Schriftrolle auf den Karten. Bjorn kannte diesen Blick: Sie war gelangweilt. Regen platterte aufs Zeltdach.

»Du hast recht, Gesandter Vargrik«, sagte sie schließlich, »wir haben lange auf diesen Moment gewartet. Ich bin sicher, es kommt auf ein paar Wochen mehr nicht an.«

»Oberbefehlshaberin, darf ich dich zu einer rascheren Entscheidung drängen? Du kannst dir das Chaos nicht ausmalen, das am unteren Tern herrscht. Wir müssen anfangen, die Kriegswirren hinter uns zu lassen. Niemand weiß, wer das Sagen hat, und …«

»Ich habe das Sagen«, unterbrach sie Vogelfresse ruhig, aber scharf. »Ich allein. Mir war nicht klar, dass dieser Umstand strittig ist. Nenn mir die Namen derer, die es nicht besser wissen, und ich helfe ihnen, ihre Gewissheit wiederzuerlangen.« Die Drohung war nicht zu überhören.

»So meinte ich das nicht«, suchte sich Vogelfresse herauszuwinden. »Hoftruchsessin Kraja möchte dir helfen. Wir alle haben von den Aufrührern gehört. Sie verzeichnen auch deswegen Zuläufe, weil das Salenreich noch nicht vollständig verschwunden ist. Skillings können dabei helfen. Ist der Falke erst einmal in jeder Tasche, ist er bald auch in den Köpfen. Unsere Herrschaft würde so dauerhaft gefestigt.«

»Aufrührer bekämpft man mit dem Schwert, Gesandter, nicht mit Münzen«, antwortete sie. »Und wenn Kraja Kärgall Westholm als Gastaldei haben will, sollte sie den Mut haben, es offen zu sagen.«

»Oberbefehlshaberin«, ergriff nun auch Baldir das Wort, »es stimmt, dem Schwert muss mit dem Schwert begegnet werden, wohl wahr, und doch: Ich erkenne Sinn in den Worten des Gesandten Vargrik. Wir kämpfen, um zu herrschen, und je früher wir damit beginnen, desto leichter wird uns der Weg, den das Schicksal uns erkoren hat. Münzen sind profan, und wir, die wir die Ehre haben, unter dem Falkenbanner zu dienen, sind Männer und Frauen von Eisen, nicht von Gold. Doch wo das eine dem anderen helfen kann, sollten wir uns seiner bedienen.«

Falsch, dachte Bjorn und musterte den kleinen Befehlshaber der Achten. Der Kern seines Arguments war grundverkehrt. Nach all den Jahren an ihrer Seite hatte Baldir noch immer nicht begriffen. Hinter seiner ihm eigenen Theatralik aber hatte er zumindest jene Art von Argumenten gefunden, für die sie empfänglich war. So gut kannte er sie dann doch. Bjorn sah sie unbestimmt den Kopf wiegen. »Meinetwegen«, sagte sie schließlich. »Ich werde mir Krajas Vorschlag ansehen. Morgen hast du meine Entscheidung, Gesandter.«

»Ich danke dir, Oberbefehlshaberin.«

Er blieb stehen. Von der Seite traf ihn ein Blick. »Ja?«

»Da wäre noch etwas, Oberbefehlshaberin …«

»Was ist es?«

Bjorn wusste, dass Vogelfresse aufpassen musste. Die Art, die er an den Tag legte, war ein sicherer Weg, sich ihren Zorn zuzuziehen. Auch er spürte das wohl, denn unsicher trat er einen Schritt zurück. »Mir wurde aufgetragen, dich wegen noch einer Sache zu sprechen … Es geht um die Salen. Man … hört so vieles.«

»So. Was hört man denn?«

Vogelfresse wand sich. »Wir wollen wissen: Muss das denn sein? Wenn sie alle fehlen, wer soll dann das Land bestellen? Der Hohe Hof macht sich Sorgen.«

Beinahe hätte Bjorn vor Verachtung geschnaubt. Vogelfresse konnte nicht einmal aussprechen, was mit den Salen geschah, aber er hatte den Nerv, um Ernten und Abgaben zu jammern, die es noch nicht einmal gab. Der Hohe Hof war von Memmen übervölkert.

Wieder war im Zelt nur der Regen zu hören. Sie stand am Tisch und blickte auf die Karten. »Gesandter Vargrik«, sagte sie und griff nach der Schriftrolle.

»Oberbefehlshaberin?«

Statt einer Antwort versetzte sie der Schriftrolle einen Schwung und ließ sie auf der Tischplatte kreiseln. Dann sah sie auf. Sie wirkte gelangweilt, aber Bjorn wusste es besser. Als sie sprach, klang sie beinahe liebenswürdig. »Um das Land bestellen zu können, muss man es erst einmal haben, nicht wahr? Richte deinesgleichen aus: Sie können wählen zwischen einem Chimmgau ohne Salen und keinem Chimmgau. Wir stehen nur dort, wo wir gerade stehen, weil wir die Salen töten, wo wir sie finden. Wer im Chimmgau Korn ernten will, muss den Boden erst mit Blut bereiten. Und Gesandter?« Sie blickte wieder auf die langsam austrudelnde Schriftrolle. »Wenn Krajas Vorschlag hier zur Ruhe kommt und ich dich dann noch immer sehe, wird es dir ergehen wie den Salen.«

Bleich und ohne ein weiteres Wort wich Vogelfresse nochmals einen Schritt zurück, sah hinüber zu Baldir, als würde er sich Rat von ihm erhoffen, sah hinunter zur träger werdenden Schriftrolle und stürzte dann aus dem Zelt. Bjorn hätte am liebsten laut gelacht.

Ihr Blick blieb auf der Schriftrolle, bis sie sich ausgedreht hatte, dann hob sie wieder den Kopf. »Baldir«, sagte sie, als wäre nichts geschehen, »du wolltest mir vorhin noch etwas sagen?«

»Ja, Oberbefehlshaberin, in der Tat.« Der Befehlshaber der Achten trat einen Schritt näher.

Bjorn überlegte, ob er das Treffen mit Vogelfresse arrangiert hatte. Wie Kraja Kärgall kam auch er aus Kaltheim, sollte die Truchsessin mit ihrem Vorschlag Erfolg haben, würden womöglich nicht nur sie und Vogelfresse davon profitieren. Der kleine Mann hatte eine bemüht entspannte Miene aufgesetzt. Wahrscheinlich war das Treffen nicht ganz so verlaufen, wie er es sich vorgestellt hatte.

»Ich hörte von Lyndeman Windsinger, dass ein wütender Mob in Salhall unseren Gesandten erschlagen hat«, fing er an. »Das ist eine wahrhaft beunruhigende, höchst dramatische Entwicklung. Asgar Ardalf war in Salhall geachtet, sehr sogar. Er hätte uns, ich habe nicht den leisesten Zweifel, wertvolle Dienste beim Aushandeln des Friedens und in der Zeit nach dem Krieg leisten können.«

Noch während Baldir sprach, wusste Bjorn, wie ihre Antwort ausfallen würde: verständnislos. Wie konnte ein Mann mit so viel strategischem Geschick so wenig verstehen?

Wieder spielte sie mit der Schriftrolle. »Asgar war ein Gesandter. Ein Mann schöner Worte und langer Briefe. Wertlos. Jedes Pferd, das wir im Tern verloren haben, war wichtiger als Asgar.«

»Oberbefehlshaberin, ich … bin erstaunt … Wenn wir die Brega erreicht haben, dann …«

»Dann geht es weiter, Baldir. Immer weiter.« Ihre Augen blitzten jetzt, aber Bjorn konnte nicht sagen, ob vor Aufregung oder Unwillen. »Dieser Krieg wird nicht am Verhandlungstisch beendet. Verstehst du nicht? Wenn dieser Krieg beendet ist, wird es kein Salenreich mehr geben, mit dem wir Frieden schließen können. Frieden … Frieden ist die Nachgeburt des Kriegs, und dieser Krieg ist das Ende der Geschichte. Es geht nicht um die Brega, Baldir, es geht um alles. Ging es schon immer. Was macht die Brücke, Bjorn?«

Ihre Frage unterband jede Erwiderung des Scharbefehlshabers. Bjorn schüttelte den Kopf. »Nicht mehr zu retten. Die meisten Boote sind fort, und die, die wir gefunden haben, sind unbrauchbar.«

»Also wie gedacht. Wir brauchen diese Brücke. Über sie läuft unsere Nachschublinie nach Undgård. Durch sie sparen wir uns Aberhunderte Meilen durch den Chimmgau. Sie muss wieder aufgebaut werden.«

»Es gibt, das muss leider gesagt werden, kaum noch Boote in der näheren Umgebung«, antwortete Baldir, sichtlich bemüht, wieder Anschluss zu finden. »Aber die Unden werden welche schicken. Ich persönlich werde mich darum kümmern.«

»Gut. Es ist übrigens nicht die Einzige unserer Brücken, die der Tern zerstört hat. Die vor Salfurt und die bei Westholm sind es auch. Wir haben derzeit nur noch eine feste Verbindung ins Herzogtum.«

Bjorn war überrascht. Dass der Tern im Mündungsgebiet von Dahm und Leurs verrücktspielte, schien ihm irgendwie naheliegend, nach allem, was passiert war. Aber so weit oben im Norden?

»Sie wird wieder aufgebaut«, hörte er Baldir sagen. »In spätestens vier Tagen, dafür stehe ich ein, sollte sie wieder begehbar sein.«

»Ich verlasse mich auf dich, Baldir. Ich werde morgen mit der

Dritten wieder nach Norden aufbrechen. Das Salenreich rückt von Kershorn aus auf das eingeschlossene Mattheim vor. Dort wird die nächste Schlacht stattfinden. Ich werde dort gebraucht. Du wirst hierbleiben und den Oberbefehl über die Kämpfe im südlichen Chimmgau übernehmen.«

Baldir nickte eifrig. »Ich danke dir für das Vertrauen.«

»Mach dir nichts vor, Baldir. Es ist keine leichte Aufgabe, die vor dir liegt. Was im Chimmgau noch an nennenswerten Truppen existiert, steht vor Partstedt, Gauwehr und Aufgebote von Edlen gleichermaßen. Inzwischen ist ihre Zahl fünfstellig, und zwar deutlich. Und dann gibt es noch diesen Roten Ganter. Wer weiß, wo er als Nächstes auftaucht.«

Bjorn horchte auf. Es war das erste Mal seit jenem Abend in dem zerstörten Salendorf, dass ihm die überfallenen, gehenkten Leute seines Trupps mit den roten Gänsen um den Hals wieder in den Sinn kamen. Wenn sie nun einen Roten Ganter erwähnte, dann musste die Bedrohung durch ihn größer sein, als er angenommen hatte.

Baldir aber machte eine wegwerfende Handbewegung. »Ein Strauchdieb, der Soldat spielt.«

»Ein Strauchdieb, der seit Wochen unsere Positionen um Mattheim angreift. Und der auch bereits südlich von Eulfelde gesichtet wurde.«

»Das wurde er. Und doch schätze ich die Gefahr für meine nördliche Flanke als überschaubar ein. Zumal er mir die Gauwehr verbissener anzugehen scheint als uns. Weiß der Himmel, was in seinem Kopf vorgeht, dass er den Kampf mit beiden Seiten aufnimmt! Das Handeln eines wirren Wichts. Aber du musst durch sein Gebiet, Oberbefehlshaberin, schlafe mit einem Auge offen.«

»Das werde ich. Aber eine Reiterschar auf dem Durchmarsch – ich bezweifle, dass er sich an uns versuchen wird. Du hingegen brauchst eine Nachschublinie, und sie wird länger, je weiter du nach Osten vordringst. Das macht dich verwundbar. Auch deswegen: Pass auf deine Ternbrücke auf.«

Baldir nickte. »Ich werde ihm keine Gelegenheit geben, uns in Verlegenheit zu bringen. Die Nehebet haben wahrlich oft genug versucht, mir Tross und Nachschub zu nehmen, und nie ist ihnen ein Vernichtungsschlag gelungen. Auch diesem Roten Ganter will ich zeigen, was Chimriens Heere auf derlei Frechheit antworten. Du hast mein Wort.«

»Du wirst es halten, ich weiß. Ich danke dir, Baldir.«

Mit einem Nicken verabschiedete sich der Befehlshaber der Achten Schar. Im Hinausgehen warf er Bjorn einen Blick zu. Aber es war kein Gruß, stattdessen stellte Bjorn überrascht fest, dass Baldir ihn mit Verachtung maß, als er wortlos an ihm vorüberging. Milde verwundert sah er der kleinen Gestalt des Befehlshabers nach. Baldir nervte ihn mit seiner Geschwätzigkeit, aber bislang waren sie gut miteinander ausgekommen. Wieder war es ihre Stimme, die ihn aus den Gedanken riss.

»Wie geht es dir?« Ihre Smaragdaugen musterten ihn.

»Mir?« Die Frage erwischte ihn unvorbereitet. »Gut. Mir geht es gut«, sagte er, aber wusste, dass er ihr nichts vormachen konnte.

»Du bist enttäuscht.«

»Ich ...«

»Ich verstehe dich«, beendete sie sein Suchen nach einer Antwort. »Sehr gut sogar. Du hast eine Schlacht erwartet, und was du bekommen hast, war ein ...«, sie machte eine wegwerfende Handbewegung, »Wegspülen. Essensreste von einem Teller.«

Erleichtert nickte er. Sie verstand ihn. Sie verstand ihn wirklich.

»Ich weiß. Aber unser Kampf ist größer als Stahl auf Stahl. Und wir müssen mit unseren Kräften haushalten, wenn wir ihn gewinnen wollen.«

Wieder nickte er. »Und dafür muss uns jedes Mittel recht sein.«

»Ganz genau. Jedes Mittel.« Wieder senkte sich ein grüner Blick in den seinen. »Wie schwer ist es?«

Er wusste, wovon sie sprach. Er atmete durch. »Schwer. Und erbärmlich.«

Sie antwortete nicht gleich. »Das ist Sterben meistens«, sagte sie schließlich. »Aber es wirkt. Was ich zu Vargrik sagte, stimmt. Das ist dein Verdienst.«

Er quittierte den Dank mit einem weiteren Nicken. »Ich gehe davon aus, dass es noch nicht vorbei ist?«

Sie schüttelte den Kopf. »Nein. Östlich von uns liegt der Chimmgau in seiner ganzen Breite. Landschaften, in die der Krieg noch nicht vorgedrungen ist. Und oben an der Brega schifft das Salenreich Tausende ein. Baldir wird sich gegen Partstedt wenden, aber je mehr wir vom Rest des Landes verwüsten, desto besser. Du musst weitermachen.«

Mit düsterer Miene zuckte Bjorn die Achseln. »Ich habe es nicht anders erwartet.«

»Du wirst deine Schlacht bekommen. Ich verspreche es dir.«

»Ich weiß.«

»Gut.« Sie deutete auf die Schriftrolle. »Was hältst du davon?«

Bjorn zuckte mit den Achseln. Münzen, die Berufung neuer Gastalden, Fragen von Langeweile und Papier. »Es klingt vernünftig. Aber eigentlich ist es mir egal.«

»Ich weiß«, echote sie seine Antwort. Mit dem Finger schnippte sie die Rolle an und ließ sie über den Tisch kullern. »Mir auch.«

Weil es am Ende keine Rolle spielte, dachte Bjorn und folgte der Schriftrolle mit den Augen über den Tisch.

»Ich werde den Vorschlag annehmen. Ich werde Kraja noch sehr viel mehr geben, als sie wollte. Wir brauchen sie. Sygin Sagard beginnt, Ärger zu machen.«

»Sygin? Ist das ...?«

»Ja, Snorris Tochter. Es gibt von unserer Gesandtschaft nach

Pta-Anchem keinerlei Botschaften mehr. Und was wir von den Nehebet mitbekommen, scheinen sie sich zu einem neuen Krieg zu rüsten. Sygin geht davon aus, dass ihr Vater tot ist, und erhebt Anspruch auf sein Amt. Vor allem aber will sie unsere entblößte Südgrenze verstärken. Wir aber brauchen jeden Helm hier, im Osten.«

Bjorn nickte. »Aber was hat das mit Kraja und Westholm zu tun?«

»Zum ersten Mal seit langer Zeit ziehen die Sagards und Brynnel Bodvith am selben Strang – der Hofkämmerer fürchtet um seine Besitzungen im Ba'ad-Djedet. Zwei der Hoferbämter in neuer Allianz vereint? Es wird Zeit, dass wir den anderen etwas Gutes tun. Und Kraja wird der Süden egal sein, wenn ihre neuen Ländereien vor der Rückeroberung durch die Salen geschützt werden müssen.« Sie sah hinunter auf das Westholm auf der Karte. »Der Hohe Hof ist kompliziert zu überschauen. Aber er ist sehr einfach gestrickt.«

Bjorn nickte. Er war froh, sich mit derlei nicht beschäftigen zu müssen. »Ich habe den Roten Ganter getroffen«, sagte er aus einem Impuls heraus.

Sie hob den Blick. »Ja?«

»Sein Werk jedenfalls, ja. Er hat einem Voraustrupp von mir aufgelauert, ein Dutzend Helme waren es. Er hat ihnen rote Holzgänse umgehängt und sie alle aufgeknüpft.«

Sie nickte. »Das war er. Ansonsten hat er euch nicht angegriffen, nehme ich an.«

»Nein.«

»Bislang ist er nur eine lästige Störung. Er taucht vor allem zwischen Mattheim und Dunkelheim auf, und wir wenden uns Richtung Brega. Noch ist er uns nicht im Weg, im Gegenteil, er hilft uns. Er verhindert, dass die Salen vor Partstedt den Grabarz im Westen umrunden und uns dann mit dem Heer, das sich bei

Kershorn sammelt, in die Zange nehmen können. Aber sollte aus den paar Nadelstichen eine ernste Gefahr werden, werden wir uns um ihn kümmern müssen.«

»Baldir hat recht: Wir werden mit ihm fertig werden.«

»Das werden wir. Die Frage ist nur, wie viel Zeit und Helme uns das kostet. Wir haben noch nicht gewonnen, Bjorn.«

»Nein. Aber genau das ist die beste Zeit.«

Ein Lächeln erschien auf ihrem Gesicht. Sie nickte. »Der Ritt auf der Schneide. Es ist gut, dass du wieder hier bist.«

Bjorn spürte seine Ohren glühen. »Danke.«

»Wie macht sich deine Junkerin? Mina.«

»Sie übt gerade mit Gis«, wich er aus. »Faustkampf.«

»Mit Gis? Dann hat sie sich gut entwickelt.«

Bjorn suchte nach einer Antwort. Ein Blick aus grünen Augen streifte ihn. »Oder?«

»Sie kämpft mit unserer Aufgabe. Sehr.«

Die Reste des Lächelns auf ihrem Gesicht verschwanden. »Ist sie hart genug?«

»Ja«, antwortete Bjorn und gab sich Mühe, selbst zu glauben, was er sagte. »Ich hoffe es. Aber ich habe auch überlegt, sie beim Haupteer zu lassen. Eine Pause würde ihr guttun. Und sie kann ...«

Mit der flachen Hand schlug sie hart auf die Tischplatte. Bjorn zuckte zusammen.

»Das wirst du nicht tun, Bjorn.« Ihr Gesicht war steinern. »Ich habe sie in deine Obhut gegeben, damit du aus diesem Kind eine von uns machst. Lass mich nicht glauben, dass es andersherum passiert.«

»Nein ... ich ...« Bjorn mühte sich, sein Stammeln zu beenden. »Du hast recht«, brachte er hervor. »Es war eine dumme Idee.«

Kalt sah sie ihn an. »Das war es in der Tat. Es gibt in Charakterfragen keinen taktischen Rückzug. Nur Sieg oder Niederlage.«

Er nickte, heiße Scham im Herzen. »Es tut mir leid.«

Sie entließ ihn aus ihrem Blick. »Wache!«

Eine Soldatin ihrer Leibwache erschien.

»Bring Mina Maeginvast zu mir, Bjorns Junkerin. Sie wird bei Gis sein.«

Die Wache verschwand.

Weder Bjorn noch sie sprachen ein Wort. Er stand da, die Arme noch immer hinter dem Rücken verschränkt, und fixierte einen Punkt auf der Zeltwand gegenüber. Sie ging am Tisch entlang, nahm die Schriftrolle an sich und kehrte zu ihrem Platz an der Kopfseite zurück. Aufs Zeltdach trommelte der Regen.

Nach kurzer Zeit bewegte sich der Vorhang des Eingangs, aber es war nicht Mina, die hereintrat, sondern die in dunkles Grau gehüllte Gestalt Lyndemans. Unwillkürlich versteifte sich Bjorn, als er den Hüterseher erkannte. Ausgerechnet jetzt musste er auftauchen. Lyndeman blieb kurz stehen, und offensichtlich nahm er die Spannung zwischen ihnen wahr, denn nach einem kurzen Blick, der von ihr zu Bjorn sprang, setzte er sein vertrautes spöttisches Grinsen auf. Bjorn hätte es ihm am liebsten aus dem Gesicht geprügelt, starrte aber nur weiter die Zeltwand an. Lyndeman kreuzte sein Blickfeld, feixend, und ging zu ihr hinüber.

»Oberbefehlshaberin«, grüßte er, »ich habe Kunde von unseren … Freunden.«

»So?«, fragte sie knapp, »welche?«

»Nun, es ist nicht leicht, sie zu verstehen. Ihre Art, sich auszudrücken, ist der unseren doch sehr fremd, aber ich bin mir sicher, diese Botschaft richtig zu interpretieren: Sie sind bereit.«

Sie nickte. »Gut. Auch das wird uns helfen. Sehr sogar. Werden sie warten?«

Der Hüterseher wiegte den Kopf. »Wie gesagt, ihre Botschaften sind schwer zu lesen, und wer kann schon mit Sicherheit sagen, was sie denken oder tun. Aber ich würde sagen: ja. Warum sollten sie uns auch sonst mitteilen, dass sie bereit sind. Und noch wäre es für sie auch zu wenig aussichtsreich.«

»Dann vertrauen wir darauf, dass sie die Lage ähnlich sehen, gut. Du bist reisefertig?«

»Ja, ich freue mich auf morgen, Tyrja. Auf zu neuen Taten!«

Bjorn hatte den Wortwechsel mit wachsender Missgunst zugehört. Nicht nur hatte er keine Ahnung, wer diese Freunde waren und worüber eigentlich gesprochen wurde, er musste auch hinnehmen, dass Lyndeman mit ihr nach Norden zur nächsten Schlacht aufbräche. Nicht überraschend, sie hatten sich in Malmgard das Juwel des Metalls angeeignet. Aber trotzdem eine stechende Enttäuschung. Und dass Lyndeman ihren Namen in den Mund nahm, ging für Bjorn in Richtung Beleidigung.

Mit einem Nicken verabschiedete sich der Hüterseher von ihr und wandte sich zum Eingang. »Reiter Gnadenlos«, grüßte er Bjorn im Vorübergehen, dann war er verschwunden.

Wieder wurde es still im Zeltsaal. Die Aggression war gewichen, doch die Spannung geblieben. Als Mina von der Soldatin hereingeführt wurde, blieb sie kurz stehen, schüttelte ihren Mantel ab und drückte dann den Rücken durch. Ihr Gesicht war gerötet und verschwitzt vom Faustkampf mit Gis, aber sie hatte sich ihren weißen Waffenrock übergezogen und trug ihr Schwert an der Seite, wie es sich gehörte. Kurz blickte sie mit geweiteten Augen zu ihm hinüber. Bjorn antwortete ihr mit einem Nicken. Sie war aufgeregt, und sie hatte Angst.

»Oberbefehlshaberin«, brachte sie grüßend über die Lippen und verharrte dann am unteren Ende des Tischs.

»Komm näher, Junkerin.«

Mina gehorchte ihr. Während sie ging, warf sie Bjorn unsicher einen weiteren Blick zu. Wieder nickte er kaum merklich.

»Du hast mich rufen lassen. Was kann ich für dich tun?«

Sie sah Mina an. Dunkelrot glühte ihr Haar. »Ich möchte, dass du mir von deinen letzten Wochen berichtest.«

»Ich ... lerne viel, Oberbefehlshaberin.«

»Auch töten?«

Bjorn sah Mina schlucken, dann senkte sie den Blick. Sie schüttelte den Kopf. »Nein.« Ihre Antwort war ein Flüstern.

In der Stille, die folgte, hielt Bjorn den Atem an.

»Sieh mich an, Junkerin.«

Mina kämpfte mit sich und hob schließlich den Kopf.

»Was trägst du an deinem Gürtel?«

»Mein Schwert.«

»Wofür brauchst du es?«

Wieder wollte sie den Blick senken, aber ein scharfer Schnalz-laut ließ sie innehalten. »Um mich zu verteidigen ... Um zu töten.«

»Wie willst du es lernen, wenn du es nicht tust?«

Mina schüttelte den Kopf. »Gar nicht. Das geht nicht.«

»Also wirst du es tun.«

Von seiner Position aus auf der anderen Seite des Tischs konnte Bjorn sehen, wie Minas Blick wässrig geworden war. Als sie ihr nun antwortete, liefen ihr die Tränen über die Wangen. »Aber wir kämpfen doch gar nicht ...«

Sie schlug Mina mit der flachen Hand ins Gesicht. Ohne Eile, ohne erkennbare Gefühlsregung. Bjorn sog die Luft ein.

»Warum habe ich dich geschlagen, Junkerin?«

»Weil ich weine«, antwortete Mina unter Schluchzen.

»Nein.«

Verwirrt sah Mina sie an.

»Weil du ausgewichen bist.«

Mit dem Handrücken wischte sich Mina übers Gesicht und nickte. »Es tut mir leid.«

»Du hast Angst davor.«

»Ja.«

»Angst ist keine Schande. Weinen ist keine Schande. Sich weg-
zuducken, das ist eine. Wer sich wegduckt, verrät sich selbst.« Sie
trat noch näher an Mina heran und beugte sich zu ihr hinunter.
»Ist dir das klar, Soldatin?«

Mina nickte. Bjorn sah sie schlucken. »Ja«, erwiderte sie schließlich. »Ja. Ja, das ist es.«

»Gut.« Sie richtete sich auf und blickte kurz zu Bjorn herüber.
»Hat er dir jemals erzählt, wie er mein Erster Reiter wurde?«,
wandte sie sich wieder an Mina.

Mina schüttelte den Kopf. »Nein, Oberbefehlshaberin.«

»Ich erzähle es dir. Er war schon bei der Achten, und ich schon
ihre Befehlshaberin. Wir standen im Ba'ad-Djedet, ganz im Westen. Unsere Siedlungen dort waren immer wieder Opfer von
Überfällen geworden, aber nicht etwa aus dem Süden oder Osten,
nein, sondern noch weiter aus dem Westen. Aus dem Salz.« Sie
hielt kurz inne, ließ Mina aber nicht aus den Augen.

Bjorn spürte, wie sich sein Puls bei den Erinnerungen beschleunigte, die sie heraufbeschwor.

»Das Salz dort ist eine unangenehme Gegend: Es ist durchzogen von engen Furchen und Tunneln, meilenlang, wie wurm-
stichiges Holz. Ein idealer Rückzugsort. Die Nehebet nennen ihn
Khen-Chtet, das Versteck der Geister.« Wieder machte sie eine
kurze Pause, in der sich ihr Blick nach innen richtete. Als sie weitersprach, klang ihre Stimme heiser.

»Es war mühsam, die Nehebet dort zu suchen. Meile für Meile
durchkämmten wir die Tunnel. Manchmal hörten wir den Feind
in benachbarten Gängen, zu Gesicht bekamen wir ihn nicht. Und
dann kamen die Nehebet eines Tages doch: Sie schlugen zu und
verschwanden wieder, zogen uns immer weiter hinein ins Khen-
Chtet, immer größer wurde die Entfernung zu unserem Lager.
Und als sie dachten, sie hätten uns weit genug ausgefranst mit

ihren Nadelstichen, kamen sie und hörten nicht mehr auf. Sie waren vor uns, hinter uns, zu beiden Seiten, sie waren unter uns und brachen aus tiefer gelegenen Tunneln hervor. Über drei Tage hinweg griffen sie beinahe unablässig an; wir verschanzten uns, so gut es ging. Drei Tage Enge, Dunkelheit, das Salz brannte in Kehle und Lunge. Und dann, am vierten Tag, hörten die Angriffe auf. Die Tunnel waren still, als hätte es nie Nehebet in ihnen gegeben. Zuerst dachten wir an eine Finte, aber der Feind war wirklich verschwunden. Langsam kamen wir wieder zu Sinnen.« Sie räusperte sich. »Dort, wo die Einheit deines Herrn stand, war es besonders schlimm: Seine Schwinge sicherte mit zwei weiteren unseren linken Flügel. Von den Neunzig lebten noch sechs, als wir sie einsammelten. Als wir zu ihnen kamen, hatten sie sich unter den Toten versteckt, bereit, uns anzufallen, wenn wir Nehebet gewesen wären. Als sie uns erkannten, kamen sie hervorgekrochen: Sie ähnelten mehr denen, zwischen denen sie sich verborgen hatten, als uns. Sie hatten drei Tage nicht geschlafen und seit zwei Tagen nichts mehr zu trinken gehabt. Sie waren fertig, verkrustet von Salz und Blut, nicht einmal gehen konnten sie noch richtig; sie wankten nur noch. Wir zählten die Nehebet, die sie erschlagen hatten: zweihundertundfünf. Zweihundertundfünf! Manche davon waren mit bloßen Händen erwürgt worden. Es gab Tote, die sich buchstäblich ineinander verbissen hatten. Aber weißt du, was mich auf deinen Herrn aufmerksam gemacht hat? Nicht diese Zahl, nicht diese Wildheit, nein. Als wir den sechs zu essen und zu trinken gaben, kam ein Späher und teilte uns mit, dass er in einem nahegelegenen Tunnel Nehebet gehört habe. Ich ließ also wieder sammeln, und weil ich selbst nur eine Schwinge mit mir hatte, gab ich auch den sechsen den Befehl, sich bereit zu machen. Ich sah in entsetzte, völlig entkräftete Gesichter, nur das von Bjorn war anders.« Sie sah zu ihm herüber, ihr Blick erinnerungsschwer. »Ich werde das nie vergessen: Er saß da, inmitten von Toten, ein Stück Brot mit blutverkrusteter Hand haltend, zittrig noch von den Strapazen. Auch er hohlwangig, mit vor Schwäche scharfem Gesicht, ganz weiß vor Salz, aber seine Augen glühten.« Ein versonnenes Lächeln erschien auf ihren Wangen. »Er war der Einzige, der sich freiwillig gemeldet hätte. Der Einzige, der mit Eifer tiefer in die Vernichtung schritt, aus der er gerade erst gekommen war. Ein reines Kämpferherz. Meine Erste Reiterin war am Tag zuvor gefallen. In diesem Moment wusste ich, wer an ihre Stelle treten würde.«

Bjorns Herz raste. Auch ihm hatte sich diese erste Begegnung ins Innerste eingebrannt. Nichts war mehr gewesen wie zuvor. Sein ganzes Leben hatte er sich als Außenseiter gefühlt, irgendwie unverstanden, distanziert vom Rest der Welt, selbst von seinen Brüdern. Und dann plötzlich nicht mehr. Sein Dienstantritt bei ihr war wie ein Nachhausekommen gewesen.

Sie ließ seinen lodernden Blick los und wandte sich wieder an Mina. »Du bist nicht wie dein Herr, die wenigsten sind es. Aber wenn du in dieser Welt leben willst, Kind, fang an zu kämpfen. Du willst doch leben, oder?«

Mina nickte, halb eingeschüchtert, halb entschlossen.

»Gut. Vergiss alles, was du gelernt hast über Krieg und seine hehren Ideale. Es gibt sie nicht. Vergiss die fromme Begeisterung, von der die Sagas singen. Sie hilft dir nicht. Du brauchst keine Ideale, wenn du nur hart bist, und du brauchst keine Begeisterung, wenn du Entschlossenheit besitzt. Um zu kämpfen, brauchst du kein Schwert, du brauchst nur deinen Willen. Besitzt du ihn, kann dir alles zur Waffe werden, Schwert, Strick, Krone oder Wort. Es spielt keine Rolle. Hauptsache, du gehst raus in dieses Leben und *kämpfst.*«

Immer eindringlicher hatte sie gesprochen, bis das letzte Wort nur noch ein hartes Zischen gewesen war. Sie war nah, ganz nah an Minas Gesicht herangerückt, nun kam sie wieder in die Höhe.

»Ich schicke deinen Herrn und damit auch dich nach Osten«, sprach sie weiter, in normalen Ton nun. »Ihr werdet euren Auftrag so gewissenhaft ausführen wie bisher. Nur diesmal wirst auch du Teil davon. Drückst du dich, gebe ich deinem Herrn den Befehl, den nächsten Schlag selbst auszuführen. Er hat genug zu tragen. Laste ihm nicht auch noch diese Pflicht auf.«

»Nein, bestimmt nicht.« Mina biss sich auf die Lippen. Sie schüttelte den Kopf.

»Du kannst jetzt gehen, Junkerin. Und merke dir: kein Wegducken mehr. Nie wieder.«

»Ja, Oberbefehlshaberin.«

Mina drehte sich um und verließ den Zeltsaal. Sie blickte nicht auf. Nachdem sie gegangen war, bemerkte Bjorn erst beim Ausatmen, dass er die Luft angehalten hatte.

»Das war eine Enttäuschung.« Ihre Stimme war nüchtern.

»Ich weiß. Es tut mir leid.«

»Du schonst sie nicht dadurch. Im Gegenteil. Du nimmst ihr die Gelegenheit zu wachsen.«

»Es wird nicht wieder vorkommen.«

»Das stimmt, das wird es nicht.« Sie sah ihn an, nachdenklich. »Vielleicht war es ein Fehler, dich ausgerechnet ein junges Mädchen ausbilden zu lassen. Ich hätte daran denken sollen.«

Bjorn kämpfte gegen den Kloß in seinem Hals an. Er hatte keine Geheimnisse vor ihr, natürlich wusste sie auch von seiner Schwester. »Nein, das war es nicht.«

»Bist du dir sicher?«

»Ja«, beeilte er sich zu sagen. Drängend sah er sie an. Sie musste ihm glauben. Alles andere wäre unerträglich.

»Gut«, sagte sie schließlich und nickte.

»Danke.«

»Ich werde morgen nach Mattheim aufbrechen. Gis nehme ich mit, Skel wird bei Baldir bleiben. Du und das Mädchen, ihr habt drei Tage zum Ausruhen. Dann nimm dir sechshundert Reiter und brich auf nach Osten. Bleib nördlich einer Linie von Neufehn und Snaddhamn. Du wirst wahrscheinlich kaum auf nennenswerte Gegenwehr stoßen. Und falls doch, bekommst du deinen Kampf früher als erwartet.«

Bjorn nickte. Wild rasten Gefühle und Gedanken in ihm umher. »Wo treffen wir uns wieder?«

»Wenn alles nach Plan verläuft, vor unserem nächsten Ziel: Korm.«

Korm, natürlich. Die Stadt der Elemente, Wallfahrtsort der Elementaren Gemeinschaft. Der Ort, an dem das Juwel der Erde aufbewahrt wurde. Das letzte Ziel im Chimmgau.

»In Ordnung.« Er wandte sich zum Vorzelt.

»Bjorn?«, rief sie ihm noch einmal hinterher.

»Ja?«

Milde sah sie ihn an. »Ich wünsche dir glückliche Winde.«

Er nickte nur, unfähig zu sprechen. Draußen, im Regen vor dem Zelt, spürte er den Schlag, den sie Mina gegeben hatte, noch immer auf seiner Wange brennen.

30
Grautwis

Kromgerst brummte. »Zufrieden?« Der Seher war hinter Grautwis an der Tür geblieben.

Grautwis sah sich noch einmal um: Groß waren die beiden Räume, einer zum Schlafen, einer zum Wohnen und Studieren. Mit weichem Bett, Esstisch und Schreibpult, beide mit Kamin. Zwei große Teppiche hingen an den Wänden; der im Schlafzimmer hatte Tjarlafnirm als Motiv, der andere zeigte Bären, das Wappentier der Kaiserfamilie. Der Boden war aus poliertem Stein, auch auf ihm lagen Teppiche. Hinter den Fenstern der Balkontüren der Räume strahlte der Himmel über Salhall. Kromgerst hatte ihm die Tür zu diesen Gemächern aufgeschlossen, sie waren auf demselben Stockwerk wie die des Sehers. Hier sollte er wohnen.

»Joa, denke schon.« Er zuckte mit den Schultern.

Kromgerst lachte. »Und was stimmt nicht an diesen Räumlichkeiten des Kaiserpalasts?«

Grautwis deutete auf den Bärenteppich. »Der da zum Beispiel. Der muss weg.«

»Ach ja?«

»Ja. Der ist voll langweilig. Habt ihr nicht irgendwas mit nackten Frauen oder so?«

Wieder lachte der Seher. »Ich werde den Reichskämmerer fragen, sobald ich ihn sehe. In der Zwischenzeit, fürchte ich, musst du dich mit den Bären begnügen.«

Grautwis grinste.

Kromgerst wurde wieder ernst. »Hier kannst du dich ungestört um deine Deutungen kümmern. Und wenn du Hilfe brauchen solltest, bin ich nicht weit.«

»Ich weiß, danke.« Grautwis seufzte. »Aber es ist so schwer, Kromgerst.« Bereits zweimal hatte er sich mit dem Seher daran gemacht, irgendeinen Sinn in den Ewigen Wispern zu entdecken, die er geschrieben hatte. Vergeblich. Er hatte sie alle wieder zu Papier gebracht, und die Worte hatten ihn angestarrt, als wären sie in einer fremden Sprache. Vom ganzen Pesh kratzte ihm immer noch der Hals.

»Ja, das ist es. Schwer und ohne jede Sicherheit. Aber sieh es einmal so: Wir Seher deuten die Zukunft. Wir sollen über Dinge reden, die noch nicht geschehen sind. Das ist eigentlich unmöglich. Wir tun es trotzdem. Das kann gar nicht leicht sein.«

»Hm, ja, das stimmt. Aber hilft mir das?«

»Es hilft dir, deine Bemühungen in die richtige Perspektive zu setzen. Grautwis, du hast so viel Unmögliches und Schweres geschafft, du wirst auch das schaffen.«

Blubbernd ließ Grautwis Luft durch die Lippen. »Also noch mal?«

»Also noch mal.«

»Hier?«

Kromgerst machte eine ausgreifende Bewegung mit dem Arm. »Es sind deine Räume, oder? Wo sonst?«

Grautwis warf noch einen Blick auf den Teppich mit den Bären, dann nickte er. »Sehr vorausschauend von dir, übrigens«, sagte er und zeigte auf die Schale mit den Pesh-Kugeln, die auf dem Pult neben einem Stapel Blätter und Schreibutensilien stand.

Kromgerst zwinkerte. »Das kommt mit der Profession. Komm.«

Widerstrebend ging Grautwis hinüber zum Pult und steckte eine der Kugeln in den Mund. Mit Papier, einem Federkiel und

Tintenfass kam er zurück und setzte sich lutschend an den runden Tisch. Kromgerst nahm ihm gegenüber Platz.

Das Pesh, das sie hier im Kaiserpalast hatten, war von ähnlicher Qualität wie das in Carcosa: Es schmolz rasch und war nicht mit anderen Kräutern gestreckt. Ihm wurde schnell schummrig. Mit geschlossenen Augen saß er da und starrte in die Dunkelheit hinter seinen Lidern. Von irgendwo her hörte er Kromgerst brummen.

Durch den salzigen Geschmack des Peshs hindurch hörte er leises Klingeln. Wie langsam fallende Tropfen kam es auf ihn herab. *Lingelingling – lingelingling – lingelingling.* Er musste kichern. Warmschwarz strich ihm der Traum um die Nase. Es war sehr gemütlich hier, aber er konnte nicht lange bleiben. Er musste die Ewigen Wisper suchen, einen zumindest. Oder vielmehr: Er brauchte eine Deutung eines Wispers, eine Prophezeiung. Das war es: Er brauchte eine verdammte Prophezeiung. Die Aufgabe erschien ihm viel zu unbequem und kantig für einen solchen Ort, viel lieber würde er diesem lustigen Klingeltropfen zuhören, aber da war auch noch Kromgersts Brummen, und das trieb ihn vorwärts. – Wisper, Wisper –, hörte er sich selbst murmeln. – Wo sind die Wisper? – Für einen kurzen Moment musste er an Carcosa denken, und ein eisig-violetter Hauch fuhr ihm über den Nacken, aber nirgendwo war ihre verhüllte Kapuzengestalt zu erahnen. Er blickte sich um: Über ihm dehnte sich ein Torbogen, vom Schlussstein bleckte das Gesicht einer alten Frau herunter. Zwischen seinen Füßen: Gras. Unsicher stapfte er hinaus. Es war sehr steil. – Wisper, Wisper. – Wo waren die bloß? Er konnte doch nicht ewig hier herumirren. – Wisper, Wisper. – Der Wald um ihn herum wurde dichter. Kurz blieb er stehen und leuchtete mit der Laterne in seiner Hand umher, sah aber nur leere Räume und ging dann weiter. – Wisper, Wisper. – Dieses Mal fiel ihm auf, dass er die Worte nicht selbst sprach. Abrupt blieb er stehen. Er wünschte sich, eine mächtigere Waffe dabei zu haben als den Speer, aber besser als nichts. Unsicher blieb er stehen. Etwas kroch über seinen Fuß. Der Wald wurde dichter, und Kromgerst brummte. Er wischte sich eine der Federn von der Stirn, die auf ihn herabregneten, und ging dann weiter. Der Wald wurde dichter. Mit der Fackel leuchtete er umher. – Wisper, Wisper. – Er war jetzt im Tal angekommen, ganz unten, und der Wald wurde noch dichter. Er nestelte den Schlüssel von seiner Kette und schloss damit die Tür auf. Dahinter: Wiese. Und am Himmel ein farbloser Regenbogen. Dort fand er den Ewigen Wisper. Er wuchs zwischen seinen Füßen in seinem Traumkokon, mitten im Gras, und er pflückte ihn. Er kannte ihn gut. – Unwürdiges Haupt trägt die Krone / Falsche Gedanken tragen reiche Ernte / Grau trägt die Welt – Er öffnete den Kokon und ließ den Wisper heraus, und der Wisper fing an zu blühen und wirbelte umher, um ihn herum und durch ihn hindurch, und endlich verstand er ihn. »Und?«, fragte Kromgerst am Tisch, »warst du diesmal erfolgreich?«

Grautwis sah sich um: Er war wieder zurück. »Das war ich, ja«, antwortete er, selbst ein wenig überrascht. Seine erste Prophezeiung!

Die Braue über der vernarbten Augenhöhle schnellte in die Höhe. »Tatsächlich? Das ist sehr gut. Sehr gut. Welcher Wisper war es? Und was bedeutet er?«

Grautwis fuhr sich mit beiden Händen übers Gesicht. »›Unwürdiges Haupt trägt die Krone / Falsche Gedanken tragen reiche Ernte / Grau trägt die Welt.‹ Das ist der Wisper.«

Kromgerst nickte. »Und?«

»Und? Diese Kriegsherrin der Chimren, Tyrja Tiwhild, trägt eine Krone, die sie nicht tragen dürfte. Es sind ihre Pläne, ihre Gedanken, die sie damit hat, die Trauer über die Welt bringen, die die Welt grau tragen lassen. Aber es gibt noch eine zweite Bedeutung dieses Graus: Hardal.«

»Hardal?«

»Ja, die Herren des Felsens sind …«, Grautwis blies die Backen auf, weil er nach den richtigen Wörtern suchte, »richtig wichtig. Sie werden die Welt tragen, und wenn wir ihnen nicht helfen, wir alle, dann … Dann wird alles grau. Alles, verstehst du? Die ganze Welt! Die Krone wird dafür sorgen.«

Nachdenklich sah ihm der Seher in die Augen, langsam nickend. »Diese Krone. Was ist das für eine? Nicht die des Herzogtums, oder?«

»Nein.« Grautwis schüttelte den Kopf. »Ich weiß nicht, wie die aussieht, aber die, die ich gesehen habe … Das ist nicht die Krone des Herzogtums, das weiß ich. Tyrja, sie stand vor einer großen Stadt, und sie befahl ihr.«

»Der Krone? Oder der Stadt?«

»Der Krone. Sie war ganz blass und leuchtete. Sie … loderte. Wie Licht – als ob die Krone aus Licht wäre. Oder Knochen.« Wieder fuhr er sich durch Gesicht. »Ich habe so was noch nie gesehen.«

»Wie sah sie aus, die Krone? Welche Form hatte sie?«

»Sie war ganz dünn. Kein Eschenlaubkranz, wie ihn der Kaiser oder die Grafen haben. Eher wie ein Ring.«

Kromgerst brummte. »Ein Reif also.«

»Ja, ein Reif.«

»Und sie hat ihr befohlen? Was heißt das genau? Was hat sie mit der Krone gemacht?«

»Ich weiß es nicht. Die Prophezeiung endete vorher. Aber so viel war klar: jedenfalls nichts Gutes. Wir müssen verhindern, dass sie diese Krone benutzt, Kromgerst.«

Wieder brummte der Seher. »Weil sonst die Welt grau trägt.«

»Ja, genau.«

Kromgerst dachte eine Weile nach. »Gut«, sagte er dann, »komm. Wir sollten das mit dem Reichsherold besprechen. Er wollte sowieso, dass ich ihm die Omen lese.«

»Kromgerst ... Das war noch nicht alles.«

Der Seher, der sich schon halb von seinem Stuhl erhoben hatte, setzte sich wieder. »Nein?«

Grautwis schüttelte den Kopf. »Die Krone ... Ich ... ich habe mehr als eine Krone gesehen.«

Der Blick, den ihm der Seher aus seinem einzelnen Auge zuwarf, war voll ahnenden Unheils. »Ach ja?«

»Ja.«

»Sprich.«

Grautwis rutschte auf seinem Stuhl hin und her. Er räusperte sich. »Also gut. Kennst du einen Mann namens Arnim?«

Kromgersts Auge wurde groß. Mit einer Schnelligkeit, die Grautwis dem Seher nicht zugetraut hätte, schnellte er über den Tisch und griff nach seiner Hand. »Scht!«, zischte er gedämpft.

»Was ...?«, protestierte er, aber Kromgerst schüttelte den Kopf. Grautwis verstummte.

Nun war es der Seher, der sich mit der freien Hand übers Gesicht fuhr. »Grautwis Neunfinger«, sagte er dann, »versprich mir eines: dass du das, was du mir gerade gesagt hast, keinem anderen Menschen sagen wirst, hörst du? Keinem.«

»Aber ... wieso?«

»Was du gesehen hast, hast du gesehen. Dafür kannst du nichts. Aber was du damit machst, ist etwas völlig anderes, verstehst du? Du wirst in den kommenden Wochen vieles sehen und nach noch vielem mehr gefragt werden, und nicht immer wird das, was du siehst, den Leuten gefallen, die dich fragen. Das ist eine Bürde, die jeder Seher trägt, ganz besonders aber die, die den Mächtigen zur Seite stehen. Mit der Zukunft ist es wie mit der Wahrheit: Allzu oft tut sie weh. Die Frage ist nur, wem. Also versprich es mir. Pass auf dich auf.«

»In Ordnung, ich verspreche es. Ich sage es niemanden.«

Kromgerst ließ seine Hand los und lehnte sich wieder zurück.

»Gut.« Er kratzte sich die Glatze. Die nächsten Worte sagte er mehr zu sich als zu Grautwis. »Daran habe ich noch überhaupt nicht gedacht. Wie dumm von mir.«

Grautwis hatte getan, wie ihm geheißen, eingeschüchtert von der plötzlichen Besorgtheit des alten Sehers, aber langsam wurde er ungeduldig. »Kromgerst ... Wen habe ich denn nun eigentlich gesehen?«

Kromgerst atmete tief durch, sah von seiner Linken zur Rechten, deren Finger er auf der Tischplatte trippeln ließ, und blickte dann auf, Grautwis mitten ins Gesicht. »Du hast den Großneffen des Kaisers gesehen. Den Kronprinzen.«

»Scheiß mir ins Hemd.« Grautwis schluckte.

»So ungefähr.« Der Seher nickte. »Verstehst du jetzt?«

Wahrscheinlich verstand er nicht bis hinunter ins kleinste Detail. Aber auch ihm war klar, dass ihm seine Deutung in Schwierigkeiten bringen konnte. Die Prophezeiung hatte ihm den Kronprinzen wutbrüllend gezeigt und mit dem Schwert in der Hand. Er schien ihm kein Mann zu sein, der viel Verständnis für diese Deutung des Ewigen Wispers haben würde. »Ich werd nichts sagen, ganz sicher nicht.«

»Gut, gut. Das ist wirklich wichtig. Du kennst den Kaiserpalast nicht und die Ränke, die hier gesponnen werden. Die Äcker der Macht sind verlockend, aber man muss aufpassen, auf ihnen nicht untergepflügt zu werden.«

»Schon gut, Kromgerst, ich habe es verstanden. Ich bin nicht dumm.«

»Nein, das bist du nicht, Grautwis Neunfinger. Aber unerfahren und unbekümmert, das bist du. Ich bin mir nicht sicher, was gefährlicher ist.«

Grautwis verdrehte die Augen. »Ich werde aufpassen. Bei Ard und Urd.«

Kromgerst musterte ihn eine Weile, dann nickte er. Noch immer angespannt stand er auf. »Komm, lass uns zum Wappenkönig gehen.«

Der Wappenkönig stand in der Halle der Herolde, ein paar Stockwerke weiter unten. Etwa zwei Dutzend Männer und Frauen saßen an Pulten, lasen oder schrieben oder standen in Grüppchen zusammen und unterhielten sich gedämpft. Die meisten von ihnen trugen über ihrer schwarzen Kluft einen grünen Umhang mit einem roten Eichhörnchen drauf. Der Wappenkönig stand mit einer Handvoll weiterer Herolde unter einem der großen Fenster. Seinen Umhang zierte nicht ein Eichhörnchen, sondern Dutzende. Als er sie bemerkte, kam er herüber und begrüßte sie. Kromgerst erzählte, was ihm, Grautwis, gelungen war und auch von der Deutung, unterließ aber jede Erwähnung des Kronprinzen.

»Eine Krone?«, fragte der Wappenkönig schließlich, nachdem er eine Weile über das Gehörte nachgedacht hatte. »Was für eine Krone?«

»Das wissen wir nicht«, antwortete ihm Kromgerst.

»Ist das sinnbildlich gemeint?« Beide Männer blickten Grautwis an.

»Nein.« Er schüttelte den Kopf. »Die Krone ist echt. Sie hat sie. Und wenn sie sie benutzt, geschieht großes Unheil.«

»Wir sollten dem Kaiser davon berichten«, sagte Kromgerst.

»Ja, sollten wir. Und mit Anwar und Hardal reden wir ohnehin. Gespräche mit den Gesandten sind für heute Abend angesetzt.« Der Wappenkönig wandte sich an Grautwis. »Dieser Teil deiner Prophezeiung sollte verhältnismäßig leicht zu erfüllen sein: Die Erzenen Reiche sind außer sich.«

Grautwis nickte, hörte aber kaum hin. Er hatte Begine entdeckt.

Natürlich hatte er gehofft, sie bei ihrem Herrn zu treffen, Kromgersts Vorschlag war ihm sehr gelegen gekommen. Und dass sie nun tatsächlich da war, ließ den Schock der Prophezeiung verblassen. Sie saß an der anderen Längsseite der Halle an einem der Pulte. An die Wand war Tjarlafnirm gemalt, in deren Ästen und Zweige Aberhunderte, wenn nicht Tausende von Wappen hingen. Die Dimension der Weltesche war beeindruckend, aber Grautwis hatte nur Augen für sie. Begine schrieb, konzentriert und entspannt zugleich. Von Zeit zu Zeit hob sie den Blick von dem Bogen und sah in ein Buch, das daneben lag, las etwas und schrieb dann weiter.

Grautwis spürte, wie sich sein Puls beschleunigte. Dutzende Male seit ihrer Begegnung hatte er Begines Bild heraufbeschworen, und er hatte sich nicht selbst betrogen: Sie war tatsächlich genauso atemberaubend wie in seiner Vorstellung.

Was für ein Gesicht!

Nach einem kurzen Durchatmen verabschiedete er sich kurzerhand von Kromgerst und dem Wappenkönig, die sich beide über die Kaiseraudienz unterhielten, und ging auf sie zu. Er wusste, was er zu tun hatte. Die Hilflosigkeit ihres ersten Zusammentreffens war verflogen, sie würde nicht wiederkehren. Er war schlichtweg nicht auf ein Wesen wie sie vorbereitet gewesen. Auch wenn er wieder die Schmetterlinge in seinem Bauch flattern spürte, dieses Mal würde er sich nicht wie der letzte Idiot aufführen. Selbstvertrauen, das hatte er wieder und wieder erlebt, war der Weg in die Herzen und Röcke der Frauen. Er mochte keine Ahnung von den Äckern der Macht haben, wie Kromgerst es ausdrückte. Aber Selbstvertrauen hatte er überreichlich.

Gut gelaunt nickte er auf dem Weg zwei jungen Herolden zu, die ihre Unterhaltung unterbrachen, um ihn anzustarren, und ignorierte ansonsten die Blicke, die man ihm zuwarf. Er würde den verpatzten Kuss und die Ohrfeige nicht ansprechen. Grautwis träumte von einer Zukunft. Und wenn er rumdrucksend auf Misserfolgen der Vergangenheit rumritt, würde es keine geben. Für diese Prophezeiung brauchte er nicht einmal Pesh.

Ihre Lippen standen leicht offen, und sie sah nicht von ihrer Arbeit auf; sie war ganz eins mit ihrem Tun.

»Na?«

Überrascht hob Begine den Kopf. Ihr Augenaufschlag war bezaubernd, ihr Kirschmund formte einen erstaunten Kreis, dann flog ihr leichte Röte über die Wange.

»Ich find's toll, dass du mir einen Brief schreibst, aber unterhalt dich doch einfach mit mir.« Grautwis setzte sein gewinnendstes Lächeln auf.

»Wie? Nein, ich … ach das.« Sie musste kichern. »Ich schreibe keinen Brief. Hier«, sie tippte auf das Buch, »ich schreibe die Gundrid-Saga ab.«

Grautwis war sich sehr sicher, dass die Gundrid-Saga sterbenslangweilig war. »Spannend?«, fragte er.

»Ja, sehr.« Begine legte den Federkiel ab und strich sich eine imaginäre Haarsträhne hinters Ohr. Ein gutes Zeichen.

»Worum geht's?«

»Um Gundrid, die Erste Reiterin von König Gausebald. Eine der ganz großen Heldinnen des Einigungskriegs mit den Sorpoten. Ich schreibe sie ab, weil mir das beim Auswendiglernen hilft.«

Grautwis maß die Dicke des Buchs mit den Augen. Es war ein Wälzer. »Das willst du auswendig lernen?«, fragte er und musste sein Erstaunen nicht einmal spielen.

Verlegen lächelnd nickte Begine. Sie hatte süße kleine Grübchen in den Wangen. »Ja. Das ist meine vierte Saga, die ich lerne.«

»Die *vierte*?«

»Ja, bis zum Ende unserer Lehrlingszeit müssen wir mindestens neun können. Eine aus jedem Brudervolk.«

Grautwis nickte. Es schien ihm vollkommener Unfug zu sein, etwas auswendig zu lernen, das man jederzeit nachlesen konnte. »Klingt sinnig«, erwiderte er und sagte sich, dass es ganz gut liefe. Man musste weiblichen Geschöpfen Fragen stellen, sie in Gespräche verwickeln über die Dinge, die sie mochten. Offen sein, zuhören. Und mit schnellen Gedankensprüngen überraschen, die Unterhaltung immer im Fluss halten. »Aber du bist keine Sorpotin, oder?« Er deutete auf das Fuchsmedaillon, das sie wie schon bei ihrer ersten Begegnung um den Hals trug. Zwei Fingerbreit nackte Haut unter dem Anhänger saß der erste Knopf ihres Hemds. Grautwis wurde heiß. Er räusperte sich. »Du kommst aus Meuren.«

»Ja. Ich bin eine Nachfahrin Gaidoalds.« Sie drehte sich um und zeigte die Wand entlang. »Da oben ist unser Wappen.«

Natürlich war sie eine Edle. Er hätte sich das denken können. Mit einem Edlen-Mädchen hatte er noch nie etwas gehabt, aber bestimmt waren sie schwierig. Er ließ sich nichts anmerken. »Wo denn?«

»Da. Da oben. Die Forelle.«

»Ich seh nichts. Komm, zeig's mir.«

Sie lächelte und stand auf. »Komm.«

Nur aus dem Augenwinkel gestattete sich Grautwis, ihre Figur zu betrachten. Begine mochte heute die überaus züchtige Kluft einer Heroldin des Reiches tragen. Was sich darunter allerdings abzeichnete, brachte ihn in schwere Bedrängnis. »Was ist das überhaupt«, fragte er, um sich abzulenken, und machte eine Geste die Hallenwand hinauf, »ein Stammbaum des Reiches?«

Begine sah ihn an, freudig überrascht. »Ja, ja genau. Genau so nennen wir die Wand – den Stammbaum! Er zeigt jede Edlen-Familie des Reiches.«

»Ha.« Grautwis blickte an der Wand entlang. Es waren wirklich viele Wappen.

»Sieh hier.« Sie deutete an der Weltesche entlang. »Tjarlafnirm hat zehn Äste, für jeden Gau einen. Und die großen Wappen in den goldenen Blättern, da und da und da etwa, sind die Wappen der Gaugrafen.«

Grautwis nickte. »Und was macht ihr, wenn eine Familie mal ausstirbt?«

»Dasselbe, wie wenn eine neue Familie entsteht: Dann holen wir eine Leiter und malen drüber. Entweder ein leeres Blatt oder eines mit neuem Wappen.«

Sie waren ein paar Schritte gegangen, jetzt blieb Begine stehen und zeigte mit dem Finger über sich. »Siehst du den großen Ast da? Das ist Meuren. Und da geht ein Zweig von ihm ab, der mit dem Wappen mit den drei Ligusterblüten. Und wenn du ihm folgst bis zur zwölften Verästelung und dann nach rechts gehst, dann siehst du als drittes Wappen eines mit einer Forelle. Hast du es? Das ist das Wappen Gaidoalds.«

»Ach da!« Grautwis hatte ihre Ausführungen genutzt, um näher an sie heranzutreten und sich zu ihr hinunterzubeugen. Sein Kopf war nun auf Höhe ihrer Schulter; über ihren ausgestreckten Arm peilte er die Stelle an, auf die sie zeigte. Ja, er sah das Wappen, und von seiner Größe aus zu beurteilen, war Begines Familie eher eine weniger wichtige, aber was interessierten ihn irgendwelche Fische, die sich irgendein toter Edler mal auf seinen Schild gemalt hatte. Er konnte sie riechen, konnte den Duft ihres Körpers einsaugen und ihn auf seinen Lippen schmecken. Sommer, weiche Kissen und ein bisschen Flieder.

Viel zu schnell nahm sie den Arm wieder runter, Grautwis richtete sich auf. »Und wo wohnt ihr?«

»In Vrysting, das liegt an der Brega, nördlich vom Flüsterholz.«

Grautwis hatte weder eine Ahnung, wo die Brega floss, noch wo das Flüsterholz wuchs, aber er nickte. »Bestimmt schön da.«

Sie zuckte mit den Schultern. »Ach, im Sommer schon. Aber im Winter … Ich mag Salhall lieber.«

»Wirklich? Ich bin zum ersten Mal in Salhall. Und ich war noch nie außerhalb dieses Turms.«

»Noch nie? Wie bist du dann …?« Grautwis sah es in ihren Augen, wie sie sich die Frage selbst beantwortete.

»Du bist ein Seher, oder? Du kommst direkt aus Carcosa.«

Mit einem Mal fiel Grautwis ein, dass Seher zu sein, seine Chancen nicht unbedingt vergrößern würde. Es gab jede Menge Leute, die seine Zunft für Quacksalberei hielten und ihre Vertreter für bekloppte Algenfresser. Bei den Frauen, mit denen er in den letzten zwei Jahren etwas gehabt hatte, hatte das keine Rolle gespielt, sie waren selbst welche gewesen oder auf dem Weg, welche zu werden. Außerhalb von Ulthars Mauern hingegen mochte das ein schwerer Nachteil sein. »M-hm«, brachte er heraus, komplett ernüchtert von dieser Überlegung.

»Das ist total aufregend!«, rief Begine allerdings zu seiner großen Erleichterung aus. »Du warst wirklich auf den Traumfeldern?«

»Ja, klar.« Er grinste mit neuer Zuversicht. Wenn Begine Traumgeschichten spannend fand, dann würde sie Traumgeschichten bekommen.

»Wie war das? Unheimlich?«

»Kannst du laut sagen. Du weißt ja, wie seltsam Träume sein können. Und die Traumfelder … Du kannst da drüben Farben schmecken und Geräusche fühlen. Stell dir den merkwürdigsten Traum vor, den du je gehabt hast, und du wirst trotzdem nur einen müden Abklatsch davon bekommen, wie die Traumfelder wirklich sind. Ich meine, ich bin von einem Schwarm verdammter fliegender Augen gejagt worden.«

»Wirklich?« Begine riss die ihren auf.

Grautwis hätte sie am liebsten hier und jetzt und auf der Stelle geküsst. Er riss sich zusammen. »Ja. Und das hier«, er hielt seine verbundene Hand hoch, »das war ein Monster, das aussah wie eine alte Freundin von mir. Das Biest hat mir einfach den Finger abgebissen. Ist auf mich zu und – schnapp.« So musste das laufen: sich mit einer ungewöhnlichen Geschichte interessant machen *und* gleichzeitig fallen lassen, dass man weibliche Freunde hatte, also vollkommen normal und ungefährlich war. Grautwis beglückwünschte sich.

Entsetzt begutachtete Begine seine Hand. »Ich … mir ist deine Hand schon aufgefallen, aber ich habe mich nicht getraut zu fragen. Das war wirklich ein Wesen aus dem Dunkelvolk?«

»Ja, ich denke schon.«

»Tut das sehr weh?«

»Schon«, übertrieb Grautwis nur ein bisschen. »Zwickt noch.« Er sah das Mitgefühl in ihren Augen, und es war wie eine warme Decke. Jetzt oder nie. Er nahm die Hand herunter und bemühte sich um einen beiläufigen Tonfall. Er sah ihr direkt in die Augen. »Sag mal, du hast vorhin gesagt, dass du Salhall lieber magst als deine Heimat. Ich kenne hier ja keinen außer Kromgerst, und der geht offenbar nie vor die Tür: Hast du Lust, mir die Stadt zu zeigen?«

»Natürlich, gern. Du hast Glück: Ich hätte heute Nachmittag eigentlich eine Lehrstunde beim Wappenkönig. Aber er hat schon gesagt, dass wir das verschieben müssen, weil er in sein Waisenheim muss. Eines der Waisenkinder ist krank.«

»Also das heißt, du kannst?«

»Ja.« Sie lächelte scheu.

Er lächelte zurück. »Na dann – wollen wir?«

»Sofort. Ich muss nur noch meine Sachen wegräumen.«

»Alles klar. Ich warte hier. Bis gleich.« Es fiel ihm schwer, ihr nicht zu ihrem Pult zurück zu folgen. Es war bescheuert, und so kannte er sich überhaupt nicht, aber er vermisste sie. Er vermisste sie, obwohl sie nur für wenige Augenblicke wenige Schritte wegging.

Begine räumte ihr Pult auf, und Grautwis ließ sie nur aus den Augen, weil er sich plötzlich beobachtet fühlte. Er sah sich um und entdeckte schnell den Quell seines Unbehagens: Die beiden Herolde, denen er zugenickt hatte, sahen zu ihm herüber. Ihre und sein Blick kreuzten sich, und Grautwis wusste, woran er war. Die beiden hatten ebenso ein Auge auf Begine geworfen wie er. Er maß sie so, wie sie ihn maßen. Vor denen musste er sich nicht in Acht nehmen. Wahrscheinlich beackerten sie Begine schon seit Ewigkeiten und hatten bis heute nicht verstanden, dass sie in ihnen nicht mehr sah als die beiden netten, lieben Freunde, die ihr immer die Schreibsachen ans Pult trugen und ihr Kuchen brachten. Und auf den Traumfeldern waren sie auch noch nicht gewesen. Gönnerhaft zwinkerte er ihnen zu. Die Trottel.

Begine kam zurück.

»Lernt und weint, ihr Nasen«, sagte er leise in Richtung der beiden Herolde und wandte sich dann ihr zu.

»Was hast du gesagt?«

»Waisen. Der Wappenkönig hat ein Waisenhaus? Komm, lass uns gehen.« Mit einladender Armbewegung wies er ihr den Weg.

»Ja. Weil er selbst einmal ein Waisenkind war. Er hat keine Familie, deshalb unterhält er einen Kinderstift. Großartig, oder? Er hat ein ziemlich großes Herz für Kinder.«

Grautwis warf dem Wappenkönig einen Blick zu, der sich noch immer mit Kromgerst unterhielt. »Wirklich? Er schien mir jetzt nicht gerade der Kinderliebste zu sein … Ziemlich streng.«

»Oh, das ist er, ja. Aber du bist ja auch kein Kind mehr. Ich war schon öfter mit im Waisenhaus – er ist wie verwandelt, wenn er mit den Kindern dort spielt, ein völlig anderer Mensch. Ausgelassen und lustig.«

»Der Wappenkönig kann lustig sein? Ich dachte, der geht zum Lachen nach Dunkelwelten.« Es fiel Grautwis schwer, sich den ernsten Reichsherold beim Versteckspielen oder Kreiselschlagen vorzustellen. Gemeinsam verließen sie die Halle der Herolde.

Begine kicherte. »Ja, wirklich. Ich weiß, was du meinst. Aber er ist wirklich toll mit Kindern.«

»Na gut.« Grautwis zuckte mit den Schultern. »Was zeigst du mir zuerst?«

»Hm.« Sie legte den Finger an die Nase. »Was willst du sehen?«

»Alles.«

Sie lachte auf. »Du weißt schon, wie groß Salhall ist?«

»Ja und? Hast du denn die nächsten zwei Jahre schon was vor?«

Wieder lachte sie, und Grautwis grinste, überglücklich. Er konnte sie zum Lachen bringen – was sollte es denn auf der Welt noch Besseres geben? »Na gut, dann erst mal den Kaiserpalast von außen. Und dann die Weltenesche.«

»Tjarlafnirm?« Begine wirkte peinlich berührt. »Ich weiß nicht, ob das geht …«

»Wieso?«

»Weil … Es dürfen nur … nur Edle den Jarlbjerg betreten. Oder Reichsdiener mit Auftrag.« Sie blickte betreten. »Tut mir leid.«

Grautwis war bedröppelt. »Ha«, sagte er. Damit hatte er nicht gerechnet. »Dann erst mal nicht die Weltenesche. Aber dann muss ich mal mit Kromgerst reden: Wenn ich nicht Reichsdiener bin, dann weiß ich aber auch nicht mehr.«

Begine grinste irritiert. »Wieso? Was meinst du?«

»Na, rate mal, wieso ich hier im Kaiserpalast aus den Traumfeldern raus bin. Ich hatte eine wichtige Botschaft für den Kaiser.«

Ungläubig blieb sie stehen.

»Na klar. Ich bin im Schlafzimmer der Prinzessin rausgekommen. Und Kromgerst und dein Wappenkönig bereden gerade die Einzelheiten der Audienz beim Kaiser.«

»Das … ist wirklich kein Scherz? Beim *Kaiser*?«

Er schüttelte den Kopf. »Kein Scherz. Ich werde den Kaiser sehen!« Jetzt war es Grautwis, der grinste. »Morgen oder so.«

Begine aber war sprachlos. Sie stand da und sah ihn an, und Grautwis wusste, dass er gerade ganz ordentlich an Status gewonnen hatte. Und dass ihm das nicht schaden würde. Er trat einen Schritt an sie heran. »Begine, Nachfahrin Gaidoalds, du wirst mir den Jarlbjerg noch zeigen. Glaube mir.« Er zwinkerte. »Ich bin schließlich ein Seher.« Dann wandte er sich zum Gehen. »Komm.«

Begine folgte ihm, immer noch perplex. »Was ist das für eine Botschaft, die so wichtig ist, dass du zum Kaiser darfst?«, fragte sie schließlich.

Grinsend schüttelte er den Kopf. »Na, na, na. Das darf ich doch niemanden erzählen.« Es war wichtig, nicht alles gleich beim ersten Mal preiszugeben. Geheimnisse machten interessant.

»Es hat etwas mit dem Krieg zu tun, oder?«, fragte sie trotzdem mit großen Augen.

Mit übertriebener Mimik zuckte Grautwis mit den Schultern. »Keine Ahnung. Woher soll ich das wissen?«

»Ach, komm.«

»Diese große Halle«, nahm Grautwis das ursprüngliche Thema wieder auf und ignorierte ihr Drängen, »die würde ich auch gern sehen. Die, in der die ganzen toten Kaiser liegen sollen.«

Sie blickte ihn kurz schmollend an, dann gab sie sich geschlagen. »Die Halle der Salen meinst du.«

»Ja, genau die. Und diese Bärengärten.«

Sie kicherte. »Es gibt nur einen. Und der ist langweilig.«

Grautwis sah sie mit hochgezogener Braue an. »Wie jetzt? Trotzdem. Ich habe noch nie einen Bären gesehen. Und dann vielleicht noch den Hafen. Diese Dinger, die sind schon wirklich verrückt.« Sie waren bei den Aufzugsschächten angekommen. Der eine führte hinauf, der andere hinab. Grautwis sah die unglaublich dicken Ketten, die in den Schächten liefen. Sie klirrten leise.

»Aber praktisch. Und man gewöhnt sich schnell an sie.«

»Und die werden wirklich von Ochsen unten im Turm angetrieben?«

»Ja, Tag und Nacht. Immer acht pro Aufzug. Wenn du willst, kann ich dir die Zughalle auch mal zeigen. Aber schau, da ist er schon, komm.«

Mit einem gemeinsamen Hüpfer traten sie in die herunterkommende Kabine und ließen sich nach unten fahren. Ganz plötzlich hatte Grautwis Herzklopfen. Begine stand nur einen Schritt von ihm entfernt. Er nahm ihren Duft wahr und sah ihre Augen und wünschte sich, dass die Fahrt mit ihr in dieser ruckeligen Kiste nie enden würde. Er würde nicht noch einmal den Fehler machen, sie zu schnell zu küssen: ein zweites Mal zu voreilig, und alles wäre hin. Aber er würde diese Gelegenheit nicht verstreichen lassen. Er wollte sie berühren, so sehr, und außerdem waren Berührungen wichtig. Nicht dummdreistes Begrapschen, sondern beiläufige, flüchtige Berührungen, Körperkontakt, der Vertrautheit herstellte und Nähe. Grautwis deutete auf ihre Hände. »Du trägst deinen Ring am Ringfinger. Interessant.«

Sie blickte auf ihre Hand und streckte die Finger aus. Der Ring war aus Gold, sein Motiv eine kleine Forelle. »Ja? Wieso?«

»Weil das was über dich aussagt. Was du für ein Mensch bist. Ein bisschen jedenfalls.«

Sie sah ihn an, die Brauen leicht zusammengezogen. »Über mich?«

»Klar. Weißt du, in Carcosa gibt es viele Athanaier, und die glauben, dass die Wahl der Finger, an die man seine Ringe steckt, etwas bedeutet. Man darf das nicht zu eng sehen, finde ich, aber irgendwas ist da doch dran. Also, willst du wissen, was der Ringfinger über dich aussagt?«

Immer noch etwas skeptisch, aber neugierig nickte Begine. Natürlich, es ging um sie, um Wissen über sie, das er besaß und sie nicht; Grautwis hatte bislang kein Mädchen kennengelernt, das bei dieser Frage Nein gesagt hatte. Er streckte seine linke Hand aus. Bereitwillig legte Begine ihre hinein. Sie war warm und sanft. Grautwis räusperte sich, um seine Aufregung zu verbergen. Er merkte, dass das alles viel schwieriger war, wenn man nicht einfach nur auf Schürzenjagd war. »Also. Die Athanaier glauben, dass jeder Finger einem ihrer vielen Götter zugeordnet ist – die springen bei denen quasi überall herum und mischen auch bei uns Menschen ordentlich mit, na ja … Was immer sie wollen.« Mit der Rechten berührte er ihren Daumen. »Der Daumen steht jedenfalls für Dyme, die Göttin der Magie und der List. Sie ist die Schlauste der Götter und eine Einzelgängerin. Manchmal hilft sie den anderen, manchmal rebelliert sie gegen sie, aber meistens will sie einfach nicht viel mit ihnen zu tun haben. Deswegen steht der Daumen auch abseits der anderen Finger, und du kannst ihn gegen jeden einzelnen von ihnen positionieren. Trägt man einen Ring am Daumen, drückt man damit aus, dass man eher eigenbrötlerisch ist, seine Freiheit liebt und generell nicht so viel auf andere Leute gibt. Oder ein Magier ist. Es gibt sogar ein Gesetz bei den Athanaiern, das es Sklaven verbietet, Ringe an Daumen zu tragen.« Er tippte auf ihren Zeigefinger. »Mit dem Zeigefinger drohen wir Leuten oder zeigen auf sie. Mit ihm können wir andere Menschen lenken, sieh mal, so.« Er fuhr mit seinem Zeigefinger durch die Luft, und Begine folgte der beschriebenen Bahn unwillkürlich. »Das ist der Finger von Aphanae, der Mutter der Welt und obersten Göttin. Wenn sie befiehlt, folgen ihr alle. Trägst du deinen Ring also am Zeigefinger, bist du jemand, der gern den Ton angibt. Der nächste gehört Pyxtes.« Grautwis legte seinen Finger auf Begines Mittelfinger. »Das ist der Gott des Weins und Rauschs, ein ziemlich ungezügelter Geselle, der gern über die Stränge schlägt. Das hat sich bis zu uns rumgesprochen: Du weißt ja, was es bedeutet, jemanden den Mittelfinger zu zeigen.« Er grinste, und sie ebenfalls. »Wie auch immer. Trägst du Ringe am Mittelfinger, bist du wahrscheinlich ein Genussmensch und überschwänglich in allem, was du tust. Oder hast einen lasterhaften Lebenswandel.« Grautwis sprang nun weiter zum kleinen Finger. »Der hier soll Barkos gehören, dem Kriegsgott. Er ist gerissen, leicht reizbar und natürlich ein ziemlich gewalttätiger Bursche. Genau wie du, wenn du den Ring dort trägst. Und wenn die Athanaier Fingerhakeln machen, machen sie das mit den kleinen Fingern.« Er gab ihre Hand frei und atmete durch. »So, jetzt weißt du's.«

»He!« Begine streckte ihm die Hand entgegen. »Was ist mit dem Ringfinger?«

Mit gespielter Verwunderung sah Grautwis erst Begines Hand, dann sie selbst an. »Wie? Ich hab was vergessen?«

Sie lachte. »Jetzt erzähl schon!« Ihre Hand schob sich noch ein Stück näher in Grautwis' Richtung.

»Na gut …« Übertrieben lustlos nahm er ihre Hand, dabei frohlockte er innerlich. Sie hatte sie ihm regelrecht aufgedrängt. Er wurde wieder ernst. »Der Ringfinger wird mit Elys in Verbindung gebracht, der Göttin der Liebe. Man sagt, dass von ihm direkt eine Ader zum Herzen führt, den ganzen Arm hinauf und über die Schulter.« Während er sprach, strich er sachte mit seinem Finger den Weg nach, den er mit Worten beschrieb. Sein Blick folgte seiner Hand und ruhte schließlich in ihrem. »Auch diese Idee findet sich bei uns wieder: Wenn wir heiraten, tragen wir ja dort unsere Eheringe, und zwar links – näher am Herzen. Die kennen die Athanaier nicht, aber wer bei ihnen Ringe an diesem Finger trägt, der gilt als liebevoll und herzlich.«

Mit der Rechten nahm Grautwis ihre Hand aus seiner Linken. Wieder sah er ihr in die Augen. »Und ich denke, das passt auch ganz gut zu dir.«

Er sah, wie sie rot wurde. Sie wollte etwas sagen, aber dann fiel ihr Blick auf den Ausgang, an dem sie gerade vorbeifuhren. »Wir müssen raus«, rief sie aufgeregt und zog ihre Hand aus seiner, »sonst fahren wir unten durch und wieder nach oben! Komm, schnell!«

Beide sprangen sie hinaus.

Als Grautwis zurück in seine Gemächer kam, ging die Sonne unter. Seine Fenster wiesen nach Osten, der Himmel war bereits tiefblau, von oben sank langsam die Nacht herab. Er war müde, und seine Füße taten ihm weh vom Laufen, aber vor allem war er beschwingt. Was war das für ein großartiger Nachmittag gewesen!

Natürlich hatten sie nicht alles gesehen, was er hatte sehen wollen, sie hatten es nicht einmal bis zur Halle der Salen geschafft. Stattdessen waren sie durch die Anlagen am Fuße des Kaiserpalasts geschlendert, um den Jarlbjerg herum und dann hinunter zum Hafen der Flussfischer und wieder zurück. Fünf Häfen, nicht nur einen gab es in Salhall, wie Begine ihm erklärt hatte. Sie hatte ihm viel von der Stadt erzählt, nicht alles davon war spannend, aber nach allem, was er von Salhall bereits gesehen hatte, musste es die großartigste Stadt sein, die es je gegeben hatte. Und Begine hätte ihm auch aus der Gundrid-Saga vorlesen können, er hätte ihr bis in alle Ewigkeiten gelauscht.

Er wusch sich das Gesicht am Waschpult in seinem Schlafzimmer und trocknete sich ab. Er legte selbst wenig Wert auf so was, aber er würde sich jetzt öfter waschen. Ihr zuliebe. Sie badete bestimmt jeden Tag. Im Spiegel über der Schüssel sah er sich an. »Dich hat es erwischt, Grautwis. Aber so was von.« Dann beäugte er den Spiegel misstrauisch und musste daran denken, was Kromgerst über seinesgleichen erzählt hatte. Vorsichtshalber verhängte er ihn mit dem Handtuch, man konnte nie wissen.

Es war ihm ungeheuer schwergefallen, sich von ihr zu verabschieden. Als Persevantin schlief sie im Kaiserpalast in einem Saal mit den anderen weiblichen Heroldsanwärtern und war vor ihm aus dem Aufzug getreten. Der Blick, den sie ihm dabei zugeworfen hatte, hatte den Abschied in bittersüßen Schmerz verwandelt. »Bald, Grautwis«, sagte er sich. »Du wirst sie bald wiedersehen.«

Sie hatten sich für den nächsten Tag verabredet, aber die Zeit bis dahin würde lang werden. Kurz formte sich ein Gedanke an Klemo und an die Nacht vor seinem Aufbruch, die sie gemeinsam verbracht hatten. Was war das gewesen? Und wieso fühlte er so etwas wie Gewissensbisse, jetzt, da er daran dachte? Klemo war seine beste Freundin, und sie hatten miteinander geschlafen. Mehr nicht. Keine große Sache. Oder doch? Er wischte den Gedanken zur Seite. Nichts davon spielte jetzt, hier eine Rolle. Begine … Begine spielte eine Rolle. Aufgekratzt ging er zu Bett.

Erst dort, im Dunkeln der Kammer, kehrten seine Gedanken zum heutigen Gespräch mit Kromgerst zurück. Und dem, was er nach der Warnung des alten Sehers selbst ihm verschwiegen hatte: dass Arnim, der Kronprinz, nicht der Einzige sein würde, der der Kaiserkrone nicht würdig sei.

31

Amonidas

Eoniki sang. Sie sang ihm von ihren Träumen, während sie seine Schultern bearbeitete. Das tat sie immer. Sie sang von goldenen Vögeln und schaumgeborenen Göttern, von fliegenden Schiffen und Bergen aus Glas. Auch von Feen sang sie und lachenden Schuhen und Glück und von Palästen, die tanzen konnten. Er saß vor ihr im Schneidersitz, genoss die Berührungen und die Bilder, die vor seinen geschlossenen Augen auftauchten. Wie wunderbar es doch sein musste zu träumen, dachte er und hörte ihr zu; über ein Land in den Wolken sang sie nun und von einer Stadt aus Perlen unter dem Meer, und er merkte, wie der Druck allmählich nachließ, den er spürte, den er immer spürte, und wie seine Schultern weich wurden und geschmeidig.

Noch eine Weile saß er so da im Bett der Schiffskajüte und lauschte ihr, dann kreuzte Amonidas die Arme und legte die Hände auf ihre Finger. Sie hielten inne in ihren Bewegungen, der Gesang verstummte klingend.

»Ich wünschte, ich könnte so träumen wie du«, sagte er, noch immer mit geschlossenen Augen.

»Du träumst, Herr, du kannst dich nur nicht daran erinnern«, antwortete sie mit ihrer hellen, weichen Stimme. Eoniki sang auch, wenn sie nicht sang. »Die Götter schenken allen Träume, Königen wie Sklaven, auch den Fischen und Tauben. Sie geben sie her, weil es so viele von ihnen gibt. Mehr, als je geträumt werden können.«

»Was nützen Träume, wenn du dich nicht an sie erinnern kannst?«
Er öffnete die Augen.

Eoniki zog ihre Hände unter den seinen hervor und glitt um ihn
herum, nackt und warm. Mit den Fingerspitzen berührte sie sein
Gesicht. »Das musst du nicht, Herr, du hast Besseres. Du baust dir
deine eigenen Träume. Hier und jetzt, in der wachen Welt. Du
lebst sie.« Sie presste ihr Becken gegen ihn. Langsam begann sie
mit kreisenden Bewegungen. Amonidas musste schlucken. Er spürte,
wie er hart wurde. Ihre Blicke trafen sich. In Eonikis Augen stand
Verlangen, ein Spiegel seines eigenen.

»Tausende folgen dir.« Ihre Stimme war nur noch ein Flüstern.

Wieder musste Amonidas schlucken.

Eoniki nahm ihn in die Hand und führte ihn. Er glitt in sie hinein,
gemeinsam mit ihr stöhnte er auf.

Ihre Bewegungen wurden fordernder. »Du musst nicht auf den
Schlaf warten. Du nicht. Weil du auch so alles haben kannst.«

Amonidas packte sie am Becken und grub seine Finger in ihr
weiches, glattes Fleisch. Verlangend sog er den Mandelduft ihres
nun stoßweise gehenden Atems ein.

»Alles«, hauchte sie mit geschlossenen Augen und im Rhythmus
ihrer Bewegungen, »alles, alles, alles.«

Es klopfte an der Kajütentür.

»Götter«, keuchte Amonidas. »Jetzt?«

»Schick sie weg, Herr«, wisperte ihm Eoniki ins Ohr.

Wieder klopfte es.

»Was ist?« Verärgert hielt er ihre Hüften fest.

Die Tür ging auf, und Hesechion erschien. Sofort wanderte
sein Blick vom Bett in die andere Ecke der Kajüte. »Wir sind da,
Toparch. Aber ... Wir werden warten. Verzeih.« Mit reglosem Gesicht wollte er sich zurückziehen, aber Amonidas hielt ihn. »Nein«,
rief er über Eonikis Schulter seinem Heerführer zu, »nicht nötig.
Ich bin gleich da.«

Hesechion nickte, führte die Hand zum Herz und schloss die Tür.

Eoniki glitt von ihm hinunter und vergrub sich in der Decke.

»Es muss sein.« Er stand auf und zog sich an.

»Ich weiß, Herr«, sagte sie und schlug die Augen zu ihm auf. »Ich werde warten.«

Angezogen kam er zu ihr hinüber und küsste sie. Sie öffnete ihre Lippen und erwiderte den Kuss, ungestüm, noch immer voller Begehren.

»Komm bald«, rief sie ihm hinterher.

»Das werde ich«, sagte er und verließ die Kajüte.

Draußen trat er an die Reling.

Vor ihm lag Carcosa.

Grau, uralt, zwischen den Welten.

Carcosa, die Dämmrige.

Stadt der Seher.

Nicht hier, nicht da, und doch beides zugleich. Der wachen Welt ebenso zugehörig wie der des Traums und ebenso wenig. Ein leeres Meer aus Straßen und Häusern, das sich am Ende der Endlosen Landzunge aus den Klippen hob, durchstreift nur von Katzen, Sehern und Träumen. Flackernd und unstet. Ewig. Und über diesem Meer thronte Ulthar, die Feste der Seher, düster, drohend, ein Nest voll Schatten. Tief in ihren Fundamenten lag der Riss verborgen, der Riss in der Welt, der, den es nicht geben durfte und der doch war. Frevel und Segen, Fluch und Geschenk.

Jedes Jahr kam Amonidas hierher, auch wenn er Carcosa selbst nie betreten hatte, und wie immer wanderte auch dieses Mal eine Gänsehaut über seinen Körper. Er fürchtete wenig, den Zorn seiner Mutter vielleicht, und zu versagen, ganz sicher, doch ansonsten nicht viel. Carcosa aber … Carcosa war ihm nicht geheuer. Eine Unmöglichkeit in der Welt, über die man nicht zu lange nachdenken sollte, weil man nicht wusste, welche Schatten es weckte.

Unten an dem Kai, der von Ulthars Felsensockel ins Dämmermeer hinausführte, warteten die Seher bereits. Die purpurne Robe der Großprophetin leuchtete ihnen entgegen.

Er stieg vom Deck der Dromone hinunter in das Ruderboot, das längs der *Trotz* beigegangen war. Hesechion reichte ihm die Hand, als er überwechselte. Auch Menophanes saß auf einer der Bänke, mit grüßendem Grinsen zeigte der Händler seine Goldzähne. Und Raaz war da. Als seine Seherin gehörte sie bei diesem Besuch an seine Seite. Sie sah ihn an, grünäugig, undeutbar. Sie war an jenem Nachmittag in Pylaimon aus dem Thronsaal gerannt, abends hatte er sie still weinend auf ihrem Bett gefunden. Sie hatte nicht darüber sprechen wollen, auch in den Tagen danach und bis jetzt nicht. Sie sprachen über anderes, als wäre nichts gewesen, aber über seine Pläne sprachen sie nicht. Er wusste, dass sie enttäuscht war. Und in solchen Momenten, wenn sich ihre Blicke trafen, war er es auch.

»Herr«, sagte Menophanes und half ihm so, das Gefühl beiseitezuschieben, »Carcosa – die Wiege deines Reichtums.« Er kicherte.

Menophanes hatte recht. Carcosa bekam zwar den Achten jeder Pesh-Ernte umsonst, so wollte es das Gesetz, aus eben diesem Grund waren sie hier. Aber nur weil Carcosa existierte, kaufte die Welt die restlichen sieben. Ohne Carcosa wäre Pylaimon wahrscheinlich immer die Kleinstadt geblieben, die es einst gewesen war, voller Muschelfischer, mit großen Zielen und wenig Mitteln. Carcosa hatte den Grundstein für alles gelegt. Und trotzdem … Er versuchte sich an einem Lächeln, nickte Menophanes zu und blieb im Bug stehen. Das Boot setzte sich in Bewegung.

Die Feste der Seher war ein Wirrwarr unterschiedlichster Baustile, Tausende von Jahren alt. Manchen galt sie als Wunder. Er fand sie trist und grau wie ein Leichentuch.

Hinter sich hörte er die Stimme des Sklavenmädchens, das Menophanes begleitete. Der alte Händler sah in der Kleinen ein

Maskottchen oder Ähnliches, zumindest aber eine Quelle ständiger Erheiterung. »Menophanes«, rief das Mädchen, »sieh nur: Da oben ist ein dicker Mann!«

Unwillkürlich blickte Amonidas an der Feste empor und suchte. Und tatsächlich, auf einem der Dächer, hoch über ihnen, saß ein Mann. Angesichts der Entfernung und der Dimensionen der Feste um ihn herum wirkte er winzig, aber das Mädchen hatte recht: Er sah aus wie ein Fass.

»Huhu!«, rief das Mädchen, »huhu, dicker Ma-ann!«

»Demedane, Dummerchen«, hörte Amonidas Menophanes das Mädchen kichernd belehren, »er kann dich nicht hören.«

»Huhu!«, rief das Mädchen trotzdem weiter.

Vielleicht hatte er das Mädchen doch gehört, vielleicht war es auch nur der Anblick des herannahenden Ruderboots auf den grauen Wellen, jedenfalls hob der dicke Mann auf dem Dach die Hand und winkte. Hinter Amonidas quiekte das Mädchen glückselig auf. Er musste lächeln. Wenigstens eine, die sich nicht von der Düsternis Ulthars niederdrücken ließ.

Am Steg stand die Großprophetin inmitten ihrer Gefolgschaft und beobachtete, wie Amonidas und die Seinen die schmalen, glitschigen Stufen in der Kaimauer emporklommen. Ihr Name war Elpidia, und sie war alt.

»Pylaimons Toparch ist gekommen«, erwiderte sie mit kratzender Stimme seinen Gruß. »Du kommst spät dieses Jahr. Die vier anderen waren bereits da, Amonidas.«

»Das ist richtig. Es war an der Zeit. Ich wurde aufgehalten.« Amonidas neigte den Kopf, auch um seine Halbwahrheit besser verbergen zu können. Er kam spät, weil er seine Armee in Cyranis hatte einschiffen müssen. Die Flotte, die sie nach Norden brachte, lag hinter dem Horizont verborgen, erst in der Nacht würde sie Carcosa umfahren. Die Seher nahmen keinen Anteil an den Geschicken der Welt, jedenfalls behaupteten sie das, aber so ganz hatte er es ihnen noch nie geglaubt. Nicht jeder Seher war ein Horodates. Je weniger Augen seine Flotte sahen, umso besser.

»Zeit, ja, das war es«, sagte die Großprophetin. »Vor allem aber ist es eine neue Zeit. Gestern haben wir es in die Welt gesandt, heute sage ich es dir, Toparch, persönlich. Die Zeit der toten Omen ist vorüber.«

Amonidas sah sie erstaunt an. »Sie ist vorüber, sagst du?« Etwas Besseres als die Frage fiel ihm nicht ein.

»Ja. Sechshundert Jahre Irrfahrt sind vorüber. Wir Seher sehen wieder.«

»Was … was genau heißt das?« Amonidas Gedanken überschlugen sich. Er zwang sich dazu, nicht nach Westen zu blicken, wo Hunderte Schiffe auf die Nacht warteten.

»Dass wir tun können, was wir tun sollen: Leuchtfeuer in dem unbekannten Land entzünden, das die Zukunft ist. Möglichkeiten sehen, Warnungen auch und Hilfe.«

Er schluckte. Wenn das stimmte, dann war seine Überraschung dahin. Vielleicht warteten vor Teramnassa schon die Salen auf ihn …

»Keine Angst, Toparch. Deine Geheimnisse sind sicher.«

»Was weißt du davon?«, rief er erregt aus, dicht an sie herantretend.

Unbeeindruckt hob die Großprophetin ihre Hand und legte sie ihm auf die Brust. »Nicht mehr, als dass du welche hast. Dafür aber braucht es keinen Blick hinter den Schleier. Geheimnisse … Jeder Mensch hat sie, der Mächtige besonders. Manche sind schön wie der Tag, andere dunkel wie die Nacht.«

Amonidas trat wieder einen Schritt zurück, nicht im Geringsten ruhiger. Selbst wenn die Großprophetin die Wahrheit sagte, hieß das nicht, dass andere Seher ebenso ahnungslos wären. Ihre hauptsächliche, eigentliche Aufgabe war es schließlich, Ahnungen zu haben. Und wenn sie das jetzt tatsächlich deutlich besser konnten, als bislang … Ohnmächtig spürte er, wie die vertraute Wut in ihm hochkam. Elpidias Begleiter machten es nicht besser. Ein Zwerg stand neben ihr und eine mit verkümmertem Arm. Eine Nehebtu, wohl einem Leben als Zuchtvieh entflohen, und ein entlaufener Sklave aus Athanais, den sein erster Fluchtversuch beide Ohren gekostet hatte. Und die drei anderen, die aussahen wie normale Menschen, waren noch schlimmer: umso verdrehter musste ihr Inneres sein. Niemand zog nach Carcosa, auf den nicht anderswo etwas Besseres wartete, und von diesem Schlag Mensch nun würde womöglich sein Unterfangen abhängen. Seine Eroberung Teramnassas – verraten von Krüppeln und Ausgestoßenen und fetten Männern auf Dächern! Sein Schicksal in der Hand von solchen Leuten! Entsetzt fuhr sich Amonidas durch die Haare.

»Toparch, beruhige dich.« Elpidia ließ ihre Hand sinken. Mit rauchiger Stimme sprach sie weiter. »Wir können sehen, doch nicht alles zeigt sich, nicht alles ist zu wissen. Die Zukunft ist kein Buch, das schon geschrieben ist. Wir können Wörter sehen, manchmal Sätze, manchmal Buchstaben, niemals Kapitel. Die Zeit der toten Omen ist vorbei, und vieles wird sich ändern. Wir werden wieder die Ratgeber sein, die wir einst waren. Nicht mehr, nicht weniger. Dies ist ein Grund zur Freude.«

Amonidas atmete tief durch und bezwang sich; es war, was immer es auch sein würde, er konnte es nicht ändern. Seine Wut war nutzlos, er vergeudete sie. Das war jedenfalls das, was Horodates immer gesagt hatte. Er würde sie nicht besiegen können, sie war Teil von ihm. Aber er konnte sie nutzen, für sich, für seine Ziele. So wie er die auf Mutter nutzte, um ihr zu beweisen, dass er besser war. Er musste an Eonikis Worte denken. Um seinen eigenen Traum zu bauen. Und das würde er. Er würde einen Weg finden, Seher hin, neue Zeit her. Mochte diese nicht vielleicht sogar etwas mit seinen Plänen zu tun haben? Konnte es sein, dass er den

Grundstein legen würde für eine neue Hoch-Zeit der Symmachie? Vielleicht war Teramnassa nur der Anfang, der Beginn von etwas so Großem, dass er es selbst noch nicht erblicken und überschauen konnte … Mehr. Das goldenste der Worte …

»Wir werden sehen«, sagte er, ein weiteres Mal durchatmend.

»Das werden wir.« Die Großprophetin lächelte kurz, dann wurde sie ernst. »Wir sehen es bereits. Und was wir sehen, erfüllt uns mit Sorge, Toparch. Die neue Zeit ist eine voller Kriege und Blut. Die Ewigen Wisper, die wir bereits gefunden haben, lassen keinen Zweifel.« Ihr Blick schweifte hinaus aufs Dämmermeer. »Dunkel wird sie. Dunkel ist sie schon. Dunkler vielleicht als die davor.« Sie wandte sich ihm wieder zu. »Du hast mit Horodates einen Weiser an deiner Seite, auf den du dich verlassen kannst in dieser neuen Zeit. Sie ist neu für uns alle, aber Horodates wird sie meistern. Ich bin mir sicher. Wo ist er? Ich kann ihn nicht erblicken.«

»Tot. Er starb in Khuld, als wir die Ernte holten.«

Elpidias Blick wurde grau. »Je mehr Jahre wir anhäufen, desto ärmer werden wir an Freunden. Nur der Tod wird niemals einsam. Er sammelt sich Gefährten jeden Tag.«

Es wirkte, als spräche sie zu sich selbst. Amonidas blieb stumm. Er hätte auch nicht gewusst, was es zu antworten gab.

»Wer blickt jetzt für dich ins Morgen?«, fragte sie ihn schließlich.

»Eine Faan«, antwortete er und deutete auf Raaz, die zusammen mit den anderen ein paar Schritte hinter ihm stand. »Sie heißt Raaz.«

»Eine Faan?«, fragte die Großprophetin mit deutlicher Ablehnung in Stimme und Gesicht und sah an Amonidas' ausgestreckten Arm entlang. »Kein Faan ist jemals durch das Tor gegangen. Nicht einmal, als sie es noch waren, die uns das Pesh brachten. Sie sind keine Seher.«

»Und doch sieht sie.«

»Das mag sein, Toparch. Doch sei gewarnt: Die Faan dienen dem Leben, dem Menschen dienen sie nicht. Das ist ein Unterschied, und du tust gut daran, beides nicht zu verwechseln.«

»Raaz muss nicht dem Menschen dienen, sondern mir. Und das tut sie.« Amonidas merkte, wie er wieder wütend wurde.

»Deine Entscheidung steht fest?«

»Ja.«

Die Großprophetin warf Raaz einen letzten Blick zu, dann zuckte sie mit den Schultern. »Raaz wird ihre Rolle im Lauf der Dinge haben, so wie du und ich. So sei es denn. Erlaube mir nur, dir dies zu geben.« Während sie sprach, löste sie ihre Halskette, an der ein Oneiron hing. Sie trat vor und hängte es Amonidas um. »Möge es helfen, die deine zu finden.«

Amonidas griff zum Oneiron und hielt es hoch. Er hatte Silber erwartet oder Gold, aber Kette wie Medaillon waren grob und aus gehämmertem Eisen.

»Krieg und Blut, Toparch. Es ist das Metall dieser Zeit, und es ist deines.«

Verdattert nickte er. »Danke. Ich danke dir.«

Sie machte eine gleichgültige Geste. »Sieh es als Gegenleistung deines Achten an. Deswegen bist du doch gekommen.«

»Richtig.« Es war Zeit, zu tun, was getan werden musste, und dann Carcosa zu verlassen. Die Kunde der Großprophetin hatte nicht dafür gesorgt, dass er sich wohler fühlte als bei ihrer Ankunft, im Gegenteil. Amonidas winkte Menophanes heran, der mit einem goldenen Kästchen kam und es neben ihm öffnete. Er nahm die Pesh-Kugel heraus, die im Innern lag, und überreichte sie der Großprophetin. »Der Zukunft entgegen«, sprach er die traditionellen Worte, mit denen die Übergabe des Achten eingeleitet wurde. »Es ist das Beste seit Jahren.«

Elpidias Lächeln war unergründlich. »Ich weiß.«

Als Amonidas sich schließlich zurückrudern ließ, war er von Neuem beunruhigt. Nichts an dieser Entwicklung gefiel ihm. Auf der *Trotz* gab er Anweisung, mit dem Löschen des Achten zu beginnen, und suchte brütend seine Kajüte auf. Eoniki erwartete ihn, nackt und warm und feucht, aber ihm stand nicht mehr der Sinn danach. Während er aufgewühlt in der Kajüte auf- und abging, saß sie in der Ecke und schmollte.

Die Tür ging auf, und Raaz kam herein.

»Klopf!«, ging er sie an, »um der Götter willen, *klopf!*« Dann seufzte er und setzte sich aufs Bett. Mit der Hand winkte er sie heran.

»Du bist aufgebracht.«

»Nein, bin ich nicht.«

»Auf dem Kai warst du es.«

»Ja. Und?«

»Du willst reden.«

»Will ich das?«

Raaz sah ihn an.

Wieder seufzte er. »Eoniki.« Mit dem Kopf deutete er zur Tür. Die Sklavin ließ einen beleidigten Laut hören, stand aber auf, warf sich ein Hemd über und verließ die Kajüte. Nachdem sie die Tür geschlossen hatte, wandte sich Amonidas an Raaz. »Was weißt du davon? Von der neuen Zeit?«

»Es gibt keine neue Zeit, weil es keine alte gibt. Es gibt nur Zeit. Wir Faani unterscheiden sie nicht.«

»In Ordnung, aber wir tun das, Raaz. Wir unterscheiden sie. Die Seher teilen die Zeit in Zeitalter ein und geben ihnen Namen. Die Zeit der toten Omen zum Beispiel, das ist die, die jetzt vorbei sein soll.«

»Tote Omen. Weil sie nichts erzählten.«

»Genau. Was weißt du darüber?«

»Etwas ist im Werden. Etwas wird geschehen. Vieles geschieht schon jetzt. Die Omen erzählen wieder.«

»Aha. Und was heißt das?«

»Dass ich dich sehen kann. Öfter. Klarer.«

»Das gilt für jeden Seher, nehme ich an?«

»Ja.«

»Das ist nicht gut. Das ist gar nicht gut.«

»Gut? Nein. Es ist, was es ist.«

»Weiter so, Raaz, das hilft mir.« Er holte Luft. Es hatte keinen Sinn, sich darauf jetzt einzulassen. Er musste sich um das kümmern, was direkt vor ihm lag. »Und was siehst du? Du nimmst jeden Morgen Pesh, welchen Ewigen Wisper hast du heute gelesen?«

Raaz schüttelte langsam den Kopf. »Die Ewigen Wisper sind nicht für Faani. Sie sind von der Ersten geschrieben worden. Aber wir lesen sie nicht. Sie sind für ihresgleichen.«

Amonidas war wie vor den Kopf gestoßen. »Du bist eine Seherin und kannst keine Ewigen Wisper lesen?«, fuhr er wütend auf. »Wie willst du mir dann helfen können?«

»Wer sieht, muss nicht lesen«, erwiderte Raaz unbeeindruckt.

»Und was heißt das jetzt? Was bedeutet das? Raaz! Ich bin so kurz davor, wieder zurückzurudern und mir einen richtigen Seher zu holen.« Er schleuderte seinen ausgestreckten Finger geradezu Richtung Carcosa, das Gesicht hochrot. »So kurz!«

»Nein. Bist du nicht.«

»Dann fang endlich an, mir zu helfen«, brüllte er. Kochend starrte er sie an und wartete auf eine Reaktion, und dann, als die Wut nachließ, vergrub er das Gesicht in den Händen und sagte es noch einmal, ruhiger diesmal und beinahe verzweifelt. »Fang endlich an.«

Raaz, mit ihren grünen Augen, sah ihn an. »Das tue ich bereits.« Er nickte nur stumm.

»Also«, sagte er schließlich, »was siehst du, wenn du keine Ewigen Wisper lesen kannst?«

»Heute Morgen sah ich nichts.«

»Aber du hast doch gerade noch gesagt, dass …« Gereizt wurde er wieder lauter, doch sie hob die Hand.

»Visionen sind wie das Meer. Sie kennen Ebbe und Flut. Ich kann noch einmal wandern, wenn du möchtest.«

»Ja, natürlich, tu das.«

Ohne ein weiteres Wort zu sagen, holte Raaz eine Pesh-Kugel aus einer Tasche ihres Kleids hervor, wickelte sie aus ihrem Algenblatt und steckte sie sich in den Mund. Sie setzte sich auf den Boden.

Alle Seher, die Amonidas kannte, benutzten ein Orakel, um zu weissagen, Vogelflug, Wasserstrudel, Eingeweideschau, Lesen in Traumbüchern und dergleichen. Raaz hingegen setzte sich einfach nur hin und lutschte Pesh. Während er ungeduldig wartete, überlegte er, wie viel von diesen Orakeln wohl reines Gehabe sein mochte, um andere zu beeindrucken.

Nach einer Weile hob sie den Kopf. Ihre grünen Augen sahen durch ihn hindurch. »Ich sehe dich in Teramnassa.«

Er kannte diese Weissagung, alles hatte mit ihr angefangen, und Amonidas konnte sie nicht oft genug hören. Gebannt nickte er. »Gut. Was siehst du noch?«

»Ich sehe dich in Teramnassa. Dich und tausend Stiere. Sie sind tot.«

»Tausend?« Er musste an den schwarzen Bullen im Frachtraum der Dromone denken, den er nach seinem Sieg in Teramnassa opfern würde. »Ich habe nur einen mitgebracht.«

»Mehr werden kommen. Ich sehe dich feiern und tanzen. Auch mit Feinden.«

»Wer sind sie?«, fragte Amonidas ungeduldig. Durch das Pesh sprach Raaz noch langsamer und ließ lange Pausen zwischen ihren Sätzen. Es machte ihn schier wahnsinnig.

»Es ist dunkel.«

»Raaz, das ist wichtig.«

»Es ist dunkel.«

Er sah ein, dass es zwecklos war. Omen, das hatte er von Horodates gelernt, ließen sich nicht zwingen. »Was siehst du noch?«

»Eine Frau ist da.«

»Eine Frau? Was ist mit ihr?«

»Sie gibt dir Sinn.«

»Sinn?«

»Ja, deinem Vermächtnis. Und sie trägt deinen Sohn.«

»Meinen Sohn?«, rief er und spürte, wie sein Herz einen Satz machte. »Ich bekomme einen Sohn?« Er wusste, was er täte. Amonidas würde er ihn nennen, so, wie sein Vater ihn nach sich selbst benannt hatte. Nur würde die Mutter seines Sohns ihm nicht davon abraten. Die Mutter seines Sohns würde keine Angst haben, einen Versager zu gebären, der seinen Namen beschmutzen würde. Außer Atem beugte er sich vor. »Was noch? Was siehst du noch?«

»Ein Feld voller Blut. Auch deines ist dabei.«

Er schluckte. »Werde ich … werde ich sterben?«

»Der Tod wartet auf alle. Aber der deine nicht auf diesem Feld.«

»Und …« Er zögerte. Sollte er die Frage wirklich stellen, die ihm auf der Zunge lag? »Wo wartet meiner?« Da war sie raus. Amonidas hielt den Atem an.

»Es ist dunkel.«

Erleichtert atmete er aus. Es war besser so.

»Was siehst du noch?«

»Eine Straße. Auch sie ist voller Blut. Deines ist nicht dabei.«

»Geht es genauer?«

»Nein.«

»In Ordnung. Aber sag mir: Ist mein Plan noch sicher? Wissen die Salen, dass wir kommen?«

»Niemand wartet auf dich.«

Amonidas fiel ein Stein vom Herzen. Er hätte nicht gewusst, was zu tun sei, wäre es anders gewesen. »Gut. Hervorragend. Was siehst du noch?«

Raaz antwortete nicht gleich. »Mehr ist nicht«, sagte sie schließlich. Ihr Blick kehrte in die wache Welt zurück. Sie blinzelte.

»Danke, Raaz.« Er meinte es ehrlich. Es tat ihm leid, dass er sie angeschrien hatte. »Kann ich … kann ich etwas für dich tun?«

»Ja.«

»Was ist es?«

»Nimm Teramnassa nicht mit Gewalt. Du kannst die Stadt auch anders haben.«

»Das weißt du nicht. Oder hast du es gesehen?«

»Nein.«

»Siehst du.«

»Aber du kannst erst verhandeln und dann angreifen. Andersherum geht es nicht.«

»Und dafür das Überraschungsmoment aus der Hand geben? Nein.« Amonidas merkte, wie seine frische Dankbarkeit der alten Gereiztheit Platz machte. Er hasste es, infrage gestellt zu werden. Und Raaz, die wissende, aufmerksame, so anteilnehmende Raaz, schien dafür absolut kein Gespür zu besitzen. »Meine Entscheidung ist gefallen«, sagte er harsch.

»Das *jindaagi* ist in Gefahr. Alles ist in Gefahr.«

Irritiert runzelte er die Stirn. »Das *jindaagi*? Die … Lebenskraft, an die ihr glaubt? Was hat die jetzt damit zu tun?«

»Das *jindaagi* hat mit allem zu tun. Deshalb ist auch alles in Gefahr.«

»Was bist du, Raaz? Eine Priesterin? Wo ist deine Trommel?«

»Ich bin vieles. Auch Dienerin.«

Nachdenklich sah er sie an. Er konnte mit dem Glauben der

Faani wenig anfangen, aber das spielte in dieser Angelegenheit ja auch keine Rolle. Sie dienten dem Leben, nicht dem Menschen, hatte die Großprophetin über Raaz und ihr Volk gesagt. »Wem dienst du wirklich? Mir oder eurem *jindaagi*?«

»Indem ich dir diene, diene ich dem *jindaagi*. Weil ich dem *jindaagi* diene, diene ich dir.«

»Großartig, jetzt bin ich schlauer.«

»Es ist nicht schwer.«

»Vielleicht nicht. Aber verrate mir eines: Dieses *jindaagi* … Wodurch ist es in Gefahr?«

»Durch eine Krone.«

»Eine Krone?« Manchmal war er sich nicht sicher, ob Raaz überhaupt bemerkte, wie wirr ihre Worte auf jemanden wirken mussten, der nicht sie selbst war. »Ich habe keine Krone.«

»Du nicht. Aber eine Frau.«

»Etwa, die mir Sinn gibt?« Er wusste immer noch nicht, was er von diesem Teil der Prophezeiung halten soll. Er glaubte nicht, dass er ihm gefiel.

»Nein.«

Angestrengt rieb er sich das Gesicht.

»Sie ist im Westen. Dort, wo der Krieg ist.«

»Ah! Deshalb willst du also, dass ich den Salen meine Söldner gebe. Wegen dieser Krone. Oder?« Amonidas konnte nicht sagen, dass er wirklich verstand, was Raaz eigentlich wollte, aber zumindest schien es nicht komplett zusammenhanglos zu sein.

»Die Krone gefährdet alles. Der Krieg muss beendet werden. Du kannst daran einen Anteil haben. Und Teramnassa bekommen.«

Amonidas holte tief Luft. Das führte zu nichts. »Hör zu, Raaz. Weil du ja selbst so eine große Meisterin im Vereinfachen von Dingen bist, werde ich dir jetzt einmal eine sehr einfache Frage stellen. Und damit diese Sache hoffentlich endgültig klären. In Ordnung?«

Raaz nickte.

»Gut. Wenn ich Teramnassa mit Gewalt nehme, geht dann die Welt unter? Wird dann euer *jindaagi* zerstört?«

Raaz sah ihn an. »Nein.« Der Ausdruck in ihrem hellgrauen Sommersprossengesicht war unbewegt wie immer.

»Nein. Wusste ich es doch.« Amonidas breitete die Arme aus und ließ sich nach hinten aufs Bett fallen. »Das wäre dann alles, Raaz.«

Er hörte, wie Raaz aufstand und ging.

Einen Augenblick später kam Eoniki herein. »Herr«, fragte sie, »störe ich?«

Immer noch auf dem Bett liegend, hob er den Kopf. Sie schlüpfte bereits aus dem Hemd. Als sie es zu Boden hatte fallen lassen, trat sie mit einer Miene übertriebener Gleichgültigkeit ans Bett. »Es sei denn, du ziehst Raaz mir vor?«

Amonidas ließ den Blick über ihren Körper zu ihrem Gesicht gleiten. Er liebte dieses Gesicht, ging ihm plötzlich auf. Er liebte diese Frau. Eoniki. Nackte, herrliche Eoniki. »Vielleicht«, sagte er und grinste. Dann zog er sie zu sich herunter.

Als der Strand von Drepphall unter den Kielen der ersten Transportschiffe knirschte, zitterte Amonidas vor Erregung und Anspannung. Es war so, wie Raaz gesagt hatte: Niemand hatte ihre Flotte abgefangen, niemand erwartete sie. Drepphall lag eingebettet zwischen Feldern und Wiesen, eine reife Frucht, die darauf wartete, gepflückt zu werden. Von ihm. Er war einer der Ersten an Land und beobachtete im Sattel seines Pferds wie die Katapulte der Dromonen Feuer in die Stadt schleuderten. Eine Stunde später überbrachte ihm Hesechion die Kapitulation des Drosts von Drepphall.

Amonidas wartete, bis die Feuer unter Kontrolle hatten und die letzten Söldner gelandet waren, dann schickte er eine Gesandtschaft in die Stadt, um mit den Vorbereitungen für seinen Einzug zu beginnen. Am nächsten Tag betrat er Drepphall durch das Südtor, gebaut noch von den athanaischen Gründern. An der Spitze seiner Armee ritt er vorbei an den alten Hallen mit ihren Säulengängen und Freitreppen und vorbei an den neuen Sippentürmen der Salen und dem Fachwerk in den Straßen. Vor dem Tempel des Cherson machte er Halt. Er stieg die Stufen nach oben, nahm im Allerheiligsten seines Hausgotts das Messer aus den Händen der Hohepriesterin in Empfang und opferte den schwarzen Stier, der dort seit gestern auf ihn wartete. Heiß ergoss sich das Blut aus dem Schlitz im Hals des Bullen auf seine Hände und Brust, und heiß raste der Triumph durch Amonidas hindurch. Blutbefleckt und mit ausgebreiteten Armen trat er wieder zwischen den Säulen hervor, zeigte sich seiner Armee und badete in ihrem Jubel.

Er hatte es geschafft.

Er hatte es allen gezeigt. Mutter, Raaz, der langen, langen Reihe an Ahnen, die mahnend ihr Vermächtnis auf seinen Schultern abgeladen hatten, auch der Großprophetin, den Salen sowieso. Alle Welt hatte ihn lenken wollen, beeinflussen wollen, hatte ihm weismachen wollen, ihre Wünsche und Erwartungen seien die seinen, aber er hatte seinen eigenen Traum gebaut. Er hatte sie alle auf die Plätze verwiesen. Er lachte und weinte und schrie, noch nie hatte er etwas auch nur annähernd Vergleichbares erlebt oder gefühlt. Das hier war sein Moment, seine Genugtuung, und er kostete sie aus, bis seine Arme schmerzten und ihm die Stimme versagte und dann weiter, immer weiter. Er wollte, dass dieser Moment nie endete.

Weil er wusste, dass er sich nach dem Jubel, nach dem Taumel durch das Glück, einer Frage würde stellen müssen. Der Frage, die er mied wie die Schatten, die er zurückdrängte, wann immer er konnte. Und die doch stets wiederkam, so, wie sie auch jetzt kommen würde, dann, wenn er allein war, schutzlos und ihrem bohrenden Druck ausgeliefert. Es war die Frage, warum er immer noch so wütend war.

Zwischenspiel
Die Großprophetin

Glühend wiegten sich die Traumfelder in einem Wind, den sie nicht spürte. Das Licht, das durch die Gräser rollte, brandete auf und verebbte wie Wellen am Strand. In ihrem Kopf verwob sich das Klingeln der einzelnen Halme zu einem Klangteppich, der es ihr schwer gemacht hätte, sich auf einzelne Gedanken zu konzentrieren, hätte sie über die Jahre und Jahrzehnte nicht gelernt, ihn in eine der hinteren Ecken ihres Geists zu drängen. So nahm sie das Klingeln der Halme nur noch wahr, wenn sie bewusst auf ihn achtete. So wie jetzt. Etwas war anders. Elpidia drehte sich zu Aristaion um.

– Was ist? – Seine Frage kam augenblicklich. Das war nicht immer so gewesen. Früher hatte es Besuche gegeben, da sie ihn hatte rufen müssen, weil er zu gebannt war von den Wundern, die sich ihnen hier offenbarten. Aber zu den Aufgaben des Münzträgers gehörte der Schutz der Großprophetin auf den Traumfeldern, und Aristaions Aufmerksamkeit war mit den Jahren gewachsen. Inzwischen konnte sie kaum ein Fingerglied mehr rühren, ohne dass es ihm entgangen wäre. Sie kannte den Grund, er gab seiner Fürsorglichkeit einen bitteren Beigeschmack: Sie war alt geworden. Im Gegensatz zu früher brauchte sie den Schutz. Sie sah sich selbst in seinen Augen gespiegelt: eine stumpfe Silhouette vor den metallisch glänzenden Fehlfarben der Traumfelder. Gebeugt und fragil, schwach. – Hörst du das nicht? Den Rhythmus, das Intervall. –

Nun hielt auch Aristaion inne und neigte den Kopf, als könne er dadurch das Klingeln in seinen Gedanken besser hören. Überrascht sah er sie an. – Die Halme singen anders. –

Sie lächelte, aber nur kurz. Die veränderte Melodie der Traumfelder war zu ungewöhnlich, als dass Aristaions Hang zur Poesie sie hätte ernsthaft erfreuen können. Zu ungewöhnlich und zu besorgniserregend. Sie sah sich um.

Endlos wogten die silbrig-roten Gräser unter einem gleichgültigen, orangen Himmel. Darüber türmten sich die Marmorgewölle der Wolken, glatt und hart und dunkel. Eingefroren in der Zeit. Vor ihnen lag der Platz der Münze mit dem Dreibein, hinter ihnen stand der Bogen, der den Riss im Schleier zwischen den Welten hielt. Sie spürte sein Brummen in den Knochen. Und die Zerrkräfte des Unwirklichen rissen und forderten wie eh und je. Alles war wie immer.

Und doch.

– Vielleicht hängt es mit dem Zeitenwechsel zusammen. – Aristaion trat zu ihr heran. – Vielleicht singen die Felder zu jeder Zeit ein anderes Lied, und dies ist das der neuen. –

– Ja, vielleicht. –

Noch einmal ließ sie den Blick über die Traumfelder schweifen, schließlich nickte sie. Es war ein naheliegender Gedanke, aber sie wussten es schlichtweg nicht. Ihnen bliebe nichts anderes übrig, als abzuwarten. Das alles war ohne Präzedenz für sie. Die Zeit der toten Omen war vorüber, und ihre Zunft blickte nun so gebannt wie buchstäblich in die Zukunft.

Seher, die wieder sehen konnten.

Es war ihr innigster Wunsch gewesen, und sie hatte nie damit gerechnet, ihn erfüllt zu sehen. Und doch …

Nur kurz hatte der Zeitenwechsel sie in Hochstimmung versetzt, in den ersten Tagen und Wochen direkt nach dem Münzorakel, mit dem alles begonnen hatte. Dann war die Euphorie verflogen und erst der quälenden Frage gewichen, warum niemand in der Lage zu sein schien, die ersten Ewigen Wisper der neuen Zeit zu finden. Und dann, als sie vor ein paar Tagen über die Traumfelder geflutet waren, plötzlich, von jetzt auf gleich und für jeden zu haben und lesen, war das Bangen gekommen. Bangen um die Welt und worauf sie zusteuerte.

Die Großprophetin berührte ihren Münzträger am Arm und bedeutete ihm, weiterzugehen. Langsam schritt sie auf dem schmalen Weg durch die Halme voran.

Voller Unheil und Blut waren die Wisper. Sie passten zu den Traumbotschaften aus dem Salenreich, und als sie in der Nacht, bevor Amonidas von Pylaimon den Achten der Pesh-Ernte vorbeibrachte, von der Flotte des jungen Toparchen träumte, war ihr endgültig klar geworden, dass die neue Zeit eine von Eisen und Tod würde.

Sie verließ den Weg, der zum Platz der Münze führte, und lenkte ihre Schritte zwischen die Gräser. Heute würde sie nicht auf dem Dreibein Platz nehmen. Sie war aus einem anderen Grund gekommen. Die Halme strichen ihr um die Knie, unablässig in diesen neuen, fremden Tonfolgen klingelnd. Beinahe klangen sie sanft. Wieder blieb sie stehen.

– Hier? –

Sie antwortete Aristaion mit einem angespannten Schulterzucken. Als Großprophetin war es ihre Aufgabe, den Namen der neuen Zeit zu finden, aber sie besaß keinerlei Wissen darüber, was sie dafür tun sollte. Tage hatten sie und die anderen Traummeister Carcosas über den Schriften im Bibliothekstrakt zugebracht, aber am Ende waren sie so schlau gewesen wie zuvor. Wie bei so vielem, was die Künste ihrer Zunft betraf, schien es auch für das Orakel der Namensfindung keine Regeln zu geben, keine Richtschnur, an die sie sich halten konnte. Ihr Vorgehen blieb allein ihr überlassen. Ihr und ihrem Willen, einen Namen zu finden.

Und sie hatte Angst vor dem, was geschehen mochte.

Das letzte Mal hatte es eine Namensfindung vor mehr als sechs-hundert Jahren gegeben, zweimal kurz hintereinander. Zuerst hatte Kuranes fälschlicherweise die Goldene Zeit ausgerufen. Sein Ver-sagen hatte ihm den Beinamen »der Blinde« eingebracht und die Welt in Chaos gestürzt. Kuranes war verschwunden und dann, als sich abzeichnete, welcher Schaden seine Fehldeutung angerichtet hatte, war es an seinem Nachfolger gewesen, die neue Zeit die der toten Omen zu nennen.

Was würde sie für einen Namen finden? Und wenn sie fehlte, würde es ähnlich furchtbare Folgen haben wie Kuranes' Scheitern?

Aristaion musste ahnen, was in ihr vorging; beruhigend legte er ihr die Hand auf die Schulter. – Du wirst alles richtig machen. Du bist die Großprophetin. Ich habe keine Zweifel. –

Dankbar legte sie ihre Hand auf die seine. – Ich hoffe es. –

– Gut. Hoffen ist der Beginn von Wollen. –

Sie musste lächeln. Willen. Wenn es um die Traumfelder und die Zukunft ging, kam alles darauf zurück. Das Finden von Ewigen Wispern, ihre Deutung. Überleben. Dasselbe würde für das Fin-den des Namens gelten. Und sie wusste, dass sie wollte. Sie wollte aus demselben Grund, aus dem sie sich durch die bleiernen Jahr-zehnte ihres Diensts als Großprophetin gekämpft hatte: weil es keine Alternative gab. Am Ende war eingetreten, was niemand für möglich gehalten hatte, und so würde es auch dieses Mal wie-der kommen.

Mit Aristaions Hilfe ließ sie sich nieder.

– Geht es? –

Zu konzentriert für eine Antwort, nickte sie nur. Auch wenn sie ihre Gebrechlichkeit auf den Traumfeldern nicht spürte, hieß das nicht, dass ihr Körper ein anderer war, und alte Knochen und Ge-lenke bewegten sich nicht schneller oder sicherer, nur weil sie nicht mehr schmerzten.

Als sie saß, ging auch Aristaion in die Hocke. Er nahm ihre Hände in die seinen und nickte ihr aufmunternd zu. – Schließ die Augen, Großprophetin. Ich bleibe an deiner Seite. –

Sie tat, wie er ihr geheißen hatte. Es war gefährlich, auf den Traumfeldern die Augen zu schließen, weil es den Drang verstärkte, dem Unwirklichen nachzugeben. So, als schlösse man sie, wenn man müde war, müsste aber wach bleiben. Augenblicklich spürte sie, wie die Zerrkräfte fordernder wurden und sie mit neuem Eifer umspülten. Sie hatte genau das erwartet und sich gewappnet, und mit alter Entschlossenheit wies sie das Drängen zurück. Mit jedem Moment würde es schwieriger werden, aber noch war sie ausgeruht, und Aristaions Berührung würde ihr helfen, wirklich und am Leben zu bleiben. Sein Griff um ihre Hände war wie ein Anker, der sie daran hindern würde, wegzutreiben.

In der Dunkelheit hinter ihren Lidern begann sie zu suchen. Ohne Richtung, aber mit klarem Ziel glitt ihr Geist hinaus in die Unendlichkeit. Sehend, tastend, hörend, schmeckend.

Sie war, und sie war nicht.

Irgendwo zwischen den Grenzsteinen von Sinn und Gefühl.

Sie hörte das Klingeln der Halme, weit weg und in ihr, und sie spürte das Unwirkliche, wie es an ihr leckte.

Lecklecckleck.

Fordernder wurde es, ungestümer. Aber da waren Aristaions Hände, und ihr Sein in ihnen.

Weiter, durch den Sog hindurch. Ihm entgegen.

Und dann fand sie den Namen der neuen Zeit.

Sie schlug die Augen wieder auf.

Überrascht sah Aristaion sie an. – So schnell? Ich meine, hast du …? –

Sie nickte.

– Und? –

Kurz zögerte sie. Es war kein Name, den sie erwartet hatte.

Nicht nach den unheilvollen Worten der Ewigen Wisper. Aber sie hatte ihn gesehen, wie er sich in seinem Traumkokon wand und schlängelte, ein hell leuchtendes Fanal in der Dunkelheit, daran gab es keinen Zweifel. Und es hatte sie nicht einmal Mühe gekostet. Es war, als hätte der Name auf sie gewartet, als habe er gewollt, dass sie ihn finden und pflücken würde.

Ob Kuranes sich auch sicher gewesen war?

Sie atmete aus.

– Zeit der Träume. –

Aristaions Augen weiteten sich. – Zeit der Träume. – Sinnend schmeckte er den Worten nach. – Es ist ein guter Name. –

– Es ist der Richtige. – Jetzt, nachdem sie ihn ausgesprochen hatte, war sie sich sicher, dass sie nicht gefehlt hatte. Die neue Zeit würde den Namen erhalten, der der ihre war, keinen, der falsche Versprechen barg. – Das muss reichen. Und das wird es. –

Sie streckte ihre Hand aus. Aufstehend half ihr Aristaion, sich zu erheben.

Auf dem Weg zurück durchs Gras dachte sie über den Namen nach. Was mochte er bedeuten? Wie viel vom Wesen der neuen Zeit schwang bereits in ihm mit? Die Zeit der Träume … Hoffnung, Wunder und Schrecken, alles trug der Name in sich. Was würde am Ende überwiegen?

Sie waren bereits wieder auf dem Weg, der zum Großen Tor des Schlafs führte, als sie die Bewegung im Gras wahrnahm. Sie sah sie nicht, sie spürte sie auf der Haut. Überrascht blieb sie stehen und drehte sich um. Die Traumlande taten das manchmal, dass sie Eindrücke von einem Sinn zum nächsten verschoben und man etwa Farben schmecken oder Blicke hören konnte. Sie nun hatte die Bewegung hinter ihnen im Gras gespürt, als hätte sich jemand eng an ihrem Rücken vorbeigeschoben.

– Großprophetin? – Aristaion hatte sich mit ihr umgedreht, sah aber sie an statt hinaus auf die Traumfelder. Offenbar hatte er nichts wahrgenommen. Sie hob die Hand, um ihn von weiteren Fragen abzuhalten. Angestrengt suchte sie nach einer Störung in den Wellenbewegungen der Halme.

Nichts.

Auf und ab wogten die Felder, sanft klingelnd in ihrer eigenen Dünung.

Sie war sicher, sich die Bewegung nicht eingebildet zu haben. Irgendetwas war da draußen im Gras.

– Zeig dich. –

Mit zusammengekniffenen Augen fixierte sie die Stelle, von der das Streifen ihres Rückens ausgegangen war.

– Du hast etwas gesehen. –

– Gespürt. –

– Was? –

– Ich weiß es nicht. Eine Bewegung. –

Nun sah auch Aristaion hinüber zu der Stelle. Dann streckte er seine Hand aus. – Schließ deine Augen. –

Sie verstand sofort, worauf er hinauswollte. Sie hatte die Bewegung im Gras nicht mit ihren Augen wahrgenommen, versuchte aber, mit ihnen die Ursache zu finden. Sich auf den Sinn zu konzentrieren, mit dem sie sie bemerkt hatte, leuchtete ihr ein. Sie ergriff Aristaions Hand und schloss die Augen.

Nichts.

Keine Berührung, kein Streifen, nicht einmal ein sachtes Hauchen auf der Haut.

– Und? –

Sie schüttelte den Kopf, behielt aber die Augen geschlossen. Sie hatte die Verwunderung in Aristaions Frage gespürt, und sie konnte sie nachempfinden. In der unendlichen Weite der Traumfelder waren Begegnungen selten, und so nah am Tor ereigneten sie sich nie. Das Dunkelvolk mied es wie Schatten das Licht, wahrscheinlich, so die verbreitetste Lehrmeinung ihrer Zunft, weil es ihm zu wirklich war. Der Riss im Schleier, den es umspannte, war von Menschenwille gemacht, und das Dunkelvolk nutzte stets eigene, weniger stete, weniger stoffliche Übergänge in die wache Welt, solche, die seiner Natur mehr entsprachen. Für die Welt hinter dem Schleier war das Tor wohl ein ebenso großer Widerspruch wie für die wache, ein schmerzhaftes Falsch im Richtigen, das man floh, wo immer es ging. Dass sie nun in unmittelbarer Nähe zum Tor eine Bewegung wahrgenommen hatte, war mindestens ungewöhnlich. Und wie alles, was auf den Traumfeldern geschah, flößte es Furcht ein: Nichts ängstigte mehr als das Fremde, und nichts war fremder als die Welt hinter dem Schleier. Doch sie kämpfte den altbekannten Impuls nieder und zwang sich, ruhig zu bleiben. Irgendwo musste er doch sein, der Ursprung der Berührung.

– Da! – Aristaions Ruf öffnete ihre Augen. Ihr Münzträger ließ ihre Hände los und deutete aufgeregt ins rotmetallene Gras.

Zwischen den Halmen kam eine Hand hervorgekrabbelt, groß wie ein Säugling und mit einem Schneckenhaus auf dem Rücken.

– Nein. – Sie schüttelte den Kopf. Die Hand war eine Eikona, eine Ausformung der Traumfelder. Es gab sie in vielerlei Gestalt, als fliegende Augen, wandernde Windmühlen oder Schmetterlinge mit Flügeln aus Zähnen. Sie mochten bizarr aussehen, manche von ihnen sogar Furcht einflößend, aber sie waren harmlos und interessierten sich in aller Regel nicht für die menschlichen Besucher, die durch ihre Heimat wandelten. Mit Sicherheit hatte nicht diese Hand sie berührt. Trotzdem war die Großprophetin verwundert. Sie hatte noch nie davon gehört, dass eine Eikona so nah am Tor gesichtet worden war.

– Bist du dir sicher? –

Sie nickte und folgte der Hand mit den Augen. Sie krabbelte auf ihren Finger durch die Halme wie ein großes, spinnenartiges Insekt. Nichts deutete darauf hin, dass die Eikona sie überhaupt wahrgenommen hatte. – Sie war es nicht. Da muss noch mehr sein. –

– Es ist trotzdem ungewöhnlich. –

– Ich weiß. –

– Lass uns gehen. –

– Gleich. – Sie nahm ihren Blick von der Eikona. – Noch einmal. – Sie streckte Aristaion die Hände entgegen. Widerwillig nahm er sie in die seinen. Sie schloss die Augen, und schon war sie wieder da draußen, suchend.

– Was bist du? –

Sie bekam keine Antwort. Da draußen war nur noch wiegendes Gras.

Schließlich erklang Aristaions Stimme in der Dunkelheit hinter ihren Lidern. Sie hatte eine drängende Farbe angenommen. – Wir sollten gehen. –

Beinahe widerwillig öffnete sie ihre Augen. Er hatte recht. Was immer sich auch bewegt hatte, hatte offensichtlich beschlossen, sich ihnen nicht zu zeigen. Und sie spürte, wie die abermalige Suche mit geschlossenen Augen ihre Kräfte hatte schwinden lassen. Noch länger hier zu bleiben wäre wahrscheinlich nutzlos, ganz sicher aber gefährlich.

Nach einem letzten Blick auf die Stelle im Gras wandte sie sich um. Gemeinsam mit Aristaion schritt sie zurück durchs Tor.

Als sie nach vielen Treppen vor ihrer Turmkammer ankam, war sie müde und erschöpft. Aristaion hatte sich im Stockwerk darunter verabschiedet, auch er entkräftet vom Zerren des Unwirklichen und dem langen Weg zurück. Sie freute sich darauf, auf ihr Lager zu sinken und zu schlafen, aber vor ihrer Tür stand Traummeister Milogost, die Hände auf die Schultern zweier Novizen gelegt. Menasthenes erkannte sie sofort an seiner überfetten Gestalt, der Name der anderen fiel ihr erst nach kurzem Überlegen ein. Klemonestra hieß die junge Frau, wenn sie sich nicht irrte. Beide waren Freunde von Grautwis, dem Traumschüler, der vergangene Woche durchs Tor gegangen war. Sie hatten noch keine Kunde von ihm bekommen, dass er wieder in der wachen Welt aufgetaucht wäre, und langsam wurde es eng für ihn. Milogosts Miene war grimmig wie immer, aber die bedröppelten Gesichter der beiden Novizen verrieten der Großprophetin, dass sie nicht gekommen waren, um sich nach ihrem Freund zu erkundigen.

»Ich nehme an, ihr wollt zu mir«, sagte sie und erfreute sich am kratzigen Klang ihrer eigenen Stimme. Es tat gut, wieder mit den Ohren zu hören.

»In der Tat, Großprophetin. Die zwei hier haben dir etwas zu sagen.« Seine Griffe um die Schultern der Novizen wurden fester, die Mienen der beiden betretener.

»Worum geht es?«, fragte sie und öffnete ihre Kammertür. »Herein.« Sie ging voran, dann schob Milogost die Novizen durch die Tür, schloss sie wieder und baute sich dann davor auf. »Ich habe die beiden erwischt, wie sie miteinander stritten«, sagte er.

Sie hob eine Braue. Milogost war für seine misstrauische Neugier geradezu berüchtigt. Wenn er nicht gerade Lehrstunden gab, kroch und schlich er durch Ulthar und schnüffelte herum, zumeist im Novizentrakt. Dass er dabei selten auf etwas von echter Wichtigkeit stieß, lag am Wesen ihrer Zunft: An einem Ort, der kaum Gebote und noch weniger Verbote kannte, hatten es überstrenge Aufseher nicht besonders leicht. Sie hoffte, dass sich die Störung auch wirklich lohnte, und irgendwie fürchtete sie es auch. Müde tat sie dem Traummeister den Gefallen und fragte. »So? Worüber denn?«

»Über dich, Großprophetin.«

»Über mich? Was gibt es denn über mich zu streiten?«

Menasthenes und Klemonestra wechselten einen Blick und sahen dann beide zu Boden. Im Gesicht des jungen Manns hatte es zu zucken begonnen. Lange würde es wohl nicht mehr dauern, bevor ihn wieder eine seiner Attacken heimsuchte.

Milogost gab beiden einen Klaps. »Na los, spuckt es aus.«

»Ob … ob wir dir trauen können, Großprophetin«, brachte Klemonestra schließlich heraus.

Die Großprophetin spürte, wie sich trotz Erschöpfung ihr Interesse regte. Damit hatte sie nicht gerechnet. Fragend sah sie hinüber zu Milogost. Der Traummeister nickte und sah dabei aus wie einer, der lange verlacht worden war und sich nun endlich bestätigt sah.

»Und wieso seid ihr euch nicht mehr sicher?«, fragte sie schließlich.

Klemonestra wich ihrem Blick aus. »Wegen des Ewigen Wispers …«

Sofort wusste sie, welchen die Novizin meinte. »›Mit helfendem Rat beginnt es / Traumsager mit Hintergedanken / Purpur verhindert das Erkennen des Übels‹«, zitierte sie ihn.

Verlegen nickte Klemonestra.

Die Großprophetin nickte nun ebenfalls. Auch sie war bereits an diesem Wisper hängengeblieben und an der Frage, ob tatsächlich sie selbst mit ihm gemeint wäre. Doch die Ewigen Wisper der neuen Zeit waren alle gleichzeitig erschienen, und sie hatte sich noch nicht an einer Interpretation versucht. Andere waren ihr dringlicher erschienen. Womöglich ein Fehler, gestand sie sich jetzt ein, aber zumindest für diesen Moment ließ sich daran nichts ändern. Sie blickte von einem zur anderen.

»In welcher Sache wisst ihr nicht, ob ihr mir trauen könnt?«

»*Arschlecker! Fotzenknecht!*« Menasthenes warf seinen Kopf herum und die Hand über ihn nach hinten.

Wieder war es Klemonestra, die antwortete. »In der Sache mit den Ewigen Wispern.«

Leicht entnervt runzelte sie die Stirn. Wenn das so weiterging, würden sie morgen noch hier stehen. Sie räusperte sich. »Ihr zwei hört mir jetzt einmal gut zu, verstanden? Ich verstehe, dass euch dieser Wisper beunruhigt, und ich akzeptiere euer Unbehagen. Und weder kann noch will ich euch zwingen, mir zu trauen. Aber was ihr mir schuldig seid, ist eine etwas ausführlichere Antwort. Ich verstehe nicht einmal, worum es geht, weil ihr so herumdruckst.«

Klemonestra suchte Menasthenes' Blick, der schließlich resigniert die Schultern zuckte. Die Traumschülerin atmete durch. »Also gut. Großprophetin, der Grund, weshalb wir darüber gestritten haben, ob wir dir ... ob wir dir trauen können, ist, dass Grautwis die Ewigen Wisper geschrieben hat.«

Traummeister Milogost fand zuerst die Sprache wieder. »Ausgeschlossen.«

»Wirklich, er war's!«, rief Klemonestra.

Milogost schnaubte und wollte zu einer Erwiderung anheben, doch die Großprophetin kam ihm zuvor. »Grautwis soll die Ewigen Wisper geschrieben haben? Wie soll das gehen? Ich möchte nicht vorschnell urteilen, aber ich neige dazu, Traummeister Milogost zuzustimmen.«

»Siehst du«, mischte sich nun Menasthenes ein, »sie glauben es ja doch nicht.«

»Aber er hat es getan«, insistierte Klemonestra. »Er war es.«

»Das ist Unfug!« Traummeister Milogost war anzusehen, dass er die beiden am liebsten an den Ohren aus der Kammer geschleift hätte. Lauthals riefen alle durcheinander.

Müde hob die Großprophetin die Hand. »Ich bitte euch: nicht alle auf einmal.« Sie setzte sich auf ihre Bettstatt und wies auf die Hocker an der Wand. »Und jetzt einmal von vorne.« Sie schloss die Augen, weil sie müde war und sich so besser konzentrieren konnte.

Die meiste Zeit über sprach Klemonestra. Menasthenes warf ab und an abweichende Schlussfolgerungen ein und bellte oder fluchte an besonders strittigen Momenten der Erzählung. Traummeister Milogost beschränkte sich aufs Zuhören und gelegentliches ungläubiges Schnauben.

Als sie alles gehört hatte, saß die Großprophetin stumm auf ihrem Lager, die Augen noch immer geschlossen. »Ich danke euch beiden«, sagte sie schließlich und hustete ihre Stimme frei. »Ich ahne, dass ihr mir nicht alles erzählt habt, aber wie ich schon sagte: Ich akzeptiere das. An eurer Stelle wäre ich wahrscheinlich ähnlich vorsichtig.« Sie öffnete die Augen und konnte noch sehen, wie sich die beiden Novizen erleichtert ansahen. »Und weil ihr offen wart, will auch ich offen zu euch sein und euch etwas verraten, dass sonst noch niemand weiß – den Namen des neuen Zeitalters. Ich war heute auf den Traumfeldern und habe danach gesucht, und diesen fand ich: die Zeit der Träume. So wenig wir über das Wesen der neuen Zeit bereits wissen mögen, so sehr scheint er mir doch nach eurer Erzählung der Passende zu sein.«

Menasthenes nickte langsam, sinnend, das sonst so häufig zuckende Gesicht ganz ruhig.

»Dann glaubst du uns, Großprophetin?«, fragte Klemonestra.

»Ich weiß es nicht«, antwortete sie nach kurzem Überlegen. »Ich halte es für möglich, dass sich die Dinge so zugetragen haben, wie ihr sie geschildert habt, ja. Und solange wir nichts kennen, was eurem Bericht widerspricht, scheint er mir für zumindest einige der Wunderlichkeiten dieser neuen Zeit eine halbwegs brauchbare Erklärung abzugeben. Aber Wahrheit ist oft nur eine Frage der Interpretation, gerade wir Seher sollten das wissen.«

»Es war Grautwis, ganz sicher«, beharrte Klemonestra. »Er hat mir die Wisper gezeigt, bevor sie irgendeiner von uns gefunden hat.«

»Und allein das ist eine äußerst bemerkenswerte Leistung. Aber hat er sie auch geschrieben? Und sind sie wirklich neu? Wer sagt, dass sie nicht in den Tiefen unserer Bibliothek auf alten Seiten vor sich hingilben? Es gibt Millionen Wisper, und niemand kennt sie alle. Und wer sagt, dass diese gelbe Gestalt wirklich Carcosa war?« Wieder hob sie die Hand, um einen Widerspruch der jungen Frau zu unterbinden. »Klemonestra, es ehrt dich, deinen Freund zu verteidigen, aber ich habe ihn nicht angegriffen. Ich weiß schlichtweg nicht, was passiert ist. Und noch viel weniger weiß ich, was das alles bedeuten mag. Und das ist die viel wichtigere Frage als die, ob ich euch glaube: Was hat das alles zu bedeuten, wahr oder nicht? Es ist die Frage, die an den Wesenskern unserer Zunft rührt, und zum ersten Mal in mehr als sechshundert Jahren haben wir eine wirkliche Chance, sie zu beantworten. Willst du das wirklich vorschnell tun?«

Klemonestras trotziger Blick sagte ihr, dass sie die Novizin nicht überzeugt hatte, aber zumindest behielt sie ihre Einwände nun für sich. Gut. Die Großprophetin war bereits ermattet in ihre Kammer getreten, und das Gespräch hatte sie weiter erschöpft. »Ich werde darüber nachdenken müssen, was ihr mir erzählt habt«, sagte sie abschließend, »und ihr solltet das auch tun. Und wenn ihr entschieden habt, mir trauen zu können, dann kommt wieder zu mir. Auch ohne, dass euch Traummeister Milogost herschieben muss.« Sie versuchte sich an einem Lächeln. »Milogost, bleib du noch, bitte.« Bevor sie endlich schlafen konnte, musste sie sich noch mit ihm austauschen. Menasthenes und Klemonestra verstanden und verabschiedeten sich. Im Treppenhaus hörte sie Menasthenes noch einmal fluchen, dann waren sie verschwunden.

»Was hältst du davon?«, fragte sie den Traummeister, der auf seinem Hocker sitzen geblieben war.

»Dasselbe wie du, Großprophetin: Ich weiß es nicht«, erwiderte er schulterzuckend.

»Dieser Grautwis … Er ist nicht lange hier gewesen, oder? Wie ist er?«

»Nein, keine zwei Jahre. Und wie er ist? Unpünktlich, faul, geil wie ein Bock. Oft ungewaschen. Nicht dumm, aber auch nicht der Hellste. Ich hatte nie den Eindruck, er würde seine Ausbildung besonders ernst nehmen. Er hat sich immer mehr für Schürzen interessiert als für das, was man versucht hat, ihm beizubringen.«

»Hört sich nach deinem Lieblingsschüler an, Milogost …«

»Ich habe keine Lieblingsschüler, das weißt du.«

»Ja, und keinen Humor.« Sie begleitete ihre Entgegnung mit einem Lächeln, damit der Traummeister verstünde, wie sie es meinte, wusste aber, dass es vergebliche Mühe war. Milogost war ein Hardale und so unempfindlich wie der Stein, den sein Volk verehrte.

Der Traummeister zuckte nur wieder mit den Schultern.

»Merkwürdig, nicht wahr?«, sprach sie weiter. »Wir Seher sind Menschenkenner, du sogar ein sehr guter, und doch hat niemand mit diesem Grautwis gerechnet. Jetzt ist er durchs Tor gegangen, nach nicht einmal zwei Jahren. Und womöglich hat er die ersten neuen Ewigen Wisper seit viertausend Jahren geschrieben.« Fasziniert lachte sie leise in sich hinein.

»Ja, ich lag falsch. Bis gerade eben war ich sicher, ihn nicht mehr wiederzusehen. Aber nach dem, was die beiden erzählt haben, würde es mich wundern, wenn er es nicht schaffte. Vielleicht hat er das sogar bereits.«

»Ich gehe davon aus. Und die beiden anderen? Was hältst du von ihnen? Grautwis hat sie ins Vertrauen gezogen, und ihn haben wir unterschätzt. Vielleicht sollten wir den Fehler nicht noch einmal machen.«

Milogost nickte. Dann räusperte er sich. »Sollte Menasthenes eines Tages von den Traumfeldern zurückkehren, wird er sich seine Stellung aussuchen können: Er spricht vier Sprachen, ist belesen, immer bemüht und weiß sich auch in gehobener Gesellschaft zu benehmen. Ich hatte lange keinen Novizen, der intelligenter war als er.«

»Meinst du wirklich? Seine … Eigenart ist weder unauffällig noch angenehm.«

»Man gewöhnt sich dran. Und es gibt Schlimmeres. Du erinnerst dich an Phersemon den Spitzen? Er hat ständig Hand an sich gelegt, das nenne ich auffällig und unangenehm. Und trotzdem hat er der Toparchin von Sophene gedient. Nein, ich bin felsenfest davon überzeugt, dass wir von Menasthenes noch hören werden. Wenn er sich nicht vorher zu Tode frisst. Und das meine ich ernst.«

Nachdenklich nickte sie. »Hat das Fluchen damit zu tun?«

»Ich denke nicht. Nicht direkt. Ich halte Menasthenes für einen sehr unglücklichen Menschen, der sich vor seinem Kummer in Völlerei flüchtet. Er wäre nicht der erste fette Seher. Aber ich glaube nicht, dass er unglücklich ist, weil ihm seine Zunge nicht gehorcht. Damit hat er seinen Frieden gemacht, würde ich sagen. Ich denke, es hat damit zu tun, dass ihn seine Familie verstoßen hat.«

»Aber doch wegen seiner Flucherei?«

»Ja, aber das ist trotzdem nicht dasselbe.«

»Mag sein.« Die Großprophetin merkte, wie es ihr zunehmend schwerer fiel, konzentriert zu bleiben. Sie musste sich jetzt wirklich ausruhen. »Und Klemonestra?«, fragte sie deshalb schnell. »Was ist mir ihr?«

»Sie ist nicht halb so belesen wie Menasthenes. Und ein bisschen simpel gestrickt, ähnlich wie Grautwis vielleicht. Aber als Träumerin ist sie beiden über.«

»Wirklich?«

»Ja. Menasthenes muss die Dinge gedanklich durchdringen, bevor er sie angeht, er ist klug, aber langsam. Klemonestra hingegen tut sie einfach, und sie gelingen ihr trotzdem. Sie überlegt nie lange, bevor sie etwas unternimmt. Es ist, als hätte sie ein angeborenes Verständnis fürs Träumen. So etwas kann man nicht durch Üben wettmachen. Sie wird auf den Traumfeldern spazieren gehen. Es passt ins Bild, dass sie impulsiv und sprunghaft ist.«

»Und ziemlich in Grautwis verliebt, würde ich sagen. Hast du das Leuchten in ihren Augen gesehen? Und wie sie ihn verteidigt hat …«

»Das ist sie. Eigentlich weiß das jeder. Nur er nicht. Wie gesagt, er ist nicht der Schlauste.«

»Nun, wir Seher können vieles sehen, nur nicht unser eigenes Schicksal. Die Liebe gehört dazu.« Sie unterdrückte ein Gähnen.

»So wird es sein«, sagte Milogost und erhob sich. »Du bist müde, Großprophetin, ich werde dich jetzt allein lassen.«

Sie nickte nur, und nachdem er gegangen war, legte sie sich endlich hin. Obwohl ihr die Ereignisse und Neuigkeiten des Tages durch den Kopf schwirrten, war sie schnell eingeschlafen.

Als sie wieder die Augen öffnete, war es Nacht.

Es war dunkel in ihrer Kammer, der Mond war noch nicht im Fenster erschienen oder bereits wieder vorbeigezogen. Sie lauschte in die Stille, sicher, von etwas geweckt worden zu sein. Schließlich setzte sie sich auf, immer noch lauschend. Konnte es sein, dass sie durch etwas in ihren Träumen geweckt worden war? Wieder musste sie an die Bewegung denken, die sie auf den Traumfeldern gespürt hatte. Die Berührung hatte sie mit einem ähnlichen Gefühl des Unwirklichen zurückgelassen wie dem, das sich nun ihrer bemächtigte. Vielleicht hatten beide dieselbe Ursache? Sie stand auf. Es gab nur eine Möglichkeit, dem auf den Grund zu gehen.

Auf der Treppe nahm sie eine Lampe aus der Wandhalterung und überlegte kurz, Aristaion zu wecken. Aber sie verwarf den Gedanken, ihn um Begleitung zu bitten. Ihr Münzträger würde ihr von dem Vorhaben abraten, dessen war sie sicher, und sie hatte keine Lust auf langwierige Diskussionen.

Sie erreichte das Kleine Tor des Schlafs und passierte seine offen stehenden schwarz-weißen Flügel, als ihr noch etwas einfiel:

Aristaion hatte die Bewegung nicht gespürt, und offensichtlich war er auch jetzt nicht geweckt worden. Vielleicht war seine Gegenwart ja der Grund gewesen, weshalb sich nichts offenbart hatte. Vielleicht waren die Berührung und das Wecken im Schlaf zaghafte Versuche der Kontaktaufnahme gewesen, die allein ihr galten.

Mit diesem Gedanken ließ sie die Acht Stufen des Leichten Schlummers hinter sich und begann den Abstieg der Achthundert Stufen des Tiefen Schlafs hinunter. Etwa auf der Hälfte begann sie, ihre Hüfte zu spüren, die gegen zu viele Treppen in zu kurzer Zeit protestierte. Als Reaktion legte sie einen Schritt zu: Auf den Traumfeldern würde sie die Schmerzen aus der wachen Welt nicht mehr spüren. Neue aber würde sie sich drüben nicht zufügen lassen; sie war nun hellwach, und mit altvertrauten Gedankenübungen wetzte sie auf dem weiteren Weg ihren Geist wie eine Klinge. Von unten strich ihr das Flüstern des Unwirklichen entgegen, das aus dem Tor sickerte. Der Luftzug eines undichten Fensters in einer Winternacht.

Auf der letzten der achthundert Stufen wartete das Große Tor des Schlafs, gewaltig und schimmernd, stumm, offen, ewig bereit; ein Bogen, der eine Unmöglichkeit umspannte, die alles möglich machte. Die Großprophetin stellte die Lampe auf der Treppe ab und sammelte sich. Noch nie war sie binnen so kurzer Zeit zweimal durchs Tor gegangen. Aber wenn Novizen Ewige Wisper schrieben, würde sie zumindest das vollbringen können.

Sie spürte das Brummen des Tors, als sie von der einen in die andere Welt wechselte. Das Unwirkliche nahm sie in Empfang und wickelte sich um sie wie ein nasses, kaltes Tuch.

Auf der anderen Seite wogten klingelnd die Traumfelder.

So schnell es ging, schritt sie aus. Sie hatte neue Kraft schöpfen können, aber sie wollte die Angelegenheit trotzdem nicht in die Länge ziehen. Als sie ungefähr die Stelle im Gras erreicht hatte, an der sie berührt worden war, blieb sie stehen. Ihre Finger strichen über die silbrig-roten Fehlfarben der Halme. Einen Moment zögerte sie, die Augen zu schließen. Aber sie war nicht den weiten Weg hierhergekommen, um vor den letzten Schritt zurückzuschrecken. Sie faltete ihre Hände, um sich selbst festzuhalten, dann schloss sie die Lider.

Dunkelheit. Zerren.

Kurz kam Panik in ihr auf, als wäre sie unerwartet in Wasser gestoßen worden und würde darum kämpfen müssen, nicht unterzugehen. Sie war allein auf den Traumfeldern, ohne Hilfe und blind, und alles konnte mit ihr passieren. Dann kam ihre Erfahrung zurück, ein warmes Glimmen, und vertrieb die Angst. Sie war die Großprophetin. Sie brauchte ihre Augen nicht, sie hatte andere, verlässlichere Sinne, und sie schickte sie aus, um zu suchen, was sie finden wollte.

– Grautwis? –

Wie ein Leuchtfeuer schoss der Name durch ihren Geist und brannte die Silhouetten der Halme auf die Innenseite ihre Lider.

Sie verglühten in schwarzes Nichts.

Also nicht Grautwis. Sie spürte dumpfe Enttäuschung. Nicht nur, weil sich ihre Annahme als falsch herausgestellt hatte. Sondern vor allem, weil sie fürchtete, ihre nächste könnte richtig sein. Obwohl sie es auf den Traumfeldern nicht musste, holte sie tief Luft.

– Carcosa? –

Wieder riss der Name blitzartige Reflexe ihrer Umgebung in die Dunkelheit ihrer geschlossenen Augen, aber wieder erloschen sie, ohne etwas zu offenbaren.

Sie öffnete die Augen. Unschlüssig verharrte sie einen Moment. Sie war sich sicher gewesen, dass einer der Namen zum Erfolg führen würde. Ohne große Hoffnungen versuchte sie sich nun an der letzten Möglichkeit, die ihr noch geblieben war.

– Zeig dich. – Und dann noch einmal, lauter. – Zeig dich! –

Wieder nichts. Die einzige Antwort, die sie bekam, war das Klingeln des Grases, immer gleich und gleichgültig. Mit der nagenden Erkenntnis, sich geirrt zu haben, trat sie den Rückweg an.

Auf der anderen Seite des Tors nahm sie die Lampe von der Stufe und machte sich an den Aufstieg. Ihr graute vor den vielen Treppen, die vor ihr lagen. Ihr Misserfolg würde sie noch steiler machen.

Sie hatte bereits ein gutes Dutzend Stufen hinter sich gebracht, als ihr auffiel, dass sie noch immer das Klingeln der Halme hörte.

»Unmög…«, entfuhr es ihr, als sie sich umdrehte, doch das Wort blieb ihr im Hals stecken.

Sie war nicht allein durchs Tor gekommen.

Das Erste, was der Großprophetin an dem Wesen auf der untersten Stufe auffiel, waren die Augen. Sie leuchteten blass wie Sterne. Das Zweite waren seine Klauen.

32

Istrid

»Vater? Hörst du noch?«

»Ja, mein Leben, ich höre noch. Laut und deutlich.«

Istrid blickte zu ihrem Vater hinüber. »Gut, du weißt nämlich, dass ich dir nicht vorlesen werde, wenn du schläfst.«

»Ja, ja, ich weiß. Aber ich bin wach. Ich bin nicht müde.«

»Sicher? Du wirktest auf mich, als wenn du eingeschlafen wärst.«

»Nein, ganz sicher nicht. Aber jetzt lies, Istrid, du weißt doch, wie sehr ich es liebe, wenn du mir vorliest.«

Aus den hellblauen Augen sprach jener wache Verstand, der jahrzehntelang das Reich regiert hatte, Istrid konnte ihn sehen. Ihr Vater war klar. Den Vormittag über waren sie beide die kommende Audienz durchgegangen, hatten zusammen Pläne geschmiedet und verworfen. Sie hatte ihn über alles unterrichtet, es war viel, und es hatte ihn angestrengt, aber er war konzentriert geblieben. Die ganze Zeit über hatte Istrid nach Anzeichen für Ermüdung oder Verwirrung gesucht. Sie hatte keine gefunden. Und jetzt sah sie im Blick ihres Vaters nicht nur seinen alten Scharfsinn, sondern auch die Wärme, die sie brauchte, und für diesen Moment war wieder alles gut.

Voll stillen Glücks richtete sie ihre Aufmerksamkeit wieder auf die Seiten, die auf ihrem Schoß lagen. Stabreime, aus dem Alt-hoch-Aard übersetzt, An- und Abverse, die steif und wie aus der

Zeit gefallen wirkten. Es war die Haukringa-Saga, aus der sie ihrem Vater bereits in Bachental vorgelesen hatte, damals, an dem Tag, an dem sie vom Überfall des Herzogtums erfahren hatten. Sie mochte die Saga nicht, sie war dunkel und voller Pathos, und sie handelte vom Krieg wie alle frühen Sagas. Ihr Vater aber liebte sie. Sie würde sie ihm bis in alle Ewigkeit vorlesen, wenn sie denn nur könnte. »Also gut.«

Mit den Fingern strich sie die Seiten glatt. »›Hoch ritt zum Hagelkamm, Hilfe bringend Braldur/Schwert und Schild glänzend, Schauer im Nacken/Einhundert Helme führte er mit, Heil sichernd dem Rest./Im Sturm der Aufstieg, Stahl sang ihr Lied./Droben im Dunkeln warteten schon die Durer mit Zorn./Mut brachte Mjotwitnirs Sohn, mehr als der Feind/Kühn sangen die Klingen, die Krieger mit Herz/Treu suchten den Tod, tief in der Klamm/Blut färbte die Berge, am Boden der‹ – *Vater!*«

»Ja, mein Leben?«

»Du hattest schon wieder die Augen zu! Ich habe es gesehen.«

»Nur, um mich besser zu konzentrieren.«

Sie seufzte mit gespielter Resignation. Es war Zeit für ihre Diskussion. »Du kennst den Text besser als ich. Du kennst jede Langzeile auswendig.«

»Ja, aber darum geht es ja nicht.«

»Warum muss ich dir das überhaupt vorlesen? Du weißt doch, dass ich das nicht mag.«

»Haukringa nicht mögen! Istrid, das ist unerhört. Wie kannst du so etwas sagen? Das sind wir, das sind unsere Anfänge.«

»Ein Vater, der den Sohn in den Tod schickt, anstatt selbst zu gehen … Feine Anfänge nenne ich das.«

»Mjotwitnir kann nicht, das weißt du doch. Er würde, aber er kann nicht. Königin Drifas ist verletzt, sie ist dem Tode nah, und er ist ihr Erster Reiter. Er muss bei ihr bleiben, es ist seine Pflicht. Die Königin … Sie ist wichtiger als alles andere. Sie ist die Mutter ihres Volks. Und weil er selbst nicht gehen kann, schickt er sein eigenes Blut. Verstehst du? Er opfert sich selbst, aber auf die schwerste Weise: Statt Ruhm nimmt er die Trauer.«

»Die schwerste Weise ... Ich bin mir nicht sicher, ob Braldur das auch so gesehen hat.«

»Braldur ... Er stirbt und wird unsterblich. Es gibt schlimmere Schicksale.«

Istrid seufzte abermals, versöhnlich diesmal. Immer, wenn sie ihrem Vater aus der Haukringa-Saga vorlas, führten sie dieses Gespräch, tauschten dieselben Standpunkte aus, nie näherten sie sich einander an. Sie stritten nicht, beide akzeptierten sie die Sicht des jeweils anderen, aber keiner konnte sie unkommentiert stehen lassen. Der Austausch gehörte für sie beide inzwischen ebenso zur Haukringa-Saga wie Mjotwitnir und sein Sohn.

»Ich weiß, was du mir sagen willst. Es ist diese Art von Pflicht, die uns groß gemacht hat. Oder?«

»Ja, genau.«

»Dass sich ein Reich nur mit schweren, harten Entscheidungen bauen lässt.«

»Istrid, ich könnte es nicht besser sagen.«

»Gut. Wäre es nicht die schwerere Entscheidung gewesen, gar nicht erst hoch in die Niflberge zu ziehen? Dann hätte man näm-lich auf die Silberminen der Durer verzichten müssen. Das wäre doch mal eine harte Entscheidung gewesen.«

»Istrid! Die Durer sind ein Stamm der Framen, ein Volk der Salen! Sie ins Reich zu holen war unverzichtbar.«

»Sie oder ihr Silber?«

»Das Silber spielte keine Rolle. Wir haben auch die Sorpoten heimgeholt, und die sind arm wie die Spatzen. Die Durer sind ein Brudervolk, sie gehörten ins Reich.«

»Ich würde sagen, die Durer haben das etwas anders gesehen. Meinst du nicht?«

Ihr Vater schüttelte den Kopf, aber er sah sie milde lächelnd an. Istrid hatte ihn lange schon nicht mehr so munter gesehen.

»Durer, Salen, Framen ... Wir sind eine Familie. Wir streiten uns, aber die Bande, die uns einen, sind heilig und unzertrennbar.«

»Sag das den Chimren«, antwortete sie bitter und bereute es sofort. Sie hatte ihrer alten Diskussion eine neue Wendung gegeben und die Welt da draußen zu ihnen ins Zimmer geholt.

Das Lächeln ihres Vaters verschwand und machte traurigem Ernst Platz. Mit der Hand fuhr er sich langsam durch den weißen Bart. »Die Chimren ... Sie waren schon immer die Problemkinder. Stürmisch, wankelmütig wie der Wind ... flatterhaft. Unwillens, Wurzeln zu schlagen. Doch wir müssen uns um sie bemühen. Sie müssen zurück in den Schoß der Familie. Auch das ist unverzichtbar.«

»Sie töten uns. *Sie töten uns*, Vater. Ohne Gnade. Ein Sohn, der den Bruder erschlägt, wird verstoßen und gerichtet.«

Ihr Vater schwieg. Er nahm die Hand vom Bart und strich nun mit ihr die Decke glatt, die über seinen Knien lag. Dann blickte er auf die Blumen, die in einer Vase auf dem Tischchen neben ihm standen. »Es ist nicht das Volk, das gerichtet werden muss. Es sind seine Führer.« Sacht berührte er eine der Blüten. »Klingblatt, wie passend. Es ist Schwertzeit, wieder einmal in der Geschichte unseres Reiches. Und doch ...« Sein Blick suchte Istrids. Er war voller Sorge. »Es ist anders dieses Mal, nicht wahr?«

Sie wollte etwas antworten, aber sie kämpfte gegen den Druck in ihrer Kehle an. Nachdenklich nickte ihr Vater.

»Der Chimmgau brennt, Meuren schwelt, ebenso die Dagomark. Und in Drepphall hat sich ein neuer Feind eingenistet. Die Phrygen ... Sie sind kühle Rechner. Sie wären nicht gekommen, wären sie ihrer Chancen sich nicht sicher. Dann der Sturm ... Was war das, Istrid? Noch niemals habe ich Ähnliches erlebt; es war nicht von dieser Welt, nicht wahr? Nur die Götter selbst können es gewesen sein, die mit uns sprachen, und es scheint, dass sie zürnen. Und das Ende der Zeit der toten Träume … Ich bin alt, und Arnim ist noch so jung. Istrid, Istrid, ich weiß nicht, was alles werden soll.«

Der Blick ihres Vaters wanderte zu den Fenstern. Hell schien die Sonne herein. Nach dem Unwetter waren die Wolken verschwunden. Istrid sah tiefes Blau hinter den Scheiben.

»Licht ist es über Salhall, und doch wird es dunkel. Am Ende meines Lebens wartet noch einmal Finsternis auf mich, schwärzer als alles, was ich kenne. Und ich fürchte mich. Nicht um mich selbst, nein, nein. Ich werde ins Licht gehen wie wir alle. Aber das Reich? Es gibt kein Jenseits für Reiche, deren Zeit gekommen ist.«

»Vater.« Istrid hatte endlich ihre Sprache wieder gefunden. »Verzweifele nicht, bitte.« Sie beugte sich zu ihm vor und ergriff seine Hand. »Das Reich ist in Gefahr, ja. Aber es wird nicht untergehen. Wir werden auch diese dunklen Stunden hinter uns lassen. So wie Drifas und Mjotwitnir.«

Ihr Vater legte seine zweite Hand auf die ihre und drückte sie fest. »Mein Leben, wenn du es bist, die diese beiden bemüht, dann muss es wahrlich schlimm um uns stehen.«

»Du weißt, was ich meinte.«

»Ja. Genau das ist es ja.« Ihr Vater blickte hinunter auf ihre Hände. »Komm«, sagte er schließlich, ließ ihre Hand los und stützte sich auf den Lehnen des Sessels ab, um aufzustehen. »Die anderen werden warten.«

»Du bist sicher, dass du genügend Kraft hast?«, fragte sie, plötzlich voller Sorge. Dieses Ende ihrer Zeit zusammen hatte sie nicht gewollt, und sie fürchtete, dass sie ihren Vater entmutigt hatte.

»Istrid! Natürlich. Dein Vater mag alt sein, aber es gibt immer noch Tage, an denen ich aus Eschenholz geschnitzt bin. Heute ist so ein Tag.«

Sie sah ihren Vater prüfend an, aber er schien recht zu haben.

Sie hoffte, dass er so kraftvoll bliebe, er hatte kaum Ruhe gefunden heute. Am liebsten hätte sie ihn von allem ferngehalten, aber Ranke, das musste sie ihm lassen, hatte recht: Der Kaiser musste eingebunden werden. »Gut«, sagte sie, schlug die Haukringa-Saga zu und stand ebenfalls auf. »Komm.«

Die anderen wurden erst eingelassen, als ihr Vater im Kronsaal Noggdrarsils Platz genommen hatte, einem großen, neuneckigen Raum auf dem Kaiserstockwerk ganz oben. Es gab nur den Thron in ihm, der aus dem Holz Tjarlafnirms geschreinert war, und lange Wappenteppiche mit den Reichsfarben an den Wänden. Das Mosaik des Bodens zeigte die Weltesche mit dem Thron inmitten ihrer ausladenden Krone. Stamm und Wurzeln deuteten auf die gegenüberliegende Flügeltür, und als die Leibwachen sie öffneten, kamen durch sie Arnim, Ranke, Hildigis, Haro, die Paagh, Kromgerst Schattenmann und auch der junge Seher, der die Ewigen Wisper der neuen Zeit geschrieben haben sollte. Golo hatte Istrid absichtlich nicht geladen: Sie hatte sich nach ihm erkundigt, er schien tatsächlich aufbrechen zu wollen, war ihr berichtet worden. Und nichts sollte den Markgrafen von seinen Reisevorbereitungen abbringen.

Ihr Vater nahm die Ehrerbietungen entgegen und blickte dann von einem zum anderen. Mit der Rechten strich er sich über den Bart, gleichmäßig und sinnend. Istrid warf ihm einen Blick zu und beruhigte sich ein wenig: Nach wie vor wirkte ihr Vater wach und beisammen, sein Blick scharf.

»Welch krumme Runde wir doch sind«, sprach er schließlich. »Welch krumme Runde. Wer hätte das gedacht? Doch so wie die Pflanze vergeilt, die kein Licht findet, und suchend schief zur Seite wächst, so strecken wohl auch wir uns aus in jede Richtung, in der wir Heil vermuten. Die Not ist groß, von allen Seiten drängen Feinde. Das Reich trägt Waffen und ihr die mächtigste von allen: Hoffnung. Arnim, Kronprinz, nach mir wirst du das Reich regieren, und heute kannst und musst du dir das Eschenlaub verdienen, das dein sein wird: Ich sende dich nach Drepphall. Nimm tausend Helme aus Salhalls Aufgebot, und tausend hol dir aus den Kronlanden. Stoße zu den Aufgeboten Valands und der Südmark. Sie marschieren nicht mehr nach Westen, sondern gegen den neuen Feind im Süden. Verjage ihn, befreie unsere Stadt. Wirst du das für mich tun, mein Großneffe?«

»Selbstverständlich!« Arnims Gesicht glühte, wohl vor Aufregung und Stolz gleichermaßen. »Ich breche morgen auf!«

Istrid hatte sich im Vorfeld mit dem Reichsheermeister beraten: Hildigis erwartete einen schnellen Feldzug gegen das phrygäische Söldnerheer. Der Toparch von Pylaimon mochte an die zwanzigtausend Helme angelandet haben, die Aufgebote der Valänder und Urbonen zählten deutlich mehr. Arnim würde wohlbehütet den Kampf lenken, der kaum die mörderische Intensität des Kriegs im Chimmgau annehmen würde. Ihr Neffe konnte Erfahrung sammeln, Ansehen bei seinen späteren Untertanen und hoffentlich auch Selbstbewusstsein. Es war für alle die beste Entscheidung.

»Hildigis, mein Guter!«, rief ihr Vater nun den Reichsheermeister auf. »Ich sehe dich wie immer schwertumgürtet, bald wirst du es ziehen müssen. Ich sende dich nach Kershorn und weiter dem Feind entgegen. Drauf und dran! Zieh in den Kampf und komme siegreich wieder.«

»Ja, mein Kaiser! Ich danke dir!«, dröhnte Hildigis' Stimme durch den Kronsaal, als er die Faust erhob. »Siegreich oder tot, ich schwöre es bei Ard und Urd.« Er sah ehrlich ergriffen aus.

Der Kaiser lächelte, auch er bewegt. »Siegreich wäre mir lieber, mein teurer Freund. Mein ganzes Leben schon bist du an meiner Seite, du würdest mir arg fehlen in der Zeit, die mir noch bleibt. Brich morgen auf, und nimm mit, was von Salhalls Aufgebot noch nicht losgezogen ist.« Wieder strich er sich durch den Bart. Sein Blick wanderte weiter.

»Haro, Haro, dass du den Weg in diese Versammlung gefunden hast … Doch warst du der Erste deines Stands, der kam. Das will ich nicht vergessen. Ich danke dir für deine Treue und die Helme, die du schickst.«

Huldvoll neigte der Gaugraf von Nordheim den Kopf. »Ich weiß, wo ich zu stehen habe, wenn der Sturm weht, mein Kaiser. An deiner Seite.«

»Dies ist dein Platz auch bei Windstille.« Der Kaiser ließ die Worte für einen Moment im Raum stehen.

Istrid konnte nicht anders, als Stolz auf ihren Vater zu verspüren. Wieder einmal hatte ihm die Distel eine Falle gestellt, aber er war nicht hineingetappt. Seine hellblauen Augen suchten die enzianfarbenen des Gaugrafen. »Oder nicht?«

Haro lächelte weiter, und es wirkte beinahe echt. »Vollkommen. Bei Windstille stehen auch die Gräser, mein Kaiser. Sie sind es, die der Sturm plattdrückt. Nichts mehr wollte ich ausdrücken.«

»Gut, ich freue mich darüber. Und ich bitte dich um eines: Als du mich vor den Phrygen warntest, botest du mir Helme an, zweitausend an der Zahl. Erinnerst du dich?«

Langsam nickte Haro. Statt zu lächeln, schob er kaum merklich die Augen zusammen. Wahrscheinlich ahnte er, was kommen würde. »Es waren meine Worte«, sprach er mit gewohnt warmdunkler Stimme. »Wie könnte ich sie vergessen haben?«

»Gut, Haro. Und da die Phrygen wirklich ins Reich eingefallen sind, nehme ich dein Angebot an. Du sagtest, sie stünden in Steern, war es nicht so? Jederzeit bereit zum Einschiffen nach Vandraar, sollten die Phrygen dort auftauchen. Schiffe sie ein, jetzt gleich, und vereine sie mit Calders Schwanenflotte, die nach Drepphall segelt. Jeder Helm hilft im Süden, und deine waren ohnehin aufgestellt, um der Symmachie die Stirn zu bieten.«

Es kostete Istrid einiges an Beherrschung, nicht zu grinsen. Haros Angebot war ein Deckmantel gewesen, um Truppen für die

Besetzung von Rudebalds Lehen zu sammeln. Längst standen sie nicht mehr in Steern, sondern in der Dagomark. Dass der Kaiser sein Angebot annahm, setzte Haro nun unter Zugzwang, etwas, das er hassen würde wie wenig anderes. Er konnte die verlangten zweitausend Helme auch nicht aus dem restlichen Aufgebot nehmen, das er für den Heerbann noch schuldig war: Auch das war inzwischen eingeschifft und um Frostholm herum auf den Weg in die Salische Bucht. Ihm würde nur übrig bleiben, Rudebalds Ländereien zu verlassen. Und einmal abgezogen, würde Gaugräfin Vigane eigene Truppen schicken. Formal bestünde sein Anspruch auf Rudebalds Lehen nach wie vor. Aber ohne die geschaffene Tatsache des besetzten Lands war er kaum noch durchzusetzen.

All diese Gedanken mussten Haro gerade durch den Kopf gehen, doch wie immer hatte er sich gut in der Gewalt. Sein sanftes Raubtierlächeln erschien wieder auf seinen Lippen. »Sehr wohl, mein Kaiser. Du kommst meiner Bitte zu helfen zuvor. Ich hätte sie dir ohnehin noch einmal aufgedrängt. Die Helme sind dein.«

»Ich danke dir abermals. Und nun zu dir, mein Wappenkönig. Ranke, auch dich sende ich fort, schweren Herzens. Der erste Herold des Reiches muss beim Reichsheer sein, wenn es der Kaiser selbst nicht ist. Sei meine Augen, Mund und Ohren in dieser ersten Schlacht, wie es die Sitte will. Wirst du das für mich tun?«

»Ich habe meine Sachen schon gepackt«, antwortete ihm Ranke, aber er sprach ohne den überbordenden Eifer von Arnim und Hildigis. Istrid konnte sich denken, wieso: Die Reise in den Chimmgau und wieder zurück würde Wochen dauern. Wochen, die er nicht in der Reichshauptstadt war und in denen er kaum Einfluss auf die Geschicke des Reiches nehmen konnte. Für dieses Mal war Istrid geradezu dankbar, dass der Wappenkönig so viel Wert auf Traditionen legte; er würde nicht versuchen, Ausflüchte zu finden und jemanden anderen zu schicken. Sie war ihn auf absehbare Zeit los.

Ein Seitenblick Rankes traf sie, und sie wusste, dass er ähnliche Gedanken hegte. »Mein Kaiser«, sprach er weiter, »darf ich um einen Gefallen bitten?«

Unwillkürlich versteifte sich Istrid. Was mochte der Wappenkönig vorhaben? Sie hoffte, dass sie nichts übersehen hatte.

»Einen?« Ihr Vater lächelte seinen Herold an. »Ranke, Ranke, so viele, wie du willst, das weißt du doch. Sprich, was liegt dir auf dem Herzen?«

»Ich danke dir. Meuren, mein Kaiser. Audun hat Salhall heute früh per Schiff verlassen und ihre Helme mitgenommen. Ihre Schiffe fahren den Sälir hinab, wir können sie nicht mehr aufhalten.«

»Sie hat Salhall verlassen?« Überrascht hob der Kaiser die Augenbrauen.

»Ja. Einer ihrer Herolde richtete es mir aus. Sie fahre heimwärts, um ihr Aufgebot zu sammeln, sagte er mir. Natürlich ist klar, was dahintersteckt: Die Füchsin spielt auf Zeit. Wir haben ihr die Reichsacht angedroht, nur können wir sie kaum damit belegen, wenn sie vorgeblich ihre Bannerleute um sich schart. Aber ich kann sie besuchen. Darum bitte ich dich.«

Der Kaiser dachte nach. Langsam strich er sich über den Bart. Auch Istrid überlegte. Diese Entwicklung der Dinge hatte sie nicht kommen sehen, weder Auduns Abzug noch Rankes Vorstoß. Sie fragte sich, was er sich davon versprach.

»Du willst sie in die Ecke treiben«, sagte ihr Vater, immer noch sinnend. »Das ist gefährlich, sehr sogar.«

»Ich habe einen Plan.«

»Wie immer, Ranke. Er ist es, der dein Vorhaben erst gefährlich macht. Hättest du keinen, wäre es Irrsinn.«

»Es ist gefährlicher, in dieser Sache nichts zu tun.«

»Du hast recht, wieder einmal.« Childeric seufzte. »Ich lasse dich nach Meuren ziehen. Auch du komm wieder.«

Istrid sah ihrem Vater an, dass ihn der Gedanke, seinen Wappenkönig nach Meuren zu schicken, aufrichtig betrübte. Sie war sich selbst gegenüber ehrlich genug, um zuzugeben, dass es ihr nicht gefiel. Aber Istrid fragte sich vor allem, warum ihr Vater Ranke nicht nach seinem Plan fragte. Dann fiel ihr Blick auf Haro, und sie wusste Bescheid. Hätte Ranke gewollt, dass Kythens Gaugraf Einzelheiten erfuhr, hätte er sie von sich aus erzählt. Ihrem Vater war das sofort klar gewesen, und dass sie einen Moment länger gebraucht hatte, ärgerte sie.

Ihr Vater wechselte zu Vishran. »Marshana ... Ich fürchte, von dir muss ich das größte Opfer verlangen: Bleib hier an meiner Seite, in Salhall. In die Schlacht ziehen andere, zumindest an diesem Tag.«

Die Paagh hatte ihre Pfeife aus dem Mund genommen, als sie den Saal betreten hatte. Sie stand mit unbewegtem Gesicht seitwärts vor dem Thron, Baqqlabang an der Seite. Der dünne, blasse Strich über ihren Mund zuckte nur kurz, als sie anfing zu sprechen. »Die Heilsgarde beschützt den Kaiser«, sagte sie lediglich. Ihr Vater hatte die Paagh mit in den Chimmgau schicken wollen, den viertausend Helmen der Heilsgarde nach, doch Istrid hatte ihn dazu bewegt, sie hierzubehalten. Die unmittelbare Gefahr einer Erhebung mochte in der Hauptstadt gebannt sein, aber sie wollte keinem der Edlen das falsche Gefühl vermitteln, dass die Krone alle ihre Verteidiger fortschickte. Und es war nicht nur das: Ihr war klar, es entbehrte jeder sachlichen Grundlage, aber Istrid fühlte sich tatsächlich sicherer, wenn sie die Paagh in ihrer Nähe wusste.

»So, und nun zu unseren Sehern«, sagte ihr Vater wieder auf Aard. »Kromgerst, tritt vor und bringe deinen Schützling mit.«

Der Seher hatte an der Wand gestanden und die Hand auf die Schulter des jungen Mannes gelegt. Nun schob er ihn mit sanfter Gewalt näher an den Thron heran, achtete dabei aber peinlich genau darauf, nicht ins Sonnenlicht zu treten, das durch die hohen

Fenster fiel. Vor dem Kaiser angekommen, neigten er und der junge Mann die Köpfe.

»Von allen Neuigkeiten, die ich höre, ist diese am schwersten zu glauben«, hob Childeric wieder an. »Die Zeit der toten Omen vorüber, ein Jüngling, der Ewige Wisper schreibt, und Carcosa, die ihm dabei über die Schulter sieht. Ich weiß nicht, was ich davon halten soll, ich weiß es nicht.«

Kromgerst räusperte sich. »Mein Kaiser, dir geht es so wie uns. Nicht einmal Grautwis Neunfinger hier weiß sich einen Reim darauf zu machen. Aber alles spricht dafür, dass die Dinge sind, wie sie scheinen.«

»Alles spricht dafür, ja«, wiederholte der Kaiser nachdenklich. »Alles spricht dafür. Kromgerst, hilf mir aus: Welcher Großprophet sagte einmal, dass neue Zeiten nicht an ihren Ereignissen zu erkennen seien, sondern an ihrem Gefühl? Gestern Abend las ich in einem Buch davon … Er war … wie hieß er doch gleich? Klaxedis?«

»Klazomenides. Der Langsame.«

»Der Langsame?«

»Er soll für seine Prophezeiungen Tage gebraucht haben.«

»So, so, der Langsame.« Childeric strich sich wieder den Bart. »Wie dem auch sei, er mag langsam gewesen sein, aber was er sagte, scheint mir Gültigkeit zu haben. Ich kann es fühlen, ich spüre es … Etwas ist anders. Das Wetter, das Wasser … Auch sie … anders. Fremd. Ja, jede Faser meines Körpers sagt mir, wir sind wahrlich in einer neuen Zeit. In einer neuen Zeit.« Er sah über die Runde hinweg zu den Fenstern.

So unauffällig es ging, musterte Istrid ihren Vater. Es war das erste Mal, dass er während der Audienz abwesend wirkte, und ihr war auch nicht die Veränderung seiner Sprache entgangen. Es wurde Zeit, zu einem Ende zu kommen.

»Und du«, kam ihr Vater schließlich zurück, »junger Grautwis, du sprachst mit Carcosa. Welch Wunderlichkeit selbst für euch

Traumsager … Neue Ewige Wisper! Und du kamst, um uns zu warnen? Ich danke dir, das tue ich.« Er nickte bekräftigend.

Grautwis sah ihn mit großen Augen an. »Ich … ja …«, stammelte er. »Mein Kaiser, gern.«

»Erzähle mir davon.«

»Was soll ich sagen …? Ich … Sie ist …« Der junge Seher suchte nach Worten, aber dann wurde er leichenblass und griff nach Kromgersts Arm. »Kromgerst!«, rief er entsetzt aus, »da!« Mit der anderen Hand deutete er in den Saal. »Da ist sie, da!«

Bewegung kam in die Runde. Mit einer Geistesgegenwärtigkeit, die Istrid ihrem Neffen gar nicht zugetraut hätte, rief Arnim auf Vishran die Paagh an die Seite des Kaisers, aber Marshana war bereits unterwegs. Obwohl sie die Unterhaltung nicht hatte verstehen können, musste sie die Panik in der Stimme des jungen Sehers gehört haben und reagierte auf sein Deuten. Im Sprung zog sie Baqqlabang und landete zwischen dem Kaiser und der Stelle, auf die ein zitternder Arm zeigte. Die Leibwachen an den Flügeltüren waren einen Moment später heran.

Istrid war vor ihren Vater geeilt und folgte wie alle anderen dem Finger mit dem Blick, doch sie starrte auf nichts.

Die Flügeltüren flogen auf, weitere Soldaten der Heilsgarde kamen hereingestürmt. Im Nu war der Kronsaal gefüllt mit schwarzen Waffenröcken. Die Paagh bellte Befehle.

Kromgerst fand von allen anderen als Erster seine Sprache wieder. »Wo, Grautwis?«

Tippend zeigte der junge Seher auf die bereits bezeichnete Stelle, mitten in den Lichtwurf eines Fensters. »Da. Seht ihr sie nicht? Da!«

Istrid kniff die Augen zusammen. Dort war nichts. Im Sonnenschein schwebte Staub, langsam und wie selbstvergessen, und – sie hörte sich nach Luft schnappen: War da eine Bewegung zu sehen, die mehr war als ein Wirbel der Luft?

»Istrid«, hörte sie ihren Vater sagen, »was ist? Was siehst du?«

Sie sah, wie sich die Köpfe der anderen zu ihr drehten, doch sie schüttelte den ihren. Sie war sich nicht sicher. Sie konnte nicht sagen, ob ihr ihre Fantasie einen Streich gespielt hatte oder ob da tatsächlich etwas gewesen war.

»Du siehst sie immer noch, Grautwis?«, fragte Kromgerst.

Der junge Seher nickte. »Sie steht einfach da.«

»Ich spüre sie«, rief der Kaiser plötzlich, vor Aufregung krächzend. »Ich spüre sie, sie ist hier! Welch garstiges Gespenst sucht uns in dieser Halle heim? O nein, o nein!« Er fing an zu wimmern.

Istrid versuchte, die Gänsehaut abzuschütteln, die über ihren Rücken kroch. »Raus hier«, rief sie, »alle raus hier. Sofort.«

Hinter den gezogenen Klingen der Heilsgarde wandten sich alle zum Ausgang. Die Paagh schirmte mit fünf ihrer Leute den Kaiser persönlich ab. Die Heilsgarde schob Ranke, Hildigis und die anderen durch den Vorraum in Richtung des Aufzugs und geleitete den leise vor sich hin wimmernden Kaiser in seine Privatgemächer zurück. Istrid blieb zurück und sah den Soldaten zu, wie sie den Kronsaal verriegelten. Sie warf noch einen Blick zwischen die sich schließenden Flügel der Tür auf die Stelle im Sonnenschein.

Aber da war nichts. Nur tanzender Staub.

33

Bjorn

Niemand rechnete mit ihrem Kommen. Dass der Feind vor Neufehn aufgetaucht war, hatte die ganze Gegend alarmiert. Aber als er einfach vor der Stadt stehen blieb, legte sich die Aufregung wieder, und jetzt gab es kein Entkommen mehr.

Bjorn war mit seinen sechshundert Reitern einen halben Tag nach Osten geritten, bevor er anfangen ließ. So wenig Gefallen er an seinem Auftrag finden konnte, so guter Dinge war er doch: Wieder hatte er seinen Trupp handverlesen; ausschließlich Veteranen der Nechbetkriege verstärkten nun seine Reihen. Zumindest die Anfänge würden also so ablaufen, wie er es sich vorstellte. Und wenn sich dann das undisziplinierte, mordfreudige Freiwilligen-Gesocks zu ihnen gesellte, hatte er ein ansehnliches Gegengewicht zu ihnen. Anders als vor Salfurt hatte er sich dieses Mal auch Leute aus der Achten geholt. Natürlich hatte Baldir versucht, ihn davon abzuhalten, und sich beschwert, aber sie hatte ihn abblitzen lassen. Unter den finsteren Blicken des Befehlshabers der Achten Schar war er ausgezogen und hatte nur abgeklärte, eisenharte Männer und Frauen mit sich genommen. Es dämmerte, als sie an die Arbeit gingen.

Bjorn sah nach Süden, wo in der fallenden Dunkelheit ein paar Meilen entfernt bereits die ersten Feuer loderten. Der Wind trug den Geruch verbrannten Holzes zu ihnen herüber. Im Norden würde Yngvild die kleine Motte einer Güte der Gauwehr stürmen, die einen Abzweig der Reichsstraße bewachte. Er hatte ihr das Privileg echten Kampfs zugestanden; sie verdiente es. Ihm selbst würde nur wieder stumpfes Tötungshandwerk übrig bleiben. Ihm und Mina.

Mina saß auf Brise, im Ausschnitt ihres braunen Wamses glänzte das Kettenhemd. Sie war blass und presste die Lippen aufeinander. Ihre Hände klammerten sich um die Zügel, als hinge ihr Leben davon ab.

»Du wirst es schaffen.« Bjorn versuchte, so sanft wie möglich zu sprechen.

Stumm nickte sie. Ihr Blick blieb starr.

Bjorn überlegte, ob er noch etwas tun oder sagen sollte, aber ihm war klar, dass es nichts gab, was Mina die nächsten zwei, drei Stunden erleichtern würde.

»Also los«, sagte er zu Unni an seiner anderen Seite. Der schratige alte Weibel nickte und pfiff. Die drei Schwingen ritten in den Abend hinein.

Die Siedlung, die ihr Ziel war, lag hinter sanft geschwungenen Bodenwellen; zuerst waren nur Dächer und Tempel- und Sippenturm von ihr zu sehen. Über die Äcker und Wiesen glitten Schwalben hinweg.

Die erste von Bjorns Schwingen fiel in Galopp und schlug einen Bogen um die Ortschaft herum. In etwa einer Viertelstunde würden sie auf der anderen Seite sein.

Rund vierhundert Seelen, hatten die Späher berichtet. Kaum Chimren. Und die Haustruppen der Lehnsherrin mit ihr fort Richtung Partstedt. Es würde ein leichtes Spiel werden.

Bjorn verspürte nicht die geringste Aufregung, als der Hornstoß von der anderen Seite erscholl. Ein Abend im Frühsommer, mild und warm, und er tat dasselbe wie schon seit Wochen. Mild war auch seine Abscheu. Zumindest hatten sie den Regen hinter sich im Osten gelassen.

Sie fuhren in die Ortschaft wie ein plötzliches Gewitter. Türen wurden aufgerissen und Häuser durchsucht, Einwohner aus den Betten ihrer Kammern oder von den Bänken ihrer Tische geholt, Schlingen wurden um Hälse gelegt. Die Späher hatten richtig gelegen; es gab kaum Chimren, kaum jemals konnten sie die Chrin-Rune auf Türrahmen malen. Auch Bjorn sah seine Annahmen bestätigt: Obwohl zwei seiner drei Schwingen aus neuen Leuten bestand, kamen sie schnell voran. Das Vieh wurde von den Weiden geholt, und bereits während des Zusammentreibens der gleichmütig schmatzenden Rinder zogen sie die ersten Salen an den Ästen der Dorfesche hoch.

Soweit Bjorn es überblicken konnte, gab es keine nennenswerte Gegenwehr der schreckensstarren Einwohner und keine Verfehlungen seiner Truppe. Sie erledigten schmutzige Arbeit, aber sie erledigten sie sauber. Er nahm es mit freudloser Befriedigung auf. Hinter ihm, sie waren mit dem Durchsuchen durch, fraß sich Feuerschein in den Nachthimmel. Auch dieser Ort würde verschwinden, ein Aschefleck inmitten fetter Wiesen, der wie all die anderen spätestens dann vergessen wäre, wenn das Gras über ihn gewachsen war.

Bjorn nahm einen Schluck Wasser aus seiner Feldflasche und wischte sich den Schweiß von der Stirn. Die Hitze der brennenden Häuser drang ihm in die Knochen. Um ihn herum wurde gestorben, strampelnd, würgend, manchmal still, manchmal mit schrillem Schrei auf den Lippen. Er spürte kein Mitleid, konnte es nicht. Nicht für die, die sich nicht wehrten, die mit sich machen ließen, was andere wollten.

Sie ekelten ihn an.

»Was denkst du, Erster Reiter?« Unni war neben ihn getreten; seine Fistelstimme kam kaum gegen das Brüllen des Feuers in ihrem Rücken an.

Bjorn nahm noch einen Schluck. »Dass wir ihnen einen Gefallen tun«, antwortete er und drückte dem verdutzten Weibel die Flasche in die Hand. Irgendwo wieherte ein Pferd. Bjorn ließ Unni stehen, wich aufstiebenden Funken aus, die ein zusammenbrechendes Dach in die Luft schleuderte und trieb die Leute zur Eile an, denen er begegnete. Der Ort stank bereits nach Asche und Tod. Bjorn wusste nicht, was ihn durch die vergehende Siedlung trieb, er erkannte es erst, als er ihm begegnete.

Mina stand allein in all dem Sterben. Bjorn hielt inne.

Aufgelöst, weinend, zitternd an sich haltend, stand sie zwischen den Wartenden, Henkern und Toten. Niemand beachtete sie. Niemand außer Bjorn. Wie erstarrt blieb er stehen. Es war ihm, als sähe er sie zum ersten Mal.

Mina hatte ihn nicht bemerkt, sie blickte verloren in eine andere Richtung. In ihrem Gesicht jagten sich Feuerschein und Schatten, und Tränen liefen ihr über die Wangen. Ihre Schultern zuckten. Ein Soldat eilte an ihr vorüber und stieß sie aus dem Weg; wie schlaftrunken stolperte sie zur Seite und blieb dann wieder stehen. Bjorn war sich nicht sicher, ob sie den Zusammenstoß überhaupt mitbekommen hatte. Aber wie er sie so sah, seelenwund und verzweifelt, merkte er, dass er bei einem nicht den geringsten Zweifel hatte: dass sie es nicht schaffen würde.

Mina würde es nicht schaffen.

Nicht so. Nicht allein, nicht, wenn er ihr nicht half.

Die Erkenntnis traf Bjorn wie ein Schlag. Er musste ihr helfen. Wenn er sie schützen wollte, musste er ihr helfen. Das war ihm aufgetragen worden, das war seine Aufgabe, seine Pflicht. Wie hatte er sie nur vernachlässigen können? Und er würde nicht scheitern, durfte es nicht, um Minas willen.

Gehetzt sah er sich um. In unmittelbarer Nähe war eine Soldatin gerade dabei, einem jungen Mann die Schlinge um den Hals zu legen, der der nächste einer kleinen Gruppe Verdammter war. An dem Dachbalken, an dem sie ihn aufhängen würde, hing bereits eine Frau; vor dem Orange der Flammenwand des brennenden Nachbargebäudes war sie nur eine sich drehende, schwarze Silhouette. Mit zwei, drei Schritten war er durch die Soldaten hindurch, die die Salen bewachten, und bei der Henkerin.

»Halt!«, rief er und griff der Soldatin hastig in den Arm. »Wir müssen ihr helfen!«

»Wem?«, fragte sie überrascht. Ihre Stimme ging im Brüllen des Feuers unter, aber Bjorn sah die Frage auf ihren Lippen.

»Ihr«, rief er der Soldatin ins Ohr, »Mina.« Er schob eine der Wachen beiseite, die das Sichtfeld blockierte, und zeigte mit ausgestrecktem Arm die Richtung. »Mina!«, rief er, und dann noch einmal lauter. »*Mina!*«

Schließlich hörte sie ihn. Sie drehte sich um. Das Schluchzen endete abrupt, als sie sich zusammenriss.

»Mina, komm.« Winkend rief Bjorn hinüber.

Mina rührte sich nicht. Sie sah ihn nur an.

»Was ist jetzt? Soll ich ...«, setzte die Soldatin ungehalten an, doch Bjorn brachte sie mit einer unwirschen Geste zum Schweigen. Er wandte sich wieder Mina zu.

»Komm. Bitte.« Er rief nicht mehr, er flüsterte nur noch.

Über die Entfernung hinweg und durch Feuer und Rauch hindurch sah Bjorn, wie Mina mit sich kämpfte. Er wusste, dieser Moment würde über sie entscheiden, und er sah, dass auch sie es wusste.

Er streckte die Hand aus.

Sie fing wieder an zu weinen.

Unsicher setzte sie einen Fuß vor den anderen.

34

Ranke

Ranke verließ Salhall mit zwiespältigen Gefühlen in der Brust. Die Enge der Reichshauptstadt hinter sich zu lassen, ihren Schmutz, den Lärm, die gnadenlose Größe, all das empfand er als befreiend. Bis auf die kurzen Wege nach Bachental zur Kaiserresidenz hinaus hatte er schon seit Jahren nicht mehr die Stadtgrenzen überquert. In all dieser Zeit hatte Salhall an seinen Nerven gezerrt, ihn Kraft gekostet, mehr, als er vielleicht hatte wahrhaben wollen. Er verstand auch, dass der Reichsherold und Wappenkönig des Heiligen Reiches Salischer Völker dort sein musste, wo das Aufgebot der Holden Krone die erste Schlacht gegen den Feind schlagen würde. Es war eine Pflicht, die ihn Demut und Dankbarkeit verspüren ließ. Nur gab es auch etliche Gründe, warum er gerade jetzt aus freien Stücken Salhall nie verlassen hätte.

Salhalls Helme waren unterwegs, Istrids riskanter Plan war aufgegangen. Das war das einzig Gute. Ansonsten … Der Kaiser war geschwächt und unglücklich. Seine Gesundheit würde nicht besser werden, und Ranke fragte sich, wie viel von dem Mann, den er verehrte, bei seiner Rückkehr noch da wäre. Er hatte so kraftvoll gewirkt und so klar bei ihrer Audienz. Und dann … Ranke konnte und wollte nicht glauben, dass im Kronsaal Noggdrarsils tatsächlich Carcosa aufgetaucht war. Was aber dort gestern auch geschehen war, es hatte den Kaiser stark mitgenommen. Geradezu verstört war er gewesen, als er ihn abends noch einmal unter den strengen Augen Istrids besucht hatte, um seinen Plan zu erläutern und sich zu verabschieden. Fahrig war er gewesen und zittrig. Ranke hatte auch mit Helgid gesprochen, sie hatte dem Kaiser Pesh zur Beruhigung geben wollen, doch er hatte strikt abgelehnt. Childeric brauchte eine Stimme an seiner Seite, die ihn ohne eigene Interessen beriet. Und außer seiner, Rankes, gab es keine solche. Istrids Motive waren über jeden Zweifel erhaben, aber die Prinzessin war unerfahren und sah im Kaiser nur ihren Vater. Sie mochte das Beste wollen, aber das Beste für sie war nicht zwangsläufig das Beste für Childeric oder das Reich. Unterschiede, die die Prinzessin nie gelernt hatte.

Aus dem Grund hatte sich Ranke auch entschlossen, sich selbst um Audun zu kümmern. Das Reich stand am Rande einer zweiten Meurischen Rebellion, und es brauchte Geschick, strategisches Denken und Autorität, um sie zu verhindern. Childeric besaß all das, aber nicht mehr viel Kraft. Die wiederum hatte zwar der Kronprinz, aber jeder wusste, sogar Arnim selbst, dass er dieser Aufgabe noch nicht gewachsen war. Dass der Kaiser ihn in die Südmark geschickt hatte, war eine gute Idee gewesen. Der dreiste Einfall des Amonidas von Pylaimon war eine weitere Sorge, aber seine geringste: Der Kronprinz würde mit dem phrygäischen Söldnerführer fertig werden und daran wachsen. Audun hingegen … Es hatte Ranke eine schlaflose Nacht gekostet, aber er glaubte, einen Weg gefunden zu haben. Er war gefährlich, Childeric hatte recht. Zu einer anderen Zeit hätte er seinen Plan verzweifelt genannt, und vielleicht war er es auch in dieser. Aber es gab keine andere Möglichkeit.

Zumindest eine Krise schien halbwegs eingedämmt. Die, die Haro zwischen sich und Vigane losgetreten hatte, der Gaugräfin der Dagomark. Er würde seine Helme zurückrufen und nach Drepphall schicken müssen, und Ranke hatte ihm angesehen, dass ihn des Kaisers Weisung überrascht hatte. Und trotzdem fiel es Ranke schwer, Triumphgefühle darüber zu entwickeln. Er hatte Haros Finte mit dem Reichsgericht nicht kommen sehen. Es wurmte ihn derart, dass er jedes Mal mit den Zähnen knirschte, wenn er nur daran dachte.

»Was ist, Wappenkönig? Du wirkst angespannt.«

Golo ritt neben ihm. Immerhin, der Markgraf des Chimmgaus schien ein Problem zu sein, das sich endlich gelöst hatte. Was auch immer Istrid getan hatte, es hatte seine Wirkung gezeigt. Golo wirkte wie ausgetauscht. Wie sein eigener Schatten hatte er in den Runden gesessen, teilnahmslos, seelenlos. Jetzt wirkte er munter, voller Tatendrang, geradezu aufgekratzt. Ranke hatte so eine Wandlung weder kommen sehen noch für möglich gehalten. Er wusste nicht, was er von ihr halten sollte. Bevor er antwortete, musterte er den Markgrafen eingehend, der mit seinen fünfund-zwanzig Jahren dreizehn jünger war als er selbst. Der Bart war ge-stutzt, das Haar gewaschen, und man konnte wieder erkennen, dass Golo seinem Vater ähnlich sah. Nur der Blick war einer, den Ranke nie bei Marwult gesehen hatte. Er brannte mit einer Intensi-tät, die ihn leuchten ließ.

»Ja, das bin ich, Markgraf«, erwiderte Ranke schließlich. »Und es gibt gute Gründe dafür. Den Krieg in deiner Heimat etwa.«

»Ich weiß. Ich weiß, ich weiß. Ich habe viel zu lange gewartet, viel zu lange. Es fällt mir manchmal schwer, Dinge zu tun, die ein-fachsten Dinge. Kannst du dir das vorstellen, Wappenkönig? Auf-stehen, essen, all das ist manchmal unglaublich schwer für mich. Manchmal kann ich das selbst kaum glauben. Es ist mein Rudel Wölfe, das seine Fänge in mich schlägt. So war es auch mit dem Aufbruch in meine Heimat. Ich konnte einfach nicht. Aber jetzt ist das Rudel weg, fort, und ich brenne darauf, den Chimmgau zu befreien, ich brenne. Ich habe Schuld zu begleichen, so große Schuld!«

Ranke nickte, unsicher, was er darauf antworten sollte. »Du

hättest wohl nicht viel verändern können am Los der Dinge«, fiel ihm dann ein. Es war nur eine halbe Lüge, wie er fand, und deshalb lässlich. »Wichtig ist es, dass du dabei bist, wenn das Reichsheer deine Mark betritt.«

»Ja, das ist es, das ist es. Nur warum sind wir so langsam?« Unwirsch ließ Golo seine Zügel auf die Schenkel fallen. »Heda, was ist los da vorne?«

Ihr Zug stockte tatsächlich. Golo und ihm hatten sich knapp zwei Dutzend Edle angeschlossen. Zusammen brachten sie fünfhundert Helme auf die Reise mit. Pferde wieherten, verärgerte Ausrufe tönten durch die Straße. Einer der Reiter vor ihnen, ein Mann aus Golos Haustruppe, wandte sich um. »Aufräumarbeiten, wie mir scheint, mein Graf. Der Sturm hat das Framheimer Tor beschädigt. Es sind nur noch zwei Durchgänge offen.«

Ungeduldig nickte Golo. »Ausgerechnet jetzt«, hörte Ranke ihn empört murmeln. Ranke seufzte.

Der Sturm. In seinem ganzen Leben hatte Ranke nichts Vergleichbares erlebt. So kurz das Unwetter gedauert hatte, so groß waren die Verwüstungen, die es zurückließ. Ganze Straßenzüge hatten ihre Dächer verloren, etliche baufällige Häuser waren zerstört, Dutzende Schiffe entlang des Sälirs gegen Docks oder an Land geschleudert worden. Zwei der Neun Schwestern, Burna und Merle, hatte das Unwetter so stark beschädigt, dass die Brücken nicht mehr hochgezogen werden konnten. Der Sälir war für Schiffe bis auf Weiteres nicht mehr passierbar. Dutzende Tote hatte es gegeben und Hunderte Verletzte. Zum Glück war immerhin nirgendwo ein Brand ausgebrochen.

Ihr Zug quälte sich am Jägerdenkmal von Kaiserin Barsane vorbei und durch das Framheimer Tor, an dem eilig Gerüste emporgezogen worden waren. Vor dem Hindurchreiten warf Ranke einen Blick auf die grünspanigen Statuen der Heiligen Familie, die auf dem Dach des Triumphtors standen. Westwärts gerichtet sandten die Götter die Salen hinaus in die Welt. Das Tor war in seiner jetzigen Form keine vierhundert Jahre alt, aber beinahe seit Gründung Salhalls hatte es an dieser Stelle eines gegeben. Unzählige Male waren ihre Vorfahren im Laufe der Ewigen Einigung hindurchgeritten. Unzählige Male vor ihm war ein Reichsherold den Weg gekommen, den er nun kam, Wegfinder in den Händen und gehüllt in den Eichhörnchenmantel seines Amts, um Zeuge der Heerfahrt zu sein. Aber dieses Mal war es anders. Dieses Mal ging es nicht hinaus, um ein Brudervolk ins Reich zu holen. Dieses Mal ging es hinaus, um das Reich gegen ein Brudervolk zu verteidigen.

Das Klappern der Hufe hallte durch den Torbogen, und es hörte sich an, als würden unsichtbare Jubilanten ihnen beim Auszug zuklatschen. Den »Beifall der Götter« nannte der Volksmund dieses Phänomen, ein Name, der durch die Jahrhunderte hindurch passend gewesen war. Doch würden die Götter auch wieder klatschen, wenn sie zurückkehrten? Sie würden Geschichte schreiben, jeden Tag taten sie das nun. Aber war es eine von Sieg oder von Fall? Würden die Sagas leicht sein und voll lichter Verse oder schwer von Düsternis und Tod?

Blinzelnd ritt Ranke wieder ins Sonnenlicht, der Hall blieb hinter ihm. Vor dem Framheimer Tor war immer noch Stadt. Über die Zeit hinweg war Salhall gewachsen und gewachsen, ein ewig sich ausdehnendes Wunder aus Stein und Mörtel und Holz, aber sie waren nun bereits auf der Reichsstraße, Eschen zur Linken und zur Rechten. Von hier aus zog sie sich ins Land und durch die Gaue, breit und witterungsfest. Das ganze Reich konnte man auf ihr durchreisen von Armanericshafen bis Narbwall, von Drepphall bis Streitheim. Ihr Pflaster verband die Welt, Tausende von Meilen. Wie das Wurzelwerk einen Baum mit der Lebenskraft der Erde versorgte, so versorgte auch die Reichsstraße das Reich. Sie war mit ihm gewachsen und das Reich mit ihr: Ihretwegen konnte das Reich Truppen in einer Geschwindigkeit verlegen wie keine andere Macht. Auch jetzt wieder marschierten überall Helme Richtung Feind, bis sie an einem Punkt zusammenkommen würden wie die Finger einer Faust, die sich ballte. Und dann …

»Wir hätten Schiffe nehmen sollen«, meldete sich Golo wieder.

»Das werden wir auch tun«, erwiderte ihm Ranke.

Entgeistert starre Golo ihn an. »Was?«

»Wir werden Salhall auf der Reichsstraße umrunden und uns dann einschiffen.«

»Was soll das, Wappenkönig? Das war nicht abgesprochen.«

Vor zwei Tagen hatten sich Ranke und die ihn begleiteten Edelleute auf den Landweg geeinigt, vor allem, um auf den Weg weitere Edle aufzusuchen und ihre Aufgebote einzusammeln.

»Ich bin der Wappenkönig des Kaisers, Herold der Holden Krone, Gesandter des Heiligen Reiches Salischer Völker. Ich habe unsere Absprache geändert.«

Golo drehte sich im Sattel um und deutete nach hinten. »Wissen das die anderen?«

»Sie werden es gleich erfahren.«

»Aber … wieso? Wieso, wieso? Und wieso sind wir nicht gleich aufs Schiff? Wieso quälen wir uns durch dieses verdammte Tor? Wieso?«

»Es ist so Sitte.« Ranke gab sich unbeeindruckt. Das war es tatsächlich. Ein Reichsherold, der in den Krieg zog, verließ Salhall immer durch das Framheimer Tor, ganz gleich, welche Richtung er danach auch einschlagen würde.

»Sitte? Wir werden Stunden verlieren! *Stunden!*«

»Markgraf …« Ranke legte einen mahnenden Ton in seiner Stimme. »Du hättest längst in Kershorn sein können. Vor Wochen schon.«

Voller Ungeduld und Frustration riss Golo an seinen Zügeln, schwieg aber. Ranke warf ihm einen strengen Blick zu, dann wandte er sich wieder ab. Es gab noch einen anderen Grund, aber es konnte nicht schaden, Golo ein wenig schmoren zu lassen. Nach all dem Ungemach, das er verursacht hatte, war das keine übermäßige Strafe.

Seine Gedanken wandten sich Absvinda zu. Am Vorabend hatte er das Waisenmädchen in Helgids Obhut übergeben. Ihr Fieber war nicht gesunken, stattdessen war sie schwächer geworden. Er wusste, dass er nichts für sie tun konnte, aber von all den Sorgen, die ihn umtrieben, berührte diese ihn zu seiner eigenen Überraschung am tiefsten. Absvinda war noch ein halbes Kind, das Leben hatte gerade erst begonnen, ihr seine Sonnenseite zu zeigen. Sie durfte jetzt nicht sterben.

»Woher kommt diese Sitte?«, fragte Golo in seine Sorgen hinein. Seiner Stimme war anzumerken, dass er sich noch nicht mit der neuen Situation abgefunden hatte.

»Niemand weiß es.« Ranke sah den Widerstand in Golos Augen und sprach schnell weiter. »Sitten sind sich selbst Sinn genug, Markgraf. Sie brauchen keinen ... Grund, keinen Nutzen, um richtig zu sein. Es ist ihre Achtung, in der das Heil liegt. Ohne Sitten sind wir nichts, ein Baum ohne Wurzeln, den der Sturm ausreißt. Du tätest gut daran, dir das zu Herzen zu nehmen.«

»Ja, ja. Ja. Ja. Aber ...«

»*Markgraf!*«

Die beiden Reiter vor ihnen, Golos Gefolgsleute, drehten sich kurz im Sattel um und warfen ihnen verwunderte Blicke zu. Golo verstummte, und Ranke schüttelte den Kopf. Was stimmte nur mit dem Markgrafen nicht? Wieder einmal kam ihm der Gedanke, dass sie mit Golos Bruder womöglich besser dran gewesen wären. Ranke kannte Volkwin nicht gut, er hatte ihn nur einmal getroffen, als er mit seinem Vater Salhall besuchte. Er war jünger als Golo, und Marwult hatte einmal erwähnt, dass Volkwin lieber dichte, als sich um die Tagesgeschäfte der Mark zu kümmern. Für Ranke schien es das zunehmend kleinere Übel zu sein.

»Es tut mir leid, Wappenkönig«, ließ Golo sich wieder vernehmen. »Wirklich, sehr. Ich … Es ist so schwer, nichts tun zu können. Richtig, richtig schwer. Ich könnte mir die Haare raufen! Es geht alles so langsam voran. So langsam, langsam. Und dass wir jetzt auch noch einen halben Tag verlieren, weil wir aufs Schiff umsteigen … Es ist schwer.«

Ranke streifte ihn mit einem Seitenblick. »Ich nehme deine Entschuldigung an, Markgraf.«

»Es ist nur … Ich habe Angst, Ranke, Angst. Dass mein Rudel wieder zurückkommt, bevor ich … bevor ich irgendetwas tun kann. Verstehst du? Und dann wieder zu nichts zu gebrauchen bin.«

Ranke wandte nun den Kopf. »Nein, Golo. Ich verstehe nicht. Was ist dieses Rudel? Du hast es schon einmal erwähnt, aber ich weiß nicht, was du damit meinst.«

»Es jagt mich schon mein ganzes Leben. Es ist etwas in mir drin, etwas, das an mir zerrt. Wölfe nannte sie mein Vater, er hatte nur einen. Sie sind nicht immer da, aber wenn sie mich bekommen, wenn sie sich auf mich stürzen, dann … Sie fressen meine Seele. Es gibt dann nichts mehr. Keine Kraft, keine Freude, nichts. Nur Grau. Grau, Grau, Grau. Verstehst du jetzt? Ich muss am Feind sein, bevor sie wiederkommen, unbedingt.«

Nachdenklich nickte Ranke. Er wusste weder, was er davon halten, noch dazu sagen sollte.

»Ich weiß, dass ich anstrengend sein kann, wenn ich so bin.« Wild fuhr Golo mit den Armen durch die Luft. »Mir geht es selbst so. Aber ich kann nicht aufhören, es geht nicht. Ich muss Dinge tun. Ich muss es einfach. Ich erschöpfe mich dabei, es tut mir nicht gut, aber ich muss einfach.«

»Und … Es ist entweder so oder so?«

»Nein. Nicht immer. Es kommt und geht. Vaters Verschwinden hat es schlimmer gemacht, der Krieg auch. Das Rudel frisst länger, und ich renne länger fort. Beides ist schlimm, aber rennen ist besser. Viel besser.«

Wieder nickte Ranke. Er war sich nicht sicher, ob er wirklich verstand, was Golo umtrieb, ob außer Golo irgendjemand es verstehen konnte. Es erklärte einiges, nur was würde das für einen Herrscher aus Golo machen? Wieder musste er an Volkwin denken. »Ich hoffe, du findest Frieden«, sagte er dann.

»Erst den Krieg, Wappenkönig, erst den Krieg.« Golos Augen brannten, als fieberte er.

Ranke gab sich einen Ruck. »Es gibt noch einen Grund, außer der Sitte. Warum wir erst durchs Tor geritten sind.«

»Ja? Welchen?«

»Audun. Man soll ihr melden, dass wir Salhall im Sattel verlassen haben.«

»Aber wieso?« Dann breitete sich die Erkenntnis in Golos angespanntem Gesicht aus. »Du willst ihr in Meuringen einen Überraschungsbesuch abstatten.«

»Genau das ist mein Plan.« Für Audun sollte sein Auftauchen überraschend sein, aber auch die Wanze am Kaiserhof sollte nach Möglichkeit nichts davon erfahren. Haros Spitzel war nach wie vor nicht enttarnt; eine weitere Sorge, die Ranke mit sich auf Reisen nahm.

Die Reise mit dem Schiff nach Kershorn führte sie automatisch an Meuringen vorbei, dem Herrschaftssitz von Audun. Und dort, in ihrer eigenen Halle, würde Ranke ihr das Schwert auf die Brust setzen. Das war riskant, aber aus diesem Grund hatte er darauf geachtet, Edle aus allen Gauen mitzunehmen, die bereits die Heerfolge erklärt hatten. Und er hatte sich vom Kaiser noch einen weiteren Trumpf erbeten.

»Sobald wir aus der Stadt sind, werde ich mich dir und den anderen erklären.«

Eine Stunde später war es so weit. Salhall franste vor ihnen aus. Die Häuser wurden flacher und die Grundstücke, auf denen sie standen, größer. Holz ersetzte Stein, die Menschenmassen lösten sich auf, die Luft wurde besser. Schließlich markierte ein einzelner Hinkelstein rechts der Reichsstraße die derzeitige Stadtgrenze. Es gab keine Stadtmauern. Es war das Reich, das Salhall schützte.

»Da wären wir.« Unter der Esche innerhalb der Stadt hielt er an. Wie ihre Nachbarbäume war sie uralt und knorrig und rauschte leise im Wind. Ranke stieg ab und schlug mit Wegfinder neunmal gegen den grob behauenen Hinkelstein. »Ard und Urd, Bardr und Essa, Heilige Familie, gewährt uns eine glückliche Reise und eine glückliche Wiederkehr. Segnet uns und den Boden unter unseren Füßen und helft uns in den Schlachten, die vor uns liegen.« Er sprach die alte Abschiedsbitte in Althoch-Aard, in dem ein tröstlicher, stabreimender Rhythmus den Versen innewohnte. Uralte Worte vom Anbeginn des Reiches. Sitte. Sicherheit. Ranke holte tief Luft, plötzlich ergriffen. Zu Fuß ging er über die imaginäre Grenze hinüber. Auf der anderen Seite stieg er wieder auf sein Pferd, das ihm eine Gefolgsfrau von Golo zuführte.

Die Stadt lag hinter ihm. Der Krieg wartete voraus.

»Edle! Einen Moment noch!«, rief er mit lauter Stimme und wartete, bis sich alle um ihn herum versammelt hatten. Ranke sah in erwartungsvolle Gesichter. Er räusperte sich. Jetzt galt es, den geänderten Plan ohne viel Geschrei durchzubringen und die Edlen, Reichsräte allesamt, hinter sich zu bekommen. »Edle«, wiederholte er noch einmal. »Wir brechen auf nach Kershorn, zum Reichsheer, um dem Herzogtum die Schlacht zu bieten. Mördern gleich sind die Chimren in unsere Lande eingefallen, und ihr alle folgt dem Ruf der Krone, so, wie es Eure Herren tun. Dafür danke ich euch. Ihr habt euch Markgraf Golo und mir angeschlossen, und vor zwei Tagen besprachen wir die Einzelheiten unserer Reise. Wir einigten uns darauf, auf der Reichsstraße zu unserem Ziel aufzubrechen, um unterwegs Zuversicht und Mut im Land zu verbreiten und anderen die Möglichkeit anzubieten, sich uns anzuschließen. Das ist nicht mehr der Fall: Wir fahren mit dem Schiff nach Kershorn.«

Ranke ließ die Nachricht kurz sacken, unterband das ungläubige Gemurmel aber, das sich ihr anschloss. Er hob die Hand. »Bevor ihr protestiert, wartet. Wir wählen das Schiff, weil ich in Meuringen Gaugräfin Audun einen Besuch abstatten werde. Wie ihr wisst, weigert sie sich, die Heerfolge zu erklären. Ich werde sie an den Eid erinnern, den sie geschworen hat. Und sollte sie ihn tatsächlich brechen, werde ich sie ächten.«

Wieder wurde es laut, und Ranke sah es einigen an, dass sie begriffen. Haro hatte unrecht, dachte er, es gab schlaue Reichsräte.

»Und wir sollen mit, Wappenkönig? Als Unterpfand?«, rief einer von den Reichsräten empört.

Ranke sah sie der Reihe nach an. »Ganz genau, Tankrad. Als Unterpfand dafür, dass mir nichts geschieht. Will Audun mich töten, wird sie euch auch töten müssen.«

Er hatte weiteren Protest erwartet, aber niemand erhob seine Stimme. Es wurde still, als die Reichsräte über das Gehörte nachdachten. Sie sahen sich um, warfen sich Blicke zu und wogen Für und Wider ab. Würde Audun ihren Eid brechen, war sie geächtet. Und jeder Untertan des Kaisers verpflichtet, sie zu stellen und zu töten. Der sofortigen Hinrichtung in der eigenen Halle konnte sie sich dann nur entziehen, indem sie Ranke und seine Begleiter an Ort und Stelle umbrachte. Aber dann würde sie Edle aus sechs Gauen umbringen – und damit nicht nur die Krone, sondern quasi auch das restliche Reich gegen sich haben. Audun mochte darauf spekulieren, dass sie mit solch einer Bluttat unter den aktuellen Umständen davonkäme, dass die meisten Gaue mit dem Krieg im Chimmgau schon genug beschäftigt wären und sich wegen ein paar toter Edler nicht auch noch an der Niederschlagung einer

Rebellion beteiligen würden. Doch unter ihnen befanden sich nicht nur Kleinedle aus der Provinz. Tankrad selbst war ein Hochprobst der Heiligen Familie, und als Markgraf gehörte Golo zu den Höchsten des Reiches. Ranke erhöhte den Einsatz.

Golo sprach als Erster. »Edle«, rief er, »ich war es, der das Reich zu Hilfe rief. Ihr seid bereit, mir in den Chimmgau zu folgen. Folgt mir auch nach Meuringen. Ich komme mit!« Er suchte Rankes Blick. Ranke nickte dankbar.

Auf ihrem Pferd schob sich nun eine weißhaarige Edle vor, Agelheid, Nachfahrin Hinkmars, eines der Ahnväter der Urbonen. Sie war die Älteste in der Runde, am Tag der Schlacht im Tannhausner Tor war sie siebzig geworden. In ihrer Jugend hatte sie ihr Lehen in der Südmark noch gegen die Chul verteidigen müssen, als noch keine Mauer die Mordbrennerinnen vom Plündern abhielt. Ihr Wort würde Gewicht haben.

»Ich denke«, hob sie an, »ich spreche für alle, wenn ich unser Einverständnis erkläre. Wir kommen mit.« Kurz hielt sie inne und sah sich um, aber niemand widersprach. »Das Reich ist in Gefahr und treulos, wer seinen Ruf nicht hört. Lasst uns also Audun die Ohren waschen. Und sollte Gewalt ihre Antwort sein: Noch nie floss Urbonenblut in einer meurischen Halle – ich schwöre bei Ard und Urd, dass ich das erste Mal einer Saga würdig gestalten werde!« Rufe der Zustimmung erschollen, doch Agelheid war noch nicht fertig. »Wappenkönig«, sprach sie nun mahnend weiter, »ich verstehe, warum du uns deine Pläne erst jetzt mitteilst: Du wolltest es uns schwerer machen, abzulehnen, hier, mitten auf der Reichsstraße, bereits im Sattel und unterwegs. Feig wirkten die, die ablehnend umkehrten. Ich verstehe das, aber ich missbillige es. Wir haben es nicht verdient, wie Spielfiguren behandelt zu werden.«

Ranke nickte. »Ich danke euch. Ich danke euch allen, von Herzen und im Namen der Holden Krone. Und du hast recht, Agelheid, ich hätte euch vorher einweihen sollen. Verzeiht. Es war die Not der Stunde, die mich dazu trieb.« Er sah der Edlen die Missbilligung nicht nach. Sie hatte durchaus recht, auch wenn er jedes Mal wieder so gehandelt hätte. Er hatte, was er wollte, und die Entschuldigung war ein niedriger Preis dafür. »Und jetzt kommt, auf, zu den Schiffen!«

»Alle, Wappenkönig? Wir sind fünfhundert Reiter und mehr.«

»Nicht alle, nein.« Ranke erhob noch einmal seine Stimme. »Wählt zweihundert Helme aus, die uns begleiten. Die anderen setzen ihre Reise fort wie geplant.«

In der halben Stunde, die es dauerte, die Wahl der Begleiter zu treffen, kam Golo noch einmal auf Ranke zu. »Wappenkönig«, sprach er ihn an, »es ist ein kühner Plan, ich brenne darauf, ihm zu folgen. Aber was, wenn Audun uns nicht vorlässt? Alles baut darauf, dass du sie persönlich konfrontierst, alles. Was, wenn sie dich abweist?«

»Das wird sie nicht, Golo.«

»Was macht dich so sicher?«

Ranke sah den jungen Markgrafen an. »Sitte. Sitte macht mich sicher.«

Dann waren sie unterwegs, und ihr Zug umrundete Salhall auf der Reichsstraße, die wie der Ring eines Baums um die Stadt führte. Am Sälir trennten sich die Wege: Während die übrigen dreihundert Helme unter der Führung einer Waffenmeisterin weiterritten, ließen Ranke und die anderen die Pferde zurück und bestiegen drei große Langschiffe, die am Ufer des großen Flusses auf sie warteten.

Der Sälir war voll mit Schiffen. Auch wenn ein Großteil des Aufgebots der Reichshauptstadt die Heerfahrt bereits zu Fuß angetreten hatten, so wurden doch Tausende Helme und Tausende Lasten Vorräte eingeschifft. In einer langen Reihe segelten sie nun flussabwärts. Die drei Langschiffe, die Ranke und die Reichsräte transportierten, schnelle Fünfundzwanzigsitzer, fuhren an den langsamen, dickbauchigen Transportschiffen mit kräftigen Schlägen vorbei. Beinahe pausenlos wurden sie von den Relings herab gegrüßt – ihre schwarz-gold-schwarz gestreiften Segel wiesen sie als Schiffe der Krone aus. Es dauerte bis zum Abend, bis sie die Flotte hinter sich gelassen hatten.

Die Fahrt den Sälir hinab wurde zu einer Geduldsprobe für Ranke. Wasser war nicht sein Element, ihm fehlte der beruhigende feste Tritt unter den Füßen, und er hielt sich fern von den niedrigen Bordwänden. Aber das war nicht der Hauptgrund: Golo hatte sich erbeten, auf demselben Schiff zu fahren wie er, und Ranke hatte keinen Grund gefunden, ihm das abzuschlagen. Der junge Markgraf bedrängte ihn zwar kaum mit Fragen, wanderte dafür aber unablässig zwischen Bug und Heck auf und ab. Er betrat das Deck mit dem ersten Sonnenstrahl und blieb den ganzen Tag und länger dort. Ranke hörte seine Schritte oft bis spät in die Nacht hinein und stopfte sich Wachs in die Ohren, um sie nicht mehr zu hören. Golo aß und trank im Gehen und unterbrach seinen Gang nur für seine Notdurft. Er erinnerte Ranke an die Bären im Bärengarten, wenn sie im Winter in ihren Gruben eingeschlossen waren und rastlos hin und her wanderten. Schlaf schien er kaum zu brauchen oder eher nicht zu vermissen, denn Ranke hatte das Gefühl, dass die Ringe um Golos Augen noch dunkler wurden und er zusehend hibbeliger wirkte. Mehr als einmal versuchte Ranke, erdend auf ihn einzuwirken; er sprach ihm zu, er bot ihm sogar etwas von seinem Pesh an, das er für besonders hartnäckige Fälle von Schlaflosigkeit mit sich führte, aber Golo wollte weder vom einen noch vom anderen etwas wissen. »Krieg wird mich beruhigen, Krieg, sonst nichts«, war seine stets gleichbleibende, hektische Antwort, und schließlich gab Ranke es auf. Als Meuringen in Sicht kam, war er geradezu erleichtert.

Grau lag die Gauhauptstadt am Strand derselben Farbe, eine

niedrig hingeworfene Ansiedlung, schmucklos und trüb. Ein paar Sippentürme erhoben sich windschief über die Dächer, und dort, wo die Brega in die Salische Bucht mündete, bot Grupptenhall, Auduns Herrschaftssitz, Wogen und Wetter die steinerne Stirn. Ein Konvoi aus acht Holken kämpfte sich in die breite Mündung des Flusses vor, Truppentransporter auf dem Weg nach Kershorn. Ihre Langschiffe hingegen hielten mit schnellen Ruderschlägen auf die Mole zu, die unter Grupptenhall in die Dünung ragte. Möwen stießen neugierig auf sie hinunter; flatternd standen sie über den gischtenden Riemen im Wind. Niemand sonst begrüßte sie.

An Land atmete Ranke tief die salzige Luft ein. Jetzt galt es. Er blickte zum orange-gelben Fuchsbanner, das über der Halle wehte, und schritt los, Wegfinder in der Hand. Hinter ihm folgten die Edlen mit jeweils einem Schildträger. Der Rest ihrer Leute blieb bei den Schiffen zurück.

Ranke war noch nie in Meuringen gewesen und merkte schnell, dass er wenig verpasst hatte. Die Stadt war klein, eng und roch nach dem Tran der Grindwale, der hier in etlichen Brennereien ausgekocht wurde. Grupptenhall sah von der Landseite her ebenso ungastlich aus wie von der See.

Natürlich war auch den Wachen am Tor die Ankunft der Langschiffe gemeldet worden. Aber der kurze Weg durch den Ort hoch zur Halle hatte ihnen nicht genug Zeit gegeben, ihre Fassung wiederzugewinnen. Mit großen Augen starrten sie Ranke und die vierundvierzig Männer und Frauen an, die sich hinter ihm aufbauten. Er sollte recht behalten: Niemand verwehrte einem Herold des Reiches Zutritt zu seiner Halle, nicht einmal solche Edlen, die Rebellion im Herzen wogen. Ein Eid ließ sich vielleicht brechen, mehr als eintausendzweihundert Jahre Sitte nicht. Widerstandslos ließ man sie passieren.

Im Hof allerdings waren an die siebzig Helme versammelt. Still standen sie, die Hände auf den Schwertknäufen, und folgten ihnen mit den Blicken. Hinter den Schießscharten der eigentlichen Halle konnte Ranke das Rennen von Stiefeln auf Dielen vernehmen. Audun wusste also, weshalb er kam. Ranke hatte nichts anderes erwartet. Ein Waffenmeister wartete am Eingang der Halle und führte sie hinein. Ein Teil der Meuren folgte ihnen langsam nach.

Die Gaugräfin saß in der Mitte einer langen Tafel bei einem späten Frühstück. Mit verkniffenem Mund sah sie Rankes Zug entgegen. Ihre Mausaugen funkelten ungnädig. Die drahtigen Haare trug sie wie immer offen, sie wirkten wie ein ausgedienter Besen. Ranke hatte die spindeldürre Meurin noch nie essen sehen und war überrascht, sie vor etlichen Tellern und Schüsseln anzutreffen. Weniger überrascht war er von den Wachen, die an den Wänden der Halle Stellung bezogen hatten. Fünfzig vielleicht. Ein paar schnauften noch atemlos.

»Heil dir, Audun«, rief er ihr entgegen und schritt durch die von Tranleuchten schwach erhellte Halle, bis er vor der Tafel stehen blieb. »Du solltest deine Leute besser in Form halten, fürchte ich. Sonst kann es sein, dass sie schlappmachen, bevor sie am Feind stehen. Oder willst du mir nur die mitgeben, die nicht außer Puste sind?« Er sah sich in der Halle um. »Ich fürchte, das wird nicht reichen, um deine Heeresschuld zu begleichen.«

Audun wischte ihre Hände mit einem Tuch ab und legte es beiseite. »Was willst du, Wappenkönig?«

»Was könnte ich wollen, Gaugräfin? Etwas von deinem Fisch und Käse vielleicht?« Ranke fuhr mit seinem Arm über die Tafel. »Wie Reisende es verdient haben, wenn sie sich die Mühe machen, dich zu besuchen? Edle aus sechs Gauen stehen in deiner Halle, und ihr Weg war weit.«

Kurz ließ Audun den Blick über sein Gefolge gleiten, dann entbot sie mit knapper Geste die Speisen. »Nehmt, was ihr wollt.«

»Genau diese Antwort habe ich erhofft, Audun«, sagte Ranke

und griff sich einen Kanten Graubrot. »Ich nehme siebzehntausendsiebenhundertundelf Helme. So viel bist du der Krone schuldig. Ich habe in den Reichsmatrikeln nachgesehen, bevor ich losgefahren bin: Die Zahl stimmt.«

Hinter sich hörte Ranke ein unterdrücktes Kichern, aber das konnte nicht verhehlen, dass die Anspannung in der Halle fühlbar war. Sie hatten sich in den Fuchsbau gewagt, und es gab hier deutlich mehr Füchse als Dackel. Wählte Audun Gewalt, würden die Dackel in ihm sterben.

»Fünftausend Helme hast du aus ihrem Lager vor Salhall gerade erst zurück in deine Heimat geführt«, beeilte sich Ranke weiter auszuführen. Er musste jetzt schnell sein und dreist. »Sie sind sicherlich noch unter Waffen. Für den Anfang reichen die. Schicke mir den Rest nach, wenn du sie fertig gemustert hast.«

»Mach dich nicht lächerlich, Wappenkönig«, antwortete Audun gequetscht vor Missbilligung. »Warum sollte ich dir auch nur einen einzigen Helm mitgeben?«

»Weil ich der bin, als den du mich ansprichst: Wappenkönig des Kaisers, Herold der Holden Krone, Gesandter des Heiligen Reiches Salischer Völker. Ich bin die Stimme Childerics, und er befiehlt dir, deinen Eid zu wahren: Sende dem Reichsheer die Truppen, die Meuren senden muss.«

Ranke sah es ihr an: Audun hatte geistesgegenwärtig genug reagiert, um ihre Halle mit Schwertern zu füllen, aber sein Auftauchen hatte sie trotzdem überrumpelt. Ihre Mausaugen glitten abermals zu den Reichsräten hinter ihm, auch sie mussten zu ihrer Unsicherheit beitragen: Alle trugen sie ihre Wappenmäntel. Selbst wenn Audun nicht jedes Wappen zuordnen konnte, musste ihr klar sein, dass sie es hier mit einer Vielzahl potenziell mächtiger Feinde zu tun hatte, nicht mit einer gesichtslosen Leibwache, um die niemand Aufhebens machen würde. Ihr verkniffener Mund wurde noch spitzer. Ranke hatte nicht vor, sie Tritt fassen zu lassen.

Er zog sein Schwert.

Überraschte, erschrockene Rufe in der Halle. Hände fuhren zu Schwertknäufen, die Wachen an den Wänden schnellten vor.

»Dies ist Arnfang!«, rief er laut und reckte die Klinge in die Höhe, sodass jeder sie sehen konnte. »Des Kaisers Schwert!«

Die Halle, die gerade noch voller hastiger Bewegungen war, erstarrte. Alle Augen waren auf die Waffe in Rankes Hand gerichtet. Königin Drifas hatten den Getreuen, die mit ihr Salhall gründeten, meisterhafte Klingen geschenkt, die Schwurschwerter. Alle neun waren durch die Jahrhunderte hinweg erhalten geblieben, legendäre Waffen, deren Heldentaten ganze Sagas füllten. Arnfang aber war Königin Drifas eigenes Schwert, Göttersohn Bardr, so die Überlieferung, hatte es ihr selbst übergeben. Nach Arnfangs Abbild waren alle Schwurschwerter gefertigt worden, Arnfang war ihr aller Vater. Heilig. Das Schwert der Schwerter.

»Dies ist Arnfang!«, rief Ranke noch einmal und drehte sich langsam im Kreis. »Audun, Nachfahrin Erbels, erfülle deinen Eid und gehorche dem, dessen Hand dies Schwert führt, oder werde von ihm gerichtet.« Er hatte seine Drehung beinahe vollendet und suchte nun den Blick des Waffenmeisters, der sie hereingeführt hatte. Der Mann stand etliche Schritt hinter ihm, erstarrt in der Bewegung, das eigene Schwert halb gezogen. »Du!«, rief Ranke, bevor er warf.

Arnfang flog durch die Luft.

Der Waffenmeister ließ sein Schwert fallen und stürzte vor, die Hände der Klinge entgegengestreckt, auf der sich matt und langsam Lichtreflexe der Hallenlampen drehten. Hinter ihm schlug seine Waffe klirrend auf den Steinboden.

Er fing das Kaiserschwert auf, kurz bevor es ebenfalls zu Boden fiel, und kam mit ihm wieder in die Höhe, schwer atmend und mit beiden Händen am Heft.

Staunend glitt sein Blick die Waffe entlang. Und dann ging ihm auf, was gerade passiert war.

Er hielt des Kaisers Schwert in den Händen, eine der neun heiligen Reichskleinodien. Die Waffe, die seit eintausendzweihundertachtundzwanzig Jahren die Herrschaftsgewalt desjenigen symbolisierte, der die Holde Krone trug. Eintausendzweihundertachtundzwanzig Jahre, die ihn zwangen, die nun seine Hand führten und ihn in den Dienst dessen stellten, dem seine Herrin nicht gehorchen wollte. Das Staunen wich der Angst, und panisch blickte er von Ranke zu Audun und wieder zurück.

Die Halle hielt noch immer den Atem an.

»Kniet!«, rief Ranke, »ihr seid im Angesicht des Kaisers.«

Kleider rauschten, als die Anwesenden wie ein Mann niederknieten. »Heil dir, Childeric!«, raunte es durch die Halle.

Und Audun saß vor ihrem Brot und starrte auf des Kaisers Schwert.

»Geh und walte deines Amtes«, forderte Ranke den Waffenmeister auf.

Langsam, als koste es ihn unendliche Mühe, setzte der Waffenmeister einen Fuß vor den anderen. Immer noch hielt er Arnfang mit beiden Händen vor sich. Seine Stirn glänzte schweißnass.

Als er endlich am Tisch vor seiner Herrin stand, streckte er die Arme lang aus und hielt ihr die Klinge vors Gesicht. Sie zitterte.

»Audun«, sagte Ranke, »die Zeit der Ausflüchte ist vorbei. Treue oder Tod, was wählst du?«

Lange blickte die Gaugräfin auf das Schwert, ihre gepressten Lippen arbeiteten. Dann, schließlich, endlich, beugte sie sich vor und küsste die Klinge. Aber sie sah nicht die Waffe an. Während des Kusses und all die Zeit danach ließ sie Ranke nicht aus den Augen.

Ranke hatte noch nie so reinen Hass gesehen.

35
Atlis

Wenige Meilen hinter Dunkelheim warf Atlis einen letzten Blick zurück. Die Türme der Stadt lagen zu ihrer Rechten, ansonsten gab es nur weites Land unter schwerem Himmel. Felder und Wiesen, vereinzelt Bäume. Fünf Rauchsäulen zählte sie bis zum Horizont, schwarzgraue Finger, die der Wind träge nach Osten ausfransen ließ. Orte, an denen entweder die Gauwehr gewütet hatte oder Chimren Jagd auf Salen machten. Sie schüttelte den Kopf. »Kommt«, sagte sie zu Ansprand und Etele und wendete ihr Pferd. Gemeinsam mit den beiden Jungen ritt sie die letzte Strecke. Dann hieß der Schwarztann sie willkommen.

An die Stelle der Welt hinter ihnen setzte der Wald seine eigene aus Ruhe und dem warmen Duft nach Nadeln und Harz. Zwischen den dunklen Stämmen tauchten goldgrüne Matten moosiger Hänge auf. Glitzernder Tau in Spinnennetzen, Pilze. Schnell gurgelnde Bächlein, klar und kalt, sprangen zwischen rund geschliffenen Steinen dahin. Gelassen sahen ihnen Luchs und Hase nach, und manchmal schien es, als würden die Schmetterlinge sie grüßen, die in der Frühsommerluft schaukelten.

Lichte Stellen bescherten ihnen Hände voller kleiner Walderdbeeren, auf die vor allem Etele ganz versessen war. Mit rot verschmiertem Mund strahlte er über beide Ohren, als ob die Schrecken, die er durchgemacht hatte, nie gewesen wären. Atlis dankte den Göttern dafür, und auch auf sie wirkte der Zauber des

Schwarztanns. Wie anders sich der Wald doch in der warmen Jahreszeit ausnahm! Vor etwa einem halben Jahr war sie mit ihrer Güte verfroren zwischen seinen Tannen umhergestrichen, viel, viel weiter nördlich. Schwer hatte Atlis damals seine Düsternis aufs Gemüt gedrückt. Die Tannen, unter denen sie sich nun ihren Weg suchten, gehörten zum selben Wald, und doch schien er ein anderer zu sein. Ähnlich seinem Wesen nach, aber sanfter und freundlicher. Gleichsam verhielt es sich auch mit ihrem Ziel: Im Winter war ihr Auftrag gewesen, Markgraf Marwult zu suchen, nun war es sein Sohn, den sie finden wollte. Nicht einen Moment zweifelte sie daran, dass der Rote Ganter wirklich Prinz Volkwin sei, und sie zweifelte auch nicht daran, dass sie früher oder später auf ihn stoßen würden. Oder vielmehr seine Leute auf sie.

Ansprand und Etele allerdings waren noch immer nicht ganz überzeugt.

»Und du bist dir wirklich sicher?«, fragte Etele zum wahrscheinlich dutzendsten Mal.

Atlis lächelte siegesgewiss. »Ja.« Sie nahm die Feldflasche, die ihr ihr einstiger Fähnrich mit seiner Frage gereicht hatte, und trank. Anschließend gab sie die Flasche an Ansprand weiter. Zu dritt saßen sie am Rand einer kleinen Lichtung, auf der sie ihre Pferde grasen ließen, und genossen die Sonnenstrahlen, die eine aufgerissene Wolkendecke hindurchließ. Etele bot ihr auch wieder Erdbeeren an, die er noch von seinem Vormittagsfund in einem Beutel aufgespart hatte, doch sie lehnte dankend ab. Vom Wurzelgrund der Tannen stieg Bärlauchduft auf.

»Wenn du recht haben solltest …«, sagte nun auch Ansprand.

»Natürlich habe ich recht. Ihr werdet schon sehen.«

Der junge Mann zog eine abwägende Grimasse. »Das wäre schon was …«

»Ich fände es toller, wenn er ein Waldgeist wäre«, warf Etele ein.

»Aber wegen eines Satzes?«, beendete Ansprand seinen Gedankengang. »In der Botschaft des Roten Ganters?«

»Auch das: Ja.« Atlis nickte.

Sie hatte richtig gute Laune. Ja, vielleicht war ihre Annahme wirklich etwas weit hergeholt, aber Atlis war sich vollkommen sicher. Sie hatte Prinz Volkwin nur einmal getroffen, damals im Winter, als er fälschlicherweise glaubte, sie habe die Leiche seines Vaters aus dem Schwarztann geborgen. Ihre salische Lehnsherrin hatte sie für den Irrtum bestrafen wollen, der Prinz aber war dazwischengetreten. Er hatte ihr den Befehl über eine Gerechtigkeit gegeben und zu einer Rede darüber angehoben, dass die salischen Herren des Chimmgaus den Groll ihrer chimrischen Untertanen nur allzu oft selbst heraufbeschworen. *Vertrauen muss man sich verdienen; Vertrauen erntet, wer Vertrauen sät*, hatte er damals gesagt. Es waren Worte gewesen, die sich Atlis ins Gedächtnis gebrannt hatten, trotz oder gerade wegen Prinz Volkwins merkwürdig melodischer Ausdrucksweise. Und als dann Komtur Balderic im Tannengrunder Heerlager die Botschaft des Roten Ganters verlesen hatte, hatte er einen ganz ähnlich klingenden, beinahe identischen Satz zitiert: *Unseren Hass habt reich Ihr Euch verdient, denn Hass erntet, wer Hass sät.* Auch der Rest der Botschaft war in einem geschwollenen Singsang gewesen, wie er zu Prinz Volkwin passte, und Atlis glaubte nicht an einen Zufall. Sie hatte während der Tage, die sie in der Bäckereikammer eingesperrt gewesen war, reichlich darüber nachgedacht. Er musste es sein.

»So reden eben die Edlen«, gab Ansprand zu bedenken.

»Ich bin auch eine Edle – rede ich so?«

»Nein, aber du bist ja auch …«

»Was?«

Ansprand sah sie an und wurde rot. »Na, anders.«

»Ich nehme das jetzt mal als Kompliment«, sagte Atlis grinsend.

»Aber du hast gesagt, Prinz Volkwin ist tot«, rief Etele dazwischen. »Dass er im Tor gefallen ist.«

»Ja, das habe ich, weil ich wirklich dachte, dass das stimmte. Ich habe gesehen, wie die Falken seine Fahne bedrängten. Sie war umzingelt, da war alles zu. Ich weiß nicht, wie er da rausgekommen ist.«

»Vielleicht ist Prinz Volkwin ja ein Waldgeist«, mutmaßte Etele und schürzte nachdenklich die Lippen.

Atlis lachte auf. »Ja, vielleicht.« Sie hatte sich mit den Händen auf dem Waldboden abgestützt und klopfte sie sich auf den Schenkeln ab. »Kommt, weiter. Hopp, hopp.« Sie stand auf.

»Wohin eigentlich?«, fragte Ansprand, während er es ihr gleichtat. Auch Etele kam in die Höhe.

Mit unbestimmter Geste wies Atlis über die Lichtung. »Weiter rein.«

»Wie weit?«

»Weiß ich nicht. Nicht zu weit. Wir wollen nicht bis zum Tern. Irgendwo muss er hier ja sein. Oder seine Leute.«

»Aber woher willst du das wissen?«

»Ich weiß es nicht. Aber ich glaube es. Im Schwarztann könnten sich ganze Heere verstecken. Und taucht er nicht ständig in der Nähe des Waldes auf?«

»Mattheim liegt nicht am Schwarztann. Und da war er auch schon.« Ansprand kratzte seine Bartstoppeln.

»Das stimmt, ja. Trotzdem. Ich bin mir sicher, dass er sich hier irgendwo versteckt.«

Der junge Mann zuckte mit den Schultern. »Wenn du meinst. Ich weiß nur nicht, wie wir ihn hier finden sollen …« Er sah sich um. »Wir können hier bis in alle Ewigkeit suchen.«

»Genau das ist es ja, was mich so sicher macht, dass er hier ist.« Atlis hatte sich den Beutel mit ihren Habseligkeiten über die Schulter geworfen und war auf die Lichtung hinausgetreten. »Hier im Wald kann der Rote Ganter nicht gefunden werden, wenn er nicht will. Und wenn doch, hat er alle Vorteile auf seiner Seite.«

»Wir könnten rufen«, schlug Etele vor. »Dann können sie uns schneller finden.«

Überrascht sah Atlis den Jungen an. »Das ist eigentlich gar keine schlechte Idee.«

Etele grinste zufrieden. »Ro-ter Gan-ter!«, rief er dann laut.

Alle drei lauschten sie dem Ruf nach. Atlis merkte, dass sie gespannt war, obwohl sie nicht glaubte, gleich beim ersten Mal Erfolg zu haben. Auf der Lichtung brummten ein paar Hummeln, und tief im Wald trommelte ein Specht. Eine Antwort gab es nicht.

»Was ist eigentlich, wenn das jemand anders hört?«, fragte Ansprand.

»Waldgeister?«, fragte Etele.

Ansprand schüttelte den Kopf. »Gauwehr.«

Beide Jungen sahen Atlis an.

Auch ihr war der Gedanke gerade gekommen. Dass der Schwarztann ein ideales Versteck für den Roten Ganter bot, war kein Geheimwissen. Und die Gauwehr mochte tatsächlich Helme in den Wald schicken, um ihn aufzustöbern. Balderic und die anderen Oberen aber würden es vorziehen, den Roten Ganter im Freien zu stellen, nahm Atlis an. Helme waren bereits jetzt knapp, und im Schwarztann würde die Gauwehr Gefahr laufen, Güte um Güte aus dem Hinterhalt zu verlieren. »Ich denke«, sagte sie deshalb schulterzuckend, »das werden wir riskieren müssen. Wenn wir es nicht schaffen, den Roten Ganter irgendwie auf uns aufmerksam zu machen, suchen wir wirklich ewig. Meint ihr nicht?«

»Doch …«, erwiderte Ansprand etwas zögerlich.

»Klar«, sagte Etele und holte Luft. »*Roter Ganter!*«

Drei Tage später war der kleine Fähnrich bereits weitaus weniger enthusiastisch bei der Sache. Von Weile zu Weile rief er in den Wald hinein. Aber die Spannung und Erwartung waren verflogen, die Rufe lustlos und ihre Abstände länger geworden. Kurz nach dem Aufstehen hatten sie einen Teil des Schwarztanns betreten, der so dicht war, dass sie zu Fuß weitergingen und ihre Pferde am Zügel führten. Etele vorneweg, zeitweise verschwanden er und sein Brauner hinter den Zweigen. Es war zur Mittagszeit, er war schon länger stumm geblieben, als Atlis ihn durch die Tannen rufen hörte. »Atlis …«

Atlis schob sich einen Ast aus dem Weg und schloss zu ihm auf, hinter ihr kam Ansprand. Etele, dessen blaues Wams zwischen dem Grün der Nadeln beinahe verschwand, war nicht allein. Vor ihm standen drei Bewaffnete im Unterholz, ein Mann und zwei Frauen. Die drei trugen Gambesons in dunklen Erdtönen und hatten ihre Hände auf die Schwertknäufe gelegt. Sie sprachen kein Wort.

»Sie haben uns gefunden, Atlis …«, sagte Etele langsam, als er sie hinter sich hörte. Er drehte sich nicht um, sondern starrte die drei vor ihm an.

Kurz war Atlis erschrocken. Sie hatte angenommen, aufmerksam zu sein, aber weder etwas gesehen noch gehört. Reflexhaft suchte sie die Tannen zu den Seiten ab, sie konnte niemanden sonst sehen. Dann fasste sie sich. »Wir suchen den Roten Ganter«, sagte Atlis, als sie bei Etele war. »Gehört ihr zu ihm?«

Hinter ihnen knackte Holz. Atlis drehte sich kurz um; vier weitere Bewaffnete kamen hinter den Tannen hervor. Wahrscheinlich, dachte sie sich, waren sie längst umzingelt.

»Könnt ihr nicht antworten?«, wandte sie sich wieder an den Mann vor ihnen. Er hatte ein verschlossenes Gesicht und dunkelblondes Haar.

Der Mann zuckte mit den Achseln. »Kommt drauf an«, sagte er schließlich doch und musterte Atlis.

»Ihr seid mehr als doppelt so viele wie wir und habt uns sicherlich schon ziemlich lange verfolgt. Ihr wisst, dass wir allein sind. Und trotzdem traut ihr euch nicht, uns zu sagen, ob ihr zum Roten Ganter gehört?« Atlis war fest entschlossen, sich gar nicht erst einschüchtern zu lassen. Aus dem Augenwinkel nahm sie zwar wahr, dass Ansprand und Etele nervös umherblickten, die Hände an den Waffen. Aber sie dachte nicht daran, ihre zum Schwert zu führen. Sie hatte auf diesen Moment hingefiebert, sie hatte keine Angst.

Der Mann lachte trocken auf. »Muss schon sagen, Schneid hast du ja. Kommst hier allein mit zwei Kindern des Wegs und reißt den Mund auf. Aber ja, wir sind vom Roten Ganter. Nur, wer seid ihr?«

»Ich bin kein Kind«, protestierte Etele, aber Atlis brachte ihn mit einer Handbewegung zum Schweigen. »Fahnenflüchtige der Gauwehr«, sagte sie. »Wir wollen uns euch anschließen.«

Wieder traf sie ein Blick des Mannes, dann nahm sein Gesicht freundlichere Züge an. »Sind wir das nicht alle? Welche Komturei?«

Erleichtert atmete Atlis aus. »Ternram. Du?«

»Mattebüll. Wie die meisten von uns. Hatten das Glück, nicht in Mattheim eingeschlossen zu werden. Und jetzt sind wir hier. Und frei.«

»Dann ist der Rote Ganter also wirklich hier?«

Der Mann nickte langsam. »Das ist er, ja.«

»Können wir zu ihm?«

Kurz ließ Atlis' Gegenüber den Blick hinter sie gleiten, als würde er sich von dort eine Antwort abholen, dann nickte er. »Kommt.«

Sie waren den ganzen Nachmittag über schweigsam unter Tannen unterwegs, bis Atlis den ersten Posten auf einem großen Felsbrocken wahrnahm. Die zwei Männer beobachteten sie von oben herab und nickten ihren Begleitern zu. Bei der nächsten Postenkette angekommen, nahm Atlis bereits Bratenduft wahr und hörte

leise Geräusche. Wenige Augenblicke später tauchten behelfsmäßig gezimmerte Hütten und Verschläge unter den Tannen auf,
dann öffnete sich die Sicht auf das schmale Ufer eines Sees, der
silbern die Wolkendecke über ihm spiegelte. Er war groß, ein Teil
von ihm verschwand hinter einer baumbestandenen Landzunge.
Rings um ihn lagerten Bewaffnete dicht an dicht. Atlis sah Zelte
und Kochstellen und stapelweise Säcke und Fässer. Pferde liefen
angehobbelt zwischen den Lagernden umher. Draußen auf dem
See angelten Fischer auf Flößen. Es war schwierig zu sagen, wie
viele Helme hier versammelt waren, aber Atlis schätzte sie auf
weit über eintausend. Trotz dieser großen Zahl war kaum etwas
zu hören. Niemand lärmte oder sang, Unterhaltungen wurden gedämpft geführt. Ihre Begleiter führten sie am Ufer entlang. Hier
und da schnitzten und bemalten die Sitzenden rote Gänse. Eine
rote Gans auf weiß-schwarzem Grund zeigte auch die Fahne, die
vor mehreren Zelten an einem Mast befestigt langsam im Wind
schlug.

Und dann sah sie ihn. Atlis blieb beinahe das Herz stehen.

Er stand mit dem Rücken zu ihr am Ufer in der Nähe eines
Stegs aus Baumstämmen. Sie hatte ihn sofort erkannt, hätte es
unter Tausenden. Groß und dürr, das pfeffergraue Haar zu einem
Pferdeschwanz geflochten, die Kleider schlackrig wie die Fetzen
einer Vogelscheuche. Er sah aus wie immer.

»Wate!«, schrie sie ihm entgegen und rannte.

Er drehte sich um, gerade noch rechtzeitig, dann war sie bereits
herangeflogen und in seinen Armen. Sie schlang ihre um seine
Schultern.

»Wate, Wate du lebst!« Sie weinte jetzt, und die Heftigkeit,
mit der es sie schüttelte, überraschte sie selbst. Sie hatte nie gewusst, nie gedacht, dass Glück so wehtun konnte, und jetzt zerriss
es sie beinahe. Sie spürte einen Arm um sich, eine Hand auf ihrem
Haar, beide hielten sie fest, drückten sie, bargen sie. »Du lebst, du

lebst«, schluchzte sie immer wieder und wusste selbst nicht, ob sie noch immer weinte oder bereits lachte.

»Hast du was anderes erwartet?«, hörte sie ihn schließlich, während er ihr beruhigend auf die Schulter klopfte, und der Klang seiner Stimme verriet ihr, dass auch er mit sich kämpfte. Sie nahm den Kopf von seiner Schulter und sah ihn an. »Du weinst, alter Mann«, sagte sie und brach wieder in Lachen und Weinen aus.

In Wates faltigem Gesicht zuckte es verdächtig, und seine Augen waren wässrig, aber bestimmt schüttelte er den Kopf. »Da liegst du aber falsch, Mädchen. Du bist nur viel zu verheult, um richtig zu sehen.« Wieder drückte er ihren Kopf an seine Schulter und hielt sie fest. Seine Arme waren wie Zwingen, und Atlis spürte, wie schwer ihm der Atem ging.

Als sie sich schließlich aus seiner Umarmung löste, schniefte sie. »Ich kann noch immer nicht glauben, dass du lebst. Ich dachte, du wärst tot.«

Ihr alter Waffenmeister räusperte sich und wischte sich auf eine Weise, die wohl verstohlen sein sollte, übers Gesicht. »Nichts da. Mich bringt so schnell nichts um, nicht mal eine Axt im Kopf.« Er drehte Atlis seine linke Schädelseite zu. Sie war kahl rasiert; über die blasse Haut zog sich ein dicker, grob vernähter Riss, der blau-rot-violett schimmerte. Auch der obere Bogen der Ohrmuschel fehlte.

»Wate!«, entfuhr es Atlis erschrocken. »Grund und Boden …«

Er winkte ab. »Das Ding sieht schlimmer aus, als es ist. War nicht tief, ist abgerutscht. Nur mein Ohr hätte ich eigentlich ganz gern wieder. Hätte eben meinen Helm nicht verlieren sollen, schätze ich … Du hast nichts abbekommen im Tor?«

»Nein, nichts.« Sie sah ihn an. »Wate, du lebst.« Wieder überkam sie Schluchzen. »Wate, ich …«

»He, he.« Mit seinen Armen zog er sie wieder an sich ran und drückte sie. »Alles gut.« Er barg ihren Kopf an seiner Schulter und strich ihr übers Haar. »Du musst jetzt ernsthaft aufhören, Atlis«, sagte er sanft, »sonst kann ich nämlich für nichts mehr garantieren. Und du willst deinen alten Waffenmeister ganz sicher nicht heulen sehen.«

Wieder löste sie sich und schüttelte den Kopf. »Nein, das will keiner.« Atlis versuchte sich an einem Lachen, aber es klang noch sehr verrotzt. »Du lebst, Wate.«

»So oft, wie du das sagst, könnte man das fast für ein Problem halten. Pass auf, ich werde dir jetzt mal ein Bier besorgen, und dann hört das aber auf, in Ordnung?«

Sie wischte sich die Nase ab. »In Ordnung. Gern. Und für Ansprand und Etele auch.«

Wate musterte die beiden Jungs, die hinter Atlis standen und nicht wussten, wohin. »Etele«, grüßte er den ehemaligen Fähnrich seiner Güte, »groß bist du geworden.« Dann sah er Ansprand an. »So, so, kaum musst du mal eine Weile auf mich verzichten, lachst du dir einen Jungspund an. Der ist doch noch grün hinter den Ohren, Atlis. Aber was soll's – Bier?«

Ansprand nickte eifrig, Etele tat es ihm nach.

»In Ordnung.« Wate winkte einem aus der Gruppe, die sich inzwischen um sie gebildet hatte. »Bjarne, komm, hol uns mal Bier. Ich hab meine Herrin wieder, das muss gefeiert werden!« Er wandte sich wieder an Atlis. In seinen Augen war weicher Glanz. »Du hier.«

Mehr sagte er nicht, aber das brauchte es auch nicht. Sie wusste, was er sagen wollte.

»Wie … wie bist du entkommen?«, fragte sie, weil sie nicht schon wieder anfangen wollte zu weinen.

Wate setzte sich ans Ufer des Sees und bedeutete Atlis und den Jungs, es ihm nachzutun.

»Im Gewitter«, sagte er dann. »Hab das Ding hier verpasst bekommen, als die Panzerreiter von hinten kamen. Schatten, hat das wehgetan. Hat mich von den Beinen gerissen, und dann war ich weg. Als ich wieder wach wurde, lag ich zwischen Leichen, und es hat gedonnert, als ob der Himmel runterkommen wollte. Hab so gut wie nichts gesehen und mich den Hang hochgeschleppt. Weiß auch nicht, wie ich das geschafft habe. Und dann, tja ...« Er zuckte mit den Achseln. »Dann lag ich da erst mal wieder. An einem Felsbrocken, gar nicht so weit weg von der Stelle, wo wir damals gesessen haben, am Abend vor der Schlacht, weißt du noch? Hab gedacht, dass die Welt untergeht, mit all dem Sturm und den Blitzen, aber was kam, war schlimmer.« Er verstummte.

»Die Pfähle.«

Wate nickte düster. »Du hast sie also auch gesehen?«

»Nicht im Tor; davor, auf der anderen Seite.«

»Ja, den Wald hab ich auch gesehen, von weit weg. Später, da standen sie schon eine Weile. Aber im Tor ... Ich hab gesehen, wie sie die armen Schweine angenagelt haben, am Tag nach dem Unwetter. Einen nach dem anderen. Das heißt, nein, ich hab's nicht gesehen, weil ich es nicht sehen wollte, aber ich hab's gehört, und das war noch schlimmer. Ich lag an meinem Felsen und hab mich totgestellt und die Schreie ausgehalten. Sie haben das ganze Schlachtfeld abgesucht nach Überlebenden und jeden mit braunem Haar an einen Pfahl geschlagen. Auch mich hat eine angeschubst, mit dem Fuß, um zu gucken, ob ich tot bin, aber da hatten sie schon mit dem Anpfählen begonnen, und ich war so steif vor Entsetzen, dass sie nicht gemerkt hat, dass ich noch lebe. Scheiße, du kannst dir nicht vorstellen, was ich für Angst hatte.«

Atlis musste an den Wald aus Pfählen denken und wie sehr er sie verfolgt hatte. Niemand hatte mehr gelebt, aber sich auszumalen, wenn es anders gewesen wäre ... »Doch«, sagte sie. »Kann ich.«

»Dann tust du mir auch leid. Ich will's vergessen, aber ich kann's nicht. Nach einem halben Tag vielleicht haben sie nur noch geröchelt. Die Falken waren da schon durchs Tor gezogen, und es gab nur noch sie und mich. Ich lag noch immer an meinem Felsen, hab mich eingepisst, weil ich mich nicht getraut habe, mich zu bewegen, und unter mir sind sie zu Hunderten verreckt. Und die Stille danach …« Wate war blass geworden. »Egal«, sagte er dann und schüttelte den Kopf. »Da kommt unser Bier.«

Wate nahm Bjarne, einem kantigen Chimren mit Tätowierungen im Bauerngesicht, einen der Schläuche ab, die dieser mitgebracht hatte und verteilte den Rest. »Ich hab mich dann den Hang hoch in den Wald geschleppt«, erzählte er, während er sich setzte und den Schlauch entstöpselte. »Mein Schädel hat gedröhnt wie ein Hurenhaus. Bin wie ein Bekloppter in den Iffensteinen rumgeirrt, oder was nach dem Sturm noch von ihnen übrig war, und irgendwann dann ein paar Versprengten in die Arme gelaufen.«

»Und dann?«, fragte sie, nachdem auch sie getrunken hatte.

»Stellte sich heraus, dass einer von denen Prinz Volkwin war.«

»Ha!«, sagte Atlis und streckte triumphierend ihren Finger in Ansprands Gesicht.

Der zog eine Schnute. »Ja, in Ordnung … Du hattest recht.«

»Ein Waldgeist wäre toller gewesen«, maulte Etele.

Wate runzelte die Stirn. »Was?«

»Sie wusste, dass der Rote Ganter Prinz Volkwin ist«, erwiderte Ansprand. »Deswegen sind wir hier.«

»Nicht deswegen, aber ja, ich wusste es.«

»Du wusstest das? Woher?« Wate war erstaunt.

»Erkläre ich dir nachher. Aber jetzt erzähl erst mal weiter.«

»Da gibt es nicht mehr viel zu erzählen. Die haben mich zusammengeflickt, und seitdem bin ich dabei.«

»Ja, aber wie konnte der Prinz entkommen? Ich hab seine Fahne gesehen. Die haben alle niedergemacht.«

»Kann er dir selbst erzählen. Da kommt er nämlich.« Wate

nahm noch einen Schluck und deutete mit dem Kopf über ihre Schulter.

»Was?«

»Da hinten. Und ich warne dich: Er spricht immer noch wie eine Flöte. Und er wird singen, ganz sicher.«

Atlis ließ den Bierschlauch fallen und sprang auf. Nervös wischte sie die Hände an der Hose ab und hielt nach dem Prinzen Ausschau. Er war nicht schwer zu entdecken. Mit ein paar Gefolgsleuten kam er aus Richtung der Zelte mit der Fahne durchs Lager, freundlich nach links und rechts lächelnd und die Hände schüttelnd, die ihm gereicht wurden. Atlis schlug das Herz bis zum Hals.

Er trug keinen Winterpelz mehr, sondern Tuch in warmen Erdtönen, ansonsten aber sah der Prinz aus wie bei ihrem ersten Treffen: Die nussbraunen Locken fielen ihm über die nicht allzu breiten Schultern; in dem fein geschnittenen, jugendlichen Gesicht saß sanfte Wehmut. Sein Bart war etwas heller als sein Schopf und eher kurz. An seiner linken Seite hing ein Schwert in einer mit roten Gänsen bestickten Scheide.

»Willkommen!«, rief er schon aus, als er noch ein paar Sitzgruppen entfernt war. Er hob grüßend die Hände, stutzte aber beim Näherkommen. »Ich kenne dich«, sprach er Atlis überrascht an. »Wir haben uns im Winter bei Ohse getroffen, meinem Lehensmann. Es war ein Abend, der mir den toten Vater bringen sollte, doch nur den Leichnam eines Mörders zeigte. Du bist Atlis, die Edle von Olholt.«

Er erinnerte sich, schoss es ihr durch den Kopf. »Ja, die bin ich.« Sie nickte aufgeregt. Und erschrocken, dass sie noch keinen Gruß entboten hatte, schob sie ein schnelles »Heil dir, mein Prinz« hinterher.

»Du erbatest von mir ein hohes Amt der Gauwehr; die erste Chimre, die man Gerechte rufen sollte. Doch weiß ich, dass du sie nie bekommen hast – ein Unrecht, das einer weit verzweigten Sippe Nachwuchs ist.«

»Das weißt du?« Nun war es an Atlis, erstaunt zu sein. Sie hatte nicht damit gerechnet, dass Volkwin davon erfahren hatte.

»Ich weiß das wohl, dein alter Waffenmeister hat es mir erzählt, als ich seine Wunde nähte, zwei Tage nach der Schlacht im Tor. Und manches mehr.« Seine grünen Augen ruhten auf ihr. »Es tut mir leid, dass dir dies Leid geschehen ist, und geh ich falsch, wenn ich vermute, dass es auch nicht das letzte war?«

Stumm schüttelte Atlis den Kopf.

Mitfühlend legte der Prinz ihr seine Hand auf die Schulter. »So sehr mein Herz sich freut, dich hier bei uns zu sehen, so traurig bin ich über jeden Fehl, der neue Leute zu uns treibt. Wir sind so viele, weil so viel Unrecht herrscht. Und beinah täglich wachsen wir.«

»Ich weiß, was du meinst«, antwortete Atlis. »Die Gauwehr …«

»Die Gauwehr, ja, sie ist nicht mehr, was sie so lange war, ein Schild und Schwert für jene, die keins haben. Doch sie ist nun Vergangenheit – für dich und mich und alle, die wir die Streiter des Freien Chimmgaus sind! Wir sind allein, und gut so, wir wollen nur uns selbst vertrauen. Das Reich hat uns vergessen und verraten, das Herzogtum uns tückisch überfallen. Gewalt tun sie uns beide an, sie morden und sie sengen. Es bleibt uns nur, den zweien zu entsagen. Wer uns Gewalt antut, dem müssen wir Gewalt antun, die Wahrheit ist so groß wie simpel. Als meines Vaters Ahnen in diesen Landen sesshaft wurden, wählten sie die Gans sich selbst zum Wappentier, ein friedlich' Federvieh, das aber wachsam ist und sich zur Wehr setzt gegen Widersacher. Die Wache ist vorbei, es folgt der Kampf. Ich bin der Gänserich, der Blut vergießen muss, ich bin der Rote Ganter. Und jeder, der mir folgt, der ist es auch, egal, ob Chimre oder Sale, ob edel oder nicht. Ein Volk sind wir, nicht zwei, das einig Volk des Chimmgaus, das seine

Fesseln sprengt und Freiheit wählt. Dies ist mein Traum. Atlis, willst du ihn mit mir träumen? Willst du mir folgen? Durch Sturm und Schmerz, bis Freiheit ruft oder der Tod?«

»Ja«, sagte sie mit übergehendem Herzen. Nichts wollte sie mehr in diesem Moment. Prinz Volkwin mochte tatsächlich wie eine Flöte klingen, aber er sprach die richtigen Worte. Und das war alles, worauf es ankam. »Ja«, sagte sie noch einmal, »ja, ich will.«

»So nehme ich mit hohem Herz nun deinen Eid entgegen.«

Atlis wollte niederknien, doch Volkwin hinderte sie daran. »Nein, Atlis«, sagte er und hielt sie an der Schulter fest, »ein Kind des Chimmgaus kniet nicht mehr. Die Macht der Holden Krone, sie hat hier ihren Bann verloren. Fortan ist dies nun freier Boden, und frei auf ewig soll er sein.«

Aufgeregt nickte sie. Dann räusperte sie sich, um ihre Kehle frei zu machen, zog ihr Schwert und präsentierte es dem Prinzen auf den offenen Händen. Als sie sprach, war ihre Stimme fest und klar. »Ich, Atlis, Erste meiner Sippe, gelobe dir, mein Prinz, zu folgen durch Sturm und Schmerz, bis Freiheit ruft oder der Tod.«

Volkwin zog nun ebenfalls sein Schwert und legte es mit der Spitze auf Atlis' Klinge. »So sei es«, sagte er. »Und so will ich dir Schutz und Schirm geloben, bis Freiheit ruft oder der Tod. Möge unsere Treue Unterpfand dem Heil des Landes sein und dienen seinen Kindern.« Der Prinz nahm sein Schwert von der Klinge und wandte sich an Etele und Ansprand. »Ich nehme an, ihr seid die anderen, von denen mir berichtet ward? Wollt auch ihr mir Eid ablegen, mir zu folgen, durch Sturm und Schmerz, bis Freiheit ruft oder der Tod?«

Die beiden hatten die Ereignisse bislang stumm und verschüchtert am Boden sitzend verfolgt, nun sprangen sie begeistert auf, zogen ihre Waffen und sprachen den Eid nach. Um sie herum hatte sich inzwischen eine Traube gebildet. Mit dem Schwert berührte der Prinz auch ihre Klingen und antwortete mit seinem

Teil des Schwurs. Anschließend nickte er zufrieden. »So wächst die Freiheit, Kopf für Kopf und Arm für Arm. Brüder und Schwestern, lasst uns singen.«

Ächzend mühte sich Wate hoch und warf Atlis einen vielsagenden Blick zu. Auch die, die noch gesessen hatten, standen nun auf. Prinz Volkwin öffnete die Arme und stimmte ein Lied an, in das die anderen nach und nach einfielen.

Wo kein Falke wagt zu landen,
Wo der Bär nie mehr gesehen,
Wo des Terns Gewässer branden,
Werden wir in Freiheit stehen.

In der Erde schwarzen Sanden,
In des Windes weißem Wehen
In der Berge grauen Wanden
Werden wir in Freiheit stehen.

Mit der Treue festen Banden,
Mit der Jahreszeiten Drehen,
Mit des Heiles Unterpfanden
Werden wir in Freiheit stehen.

Auf ihr Brüder, auf ihr Schwestern,
Auf, hinaus, zum Schwerte greift!
Durch das Blut von heut und gestern
Morgen unsere Freiheit reift.

Auf, ob Edle oder Bauern:
Auf, sonst bleibt nur Untergehen!
Nach Sturm und Schmerz und dunklem Trauern
Werden wir in Freiheit stehen.

Atlis hatte weder Verse noch Melodie schon einmal gehört, aber den Kehrreim am Ende jeder Strophe schnell aufgegriffen und mitgesungen, überwältigt und wie im Traum. Als sie geendet hatten, wurden sie und die beiden Jungs umarmt und willkommen geheißen; benommen drückte Atlis Hände und gab Umarmungen zurück. Schließlich verlief sich die Menge, aber der Prinz trat noch einmal an sie heran.

»Atlis, Edle«, sagte er, »es war mein Wunsch, dir eine Gerechtigkeit zu geben, er wurde mir verwehrt von altem Hass und stumpfen Vorurteil. Doch nun, da uns das Schicksal abermals zusammenführt, lass mich dir endlich das gewähren, was du schon lang bereits verdienst: Nicht ganz zweitausend Helme sind an diesem See versammelt; sechshundert weitere an seinem Bruder, unweit von hier im Osten. Sie alle folgen meinem Ruf, doch meine Stimme trägt nicht weit. So brauche ich denn Väriger, Gefährten, die ihr Kraft verleihen. Willst du eine von ihnen sein? Als wir auf Tannengrunds grünen Wiesen der Gauwehr Stirn und Schlacht anboten, fiel Elderic, mein treuer Freund und Diener. Fünfhundert Freie Streiter führte er, das, was wir ein Banner nennen, und niemand trat bislang an seine Stelle. Willst du sie einnehmen?«

Erschrocken machte Atlis einen Schritt zurück. »Wie viel Helme soll ich führen? Fünfhundert?«

»Vierhundert wären es gewesen, wenn wahr geworden wäre, was dein Wunsch gewesen ist. Schrecken dich einhundert mehr?«

»Nein. Nein. Das tun sie nicht.« Atlis schüttelte den Kopf. Damit hatte sie nicht gerechnet. Wie mit so vielem. Ihr Blick wanderte zu Wate. Der nickte kaum merklich, aber zu ihrer eigenen Überraschung war sie noch nicht ganz bereit. Sie musste erst noch etwas loswerden. »Mein Prinz, ich möchte gern. Ich will. Aber ...« Atlis zögerte.

»Was ist es?«

»Ich war in der Gauwehr. Ich … ich habe Dinge getan … Ich habe mich dafür gehasst, aber …«

»Und nun glaubst du, der Aufgabe nicht länger würdig mehr zu sein?« Die grünen Augen des Prinzen hatten denselben gedankenverlorenen Ausdruck angenommen, mit der er sie bereits im Winter so oft bedacht hatte.

»Würdig? Nein, ja … Ich weiß es nicht. Es ist so …« Sie suchte nach Worten, fand keine und seufzte.

»Es ist so fremd, nicht wahr?«, fragte Volkwin, aber er schien keine Antwort zu erwarten. »So fremd … Es ist der Krieg, der beste der Eroberer: Hat er ein Herz betreten, so bleibt er dort für immer. Ich ahne, was dich seufzen lässt. Und falls ich einst, nach Sturm und Schmerz und dunkler Trauer, noch atmen sollte, so hoffe ich, dass ich nach Hause kommen kann zu jenem Menschen, der ich einst gewesen bin. Ist er noch da? Ich weiß es nicht.« Volkwins Blick kehrte zu ihr zurück. »Was immer du auch tatest, Atlis, es hat dich hergebracht. Den meisten geht es so, die hier versammelt sind: Sie hatten Herz und Hand getrennt und konnten nicht mehr länger. Die beiden müssen eines sein, sind sie es nicht, verliert man sich. Du aber hast dich nicht verloren, du bist dir selbst hierher gefolgt. Nun musst du nur noch wissen, ob du führen willst.«

Natürlich wollte sie. Keinen Moment lang hatte sie es nicht gewollt, aber sie hatte etwas von Prinz Volkwin gebraucht, das sie sich selbst nicht geben konnte. Und jetzt, da sie es bekommen hatte, gab es kein Zögern mehr. »Ja«, sagte sie abermals zu ihm, »ich will. Und ich danke dir so sehr – ich habe keine Worte dafür.«

»Ich danke *dir*, Atlis«, sagte der Prinz und blickte sie an.

Sie merkte, wie sie rot wurde und wusste nicht, wieso, und schüttelte den Kopf. »Wie hast du überlebt?«, fragte sie schnell. »Im Tannhausner Tor … Ich habe deine Fahne umringt von Feinden gesehen. Wie konntest du entkommen?«

»Das war sie. Ich sah sie untergehen. Und schäme mich dafür.«
Atlis sah es im Gesicht des Prinzen arbeiten, ein düsterer Ausdruck war in seine feinen Züge getreten. »Ich hätte mit ihr fallen sollen, ich weiß es selbst. Und doch … Ich überlebte diese Schmach, weil ich nicht dort war, wo sie stand. Mein Vater reiste jedes Jahr durchs Land, doch nicht als Graf, sondern als Niemand, ein Reiter ohne Rang und Namen. Er lernte so die Dinge sehen, wie er es anders nie gekonnt. Und seine Söhne folgten ihm, Golo und ich. Wir taten es ihm nach, jeder für sich, und vieles lehrten uns die Fahrten. Und als der Krieg in unser Leben kam, da wollte ich sein echtes Antlitz sehen, nicht abgeschirmt hinter den Schilden treuer Wachen. Am Abend vor der Schlacht stieg ich aus meiner Prinzenhaut und zog mir eine andre an: die eines Helms zu Fuß. Ich weiß, es war ein Fehler, töricht gar und ohne Sinn, und doch – es schien mir gut zu sein. Es ist die Fahne, nicht der Mann, die Mut einflößt und Rücken stärkt, was also konnte ich schon tun? Die Schlacht war nicht zu lenken, wir mussten stehen nur und nochmals stehen. Und so stand ich. Am linken Flügel statt am rechten, ein Helm von vielen. Und als die Panzerreiter kamen und unter ihren Hufen jede Hoffnung starb, da ging mir auf, wie dumm ich nur gewesen war. Ich wünschte mir den Tod, doch kam er nicht. Mit dieser Schande muss ich leben.« Er atmete schwer durch und senkte den Blick.

Er dauerte Atlis. Es war eine bestenfalls merkwürdige Idee vom Prinzen gewesen, die Schlacht als gemeiner Fußsoldat erleben zu wollen, unnötig riskant und tatsächlich auch ein wenig pflichtvergessen. Doch sie passte zu diesem Träumer, der nun gequält von seinem Fehler vor ihr stand, und sie glaubte zu verstehen, wieso er so gehandelt hatte. Mitfühlend griff sie seine Hand. »Du lebst, Prinz Volkwin, und für dieses Land ist das der größte Segen. Es hatte einen Grund, warum du getan hast, was du tatest, ganz sicher. Du wärst gefallen, daran gibt es keinen Zweifel, und tot könntest du dem Chimmgau nicht mehr dienen. Es gibt sonst niemanden mehr außer dir.«

Langsam hob Volkwin den Kopf, seine Augen glitzerten vor Traurigkeit. »Ich weiß. Mein Bruder Golo ... Er ist in Salhall, immer noch, nach allem, was ich höre. Ich nehme an, er kämpft mit seinem Rudel. Und so muss ich denn antreten, was ich mir niemals wünschte.«

Atlis hatte gar nicht an Golo gedacht, und sie wusste auch nicht, was der Prinz mit seiner Rudel-Bemerkung meinte. Doch sie nickte und lächelte aufmunternd. »Es ist gut, dass du da bist.«

Der Prinz versuchte sich nun ebenfalls an einem Lächeln. »Ich danke dir für deine Worte, ich werde sie, wenn ich nun gehe, mit mir nehmen und zusehen, sie zu glauben. Der Abend neigt sich, und schon wartet die Nacht, ihn zu verdrängen. Es ist nicht mehr viel Tag für all die Arbeit da, die wartet. Morgen stelle ich dich deinen Leuten vor, Bannerherrin. Denn heute«, Prinz Volkwin warf einen Blick zu Wate, »braucht dich ein anderer.«

»Brauchen, ich glaub's ja ...«, grummelte Wate, nachdem Volkwin gegangen war, doch sein Strahlen strafte ihn Lügen. »Noch ein Bier, das ist es, was ich brauche, und dann was zwischen die Zähne wäre schön. Etele, komm, schnapp dir doch mal Ansprand und sieh zu, dass ihr uns was besorgen könnt. Ich habe einen Riesenhunger. Und du, Atlis, lass uns auf den Steg setzen.«

In der Dämmerung begannen mehr und mehr Feuer an den Ufern zu leuchten, und die Luft wurde kühler und feuchter, während sich der Tag aus der Welt schlich. Wate war mit dem Essen beschäftigt, das Etele und Ansprand ihnen brachten, Rehbraten und dunkles Brot, und auch Atlis aß schweigend. Sie war zu glücklich, um zu reden. Ihr Blick wanderte zwischen dem Treiben des Heerlagers und Wate hin und her, und sie konnte das alles nicht fassen.

»Na«, sagte Wate schließlich doch, als er den letzten Bissen

Braten heruntergeschlungen hatte, »woran denkst du – Bannerherrin?«

Atlis musste lächeln. »An alles. Und nichts. Dass das Leben schwer zu begreifen ist, vielleicht. Ich meine, vor einer Woche hatte mich die Gauwehr noch eingesperrt, und jetzt … Alles, wirklich alles ist anders.«

Wates Gesicht verfinsterte sich. »Sie haben dich eingesperrt?«

»Ja. Wegen Ungehorsam und Feindesliebe.«

»Verdammte Sauzucht. Wie bist du entkommen?«

»Gar nicht. Sie haben mich gehen lassen. Balderic.«

»Balderic? Das Arschloch, das dir nicht die Gerechtigkeit gegeben hat?«

»Der Komtur, ja.«

»Schlechtes Gewissen, oder was?«

Atlis zuckte mit den Achseln. »Vielleicht, ja. Er meinte, er tue es für die Gauwehr. Um nicht für Unruhe zu sorgen.«

»Na klar.« Wate schmiss einen Rehknochen in den See. »Immer alles für die Gauwehr.«

»Er war es, der mich auch festgenommen hat.«

»Ich sag's ja: Arschloch.«

»Du hast mir gefehlt, Wate.« Sie lächelte, aber mit einem Mal war sie traurig.

Das Gesicht ihres Waffenmeisters wurde weich. »Du mir auch, Mädchen. Aber jetzt ist alles gut.«

»Ich hoffe es.«

»Ist es. Na ja, jedenfalls bis auf das Lied …«

»Das Lied?«

»Das, was wir alle vorhin gesungen haben.«

»Ich mochte es.«

»Wird den Prinzen freuen, er hat's selbst gedichtet. ›Das Freie Lied‹ nennt er es. Wir singen es ständig.«

»Was stört dich denn daran?«

»Weiß nicht. Das Pathos, nehme ich an. Aber ich sehe es ihm nach. Der Prinz ist schon schwer in Ordnung.«

»Ja, ich denke auch.«

Gemeinsam schwiegen sie wieder. Atlis sah den tanzenden Reflexionen der Feuer auf der dunklen Wasseroberfläche zu.

»Weißt du«, sagte sie dann schließlich, »für mich ist er trotzdem immer mein Nachbar gewesen. Ist er immer noch.«

»Was? Der Prinz?« Wate blickte gedankenverloren auf, dann begriff er. »Du meinst Tryggve.«

»Ja, Tryggve. In der Hütte … Bevor ich ihn erschlagen habe – wir haben geredet. Er meinte, ich würde nur noch den Eidbrecher in ihm sehen, nicht mehr den Nachbarn.«

Wate nickte langsam. »Aber das tust du nicht.«

»Nein. Er wird immer mein Nachbar bleiben. Er hat verdient, was er bekommen hat. Aber er wird mein Nachbar bleiben.«

In der Dämmerung suchte Wate ihren Blick. »Ich bin mir nicht ganz sicher, worauf du hinauswillst …«

»Ich weiß es selbst nicht.« Wieder zuckte sie mit den Achseln. »Vielleicht … Tryggve war ein Mörder, ein Plünderer. Er hat alles verraten, was ihm einmal heilig gewesen war. Und …« Atlis atmete durch. »Und wenn es möglich ist, in einem Menschen wie Tryggve immer noch den Nachbarn und nicht nur den Mörder zu sehen, dann … dann haben wir vielleicht eine Chance, das alles hinter uns zu lassen.«

»Wir?«

»Ja. Wir alle.« Sie holte mit der Hand aus und beschrieb einen Bogen. »Chimren, Salen, der ganze Chimmgau. Das muss doch möglich sein.«

Nun holte auch Wate Luft und atmete wieder aus. »Ja, sicher. Ich meine, es kann ja nicht ewig so weitergehen. Aber ich fürchte, das wird dauern. Du weißt ja selbst, was da draußen los ist.«

»Ja, das weiß ich. Wie sind wir da bloß hingekommen, Wate?«

715

Wate verzog die Lippen. »Erinnerst du dich an unser Gespräch auf unserem Ausritt? Nachdem Balderic dir die Gerechtigkeit verweigert hatte?«

»Als du mir vorgeschlagen hast, einfach abzuhauen? Sicher.«

»Genau das.«

»Ja, ich weiß, was du meinst. Du hast überlegt, welchen Trumpf das Herzogtum gegenüber dem Reich haben könnte.«

»M-hm.«

»Und ob nicht der Trumpf wäre, dass die Salen ständig auf uns Chimren rumtrampeln würden.«

»Korrekt.«

»Du hattest recht. Das war der Trumpf. Alter Hass. Das habe ich unterschätzt. Haben wir alle.«

»Mag sein. Aber inzwischen bin ich mir da gar nicht mehr so sicher.«

»Nein? Was meinst du? Wieso nicht?«

»Weil … Ich weiß nicht, ob es diesen alten Hass, von dem du sprichst, wirklich gebraucht hätte. Ich meine, sicher, den gibt es, und zwar reichlich. Es war ziemlich einfach, mit ihm das große Feuer da draußen zu entfachen. Aber … ich weiß nicht, was du alles gesehen hast, Atlis, aber ich nehme an, da waren ein paar ziemlich unschöne Dinge dabei. Mir ging's jedenfalls so. Und ich glaube nicht, dass das alles nur Leute waren oder sind, die seit Jahren nur auf eine Gelegenheit gewartet haben, ihren Nachbarn abzumurksen.«

Atlis blickte ihn an; in der Dämmerung waren seine Züge kaum noch auszumachen. »Jetzt bin ich mir nicht ganz sicher, worauf du hinauswillst.«

»Was ich sagen will, ist das: Ich glaube, dass die Umstände reichen. Dass auch ganz normale Männer und Frauen zu Mördern werden, wenn du ihnen die Gelegenheit gibst, Mörder zu sein. Viele jedenfalls, die meisten vielleicht. Ich nehme mich da nicht mal selbst aus. Gelegenheit macht Diebe, warum nicht auch Mörder? Und wenn du fragst, wie wir aus dem Ganzen wieder rauskommen, würde ich sagen: Nimm ihnen die Gelegenheit.«

Atlis antwortete nicht gleich. »Und wie?«, fragte sie schließlich.

»Einfach. Töte die Anstifter. Die echten Mörder. Dann verschwinden auch die anderen.«

»Bjorn, den Schlächter, meinst du? Und Tyrja? Den Goldenen Radegar?«

»Ah, Radegar. Der Bauernhenker. Ja, den würden wir gern mal in die Hände bekommen. Und diesen Bjorn und Tyrja sowieso. Aber auch die ganzen anderen, die nicht nur mitmachen, die, die antreiben.«

»Und du glaubst wirklich, das ändert etwas?«

»Bin mir ziemlich sicher. Warum, glaubst du, verteilen wir die roten Gänse? Das sind nicht nur Zählmarken für tote Feinde. Das sind Zeichen für die, die übrig bleiben. Der Prinz säuselt immer von ›Symbolen der Freiheit‹ … Kann er ja machen, aber deswegen bleiben sie trotzdem, was sie sind: Zeichen dafür, dass Taten Konsequenzen haben. Auf Untat folgt Sühne, ganz einfach. Und wenn die Leute das erst mal kapiert haben, wird es auch wieder besser. Dann kriechen die ganzen Gelegenheitsmörder nämlich wieder schön zurück auf ihre Höfe oder Stuben und fangen an, sich wieder wie normale Leute zu benehmen.«

Wieder schwieg Atlis eine Weile. »Das ist ganz schön düster, Wate. Und eigentlich ziemlich hoffnungslos.«

»Hast du von Klevs gehört?«

Natürlich hatte sie die Geschichten gehört. Die Blutvesper von Klevs. Und sie selbst hatte in den vergangenen Wochen und Monaten genügend erlebt, um zu wissen, worauf Wate hinauswollte. »Aber glaubst du wirklich, dass die Menschen so schlecht sind? Dass sie morden, wenn sie keiner daran hindert?«

»Bin mir nicht sicher, ob die Menschen schlecht sind. Bequem sind sie. Und ja, wenn es einfacher ist, den Nachbarn zu erschlagen, als nett zu ihm zu sein, dann erschlagen sie ihn eben. Ganz einfach.«

»Ich weiß nicht, ob ich das glauben will, Wate.« Sie spürte mehr, als dass sie es in der Dunkelheit sah, dass er die Achseln zuckte.

»Hab's mir auch nicht ausgesucht. Hab nur zu viel gesehen.«

Als sich Atlis schließlich unter freiem Himmel in ihre Decken rollte, dachte sie noch lange über Wates Worte nach. Sie verstand die Schlussfolgerungen, die ihr Waffenmeister zog, und sie wusste, woher sie kamen. Aber war sie bereit, zu denselben zu kommen? Über dieser Frage schlief sie ein.

Der nächste Morgen war bewölkt, und vom See kam Kälte herüber. Atlis gähnte und wischte sich über den Mund. Das Feuer, an dem sie geschlafen hatte, war erloschen. Wate hockte neben der Asche. »Morgen, Bannerherrin.«

Noch leicht verschlafen lächelte sie. »Morgen.«

Ihr fiel auf, dass er sein Schwert gegürtet hatte. Unter dem wollenen Umhang, den er trug, glänzte es metallisch. Verwundert schälte sich Atlis aus ihrem Lager und setzte sich auf. »Was ist los?«

»In der Nacht kam ein Bote: Der Feind ist im Anmarsch auf Dunkelheim. Und der Prinz will ihm die Schlacht bieten. Wir rücken aus. Alle. Sieht so aus, als wärest du gerade rechtzeitig gekommen. Bereit, dein Banner kennenzulernen?«

Atlis war schlagartig wach. »Ja, natürlich!«

»Gut. Dann pack zusammen und zieh dich an. Ich besorge uns was zum Frühstück, wir sehen uns dann beim Prinzen.« Wate zeigte in Richtung des Gänsebanners vor den Zelten. »Es geht los, Atlis.«

Während sie ihre Decken zusammenrollte und nach ihrem Schwert griff, fiel Atlis ein, dass sie Wate gar nicht gefragt hatte, ob der Feind Falken oder Gauwehr war. Dann merkte sie, dass es keine Rolle mehr spielte.

Sie zogen gegen Mörder.

36

Turid

Mehrere Tage ritten sie nach Süden, bis die Blauzahnberge schließlich hinter ihnen zurückblieben und den Weg nach Osten freigaben. Riesenfrau, die vor Turid und Asa an der Spitze des Zugs ritt, zügelte ihr Pferd und blickte mit zusammengekniffenen Augen in die Ebene.

»Was ist?«, fragte Abelric, der nach vorne aufschloss. »Versuchst du die Reichsstraße zu entdecken? Das dürfte noch ein bisschen schwierig sein.«

Die Hünin schüttelte den Kopf und deutete Richtung Osten. Reiter.

Turid spürte Panik in sich aufkommen, aber neben ihr stieß Abelric einen Freudenschrei aus. »Das Reich!«, rief er, »das ist das Reich!«

»Bist du dir sicher?«

Er nickte aufgeregt. »Na klar, sie kommen aus dem Osten – das ist das Reich! Das Reich ist endlich da! Haha! Das Reich!« Er hüpfte im Sattel auf und ab.

Scheu nickte Turid. Sie wollte es glauben, aber es fiel ihr schwer. Bange Momente vergingen für sie, in denen sie das Herankommen der Reiter beobachtete. Es waren etwa zwei Dutzend. Neben ihr kniff Abelric die Augen zusammen und gab sich Mühe, das Wappen zu erkennen. »Gelber Wolfskopf? Bärenkopf?«, murmelte er. »Ein Hundskopf, das ist es! Noch nie gesehen.«

»Das sind Framen«, sagte Riesenweib schließlich.

»Geh weg«, antwortete Abelric. »Framen. Als ob.«

Riesenweib nickte nur.

»Tatsache«, musste er wenig später einräumen. »Framen.«

»Wirklich?«, fragte Turid, immer noch furchtsam.

»Ja, schöne Frau, sieh hin: Die Beinbinden sind weiß, nur Westframen laufen so rum. Die sehen aus wie Stuten mit weißen Fesseln.« Abelric lachte.

Gebannt sah Turid den Reitern entgegen. Wenn da vor ihnen tatsächlich Framen ritten, musste das heißen, dass sie in Sicherheit waren. Das Reich war gekommen. Sie hatten es wirklich geschafft.

Turid merkte, dass sie vor Erleichterung zitterte. Sie hatte es nicht mehr geglaubt.

Riesenweib und Abelric sollten beide recht behalten; bei den Reitern handelte es sich wirklich um Westframen: einer von Dutzenden Kundschaftertrupps, die die Heide auf der Suche nach dem Feind durchkämmten. Die Reiter hatten zuerst vorsichtig gestoppt, als sie des um ein Vielfaches größeren Zugs vor ihnen gewahr geworden waren. Aber als Abelric ihnen jubelnd entgegengeritten war, hatte sich die Situation schnell geklärt. Die Westframen verloren keine Zeit: Sie gaben ihnen eine Handvoll der ihren unter Führung eines Waffenmeisters mit und schickten sie ins Heerlager. Turid wäre lieber direkt nach Kershorn weitergeritten, aber sie hatten nicht mit sich reden lassen: Alle waffen- und arbeitsfähigen Männer und Frauen würden beim Aufgebot der Krone gebraucht.

Die Reiter trieben ihre Pferde wieder an. Der Waffenmeister führte sie südwärts. Drei Tage später waren sie am Ziel.

Das kaiserliche Heerlager war gewaltig. Noch nie hatte Turid etwas Größeres gesehen. Es füllte die gesamte Niederung vor ihnen aus. Zelte, groß wie Scheunen, standen auf der Wiese, dazu rasch zusammengezimmerte Hütten, und dazwischen kampierten Truppen unter freiem Himmel. Es waren Tausende, Abertausende. Von Süden, von der nahen Reichsstraße, kam ein stetiger Strom an Karren, Trägern und Händlern heran. Auf dem Zufluss der Brega, an dem das Lager errichtet worden war, tummelten sich Prahme und Knorren. Mit Brettern behelfsmäßig ausgelegte Straßen führten durch die Zeltstadt hindurch, aber an vielen Stellen war das Heidegras verschwunden und hatte sich in umgepflügtes Erdreich verwandelt. Flussabwärts waren die Weiden für die Pferde und das Schlachtvieh eingehegt worden; allein diese Koppeln beanspruchten mehr Platz als eine kleine Stadt. Banner wehten über all dem schlaff in der Brise, bunt, in allen Farben der Welt, mit mehr Wappen, als Turid sich je hätte ausmalen können.

»Wie viele sind das?«, hörte sie sich selbst fragen.

»Fünfzigtausend Helme, in etwa. Und jeden Tag werden es mehr.« Der Reiter an ihrer Seite war klein und gedrungen und hörte auf den Namen Giso. Er war der Waffenmeister des Trupps, der sie hergeführt hatte. Turid nickte stumm, ganz erschlagen von dem, was sie sah. Selbst Tempel hatte man errichtet. Sie zählte nicht weniger als vierzehn Stück, alle mit kleinen Türmchen. In einem konnte sie sogar eine Glocke erkennen.

Abelric auf ihrer anderen Seite war weniger sprachlos. »Fünfzigtausend, ja, ja!«, schrie er begeistert. »Fünfzigtausend! Das ist das Reich! Das Reich!«

»Es stinkt«, meinte Asa vor ihr im Sattel und hielt sich die Nase zu. »Bäh!«

In der Tat hatten sie das Lager bereits riechen können, bevor es hinter der Bodenwelle in Sicht kam, auf der sie nun Halt gemacht hatten. Und hier war der Gestank schwer zu ertragen. Was da vom Fluss zu ihnen herüberkam, war ein Miasma aus Mist, den Ausdünstungen von Vieh, kokelnden Feuerstellen und viel zu vielen Menschen. Sah man genau hin, war der Dreck sogar als feiner Schleier vor dem Fluss und Himmel zu erkennen.

»Nach Scheiße«, dröhnte Riesenweib in ihrem Rücken.

»Wer scheißt, ist noch lebendig«, kommentierte Giso.

Abelric aber atmete tief durch. »Habt euch nicht so, ihr riecht auch nicht süß wie Eschenholz. Das ist der Duft von Siegern!«

Giso lachte trocken auf. »Kommt, wir bringen euch ins Lager.« Er drückte seinem Pferd die Hacken in die Seiten.

Auf dem Weg hinunter erholte sich Turid von ihrem Staunen. Der Ritt durch die Landschaft half ihr dabei. Er führte sie durch die Überbleibsel eines abgeholzten Walds; sie sah die Stümpfe von Kiefern und Fichten, die Schlagstellen waren noch frisch, die Splitter, die überall herumlagen, hell. Giso bemerkte ihren Blick, und beinahe entschuldigend zuckte er mit den Schultern. »Ein Heer braucht Holz …«

Turid nickte, das war ihr klar gewesen. Aber es war etwas anderes, einen ganzen Wald mit einem Mal vernichtet zu sehen. »Auch Erdhüter machen Feuer«, versuchte sie sich an einer Antwort, die sie selbst aufmuntern sollte.

Giso sah sie an, als habe er darüber noch nie nachgedacht, und zuckte dann abermals mit den Schultern. Aber als sie durch einen Schwenk des in die Erde gestampften Wegs die Richtung wechselten, näherten sie sich dem Lager schließlich flussaufwärts. Noch nie, nicht einmal annähernd, hatte Turid so schmutziges Wasser gesehen wie das, was ihr entgegenkam. Die Schiffe und Boote umfloss braune, stinkende Brühe. Schlachtreste schwammen darin und tote Fische. In der Ufervegetation hatten sich Abfälle und Unrat verfangen. »Grundgütige«, entfuhr es Turid. Sie war erschüttert.

Wieder zuckte Giso halb entschuldigend die Schultern. »Irgendwo muss der ganze Mist ja hin. Du hast ja keine Ahnung, wie viel ein Pferd am Tag so scheißen kann. Und hier gibt es Tausende,

Zum Trocknen fehlt uns die Zeit. Gäbe prima Brennmaterial. Und dazu die fünfzigtausend Helme ...«

»Der Fluss ist tot, Giso ...«

Abermaliges Schulterzucken. »Bis runter zur Brega. Die ganze Wolfskehle lang.«

Turid starrte fassungslos auf die Kloake, an der sie entlangritten. Um sich abzulenken, wandte sie sich wieder an ihren Begleiter: »Giso, mit fünfzigtausend Helmen müssen wir doch gewinnen, oder?«

Der Waffenmeister war im Gegensatz zu Abelric in einem Alter, das seinem Amt angemessen war. Abschätzend wiegte er den kahl werdenden Kopf. »Wir haben mehr als die Falkenbrut. Viel mehr. Aber nicht so viel, dass es ein Laubkehren wird.«

»Aber du glaubst, dass wir gewinnen?«

»Ja, ich glaube, dass wir siegen werden. Aber das glaubt die andere Seite sicherlich auch. Sie haben im Tannhausner Tor gewonnen. Wie auch immer sie das geschafft haben.« Verbiestert schüttelte er den Kopf.

Abermals fühlte Turid sich ernüchtert. Das Heerlager war eine Zuflucht für sie gewesen, jetzt erschien es ihr wie ein Ort, den sie nie kennenlernen wollte. Und von Giso, einem der Ihren, hätte sie sich angesichts ihrer angeblichen Übermacht mehr Siegesgewissheit gewünscht, mehr Zuversicht. Ihr graute vor der kommenden Schlacht, aber sie wusste, dass dieser Sieg notwendig war. Notwendig, weil das Herzogtum nach all dem, was hinter ihnen lag, nicht noch einmal gewinnen durfte. Den Rest des Wegs legte sie in Schweigen zurück.

Zum Gestank kam im Heerlager selbst noch der Lärm dazu. Es war lauter als auf dem Markt einer großen Stadt; Tiere, Menschen, alles und jeder brüllte durcheinander und schien sich in größtmöglicher Lautstärke zu unterhalten. Ihr kleiner Trupp bahnte sich einen Weg durch die verstopften Straßen, niemand schenkte ihnen mehr als flüchtige Beachtung.

Schließlich zügelte Giso sein Pferd. »So, hier wären wir dann.« Turid sah sich um. Sie hatten an einer Ecke des Heerlagers gehalten, die ihr genauso chaotisch und unübersichtlich erschien wie all die anderen auch, an denen sie zuvor vorbeigeritten waren: Zelte und Karren umgaben sie, an Feuerstellen wurden Mahlzeiten zubereitet, Männer und Frauen schliefen, lachten oder pflegten ihre Ausrüstung, zwischen all dem liefen Hunde herum. »Und wo ist ›hier‹?«, fragte sie und beobachtete dabei zwei Frauen, die sich über einem Fass im Armdrücken maßen. Eine johlende Menge feuerte sie an.

»Das große hellblaue Zelt da, das ist das Zelt von Edduweis, Nachfahre Gudas. Er ist der Oberste Westframe im Lager, unser Heermeister. Er wird euch einen Platz zum Lagern zuteilen.«

Turid löste den Blick von den Armdrückerinnen und sah zu dem Zelt zu ihrer Rechten, auf das Giso deutete. Es war ihr wie eine glückliche Fügung erschienen, dass es ausgerechnet Westframen gewesen waren, die sie getroffen hatten. An ihrem Plan, nach Korm zu gehen, hatte sich nichts geändert. Und Korm mochte eine freie Reichsstadt sein, lag aber größtenteils am Ostufer der Brega und damit in Westwegen. Dieser Edduweis würde ihr sicher helfen können, eine Passage für sich selbst und Asa auf einem Schiff Richtung Korm zu bekommen. Sie nickte. »Gut, lasst uns gehen. Danke, Giso.«

Riesenweib war schon von ihrem Pferd abgestiegen, auch Abelric schwang sich aus dem Sattel. Gemeinsam mit den beiden überquerte sie eine behelfsmäßige Straße aus frischen Holzbrettern. Mit einem Pfiff machte Giso die Wachen am Eingang auf sich aufmerksam und bedeutete ihnen, Turid und ihre Begleitung durchzulassen.

Innen war es dämmrig und heiß; die Zeltbahnen dämpften den Lärm des Heerlagers nur leicht. Eine Wache im Vorzelt führte sie ins Hauptzelt, das groß wie eine Edlenhalle war, und wies sie an, sich in der Nähe des Eingangs in einer Reihe bereits dort Wartender einzugliedern. Turid hatte gehofft, sofort vorstellig werden zu können, sie war müde und hungrig, und mindestens für Asa galt dasselbe, aber sie sah ein, dass Protest zwecklos war. Matt gesellten sie sich zu den anderen. Nur langsam ging es voran. Nach ihnen kamen weitere Männer und Frauen ins Zelt, alle trugen sie Rüstungen und Waffen. Auf der anderen Seite saß und standen Grüppchen von Leuten und unterhielten sich, auch sie Krieger. Irgendwo spielte jemand auf einer Leier, aber Turid konnte den Spieler nicht sehen, so voll war das Zelt.

Nach etwa einer Stunde waren sie so weit gekommen, dass sie den Heermeister der Westframen zumindest sehen konnten. Er saß im hinteren Teil des Zelts, dort, wo der Boden mit Brettern erhöht und mit Fellen ausgelegt war, auf einer kleinen Bank. Hinter ihm hing ein großes Banner mit seinem Wappen vom Zeltdach herunter, ein grüner Salamander auf hellblauem Grund. Edduweis selbst schien Turid über fünfzig zu sein: ein großer, kräftiger Mann, dessen langes schwarzes, nach Framenart geflochtenes Haar sich pfeffrig färbte und dessen Gesichtstätowierung, ein Salamander über die linke Schläfe und Wange, ausgeblichen und von Falten ganz zerknittert war. Seinen Bart zierten perlenbesetzte Zöpfchen. Schwert und Schild lehnten an der Bank, der Spangenhelm lag neben ihm darauf. Er unterhielt sich mit zwei Frauen, die vor ihnen angestanden und nun auf den Baumstümpfen vor dem Heermeister Platz genommen hatten. Mehrmals lachte er schallend auf und klopfte sich einmal sogar auf den Schenkel. Endlich standen die beiden Frauen auf und verabschiedeten sich. Die Wache, die auf dem Bretterboden stand, winkte Turids Gruppe heran, hielt aber inne, als vom Vorzelt ein Ruf erscholl.

Wie alle anderen drehte sich auch Turid um. Unter dem Vorhang erschien ein Mann mit Gefolge, noch älter als Edduweis, mit schlohweißem Haar und kräftigem Schnauzer, der bis über sein Kinn herabhing.

»Ich werd nicht mehr – das ist Hildigis!«, flüsterte Abelric aufgeregt neben Turid.

»Wer?«, fragte sie.

»Hildigis! Der Herr vom Weißen Stein, der Graf von Leegland – unser Reichsheermeister! Ich fass es nicht! Schau, seine Amtskette: lauter Schwerter. Und, oh, meine Güte, er trägt Namdung! Namdung! Eines der Neun Schwurschwerter! Ard und Urd, dass ich das noch erleben darf!«

Widerwillig musste Turid lächeln, weil Abelric sich anhörte, als wäre er Mitte sechzig und nicht vierzig Jahre jünger. Aber sie musterte den Reichsheermeister deutlich weniger enthusiastisch als der junge Waffenmeister. Sie hätte ihn weder an seiner Amtskette erkannt, noch hätte sie gewusst, wie sein Schwert hieß. Vor allem aber bedeutete seine Ankunft hier, dass sie noch länger würden warten müssen.

»Hildigis!«, dröhnte es da auch schon durch das Zelt, so laut, dass es den Lärm außerhalb der Planen übertönte. Edduweis war von seiner Bank aufgesprungen und hatte beide Arme ausgestreckt. Der so Begrüßte ging an Turid und den anderen Wartenden vorbei, und beide Männer umarmten sich. Bereits ins Gespräch vertieft, setzten sie sich wieder hin.

»Mama, wie lange dauert das denn noch?«, maulte Asa an ihrer Hand.

»Ich hoffe, nicht mehr zu lange«, gab Turid zur Antwort und strich ihr übers Haar. »Tut dir das Bein weh?« Asas Bruch schien gut zu verheilen, aber die letzten Tage hatte sie beinahe nur im Sattel gesessen und nicht viel stehen oder laufen müssen.

Asa schüttelte den Kopf. »Mir ist nur langweilig.«

»Das verstehe ich.«

»Kann ich draußen spielen gehen?«

»Nein, tut mir leid. Wie soll ich dich denn wiederfinden, wenn du dich hier verirrst? Hab noch ein wenig Geduld, ja?«

Asa verzog das Gesicht, nickte aber.

Zu Turids Überraschung und Freude aber währte das Gespräch zwischen den beiden Heermeistern nicht lange. Schon nach wenigen Augenblicken stand Hildigis auf und verabschiedete sich. Abelric starrte ihm beseelt nach, dann winkte sie die Wache abermals herbei.

Edduweis, Nachfahre Gudas, Heermeister der Westframen, sah von einem zur anderen, während sie vor ihm auf den Baumstümpfen Platz nahmen.

»Eine Erdhüterin mit einem Kind, ein … Hammerjunge und eine schwarz-weiße Riesin. Ich denke, ich wüsste, wenn ich euch schon einmal gesehen hätte. Wer seid ihr, und was verschlägt euch in mein Zelt? Zu meinem Heer gehört ihr jedenfalls nicht.«

Riesenweib ergriff das Wort. »Nein, Heermeister. Meine Gefährten heißen Abel…ric, er ist Waffenmeister von Kornstein, und das sind Turid und ihre Tochter Asa. Draußen warten siebzig weitere von uns. Wir kommen von den Blauzahnbergen und brauchen ein Lager. Einer deiner Waffenmeister, ein Mann namens Giso, schickt uns.«

Edduweis' Blick hing an Riesenweib. »Du siehst mir aus wie eine Seherin, habe ich recht?«

»Ich kann hinter dem Schleier wandeln. Aber in Carcosa war ich nicht.«

»Nicht? Interessant.« Nachdenklich kratzte sich Edduweis das Kinn. »Und du führst diese Leute an? Sind Kämpfer darunter?«

»Beinahe ausschließlich.«

»Gut, ihr seid uns willkommen. Du, Hammerjunge, das Wappen, das du trägst, kenne ich nicht. Wem gehört es?«

Abelric räusperte sich vor Aufregung. »Meiner Herrin Estfala. Sie war die Edle zu Kornstein. Sie starb im Tannhausner Tor.«

»Und du lebst noch?« Edduweis' Augen verengten sich.

»Ich hatte Graufieber, als unser Aufgebot aufbrach.« Er senkte den Kopf. »Ich … konnte nicht bei ihr sein.«

Anscheinend zufrieden mit der Antwort nickte der Heermeister. »Ich verstehe. Du wirst Gelegenheit bekommen, deine Herrin zu rächen. Ihre Mörder werden in wenigen Tagen hier sein.«

»Wirklich?«, fragte Abelric, wieder mit strahlenden Augen.

»Ja. Der Reichsheermeister hat es mir gerade mitgeteilt. Morgen werden wir unsere Schlachtaufstellung proben. Du kannst natürlich den Lehnsherrn deiner Herrin oder ihren Nachfolger suchen, sollte es den bereits geben. Aber ich habe keine Ahnung, ob einer von beiden hier im Lager ist. Ich habe gestern zwei Stunden lang die Heilsgarde gesucht, und die Brüder und Schwestern sind nun wirklich auffällig. Ich schlage dir deshalb vor, dass ihr bei uns bleibt und in unseren Reihen kämpft.«

»Ja, sehr gern!«

Edduweis nickte. Dann sah er zu Turid. »Und du, Erdhüterin? Was ist deine Geschichte?«

»Ich möchte mit meiner Tochter nach Korm.«

Edduweis zog die Brauen hoch. »Nach Korm? Wieso das?«

»Ich habe dort die Hüterweihe erhalten. Und wir haben keinen anderen Ort, wo wir hingehen könnten. In unserer Heimat in den Iffensteinen ist der Feind, und in …« Abrupt brach sie ab.

»Und in wo …?«, hakte Edduweis nach.

Turid schüttelte den Kopf. Mit einem Mal hatte sie wieder die Bilder im Kopf. Die fliegende Frau, die Katzen an der Blutlache, der Mann in der Hobelbank. Nefjolds Lachen im Hof.

Der Heermeister beugte sich vor. »Was ist mit dir, Erdhüterin?«

Asa, die auf Turids Schoß saß, rammte ihre Arme in die Hüfte und beugte sich Edduweis entgegen, das Gesicht grimmig verzerrt. »Lass meine Mama in Ruhe!«

Verblüfft richtete sich Edduweis wieder auf. Er schien zu überlegen, ob er lachen sollte, merkte wohl aber, dass es nur ihm so ging. Turid legte den Arm um Asa und zog sie zu sich heran.

»Was …?«, fing Edduweis wieder an.

»Sie war in Klevs«, schaltete sich Riesenweib ein.

Wieder blickte der Heermeister zu Turid. Langsam nickte er. »Ich verstehe. Die Blutvesper. Es tut mir leid, dass du das erleben musstest.« Er zögerte kurz. »Ich nehme nicht an, dass du darüber berichten willst? Wir kennen nur Traumbotschaften. Niemand aus Klevs hat es bis hierher geschafft.«

Wieder schüttelte Turid den Kopf, panisch beinahe und verkrampft vor Schrecken. Riesenweib legte ihr die Hand auf die Schulter.

»In Ordnung, Erdhüterin. Ich will nicht weiter in dich dringen. Aber du bist hier in Sicherheit. Und was immer du auch erlebt hast, es ist vorbei.«

Turid nickte steif. In ihrem Kopf spukte die Frage, warum in aller Welt es sich dann nicht so anfühlte.

»Nun, wie auch immer.« Er schlug seine Handflächen locker auf die Oberschenkel. »Die Reise nach Korm kann ich dir ermöglichen: Ich bin der Graf von Fleutmark. Wenn du in Korm geweiht worden bist, wird dir das etwas sagen.«

Wieder nickte Turid, ruhiger nun, voller Erinnerungen. Fleutmark war die Grafschaft, die Korm rechts der Brega umschloss. Oft war sie damals ins Fleutmarker Land geritten oder gewandert. Eine wunderschöne Gegend, direkt vor den Toren der Stadt, zu jeder Jahreszeit mit vollen Auen und kleinen, lichten Wäldern. Mit Feldern, die im Sommer prall standen von Weizen, Raps, Sonnenblumen und Erbsen und im Winter tief unter dem Schnee begraben waren. Wenig hatte sie vermisst, nachdem sie zu Atlis nach Olholt gezogen war. Aber die Weite der Fleutmark, die hatte ihr ab und an dann doch in der tiefen Klamm gefehlt.

»Thietmar der Eiserne, Westwegens Gaugraf, hat mich zum

Heermeister seines Aufgebots bestimmt.« Edduweis sprach weiter. »Die Edlen unseres Gaus haben viele Schiffe hier vor dem Lager liegen und noch mehr in der Brega. Auf einem wird sich sicherlich ein Platz für dich und deine Tochter finden lassen.« Wieder kratzte er sich am Kinn. »Ich schätze deinen Glauben, Erdhüterin, auch wenn er nicht der meine ist. Und die Streitereien zwischen deinesgleichen und den Heiligen Müttern und Vätern sind mir einerlei: Ob nun die Elemente die Götter schufen, um für sie die Welt zu regieren, oder die Götter die Elemente, um eine Welt zum Regieren zu haben – was kümmert es mich? Ich zahle den Neunten an die Heilige Familie, aber ich habe mich immer gut mit den Hütern Korms gestellt, meine Grafschaft ist zu reich an den Früchten des Bodens, um ihnen gegenüber keine Dankbarkeit zu verspüren. Die Passage aber, die du wünschst, kann ich dir nicht gewähren, noch nicht.«

»Nicht?«, fragte Turid. Sie merkte, wie sich ihr Herzschlag beschleunigte. Am liebsten hätte sie geschrien. Wieder einmal hatte sie einen Ausweg vor Augen, der ihr im nächsten Moment versperrt wurde.

»Ich brauche dich vorher hier. Hier an der Wolfskehle.«

»Hier? Warum?« Ungute Vorahnungen durchfluteten Turid.

»Erdhüterin, es wird dir nicht entgangen sein: Hier sind Tausende von Menschen. Nicht alle beten zur Heiligen Familie, und auch wenn etliche Hüter hier ihren Dienst verrichten – eine mehr ist besser. Halte Weihen, kannst du das?«

»Das kann ich, ja.« Turid antwortete langsam, die Anspannung schnürte ihr den Brustkorb ab. »Aber das ist noch nicht alles.«

»Nein, das ist es nicht.« Edduweis beugte sich wieder vor. »In vier, fünf Tagen wird das Herzogtum hier sein, endlich. Tausende von uns werden sterben oder verwundet werden. Ich nehme an, du bist einigermaßen in der Versorgung von Wunden belehrt? Gut. Heilende Hände werden wir nach der Schlacht so viele brauchen, wie wir nur bekommen können. Das ist das eine. Das andere: Die, die es nicht schaffen werden, haben letzten Beistand verdient. Geleite sie auf ihrem Weg aus der Schöpfung, der du dienst. Tu das für mich, und ich besorge dir und deiner Tochter eine Unterkunft auf dem schnellsten Schiff die Brega hinauf.«

Edduweis sah sie an, und Turid erwiderte den Blick, stumm. Was der Heermeister der Westframen verlangte, war nur recht und billig, war eine Aufgabe, die im Einklang mit ihrem Dienst an der Schöpfung stand. Aber noch hier zu sein, während die Soldaten des Herzogtums diesen Ort erreichten ... Der Gedanke schüttete ihr Eis ins Blut.

»Nun, Erdhüterin? Was ist? Habe ich dein Wort?«

Stumm starrte Turid ihn an.

»Erdhüterin?« In Edduweis' Stimme schwang wachsende Ungeduld.

»Mama? Was ist mir dir?«, fragte nun auch Asa. Sie strich ihr über die Wange.

Die Berührung löste Turid aus ihrer Starre. Wieder nickte sie. Sie hatte keine Wahl. »Ich ... ich werde tun, was du von mir verlangst. Aber darf ich zwei Bitten äußern?«

»Zwei gleich? Nun gut, Erdhüterin, sprich.«

»Ich möchte das Schlachtfeld nicht sehen. Ich ... ich kann es nicht. Lass mich hier im Lager Dienst tun. Ich bin hier von ebensolchem Nutzen.«

Edduweis überlegte kurz, dann nickte er. »Und die zweite?«

»Gewinnt.«

»Gewi...? Ah, gegen das Herzogtum, meinst du. Das ist unsere Absicht, ja.« Er lachte auf.

Turid blieb ernst. »Versprich es mir.«

Edduweis stutzte, verwundert sah er sie an. »Du bist eine sonderbare Frau, Erdhüterin.«

»Versprich. Es. Mir.« Turids Stimme war ein Knirschen.

Edduweis setzte sich auf, auch er plötzlich sehr ernst. »Ich bin Edduweis, Nachfahre Gudas, Graf von Fleutmark. Thietmar der Eiserne hat mich als seinen Heermeister bestellt. Ich verspreche dir, dass wir gegen das Herzogtum gewinnen werden.«

Zu ihrer eigenen Überraschung spürte Turid eine Woge der Erleichterung durch sich hindurchrollen. Sie merkte erst jetzt, weshalb sie den Heermeister aufgefordert hatte: Sie hatte dieses Versprechen gebraucht. Nach der Ernüchterung des Heerlagers, dem vorsichtigen Abwägen Gisos, nach all den Schrecken und Entbehrungen der letzten Wochen und Monate hatte sie es gebraucht, dass jemand vor sie trat und im Ton tiefster Überzeugung davon sprach, dass alles gut würde. Tränen traten ihr in die Augen.

»Erdhüterin, ich weiß nicht, was du durchgemacht hast, aber es muss schlimm gewesen sein. Hier wird dir nichts geschehen. Und wir werden gegen das Herzogtum gewinnen. Die Götter sind auf unserer Seite. Und deine Schöpfung ist es auch. Es muss so sein, wenn noch gut ist, was immer als gut galt. Ist es nicht so?«

Turid nickte unter Tränen. Sie schniefte. »Es tut mir leid, Heermeister ... Ich danke dir.«

Edduweis machte eine wegwerfende Geste. Für einen Moment ruhte sein Blick noch auf Turid, wie um sicherzugehen, dass es ihr gut ginge, dann nickte er und wandte sich Riesenweib zu. »Du ... Riesenweib. Du hast gesagt, dass du keine Seherin bist, aber sehen kannst, richtig?«

Riesenweib nickte, die Arme unter der Brust verschränkt. Edduweis war groß, aber Riesenweib überragte ihn selbst im Sitzen um mehr als einen Kopf. »Das ist richtig. Und Wunden versorgen kann ich auch.«

»Ausgezeichnet. Aber jetzt hilf mir als Traumsagerin.«

»Was meinst du?«

»Nun.« Der Heermeister der Westframen hielt kurz inne. »Du weißt es vielleicht: Es ist Sitte, die Seher vor dem Ritt hinaus auf die Walstatt nicht zu befragen. Schlachten sind das Würfelspiel der Götter, so sagt man, und es schickt sich nicht, ihnen in den Becher zu schielen.« Wieder machte er eine kurze Pause. »Warum auch? Welchen Nutzen kann es haben, die eigene Niederlage zu sehen? Womöglich unterliegt man nur deswegen, weil man sich selbst verloren gibt. Und was ist, wenn die Seher Falsches sehen? Wir leben in der Zeit der toten Omen, auf was ist schon Verlass, das hinter dem Schleier auf uns wartet?« Edduweis sah zu Boden, als würde er zwischen den Fellen die Antworten finden können.

Ohne aufzusehen, deutete er an die eine Seite des Zelts. »Dort sitzt meine Seherin, Alane Morgenfeld. Ich würde sie nicht fragen, und wenn mein Leben davon abhinge. Sitte ist Sitte.«

Turid folgte seinem ausgestreckten Arm. Er zeigte auf eine Frau in schwarz-weißen Kleidern. Die Seherin musste gemerkt haben, dass von ihr gesprochen wurde; sie sah zu ihnen herüber. Beide Augen zierte die Tätowierung eines Oneirons. Von Weitem sah die junge Frau aus, als hätte sie faustgroße Augenhöhlen.

Auch Riesenweib hatte zu ihr hinübergeblickt, nun wandte sie ihre Aufmerksamkeit wieder dem Heermeister zu. »Aber.«

Edduweis nickte. »Aber.« Dann sah er auf. »Du bist keine Seherin. Dich kann ich fragen.«

Riesenweib blieb unbewegt. »Das ist sehr athanaisch.«

»Es ist mir egal, was es ist!« Aufbrausend schlug Edduweis auf seinen Schenkel. Mit den Händen krallte er in die Luft. Sein Gesicht war rot vor plötzlichem Eifer, der Blick brennend. »Ich will nicht wissen, ob wir siegen! Ich will wissen, *wie* wir siegen können. Einen Hinweis will ich, einen Schicksalswink, nur einen! Ist das zu viel verlangt? Ist es wirklich unschicklich, nach einem Fingerzeig zu fragen, wenn so viel auf dem Spiel steht? Wenn Tausende ihr Leben in die Waagschale werfen?« Der Heermeister war aufgesprungen, während er gesprochen hatte. Nun stand er vor seiner Sitzbank und atmete schwer. Im Zelt war es still geworden. Auch der Leierspieler, der neben der Seherin saß, hatte innegehalten. »Ich habe es ihr versprochen.« Edduweis deutete auf Turid; matt strich er sich eine geflochtene Strähne aus dem Gesicht. »Ich habe es ihr *versprochen*.« Er setzte sich wieder. »Also, Nicht-Seherin«, fing er an und wirkte plötzlich sehr alt, »wirst du für mich durch den Schleier blicken?«

Riesenweib nickte langsam. »Hier?«

Müde machte Edduweis eine müde Handbewegung ins Zelt hinein. »Wo immer du willst. Hier, draußen, am anderen Ufer der Wolfskehle.«

Riesenweib sah sich um. Im Zelt waren die Unterhaltungen wieder aufgenommen worden. Sie zuckte mit den Schultern. »Hier.«

Edduweis nickte. »Alane!«

Die Seherin erhob sich von ihrem Platz an der Zeltwand und kam herüber. »Herr? Wie kann ich dir helfen?«, fragte sie. Sie war ein zierliches Geschöpf, sicherlich kaum älter als zwanzig Jahre. Turid wusste, dass Pesh die Stimme von Sehern kratzig werden ließ, aber es überraschte sie trotzdem, wie tief und rauchig die Worte über ihre vollen Lippen kamen. Wie oft musste diese junge Frau schon die Traumalge zu sich genommen haben, um so eine Stimme zu bekommen? Und welche Unbill hatte sie wohl auf den Weg nach Carcosa gesetzt? Turid musterte sie aufmerksam. Äußerliches Leiden jedenfalls war es sicher nicht gewesen: Früher hätte sie für das Aussehen der Seherin ihren Schatten verkauft. Jetzt allerdings gaben ihr Stimme und Augentätowierungen etwas Geisterhaftes.

»Gib ihr etwas von deinem Pesh.« Edduweis zeigte auf Riesenweib.

Die Seherin wandte sich zur Hünin um, dann überrascht wieder ihrem Herrn zu. »Sie ist keine Seherin«, sagte sie fassungslos.

Ungeduldig schlug der Heermeister wieder auf seinen Schenkel. »Grund und Boden! Tu es einfach.«

Die Seherin zog den Kopf ein und wagte keine weiteren Widerworte. Sie trat zu Riesenweib und holte aus einem Beutel an ihrer Kleidkordel eine klebrig aussehende, dunkelgrüne Kugel hervor, groß wie ein Wachtelei. »Hier«, sagte sie; es klang wie ein Grollen.

Unbeeindruckt nahm Riesenweib der Seherin die Kugel aus der Hand und steckte sie in den Mund. »Reines Pesh«, schmatzte sie genüsslich und leckte sich die Finger ab.

Die Seherin trat zurück, ging aber nicht mehr an ihren Platz. Mit gekreuzten Armen starrte sie Riesenweib feindselig an.

Auch der Heermeister der Westframen nahm keinen Blick von Riesenweib, hatte aber eine gänzlich andere, drängende Miene aufgesetzt. Riesenweib saß weiterhin auf ihrem Baumstumpf, den Rücken durchgedrückt, die Arme verschränkt, und so unbewegt blieb sie auch, als schließlich ihre Augäpfel nach oben in die Höhlen rollten und nur noch Weiß zeigten.

Mehrfach schon hatte Turid Seher beobachten können, die hinter dem Schleier wandelten, aber nicht so oft, als dass der Anblick alltäglich für sie gewesen wäre. Riesenweib atmete gleichmäßig, die weißen Augäpfel huschten hin und her, als sie Dinge sahen, die nur im Traum existierten. Dass Riesenweib hier und doch woanders war, in einer anderen Welt, faszinierte Turid. Auch das, das Traumwandeln und Sehen, war ein Wunder der Schöpfung.

Riesenweibs Augen drehten zurück. Sie hustete.

»Das ging schnell«, sagte Edduweis.

Riesenweib reagierte zuerst nicht. Sie wirkte in sich gekehrt, ihre Augen sprangen weiter hierhin und dorthin, als würde sie noch immer träumen. Falten erschienen auf ihrer Stirn und verschwanden wieder. Dann atmete sie tief durch und hob den Blick.

»Und?«

»Ich bin mir nicht sicher, was passiert ist«, fing sie an, langsam ihre Worte suchend. »Ich denke, ich habe einen Ewigen Wisper gefunden.«

Die Seherin des Heermeisters schnaubte.

Mit unwirschem Wink gebot ihr Edduweis zu schweigen. Er rutschte auf der Bank umher und hätte beinahe seinen Helm dabei heruntergestoßen. »Bist du dir sicher? Ein Ewiger Wisper?«

Immer noch mühsam antwortete Riesenweib: »Ich weiß es nicht. Aber er war plötzlich da, dieser … Vers. Eingehüllt in einen Kokon, und dann ist er geschlüpft. Einfach so.« Wie benommen schüttelte sie den Kopf.

»Und? Wie lautet er?«

»›Sturm ist der Auftakt / Fett wird der Tod / Inmitten der Vernichtung singt Stahl.‹«

Edduweis sah zu seiner Seherin. »Das passt, Alane, meinst du nicht auch?«

Mürrisch zuckte die Seherin mit den Schultern, aber der Heermeister war schon wieder bei Riesenweib. »Und was heißt das? Was soll uns das sagen?«

Doch Riesenweib schüttelte den Kopf. »Ich bin keine Seherin. Mir fällt es schwer, einen Sinn hinter den Worten zu erkennen. Der erste Teil aber … Ich habe Pferde gesehen, die dort sind, wo sie nicht sein sollten.«

»Ist das gut?«

»Es ist … in schlimmer Stunde ein Glücksfall.«

Angespannt nickte Edduweis. »Pferde. Da, wo sie nicht sein sollten. Gut, gut. Was noch?«

Wieder atmete Riesenweib durch, ihre gewaltige Brust hob und senkte sich schwer. »Ich habe Berge von Toten gesehen. Der fette Tod –« Sie brach ab. »Es wird gestorben. In unglaublicher Zahl.«

Edduweis hatte einen Ellenbogen aufs Knie gebohrt und sein Gesicht halb mit der Hand des aufgestellten Arms verdeckt. »Welche Farbe trugen die Toten?«

»Farbe?«

»Ja. Welche Wappenfarbe?«

»Farben auf den Traumfeldern sind trügerisch und nie das, was sie eigentlich sein sollten. Die Toten sahen alle gleich aus. Nackt.«

»Nackt?«

»Ich bin mir sicher, ja.«

Unentschlossen knautschte der Heermeister sein Gesicht. »In Ordnung. Und der letzte Teil?«

»Ich habe nichts gesehen. Nur ein Geräusch gehört.«

»Ein Geräusch? Was für eines?«

»Ein Klirren. Als würde Metall zerspringen. Ich weiß nicht, ich kann es nicht besser beschreiben.«

»Hm. Was soll ich damit anfangen? Wo ist der Hinweis, den ich wollte?«

»Den Träumen ist es egal, was wir wollen, Heermeister. Ich kann dir nicht mehr sagen, als ich getan habe.«

Ungehalten nickte Edduweis. »Ja, natürlich nicht. Es ist nur, dass ich … Ich wollte wissen, was wir tun sollen. Und was habe ich bekommen? Ein Klirren!«

»Ganz so ist es nicht.«

»Die Pferde.« Er ballte die Rechte zur Faust und schlug sie in die Linke. »Das muss es sein. Wir müssen unsere Reiterei anders einsetzen als sonst. Du meintest, sie wären ein Glücksfall?«

»Wenn sie nicht da sind, wo sie sein sollten, ja.«

»Nicht da, wo sie sein sollten.« Sinnend wiederholte er die Worte. »Ich werde das mit Hildigis und dem Kriegsrat besprechen. Was immer die nächsten Tage auch bringen werden: Danke für diesen Blick.«

Riesenweib beugte den Kopf auf eine Weise, die sie wohl für würdevoll hielt.

»Gut.« Edduweis klopfte mit den Händen auf die Schenkel. »Ich danke euch allen. Das Aufgebot Westwegens heißt euch willkommen. Geht ins Vorzelt und fragt dort nach Gormel. Er wird euch einen Platz zum Lagern zuweisen. Hammerjunge, du sagst ihm auch, dass eure Leute in unserem Schildwall stehen werden. Er wird dann alles Weitere mit dir besprechen. Gormel kann euch auch sagen, wo unser Verbandsplatz ist. Und Erdhüterin: Ich halte meine Versprechen.«

Turid nickte dankend, etwas überrascht vom plötzlichen Ende ihres Gesprächs, und erhob sich wie der Rest. Sie nahm Asa an die Hand und schob sich zusammen mit Abelric und Riesenweib durchs Zelt.

»Habt ihr gehört?«, fragte Abelric, der lange geschwiegen hatte und nun sehr erleichtert schien, wieder reden zu können. »In spätestens fünf Tagen ist die Falkenbrut hier. Und dann ...« Er tätschelte seinen Hammer. »In fünf Tagen!« Er beeilte sich, zum Vorzelt vorzudringen, und ließ sie nachkommen. Als sie das Vorzelt betraten, fanden sie ihn bereits im Gespräch mit einem Waffenmeister.

»Ich warte draußen«, sagte Turid. »Ich brauche Luft.«

»Ich komme mit dir«, erwiderte Riesenweib und schob Turid und Asa mit ihren gewaltigen Händen durch den Zelteingang.

Im Gegensatz zur stickigen Luft im Zelt war die außerhalb tatsächlich frisch. Den Gestank nahm Turid zumindest nicht mehr wahr. »Was hältst du davon?«, fragte sie Riesenweib, nachdem sie ein paar tiefe Züge getan hatte.

»Ich weiß es nicht.« Riesenweib starrte auf den Boden.

»Ich auch nicht.« Widerstreitende, unklare Gefühle wirbelten in Turid umher, Angst, Hoffnung, Verzweiflung und Zuversicht. »Ich bete zur Schöpfung, dass der Heermeister sein Versprechen ... dass er es wirklich hält.«

Riesenweib nickte, ohne aufzublicken. »Tu das.«

Etwas an ihrer Art alarmierte Turid. Instinktiv zog sie Asa zu sich heran. »Riesenweib?«

Die Hünin hob den Kopf. In der schwarz-weißen Schminke ihres Gesichts zuckte es.

»Was hast du noch gesehen?«

Riesenweib schüttelte den Kopf.

Turid sah sie an. Erschrocken stellte sie fest, dass sie es wusste. »Nein!«, hauchte sie.

Traurig blickte Riesenweib zurück. »Doch, Erdhüterin. Wir werden verlieren.«

37

Ranke

Über der Heide an der Wolfskehle flirrte die Hitze. Hoch in der Luft flogen die Schwalben. Die Falken waren am Grund. Ranke beobachtete das feindliche Heer von einem der Hügel nördlich des Flusses aus. Hier würde es passieren. Heute.

»Wie viele sind es?«, fragte er.

»Fünf Scharen, keine in Sollstärke, dazu die Verräter der Freien Banner. Zwanzigtausend, höchstens. Auf keinen Fall mehr.« Hildigis nahm die Hand herunter, mit der er seine Augen beschattet hatte. Ranke tat es ihm nach und sah den Reichsheermeister an.

»Wir haben doppelt so viele Helme. Mehr als das.«

»Richtig. Beinahe dreimal so viele.«

»Das ist nur etwa die Hälfte von dem, was das Herzogtum im Chimmgau haben muss. Wo sind die anderen?«

»Ein paar Tausend werden vor Mattheim sein, um die Belagerung aufrechtzuerhalten. Und nach dem, was wir hören, stoßen etwa drei Scharen südlich von uns auf Ermericskrone zu. Der Rest versucht wahrscheinlich gerade, hinter dem Grabarz eine Verbindung zu ihren Truppen vor Neufehn zu schlagen.«

Ranke nickte, dann stutzte er. »Auf Ermericskrone? Das ist viel zu weit weg, um uns von der Seite anzugreifen.«

»Richtig, eine Zangenbewegung gegen die Wolfskehle ist das nicht. Das ist nur sinnvoll, wenn Tyrja Tiwhild heute auf einen vollständigen Sieg setzt und schnell weitere Gelandegewinne sichern will. Dann helfen ihr die Scharen im Süden. Verliert sie aber, sind ihre Truppen abgeschnitten und verloren. Es ist ein riskanter Zug, aber er passt zu ihr. Sie muss sich sehr sicher sein, dass sie heute gewinnt.«

»Wir sind fast dreimal mehr als sie. Wie kann sie das glauben?«

»Das stimmt.« Nachdenklich fuhr sich der alte Recke durch den weißen Bart. »Aber wir sollten die Falken nicht unterschätzen. Da drüben stehen lauter Veteranen der Nechbetkriege. Und die Chimren sind es gewohnt, in großen Verbänden zu kämpfen; ihr ganzes Heer haben sie darauf hin organisiert. Wir hingegen haben ein zusammengewürfeltes Aufgebot von Haustruppen. Die einzigen Großverbände auf unserer Seite sind die paar Barmherzigkeiten der Gauwehr und die viertausend Helme der Heilsgarde. Wir hätten mit unserer Heeresreform schon vor Jahren beginnen sollen.«

»Du zweifelst an unseren Chancen?«

»Nein. Aber ich sehe auch die des Feinds. Kein anderes Handwerk ist so von Übung und Geschick abhängig wie das des Kriegs. Wir haben die Zahlen, Wappenkönig, der Feind hat die Erfahrung.«

»Ich würde auf die Zahlen setzen.«

»Ich auch. Und wir werden siegen. Wenn wir uns nicht in Sicherheit wiegen. Und die Götter nicht gegen uns sind. Oder das Glück.«

»Ich glaube nicht an Glück.«

»Das ist das erste Schlachtfeld, auf dem du stehst?«

»Ja.«

»Dann wirst du heute einen neuen Glauben finden.«

»Ich schätze meinen alten.«

»So wie ich. Aber auch die andere Seite betet. Wer weiß schon, wem die Götter zuhören?«

»Nicht der anderen Seite. Nicht dieser.« Ranke schüttelte den Kopf.

Hildigis' Miene verdüsterte sich. »Du magst recht haben. Ihre Frevel sind bodenlos. Und dass du fünftausend Helme aus Meuren mitgebracht hast, mag ein Zeichen dafür sein, dass die Schöpfung diese Ansicht teilt. Sie werden ihren Teil tun.« Der Reichsheermeister schüttelte langsam den Kopf. »Dass du damit durchgekommen bist, Wappenkönig ... Sie werden Sagas darüber dichten.«

Ranke zuckte mit den Schultern. Nachdem Audun des Kaisers Schwert geküsst hatte, war ihre Niederlage besiegelt gewesen. Wie verlangt, hatte sie Ranke die fünftausend Helme übergeben, die sie bereits unter Waffen hatte. Vor zwei Tagen waren sie im Heerlager bei Kornstein angekommen. Einen vor dem Feind. »Es war der Waffenmeister. Hätte ich selbst Arnfang geführt, Audun hätte unser aller Blut auf ihrem Hallenboden vergossen, ich bin mir sicher. Aber ihren eigenen Mann als Werkzeug des Kaisers zu sehen ... Das war der Unterschied. Niemand in der Halle hat mehr die Macht des Reiches leugnen können. Und der Waffenmeister war ein armer Tropf. Was hätte er denn anderes tun sollen mit Arnfang?«

»Mag es sein, wie es will. Die Heldentat bleibt trotzdem deine. Ich bin froh, dich an meiner Seite zu haben.«

»Danke, Reichsheermeister. Ich fürchte nur, für das, was kommt, bin ich von wenig Nutzen.« Er machte eine Geste hinaus in die Ebene.

»Nein, Wappenkönig. Deine Aufgabe ist weniger blutig, aber nicht weniger wichtig.« Hildigis folgte Rankes Handbewegung mit dem Blick und schwieg. Auch Ranke selbst sah nun hinaus ins Land.

Im Westen stand das Heer des Herzogtums. Eine weiße Wand mit ein paar bunten Einsprengseln der Überläufer aus dem Chimmgau. Die Schlachtreihen waren deutlich zu unterscheiden, immer wieder waren sie unterbrochen von breiten Korridoren, in denen Reiter standen, berittene Bogenschützen. Eine furchtbare Waffe, wie Hildigis ihm versichert hatte. Ihre Angriffe konnten gleichermaßen demoralisierend wie vernichtend sein. Das Reich besaß nichts Vergleichbares, gegen sie halfen nur Schilde und Gebete. Und Panzerreiter, die sie vertreiben konnten. Von denen allerdings hatte das Reich deutlich mehr auf dem Feld als der Feind. Die des Herzogtums, ein paar Tausend Helme stark, standen lediglich auf der linken Flanke des Feinds, im Norden, zurückgesetzt hinter den eigenen Linien. Ein weißer Pulk, dessen Waffen in der Sonne glitzerten. Im Süden sollte den Feind die Wolfskehle schützen. Seine Reihen zogen sich hinunter bis ans Ufer des Flusses. Eine naheliegende Aufstellung. Ähnliches hatten auch sie ursprünglich geplant. Aber Edduweis, der Heermeister der Westframen, hatte vorgestern im Kriegsrat darauf bestanden, auch dort Reiter einzusetzen. Er versprach sich viel von dieser Idee. Und er hatte sich ausbedungen, sie selbst anzuführen. Sollte es ihm tatsächlich gelingen, die Flanke des Feinds vom Ufer her aufzurollen, wäre das viel wert.

Ranke blickte nach Osten. Die schiere Größe des Reichsheers war überwältigend. Fünfzigtausend und mehr Helme. Banner in allen Farben flatterten über dem Schildwall. Zusammen mit dem dunklen Hintergrund aus Waffenröcken, Pferden und Leibern wirkte ihr Aufgebot wie ein buntes Blumenbeet im Frühling. Ranke ging das Herz auf. Die Blüten des Reiches. Tausende mochten geschnitten werden und fallen, aber das Beet selbst würde keinen Schaden nehmen. Dort unten stand nicht nur ein Heer, dort unten stand eine Idee. Und die Reichsidee war unsterblich.

»Wollen wir?« Hildigis holte ihn aus seinen Gedanken.

Ranke spürte, wie ihm die Aufregung in den Magen fuhr. Er nickte.

»Also gut. Drauf und dran.« Der Reichsheermeister gab seiner Ersten Reiterin ein Zeichen. Wie Hildigis war Astraud ganz in Rot gehüllt, mit dem weißen Hinkelstein auf Umhang und Schild. Auch der Reichsheermeister und sein Gefolge traten in den eigenen Farben an; Ranke war der einzige Würdenträger des Reiches, der heute seine schwarze Amtskluft trug. Vielfalt in Einheit. Astraud hob ihr Horn an die Lippen und blies zweimal hinein. Träge trug der Wind die Töne hinaus auf die Ebene. Als von Westen zwei Lurenstöße antworteten, ritten sie los.

Sie waren zu neunt. Ranke, Hildigis und Astraud, der Bannerträger des Reiches und der des Chimmgaus, der Seher, der Ranke begleiten würde, sowie drei weitere Reiter, um der Symbolik willen. Golo war nicht dabei: Der Markgraf hatte darauf gedrungen, den weit in den Norden verlagerten rechten Flügel in die Schlacht zu führen. In einem großzügigen Bogen sollte er den Feind umrunden und ihn von hinten angreifen. Die Panzerreiter des Feinds würden sich entscheiden müssen, ob sie gegen diesen Angriff vorgingen und dabei die Flanke ihres Hauptheers preisgaben, die sie schützen sollten. Oder ob sie an ihrem Platz verharrten und ihren Rücken schutzlos ließen. Hitzig hatte sich Golo jeden Einwand verboten, aber da der Platz ohnehin sein Vorrecht gewesen war, hatte auch niemand widersprochen.

In der Mitte zwischen den beiden Heeren hielt ihr kleiner Trupp an. Ranke wechselte einen letzten Blick mit Hildigis, dann sahen sie den feindlichen Gesandten entgegen.

Sie waren zu acht. Ranke verstand die Botschaft sofort. Die Chimren galten dem Reich als neuntes Brudervolk. Indem das Herzogtum eines unter der heiligen Zahl blieb, unterstrich es den Anspruch, für sich selbst zu stehen. Die Zusammensetzung der Gruppe allerdings ließ Ranke rätseln.

Zwei der Reiter waren klares Beiwerk, um auf die gewünschte Anzahl zu kommen. Bannerträger, Herold und Seher waren ebenfalls selbsterklärend. Dann kam der Erste Reiter der Oberbefehlshaberin und natürlich sie selbst. Weindunkel leuchtete ihr rotes

Haar im Sonnenlicht. Alle trugen sie den weißen Waffenrock des Herzogtums, und alle ritten Schimmel. Der achte Reiter aber war in dunkelgraues Tuch gekleidet und saß auf einem Pferd derselben Farbe. Als sie herankamen, stellte Ranke verwundert fest, dass er die Robe eines Hüters der Luft trug. Er hatte allerdings wenig Zeit, darüber nachzudenken, denn ab dem Moment, in dem die Chimren nah genug waren, dass ihre Züge auszumachen waren, war es die Oberbefehlshaberin, die ihn fesselte.

Tyrja Tiwhild hatte das kälteste Gesicht, das Ranke jemals gesehen hatte. Und bis auf diese Kälte war es bar jeden Ausdrucks. Sie hatte feine, vielleicht sogar zarte blasse Züge, aber in ihnen wohnte Eis, nichts sonst. Das Gesicht eines seelenlosen Gewaltmenschen, auf seine Weise nahezu perfekt, aber ebenso entsetzlich. Und dann der Reif in ihrem Haar: Sie trug nicht den Flügelhelm des herzoglichen Oberbefehlshabers, was ungewöhnlich genug war. Doch der Reif war auch an sich eine Merkwürdigkeit. Er glänzte fahl metallisch und wie ein polierter Knochen zugleich. Rankes Puls beschleunigte sich: War das die Krone, die der junge Seher in seinen Visionen gesehen hatte? Die, die Tyrja Tiwhild nicht benutzen durfte? Er wusste bis heute nicht, was er von dieser Prophezeiung halten sollte. Mit Zwang musste er sich losreißen.

Ihr Erster Reiter war ein krummer Wicht, der schief in seinem Sattel hing. Die dürren Schultern eingefallen, den Kopf hängend, wirkte er, als könne ihn die leiseste Bewegung seines Pferds abwerfen. Unter seinem wirren Haar sprangen gemeine Augen von einem ihrer Gruppe zum nächsten. Ranke fragte sich, ob das derjenige der drei Brüder war, den sie Reiter Gnadenlos nannten. Derjenige, der den Chimmgau in Blut ertrinken ließ.

Im Gegensatz zu diesem Galgenvogel sah der Hüter der Luft aus wie aus dem Ei gepellt. Hochgewachsen und schlank saß er kerzengerade im Sattel. Sein langes Haar hatte er in dem Zopfmuster seines Elements geflochten, und der Bart war peinlichst genau auf die Linie seines Kiefers herunterrasiert. Noch nie hatte Ranke einen Lufthüter gesehen, der kein Weiß oder Hellblau trug, aber dafür trug dieser hier die Nase im Himmel. Um seine Mundwinkel deutete sich ein spöttisches Grinsen an.

Die Heroldin wiederum war beinahe noch ein Mädchen, Ranke schätzte sie auf höchstens achtzehn Jahre. Sie hatte hellbraunes, fast blondes Haar. Sonnenbrand hatte ihre Stirn und Nase hellrosa gefärbt. Wie auch er war sie unbewaffnet in die Schlacht geritten und trug lediglich den Stab ihres Amts. Feder- und Donnervogelschnitzereien schmückten ihn. Ranke überlegte, ob das Herzogtum eine so junge Heroldin als Zeichen der Geringschätzung schickte. Es konnte nicht sein. Diese Schlacht war zu wichtig.

Niemand sprach.

Das erste Wort war das Recht des Angreifers, aber keiner der Chimren schien es wahrnehmen zu wollen. Der Blick Tyrja Tiwhilds ging durch sie hinweg ins Unendliche.

Esche und Falke knatterten über ihnen im Wind.

Schließlich suchte sie Hildigis' Blick. »Kehrt um, legt eure Waffen nieder, weicht«, sprach sie langsam. Ihre Stimme war hart, aber nicht ohne Melodie. »Dies ist mein Angebot: Tut, wie ich euch aufgetan habe, fallt zurück hinter die Brega, und ihr habt mein Wort, dass wir nicht folgen werden. Weicht. Weigert euch, und ihr erfahrt Vernichtung.«

Ranke sah die Vene am Hals des Reichsheermeisters anschwellen, er ahnte, wie sehr Hildigis die Worte empören mussten. »Das Wort einer Mörderin«, dröhnte er los. »Was wäre es wert? Kehr du um, Tyrja, und suche nicht dem Kampf auszuweichen, der dich schlagen wird.«

Leise schüttelte die Oberbefehlshaberin den Kopf. Über den Reif lief ein trüber Lichtreflex. Ranke fiel auf, dass drei Steine in ihn eingelassen waren. Einer schimmerte weißlich-durchscheinend, einer in irisierendem Blau, der dritte glänzte wie poliertes Metall. Mit Befremden bemerkte er, dass sich ein ungutes Gefühl in ihm ausbreitete. Dann sprach sie wieder.

»Es wird keinen Kampf geben. Nur ein Blutbad.«

Ranke fiel der Ewige Wisper ein, den Istrid auf Tyrja bezogen hatte, und er suchte ihre Hände. Die Rechte lag über der Linken und beide auf ihrem Sattelknopf, und tatsächlich: Der kleine Finger der linken Hand fehlte. Unwillkürlich stellten sich ihm die Nackenhaare auf.

»Wir sind hier fertig«, schleuderte Hildigis ihr entgegen. »Ab jetzt sprechen die Schwerter.«

Wieder schüttelte Tyrja den Kopf. »Eure werden es nicht.« Sie schnalzte mit der Zunge und wandte ihr Pferd um. Ohne ein weiteres Wort ritten die Chimren davon.

»Blaufeuer!«, brach es aus Hildigis heraus. »Was für eine bodenlose Frechheit ...«

Astraud legte ihm die Hand auf den Oberarm. »Nicht, Herr. Kühle deine Wut. Sie sind sie nicht wert.«

Ranke blickte zur Heroldin hinüber, die zusammen mit dem Seher der Gegenseite etwa ein Dutzend Schritt entfernt stehen geblieben war und wartete. Sie schien die Schlacht mit ihm zusammen verbringen zu wollen. Ranke verzog das Gesicht. Sollte er mit seiner Vermutung richtig liegen, konnte er ihr das Ansinnen nach alter Sitte nicht verwehren.

»Astraud hat recht«, sprach er an den Reichsheermeister gewandt. »Du wirst einen kühlen Kopf brauchen.« Er streckte ihm die Hand entgegen. »Heil und Segen, Hildigis. Mögen die Götter uns wohlgesinnt sein.«

Hildigis atmete tief durch, dann ergriff er Rankes Hand und schüttelte sie kräftig. »Heil und Segen auch dir, Ranke. Die Götter und das Schlachtenglück. Auf unser Wiedersehen nach der Schlacht. Hier oder bei der Heiligen Familie.«

Ranke nickte, plötzlich zu angespannt, um etwas erwidern zu können. Nachdem er den anderen seiner Gruppe einen letzten wortlosen Gruß entboten hatte, ritten er und sein Seher zur Heroldin des Herzogtums.

»Du willst dich mir anschließen, Heroldin?«, fragte er die junge Frau.

»Das will ich. Erlaubst du es mir?«

Ranke seufzte innerlich. Ausgerechnet in dieser Sache pochte das Herzogtum auf alte Bräuche. »Ich habe keine Wahl«, antwortete er. »Aber ich werde die Schlacht nicht mit Unbekannten verbringen. Die Sitte, die du in Anspruch nehmen willst, gilt nicht für Fremde.«

»Ich bin Fyrski Feyra, Heroldin des Hohen Hofs von Herzog Runolf dem Jungen. Du bist Ranke, Reichsherold und Wappenkönig, nicht wahr?«

»Wappenkönig des Kaisers, Herold der Holden Krone, Gesandter des Heiligen Reiches Salischer Völker«, sprach Ranke seinen vollen Titel aus. »Ja, das bin ich.«

»Du hast Glück, Ranke, Wappenkönig des Kaisers, Herold der Holden Krone, Gesandter des Heiligen Reiches Salischer Völker. Dir wird heute sicher nichts passieren. Wir brauchen dich als Zeugen. Die anderen von euch hingegen … Sie werden alle sterben.«

Beinahe hätte Ranke aufgelacht. Absurd genug waren die Worte, die er hören musste, aber er hielt es so kurz vor der Schlacht für unangemessen. Mochte die andere Seite keinen Respekt vor dem Waffengang haben, er würde seinen nicht vergessen. »Bringen sie das jetzt jungen Herolden in Arikskilde bei – diese Art von wertloser Selbstüberschätzung?«, fragte er. »Oder versuchst du, dir Mut zu machen vor der ersten Schlacht, Fyrski?« Mit den Zügeln setzte er sein Pferd in Gang. Er würde zurück auf den Hügel reiten. Von dort würde er alles mitverfolgen können.

Die Heroldin schloss zu ihm auf. »Weder das eine noch das andere, Wappenkönig. Ich sage dir lediglich, was passieren wird. Dies ist auch nicht meine erste Schlacht. Ich war im Tannhausner Tor dabei. Ich habe den Chimren in euren Reihen gesagt, was sie erwartet, und ich habe ihre Schreie gehört, als sie nach der Schlacht an den Pfahl geschlagen wurden. Ich bin die Heroldin Tyrja Tiwhilds, unserer Oberbefehlshaberin, und ich spreche wahr.«

Erstaunt sah Ranke sie an. Er hatte den Fehler gemacht, vor dem Hildigis ihn gerade gewarnt hatte. Er hatte diese junge Frau unterschätzt. Wortlos wandte er sich ab.

Auf dem Hügel stieg er vom Pferd und zog seine Stiefel und Strümpfe aus. Ein Herold des Reiches beobachtete eine Schlacht stets auf Grund stehend, das Element unter den nackten Füßen, aus dem alles kam. Mit Wegfinder in der Rechten versuchte er, die Anwesenheit Fyrskis aus seinem Kopf zu verbannen, die an seine Seite geritten war. Die beiden Seher, die nach der Schlacht den Bericht ihrer Herolde in die Heimat senden würden, hatten sich hinter ihnen aufgestellt. Ranke schloss die Augen und fing an zu beten. Das Herz hämmerte ihm bis in den Hals.

Als er die letzte seiner Fürbitten gesprochen hatte, schlug er die Augen wieder auf.

»Herr?« Der Seher war an ihn herangetreten. Er deutete nach Norden. Ranke folgte der Geste. Augenblicklich merkte er, dass etwas nicht stimmte.

Staub wölkte dort hinter ihnen auf. Nur hatte es kein Signal zum Vorrücken gegeben. Alles und jeder hätte an seinem Platz bleiben müssen. Aber es gab keinen Zweifel: Ihre rechte Flanke hatte sich in Bewegung gesetzt. Golo.

Ranke musste an sich halten, um nicht zu fluchen. Der Großteil ihrer Panzerreiter und der restlichen Reiterei waren dort drüben. Aber erst nach Schlachtbeginn hätten sie sich in Bewegung setzen dürfen. Und nun waren sie vor allen anderen aufgebrochen. Ihre wehenden Fahnen strahlten im Sonnenlicht.

»Götter«, flehte Ranke leise. Golo, Golo, Golo. Der fiebrige Markgraf hätte nie den Befehl über ihre rechte Flanke bekommen dürfen.

Hörnerschall erklang. Hildigis reagierte. Über die gesamte Schlachtbreite jagte das Signal zum Vorrücken. Zehntausende setzten sich in Gang. Beinahe augenblicklich fransten ihre Reihen aus. Reiter preschten vor, Edle, die sich beweisen wollten.

Im Kriegsrat hatte der Reichsheermeister prophezeit, dass das passieren würde, aber Ranke musste trotzdem schlucken. Die Schlacht war wenige Augenblicke alt, und schon drohte ihre Ordnung sich aufzulösen. »Wir haben die Zahlen«, versuchte er, sich zu beruhigen. »Wir haben die Zahlen.«

Die Kopfbewegung Fyrskis, die er aus dem Augenwinkel wahrnahm, verriet ihm, dass er laut gesprochen hatte.

Luren dröhnten herüber. Auch das Herzogtum rückte nun vor. Und auf den ersten Blick erkannte Ranke, was Hildigis mit dem Wert der Erfahrung gemeint hatte: Die chimrischen Reihen bekamen Dellen und dehnten sich, als sie vorrückten, aber sie hielten. Nirgends rissen sie ein. Zwischen den weiß berockten Linien der Fußsoldaten flogen die berittenen Bogenschützen nach vorn.

Und dann war es Ranke, als würde der Lärm, der sich ohrenbetäubend aus der Ebene erhob, für einen Moment abgedämpft. Ein einzelner, klirrender Ton kam plötzlich über die Welt, schrill und hoch, als würde Glas platzen. Die Farben wandelten sich vor Rankes Augen in metallisches, falsches Glänzen, unwirklich und scharf. Schmerzend hing beides in der Zeit. Dann war alles weg, und Ranke, kalten Schweiß im Nacken, musste sich auf Wegfinder stützen. »Was ... was war das?«, keuchte er. Unwillkürlich sah er auf zu Fyrski, die ihr verstörtes Pferd beruhigte. Auch sie sah mitgenommen aus. Ihr Haar klebte schweißnass an der Stirn. »Das, Wappenkönig, ist euer Ende.« Merklich rang sie nach Atem, aber als sie ihr Reittier wieder unter Kontrolle hatte, schaffte sie es, den Arm zu heben. »Sieh!«

Rankes Blick folgte der Geste. Die Spitzen beider Heere hatten sich bereits getroffen. Die Rotten der leichten chimrischen Reiterei waren nach ihrer ersten Salve bereits wieder dabei, sich vom Feind zu lösen und neu zu formatieren. Ihre eigenen Reiter, die beim Hauptheer geblieben waren, setzten ihnen hinterher, Ranke glaubte, Banner aus Salwald und Framland erkennen zu können. Edduweis' Pulk preschte am Ufer der Wolfskehle entlang. Die Schlachtlinien beider Heere waren sich nähergekommen, bald würden sie aufeinander losgehen, die vergleichsweise dünnen, geordneten Reihen des Herzogtums gegen den enormen, zerfasernden Gewalthaufen des Kaiserreichs. In ihrer Bewegung beeindruckte Ranke die Masse ihres Heers noch mehr: Sie waren so viele. Was auch immer die Heroldin hatte andeuten wollen, er konnte es nicht sehen.

Mutter, Vater, Sohn und Tochter, betete er stumm, haltet Eure Hand über uns alle und schenkt uns diesen Sieg. *Schenkt uns diesen Sieg!*

Als die Heere sich ineinander verkrallten, war die abertausendfache Gewalt ihres Zusammenstoßens bis auf den Hügel hinauf zu hören. Metall, Holz, Fleisch und Knochen, Leben krachten gegen- und aufeinander und hakten sich kreischend ineinander fest. Beinahe augenblicklich wurde die erste Schlachtreihe der Chimren gesprengt, Wucht und Anzahl ihrer Gegner trieb sie auseinander.

Rankes bange Stimmung hob sich zaghaft, aber dann sah er es: Ihre eigenen Reihen stockten. Der Ansturm hatte sie in den Feind hineingetragen, jetzt ging es nicht mehr weiter. Kurz war es, als würden sie stillstehen, dann geschah das Unmögliche.

Ihr Heer platzte auseinander.

Ein Geräusch, wie springendes, reißendes, berstendes Metall erklang.

In der Masse ihrer Reihen entstanden Wirbel aus Leibern, als Dutzende, Hunderte und schließlich Tausende auseinanderstrebten. Das Gebrüll, das sich zornig erhoben hatte, bekam einen schrilleren Unterton. Panik wehte herüber.

Ranke verstand nicht, was passierte. »Was …?«, fragte er, aber die Frage blieb an seinen Lippen hängen.

»Sieh, Wappenkönig! Sieh!«

Er kniff die Augen zusammen und gab sich Mühe, in dem kochenden Menschenmeer Einzelheiten zu erkennen. Er sah Reiter, die von Pferden stürzten, er sah Kämpfer sich entgeistert an die Brust fassen, abtastend, suchend, er sah Fliehende, die ihre Speere fortwarfen, und er sah sogar solche, die noch mit ihren Schilden auf den Feind einschlugen. Schwerter, ging ihm dann auf, sah er nicht. Nicht mehr.

Erschrocken blickte er die Heroldin an. »Was ist das?«

Auf dem Gesicht der jungen Frau lag ein faszinierter, beinahe ergriffener Ausdruck, als würde sie Zeugin einer Weihe. »Rost«, sagte sie abwesend, fast zu sich selbst und ohne ihre Augen von der Schlacht zu lassen.

»Rost?« Die Frage klang schrill in Rankes Ohren.

»Rost.« Die Heroldin nickte. »Sterbendes Metall.«

Voller Entsetzen blickte er wieder auf die Ebene. Aber nun verstand er. Er verstand, warum kaum einer der Ihren noch einen Helm trug, warum das Glänzen der Kettenhemden verschwunden war und die Kämpfer nutzlos gewordene Speerschäfte und Axtstiele von sich warfen, warum niemand mehr ein Schwert führte und Pferde ohne Steigbügel, Sattelschnallen und Kandaren nicht mehr zu steuern waren und ihre Reiter abwarfen. Ranke verstand nicht, wie das passieren konnte, aber er sah es mit seinen eigenen Augen. Die Gedanken versagten ihm, ihm schwindelte. Er mühte sich, bei Verstand zu bleiben, aber hier geschah etwas, das nicht hätte geschehen sollen. Etwas, das nicht geschehen durfte.

Etwas, das nicht von dieser Welt war.

Die Erkenntnis ließ ihn keuchen. Schrill klingelte es in seinen Ohren. Er musste an die Bö auf der Brücke zum Jarlbjerg denken, an die Windstille in den Zweigen Tjarlafnirms und an das unnatürliche Toben des Sturms. Er musste an die Meldung vom Untergang des anwarischen Heers denken und an Kromgerst Schattenmanns Sinnieren über zwei widernatürliche Elemente.

Nun waren es schon drei.

Luft, Wasser, Metall.

Unter ihm kreischte das Heer, das kein Heer mehr war.

Sie würden verlieren, taten es bereits. Sie würden vernichtend geschlagen werden, wurden es bereits. Und Tyrja Tiwhild würde recht behalten. Dies war keine Schlacht, war es nie gewesen. Dies war ein Blutbad, eines, das an Zehntausenden Wehrlosen verübt wurde.

Und die Krone, die die Oberbefehlshaberin trug, was hatte es mit ihr auf sich? Was hatte sie damit zu tun? Welcher Fluch ging von ihr aus?

Die Chimren setzten nach. Keile weißberockter Soldaten stießen in Reihen vor, die keine mehr waren. Die berittenen Bogenschützen waren umgekehrt und galoppierten nun längs der rückwärts strömenden Massen. Salve um Salven ließen sie auf schutzlos gewordene Leiber regnen. Ihre linke Flanke bestand aus Pferden, die reiterlos in die Wolfskehle flohen, und aus abgeworfenen Reitern, die im Fluss und am Ufer von vorrückenden Soldaten niedergemacht wurden. Nirgends gab es mehr Widerstand, nirgends Hoffnung. Nur Stahl gegen nacktes Fleisch. Tod in unvorstellbarer Zahl suchte sie heim.

Schließlich kamen auch die Panzerreiter der Chimren. Von der Flanke her fuhren sie unter ihre davonstiebenden Gegner, Lurenklänge begleiteten sie. Aber sie kämpften nicht mehr, sie mähten nieder.

Und Ranke auf dem Hügel, weil er nichts anderes tun konnte, sah dem Sterben zu.

38

Neferenpet

»Komm mit, Neferenpet.«

Der Ananchtetep streckte seine Hand aus, aber weder in der Geste noch im Gesagten lag Freundlichkeit. Er befahl ihr.

Neferenpet zögerte. »Wohin?«, fragte sie schließlich. Es kam ihr vor wie offene Rebellion.

Das gemeißelte Gesicht des Ananchtetep blieb bar jeder Regung. »Nach draußen. Ins Rote Meer.«

»Ins Rote Meer? Das Rote Meer ist der Tod.«

»Ja, und du bist geweiht in den Wassern des Lebens. Fürchtest du dich?«

Natürlich fürchtete sie sich. Sie fürchtete sich vor dem Roten Meer, sie fürchtete sich vor den Geräuschen nachts in ihrem neuen Palast. Sie fürchtete sich vor Malak der Knochenfrau, und am allermeisten fürchtete sie sich vor dem Ananchtetep. Sie saß in dem Goldenen Sattel, sie konnte der Welt gebieten. Aber nicht ihm. Nicht ihm. »Ich wäre eine Närrin, wenn ich das Rote Meer nicht fürchtete«, sagte sie matt.

»Das ist richtig. Also komm.«

»Wieso?«

Die Bewegung war kaum wahrzunehmen, aber sie entging Neferenpet nicht. Der Ananchtetep hatte seinen Kopf ein klein wenig gedreht, vor Verwunderung vielleicht, vielleicht auch vor Missbilligung. Sie spannte die Schultern an. Ihr Herz raste.

»Weil die ersten Stämme gekommen sind, Neferenpet«, sagte er so hart wie leise. »Der Menenutet muss ihnen entgegenreiten und sie nach Pta-Anchem einladen. Er muss sie aus dem Tod ins Leben bringen. So steht es im Meophis-Kun. Das ist seine Rolle. Hast du das vergessen?«

Sie schüttelte den Kopf. »Ich wusste nicht, dass die Stämme gekommen sind«, verteidigte sie sich.

»Jetzt weißt du es. Komm.«

Neferenpet spürte, dass sie der Aufforderung kein drittes Mal ausweichen konnte. Tatsächlich hatte sie auch keine Wahl: Es war ihre Pflicht, die Stämme zu begrüßen. Sie stand auf.

Der Ananchtetep war bereits auf dem Weg zum Ausgang der Kühlen Kammer.

Neferenpet warf Meremnoru einen Blick zu, die wie immer rechts von ihr am Beckenrand stand. Ihre Zofe machte große Augen. Als Neferenpet aufstand und aus dem Wasser heraus schritt, kam sie herangeeilt. »Neferenpet!«, flüsterte sie aufgeregt. »Weißt du, was du gerade getan hast?«

»Ich weiß!« Auch sie flüsterte und grinste Meremnoru an wie eine Mitverschwörerin. In den vergangenen Wochen hatte sie sich schrittweise in ihr neues Leben eingefunden. Vieles war immer noch ungewohnt und fremd für sie, und manchmal wachte sie morgens auf, unsicher, ob nicht alles ein Traum gewesen sei. Aber sie war nicht mehr vollkommen überfordert von der Situation; langsam begann sie, ihre Rolle zu verstehen. Zumindest in Teilen. Nur hatte sie sich noch nie derartig dem Ananchtetep widersetzt.

»Mir ist ganz anders geworden, ich dachte, gleich wird er dich fressen.«

»Ich auch, ich auch! Meremnoru, ich schwöre dir, ich wäre beinahe gestorben.«

»Du warst großartig. Ich bin so stolz auf dich. Eines Tages«,

Meremnoru sah sich vorsichtig um, »eines Tages wirst du die Erste sein, die keine Angst mehr vor ihm hat.«

»Das kann ich nicht glauben.«

»Bestimmt, es wird so kommen.«

Dankbar lächelte Neferenpet ihre Zofe an. Der Zuspruch tat ihr gut, und er würde sie für die Zeit wappnen, die sie nun mit dem Ananchtetep allein verbringen würde. »Am Ende der Zeit vielleicht«, sagte sie.

»Und du willst wirklich hinaus ins Rote Meer? Du willst wirklich in den Krieg ziehen?«

»Ich muss«, erwiderte sie. Weil es ihre Rolle war, aber nicht nur. Malak die Knochenfrau hatte gesagt, sie würde Wunder erleben. Das würde sie nicht, wenn sie allein in der Kühlen Kammer zurückbliebe. Und das wollte sie mehr als alles andere: Wunder sehen.

Er wartete auf der Barke auf sie.

Neferenpet bestieg das blau bemalte Deck und erstarrte. Im Heck hockte eine Gestalt in einem weißen Shuf. »Ist das …?«, fing sie an und stockte. Das konnte nicht sein.

»Ein Khem-ru, ja«, erwiderte der Ananchtetep.

Sie wusste nicht, was sie sagen sollte. Nicht einmal, was sie fühlen sollte. Furcht, Hass, Ratlosigkeit, Zorn. Ohnmacht. Ein Khem-ru, ein Mörder ihres Vaters.

»Du hast gesagt, sie seien alle tot!«

»Alle bis auf diesen.«

Die Barke legte ab.

»Warum?«, brachte sie schließlich heraus.

»Er ist ein Fortgegebener.«

Ein Fortgegebener. Die Gefangenen des Gewitterkriegs hatten bei Friedensschluss alle freigelassen werden müssen. Die Verschonten waren sie genannt worden, aber als man sie zurückschicken musste, hatten sie einen neuen Namen bekommen. Einer von ihnen war also mit den anderen Khem-ru zurückgekehrt. »Nichts geht verloren …«, sagte sie leise, noch immer mit zwiespältigen Gefühlen.

»Alles fließt zurück.«

»Aber warum?«

»Er erinnert mich. Er war ein Vertrauter Snorri Sagards. Du hast sein Herz, ich seinen Gefährten.«

Neferenpet spürte das Gewicht des Qet auf ihrer Hüfte liegen. Ekel mischte sich in ihre Gefühle. Unter ihrem Shuf runzelte sie die Stirn. Sie konnte die Sentimentalität des Ananchtetep nicht verstehen, die er für den toten Gesandten der Khem-ru hegte.

»Wir gehen in seine Welt«, sprach er weiter. »Er kennt unsere. Er wird uns nutzen.«

»Er ist ein Mörder.«

»Ich sagte dir bereits, dass das nicht stimmt, Neferenpet.«

»Trotzdem. Er hat den Tod verdient.«

»Das haben die meisten.«

»Dieser ganz sicher.«

»Willst du, dass ich ihn töte? Ein Wort von dir, und ich stoße ihn von der Barke. Ich schneide ihm die Kehle durch, ich erwürge ihn. Ich verbrenne ihn, sobald wir das Ufer erreichen, ich breche ihm das Genick und lasse ihn zu Fetzen peitschen. Was immer du willst. Sprich.«

Überrascht sah sie den Ananchtetep an.

»Du bist die Menenutet. Dein Wille geschieht.«

Sie sah hinüber zu dem Mann. Er hockte mit gesenktem Kopf und hängenden Schultern an der Bordwand der Barke. Rote Kordeln an seinem Shuf ließen über seinen Sklavenstatus keinen Zweifel. Sie schüttelte den Kopf. »Wenn er dir wichtig ist, behalte ihn. Aber er soll nicht mehr Fortgegebener genannt werden. Er ist wieder, was er war: ein Verschonter.«

»Ein Verschonter. Ich habe diesen Ausdruck nie geschätzt. Aber so sei es.«

»Warum nicht?«

Die türkisen Augen des Ananchtetep blickten kalt. »Er klingt so endgültig.«

Die Barke glitt aus der Palastanlage hinaus. Die Schwimmenden Gärten nahmen sie auf. Um Neferenpet blühte, sang und glitzerte das Leben.

Blüten trieben auf dem Wasser, zwischen ihnen schwammen Dornenten und Schlammhäublinge, glucksend, schnatternd. Ein Goldschwan beäugte sie mit seitlich geneigtem Kopf, bevor er träge Wasser paddelnd ihre Bugwelle ausglich, die unter ihm hindurchrollte. Neferenpet hob überrascht den Blick, als über ihr Gekreisch laut wurde: Eine Gruppe Ringelreiher war von ihrem Uferversteck aufgeflogen und stieg in den blauen, blauen Himmel. Der Duft von Kampfer und Süßröhricht rollte heran, nur um bei der nächsten der schwimmenden Inseln dem von Mangoblüten zu weichen. Libellen schwirrten brummend durch die Luft, ihre schillernden Flügelpaare blitzten wie Klingen im Licht des Morgens. Auf den Inseln standen rot gewandete Wamauchen im Grün und pflückten Pfirsiche und Kirschmirabellen oder zogen Gurken. Unweit der Barke sprangen Hüpflinge aus dem Wasser, silbern leuchteten die Körper der kleinen Fische.

Sie glitten aus den Schwimmenden Gärten hinaus und auf den Neheb. Nicht weit von ihnen flog ein Schwarm Flamingos dicht über dem Fluss und setzte wassertretend zur Landung an. Die Reusen, die quer im Strom standen, wurden von Wamauchen abgefahren, die den Fang aus den Körben in ihre dickbäuchigen Einbäume schütteten. Irgendwo brüllte ein Flusspferd. Das Ufer kam näher, und Neferenpet vernahm das Quaken der Frösche, die zu Millionen im Schlamm lebten. Es war ohrenbetäubend. Auf den Feldern zogen weiße Rinder die Pflüge, mit denen Wamauchen die schwarze, fette Erde umgruben. Zweimal im Jahr konnte das Korn geerntet werden, das in nur vier Monaten heranreifte.

»›Übervoll schenkst du mir Leben‹«, zitierte sie unwillkürlich eine Dankeshymne aus dem Meophis-Kun. »›Deine Wasser gewähren mir Wonnen ohnegleichen. Ich stehe an deinem Ufer und singe dir, Nährer des Menschen, Bringer von allem, was gut ist.‹«

An der Stelle, an der sie an Land gingen, schnitten Wamauchen Papyrusstauden. Neferenpet stieg aus der Barke, die Nässe des Uferschlamms drang durch ihre Stoffschuhe und sog sich die Ränder ihres Shuf hoch. Sowohl die Wamauchen wie auch ihre Begleiter sanken auf die Knie: Es war ein heiliger Moment, wenn der Menenutet aus dem Neheb kam und Land betrat. Neferenpet aber konnte nicht anders, als Beklemmung zu fühlen. Sie würde die Nechbet betreten, das Land des Todes. Zum ersten Mal.

Am Ufer warteten weitere Stille auf sie. Nachdem auch sie sich wieder erhoben hatten, führten sie alle zu einer Gruppe unter Palmen liegender Kamele.

Daran hatte sie nicht gedacht. Als der Ananchtetep sie vor ihrem Palast aufgegriffen hatte, hatte sie zum ersten Mal auf einem Kamel gesessen; noch nie aber hatte sie selbst eins geritten.

Der Ananchtetep schien ihre Gedanken zu erraten. »Wir können dir ein Pferd besorgen.«

»Nein.« Schweißnass klebte Neferenpet der Shuf an den Schultern. Sie würde nicht zu allen anderen aufblicken. Sie würde die Stämme nicht aus einer Position begrüßen, die sie kleiner machte als alle anderen. Sie war eine Frau unter Männern, das machte es schwer genug. »Ich reite auf einem Kamel.«

Der Aufstieg gestaltete sich schwierig. Das Tier war warm, riesig und roch streng. Mehr mit Glück als Geschick kam sie in den Sattel und hielt sich krampfhaft am Knauf fest, als das Kamel unter ihr aufstand. Unsicher setzte sie es schließlich in Gang. Langsam ritten sie durch das sattgrüne Nechbet-Ufer.

War der Fluss voll mit Leben gewesen, so war es sein Ufer nicht minder. Dattelpalmen, Maulbeer- und Feigenbäume wechselten sich mit Reisfeldern und Gemüsebeeten ab. Zwischen den einen schnatternden Makaken, die bei ihrem Nahen die Stämme hochflüchteten, auf den anderen umkreisten Heerscharen von Schwalben und Schlammpiepsern die Feldarbeiter. Das Froschgebrüll wurde abgelöst vom Zirpen der Zikaden. Ein Blaustorch schritt unbeeindruckt von ihrer Prozession am Wegrand entlang, zur Linken und Rechten nickend, und eine Zeit lang begleiteten sie zwei aufgeregt bellende junge Hunde. Die Brise, die zwischen den Bäumen hindurchglitt, brachte Fetzen eines Wamauchen-Lieds mit; schnell ging es unter im Gefauche zweier Paviane, die sich an einer Kanalbrücke um eine herangetriebene Melone stritten. In Tonröhren wurden Bienenvölker gehegt.

Sie ritten die meiste Zeit im Schatten von Akazien. Die Luft war warm, aber feucht, voll von erdigen Gerüchen und gelegentlichen Fahnen von Rauch, mit dem Insekten vertrieben werden sollten.

Die Nechbet kam ohne Vorwarnung über sie.

Mit einer Plötzlichkeit, die Neferenpet keuchen ließ, war das Grün verschwunden, und dann war vor ihr nur noch Rot, Rot, Rot.

Über ihnen brannte die Alte Feindin erbarmungslos wie immer. Mit dem ersten Schritt, den ihr Kamel in die Nechbet machte, wehte ihr roter Sand entgegen. Tod beschmutzte sie.

Neferenpet schwitzte, aber es war nicht die Hitze. Es war Angst. Ihr ganzes Leben lang hatte sie behütet inmitten von Wasser zugebracht. Die Nechbet war nicht mehr gewesen als ein ferner Streifen, eine rote Drohung, die sie von den oberen Stockwerken ihres Palasts hatte sehen können. Manchmal hatte der Wind feine, rote Sandkörner auch bis zu Neferenpet getragen, und wenn sie bei ihr ankamen, hatten die winzigen toten Steinchen den Großteil des Schreckens verloren, der ihnen innewohnte. Aber jetzt war sie mitten unter ihnen, im Roten Meer, und der Wind heulte sie an. Die Nässe, die ihr Shuf im Uferschlamm aufgesogen hatte, war binnen weniger Augenblicke getrocknet.

Neben ihr ritt der Ananchtetep.

»Was wird von mir erwartet, wenn ich die Stämme begrüße?« Sie versuchte, ihrer Furcht Herrin zu werden, indem sie sich auf die vor ihr liegende Aufgabe konzentrierte. Sie musste wissen, was von ihr erwartet wurde.

»Segensküsse und Wasser für die Me'eph-Ma'et. Die Kühle des Ewigen Zeltes.«

»Das sollen sie bekommen.«

»Gut. Mehr werden sie nicht brauchen. Und Rast für sechzehn Tage.«

»Auch die. Und dann brechen wir auf.«

Ein Seitenblick traf sie. »Bist du bereit?«

Nein. War sie nicht. Wie konnte sie es sein? »Ja«, sagte sie, den Blick starr geradeaus gerichtet.

»Du reitest zum ersten Mal auf einem Kamel, Neferenpet. Man sieht es. Du hast noch nicht einmal das Ba'aleph hinter dir.«

Sie nickte stumm. Er wollte sie aus der Fassung bringen. Er wollte sie prüfen. Und gerade deswegen durfte sie sich nicht anmerken lassen, wie sehr er an ihren Zweifeln rührte. Rot türmten sich die Dünen vor ihnen auf, hoch wie mehrstöckige Häuser, und sie nahmen kein Ende. Sie hatte schon jetzt, nach wenigen Augenblicken, Mühe, sich im Sattel zu halten. Sie würden wochenlang unterwegs sein. Wie sollte sie das schaffen?

»Dieser Krieg wird mein Ba'aleph sein«, sagte sie tapfer.

»Der Krieg, den dein Erstes Schwert für dich führen wird?«

Die Frage traf sie beinahe ebenso unvorbereitet wie der Anblick der Nechbet. In den ersten Tagen nach ihrer Entscheidung hatte sie auf eine Reaktion des Ananchtetep gewartet wie auf den

Schlag einer bereits erhobenen Hand. Sie war nicht gekommen. Narmersechem gab nicht einmal zu erkennen, ob er von ihrer Wahl Kenntnis hatte. Sie hatte sich vorgenommen, ihn darauf anzusprechen: Es war ihr unpassend erschienen, als Menenutet Angst vor einer eigenen Entscheidung zu haben. Und doch hatte sie es immer wieder aufgeschoben, weil sie einfach nicht den Mut dazu fand. Ramensecheb selbst war aufgebrochen, um die Krieger seines Stamms zusammenzurufen und nach Pta-Anchem zu bringen, und so war ihre Entscheidung quasi unsichtbar geblieben. Bis jetzt. Sie wünschte sich, dass Ramensecheb an ihrer Seite hätte sein können.

»Ich … weiß nicht, worauf du hinauswillst«, sagte sie unsicher.

»Es war eine sehr kluge Entscheidung, Ramensecheb zu deinem Ersten Schwert zu machen. Eine, die auch ich dir nahegelegt hätte. Dass du sie von selbst getroffen hast, war eine frohe Überraschung.«

Neferenpet nickte, immer noch verwirrt, vor allem aber unerwartet erleichtert.

»Die Feinde, die man nicht vernichten kann, muss man sich zu eigen machen.«

Erschrocken warf sie dem Ananchtetep einen Blick zu. Auch er wandte sich ihr nun zu und maß sie lange und hart. Als er endlich sprach, hatte seine Stimme einen lauernden Unterton bekommen. »Ramensecheb ist dein Feind. Das weißt du doch, oder, Neferenpet?«

Sie wollte antworten, selbstbewusst und fest, aber sie verschluckte sich vor Aufregung. »Ich …«, brachte sie heraus, dann musste sie husten und hatte Mühe, sich auf dem Kamel zu halten. Rot, rot, rot flackerte die Nechbet in ihren Augen.

Als sie wieder aufsah, glomm Enttäuschung im Türkis.

»Wieso?«, fragte sie, weil es bereits egal war. »Wieso ist Ramensecheb mein Feind?«

»Das musst du wirklich fragen? Du bist dort, wo er sich bereits sah. Wenn du nicht wärst, wäre sein Vater Menenutet, und Ramensecheb würde nach ihm im Goldenen Sattel sitzen. Aber es gibt dich, und all seine Hoffnungen, die er gehabt hat, sind toter Sand. Er hasst dich, Neferenpet.«

Sie war völlig vor den Kopf gestoßen. Ramensecheb sollte sie hassen? Diese seelenvollen blauen Augen sollten die eines Feinds sein? Sie konnte das nicht glauben, wollte es nicht, aber in ihrem Hinterkopf formte sich bereits die Frage, ob genau das nicht der entscheidende Unterschied war. Konnte sie es nicht sehen, weil es nicht da war, oder verschloss sie willentlich die Augen vor dem Offensichtlichen?

»Woher ... Wie kannst du das wissen?«

»Er ist ein Mann, und Männer sind alle gleich. Sie wollen Macht, es ist ihr innigster Wunsch, und sie hassen den, der sie ihnen verwehrt.«

»Aber ... du bist auch ein Mann.« Ihr Einwand war ein verzweifeltes Hauchen.

»Ich bin der Ananchtetep, der Vorsteher der Stillen. Unsere Wünsche sind nicht von dieser Welt.«

Etwas in dieser Antwort schien Neferenpet nicht zu stimmen, schien zumindest zu einfach zu sein, aber sie war zu verunsichert, um ihren Finger darauf legen zu können. Sie suchte nach einem Ausweg, aber sie fand keinen.

»Weißt du wenigstens, wieso du einen Feind zum Ersten Schwert machen solltest?«

Die Stimme ließ ihr keine Ruhe. Schwach schüttelte sie den Kopf. Sie wusste es nicht, es ergab keinen Sinn für sie, und sie traute sich nicht zu raten.

»Damit du ihn bei dir hast. Damit du ihn kontrollieren kannst. Das Erste Schwert steht im Licht des Tages, wo jeder es sehen kann. Es führt deinen Krieg, es hat keine Zeit, giftige Pläne zu schmieden. Und im Krieg neigt es dazu zu sterben. Vor allem, wenn es so ein junger Heißsporn ist wie Ramensecheb. Deshalb, Neferenpet.«

Sie nickte stumm. Scham brannte auf ihrer Wange, heißer als die Alte Feindin auf ihrem Kopf.

Eine Weile ritten sie schweigend über die Dünen.

»Was war dein Grund?«

Die Frage schnitt durch die Stille. Sie hatte gewusst, dass sie käme, sie hatte sie gefürchtet. Weil sie keine Antwort für sie hatte. Keine, die sie dem Ananchtetep geben konnte. »Er hat mich darum gebeten.«

»Er hat dich darum gebeten?«

»Ja.«

»Und du hast ihm die Bitte erfüllt? Einfach so?«

»Ja.« Sie konnte den Zorn in seiner Stimme hören. »Aber ... aber das war doch gut, sagtest du.«

»Wenn du diese Entscheidung aus den richtigen Gründen getroffen hättest, ja.« Ein lodernder Blick traf sie. »Aber das hast du nicht. Man kann aus falschen Gründen richtige Entscheidungen treffen, aber das ist das Glück der Dummen, und weißt du, was Glück ist? Sand. Glück ist Sand. Man kann nichts auf ihm bauen, er kann dich nicht ernähren, und wenn du nicht aufpasst, beißt er dir in die Augen.«

Sie nickte, immer noch beschämt, aber der Ananchtetep war noch nicht fertig. »Allein die Tatsache, dass dich Ramensecheb darum gebeten hat, hätte dich warnen müssen. Und weißt du auch, wieso?«

Sie schwieg.

»Wieso, Neferenpet?«

»Ich weiß es nicht«, flüsterte sie in ihren Shuf, und sie spürte den Kloß in ihrer Kehle drücken.

»Weil er nicht an dich glaubt. Nicht an dich, nicht an deine

Herrschaft. Er geht das Risiko bewusst ein, das es heißt, in Kriegszeiten Erstes Schwert zu sein, weil er nicht glaubt, dass du dich
lange halten wirst. Und damit du auch wirklich verstehst, was ich
dir sagen will, wiederhole ich es noch einmal mit anderen Worten:
Er glaubt, dass du schnell sterben wirst. Er hofft es. Und dann,
wenn du tot bist, kann er nicht nur den Anspruch seines Bluts
anführen, sondern auch den seines Amts. Und gleichzeitig verhindert er, dass ein Rivale das Amt bekommt und seinen eigenen
Anspruch dadurch stärken kann. Und nichts von alldem war dir
klar, oder, Neferenpet?«

Wieder schüttelte sie den Kopf, wieder schluckte sie gegen den
Kloß an. Es war alles zu viel. Die Hitze, die Wüste, der irritierende
Kontrast zwischen dem Kobalt des Himmels und dem Karmesin
des Sands, der in den Augen schmerzte, der Sand, der Zorn des
Ananchtetep und die vielen Dinge, die sie weder kannte noch
ahnte. Wie sollte sie das schaffen?

Es war genau die Frage, die ihr der Ananchtetep stellte: »Wie
willst du das schaffen, Neferenpet?«

Sie hatte keine Antwort für ihn, so, wie sie auch keine für sich
hatte.

»Sieh mich an.«

Sie schüttelte den Kopf. Er sollte ihre Verzweiflung nicht sehen.
Sie konzentrierte sich auf die Düne, die sie emporritten.

»Sieh mich an.«

Neferenpet gab auf. Sie sah ihn an. Das Türkis seiner Augen
war so kalt wie seine Stimme. »Du schaffst es, indem du zuhörst.
Ich bin dein Vorleser, also höre die Worte, die ich dir sage. Du bist
die Menenutet, es ist deine Herrschaft, und du solltest damit beginnen, sie zu füllen. Kenne deine Rolle, Neferenpet. Und dazu
gehört auch, zu wissen, wem du Vertrauen schenkst und wem
nicht.«

Ja, schrie es in ihr. Und wie konnte sie dem Krokodil vertrauen?

Dem Mann, vor dem sie sich mehr fürchtete als vor der Alten Feindin. Sie konnte dem Blick nicht mehr länger standhalten. Die Düne ragte vor ihr auf wie eine Wand. Rot, Rot, Rot.

»Hast du mich gehört, Neferenpet?«

Sie nickte. »Ich habe Angst«, brachte sie heraus.

»Angst ist das Beste, was dir passieren kann. Sie schützt dich davor, Fehler zu begehen. Angst schärft die Sinne. Als du Ramensecheb zu deinem Ersten Schwert machtest, hattest du da Angst?«

»Nein.«

»Du hättest sie haben sollen. Vor ihm. Und hast du jetzt Angst?«

»Ja.«

»Vor mir?«

»Auch.«

»Aber nicht nur?«

»Nein.«

»Gut. Du wirst gleich Dutzenden Me'eph-Ma'et gegenübertreten. Sie werden dir dreißigtausend Männer bringen, weil du ihnen genau das aufgetragen hast. Sie werden dir folgen, weil du die Menenutet bist. Aber sie werden dich auch prüfen, sie werden deine Schwächen finden wollen. Manche, um sie auszugleichen, andere, um sie auszunutzen. Hör auf deine Angst, wenn du mit ihnen verkehrst.«

»Aber Angst ist … Angst lähmt.«

»Nur, wenn du sie lässt. Der Hase duckt sich und flieht, wenn er Angst hat, die Kobra steigt auf und stößt zu. Welches ist dein Seelentier?«

»Die Kobra«, flüsterte sie.

Ihre Kamele erklommen den Gipfel der Düne.

»Dann steig auf, Neferenpet, und stoß zu.«

Beinahe wäre sie aus dem Sattel gefallen, so schwindlig wurde ihr. Tief unter ihnen lagen die Stämme. Blau an Blau, ein Meer aus Leben in einem Meer aus Tod. Sie schnappte nach Luft.

»Dies ist dein Volk, Menenutet«, hörte sie den Ananchtetep sprechen. Es war ihr, als käme seine Stimme von sehr weit weg. Sie rauschte in ihren Ohren. »Führ es in den Krieg, und führe es wieder hinaus. Bring das Juwel zurück. Gib ihm seine Seele wieder. Nimm deine Angst und nutze sie. Erfülle deine Rolle.«

Neferenpet versuchte nicht einmal zu reagieren. Sie starrte hinunter auf das Blau, das sich so weit ins Rot erstreckte, wie sie blicken konnte. Dreißigtausend hatte der Ananchtetep gesagt, und bis gerade eben hatte sie keine Vorstellung gehabt, wie viele das waren.

Aber plötzlich sank ihr wieder das Herz. Die Unmöglichkeit ihrer Aufgabe, ihrer Rolle fing da unten an: Sie, die Frau, die nichts kannte außer ihren Palast, sollte Zehntausende Krieger durch das Rote Meer und in die Welt führen, um nichts weniger zurückzuerobern als die Seele ihres Volks. Sie wusste nichts und konnte noch viel weniger, und alles, was sie sich vorgenommen hatte, alles, was sie sich erträumt oder erhofft hatte, verblasste vor dieser Erkenntnis. Sie würde versagen. Sie würde scheitern.

Nur eine Möglichkeit gab es, dass es anders käme, nur eine. »Ich werde ein Wunder brauchen«, flüsterte sie in ihren Shuf.

»Nein, Neferenpet.« Der Ananchtetep hatte sie gehört. Nach all dem Zorn und Drängen klang er unerwartet verständnisvoll. »Wunder sind so häufig wie Wolken in der Nechbet. Wer auf sie wartet, stirbt, bevor er welche sieht. Was du ...«

Sie bemerkte nicht gleich, dass der Ananchtetep mitten im Satz verstummt war, so versunken war sie in dem Blau unter ihr und der Hilflosigkeit, die es bedeutete. Sie spürte eine Berührung an der Hand und sah sie an. Auf dem Stoff ihres Handschuhs breitete sich ein kleiner, dunkler Fleck aus. Stirnrunzelnd überlegte sie, was es mit ihm auf sich haben mochte, als ein zweiter Flecken neben dem ersten erschien, und im nächsten Moment spürte sie die Nässe auf ihrem Handrücken. Verwirrt blickte sie zum Ananchtetep. Das Krokodil hatte den Kopf in den Nacken gelegt. Sie folgte seinem Blick und ...

Über ihr ballten sich dunkle Wolken. Erschrocken drehte sie sich im Sattel um: Hinter ihr war der Himmel zugezogen von einem Ende bis zum nächsten.

Der nächste Tropfen fiel auf den schmalen Streifen geschminkter Haut unter ihrem linken Auge. Sie spürte, wie er ihr Lid herunterrann und in ihrem Shuf versickerte.

Als sie den Donner hörte, zuckte sie kurz zusammen.

Aber dann kam der Regen. Und hörte nicht mehr auf.

ANHANG

Verzeichnis der handelnden Personen

DAS HEILIGE REICH SALISCHER VÖLKER

Abelric – Waffenmeister von Kornstein – Sale

Atlis, Erste ihrer Sippe – Edle von Olholt und Gütige der Gauwehr – Chimre

    Ansprand – Soldat ihrer Güte – Sale

    Etele – Fähnrich ihrer Güte – Sale

    Wate – Waffenmeister ihrer Güte, nach der Schlacht im Tannhausner Tor verschollen – Chimre

Audun, Nachfahrin Erbels – Gaugräfin von Meuren – Meurin

Balderic, Nachfahre Urmas – Komtur der Gauwehr – Sale

Calder, Nachfahre Salefrits – Gaugraf von Valand – Valänder

Childeric, Nachfahre Gelimers – Kaiser des Heiligen Reiches Salischer Völker – Sale

    Arnim – sein Großneffe und Kronprinz – Sale

    Helgid – Istrids Frau – Salin

    Istrid – seine Tochter – Salin

Golo, Nachfahre Drittbalds – Markgraf des Chimmgaus – Sale

    Arechis – seine Frau – Salin

    Swenja – seine Stiefmutter – Chimre

    Volkwin – sein Halbbruder, nach der Schlacht im Tannhausner Tor verschollen – Chimre

Haro, Nachfahre Astrauds – Gaugraf von Nordheim – Kythe

Hildigis, Nachfahre Fasolds – Graf von Leegland, Herr vom Weißen Stein und Reichsheermeister – Sale

Astraud, Nachfahrin Hainrecs – seine Erste Reiterin – Salin

Kromgerst Schattenmann – Seher am Kaiserhof – Sorpote

Marshana – Oberste der Heilsgarde – Vandraar

    Pranradhar – Soldat der Heilsgarde und Istrids Leibwächter – Vandraar

Radegar, Nachfahre Barhilds – Gnädiger der Gauwehr – Sale

    Rechila, Nachfahrin Curwins – Barmherzige der Gauwehr – Salin

Ranke – Reichsherold und Wappenkönig – Dagomane

    Begine, Nachfahrin Gaidoalds – Persevantin – Meurin

Riesenweib – Baderin – Salin

Thietmar der Eiserne, Nachfahre Ernlaugs – Gaugraf von Westwegen – Westframe

    Edduweis, Nachfahre Gudas – Graf der Fleutmark, Heermeister von Westwegen – Westframe

Turid – Erdhüterin und Atlis' Schwägerin – Salin

    Asa – ihre Tochter

    Nefjold – ihr Verlobter – Chimre

DAS HERZOGTUM CHIMRIEN

Baldir Bryggvas – Befehlshaber der Achten Schar

Der Schöne Sral – Weibel der Dritten Schar

Mutter Bo – Weibel der Zwölften Schar

Snorri Sagard – Hofsiegelbewahrer und Herr von Fjörnland

    Afnir – sein Erster Reiter

Lute Lasbrarn – Edelfreier aus Maphastis

Truben – Seher

Tyrja Tiwhild – Oberbefehlshaberin der Herzoglichen Armee

    Bjorn – einer ihrer Ersten Reiter, Bruder von Gis und Skel

    Gis – einer ihrer Ersten Reiter, Bruder von Bjorn und Skel

Lyndeman Windsinger – Seher und Hüter der Luft
Mina Maevinggast – Bjorns Junkerin
Skel – einer ihrer Ersten Reiter, Bruder von Bjorn und Gis
Unni – Weibel der Siebzehnten Schar
Yngvild – Weibel der Sechzehnten Schar

DIE NEHEBET

Narmersechem, das Krokodil – der Ananchtetep
Neferenpet – Tochter des ermordeten Menenutet
    Meremnoru – ihre Zofe
Ramenhotep – Halbbruder des ermordeten Menenutet
    Ramensecheb – sein Sohn

DIE ATHANAIER

Amonidas – Toparch von Pylaimon
    Demedane – Sklavenmädchen von Menophanes
    Eoniki – Amonidas' Lustsklavin
    Hesechion – sein Heerführer
    Horodates – sein Seher und Lehrmeister
    Kynos – sein Onkel
    Menophanes – Händler aus Narses
    Raaz – eine Faan
    Sophomere – seine Mutter

DIE UNDEN

Ruland – Abt, Vierfach Getaufter des Heiligen Wassers, Heerführer
der Unden

DIE SEHER IN CARCOSA

Aristaion – der Münzträger – Athanaier
Elpidia – die Großprophetin – Athanaierin
Grautwis – Novize – Sale

Klemonestra – Novizin – Athanaierin
Ludva – Novizin, auf den Traumfeldern verschollen – Anwarin
Menasthenes – Novize – Athanaier
Milogost – Traummeister – anwarischer oder hardalischer Herkunft

Verzeichnis der Länder
und Völker

Das Heilige Reich Salischer Völker – gegliedert in zehn Gaue – Chimmgau (Chimren), Dagomark (Dagomanen), Framland (Ostframen), Meuren (Meuren), Nordheim (Kythen), Salwald (Salen), Sorpoten (Sorpoten), Südmark (Urbonen), Valand (Valänder), Westwegen (Westframen) –, in reichsunmittelbare Grafschaften und Städte sowie in diverse Kronlande im direkten Besitz des Kaisers; Hauptstadt: Salhall

Das Herzogtum Chimrien – gegliedert in sechs Herzlande – Fjörnland, Jykland, Kaltheim, Nurnland, Saltlain, Windland – und diverse angefügte Gastaldeien; Hauptstadt: Arikskilde

Die Chul – Volk, das die Glutsteppe besiedelt; keine Hauptstadt

Die Nehebet – Volk, das die Nechbet besiedelt; Hauptstadt: Pta-Anchem

Die Erzenen Reiche – Ewige Allianz der Königreiche Anwar und Hardal; Hauptstädte: Jarnheim und Hardwall

Die Inseln am Ende der See – Archipel in der Sonnigen See, der Symmachie zugehörig

Die Streitenden Kronen – Sammelbezeichnung für die athanaischen Kleinkönigreiche der Byriden, Doriden, Ergulier, Morer, Nakemonier, Pentenen, Phrakten, Setasker und Syllenen; diverse Hauptstädte

Die Symmachie – Zusammenschluss der athanaischen Stadtstaaten Cyranis, Dakon, Epotides, Kelenais, Kodeos, Korakion, Lakomedea, Medes, Mylos, Narses, Pylaimon, Sophene, Sylai, Syrax und Teros entlang der Küste und auf den Inseln der Phrygäis; diverse Hauptstädte

Die Wamauchen – Sklavenvolk der Nehebet; keine Hauptstadt

Sabarien – Königreich der Sabarer; Hauptstadt: Sarkhedon

Undgard – Godenei der Unden; Hauptstadt: Drauphall

Vandran – Inselreich der Vandraar, dem Heiligen Reich Salischer Völker zugehörig; Sitz des kaiserlichen Inseldrosts: Bangyaran

Matthias Oden

Die Krone der Elemente

Unendliche Macht hat einen tödlichen Preis

Ein gewaltiges Reich auf dem Höhepunkt seiner Macht,
doch eine junge Heerführerin will noch mehr – und setzt dafür
alles aufs Spiel.

978-3-453-31956-1

Matthias Oden

Junktown

Abstinenz ist Hochverrat –
Eine Zukunft wie ein Drogentrip

Diese Zukunft ist ein Schlaraffenland: Konsum ist Pflicht, Rauschmittel
werden vom Staat verabreicht, und Beamte achten darauf, dass ja keine
Langeweile aufkommt. Die Wirklichkeit in »Junktown«, wie die Hauptstadt nur noch genannt wird, sieht anders aus ...

978-3-453-31821-2

TJ Klune

Mr. Parnassus' Heim für magisch Begabte

Das Fantasy-Highlight des Jahres!

Ein biederer Bürokrat erlebt in einem magischen Waisenhaus ein
gefährliches Abenteuer und findet dabei nicht nur zu sich selbst,
sondern auch seine große Liebe

978-3-453-32136-6

Bernhard Hennen
Robert Corvus

Die Phileasson-Saga

Raubeinige Helden, gefährliche Magie und eine
atemberaubende Queste

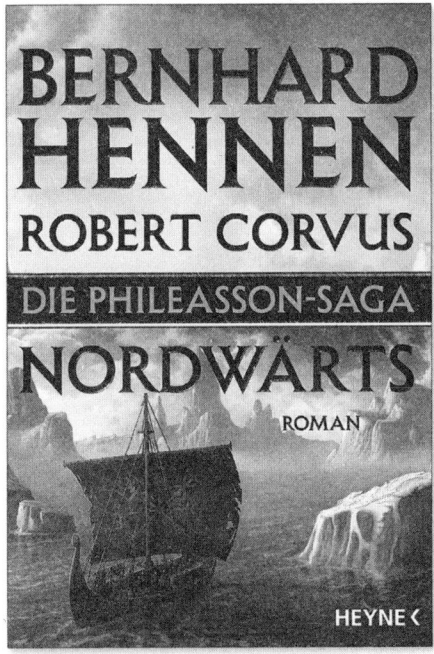

978-3-453-31751-2

Himmelsturm
978-3-453-31752-9

Die Wölfin
978-3-453-31753-6

Silberflamme
978-3-453-31824-3

Schlangengrab
978-3-453-31849-6

Totenmeer
978-3-453-31850-2

Rosentempel
978-3-453-31968-4

Elfenkrieg
978-3-453-31986-8

Echsengötter
978-3-453-31987-5

Nebelinseln
978-3-453-32084-0

Leseproben unter **www.heyne.de**

HEYNE ‹

Peter V. Brett

Manchmal gibt es gute Gründe, sich vor der Dunkelheit zu fürchten ...

Peter V. Bretts Dämonensaga – ein Epos vom Weltrang des »Herrn der Ringe«

978-3-453-52476-7

Die Flammen der Dämmerung
978-3-453-52474-3

Der Thron der Finsternis
978-3-453-31573-0

Das Leuchten der Magie
978-3-453-31574-7

Die Stimmen des Abgrunds
978-3-453-31938-7

Der Prinz der Wüste
978-3-453-31811-3

Die Erzählungen
Der große Bazar
978-3-453-52708-9

Das Erbe des Kuriers
978 3 453 31682-9

Selias Geheimnis
978-3-453-31970-7

Alle Erzählungen in einem Band
Das Feuer der Dämonen
978-3-453-32053-6

Die Romane
Das Lied der Dunkelheit
978-3-453-52476-7

Das Flüstern der Nacht
978-3-453-52611-2

Leseproben unter **www.heyne.de**

HEYNE ‹

Brandon Sandersons
Sturmlicht-Chroniken

Leseproben unter **www.heyne.de**